공안파와 조선 후기 한문학

The Gongan Group and the Classical Literature in the Late Choseon Dynasty

The Gongan Group and the Classical Literature in the Late Choseon Dynasty

지은이 **강명관(姜明官)**은 부산에서 태어났다. 현재 부산대학교 한문학과 교수로 재직 중이다. 쓴 책으로는 『조선후기 여항문학 연구』(창작과비평사, 1997), 『조선시대 문학예술의 생성공간』(소명출판, 1999), 『조선사람들 혜원의 그림 밖으로 걸어나오다』(푸른역사, 2001), 『조선의 뒷골목 풍경』(푸른역사, 2003), 『옛글에 빗대어 세상을 말하다』(길출판사, 2006), 『공안파와 조선후기 한문학』(소명출판, 2007), 『농암잡지평석』(소명출판, 2007), 『국문학과 민족 그리고 근대』(소명출판, 2007)가 있다.

공안파와 조선 후기 한문학

1판 1쇄 발행 2007년 8월 20일
1판 2쇄 발행 2008년 10월 10일

지은이 / 강명관
펴낸이 / 박성모
펴낸곳 / 소명출판
등록 / 제13-522호
주소 / 137-878 서울시 서초구 서초동 1621-18 (란빌딩 1층)
대표전화 / (02) 585-7840
팩시밀리 / (02) 585-7848
somyong@korea.com / www.somyong.co.kr

ⓒ 2007, 강명관

값 26,000원

ISBN 978-89-5626-254-3 93810

The Gongan Group and the Classical Literature in the Late Choseon Dynasty

공안파와 조선후기 한문학

강명관 지음

소명출판

　이 책은 공안파(公安派) 비평과 조선 후기 한문학과의 관계를 검토한 것이다. 이 책을 처음 구상한 것은 1991년이다. 학위논문을 쓰는 과정에서 홍신유(洪愼猷)와 이언진(李彦瑱)의 문집에서 공안파의 흔적을 발견하였다. 조금 더듬어 보니, 우리가 높이 평가하는 조선 후기의 문인들의 창작과 비평은 거개 공안파와 관련이 있었다. 궁금증이 일어나면서 아울러 절로 흥미가 생겼다. 1992년 초 학위논문을 끝내고 조선 후기 문집을 읽으면서 공안파에 관련된 자료를 조금씩 모아 나가기 시작했다. 그리고 올해 책을 내게 되었으니, 햇수로 16년이다.

　처음에는 빨리 끝날 작업 같았다. 하지만 일단 발을 들이고 보니, 진창에 빠진 것처럼 진전이 없었다. 조선 후기 문집을 읽으면서 좁쌀 같은 자료 한두 토막을 찾아내는 일도 적지 않은 일거리였지만, 무엇보다 공안파 자체에 대한 공부가 절실했고, 또 공안파의 비평적 타자인 의고파(擬古派)에 대한 공부 역시 큰 짐이었다. 뿐만 아니라 공안파의 우익인 당송파(唐宋派)와 비판적 계승자인 경릉파(竟陵派)와 전겸익(錢謙益)의 비평 등 전에 접하지 못했던 공부거리가 앞을 가로막고 있었다.

그러나 가장 큰 문제는 공안파와 관련된 작가들에 대한 기존의 해석과 관련된 것이었다. 대개 조선 후기 문학사는 내재적(內在的) 발전론의 자장 속에 있었다. '민족'과 '근대'가 조선 후기 문학사를 읽는 지배적인 컨텍스트였던 것이다. 예컨대 이덕무(李德懋)·박지원(朴趾源)·이옥(李鈺) 등의 경우에서 보듯, 문학과 사상, 비평의 '탈성리학(脫性理學)'적 요소를 강조하여, 은근히 혹은 노골적으로 자생적 근대의 의미를 부여하거나, 아니면 한문학의 민족적 성격을 강조하는 것이었다. 요컨대 모든 것은 '근대'란 컨텍스트에 의해 지배되고 있었던 것이다.

따라서 '근대로 향하는 민족'이란 주체는 문학사가 타자와 관련되어 있음을 배제하고 있었다. 연암(燕巖)의 사유가 공안파의 사유 위에서 구축되고 있다고 말하는 것은 일종의 모험과 같았다. 설령 부정할 수 없을 정도로 강고한 관계가 발견된다 하더라도 그것은 어디까지나 민족의 주체적인 해석과 수용으로 이해되었다. 나는 이 점이 싫었다. 조선 후기 문학사를 지배하는 두 코드인 민족과 근대에 대한 검토가 필요했다. 그래서 따로 사고를 발전시켜 이번에 같이 간행하는 『국문학과 민족 그리고 근대』를 썼다.

책을 쓰다 보니 공부할 거리가 넘쳐나서 출판사 쪽에는 원고를 보낸다 보낸다 하면서 몇 년을 끌었다. 게다가 중간에 건강에 문제가 생겨 뜻과는 달리 또 한참세월을 허송하였다. 정신을 차려 묵은 원고를 꺼내 보니 허점투성이다. 두 나라의 문학과 비평을 비교 연구한다는 것은, 나 같은 범재가 할 일이 아님을 절감했다. 하지만 이왕 손을 댄 것, 또 어렵사리 걸어온 길이 아까워 팽개쳐 버릴 수가 없기에 대충 손을 보아 책으로 낸다. 이 책은 그저 이런 문제도 있다는 정도의 제안에 그치는 것일 뿐이다. 정말 앞으로 이 분야에 대한 보다 충실한 연구가 나오기를 간절히 바란다.

돌아보니, 출발점이 여전히 보인다. 황소걸음으로 그냥 계속 걷는 수밖에.

2007년 6월

강 명 관

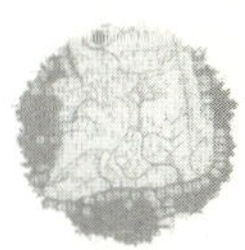

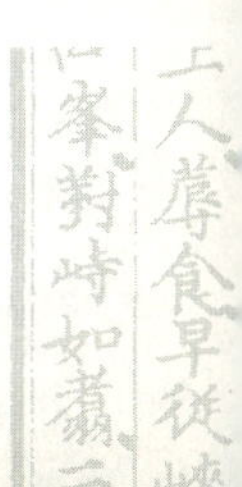

제1장

문제의 소재

　명(明)의 의고파(擬古派)는 16세기 중국 문단에서 큰 파장을 일으켰다. 의고파는 산문에서는 선진양한(先秦兩漢)의 산문을, 고시(古詩)는 한(漢)·위(魏)의 고시를, 근체시(近體詩)는 성당시(盛唐詩)를 절대적 전범으로 삼아야 한다고 주장했던바, 이 의고적(擬古的) 창작론은 16세기는 물론 근대문학이 시작되기 전까지 창작에 지속적으로 영향력을 행사했던 것이다.

　의고파의 창작론은 16세기 말 조선에 수용되어 17세기를 거치면서 확산되었다. 남극관(南克寬, 1689~1714)은 의고파의 거두였던 왕세정(王世貞)과 이반룡(李攀龍)이 중국에서는 문학에 끼친 화가 컸으나, 조선에서는 파천황의 공이 있다고 평가했다.[1] 대체로 의고파의 출현은 문학의 창조성을 저해하는 것이지만, 조선의 문학에는 대단한 긍정적 효과를 가지고 있다는 것이다. 예컨대 의고파의 수용이 계기가 되어 조선에서 산문 비평이 본격적으로 시작되었던 것이다.

---

1) 南克寬, 「端居日記」, 『夢囈集』:『韓國文集叢刊』 209, 304면. "余嘗謂王·李之禍中國大矣, 而在我國則有破荒之功, 宜尸而祝之也."

조선에서 의고적 창작론은 17세기를 관통하면서 수많은 동조자를 낳았다. 의고파의 최초의 수용자인 윤근수(尹根壽)를 위시한 허균(許筠)·유몽인(柳夢寅)·신흠(申欽)·장유(張維)·조익(趙翼) 등 한문학사를 화려하게 장식하는, 무수한 문인들이 의고적 창작론의 영향권 내에 있었다.[2] 관점의 차이는 다소 있지만, 이들은 의고적 창작론의 영향권 내에 있었다. 예컨대 허균은 「문설(文說)」과 「시변(詩辨)」에서 의고와 모방을 비판했지만, 의고파의 수장인 이반룡·왕세정에게 경도한 탓에 의고적 창작론을 근원적으로 비판할 수 없었다.[3] 장유는 의고적 창작론에 대해 표절이라 비판했지만,[4] 정작 자신의 창작론을 반의고론(反擬古論) 위에 구축하지는 못하였다. 도리어 그의 창작이 명대 의고파의 영향을 강하게 받고 있다는 당대의 지적이 있었다.[5] 유몽인과 김석주(金錫胄) 등도 의고적 창작론이 내포한 문제를 인지하고 있었지만, 그들 역시 의고적 창작론을 전면적으로 부정할 수는 없었다.

의고파의 의고적 창작론의 영향은 18세기 후반까지 지속되었다. '문필진한(文必秦漢), 시필성당(詩必盛唐)'이란 구호는 여전히 매력적이었던 것이니, 예컨대 황경원(黃景源)·유한준(兪漢雋) 같은 18세기 후반 굴지의 문인들 역시 여전히 의고적 창작론에 자기 창작의 근거를 두고 있었던 것이다. 그런가 하면 남인(南人) 계열의 가문에서는 의고적 창작론을 거의 가학(家學)처럼 수용하고 있었으니,[6] 16세기 말에 수용된 의고파의 의고적 창작 논리는 거

---

2) 조선의 의고파 수용과 그 영향에 대해서는 姜明官, 「16세기 말 17세기 초 의고문파의 수용과 진한고문파의 성립」, 『안쪽과 바깥쪽』, 소명출판, 2007을 볼 것.

3) 허균은 의고와 표절을 구분함으로써 의고를 옹호했다. 강명관, 「허균 「문설」의 신해석」, 위의 책, 125~126면을 볼 것.

4) 張維, 『谿谷漫筆』, 『谿谷集』: 『韓國文集叢刊』 92, 578면. "近代文弊皆生於明諸家. 明文未始不善, 但學之者蔑其本而竊其末, 逐影尋響, 剝皮割肉, 滔滔一律, 不欲觀諸."

5) 徐宗泰, 「箚記錄」, 『晩靜堂集』: 『韓國文集叢刊』 163, 248면. "谿谷柳子厚死而爲神論, 十全出弇州文意, 且用其文字. 蹈襲之恥, 谿集尙未免, 況其他家乎?" 장유의 작품이 왕세정의 작품을 모방하고 있음을 지적한 자료다.

6) 沈鋅, 『松泉筆譚』 上, 民昌文化社, 1994, 233면. "近聞南論詞章之家, 教亦多術, 直以詩書篇章口授成誦, 或以左、國、莊、馬若爾篇, 先教撥文之法, 務從新奇, 迭出鼓動, 無一書冗長之弊, 有好新傾聽之益已, 自冲年先着眼目, 能知制作, 輒致奇效云. 可無驟躐駁雜之患歟?" 南人家에서 선진양한 산문을 먼저 가르친 가풍을 말하고 있다.

의 2세기 이상 조선의 칭직계에 주요한 비평담론으로 행세했던 셈이다. 요컨대 의고파 수용이야말로 조선 후기 한문학사의 지형을 조선 전기와는 완전히 다르게 바꾸어 놓은 거대한 충격이었던 것이다.

명대 의고파의 의고적 창작론은 후술하겠지만 창조적 생기를 상실한 대각파(臺閣派)에 대한 비판으로 제출된 것이었다. 그것은 애초 진정한 창작을 향한 진지한 고민의 산물이었다. 탁월한 예술적 전범을 본받자는 것 자체가 그 진지성의 반영이었다. 하지만 의고적 창작론이 취한 창작의 방법은 전범의 표절이라는 실천에서의 모순을 노정하였다. 이내 의고파에 대한 비판이 제기되었으니, 바로 당송파(唐宋派)·공안파(公安派)·경릉파(竟陵派)·전겸익(錢謙益)으로 이어지는 반의고적 비평의 전선의 형성이 그것이다.

조선에서도 동일한 문제가 제기되었다. 앞서 간단히 지적한 바와 같이 의고적 창작론의 실천이 내장한 모순에 대해서는 이미 일찍부터 의심이 제기되었다. 하지만 의고적 창작론의 모순을 논파할 결정적인 논리는 여전히 개발되고 있지 않았다. 이 책에서 상론하겠지만, 의고파에 대한 본격적이고 전면적인 비판은 김창협(金昌協)에 와서야 비로소 가능해진다. 김창협은 중국의 당송파 이후의 비평에 정통했던바, 이들의 비평을 근거로 하여 의고파를 비판했던 것이다. 다만 김창협의 비평은 여러 유파의 비평을 내포하고 있음에도 불구하고, 그는 자신의 비평이론의 표면을 당송파의 것으로 포장하였다. 김창협 이후 의고파에 대한 반의고적 비평이 본격화되었다. 이들 비평은 모두 자생적인 것이라기보다는 중국에서 수용된 여러 비평의 조류를 습득하고, 그 논리들을 재배치하였던 것이다.

의고파에 대한 완벽하고 최종적인 비판은 18세기 후반, 특히 정조(正祖) 시기에 이루어졌다. 박지원(朴趾源)·이덕무(李德懋)·이용휴(李用休)·이언진(李彦瑱)·이옥(李鈺) 등이 그 주인공들이다. 이들의 비평과 창작은 조선 후기 문학사의 가장 높은 봉우리로 평가받아 왔다. 다만 이들의 비평과 문학을 읽는 독법은 대개 민족주의와 근대주의에 입각한 것이었다. 즉 이들에게서 한문학의 민족적 성향과 성리학에 반하는 혹은 성리학을 비판·이탈하는 사유를 찾아낸 뒤 자생적(自生的) 내재적(內在的) 근대의 증거로 해석하는 것이었다. 이 해석은 내재적 발전론을 문학사에 적용한 것이었다.

이 작가들의 창작과 비평에는 모종의 공통분모가 있다. 하지만 이 책에서는 이 공통분모를 '민족'과 '근대'란 시각으로 읽지 않는다. '민족'과 '근대'는 박지원과 이덕무가 살았던 시기의 컨텍스트가 아니라, 문학사(文學史) 연구가 시작된 20세기 이후에 만들어진 컨텍스트이다. 나는 20세기 이후 근대적 지평에서 구성된 컨텍스트가 아니라, 실제 존재했고 의식되었던 동시대적 컨텍스트에 입각해서 그들의 문학과 비평을 해독하고자 한다. 구체적으로 말하자면, 이들의 비평과 문학은 예외 없이 의고파를 대타적(對他的) 존재로 설정하고 있으며, 의고파 비판의 실천으로서 각자 추구했던 창작이 모종의 동질성과 이질성을 갖게 된 것이었다. 의고파로부터 이 글을 시작한 것도 바로 이런 이유에서이다.

이들의 비평에 존재하는 공통분모는 의고파 비판이면서 동시에 그 논리를 공안파로부터 차용하고 있다는 것이다. 공안파는 16세기 말에 형성되었으며, 가장 강력한 반의고적 비평을 제출하였다. 공안파는 문학적 전범의 설정을 거부하고, 문학의 역사적 발전을 주장하여 상고적(尙古的) 비평을 종식시켰으며, 개성에 입각한 개인의 문학, 독창성 등의 개념을 발전시켰다. 아울러 공안파의 문학 비평은 양명학(陽明學)과 양명좌파(陽明左派)의 이론적 세례를 받은 것이었다. 이 책은 바로 이 점을 다룬다. 즉 조선 후기 문인비평가들의 비평에 수용된 공안파 비평의 자취를 추적하는 것이다. 이와 함께 공안파 비평의 근거가 되었던 양명학과 양명좌파적 사유의 문학적 전화도 다소 다루고자 한다.

양명학과 조선 후기 문학과의 관계는 치밀하지는 않지만 종종 지적되었다. 조선 후기 사상사에서 양명학의 존재는 성리학의 이념적 독재를 벗어나 근대로 향하는 길로 인식되어 왔던바, 바로 그 양명학을 논하는 자리에서 공안파가 언급된 적이 있었다. 유명종(劉明鍾) 교수는 양명학의 수용에 관한 연구에서 허균이 이탁오(李卓吾)의 사상과 공안파 원굉도(袁宏道)의 문학론을 수용하였음을 지적하였다.[7] 아울러 이수광(李晬光)의 사상을 양명학의 강력한 영향 아래 형성된 것으로 보았으며, "시란 개성, 인간 덕성의 자연적인 발로"라고 주장했다는 점에서 그의 문학사상을 이탁오와 허균의 것과 다름이 없음을 주장하였다.[8] 박지원과 정약용(丁若鏞) 등 실학자의 사상 역시 공안파와 관련 있음이 지적되었다. 유명종 교수는 박지원의 반의고주의(反擬古主義)가 이탁오와 원굉도의 이론하에서 생성된 것으로 추정했던 것이다.[9]

유명종 교수의 소론은 이탁오·원굉도와 조선 작가들의 문학사상의 연관성을 실증적 차원에서 치밀하게 논증한 결과는 아니었다. 양자의 관련성은 연구자의 희망이 강하게 작용한 결과로 보인다. 뒤에 상세히 언급하겠지만, 허균이 이탁오·공안파의 저작물을 본 것은 사실이고, 또 그 영향을 받았을 가능성은 있지만, 현존하는 그의 저작에서 우리는 그 영향 관계를 확인할 수 없다.

김명호 교수는 박지원의 『열하일기(熱河日記)』를 연구하는 과정에서 박지원의 문학사상과 원굉도의 문학사상의 상관성에 주목하고, 연암이 이미 공안파의 이론을 극복한 것으로 평가하고 있다.[10] 하지만 치밀한 실증적인 연관성을 본격적으로 다루지는 않았다. 이것은 김명호 교수의 저술 목적이 『열하일기』의 문학성을 밝히는 데 있었기 때문이라고 생각된다. 따라서 김명호 교수의 지적에 대한 구체적인 검토는 아직 과제로 남아 있는 셈이다.[11]

---

7) 유명종, 『한국의 양명학』, 동화출판공사, 1983, 55~68면.
8) 위의 책, 76면.
9) 위의 책, 249~250면.
10) 金明昊, 『熱河日記研究』, 창작과비평사, 1990, 56면, 62~63면.
11) 김명호 교수 외에 공안파의 수용 문제에 대해서는 심경호, 「조선 후기 한문학과 원굉도」, 『韓國漢文學研究』 34, 한국한문학회, 2004.12가 있다. 필자는 이미 「燕巖 朴趾源과 公安派」, 고전문학연구회 동계학술대회 발표 요지, 고전문학연구회, 2003.12; 「이덕무와 공안파」, 『민족문학사연구』 21, 2002.12; 「조선후기 공안파와 양명학의 수용」(李彦瑱의 경우), 『고전문학 연구의 쟁점적 과제와 전망』 下, 월인, 2003.12 등을 발표한 바 있다. 이 논고들은 이 책에 수렴되었다. 심경호·박용만·유동환 역주, 『역주 원중랑집』, 소명출판, 2004가 나와서 이 책의 마무리에 많은 도움이 되었다.

이 책은 공안파와 조선 후기 문학과의 상관성을 밝히는 데 목적이 있다. 따라서 연구 대상을 한정할 필요가 있다. 즉 공안파의 저작을 읽었던 것이 문헌적 증거로 남아 있는 작가와 비평가만을 연구의 대상으로 삼는다는 말이다. 이 제한으로 인해 많은 부분을 망실할 수 있다. 예컨대 18세기 이후 문학 비평에 있어서 '취(趣)'는 이전에는 전혀 보이지 않던 비평용어이다. 이 비평어는 원출처는 원굉도 비평일 것이다.12) 하지만 대개의 경우 원굉도에 대한 독서의 구체적인 증거를 발견하기 어렵기 때문에 부득이 다루지 못한다. 이것이 논의의 폭을 줄일지라도 엄격한 논의를 위해서, 혹은 예상되는 반론, 즉 증거 없는 유추라고 하는 지적을 피하기 위해 불가피한 일이다.

책의 순서는 먼저 2장에서 공안파의 탄생을 가능하게 한 공안파 이전의 중국 문학의 역사를 간단히 개관하고, 이어 공안파의 비평을 요약한다. 그리고 3장에서 17세기 말의 허균에서 18세기 끝의 이옥에 이르기까지의 공안파 비평의 수용 양상에 대해 서술할 것이다.

---

12) 袁宏道, 「書陳正甫會心集」, 錢伯城 箋校, 『袁宏道集箋校』中, 上海古籍出版社, 1981, 463면. "世人所難得者唯趣, 趣如山上之色, 水中之味, 花中之光, 女中之態, 雖善說者不能下一語, 唯會心者知之. 今之人慕趣之名, 求趣之似, 於是有辨說書畵, 涉獵古董以爲淸. 寄意玄虛, 脫跡塵紛以爲遠. 又其下則有如蘇州之燒香煮茶者. 此等皆趣之皮毛, 何關神情? 夫趣得之自然者深, 得之學問者深. 當其爲童子也, 不知有趣, 然無往而非趣也." 『袁宏道集箋校』는 上·中·下 3책이다. 앞으로 이 책에서의 인용은 『袁宏道集箋校』上, 111면의 방식으로 한다.

2

공안파의 성립 과정과 비평의 특징적 성격

1. 공안파(公安派) 성립의 전사(前史) – 의고파와 당송파

1) 의고파(擬古派)의 의고적 창작론

공안파 비평은 의고파를 비평적 타자로 하여 성립한 것이었다. 따라서 공안파 비평을 이해하기 위해서는 의고파의 의고적 창작론에 대한 간단한 검토가 필요하다.

명의 건설에 참여했던 원말명초(元末明初)의 문인비평가 송렴(宋濂, 1310~1381)·방효유(方孝孺, 1357~1402)·유기(劉基, 1311~1375)의 비평은 공히 유가의 정통적 문학관에 입각한 것이었고 역사적 변혁기에 일정하게 공헌하였다. 하지만 명 체제가 안정기에 접어들자 문학은 활력을 잃기 시작한다. 이것은 문학뿐만 아니라 사상계 전반에 걸친 광범위한 현상이었다. 원인은 지식인들에 대한 체제의 통제 정책에 있었다.

영락(永樂, 1403~1424)・선덕(宣德, 1426~1435) 연간에 사회가 안정되자 사상적 질곡이 시작되었다. 1417년(영락 15)에『사서대전(四書大全)』・『오경대전(五經大全)』・『성리대전(性理大全)』이 반포되었고, 과거(科擧)는 오로지 '대전' 안에서 출제하는 것이 법제화되었다. 그 중 가장 기본 텍스트『사서대전』은 주자의 주해만 정통으로 공인했던바, 국가 이데올로기가 된 성리학은 그때부터 지적 활력을 잃기 시작했다. 과거를 통해 관료로 출세하려는 열망에 사로잡힌 지식인들도 다른 창조적 사유를 필요로 하지 않았다. 거기에 과거의 문체, 곧 팔고문(八股文)의 난해하고 엄격한 형식도 문학의 수련기에 있는 문인들의 언어와 상상력의 자유를 박탈하였다.

사상의 질곡 속에서 문학은 자신의 범위를 스스로 제한하였다. 명대 초기의 문학 유파는 대각체(臺閣體)・산림체(山林體)・성기시파(性氣詩派)로 정리되는데,[1] 이 중 대각체가 지배세력의 중추로서 주류를 형성했다.[2] 대각, 곧 관각(館閣)의 문학은 체제의 선양, 성세(盛世)의 찬미 등이 주를 이루었고, 인생의 괴로움이나 사회의 모순을 표현하는 것은 금기시되었다. 언어 역시 전아(典雅)하고 평정(平正)하며 순후(醇厚)한 것이 주류를 이루었던바, 새로운 언어의 탐색은 필요하지 않았다. 대각체는 인생과 사회에 대한 심각한 고민이 사라진 언어뭉치였던 것이다. 영종(英宗) 정통(正統, 1436~1487) 이후 대각체의 존립 근거였던 안정된 정치 사회체제가 해체되기 시작하였다. 대각체는 이런 변화에 적응할 수 없었다. 도리어 문인들은 여전히 태평성대를 노래하였으니, 문학과 현실의 괴리는 점차 심화되고 있었던 것이다.[3]

대각체의 무기력함을 비판하면서 출현한 의고파는 명대 문학사에 한 획을 긋는 중대한 변화를 가져왔다. 물론 의고파에 앞서 다양한 복고적 창작론이 제출되어 있었고, 이런 흐름들이 모여서 이몽양(李夢陽)・하경명(何景

---

1) 袁震宇・劉明今,『明代文學批評史』, 上海古籍出版社, 1991, 69면. 앞으로 이 책은『明代文學批評史』로만 쓰고, 저자와 출판사 등의 서지 사항을 생략한다.
2) 대각파는 조선의 館閣派와 동일한 것이다.
3) 周勳初 외, 중국학연구회 고대문학분과 역,『중국문학비평사』, 이론과실천사, 1992, 214면.

明)·강해(康海)·서정경(徐禎卿)·왕정상(王廷相)·왕구사(王九思)·변공(邊貢) 등 전칠자를 탄생시켰던 것이다.4)

전칠자의 전성기는 홍치(弘治, 1488~1505) 말에서 정덕(正德, 1506~1521) 초에 이르는 약 10년간이었다. 그런데 전칠자가 쇠퇴하고 난 뒤 약 40년 뒤에 이반룡(李攀龍)·왕세정(王世貞)·사진(謝榛)·종신(宗臣)·서중행(徐中行)·양유예(梁有譽)·오국륜(吳國倫) 7명의 후칠자5)가 의고적 창작론을 외치면서 다시 등장했다.6) 후칠자의 전성기는 대체로 1527년부터 이반룡이 사망한 융경(隆慶) 4년(1571)까지이고, 이로부터 왕세정이 사망한 1590년까지가 쇠퇴기다. 전칠자의 성립이 홍치 말년이니, 명대의 의고풍은 후칠자의 소멸까지 거의 1백 년을 지속했던 것이다.

여기서 전후칠자 14명의 비평을 개괄하는 것은 불가능하고 또 필요치도 않다. 의고파를 대표하는 전칠자의 이몽양·하경명, 후칠자의 왕세정·이반룡의 비평만 간단히 정리하고자 한다. 물론 이 넷의 비평도 적지 않은 편차가 있고, 왕세정의 경우는 오랜 창작의 역사에서 자신의 견해를 수정해 나갔기 때문에 완벽하게 한 가지 견해로 귀결시킬 수는 없다. 따라서 후대 비

---

4) 李夢陽(1472~1530)은 자가 獻吉, 호는 空同, 北地 출신이다. 何景明(1483~1521)은 자가 仲默, 호는 大夏, 信陽 출신이다. 康海(1475~1540)는 자가 德涵, 호는 對山이다. 徐禎卿(1479~1511)은 자가 昌穀이다. 王廷相(1474~1544)은 자가 子衡, 호는 平厓다. 王九思(1648~1551)는 자가 敬夫, 호가 渼陂다. 邊貢(1476~1532)은 자가 廷實, 호가 華泉이다.
5) 李攀龍(1514~1570)은 자가 于鱗, 호가 滄溟이고 歷城 출신이다. 王世貞(1526~1590)은 자가 元美, 호가 鳳洲·弇州山人이고, 太倉 출신이다. 謝榛(1495~1575)은 자가 茂秦, 호가 四溟山人이다. 宗臣(1525~1560)은 자가 子相, 호가 方城이다. 徐中行(1517~1578)은 자가 子興, 호가 龍灣이다. 梁有譽(?~?)는 자가 公實, 호가 當汀이다. 吳國倫(1524~1593)은 자가 明卿, 호가 川樓다.
6) 전칠자 후칠자는 약 40년의 상거가 있고, 그 사이에 전칠자의 산문론의 취약점을 성공적으로 비판한 당송파가 출현하였다. 그럼에도 불구하고 다시 후칠자가 등장한 것은, 몇 가지 이유가 있다. 후칠자는 다음 내용을 반대했다고 한다. ①성당을 전범으로 삼지 않고, 초당·만당, 혹은 육조를 效仿하여 輕靡奇麗를 숭상하는 것. ②文藝를 몰가치하게 여기고, 혹은 시문으로 道를 논하며 理窟에 빠지는 것. ③臺閣體의 여전한 존재. 즉 전칠자가 반대하던 현상이 상존하고 있었던 것이다. 따라서 전칠자의 문학론이 모순처가 없지는 않았지만, 전칠자가 비판했던 현상이 상존했으므로, 전칠자의 주장은 여전히 유효했다는 것이다. 자세한 것은 『明代文學批評史』, 136면을 볼 것.

평의 표적이 되었던 의고적 창작론에 한정하여 이들의 비평적 논리를 간단히 정리하기로 한다.

『명사(明史)』「문원전(文苑傳)」은 전칠자의 성립에 대해 다음과 같이 말하고 있다.

> 홍치(1488~1505) 정덕(1506~1521) 연간에 이동양(李東陽)이 송(宋)・원(元)을 출입하고, 당대(唐代)에까지 거슬러 올라가면서 관각(館閣)에 이름을 떨쳤다. 이몽양(李夢陽)・하경명(何景明)이 복고(復古)를 외치면서 산문은 서경(西京), 시는 중당(中唐) 이하를 일체 내버리자, 붓을 쥐고 문예를 논하는 자들이 몰려들어 그들을 우두머리로 삼았다. 명(明)의 시문이 이에 한 번 변하게 되었던 것이다.7)

이몽양・하경명이 산문에서는 서한(西漢) 이하, 시에서는 중당(中唐) 이하를 버렸다는 것은, 서한 이후의 산문과 중당 이후의 시의 예술적 성취를 인정하지 않겠다는 것이며, 오로지 선진양한(先秦兩漢)의 산문과 성당(盛唐)의 시를 전범으로 삼겠다는 것을 의미한다. 문학의 전범을 제한한 것은 뒷날 의고파들이 두고두고 비판을 받는 소지가 되었지만 전범의 설정 자체는 애당초 편협한 의도에서 나온 것만은 아니었다.

이몽양・하경명의 복고론은 애당초 형식적 차원에서의 복고만을 주장한 것이 아니었다. 이・하의 복고론은 이미 지적한 바와 같이, 무기력하고 상투적인 대각체에 대한 비판으로서 출현하였던바, 그들의 복고는 문학창작에 있어서 '진(眞)' 곧 문학의 진실성을 되찾으려는 의도를 갖고 있었던 것이다.

이몽양은 홍치・정덕 연간에 지은 시를 모아서 『홍덕집(弘德集)』이란 이름으로 묶고, 「시집자서(詩集自序)」를 쓴다.8) 「시집자서」는 이몽양의 비평을

---

7) 「文苑 1」, 『明史』 24, 中華書局, 1982, 7037면. "弘・正之間, 李東陽出入宋・元, 溯流唐代, 擅聲館閣. 而李夢陽・何景明倡言復古, 文自西京詩自中唐以下, 一切吐棄. 操觚談藝之士翕然宗之. 明之詩文, 於斯一變." 이하 『明史』의 인용은 이 책에 의하고, 서지사항은 생략한다.

8) 따라서 그것은 적어도 1522년 이후에 지은 것이다. 그는 1472에 태어나 1530년에 사망하였다.

이해함에 있어 대단히 중요한 글이다. 이몽양은 이 글의 서두를 왕숙무(王叔武)란 사람의 말을 인용하는 것으로 시작한다.

> 조현(曹縣)에 왕숙무란 사람이 있는데, 그는 "대저 시(詩)란 천지자연(天地自然)의 소리다. 지금 길에서 북을 치고 거리에서 노래 부르거나 일을 하면서 흥얼대고 놀면서 읊조려 한 사람이 부르면 뭇사람이 화답하는 것이 바로 그 참된 것[眞]이다. 이것을 두고 풍(風)이라고 한다. 공자는 '예를 잃거든 민간[野]에서 찾는다'고 하였다. 지금 참된 시[眞詩]는 민간에 있는데, 문인 학사들은 왕왕 운(韻)을 단 말을 시라고 하고 있다" 하였다.[9]

왕숙무는 사대부들의 시에서 진정성을 부정하고, 민간의 민요에서 시적 진실성을 확인한 것이다. 이몽양은 "시란 천지자연의 음이다" "지금 진정한 시[眞詩]는 민간에 있다"는 말에 큰 충격을 받는다. 「시집자서」는 이어 왕숙무와의 대화를 통해 그가 당(唐)의 근체를 폐기하고 이백과 두보의 가행(歌行)을 배우기 시작하여 육조(六朝), 위(魏)·진(晉)을 거쳐 『시경(詩經)』까지 학습의 대상을 거슬러 올라가는 과정을 보여주고 있다.[10]

이몽양이 민간의 민요에서 시적 진실성을 찾은 것은, 대단히 흥미로운 것이다. 그는 실제로 당시에 유행하던 민간의 노래를 배울 것을 주장했다고 한다.[11] 그러나 그의 시는 그의 시대에 존재하는 민간의 민요에서 시적 진실

---

9) 黃宗羲 編, 「詩集自序」, 『明文海』(四庫全書本) 권262. "李子曰 : '曹縣蓋有王叔武云. 其言曰 : 「夫詩者天地自然之音也. 今途咢而巷謳, 勞呻而康吟, 一唱而群和者, 其眞也, 斯之謂風也. 孔子曰禮失而求之野. 今眞詩乃在民間, 而文人學士顧往往爲韻言謂之詩」'" 이 글은 이몽양의 문집인 『空同集』에는 실려 있지 않다.

10) 위의 책, 같은 곳. "李子聞之, 矍然而興, 曰 : '大哉! 漢以來而不復聞此矣.' 王子曰 : '詩有六義, 比興要焉. 夫文人學子比興寡而直率多, 何也? 出於情寡而工於詞多也. 夫途巷蠢蠢之夫固無文也. 乃其謳也咢也呻也吟也, 行咶而坐歌, 食咄而寤嗟, 此倡而彼和, 無有不比焉興焉, 無非其情焉, 斯足以觀義矣. 故曰 : 「詩者天地自然之音也」' 李子曰 : '雖然, 子之論者風耳. 夫雅頌不出文人學子手乎?' 王子曰 : '是音也, 不見於世久矣. 雖有作者微矣.' 李子於是憮然失已, 灑然醒也. 于是廢唐近體諸篇而爲李·杜歌行. 王子曰 : '斯馳騁之技也.' 李子於是爲六朝詩. 王子曰 : '斯綺麗之餘也.' 於是又爲魏晉. 曰 : '比辭而屬義, 斯謂有意.' 於是爲騷賦. 曰 : '異其意而襲其言, 斯謂有蹊.' 於是爲琴操爲古歌詩. 曰 : '似矣, 然糟粕也.' 於是爲四言, 入風出雅. 曰 : '近之矣, 然無所用之矣. 子其休矣.'"

성을 찾는 방법을 택하지 않고, 복고적인 창작 논리를 택했다. 이몽양은 왜 이 길을 선택했던가. 즉 그는 왜 『시경』까지 거슬러 올라가게 되었던가? 『시경』이 시의 원류이기 때문인가? 복고론은 원본을 추구한다는 관점을 내장하고 있는데, 그것은 근체(近體)는 고체(古體)에, 고체는 『시경』에 근원을 두고 있으며, 『시경』은 민간에서 창작된 것이기 때문에 천지자연의 음을 갖추고 있으며, 진시(眞詩)가 될 수 있는 가장 훌륭한 조건을 갖추고 있다는 것이다.12) 이몽양이 한(漢)·위(魏)의 고시(古詩)와 악부(樂府), 성당(盛唐)의 율시(律詩)를 배우자는 것은 결국 장르의 최초의 탄생을 거슬러 올라가서 배우자는 것인데, 장르가 최초로 탄생할 때는 민가의 영향을 받으면서 풍부한 생명력을 갖기 때문이라는 것이다.13)

이렇게 의고의 논리가 마련되자, 그 논리는 작가가 배워야 할 절대적 전범을 설정하는 것으로 이어졌다. 이몽양은 전범의 설정 문제를 산문은 선진양한 시대의 작품을, 시는 성당의 시를 전범으로 삼아야 한다는 “문필진한(文必秦漢), 시필성당(詩必盛唐)”이란 구호로 다시 깔끔하게 정리했다.14) 그런데 선진양한의 산문과 성당의 시를 전범으로 삼은 것은 다른 시대, 즉 당대 이후 문학의 예술적 성취를 부정하는 것이었다. 가장 큰 폄하 대상은 송대(宋代) 문학이었다. 이몽양은 “한(漢) 이후에는 산문이 없고, 당 이후에는 시가 없다”15)고 하였으며, 하경명은 “송인의 글은 거둘 필요가 없고, 송인의 시는 볼 필요가 없다”16)고 하였다.

이몽양은 송(宋)의 시(詩)와 당(唐)의 부(賦)의 가치를 완전히 부정하고,17)

---

11) 『明代文學批評史』, 149면.
12) 위의 책, 149면.
13) 위의 책, 150면.
14) 「文苑 2」, 『明史』 24, 7348면. “夢陽才思雄鷙, 卓然以復古自命. 弘治時, 宰相李東陽主文柄, 天下翕然從之, 夢陽獨譏其萎弱, 倡言**文必秦漢, 詩必盛唐**. 非是者弗道.”
15) 錢謙益, 「李副使夢陽」, 『列朝詩集小傳』, 世界書局, 1961, 311면. “漢後無文, 唐後無詩.” 앞으로 이 책은 『列朝詩集小傳』이라만 쓰고, 저자와 출판연대 등 서지사항을 생략한다.
16) 楊愼, 「蓮花詩」, 『升菴集』(四庫全書本) 권57. “亡友何仲默嘗言 : ‘宋人書不必收, 宋人詩不必觀.’”
17) 李夢陽, 「潛虯山人記」, 『空同集』 권48. “山人商宋·梁時, 猶學宋人詩. 會李子客梁, 謂

시는 당에서, 부는 딩(唐)·한(漢) 이상에서 배울 것을 주장했던 것이다.[18] 하경명은 가행(歌行)과 근체시는 성당(盛唐)의 이백과 두보에게서 취하는 것을 원칙으로 하고, 그 외에 당초(唐初)와 성당의 여러 시인들을 참고하였으며, 고시(古詩)는 반드시 한(漢)·위(魏)에서 모범을 찾았다고 하였다.[19] 이렇게 하여 선진양한의 산문, 한·위의 고시·악부, 성당의 근체시가 문학의 절대적 전범이 되었던 것이다.

후칠자의 비평적 주장 역시 전칠자와 원천적으로 다를 수 없었다. 이반룡은 "시는 천보(天寶) 이하, 산문은 서경(西京) 이하의 것은 맹세컨대 나의 붓과 종이를 더럽히지 못 한다"[20]고 하였고, 왕세정은 이반룡을 만난 뒤 "이때부터 시는 대력(大曆) 이전만을, 산문은 서경 이전만을 알게 되었다"[21]고 하였으니, 이것은 사실상 전칠자의 '문필진한(文必秦漢), 시필성당(詩必盛唐)'이란 구호를 반복한 것이었다. 이제 복고의 전범이 설정되었다. 그렇다면 핵심적인 문제가 남는다. 전범과 실제 창작은 어떤 관계에 놓이는가? 전범으로부터 무엇을 학습할 것인가? 주지하다시피 문학작품의 예술성을 결정하는 요소는 세계관, 수사법, 제재 등 복합적이다. 어디서 복고의 방법적 원리를 찾을 것인가.

의고파들은 전범에서 창작의 가장 높은 추상적 원리인 '법(法)'을 찾고자 했다. 법은 달리 말해 전범의 예술성을 결정하는 가장 높은 차원의 창작 원리였다. 이몽양과 하경명은 공히 복고의 원리로서 법을 말하고 있는바, 그들의 의도를 짐작하기란 어렵지 않다. 법은 시간과 공간을 초월하여 예술성을 결정하는 불변의 원리인바, 이것을 찾아 창작에 원용한다면, 나의 작품

之曰 : '宋無詩.' 山人於是遂棄宋而學唐. 已問唐所無, 曰 : '唐無賦哉!' 問漢, 曰 : '無騷哉!' 山人於是則又究心賦騷於漢唐之上." 이것이 宋人無詩, 唐人無賦의 주장이다.

18) 『明代文學批評史』, 147면.

19) 何景明, 「海叟集序」, 『大復集』(四庫全書本) 권34. "故景明學歌行·近體有取於二家, 旁及唐初·盛唐諸人, 而古作必於漢魏求之."

20) 『列朝詩集小傳』, 428면. "高自夸許, 詩自天寶以下, 文自西京以下, 誓不汚我毫素也."

21) 王世貞, 『藝苑巵言』 7 : 『弇州四部藁』(四庫全書本) 권150. "自是詩知大曆以前, 文知西京而上矣."

역시 예술성을 갖게 될 것이라는 것이 그들의 판단이었다. 하지만 그들이 말한 법의 내용은 초라하고 애매하였다. 이몽양은 이렇게 말한다.

> 옛날의 장인(匠人)으로 수(倕)와 반수(班輸)[22]와 같은 사람의 경우, 당(堂)도 호(戶)도 모두 같은 것이 없건만, 그들이 네모를 그리고 원을 그릴 때 컴퍼스와 직각자[規矩]를 버릴 수가 없었던 것은 무엇 때문인가? 컴퍼스와 직각자는 법이다. 내가 한 자 한 자, 한 마디 한 마디를 지키려는 것은 바로 법이다.[23]

모든 건축물의 형태는 동일하지 않다. 그러나 그 동일하지 않은 모든 형태는 결국 직각과 원으로 환원되고, 직각과 원은 컴퍼스와 직각자에 의해 그려진다. 문학에도 동일한 비유가 가능하다. 모든 문학작품은 다른 것이다. 그러나 작품의 창작 과정에는 컴퍼스와 직각자와 같은 어떤 기본적인 원리가 존재한다. 이것이 곧 법이다. 하지만 이몽양은 법의 존재와 중요성을 말하고 있을 뿐, 정작 법의 내용에 대해서는 거의 말이 없다.

법의 내용으로 그가 구체적으로 지적하고 있는 것은 '흡벽돈좌(翕闢頓挫)'란 말 뿐이다. "그러므로 고인의 문장은 한 번 붓을 휘두르매 뭇 선(善)이 갖추어졌다. 그러나 그 흡벽돈좌(翕闢頓挫)를 한 자 한 자, 한 마디 한 마디 모두 지켜 애초에 법이 없었던 것이 아니었으니, 이른바 둥근 데 컴퍼스가 쓰이고 네모 난 데에 직각자가 쓰인 것과 같다."[24] 이몽양의 법은 흡벽돈좌에서 그 구체성을 짐작할 수 있을 것 같다. 흡벽돈좌의 흡벽은 개합(開闔), 돈좌는 억양(抑揚)이다. 이것을 문학 창작과 관련짓는다면, '개합'·'억양'은 모두 수사법의 일종이다.

개합은 설리문(說理文)이나 서사문(敍事文)에서 먼저 정제(正題)와 무관한 듯한 다른 말을 한 뒤에 정제에 관해 말하는 기법이다. 다른 말을 먼저 하는 것

---

22) 倕는 黃帝 때의 이름난 장인, 班輸는 魯나라의 名工.
23) 李夢陽, 「駁何氏論文書」, 『空同集』(四庫全書本) 권62. "古之工, 如倕如班, 堂非不殊, 戶非同也, 知其爲方也圓也, 弗能舍規矩, 何也? 規矩者, 法也. 僕之尺尺而寸寸之者固法也."
24) 위의 책, 같은 곳. "是以古之文者, 一揮而衆善具也, 然其翕闢頓挫, 尺尺而寸寸之, 未始無法也, 所謂圓規而方矩者也."

을 '개(開)', 정제에 대해서 말하는 것을 '합(闔)'이라 한다.25) 억양의 '억(抑)'은 억눌러 낮추어 평가하는 것이고, '양(揚)'은 드날려 높이 평가하는 것이다.26)

개합·억양은 송대(宋代)부터 출현한 산문수사학 서적에서 빈번하게 나오는 용어다. 여조겸(呂祖謙)의 『고문관건(古文關鍵)』, 누방(樓昉)의 『숭고문결(崇古文訣)』, 위천응(魏天應)의 『논학승척(論學繩尺)』 등에 보이며, 명대에는 산문수사학으로 거의 보편화된 용어가 된다.27) 과연 흡벽과 돈좌를 개합, 억양으로 풀어도 상관이 없는가? 이몽양의 말을 더 들어보자.

고인의 작품은 그 법이 비록 다단(多端)하지만, 대저 앞에서 성글게 한 경우 뒤에 치밀하게 하고, 반이 헐렁하면 반은 치밀하게 하며, 한 쪽이 실(實)하면 한 쪽은 허(虛)하게 하고, 경치를 겹쳤으면 뜻은 반드시 둘이게 한다. 이것이 내가 말하는 법으로 둥근 데 컴퍼스가 쓰이고 네모 난 데에 직각자가 쓰인다는 것이다.28)

사실상 이몽양의 말은 개합·억양과 다를 것이 없다. 즉 주제와 관련된 작가의 모종의 의도를 구체화하기 위해 언어의 조직이 대(對)를 이룰 것을

---

25) 예컨대 『史記』「留侯世家贊」에서 "학자들은 귀신이 없다고 말하나 괴물이 있다고 말하는 사람도 있다[學者多言無鬼神, 然言有物]"라고 한 것은 '開'에 해당하고, 이 말에 이어 "유후가 만났던 노인이 병서를 보낸 일은 역시 괴이하게 여길 만하다[至如留侯所見老父予書, 亦可怪矣]"라고 한 것은 '합'에 해당한다. 개합에는 여러 종류의 개합이 있다. 王洪 主編, 『古代散文百科大辭典』, 學苑出版社, 1991, 751면.

26) 王洪 主編, 위의 책, 742면. "抑, 收束, 按下. 揚, 放開, 揚起." 淸의 劉熙載는 『藝槪』「文槪」에서 "억양의 법에는 네 가지가 있다. 欲抑先揚, 欲揚先抑, 欲揚先揚, 欲抑先抑이 그것이다." 이 중에서 욕양선억법을 예시한다. 『史記』의 「平原君列傳」의 '毛遂自薦' 부분에서 평원군은 모수에 대해 "선생께서 나의 문하에 계신 지가 지금까지 3년이 되었지만, 나는 선생께서 별다른 능력이 있음을 듣지 못하였소[先生處勝之門下, 三年於此矣. 左右未有所稱誦, 勝未有所聞. 是先生無所有也]"라고 낮추어 평가한다. 이것이 '抑'이다. 하지만, 모수의 힘으로 초나라와 합종을 이루고 돌아오자, 평원군은 "모수의 세 치 혀는 백만의 군대보다 강하다[毛先生以三寸之舌彊於百萬之師]"라고 높이 평가한다. 이것이 '揚'이다. 즉 모수의 능력을 높이 평가하기 위해 앞에서는 그의 무능함을 말하였던 것이고, 뒤에는 그의 능력을 극찬하였던 것이다. 「欲揚先抑法」, 『古代散文百科大辭典』, 784면.

27) 자세한 것은 강명관, 「허균 「문설」의 신해석」, 소명출판, 『안쪽과 바깥쪽』, 2007, 111~114면을 볼 것.

28) 李夢陽, 「再與何氏書」, 앞의 책, 같은 곳. "古人之作, 其法雖多端, 大抵前疎者後必密, 半闊者半必細, 一實者必一虛, 疊景者意必二, 此予之所謂法, 圓規而方矩者也."

요구하고 있는바, 개합 · 억양은 그 전형적인 형태인 것이다. 이몽양이 말하는 법은 사실상 문장의 수사학이었던 것이다. 별것이 아니다. 한데 이몽양은 이 법을 매우 높이 평가하였다. 이 법은 고인이 만든 것이 아니라, 하늘이 만든 것, 곧 본래 존재하는 것이었다.29) 이것은 성리학의 초월적 '리(理)'와 동일한 것이었다. 이몽양에게 있어 고인, 즉 전범을 본받는다는 것은 곧 이 법을 본받는 것이었다.

이몽양과 하경명은 '법'을 주제로 가벼운 논쟁을 벌인 적이 있었다. 하경명 역시 법의 존재를 말했지만, 그는 이몽양이 법을 척척촌촌(尺尺寸寸) 지켜야 한다고 생각했던 것과는 반대로 불가(佛家)의 논리를 빌어 법은 피안(彼岸)에 도달하면 버리는 뗏목과 같은 것이라고 생각했던 것이다.30) 법이란 존재하지만 고정된 것이 아니라, 법의 표현 방식은 시대에 따라 달라지기 마련이라고 하였으니,31) 이몽양의 법이 초월적 성격을 갖고 있었던 데 반해 상대적인 법을 주장했던 사람이다. 하지만 그에게도 법의 구체성은 희미하다. 하경명이 바꿀 수 없는 법이라고 주장한 것은 "말은 끊어져도 뜻은 연속되며, 동류(同類)의 일을 가지고 서로 견주어 본다"32)는 구절뿐이다. 하지만 이 말의 구체성은 매우 박약하여 무엇을 지시하는지 짐작할 길이 없다.

이몽양과 하경명은 각각 복고의 방법적 원리로 법을 말했지만, 그 법은 복고적 창작운동의 기세에 걸맞지 않게 너무나 초라한 것이었다. 그것은 어렴풋하나마 수사학에 속하는 것이었고, 수사학 중에서도 극히 일부에 지나지 않았다. 전범과 창작과의 관계가 어떻게 설정되어야 할 것인가 하는 문제는 실제 고려되지도 않았다. 또 그들은 법의 속성을 정치하게 해명하여, 법과 창작이 맺는 구체적 연관을 제시할 수 없었다.

---

29) 李夢陽, 「答周子書」, 위의 책, 같은 곳. "又謂文必有法式, 然後中諧音度如方圓之於規矩. 古人用之, 非自作之, 實天生之也. 今人法式古人, 非法式古人也, 實物之自則也."
30) 何景明, 「與李空同論詩書」, 『大復集』 권32. "佛有筏喩, 言捨筏則達岸矣, 達岸則捨筏矣."
31) 위의 책, 같은 곳. "故法同則語不必同矣. 僕觀堯 · 舜 · 周 · 孔子 · 思 · 孟氏之書, 皆不相沿襲而相發明, 是故德日新而道廣, 此實聖聖傳授之心也. 後世俗儒專守訓詁, 執其一說, 終身弗解, 相傳之意背矣."
32) 위의 책, 같은 곳. "僕嘗謂詩文有不可易之法者, 辭斷而意屬, 聯類而比物也."

전칠자의 의고직 창작론은 진범의 예술성을 결정히는 인지―법을 구체적으로 제시하지 못함으로 인해, 자연히 전범으로부터 어휘와 센텐스 등 표현상의 여러 언어적 요소를 차용하는 것으로 귀결되었다. 이것은 후칠자에 와서도 마찬가지였다. 이반룡의 의고적 창작론은 의의성변(擬議成變)으로 요약되는바,[33] 전범을 모의하되, 실천―창작에서의 변화를 추구하는 것이 이반룡의 창작 원칙이었던 것이다.[34] 그러나 그의 작품은 변화를 추구하지 못하고, 오로지 전범의 언어를 차용하는 것으로 귀결되었다.

이반룡과 함께 '왕리(王李)'로 병칭되는 왕세정은 전후칠자 중에서 가장 큰 영향력을 행사한 사람이었다. 그는 의고파 중에서 최대의 작가일 뿐만 아니라 명대 문학사에서도 굴지의 위치를 차지한다. 그의 엄청난 작품 목록은 실로 경이적이다.[35] 시와 산문, 그리고 문학 비평은 물론이고, 서화·금석에서 희곡 비평까지 한 사람의 대뇌에서 나온 것이라고 믿어지지 않을 정도로 넓은 영역에서 엄청난 양의 글을 쏟아내었다. 반의고론자(反擬古論者)들은 왕세정을 공격하였으나, 그의 호한한 독서와 작품량에는 경악하지 않을 수 없었다. 특히 왕세정의 문학비평서 『예원치언(藝苑卮言)』만큼 당대에, 그리고 조선에 영향력을 행사한 책도 없을 것이다.[36]

---

33) 이반룡의 의고적 창작 방법인 '擬議成變'은, 『滄溟集』 권1 '古樂府'의 서두 작품이 시작되기 전에 실린 짤막한 서에서 인용된 것이다. 李攀龍, 『李攀龍集』, 齊魯書社, 1993. "古之爲樂府者, 無慮數百家, 各與之爭, 片語之間, 使雖復起, 各厭其意, 是故必有以當其無有擬之用; 有以當其無有擬之用, 則雖奇而有所不用也. 『易』曰: '擬議以成其變化' '日新之謂盛德' 不可與言詩乎哉." 물론 '擬議以成變化'는 이반룡의 말이 아니라, 『周易』의 「繫辭上」에서 인용된 것이다. 이반룡의 "『易』曰: '擬議以成其變化' '日新之謂盛德'"이란 문장은 「繫辭上」의 "富有之謂大業, 日新之謂盛德"과 "擬之而後言, 議之而後動, 擬議以成其變化"를 인용해 조합한 것이다. '擬議'는 "원래 모의한 뒤에 말하고, 논의한 뒤에 움직인다[擬之而後, 言; 議之而後, 動]"는 模擬와 論議 양자를 말하고 있지만, 이반룡은 원래의 典範을 모의한다는 뜻으로 구사한다.
34) 왕세정 역시 이반룡의 창작 원칙을 '擬議成變'으로 요약하고 있다. 「李于鱗先生傳」, 『弇州四部稿』 권83. "以爲紀述之文厄於東京, 班氏姑其佼佼者耳. 不以規矩, 不能方圓, 擬議成變, 日新富有. 今夫尙書·莊·左氏·檀弓·考工·司馬, 其成言班如也, 法則森如也, 吾撫其華而裁其衷, 琢字成辭, 屬辭成篇, 以求當於古之作者而已."
35) 姜公韜, 『王弇州的生平與著述』, 國立臺灣大學文學院, 1974를 참조하라. 그의 저작에 관한 소개만으로도 책 한 권이 될 정도다.

왕세정은 전칠자의 복고론의 공로에 대해서는 그 자신이 의고주의였던 만큼 높이 평가하고 있으나, 그들의 작품에서 보이는 표절·모의의 실례와 이몽양·하경명에 대한 무분별한 추종에 대해서는 비판적이었고, 그와 같이 활동했던 이반룡에 대해서도 그의 과도한 언어 모의에 대해서는 일정한 비판적 거리를 유지한다. 왕세정은 이반룡과 함께 '왕리'로 병칭되어 복고파의 괴수처럼 인식되지만, 사실 그렇게 손쉽게 비판할 복고주의자는 아니다.

왕세정 역시 이몽양·하경명처럼 법의 문제를 제기하였다. 하지만 그의 생각은 탄력성이 있었다. 즉 지극한 법은 어떤 형태를 남기지 않으며[法之極者無跡] 언어로 구체화되지 않는다, 따라서 언어화된 죽은 법을 지킬 필요는 없다는 관점을 고수하였다[不守死法, 不泥於古人之成法]. 그리고 법을 존중하면서도[尚法], 법에 의해 작가의 의(意)가 충분히 표현[達意]되지 않는 경지는 옳지 않다고 생각하였다.37) 이것은 그의 의고적 창작론이 이몽양·하경명 그리고 이반룡과는 달리 초기부터 융통성이 있었다는 것을 의미한다. 실제 그는 당송파가 출현하고, 당송파의 산문이 추종자를 불러 모으며 상당한 성취를 이루는 현상을 경험하고 스스로의 관점에 일정한 수정을 가하기도 하였다. 예컨대 그는 당송파가 제창한 구양수(歐陽修)·왕안석(王安石)·증공(曾鞏)·소식(蘇軾)의 문장을 그 유래처가 『장자(莊子)』·『열자(列子)』·『회남자(淮南子)』·『좌전(左傳)』에 있다면서 대체하려고 하였다.38) 당송파를 인정하고

---

36) 예컨대 우리나라의 경우 李睟光의 『芝峯類說』에 이 책이 많이 인용되어 있다.
37) 『明代文學批評史』, 260~262면. 達意와 尚法에 대한 서술을 참조하라. 달의는 당송파의 관점이고, 상법은 의고파의 입장이다. 그는 이 두 관점을 통합한 것이다. 그리고 거슬러 올라가면, 이몽양의 獨守尺寸의 관점에 반대하고, 하경명에 찬동한 것이다. 왕세정의 법에 대한 관심은 『예원치언』에서만 주로 보이고, 이후의 『續稿』에는 적다. 법을 경시하는 모습까지 보인다.
38) 왕세정은 宋文을 익히려고 하는 사람은 宋文이 유래한 원천을 알아야 한다고 주장하였다. 王世貞, 「古四大家摘言序」, 『弇州四部稿』 권68. "欲習宋者知宋所繇來也." 「古四大家摘言序」는 『莊子』『列子』『淮南子』『左傳』의 글로 이루어진 산문 앤솔로지에 붙인 글이다. 이 글에서 그는 이 4종의 산문을 구양수·왕안석·증공·소식 문장의 원류로 파악하여, 이 4인의 문장을 대신하고자 하였다.

낭송파의 비평적 주장을 의고파 내부로 수용하여 해소하고자 했던 것이다. 그 뒤 그는 다시 시대의 고금을 따지는 논법을 폐기하고 송대 문학의 가치를 사실상 인정하는 쪽으로 관점을 바꾸게 된다.[39]

법과 아울러 의고파가 역설한 것은 격조(格調)였다. 이몽양은 고인, 곧 전범의 격조(格調)를 배울 것을 주장했다. 이몽양이 말한 고인의 격조는 단순히 고인의 형식적인 율격(律格)과 성조(聲調)를 추구하자는 것이 아니었다. 그가 말한 격조는 인간의 진정(眞情)에서 유래하는 것이었다.[40] 격조야말로 전범의 예술성을 결정하는 주요 인자였던 것이다. 그러나 그는 격조를 생산한 요소, 예컨대 고인의 정신을 포착하는 데 실패하였고, 자연히 전범으로부터 배우는 대상은 오로지 형식에 편중되었다. 왕세정의 비평 역시 법과 아울러 격조를 말하고 있지만, 그의 격조는 매우 융통성이 있는 것이었다. 예컨대 그는 격조를 존중하여야 하겠지만, 그 격조는 반드시 정실(情實, 참된 마음)에 근거해야 한다고 말했던 것이다.[41] 하지만 그의 융통성이 있는 격조 역시 '격조'란 설정 자체를 벗어날 수 없었다. 격조는 여전히 구속으로 작용할 터였다.

의고파의 의고적 창작 논리는 그것이 진정한 시의 회복을 위한 것처럼 무기력한 대각체를 비판하는 데 의의가 있었다. 하지만 그들의 진정한 문학, 내지는 진정한 산문을 위한 방법과 실천은 이미 내부에 문제를 안고 있었다. 그들은 사실상 그 방법에 대해서 거의 구체적인 것을 밝힐 수가 없었다. 의고파가 말한 법과 격조 등은 실제 내용이 애매하거나 공소하였던바, 결국 그들은 자기 작품의 언어를 과거 전범에서 빌려오는 것으로 의고를 실천할 수밖에 없었다.[42] 예컨대 이반룡은 "한 글자도 한대(漢代) 이후의 글자가 없

---

39) 『明代文學批評史』, 256~257면.

40) 위의 책, 153면.

41) 위의 책, 265~266면.

42) 王世貞, 「李于鱗先生傳」, 『弇州四部稿』 권83. "于鱗旣以古文辭創起齊魯間, 意不可一世, 學而屬, 居曹無事, 悉取諸名家言讀之, 以爲紀述之文厄於東京, 班氏姑其狡狡者耳. 不以規矩不能方圓. 擬議成變, 日新富有." "今夫尙書·莊·左氏·檀弓·考工·司馬·其成言班如也, 法則森如也. 吾撫其華而裁其衷, 琢字成辭, 屬辭成篇, 以求當於古之作者而已." 실제 창작이 전범의 언어를 차용하는 것임을 밝히고 있다.

으며, 또한 한 글자도 한 이전에서 나오지 않은 것이 없다"[43]고 할 정도로 과한 의고론의 실천자였다. 그는 이 의고적 작풍으로 해내의 문병을 거의 20년을 장악했다.[44] 그러나 과거 작품의 언어로 이루어지는 작품은, 과거 작품과의 유사성은 가질 수 있으나, 그 유사성은 곧 작가의 독특한 개성과 인식을 보여주기에 너무나도 부족했다. 또 억지로 과거의 전범을 재현하다 보니, 의고파의 글은 너무나 난해하였다. 이반룡의 이해자였던 왕세정조차 이반룡의 산문은 구두를 뗄 수가 없을 정도로 난삽하다고 평가했다.[45]

의고파의 주장은 너무나 편협하였다. 예컨대 선진양한과 성당의 전범성을 주장하면서 송대 문학을 폄하했던 것이 그 증거다. 이반룡은 『고금시산(古今詩刪)』을 엮을 때 고일시(古逸詩), 한(漢)·위(魏)·남북조(南北朝)·당(唐)의 시를 연속해서 싣고, 송(宋)과 원(元)의 시를 궐한 채 곧바로 명(明)의 시를 실었던 것이다.[46] 의고적 창작론이 경화된 양상을 띠기 시작한 것이다. 왕세정은 『예원치언』에서 이몽양이 사람들에게 당(唐) 이후의 글을 읽지 말라고 한 것을 몹시 편협한 견해[47]라고 비판했으나, 『명사』「문원전」은 그에 대해 이렇게 총괄했다. "왕세정의 지론은 '문장은 반드시 서한(西漢)이어야 하고 시는 반드시 성당(盛唐)이어야 하며, 대력(大曆) 이후는 읽지 않아야 한다'는 것이었다."[48] 왕세정은 이몽양·하경명·이반룡과는 달리 일방적 의고가 아니라, 젊은 시절부터 융통성을 갖고 있었고, 후기에도 송대 문학의 가치

---

43) 王世貞, 『藝苑卮言』 7 : 『弇州四部稿』 권150. "李于鱗文無一語作漢以後, 亦無一字不出漢以前."
44) 『列朝詩集小傳』, 428면. "及自秦中掛冠, 搆白雪樓於鮑山·華不注之間, 杜門高枕, 聲望茂著, 自時厥後, 操海內文章之柄垂二十年."
45) 王世貞, 「贈李于鱗序」, 『弇州四部稿』 권57. "卽示人而讀者不能句."
46) 『明史』「文苑傳」은 宋學 배척이 이반룡 비평의 핵심이었음을 지적하고 있다. 「文苑 3」, 『明史』 24, 7378면. "其持論謂文自西京, 詩自天寶而下, 俱無足觀, 于本朝獨推李夢陽. 諸子翕然和之, 非是, 則詆爲宋學."
47) 王世貞, 『藝苑卮言』 1 : 『弇州四部稿』 권144. "李獻吉勸人勿讀唐以後文, 吾始甚狹之, 今乃信其然耳."
48) 「文苑 3」, 『明史』 24, 7378면. "其持論, 文必西漢, 詩必盛唐, 大曆以後書勿讀, 而藻飾太甚."

를 인정하는 등 당송파 이론의 일부를 수용한 것도 사실이지만, 그 역시 의고주의의 편협성을 벗어날 수 없었던 것이다.

이몽양이 원래 제기했던 문제, 즉 진정한 시[眞詩]를 어떻게 써야 할 것인가라는 문제는 매우 참신하고 설득력 있는 것이었다. 그의 비평적 주장에 동조하는 세력[前七子]이 형성되고, 복고론이 유포된 것은 자연스러운 일이었다. 복고운동은 일종의 거창한 개혁운동이었던 셈이다. 그러나 그들이 내세운 의고적 창작론은 그 실천에 있어서 심각한 모순을 내포하고 있었다. 또 의고론의 편협성은 문학의 창작을 도리어 압살하는 역기능을 하고 있었다. 비판이 없을 수 없었다.

2) 당송파(唐宋派)의 의고파 비판

전칠자의 의고적 창작론이 창작계를 풍미함과 동시에 그 모순처도 노출되었다. 당연히 의고적 창작론을 비판하는 비평이 제기되었다. 그 최초의 문인그룹이 이른바 당송파(唐宋派)다. 당송파는 주로 산문 쪽에서 성과를 내었던바, 이 그룹이 지금 당송팔대가(唐宋八大家)로 알려져 있는 당·송의 산문 작가를 산문의 전범으로 삼을 것을 주장했기에 당송파란 명칭을 얻게 된 것이다.

당송파는 양명학과 관련하여 약간 미묘한 점이 있다. 즉 당송파는 양명학의 논리를 최초로 문학 비평에 적용한 그룹으로 양명학과 문학의 관계에 있어서 대단히 중요한 모멘트가 되는 것이다. 왕양명(王陽明, 1472~1529)은 문학에 대해 비평적 언급을 남긴 것은 아니다. 그가 몰입했던 철학과 윤리학에 비하면 문학은 주변부적인 것일 뿐이었다. 물론 그는 명대의 탁월한 문인이었다.[49] 조선조의 비평에서 왕양명에 대해 "그의 학술은 잘못되었지만"이란

---

49) 왕양명은 『皇明十大家文抄』에 든 사람이었다. 명대 문인 10명 중 1명으로 꼽힐 정도였던 것이다.

유보 사항을 달고 그를 명대 굴지의 작가로 꼽는 것은 바로 이 때문이다. 하지만 용장(龍場)에서의 오도(悟道) 이후 철학으로 방향을 전환한 뒤 그는 문학에 대한 비평적 발언을 한 적은 없었다. 하지만 양명학의 논리는 뒷날 문학 비평에 거대한 영향을 미친다. 이 책이 다룰 공안파(公安派)는 양명학의 문학적 전개의 완벽한 성과로 보아도 무방할 것이다.

당송파의 구성원은 귀유광(歸有光)·당순지(唐順之)·왕신중(王愼中)·모곤(茅坤) 넷이다.50) 당송파 중에서 귀유광이 가장 나이가 많고 작품의 성취도 가장 탁월한 것으로 평가되지만, 귀유광은 산문 비평에 별반 이론을 세우지 않았다. 다만 왕세정을 '망용인(妄庸人)'이라 지적하면서 의고파에 대해서 비난한 바는 있다.51) 당송파 넷 중에서 의고파의 비평과 창작의 모순점을 최초로 지적한 사람은 왕신중이다. 왕신중은 원래 의고적 창작론을 추종해 선진양한(先秦兩漢)고문을 학습하였으나, 양명학을 접한 뒤 이내 당송고문으로 전환하였다. 당순지는 왕신중의 비평적 영향으로 인해 역시 왕신중과 같은 길을 걸었다. 요컨대 양명학이 당송파 비평의 형성에 큰 영향을 끼친 것이었다.

양명학의 기본 테제 심즉리(心卽理)는 진리의 외재성·초월성을 부정한다. 이 명제는 진리의 내재성을 말하며 자아가 내재하는 진리를 자각하고 실천할 것을 요구한다. 양명학의 이 논리는 의고파의 의고적 창작론과는 대척적인 관계에 놓인다. 즉 의고파의 전범의 설정과 전범의 추종은, 외재하는 이(理)와 이(理)의 명령에 의한 윤리의 타율적 실천과 동일한 논리를 갖고 있는 것이다. 왕신중은 양명학의 논리를 수용한다.52) 이제 이 논리는 문학창작의

---

50) 歸有光(1506~1571)은 자가, 熙甫, 호가 震川이고 昆山 출신이다. 唐順之(1507~1560)는 자가 應德, 호는 荊川이고 武進 출신이다. 王愼中(1509~1559)은 자가 道思, 호가 遵巖居士이고, 晉江 출신이다. 茅坤(1512~1571)은 자가 順南, 호는 鹿門이고 歸安 출신이다.

51) 歸有光,「項思堯文集序」,『震川集』(四庫全書本) 권2. "盖今世之所謂文者難言矣. 未始爲古人之學, 而苟得一二妄庸人爲之巨子, 爭附和之, 以詆排前人. …… 文章至于宋元諸名家, 其力足以追數千載之上, 而與之頡頏; 而世直以蚍蜉撼之, 可悲也. 無乃一二妄庸人爲之巨子以倡道之歟!"

52) 王愼中,「與唐荊川」,『遵巖集』(四庫全書本) 권21. "然則由是以知大學之所謂致知者信在內而不在外, 係於性而不係於物, 而龍谿君之言爲益可信矣."

논리로 전환될 것이다.

선진양한 산문이 절대적 전범이란 관점을 비판하기 위해, 왕신중은 산문을 인식하는 층위를 바꾼다. 즉 그는 문학과 도덕과의 관계에 주목한다.[53] 그는 당대 산문작가인 증공(曾鞏)의 산문집에 붙인 서문 「증남풍문수서(曾南豐文粹序)」에서 이렇게 말하고 있다. 잘라서 인용한다.

> 지극히 성대한 시대에는 학술은 사람 사람마다 밝혀지고, 풍속은 한결같이 도덕에서 나오는데, 문장은 그 사이에서 이루어진다.

> 그것(문장)의 크고 작음은 비록 다르지만, 그것이 학술에 근본을 두어 도덕을 충분히 발휘했으니, 그 뜻은 일찍이 다른 적이 없었던 것이다.[54]

왕신중은 문장과 도덕의 관계에 대해 말하고 있다. 문학은 도덕에서 나오거나 도덕을 발휘하는 것이다. 송대 성리학자들의 재도론(載道論)에서 보듯, 문학과 도덕을 짝짓는 관점은 오래된 것이다. 왕신중은 재도론을 다시 강조하기 위해서 이 말을 하는 것인가. 아니다. 이 맥락에서의 문장—도덕의 관계 설정은 오래된 기원일수록 전범성을 갖는다는 의고파를 비판하기 위해 제출된 것이다. 즉 문장의 가치는 오래된 기원이 아니라, 도덕 혹은 진리와 관련되어 판단되어야 한다는 것이다.

그렇다면 왕신중의 비평은 도덕주의인가. 그렇지는 않다. 강오파(江午坡)에게 보내는 편지에서 그는 이렇게 말한다.

> 그가 지은 문자는 법도(法度)와 규구(規矩)가 하나도 고인에게 감히 배치되지 않았지만, 끝내는 모두 그 자신의 말이 되는 것〔自爲其言〕에 귀결되었다.[55]

---

53) 王愼中, 「與林觀頤」, 위의 책 권23. "所爲古文者, 非取其文詞不類於時. 其道乃古之道也. 古之道不謀祿利, 不希榮進. 足下所謂夢寐古人, 顧戚戚於旣失, 汲汲於後獲, 何其與古之道異也. 足下之好古文, 直好其詞不類於時耳."

54) 王愼中, 「曾南豐文粹序」; 黃宗羲 編, 『明文海』 권245. "極盛之世, 學術明於人人, 風俗一出乎道德, 而文行於其間." "其小大雖殊, 其本於學術而足以發揮乎道德, 其意未嘗異也."

지금 시를 짓는 사람들이 어찌 천 명 백 명에 그치겠는가? 또 각자 스스로 뻐기고 있지만 실제로는 작품이라고 말할 수가 없다. 이른바 작품이란 것은 자신[我]에게서 나와 남에게 빌붙지 않은 것이어야 한다.[56]

고전에 위배되지 않으면서 작가 자신의 언어를 구축할 것을 요구했던 것이다.[57] 이것은 고전의 언어를 벗어나지 말 것을 요구했던 의고파와 완전히 대척적인 관점이다. 이렇게 해서 왕신중의 비평은 의고파와 갈라지기 시작했다.

그렇다면 그가 당송고문을 선택했던 논리는 무엇인가. 그 자신 역시 사마천과 반고 등의 선진양한 산문의 우월성을 의심하지는 않았다. 하지만 그는 이렇게 말한다. "육경(六經)과 『사기』·『한서』에 대해 지취(旨趣)의 뿌리를 얻은 사람으로는 한유·구양수·증공·소식과 같은 명가(名家)만한 이가 없다. 지금 제현(諸賢)이 여전히 송인(宋人)을 낮게 평가하는 마음이 있기 때문에 그들의 문장이 이와 같은 것이다."[58] 즉 그는 육경과 『사기』·『한서』 등의 선진양한 산문의 성취를 다시 이룩하고자 한다면, 당송고문이야말로 그 본질을 이해하고 있으므로, 당송고문을 통해 선진양한으로 나아갈 것을 말하고 있는 것이다.[59]

---

55) 王愼中,「與江午坡書 1」,『遵巖集』권23. "其作爲文字法度規矩, 一不敢背於古人, 而卒歸於自爲其言."
56) 王愼中,「與袁永之」, 위의 책 권21. "今之爲詩者, 何止千百人? 且各以自矜, 然實不得謂之作. 所謂作者蓋出於我而無所緣於人者也."
57) 이런 관점에서 왕신중은 의고파들이 전범으로 평가했던 성당시를 재평가한다. 대체로 의고파를 위시한 사람들이 성당시에는 공동의 풍모와 격조가 있다고 말하는 데 반해, 왕신중은 성당의 작가 한 사람 한 사람이 모두 안목이 있다(「寄道原弟書 7」,『遵巖集』권24. "盛唐之詩則人人有眼目, 篇篇有風骨")고 평가했다. 개별 작가의 개성을 높이 평가했던 것이다.
58) 王愼中,「寄道原弟書 9」, 葉慶炳·邵紅之 編輯,『明代文學批評資料彙編』上, 成文出版社, 臺北, 中華民國 68年, 347면. "學六經·史·漢最得旨趣根領者, 莫如韓·歐·曾·蘇諸名家, 今觀諸賢尙有薄宋人之心, 故其文如此" 宋人을 낮게 평가하는 마음 운운하는 것은, 의고파를 지적한 것이다.「寄道原弟書 9」는 四庫全書本『遵巖集』에는 실려 있지 않다. 따라서 여기서는『明代文學批評資料彙編』의 것을 이용한다. 앞으로『明代文學批評資料彙編』의 인용은 서적명만 쓰고 여타 서지사항은 생략한다.
59) 王愼中,「寄道原弟書 8」, 위의 책. "方洲嘗述交游中語云 : ‘總是學人, 與其學歐·曾, 不

왕신중이 작가의 개성적 언어를 구축할 것을 주장했다면, 딩순지는 본색
론(本色論)으로 사유와 문학의 개성을 주장하였다.

> 여기 두 사람이 있다 하자. 한 사람은 심지(心地)가 초탈하여 이른바 천고(千古)
> 의 척안(隻眼)을 갖춘 사람이다. 설령 그가 일찍이 종이를 펼치고 붓을 쥐고 끙끙대
> 며 문장을 짓는 것을 배운 적이 없기 때문에 오직 집안에 쓰는 편지를 쓰는 것처럼
> 곧장 자신의 속마음[胸臆]에 근거하여 손가는 대로 써 낼 경우, 비록 간혹 거친 곳
> 이야 있겠지만, 연화산함(煙火酸餡)[60]의 습기(習氣)가 전혀 없으니, 곧 우주간의 한
> 가지 절호(絶好)한 문자가 될 터이다.
> 또 한 사람은 여전히 세속적인 사람이라, 비록 애달캐달 문장을 짓는 것을 배워
> 그 승묵(繩墨)과 포치(布置)라면 더할 나위가 없지만, 뒤집어 엎어보면 노파의 혀
> 끝에서 나온 몇 마디 말에 지나지 않아, 그 참다운 정신[眞精神]과 천고의 마멸(磨
> 滅)할 수 없는 견해는 전혀 없는 것이다. 그러니 문장은 비록 공교하지만 하격(下
> 格)이 됨을 면하지 못한다. 이것이 문장의 본색(本色)이다.[61]

작문의 테크닉에 매몰된 사람의 작품은 도리어 참다운 정신과 천고의 마
멸할 수 없는 견해를 갖지 못한다. 문장에 대한 전문적인 수련이 없는 사람
이 자신의 사상 감정[胸臆]을 자연스럽게 언어로 드러낼 때[直據胸臆, 信手寫
出] '본색'을 갖는 절호한 작품이 된다.

그는 이 본색론을 시에서도 확장 적용한다. 시가 생긴 이래 심약(沈約)처
럼 성률(聲律)을 따지고 구문(句文)의 수식에 골몰한 사람은 없다. 그러나 그

若學馬遷·班固. 不知學馬遷莫如歐, 學班莫如曾. 今我此文, 正是學馬·班, 豈謂學歐·曾
哉. 但其所學非今人所謂學, 今人何嘗學班·馬, 只是每篇中抄得三五句史·漢全文, 其餘
文句皆擧子對策與寫束寒溫之套, 如是而謂之學班·馬, 亦可笑也."

60) 煙火酸餡에서 煙火는 불을 때어 밥을 짓는 것이고, 酸은 신맛, 餡은 단맛이니, 음식을 하
고 거기에 양념을 하는 등 인위적인 요소를 더하는 것을 말하는 것이 아닌가 한다. 곧 문장
을 쓸 때 인위적인 기교나 수식을 더하는 것을 비유한 말로 이해된다.

61) 唐順之,「與茅鹿門主事書」,『荊川集』(四庫全書本) 권4. "今有兩人, 其一人心地超然, 所
謂具千古隻眼人也, 卽使未嘗操紙筆呻吟, 學爲文章, 但直據胸臆, 信手寫出, 如寫家書, 雖
或疎鹵, 然絶無煙火酸餡習氣, 便是宇宙間一樣絶好文字, 其一人猶然塵中人也. 雖其顓顓
學爲文章, 其於所謂繩墨布置, 則盡是矣, 然翻來覆去, 不過是幾句婆子舌頭語, 索其所謂
眞精神與千古不可磨減之見, 絶無有也, 則文雖工而不免爲下格. 此文章本色也."

는 좋은 작품을 남기지 못했고, 도연명(陶淵明)은 성률과 구문의 수식을 도외시했지만, 빼어난 시를 남겼다. 왜냐? 도연명은 본색이 높고, 심약은 본색이 낮았기 때문이다.[62]

그렇다면 본색이란 무엇인가.

> 대저 양한(兩漢) 이래로 문장의 수준이 옛날과 같지 아니한 것이, 어찌 이른바 승묵(繩墨)과 전절(轉折)의 정미(精微)함이 완전치 않아서이랴. 진(秦)·한(漢) 이전으로 말하자면, 유가(儒家)는 유가의 본색(本色)이 있었고, 노장가(老莊家)는 노장가의 본색이, 종횡가(縱橫家)는 종횡가의 본색이, 명가(名家)·묵가(墨家)·음양가(陰陽家)에게는 모두 그들의 본색이 있어, 그 학술이 비록 잡박(雜駁)했지만 모두 일단(一段)의 천고의 마멸(磨滅)할 수 없는 견해가 없지 않았던 것이니, 이 때문에 노가(老家)는 유가(儒家)의 설을 초습(剿襲)하지 않으며, 종횡가는 묵가(墨家)의 이야기를 빌리려 들지 않았다. 각자는 자기의 본색으로부터 울려 말을 하는 것이다. 각자가 말하는 바가 바로 각자의 본색이다. 이 때문에 정광(精光)이 거기에 쏟아져 그 말이 드디어 세상에서 사라지지 아니하는 것이다.[63]

제자백가의 본색은 제자백가의 특유한 사유이며, 제자백가의 언어는 그 특유한 사유로부터 나오는 것이다. 당순지에게 본색은 곧 사유와 언어의 독자성 — 개성이다. 이 독자성으로 말미암아 사유와 언어는 후세에 전해지는 이월가치를 갖는 것이다. 당순지의 본색론이 과거 전범의 언어를 차용하는 데 매달리는 의고적 창작론과 대척적인 지위에 있음은 물론이다.

그렇다면, 당송고문을 선택한 이유는 무엇인가. 당순지는 의고파의 논리를

---

62) 위의 책, 같은 곳. "卽如以詩爲喩, 陶彭澤未嘗較聲律雕句文, 但信手寫出, 便是宇宙間第一樣好詩, 何則? 其本色高也. 自有詩以來其較聲律雕句文. 用心最苦, 而立說最嚴者無如沈約苦. 却一生精力, 使人讀其詩, 祇見其綑縛齷齪滿卷累牘, 竟不曾道出一兩句好話, 何則? 本色卑也. 本色卑, 文不能工也, 而況非其本色者哉!"

63) 위의 책, 같은 곳. "且夫兩漢而下, 文之不如古者, 豈其所謂繩墨轉折之精之不盡如哉? 秦·漢以前, 儒家者有儒家本色, 至如老莊家有老莊家本色, 縱橫家有縱橫家本色, 名家·墨家·陰陽家皆有本色. 雖其爲術也駁而, 莫不皆有一段千古不可磨滅之見. 是以老家必不肯勦儒家之說, 縱橫必不肯借墨家之談, 各自其本色而鳴之爲言; 其所言者, 其本色也, 是以精光注焉, 而其言遂不泯於世."

'법'으로 접근하여 해체하면서 당송고문을 선택한 이유를 밝힌다.

> 한(漢)나라 이전의 문장에는 일찍이 법(法)이 없었던 적이 없었으나 또 법이 있는 것도 아니었다. 법은 무법(無法) 가운데 깃들어 있었기 때문에 그 법은 은밀하여 인식할 수가 없었다.
> 당(唐)나라와 근대의 문장은 법이 없을 수가 없어 털끝만큼도 법을 벗어날 수가 없었다. 유법(有法)으로 법을 삼았기 때문에 그 법의 성질은 엄격하여 어길 수가 없다.
> 은밀하기에 이른바 법이 없을 것이라고 의심하고, 엄격하기에 법이 있어 엿볼 수가 있을 것이라고 생각한다. 그러나 문장에는 반드시 법이 있어 자연에서 나와 바꿀 수 없는 것이라는 견해는 이론이 없을 것이다.[64]

문장의 예술성을 결정하는 법은 존재한다. 그것은 자연에서 나온 초월적이고 절대적인 것이다. 이 점에서 당순지는 이몽양의 논리를 되풀이하고 있는 셈이다. 하지만 이몽양과 달리 당순지는 의고문파가 근거하고 있던 한(漢) 이전의 문장의 법은 인지할 수 없는 것이라고 말한다. 인지할 수 없기에 그 법은 배울 수 없다. 여기서 의고적 창작론의 근거가 무너진다. 하지만 당 이후의 법은 인지할 수 있다. 여기서 당순지는 당송의 법을 배워 선진양한으로 나아가야 한다는 논리를 개발했던 것이다. 당순지가 말하는 법이란 인지할 수 있는 것이므로 보다 정확히 말할 수 있다. 후술하겠지만, 그 법은 개합수미(開闔首尾) 경위착종(經緯錯綜)의 법으로 문장의 구성을 중요시하는 것이었다.[65]

법을 인지할 수 있는 당송고문을 전범으로 삼자는 당순지의 주장은 모곤(茅坤)으로 이어진다. 모곤은 양명학자가 아니다. 따라서 그는 왕신중과 당순

---

64) 唐順之, 「董中峯文集序」; 黃宗羲 編, 『明文海』 권245. "漢以前之文未嘗無法, 而未嘗有法. 法寓於無法之中, 故其爲法也密而不可窺. 唐與近代之文不能無法, 而能毫釐不失乎法. 以有法爲法, 故其爲法也嚴而不可犯. 密則疑於無所謂法, 嚴則疑於有法而可窺. 然而文之必有法, 出乎自然而不可易者, 則不容異也."
65) 위의 책, 같은 곳. "有人焉, 見夫漢以前之文, 疑於無法而以爲果無法也, 於是率然而出之, 決裂以爲體, 餖飣以爲詞, 盡去自古以來開闔·首尾·經緯·錯綜之法, 而別爲一種臃腫佶屈浮蕩之文, 其氣離而不屬, 其聲離而不節, 其意卑, 其語澀, 以爲秦與漢之文如是也."

지처럼 강렬한 개성을 요구하지는 않는다. 다만 그는 왕·당과 일정하게 구분되는 지점에서 의고파를 비판하고 당송고문을 전범화하였다. 모곤의 독특한 관점은, 문학은 선진양한의 전범으로부터 일방적으로 후퇴해온 것이 아니라, 문장은 문장이 표현하는 '도(道)'의 성쇠와 연동하여 성쇠를 거듭한다는 것이다.[66] 의고론자들이 시간의 선후, 즉 오래되면 오래될수록, 원본에 가까우면 가까울수록 예술적 성취의 수준이 높다고 판단했다면, 모곤은 전혀 다른 차원에서 문학의 예술적 성취를 논하고 있는 것이다. 물론 모곤이 말하는 도는 정통 유가(儒家)의 도이며, 그 도는 육경(六經)에서 유래하는 것이다. 모곤의 논법은 이러하다.

공맹(孔孟)이 죽자 시서(詩書) 육예(六藝)의 학문이 전해지지 않게 되었다. 진시황이 또 이어서 그것들을 태워버리자 이에 문장의 뜻이 산일(散逸)되거나 자투리만 겨우 남게 되었다.

한(漢)이 건국되자 비로소 조서를 내려 없어진 경전(經典)을 찾았고, 천하의 학사(學士)들이 비로소 남은 육경(六經)을 서로 전수하기 시작했다. 서경(西京)의 문장은 가장 이아(爾雅)하다고 하는데, 그 중 가장 뛰어난 사람을 꼽자면 가의(賈誼)·조착(鼂錯)·동중서(董仲舒)·사마천(司馬遷)·유향(劉向)·양웅(揚雄)·반고(班固)가 그들이다.

진(晉)·위(魏)·송(宋)·제(齊)·양(梁)·진(陳)·수(隋)의 시대에 이 도(道)는 거의 끊어졌다가, 당(唐)의 한유(韓愈)가 나와 비로소 위로 맹가(孟軻)를 접하고 아래로는 양웅(揚雄)을 참작해서 절충하였다.

오대(五代)에 가서는 갈수록 희미해져 없어질 뻔했는데, 구양수(歐陽修)·증공(曾鞏) 그리고 소씨(蘇氏) 부자(父子) 형제가 나와 천하의 문장이 다시 고(古)로 나아갈 수 있었다. 몇몇 군자들은 그 타고난 재주의 크고 작음이 다르지만, 육예(六藝)의 학문이라면 모두 그 나루를 건너고 그 물결의 근원을 거슬러 올라간 사람들이다. 이로써 보건대, 문장이 혹 성(盛)하기도 하고, 쇠(衰)하기도 하는 것은 다만 그 도

---

66) 茅坤, 「唐宋八大家文鈔原序」, 『唐宋八大家文鈔』 1, 上海古籍出版社, 1993, 14면. "噫, 抑不知文特以道相盛衰, 時非所論也." 茅坤, 「文旨贈許海嶽沈虹臺二內翰先生」, 『明代文學批評資料彙編』 上, 378면. "由此觀之, 文章之或盛或衰, 特於其道如何耳." 앞으로 『唐宋八大家文鈔』의 인용은 서적명만 쓰고 여타의 서지사항은 생략한다.

(道)가 어떠한가를 볼 뿐인 것이다.[67]

　모곤이 말하는 문통(文統)은 사실상 문학사의 입장에서 파악한 도통(道統)이다. 즉 그는 유가의 도통론(道統論)의 입장에서 유가의 이데올로기를 적극 섭취한 문장이 정통이라고 말하고 있는 것이다. 그는 진(秦) 이래의 수많은 작가들이 비록 뛰어나기는 하지만 모두 '풀숲의 영웅[草莽之雄]'일 뿐이고, 도를 얻어 육예를 절충한 경우는 한(漢)과 당송(唐宋)일 뿐이라는 것이다.[68] 이것이 그가 당송고문을 선택한 이유다.

　왕신중·당순지는 양명학파였고 모곤은 정통적 유가였다. 그들의 사상적 기반은 상호간 달랐으나, 그들이 공히 의고적 창작론을 비판하고 당송고문을 전범으로 선택했다는 것은 동일하였다. 왕신중의 자기 언어, 당순지의 본색론에서 볼 수 있는 바와 같이 이들은 작가의 사유와 언어의 독자성을 존중하였다. 당송파는 여러 모로 의고파와는 다른 문제 설정을 갖고 있었다. 하지만 이들은 공히 그들이 말하는 개성이 어떻게 추구해야 할 것인지를 구체화시킬 수 없었다.

　후칠자를 비판한 당송파가 광범위한 지지를 받게 된 이유는 다른 데 있었다. 당송파의 공헌은 산문의 법에 있었다. 그러나 그들이 말한 법은 의고파와는 달랐다. 당순지가 말한 문장의 개합수미(開闔首尾) 경위착종(經緯錯綜)의 법은 문장의 구성에 관련된 수사학이었다. 이 수사학은 송대(宋代) 여조겸(呂祖謙)의 『고문관건(古文關鍵)』으로부터 시작하여 송대 원대를 거치면서 발달해 온 것이고, 특히 과거 문장에서 적극 활용되었다.[69] 명대의 과거문은 팔

---

67) 茅坤,「文旨贈許海嶽沈虹臺二內翰先生」, 黃宗羲 編,『明文海』 권131. "孔孟沒而詩書六藝之學不得其傳. 秦皇帝又從而燔之. 於是文章之旨散逸殘缺. 漢興始詔求亡經而海內學士始得以沿六經之遺而轉相授受, 西京之文號爲爾雅. 其最著賈誼·鼂錯·董仲舒·司馬遷·劉向·揚雄·班固是也. 晉·魏·宋·齊·梁·陳·隋之間, 斯道幾絶, 唐韓愈氏出, 始得上接孟軻, 下按揚雄而折衷之. 五代之間, 寖微寖滅, 歐陽修·曾鞏及蘇氏父子兄弟出, 而天下之文復趨於古. 數君子者雖其才之所授小大不同, 而於六藝之學可謂共涉其津, 而遡其波者也. 由此觀之, 文章之或盛或衰特視其道何如耳."

68) 위의 책, 같은 곳. "秦以來, 操觚爲文章者無慮數十百家, 其間虎步而駑攫不可勝數, 然皆譬之草莽之雄." "得其道而折衷於六藝者漢唐宋是也."

고문(八股文)이었고, 딩송파의 왕신중과 당순지는 명대 팔고문의 대가였다. 팔고문은 문장의 구성을 중시하였다. 팔고문에서 그들은 문장의 구성이라는 요소를 끌어왔던 것이다. 그들은 문장을 자(字)·구(句)·편(篇)·장(章)의 층위로 나누어 생각하였던바, 이것은 어휘·센텐스·단락·문장 전체에 해당하였다. 전후칠자가 주로 자(字)와 구(句)의 차원에서 전범적 텍스트의 자와 구를 절취해 차용하였다면, 당송파는 문장 전체의 차원에서 어휘와 센텐스, 단락을 작가의 의도에 따라, 주제를 효과적으로 드러내기 위해 어떻게 배치할 것인가에 주목했던 것이다. 의고파가 표절로 여겨질 수 있는 데 반해 문장의 구성, 언어의 배치란 새로운 문장 인식은 확실히 설득력이 있었다.

자신들의 주장을 펼치기 위해 당송파는 산문 앤솔로지를 만들었다. 당순지는 자신의 문장 구성의 수사학, 곧 법을 구체적으로 보여주기 위해 선진에서 송대까지의 문장을 선발해 새로운 산문 앤솔로지 『문편(文編)』을 엮었다.70) 이어 모곤은 당순지와 왕신중의 문장 구성론을 수용하여 『당송팔대가문초(唐宋八大家文鈔)』를 엮는다. 그는 작품의 전후에 붙인 짤막한 비평적 언급을 통해 작품에 구사된 산문 기법을 밝혔던바, 그것이 바로 당송파가 말한 법이었다. 이런 이론과 실천이 결합한 사례로서 『당송팔대가문초』는 중국, 한국에 대대적으로 유행하게 된 것이었다. 전후칠자의 의고문파는 송대의 작가를 무시했지만, 당송파에 의해 삼소(三蘇 : 蘇洵·蘇軾·蘇轍), 증공(曾鞏), 구양수(歐陽修), 왕안석(王安石)이 재발견되었다.

당송파의 논리는 간단히 말해 산문의 전범을 선진양한에서 당송고문으로 바꾼 것이었다. 이것은 여전히 논란의 씨앗을 품고 있었다. 그들이 내세운 수사학은 의고파의 것과는 구별되는 구체성을 안고 있었지만, 그것은 여전히 당송고문이란 전범의 영향에서 벗어날 수 없는 것이었다. 이 역시 외장

---

69) 자세한 것은 강명관, 「허균 「문설」의 신해석」, 앞의 책, 110면과 『농암잡지평석』, 소명출판, 2007, 61면을 볼 것.

70) 당순지는 이 책의 서문에서 법을 말하고 있다. 唐順之, 「文編序」, 『文編』(四庫全書本). "然則不能無文, 而文不能無法. 是編者文之工匠而法之至也." 즉 『文編』이 法의 지극한 경지를 보여준다는 것이다.

을 달리한 의고의 속성을 버릴 수 없었던 것이다. 왕신중과 당순시가 말한 독자성-개성의 발현은 당송고문의 복제 속에서 여전히 발휘될 수 없었던 것이다. 그리고 당송파의 성취가 주로 산문에서 이루어지고, 시에서는 별달리 성과를 내지 못한 것 역시 새로운 비평과 창작을 기다려야만 하는 이유가 되었다.

2. 공안파의 반의고적 비평

1) 공안파의 사상적 근거-양명학과 이탁오(李卓吾)

당송파의 비판에도 불구하고 전칠자를 대신하여 후칠자가 다시 등장하여 유행하였던 것은, 의고적 창작론이 갖는 설득력이 만만치 않았다는 것을 입증한다. 하지만 왕세정이 이반룡의 문집에 썼듯, 의고파의 거두인 이반룡의 문집이 간행되자 반기를 든 자들이 사방에서 무리를 지어 일어났다.[71] 그러나 이 반란군이 의고파를 완전히 침묵시킨 것은 아니었다. 뒷날 전겸익(錢謙益)이 증언했듯 후칠자가 자연적 생명을 거두고 난 뒤에도 "식견이 있는 사람들이 내심 그르게 여기고, 반대하는 자들이 사방에서 일어났으나, 이구동성으로 찬송하는 자들이 백 년이 지나도록 아직도 그치지 않고 있었던"[72] 것이다. 의고파에 대한 철저한 비판은 여전히 필요했던 것이다.

당송파를 이어 이 비평적 과업을 수행하는 유파가 등장하였다. 이 책에서 주제로 다룰 공안파(公安派)의 출현이 바로 그것이다. 공안파는 공안현(公安

---

71) 王世貞,「書李于鱗集後」,『讀書後』(四庫全書本) 권4. "而最後集刻行, 則叛者群起."
72)『列朝詩集小傳』, 428면. "其徒之推服者, 以謂上追虞姒, 下薄漢唐, 有識者心非之, 叛者四起, 而循聲贊誦者, 迄今百年, 尚未衰止."

縣) 출신의 원종도(袁宗道, 1560~1600)·원굉도(袁宏道, 1568~1610)·원중도(袁中道, 1570~1623)를 말한다. 이들의 비평은 의고파를 대타적 존재로 하여 성립한 것으로 오로지 의고파의 의고적 창작 논리를 분쇄하는 것을 비평의 목적으로 삼고 있었다. 실로 의고파에 대한 본격적인 비평적 해체는 공안파로부터 시작된 것이다.[73]

삼원(三袁) 중 공안파 비평의 핵심 인물은 원굉도다. 사실상 공안파 비평은 원굉도의 비평이라 해도 과언이 아니다. 큰 형인 원종도는 요절하였고, 셋째인 원중도는 원굉도가 죽은 뒤 공안파 비평에 쏟아지는 공격과 비판을 방어한 공적이 있을 뿐, 실제 공안파 비평의 전폭은 실로 원굉도의 몫이었던 것이다.[74] 따라서 이 책 역시 주로 원굉도의 비평을 다룬다.

공안파가 의고적 창작 논리에 대한 전면적인 비판이기는 하지만, 공안파의 비평이 의고적 창작 논리에 대한 최초의 비평은 아니다. 알려진 바와 같이 삼원(三袁)의 전면적인 반의고적 비평은 그들의 생전에 형성되어 있었던 유력한 반의고적 비평 조류를 흡수하고 종합함으로써 가능하였다. 대개 이지(李贄, 卓吾, 1527~1602)·서위(徐渭, 1521~1593)·탕현조(湯顯祖, 1550~1616)가 공안파 비평의 형성에 영향을 끼친 인물로 알려져 있다.[75] 이들과의 관계를 간단히 정리하고, 공안파 비평의 내용을 검토한다.

세 형제 중 맨 먼저 과거에 합격했던 원종도는 초횡(焦竑)을 통해 이탁오를 만날 것을 권유받는다. 1590년 원종도·원굉도·원중도는 공안현의 작림(柞林)에 머무르고 있던 이탁오를 찾아가 만난다. 삼형제는 깊은 감화를 받는다. 그 뒤 삼형제는 1591·1592·1593년에 3년 연속 이탁오를 만났고,

---

73) 鍾惺,「問山亭詩」,『明代文學批評資料彙編』下, 750면. "或以爲著論駁之者自袁石公始."
74) 물론 공안파를 三袁만으로 한정할 수는 없다. 공안파의 羽翼은 江盈科·陶望齡·黃輝·丘坦·潘士藻·方文選·曾可前·梅蕃祚·梅守箕·潘之恒·陶若曾·釋如愚·顧天峻·陶奭齡·張獻翼·王輅 등 수십 명에 달한다. 이들에 대한 자세한 정보는 南德鉉,「公安派之文學理論研究」, 외국어대 박사논문, 1995, 14~27면을 볼 것.
75)『明代文學批評史』에서는 李卓吾의「童心說」에, 서위의 ‘眞我’ 탕현조의 ‘靈性’ ‘靈氣’ 등이 큰 영향을 끼쳤을 것이라고 한다.『明代文學批評史』, 425~441면「公安派的先驅」의 이탁오·서위·탕현조의 비평을 참조할 것.

원굉도는 1592년에 과거에 합격한다. 그가 최후로 이탁오를 만난 것은 1596
년이다. 그 사이 그는 이탁오와 편지를 주고받았으며, 이탁오로부터 『분서
(焚書)』를 증정받아 읽었다. 1590년 출판된 『분서』는 이탁오 사상의 정화(精
華)를 압축한 것으로 그는 이 책에서 많은 감화를 받는다.76) 1594년에는 탕
현조를 만났고, 1597년에는 도석궤(陶石簣)의 집에서 서위의 문집을 발견하
여 그의 문학과 비평에 충격을 받는다. 이 세 사람 중에서 공안파 비평, 좁
게는 원굉도 비평에 절대적인 영향력을 행사한 것은 이탁오였다.77)

　원굉도에게 사상적 문학적 감화를 준 인물들은 거의 모두 양명좌파(陽明
左派)에 속하는 인물들이었다. 이탁오는 물론이거니와, 탕현조만 하더라도
13세에 양명좌파의 핵심이었던 나여방(羅汝芳)에게 배우고 이탁오와 달관(達
觀)의 영향을 받은 인물이었다. 서위는 어떤가? 서위 역시 양명좌파의 사유
위에서 자신의 문학 비평을 전개했던 인물이었다. 그는 양명의 제자 왕용계
(王龍溪)와는 외사촌 사이였으며, 동시에 양명의 제자인 계본(季本)의 제자였
다.78) 원굉도의 벗이었던 관지도(管志道) · 반사조(潘士藻) · 도망령(陶望齡, 石
簣) · 초횡(焦竑)79) 등은 모두 양명좌파였다.80)

　공안파는 이처럼 양명좌파의 지적 분위기 속에 있었고, 또 그 자신이 양
명좌파 최후의 인물인 이탁오로부터 사상적 감화를 받았기 때문에 그의 문
학 비평은 자연히 양명학과 양명좌파의 논리 위에서 구축된다. 먼저 양명학
과 문학과의 관계를 간단히 검토해 보자.

---

76) 이 책에 문제의 글 「童心說」이 실려 있었다.
77) 이 세 사람 중에서 공안파 비평, 좁게는 원굉도 비평에 절대적인 영향력을 행사한 것은 이
　　탁오였다. 서위 역시 원굉도 비평에 대단한 영향력을 행사했던 것은 사실이지만, 여기서 서
　　위까지 다룰 필요는 없을 것이다. 서위에 대해서는 權德相, 「徐渭 文學論 硏究」, 서울대 박
　　사논문, 1993을 참조할 것.
78) 서위는, 1552년 季本 · 王龍溪와 함께 唐順之를 접대한 일이 있고(姜炅範, 「원굉도산문연
　　구」, 성균관대 박사논문, 2000, 39~40면), 당순지를 스승으로 모셨다고 한다. 金學主, 「徐渭
　　의 本色論과 四聲猿」, 『중국문학사론』, 서울대 출판부, 2001, 279면 참조.
79) 이상은 모두 김학주, 위의 책, 306면에 근거한 것이다.
80) 서위의 문집을 알게 된 계기를 제공했던 도석궤의 경우만 하더라도 그 계보가 다음과 같
　　다. 心齋 → 徐樾(波石) → 顔山農 → 羅汝芳 · 何心隱 → 陶望齡.

양명학은 원래 윤리학의 문제로부터 출발한 것이었다. 양명의 문제 설정은 도덕적 인간이란 어떻게 가능한가에 초점이 맞추어져 있었다. 명대의 형해화한 이학(理學)은 도덕의 실천 주체인 인간에게 도덕의 실천을 '강제'함으로써 자발성에 입각한 도덕적 주체의 탄생을 부정하고 있었다. 양명의 문제 설정은 곧 자발적으로 윤리를 실천하는 인간 주체의 가능성을 모색하는, 윤리적 주제에 해당하였다. 양명학은 곧 윤리학으로 출발했던 것이다. 양명학의 기본 명제 '심즉리(心卽理)'는 진리의 외재성·초월성을 부정하고, 진리가 내재한다는 것, 곧 내재하는 진리를 깨닫는 것이 곧 윤리의 실천이라는 것[知行合一]을 말함으로써 윤리적 실천의 자발성을 이끌어내고자 하였다. 양명이 후기에 주장한 인간에게 내재한 양지(良知)를 직관[自覺]하라는 요구는 이 윤리적 실천의 자발성을 보다 정치하게 말한 것에 불과하다. 이(理)의 외재에서 내재로의 전환은, 그 당시까지 주류적 사상이었던 주자학(朱子學)의 근거를 붕괴시키는 충격적인 발상이었다. 성리학자들이 양명학에 분노했던 것은 이해할 만하다. 그러나 양명학 역시 유가의 윤리학이라는 것은 두말할 필요가 없다. 그 역시 유가의 윤리를 지향하고 있었던 것이다. 정작 문학사와 관련해서 중요한 것은 양명이 의도하지 않았던 양명학의 효과라고 말할 수 있다.

진리가 외재하는 것이 아니라, 인간의 내부(心)에 존재한다는 것은 실로 거대한 전환이었다. 정주이학(程朱理學)은 '이(理)'가 물(物) 속에 있는 것이라 말하고 그것을 발견하는 방법으로 격물치지(格物致知)를 말했지만, 그것이 자연과학적인 관찰의 의미는 물론 아니었다. 그들은 실제 이(理)는 성인들의 저작·경전(經傳) 속에 이미 밝혀져 있으니, 경전을 탐구할 것을 주장했던 것이다. 그러나 외재에서 내재로의 전환은 이것을 부정하게 되었다. 양명은 말한다.

> 대저 학문이란 마음에서 얻는 것을 귀하게 여긴다. 마음에서 얻어 옳지 않으면 비록 그 말이 공자(孔子)에게서 나왔어도 옳다고 할 수 없는 것이다.[81]

공자의 말이라도 옳다고 할 수 없다는 말은 다분히 수사적인 것이지만, 그가 진리를 성인의 말씀, 즉 문자적 텍스트인 경전에서 찾지 않고 개아(個我)의 깨달음에서 찾으라고 한 것은 혁명적 발상이다. 양명학은 진리의 외재성을 주장하는 논자들의 근거가 된 성인의 말씀이 기록된 문자적 텍스트의 가치를 축소시키고, 그 권위를 약화시켰던 것이다. 그러나 보다 거대한 전환은, 실로 양명도 인식하지 못했겠지만, 절대적인 진리의 존재를 회의하게 만들었다. 즉 양명학의 효과는 약간 엉뚱한 데로 비약하여 인간의 외부에 객관적·절대적으로 존재한다고 신념된 모든 정리(定理)의 존재를 부정하게 된 것이었다.

이런 진리 외재성의 부정이 문학에 적용되었을 때 어떤 결과가 초래될지 명약관화하다. 이 논리가 문학에 적용되면 자동적으로 전후칠자의 의고적 논리를 해체하게 될 것이었다. 전후칠자의 의고적 창작론은 절대적인 전범 ―한(漢)·위(魏)의 고시와 악부, 선진양한의 산문, 성당(盛唐)의 시―을 설정하였던바, 이것은 바로 성인이 남긴 경전과 같은 것이었다. 경전이 담고 있는 진리는 곧 법이었다. 경전=전범적 텍스트, 진리=법이라는 등식이 성립하는 것이었다. 의고파들은 전범에 내재하는 법은 불변의 것이고, 초시간적인 것이라고 말함으로써 그것이 문학적 진리라고 암시했다. 작가는 그 불변의 법을 따름으로써, 곧 학습하여 실천함으로써 고전의 예술적 성취에 도달할 수 있다고 믿었다.

양명학이 경전의 절대적인 근거를 부정하고, 경전만이 진리를 독점하고 있다는 주장을 비판했듯, 차후 이루어질 양명학의 문학적 전개는 당연히 전범의 존재, 아니 설정 자체를 반대한다. 아울러 문학의 완성도를 결정하는 법은 외재하는 것이 아니라, 인간에게 내재하는 것이다. 그것은 창작자의 내부에 존재하는 것이며, 창작자는 내부에서 그것을 발견하여 실천할 뿐이다. 이처럼 양명학의 문학적 전개는 전후칠자의 의고적 논리를 원천적으로

---

81) 王守仁, 「答羅整菴少宰書」, 『王陽明全集』 上, 上海古籍出版社, 1997, 76면. "夫學貴得之心. 求之於心而非也, 雖其言之出於孔子, 不敢以爲是也."

부정하고 있었던 것이다.

양명학의 문학적 전개를 최초로 적용한 그룹이 앞서 검토한 바와 같이 당송파다. 왕신중·당순지가 양명학과 조우한 뒤 원래 추종했던 의고적 창작론을 버리고, 반의고(反擬古)를 선언하면서 개성을 주장했던 것도 이 논리의 연장에서 나온 것으로 여겨진다. 그럼에도 불구하고 당송파의 반의고적 논리는 철저하지 않았다. 그들은 문장의 구성이라는 새로운 관점을 도입했으나, 이 역시 하나의 법으로 질곡이 될 가능성이 농후하였다.

양명학의 문학적 전개에서 결정적인 전환점은 이탁오에게서 마련되었다. 여기서 이탁오의 사유를 개괄한다는 것은 불가능할뿐더러 필요 없는 일이기도 하다. 빼어난 선행 연구를 참고하면 그만이다. 여기서 논할 바는 이탁오 사상과 문학과의 관련성이다.[82]

이탁오는 양명좌파 최후의 인물이다. 그의 사유가 양명학에 근원을 두고 있으며 양명좌파의 사유의 극단적 연장임은 두말할 필요가 없다. 좀 더 자세히 말하자면, 그는 양명에 의해 제기된 외재에서 내재로의 전환을 더할 수 없는 극도의 지점까지 확장했던 것이다. 예컨대 양명이 제기한 윤리의 문제는 윤리적 준칙이 인간의 외부에 초월적 절대적으로 존재하는 것[定理]이 아니라, 인간의 내부에 이미 존재한다는 것[良知]이었다. 외재에서 내재로의 전환에서 양명은 윤리강상의 자발성을 강조했던 것이니, 그 역시 윤리강상을 저버리지 않았던 것이다. 그러나 외재에서 내재로의 전환은 양명좌파의 발전 과정을 거쳐 이탁오에게 오면 양명이 뜻하지 않았던 결과를 초래한다.

외재에서 내재로의 전환이 절대적, 초월적 진리의 존재를 부정한 것은 두말할 필요도 없다. 이 관점을 밀고 나가면 유(儒)·불(佛)·도(道)의 경계가 무너질 것은 자명하다. 양명 자신이 이미 그런 취지의 발언을 하고 있는 것은 물론이거니와, 좌파의 전개는 실제 삼교(三敎)의 동일성, 차이의 무화(無化)라는 방향으로 나아갔던 것이다. 그럼에도 불구하고 좌파 역시 윤리강상(倫理

---

[82] 이탁오의 사유에 대해서는 특히 溝口雄三, 김용천 역, 『중국 전근대 사상의 굴절과 전개』, 동과서, 1999를 참조할 것.

綱常)이란 최후의 거점을 포기하지는 않았으나 이탁오의 입장은 그 최후 거점의 경계선 위에서 사유하고 있었던 것이다. 미조구찌 유조는 이에 대해 다음과 같이 말하고 있다. "강상 그 자체의 기반과 일체의 전제를 완전히 부정하고 리얼한 인간의 장면 속에 걸터앉고자 한 이탁오는 최대로 위험한, 바야흐로 이단을 초월한 이단이었을 것이다."[83] 이탁오의 극단성이란 바로 이런 점을 말하는 것이다. 그는 이 극단적 입장에 서서 강상의 진리성을 담보해 준 공자(孔子)와 경전(經傳) 자체의 절대성까지 극단적으로 비판, 부정한다.

> 나는 어려서부터 성인(聖人)의 가르침을 읽었다. 하지만 성인의 가르침을 알지 못했다. 공자를 높이 받들었지만, 공자에게 무슨 높이 받들 만한 것이 있는지 알지 못했다. 이른바 난장이가 연극장에 들어가 남의 말을 듣고 지껄이며 맞장구를 치는 식이었다. 나는 곧 50살 이전에는 정말 한 마리 개였던 것이다. 앞의 개가 그림자를 보고 짖으면 따라서 짖을 뿐, 왜 짖느냐고 물으면 입을 다물고 그냥 웃을 뿐이었던 것이다.[84]

자신의 생에 대한 자책이지만, 사실상 공자의 진리성, 곧 유가의 진리성을 묻고 있지 아니한가. 모든 진리성의 원천인 경전과 성인을 회의하는 것이야말로 이탁오 사유의 정점이며, 가장 큰 공헌이었다. 「제공자상어지불원(題孔子像於芝佛院)」에서 그는 공자를 성인으로, 노자·부처를 이단으로 인식하는 타인과 자신의 판단 근거에 대해 끊임없이 묻는다. 그것은 결국 자신의 사유가 내린 판단이 아니라, 부모와 스승, 공자로부터 전해 내려온 것일 뿐이다.[85] 자동화된 진리의 진리성에 대한 끊임없는 의심이 바로 이탁오의 사유의 핵심이었던 것이다. 그는 마침내 문제의 문자인 「동심설(童心說)」에

---

83) 위의 책, 129면.

84) 李贄, 「聖教小引」, 『焚書·續焚書』, 漢京文化事業有限公司, 中華民國 73년, 66면. "余自幼讀聖教不知聖教, 尊孔子不知孔子何自可尊, 所謂矮子觀場, 隨人說硏, 和聲而已. 是余五十以前眞一犬也, 因前犬吠形, 亦隨而吠之, 若問以吠聲之故, 正好啞然自笑而已."

85) 위의 책, 100면. "人皆以孔子爲大聖, 吾亦以爲大聖; 皆以老·佛爲異端, 吾亦以爲異端. 人人非眞知大聖與異端也, 以所聞於父師之敎者熟也; 父師非眞知大聖與異端也, 以所聞於儒先之敎者然也; 儒先亦非眞知大聖與異端也, 以孔子有是言也."

서 육경(六經)과 『논어』·『맹자』에 대해 말한다.

　　대저 육경(六經)과 『논어』·『맹자』는 사관(史官)이 지나치게 높여 받든 말이 아니면, 그 신하나 아들이 지극히 찬미한 말인 것이다. 또 그렇지 않다면, 우활(迂闊)한 문도나 멍청한 제자들이 스승을 말을 기억하되 머리만 있고 꼬리는 없으며, 앞은 듣고 뒤는 잊어버린 채로 글로 옮긴 것일 뿐이다. 그런데도 후학들은 잘 살펴보지도 않고, 곧장 성인의 입에서 나온 것이라 하여, 경전으로 지목하기를 결정했던 것이니, 그것의 태반이 성인의 말이 아닌 줄을 누가 안단 말인가? 비록 성인에게서 나왔다 하더라도 요컨대 어떤 일로 해서 나온 것으로서 병에 따라 약을 내고 때에 따라 처방을 내린 것으로 한때의 멍청한 제자나 우활한 문도를 고쳐 주려고 한 것일 뿐이다. 거짓 병을 치료하는 데 처방은 한 가지를 고집하기 어려우니, 이것이 그 말들을 어떻게 만세의 지론으로 삼을 수 있겠는가? 그렇다면, 육경과 『논어』·『맹자』는 도학(道學)의 구실이고 거짓사람의 소굴인 것이다![86]

　　경전의 언어는 어떤 시간적 컨텍스트의 필요에 의해 편의적으로 나온 말에 불과하다. 이렇게 경전을 역사적 시각에서 읽으면 경전의 초시간적 절대성, 즉 경전의 진리성은 부정된다. 그는 나아가 공자까지 역사적 존재로 파악한다. 그는 공자가 태어나기 전은 세상이 캄캄한 암흑과 같았을 것이라는 발언에 대해 유해(劉諧)의 입을 빌어 "(공자가 태어나기 전의) 복희씨(伏犧氏)나 그 전의 성인들은 매일 종이를 사르거나 촛불을 켜서 길을 다녔겠소"[87]라고 답한다.

---

86) 위의 책, 98~99면. "夫六經·語·孟, 非其史官過爲褒崇之詞, 則其臣子極爲贊美之語. 又不然, 則其迂闊門徒, 懵懂弟子, 記憶師說, 有頭無尾, 得後遺前, 隨其所見, 筆之於書. 後學不察, 便謂出自聖人之口也, 決定目之爲經矣, 孰知其大半非聖人之言乎? 縱出自聖人, 要亦有爲而發, 不過因病發藥, 隨時處方, 以救此一等懵懂弟子, 迂闊門徒云耳. 藥醫假病, 方難定執, 是豈可遽以爲萬世之至論乎? 然則六經·語·孟, 乃道學之口實, 假人之淵藪也, 斷斷乎其不可以語童心之言明矣."

87) 李贄, 「贊劉諧」, 위의 책, 130면. "怪得義皇以上聖人盡日燃紙燭而行也!" 그는 「答耿中丞」(같은 책, 16면)에서 "夫天生一人, 自有一人之用, 不待取給於孔子而後足也. 若必待取足於孔子, 則千古以前無孔子, 終不得爲人乎?"라고 하여, 공자로 상징되는 유학의 진리 독점성을 부정한다.

경전과 진리는 이렇게 부정되었다. 진리는 내재할 뿐이며, 이것은 오로지 개아(個我)의 자각을 통해서만이 진리로 현현(顯現)되고 실천될 수 있었다. 경전과 진리의 절대성의 부정 위에서 정립된 진리의 내재화는 양명학이 원래 제출했던 윤리의 문제를 넘어 다른 인문적 현상에도 적용되리라는 것은 너무나 분명한 일이었다. 즉 경전−진리의 부정이, 의고파가 주장했던 전범−법의 부정으로 이어지는 것은 너무나 자연스러운 현상이었다. 과연 그는 「동심설」에서 이렇게 말한다.

> 시가 어찌 반드시 고시(古詩)와 『문선(文選)』의 것을 따라야 하고, 산문은 어찌 꼭 선진(先秦)시대의 것을 따라야 할 것인가. 내려와서 육조(六朝)가 되고, 변하여 근체(近體)가 되기도 하고, 또 변화하여 전기(傳奇)가 되기도 하고, 변하여 원본(院本), 잡극(雜劇), 『서상곡(西廂曲)』, 『수호전(水滸傳)』, 오늘날의 과거문장이 되기도 하니, 모두 고금의 지극한 문장인 것이다. 시세(時勢)의 선후를 가지고 논할 수가 없는 것이다. 그러므로 내가 여기에 근거해 동심(童心)이 저절로 문장된 경우에 느낌이 있었던 것이니, 다시 무엇 때문에 육경을 말하고, 또 『논어』·『맹자』를 말한단 말인가.[88]

경전의 진리성을 부정하는 논리와 의고적 창작론을 비판하는 논리는 동일하다. 절대적 초월적 경전이 존재하지 않듯 절대적 문학 전범은 존재하지 않는다. 모든 장르는 나름대로의 고유한 가치를 지니는 것이다. 의고적 창작론을 부정한다면 창작은 어디를 향할 것인가.

이탁오는 이렇게 말한다. "만약 동심이 항상 있다면, 도리(道理)가 행해지지 않고 견문(見聞)이 서지 못하여 언제 지어도 훌륭한 문장이 아닐 수 없으며, 어떤 사람이 지어도 훌륭한 문장이 아닐 수 없다. 어떤 체제의 문장을 지어도 훌륭한 문장이 아님이 없다."[89] 바로 도리와 견문이 사라진, 오로지

---

88) 李贄, 「童心說」, 위의 책, 99면. "詩何必古選, 文何必先秦. 降而爲六朝, 變而爲近體; 又變而爲傳奇, 變而爲院本, 爲雜劇, 爲西廂曲, 爲水滸傳, 爲今日之擧子業, 皆古今至文, 不可得而時勢先後論也. 故吾因是而有感于童心者之自文也, 更說甚麼六經, 更說甚麼語·孟乎?"

동심에서 지어진 작품이야말로 진정한 문학이다.

「동심설」에서 이탁오가 비판하는 '도리'와 '문견' 그리고 '의리'는 인간의 외부에서 주어진 후천적인 윤리와 지식을 지칭한다. 이것은 사실상 '성인'과 '경전'을 지시하며, 이에 대해 대척적인 입장에서 내세우는 '동심'은 주체 내부의 진리, 그리고 그 자각을 말한다. 이 논리에 입각해서 그는 문학의 절대적 전범을 부정하고, 인간의 오염되지 않은 내부의 순수한 진리의 자각을 담고 있는 문학의 가치를 주장한다. 동심을 준거로 삼으면 이제까지의 모든 비평적 준거가 사라지게 된다. 문학의 절대적 전범은 존재하지 않는다. 모든 문학 텍스트는 상대적인 가치를 지닌다. 『배월정(拜月亭)』·『서상기(西廂記)』·『비파기(琵琶記)』와 같은 잡극의 극본(劇本), 『수호전』과 같은 소설이 모두 독자적인 가치를 지닌다 함은 바로 이 점을 지적한 것이다.

성인과 경전의 절대적 진리성을 부정한 이탁오의 논리가 상대주의가 됨은 물론이고, 나아가 의고파가 내세운 전범을 부정함은 물론이다. 주지하다시피 의고파의 의고론은 모든 예술적 성취는 과거에 이루어졌다는 상고적(尙古的) 예술론이다. 이것이 물론 중국 특유의 상고적 역사관에서 온 것임은 두말할 필요가 없다. 상고적 역사관은 인간의 유토피아가 성인들이 다스리던 삼대(三代)에 존재했고, 이 유토피아의 상실의 과정이 역사라고 주장한다. 공자는 분명히 삼대의 정치를 희구한 상고적 역사관을 가지고 있으며, 이 역사관은 현재는 언제나 과거보다 못하다는 관념으로 오랫동안 지식인들을 지배해 왔다. 예술적·문학적 복고주의를 쉽게 비판할 수 없었던 것은, 그 배후에 상고적 역사관이 깔려 있기 때문이다. 이탁오는 이 상고적 역사관을 전복한다.

> '시문(時文)'이란 지금의 선비를 선발하는 글로 옛글이 아니다. 그러나 지금의 입장에서 옛날을 본다면, 옛날은 정말 지금이 아니겠지만, 후대의 입장에서 지금을

---

89) 위의 책, 같은 면. "若童心常存, 則道理不行, 見聞不立, 無時不文, 無人不文, 無一樣創制體格文字而非文者."

본다면, 지금도 다시 옛날이 되는 것이다. 그러므로 문장은 시대에 따라 올라가기도 하고 내려가기도 한다. 올라가고 내려간다 하는 것은, 곧 평가하는 것을 두고 말하는 것이다. 한때 평가가 정해지면, 그 정광(精光)은 후세에 흘러 전해지니, 어찌 하잘것없이 여기겠는가! 대처 천고(千古) 이래 윤리가 같다면, 천고 이래 문장도 동일한 것이다. 같지 않은 것은 일시의 제도일 뿐이다. 그러므로 오언시(五言詩)가 일어나자 사언시(四言詩)는 옛것이 되었고, 당(唐)의 율시(律詩)가 일어나자 오언시는 또 옛것이 되었다. 지금의 근체(近體)는 이미 당(唐)을 옛것이라 여기니, 만세 뒤에 다시 우리를 당(唐)이라 여길 것은 의심할 나위가 없다. 하물며 선비를 선발하는 글이랴.90)

시문(時文)은 팔고문(八股文)이다. 대개의 산문작가들은 팔고문을 폄하하였다. 이에 반해 이탁오는 팔고문이 몰가치한 것이 아님을 역설한다. 하지만 이 국면에서 중요한 것은 팔고에 대한 의미 부여가 아니다. 그가 팔고문의 가치를 긍정하는 데 동원한 논리, 곧 "지금의 입장에서 옛날을 본다면, 옛날은 진정 지금이 아니겠지만, 후대의 입장에서 지금을 본다면, 지금도 다시 옛날이 되는 것[以今視古, 古固非今; 由後觀今, 今復爲古]"이라는 주장은 의고적 창작론이 근거하고 있던 상고적 예술론을 해체하기 시작한다. 의고파의 상고적 예술론은 '고(古)'에 절대적인 가치를 부여하였다. 그러나 이탁오의 논리에 의하면 고(古)는 절대적인 것이 아니라, 상대적인 것이다. '고' 역시 그 시대에는 '금(今)'이었으며, 지금의 '금'도 시간의 퇴적 속에 '고'가 된다는 논리는 상고적 예술론의 근저를 붕괴시킨다. 이런 금 / 고를 동등하게 파악하는 것은 상대주의적 관점이다. 그리고 이런 관점이 내재 / 외재의 전환을 통해 일어난 경전의 절대성을 부정한 양명학의 상대주의에서 온 것임은 췌언을 요하지 않는다. 이후 시간 상대론은 의고적 논리를 분쇄하기 위한 주

---

90) 李贄, 「時文後序」, 위의 책, 117면. "時文者, 今時取士之文也, 非古也. 然以今視古, 古固非今; 由後觀今, 今復爲古. 故曰文章與時高下. 高下者, 權衡之謂也. 權衡定乎一時, 精光流于後世, 曷可苟也! 夫千古同倫, 則千古同文, 所不同者一時之制耳. 故五言興, 則四言爲古; 唐律興, 則五言又爲古. 今之近體旣以唐爲古, 則知萬世而下當復以我爲唐無疑也, 而況取士之文乎!"

요한 논리적 거점이 되었다.

이탁오의 상대주의는 의고파의 의고적 논리를 분쇄하는 데 거대한 영향력을 행사했다. 특히 「동심설」의 영향은 결정적이었다. 「동심설」이 제기하고 있는 진(眞) / 가(假)의 대립, 동심이란 말이 갖는 메타포로서의 성격, 유학에 대한 격렬한 비판 등은 후대의 사상가와 작가, 시인들에게 직간접적인 영향력을 행사했던 것이다.

2) 공안파의 반의고적 비평 논리

양명학의 문학적 전개에 있어서 이탁오는 당송파 비평의 미진한 부분을 해결하였다. 그러나 그는 의고파의 의고적 논리를 해체할 논리를 개발했을 뿐 정작 구체적으로 의고파를 비판하지는 않았다. 그는 왕세정과 동시대 인물이었으나[91] 왕세정에 대해 아무런 언급을 남기지 않았다. 그의 관심이 문학에 쏠려 있지는 않았던 것이다.

이탁오의 논리를 이어받아 의고론에 대한 비판을 본격적으로 제출한 것은 공안파다. 이미 언급했듯 공안파의 맏이 원종도가 의고파에 대한 비판을 시작했다. 그는 「논문상(論文上)」과 「논문하(論文下)」에서 이탁오의 시간상대론을 그대로 수용하여, "시간에는 고(古)와 금(今)이 있고, 언어에도 고(古)와 금(今)이 있다. 오늘날 사람이 말하는바 기이한 글자와 어려운 글귀[奇字奧句]란 것이 어찌 옛날 길거리에서 그냥 예사로 하던 말[街談巷語]이 아닌 줄 알겠는가?"[92]라고 말한다. 원종도는 이탁오의 시간상대론을 받아들이면서, 그 위에서 언어가 역사적으로 변화한다는 논리를 세우고 있다. 모든 언어는 각

---

91) 왕세정은 이탁오보다 1년 앞서 1526년에 태어났다.
92) 袁宗道, 「論文上」, 『白蘇齋類集』, 上海古籍出版社, 1989, 283면. "夫時有古今, 語言亦有古今, 今人所詫謂奇字奧句, 安知非古之街談巷語耶?"

시대의 언어일 뿐이다. 과거의 언어라 해서 그것이 전범성을 갖는 것은 아
니라는 판단으로 의고파들의 설정한 전범의 전범성을 부정한 것이다.

이 논리를 그는 부연한다.

> 『방언(方言)』에 이르기를, 초나라 사람은 '지(知)'를 '당(黨)', '혜(慧)'를 '타(譁)',
> '도(跳)'를 '석(踖)', '취(取)'를 '정(挺)'이라 한다고 한다. 나는 초나라에서 나고 자랐
> 지만, 이런 말은 들어본 적이 없으니, 지금 말이 옛말과 다르다는 것은 이것이 또
> 하나의 증거가 될 터이다. 그러므로 『사기(史記)』의 「오제삼왕기(五帝三王紀)」에
> 옛말을 바꾸어 지금 글자를 따른 경우가 아주 많다. '주(疇)'를 '수(誰)'로, '비(俾)'를
> '사(使)'로, '격간(格姦)'을 '지간(至姦)'으로, '궐전(厥田)'·'궐부(厥賦)'를 '기전(其
> 田)'·'기부(其賦)'로 고쳤던 것이니, 이루다 말할 수가 없다. 좌씨는 고대에서 멀리
> 떨어져 있지 않으나, 『좌전(左傳)』 중의 자구(字句)는 애당초 『서경(書經)』을 닮지
> 않았으며, 사마천(司馬遷)은 좌씨와 또한 그리 멀리 떨어져 있지 않으나, 『사기』의
> 자구 또한 애당초 『좌전』을 닮지 않았다. 오늘 거꾸로 전한(前漢)까지 거슬러 올라
> 가면, 몇 천 년이 될지 모르겠지만, 사마천의 입장에서도 좌씨와 같아질 수가 없었
> 거늘, 그런데 오늘 도리어 사마천과 같아지려고 하니, 또한 잘못이 아니겠는가. 중
> 간에 진(晉)과 당(唐)을 거치고, 송(宋)·원(元)을 지나 문사(文士)가 모자라지 않았
> 으나, 공공연히 고문(古文)을 따내어 버젓이 자기 것으로 만드는 자는 있지 않았다.
> 창려(昌黎)가 기이함을 좋아하여 우연히 한번 해본 것이다. 「모영전(毛穎傳)」 등의
> 전(傳)은 한때의 희극(戱劇)으로서 다른 문장은 그렇지 않다.[93]

시간의 흐름에 따라 언어가 변화한다는 것을 실증적으로 보여줌으로써
그는 의고적 창작 논리가 성립할 가능성을 애당초 봉쇄한다. 특히 그는 고
문의 난해성을 기이하고 오묘한 것[奇奧]으로 오해하여, 그 난해성을 복제하

---

93) 위의 책, 283~284면. "方言謂楚人稱知曰黨, 稱慧曰譁, 稱跳曰踖, 稱取曰挺. 余生長楚國,
未聞此言, 今語異古, 此亦一證. 故史記五帝三王紀, 改古語從今字者甚多, 疇改爲誰, 俾爲
使, 格姦爲至姦, 厥田·厥賦爲其田·其賦, 不可勝記. 左氏去古不遠, 然傳中字句, 未嘗肖
書也. 司馬去左亦不遠, 然史記句字, 亦未嘗肖左也. 至于今日逆數前漢, 不知幾千年遠矣,
自司馬不能同于左氏, 而今日乃欲兼同司馬, 不亦謬乎. 中間歷晉唐, 經宋·元, 文士非乏,
未有公然揜搰古文, 奄爲己有者. 昌黎好奇, 偶一爲之, 如毛穎等傳, 一時戱劇, 他文不然
也."

려고 하는 의고문파를 비판하였던바, 이것은 특히 의도적 난해성을 추구하는 이반룡을 겨냥한 것이었다.94) 특히 그는 지명과 관명(官名)과 같은 고유명사를 전범에서 취하는 모순을 들어서 의고적 창작론이 변명할 수 없는 모순처를 정확히 찔렀다.95)

시간상대론과 언어의 변화에 입각한 원종도의 의고파 비판은 이탁오에 비해 한 걸음 더 나아간 것이었다. 그는 자신이 젊어서 이반룡과 왕세정 두 사람의 문집을 즐겨 읽었고, 두 문집의 아름다운 곳은 높이 평가하지만 후학을 오도하는 잘못된 지론을 비판하지 않을 수 없노라고96) 의고파의 거두인 왕세정과 이반룡을 비판의 포커스로 삼았다. 뿐만 아니라 전칠자의 이몽양 역시 모의론을 최초로 제기한 인물로 신랄하게 비판하였다.97) 이런 비판은 이전에 없던 것이다. 당송파는 적어도 이렇게 노골적으로 말하지는 않았다.

원종도는 의고적 창작론을 전면적으로 비판하였지만, 불행하게도 요절하였다. 더 이상의 논의는 이루어질 수 없었다. 반의고론(反擬古論)의 발전은 원굉도의 몫이 되었다. 원굉도 역시 의고파를 비평적 타자로 설정하고 자신의 비평을 구축한다. 그는 이렇게 말한다. "지금 시대에 시를 아는 자로 말하자면, 서위(徐渭)가 약간 고인에 부끄럽지 않을 정도다. 공동(空同, 李夢陽)은 재주가 비록 높기는 하지만, 공부(工部, 杜甫)의 노복(奴僕)이 됨을 면하지 못하고, 북지(北地, 李夢陽) 이후는 모두 중대(重儓, 종의 종)다. 공공연히 큰 소리를 쳐서 한 사람이 부르면 1백 사람이 화답을 하는 격으로 도무지 부끄러워할 줄을 모른다."98) 이몽양을 두보의 노복으로, 그 이하 의고파를 모두 종

---

94) 위의 책, 283면. "今人讀古書, 不卽通曉, 輒謂古文奇奧, 今人下筆不宜平易."

95) 위의 책, 같은 면. "且空同諸文尙多己意, 紀事述情, 往往逼眞, 其尤可取者, 地名官銜, 俱用時制, 今却嫌時制不文, 取秦·漢名銜以文之, 觀者若不檢一統志, 幾不識何鄕貫矣."

96) 袁宗道, 「論文下」, 위의 책, 285면. "余少時喜讀滄溟·鳳州二先生文集. 二集佳處, 固不可掩, 其持論大謬, 迷誤後學, 有不容不辨者."

97) 위의 책, 284면. "空同不知, 篇篇模擬, 亦謂反正. 後之文人, 遂視爲定例, 尊若令甲, 凡有一語不肯古者, 卽大怒, 罵爲野路惡道." "不知空同模擬, 自一人創之, 猶不甚可厭, 迨其後以一傳百, 以訛益訛, 愈趨愈下, 不足觀矣."

98) 袁宏道, 「答梅客生開府」, 『袁宏道集箋校』中, 734면. "今代知詩者, 徐渭稍不愧古人, 空同才雖高, 然未免爲工部奴僕, 北地而後, 皆重儓也, 公然倀爲大言, 一唱百和, 恬不知愧."

으로 싸잡아 비판했던 것이니, 반의고론이 이처럼 과격한 어조로 제출된 경우는 아마도 원굉도가 처음일 것이다.

원굉도 역시 시간상대론에서 출발한다. 그는 이렇게 말한다. "옛날은 옛날일 뿐이고, 지금은 지금일 뿐이다. 옛사람의 언어의 묵은 자취를 답습해 뒤집어쓰고는 예스럽다 하는 것은, 엄동설한에 여름의 베옷을 입는 것과 같은 격이다."[99] 이렇게 시간상대론에서 출발하면서, 그는 모의적 창작론의 모순을 지적한다.

> 대저 사물은, 처음에 번잡했던 것은 끝에 가면 반드시 간단해지고, 처음에 어둡던 것은 끝에 가면 반드시 밝아지고, 처음에 어지럽던 것은 끝에 가면 반드시 정리되고, 처음에 어렵던 것은 끝에 가면 반드시 유려(流麗)하고 통쾌해진다. 그 번잡함·어두움·어지러움·어려움은 문(文)의 시작이다. 예컨대 의복의 번잡함, 예(禮)의 복잡한 곡절, 악(樂)의 예스럽고 질박함, 봉건(封建) 정전(井田)의 분분하고 시끄러움이 그것이다. 고(古)가 금(今)이 될 수 없는 것은 필연적이다. 그 간단하고, 밝고, 정리되고, 유려하고 통쾌하게 되는 것은 문(文)의 변화다. 대저 어찌 번잡하고 어지럽고 어렵고 어둡게 만들 수가 없겠는가? 하지만 이미 간단해졌으니 어찌 번잡함을 쓸 것이며, 이미 정리되었으니 어찌 어지러움을 쓸 것이며, 이미 밝아졌으니 어찌 어두움을 쓰겠으며, 이미 유려하고 통쾌해졌으니 어찌 오아(聱牙)한 말과 간심(艱深)한 말을 쓰겠는가? 비유하자면, 주서(周書)의 「대고(大誥)」·「다방(多方)」 등의 글은 옛날의 고시문(告示文)인데, 지금도 여전히 고시문으로 쓰고 있는가. 『모시(毛詩)』의 정풍(鄭風)·위풍(衛風) 등 국풍(國風)은 옛날의 음사(淫詞) 설어(媟語)다. 지금 사람들이 부르는 「은류사(銀柳絲)」·「괘침아(掛鍼兒)」 등의 부류가 한 글자라도 도습(蹈襲)한 것이 있는가. 세도(世道)가 이미 변하였으니 문(文) 역시 따라 변한 것이다. 지금이 옛날을 모의(模擬)할 수 없음 역시 필연적인 것이다.[100]

---

99) 袁宏道, 「雪濤閣集序」, 위의 책, 709면. "夫古有古之時, 今有今之時, 襲古人語言之迹, 而冒以爲古, 是處嚴冬而襲夏之葛者也."

100) 袁宏道, 「與江進之書」, 『袁宏道集箋校』 上, 515면. "夫物始繁者終必簡, 始晦者終必明, 始亂者終必整, 始艱者終必流麗痛快. 其繁也晦也亂也艱也, 文之始也, 如衣之繁複, 禮之周折, 樂之古質, 封建井田之紛紛擾擾是也. 古之不能爲今者, 勢也. 其簡也明也整也流麗痛快也, 文之變也. 夫豈不能爲繁爲亂爲艱爲晦, 然已簡安用繁, 已整安用亂, 已明安用晦, 已流麗痛快安用聱牙之語艱深之辭? 辟如周書大誥多方等篇, 古之告示也, 今尙可作告示不? 毛

시간상대론은 각 시대 문학을 모두 동시대적 문학으로 파악한다. 따라서 그것은 고전은 이미 완성되었으며, 그 이후 타락의 역사가 지속되었으므로 고전으로 돌아가야 한다는 귀고천금적(貴古賤今的) 상고적 예술론을 근본부터 부정한다. 산문의 가장 오래된 전범인 『서경』은 주(周)란 특정 국가의 고시문일 뿐이고, 시의 최고의 전범인 『시경』은 해당 제후국의 연애시 음사·설어일 뿐이다. 전범은 시대를 초월하는 예술성이란 관점이 아니라, 단지 동시대적 컨텍스트 속에서 그 위상과 의미를 짚어낼 뿐인 것이다. 따라서 그것들은 고전적 전범이 아니라, 동시대 내에서의 일정한 기능과 역할을 갖는 텍스트일 뿐이다. 따라서 이것을 필연적으로 전범으로 설정하고 모의할 필요는 없다.

이것으로 의고적 창작론의 논리는 이미 파탄에 봉착했지만, 원굉도는 이 문제를 보다 더 철저하게 밀고 나간다. 즉 전범의 학습이 예술성의 성취를 보장한다는 논리의 역사적 허구성을 밝힌다. 그가 즐겨 구사하는 논리는 이러하다.

> 대개 시문(詩文)은 근대(近代)에 이르러 비루함이 극도에 이르렀다. 문(文)은 반드시 선진양한(先秦兩漢)을 표준으로 삼으려 하고, 시는 반드시 성당(盛唐)을 표준으로 삼으려 하여, 초습(剿襲) 모의(模擬)로 그림자와 메아리, 걸음걸이까지 닮고자 한다. 남의 작품에 한 마디 말이나마 비슷하지 않은 것을 보면, 이구동성으로 야호외도(野狐外道)라고 지적한다. 도무지 알지 못할 일이다. 문(文)은 선진양한을 표준으로 삼는다 하지만, 선진양한 사람들이 어찌 일찍이 글자글자마다 육경(六經)을 배웠단 말인가. 시는 성당을 표준으로 삼는다 하지만, 성당의 시가 어찌 글자글자마다 한(漢)·위(魏)의 시를 배웠단 말인가. 선진양한이 육경을 배웠다면 어찌 다시 선진양한의 문(文)이 있을 수 있겠으며, 성당이 한·위를 배웠다면 어찌 다시 성당의 시가 있을 수 있겠는가.[101]

詩鄭·衛等風, 古之淫詞媟語也, 今人所唱銀柳絲·掛鍼兒之類, 可一字相襲不? 世道旣變, 文亦因之. 今之不必摹古者也, 亦勢也."
[101] 袁宏道, 「敍小修詩」, 위의 책, 188면. "蓋詩文至近代而卑極矣, 文則必欲準于秦漢, 詩則 必欲準于盛唐, 剿襲模擬, 影響步趣, 見人有一語不相肖者, 則共指以爲野狐外道. 曾不知

당(唐)에는 본디 당의 시가 있었다. 『문선(文選)』의 체(體)일 필요가 없는 것이다. 초당(初唐)·성당(盛唐)·중당(中唐)·만당(晚唐)에는 초당·성당·중당·만당의 시가 있다. 초당·성당일 필요가 없는 것이다. 이백(李白)·두보(杜甫)·왕유(王維)·잠삼(岑參)·전기(錢起)·유우석(劉禹錫), 그리고 아래로 원진(元稹)·백거이(白居易)·노동(盧仝)·정전(鄭畋)에 이르기까지 각자 자신의 시가 있는 것이다. 이백과 두보라야 할 필요가 없는 것이다. 조송(趙宋) 역시 그러하다. 진사도(陳師道)·구양수(歐陽修)·소동파(蘇東坡)·황정견(黃庭堅) 등 여러 사람들이 한 글자라도 당시(唐詩)를 도습(蹈襲)한 것이 있었던가. 또 한 글자라도 서로 도습한 것이 있었던가. 그들이 당시와 같이 될 수 없었던 것은 기운이 그렇게 만든 것이니, 당시가 『문선』이 될 수 없고 『문선』이 한(漢)·위(魏)가 될 수 없었던 것과 같다.102)

의고적 창작론은 탁월한 예술적 성취를 학습하는 것이 현재의 예술적 성취를 보장하는 것이라고 생각했던바, 이에 대한 반론이다. 원굉도는 각 시대의 문학은 각 시대마다의 고유한 예술적 성취가 있으며, 그것은 전대로부터 언어적 모의로 인해 성취된 것이 아님을 지적한다. 의고파의 전범을 추종하는 의고적 창작론은 다분히 기원성에 대한 추구를 포함하고 있는바, 선진양한 산문의 더 오래된 기원은 육경이고, 성당시의 기원은 한·위의 고시다. 그렇다면 그 기원성을 따져서 전범을 결정한다면, 선진양한은 육경을 복제하고, 성당은 한·위의 고시를 복제해야 할 것이다. 원굉도는 이것이 모순임을 밝힌다. 선진양한은 육경과 동일하지 않으며, 성당시는 한·위의 고시와 동일하지 않다는 자명한 현상을 제시함으로써 의고적 창작론의 모순을 지적한다.

원굉도 역시 복고의 정신을 부정하지는 않았다. 후대의 문학이 전대의 문학과 모종의 계기적 연속성이 있는 것은 사실이다. 후대의 작품은 전대 작

文準秦漢矣, 秦漢人曷嘗字字學六經歟? 詩準盛唐矣, 盛唐人曷嘗字字學漢·魏歟? 秦漢而學六經, 豈夏有秦漢之文? 盛唐而學漢·魏, 豈夏有盛唐之詩?"

102) 袁宏道, 「丘長孺」, 위의 책, 284면. "唐自有詩也, 不必選體也. 初·盛·中·晚自有詩也, 不必初盛也. 李·杜·王·岑·錢·劉, 下迨元·白·盧·鄭, 各自有詩也, 不必李·杜也. 趙·宋亦然. 陳·歐·蘇·黃諸人, 有一字襲唐者乎? 又有一字相襲者乎? 至其不能爲唐, 殆是氣運使然. 猶唐之不能爲選, 選之不能爲漢·魏耳."

품의 성취를 학습하고, 또 해야 하는 것은 물론이지만, 후대의 예술적 성취가 전대 작품에서 센텐스와 어휘를 차용하는 언어적 모의에서 구축되는 것이 아님은 물론이다. 원굉도는 바로 이 점을 지적했던 것이다. 나아가 언어적 모의로서의 복고는 작가가 자신에게 울림을 준 대상에게 관심하는 것이 아니라, 오로지 과거의 언어를 차용하는 데 골몰하게 한다. 대상의 배제를 원굉도는 '눈앞의 활경(活景)'을 버리는 것이라고 비판한다. 이러한 의고적 복고는 재능 있는 작가로 하여금 법에 구속되어 자신의 재능을 발휘하지 못하게 하고, 무능한 작가는 표절이란 손쉬운 길로 인도한다. 이리하여 복고는 한편으로는 재능을 구속하면서, 한편으로는 표절을 광범위하게 유행케 했다는 것이다.103)

의고적 창작론의 결정적인 지지대는 '법'이었다. 의고파의 사유 속에는 전범의 예술적 성취를 가능하게 했던 어떤 초시간적 원리, 법이 존재한다는 것이었다. 원굉도는 이 초월적 법의 존재를 비판한다. 그는 법을 항구적 초월적인 것으로 인정하지 않는다. "법은 폐단이 원인이 되고 과도한 데서 이루어지는 것"이다. 어떤 시대의 주류적 창작 방법이 폐단을 노출하게 되면, 이것을 개선하고자 하는 의지가 작동하여 폐단을 극복한 새로운 창작 방법, 곧 새로운 법을 만들어낸다. 하지만 이 법이 과도하게 적용될 경우, 그것은 폐단이 되고, 다시 새로운 법의 탄생을 요구한다. 이것이 '과도한 데서 이루어진다'는 말의 의미다. 예컨대 육조(六朝)의 변려문(駢麗文)의 의미 없는 말을 나열하는 습관을 고치자, 유려(流麗)가 승하게 되었으니, 정두는 유려의 원인인 것이다. 그러나 유려의 과잉은 경섬(輕纖)에 있었기에 성당(盛唐)의 문인들이 활대(闊大)로 교정했다는 것이다. 하지만 활대로 인해 거침[莽]이 생겨나자 성당을 이은 문인들이 정실(情實)로 활대를 바로잡았다는 것이다.104)

---

103) 袁宏道, 「雪濤閣集序」, 『袁宏道集箋校』 中, 710면. "近代文人, 始爲復古之說以勝之, 夫復古是已, 然至以剿襲爲復古, 句比字擬, 務爲牽合, 棄眼前之景, 摭腐濫之辭, 有才者詘於法, 不敢自伸其才, 無之者, 拾一二浮泛之語, 幫湊成詩, 智者牽於習, 而愚者樂其易, 一唱億和, 優人騶從, 共談雅道, 吁, 詩至此抑可羞哉."

104) 위의 책, 같은 면. "夫法因於敝, 而成於過者也. 矯朝駢麗釘餖之習者, 而流麗勝. 釘餖者,

이처럼 문학사를 변화와 진보로 보는 관점은 절대적 초월적인 법을 인정하지 않는다. 그렇다면 법은 어디에 존재하는 것인가. 그는 이렇게 말한다.

> 문장의 신기(新奇)를 결정짓는 데는 원래 정해진 격식(格式)이 없다. 단지 남들이 발하지 못한 것을 발하고, 구법(句法)·자법(字法)·조법(調法)이 하나하나 자기의 흉중에서 흘러나온다면, 이것이 정말 신기를 결정짓는 것이다.[105]

문장의 신기를 문학의 예술적 성취로 보아도 무방할 것이다. 즉 문학의 예술적 성취를 결정하는 정해진 격식과 법은 존재하지 않는다. 구법·자법·조법을 법으로 판단했던 것이 의고파·당송파의 논법이었다. 만약 그것을 법으로 판단한다면, 그것은 외재적·초월적·객관적인 것이 아니라, 한 개인의 흉중에 존재하는 것이다. 그는 법의 내재화·개인화를 말함으로써 법을 부정한다. 이 법의 외재성·초월성을 비판하는 이 논리는 당연히 양명학의 논리적 연장이다. 즉 객관적인 정리를 부정하고, 인간 내부에 진리의 준거가 존재하며 그것을 깨달을 것을 요구하는 양명학의 논리가 문학으로 전화한 것이다.

법에 근거한 의고적 창작론을 비판하기 위해 원굉도는 법의 내재화, 개인화를 말했던 것인데, 이것은 곧 문학에서의 개성을 강조하는 쪽으로 논리적 진화를 가져온다. 그는 이렇게 말한다. "또 천하의 물(物)은 홀로 행세하는 것은 반드시 없어서는 안 될 것이니, 비록 없애버리고자 해도 없앨 수가 없다. 하지만 뇌동(雷同)한 경우라면 있을 수가 없으니, 있을 수 없는 것이라면, 비록 존치시키려 해도 존치시킬 수가 없다."[106] 그는 '개별적 존재'에 대해

固流麗之因也, 然其過在輕纖. 盛唐諸人, 以闊大嬌之, 已闊矣, 又因闊而生莽, 是故續盛唐者, 以情實嬌之. 已實矣, 又因實而生俚, 是故續中唐者, 以奇僻嬌之, 然則其境必狹而僻, 則務爲不根以相勝, 故詩之道, 至晚唐而益小. 有宋歐蘇輩出, 大變晚習, 於物無所不收, 於法無所不有, 於情無所不暢, 於境無所不取, 滔滔莽莽, 有若江湖. 今之人徒見宋之不唐法, 而不知宋因唐而有法者也. 如淡非濃, 而濃實因於淡. 然其敝至以文爲詩, 流而爲理學, 流而爲歌訣, 流而爲偈誦, 詩之弊又有不可勝言者矣."

105) 袁宏道, 「答李元善」, 위의 책, 786면. "文章新奇, 無定格式, 只發人所不能發, 句法子法調法, 一一從自己胸中流出, 此眞新奇也."

의미를 부여한다. 물(物)은 동일성이 아니라, 타자와 구분되는 개별성에 의해 존재의 의미를 부여받는다.

이 논리 설정이 과거의 전범과의 동일성 여부에서 문학의 예술성이 결정된다고 하는 의고파를 겨냥한 것임은 물론이다. 이 논리에 따라 「서소수시(敍小修詩)」에서 아우인 원중도의 시의 가처(佳處)와 자처(疵處)를 오히려 높이 평가하는바, 가처는 분식(粉飾)하고 도습(蹈襲)한 것으로 근대 문인[擬古派]의 기습(氣習)을 벗어나지 못한 반면, 자처는 본색(本色)을 갖춘 독창적으로 만든 말[本色獨造語]이기 때문이다.107) 이 '본색독조어'를 개성의 산물이라 말할 수 있고, 개성의 추구야말로 의고의 대척적인 위치에서 원굉도 비평의 한 꼭짓점을 이룬다. 그의 비평에 흔히 보이는 '자득(自得)',108) '자기 견해',109) '자기 흉중(胸中)에서의 유출(流出)'110)은 모두 작가 개인의 개성을 추구하라는 말과 동일한 것이다.

이 개성의 추구는, 개별 작가에게만 적용되는 것이 아니라, 문학사에도 동일하게 적용된다. 가장 높은 전범의 시대가 존재하는 것이 아니라, 모든 시대의 문학은 그 시대마다의 고유한 개성적인 예술적 성취가 존재한다.

세상 사람들은 당시(唐詩)를 좋아하지만, 저는 당에는 시가 없다고 하겠습니다.

---

106) 袁宏道, 「敍小修詩」, 『袁宏道集箋校』上, 188면. "且夫天下之物, 孤行則必不可無, 必不可無, 雖欲廢焉而不能; 雷同則可以不有, 可以不有, 則雖欲存焉而不能."

107) 위의 책, 187~188면. "其間有佳處, 亦有疵處. 佳處者不必言, 即疵處亦多本色獨造語. 然余則極善其疵處, 而所謂佳者, 尚不能不以粉飾蹈襲爲恨, 以爲未能盡脫近代文人氣習故也."

108) 袁宏道, 「張幼于」, 위의 책, 501~502면. "昔老子欲死聖人, 莊生譏毀孔子, 然至今其書不廢. 荀卿言性惡, 亦得與孟子同傳. 何者? 見從己出, 不曾依傍半個古人, 所以他頂天立地." "僕求自得而已, 他則何敢知?" 그는 노자·장자·순자 등이 모두 자기 견해를 제출하였기에 전해졌다는 관점을 제시한다. 이것은 唐順之의 本色論과 같은 것이다.

109) 袁宏道, 「敍梅子馬王程稿」, 『袁宏道集箋校』中, 699면. "梅子嘗語余曰: '詩道之穢, 未有如今日者. 其高者爲格套所縛, 如殺翮之鳥, 欲飛不得. 而其卑者, 剽竊影響, 若老嫗之傅粉. 其能獨抒己見, 信心而言, 寄口於腕者, 余所見蓋無幾依.'"

110) 袁宏道, 「答李元善」, 위의 책, 789면. "文章新奇, 無定格式, 只發人所不能發, 句法·子法·調法, 一一從自己胸中流出, 此眞新奇也."

세상 사람들은 진(秦)·한(漢)의 문장을 좋아하지만, 저는 진한에는 문장이 없다고 하겠습니다. 세상 사람들은 송(宋)을 낮추어 보고, 원(元)을 평가 대상에도 넣지 않지만, 저는 시문(詩文)은 송과 원의 여러 대가(大家)들에게 있다고 하겠습니다.111)

대저 시대마다 승강(升降)이 있어 법(法)을 서로 연습(沿襲)하지 않는다. 각각 자기 시대의 변화를 극진히 하고, 각각 자기 시대의 취(趣)를 끝까지 밀고 나가는 것이 귀하게 여길 바인 것이다. 원래 누가 낫고 못하고를 따질 수 없는 것이다.112)

개별 작자에게 특유한 개성이 존재하는 것처럼 시대마다 그 시대의 특수성이 존재한다. 각 시대는 자기 시대에 주어진 변화의 책무를 다하고, 자기 시대의 취(趣)를 최대한 확장할 뿐이다.

이제까지 원굉도 비평이 의고적 창작론을 비판·해체하는 논리에 대해 검토하였다. 그렇다면 의고적 창작론의 대안적 비평은 과연 무엇인가. 그는 「서소수시(敍小修詩)」에서 구사한 성령(性靈)이 바로 그 대안이다. 그는 이렇게 선언한다. "대저 성령(性靈)을 독자적으로 쏟아내고 격투(格套)에 구애되지 않으며, 자기 흉억(胸臆)에서 유출(流出)된 것이 아니라면, 붓을 대지 않으려 한다."113) 격투, 곧 법과 격조에 대한 비판과 자기 개성의 유출이라는 것이 대체로 성령설의 중요한 줄기다. 원굉도의 우익이었던 강영과(江盈科)는 원굉도의 최초의 시집인 『폐협집(敝篋集)』114)에 서문을 붙이면서 원굉도의 성령설을 인용하고 있는데, 그 중 일부를 인용해 보자.

대저 당나라 사람의 시는 천 년을 지나도 새롭게 느껴지고, 오늘날 사람의 시는 손을 벗어나기만 하면 묵어 보이니, 어찌 성령(性靈)과 모의(模擬)란 소종래가 달라서가 아니겠는가? 대저 가지와 외, 배와 대추가 처음 시장에 나올 때는 1전(錢)에

---

111) 袁宏道, 「張幼于」, 『袁宏道集箋校』 上, 501면. "世人喜唐, 僕則曰唐無詩; 世人喜秦·漢, 僕則曰秦·漢無文; 世人卑宋黜元, 僕則曰詩文在宋元諸大家."
112) 袁宏道, 「敍小修詩」, 위의 책, 188면. "唯夫代有升降, 而法不相沿, 各極其變, 各窮其趣, 所以可貴. 原不可以優劣論也."
113) 위의 책, 187면. "大都獨抒性靈, 不拘格套, 非從自己胸臆流出, 不肯下筆."
114) 1584~1594년에 지은 시의 모음이다.

한 알이라도 사람들이 다투어 사서 먹고 입에 맞지만, 해를 넘긴 훈제 돼지고기와 섣달 토끼는 10전에 1궤(簣)를 해도 손님들은 수저를 던지고 손을 대려 하지 않는다. 대저 새로운 것은 좋아하기 마련이고, 묵은 것은 싫어하기 마련이니, 인정이 원래 그런 것이다. 시란 것도 그렇다. 성령(性靈)에서 흘러나온 것은 새롭게 하려고 하지 않아도 새로워지고, 모의(模擬)에서 나온 것은 애써 묵은 기운을 벗어나려 해도 더욱더 묵어지게 되어 있다. 이로써 보건대 시는 성령에서 나오도록 기약해야지 또 어찌 꼭 당시를 따지며 어찌 꼭 경박하게 초당이니 성당이 할 것인가.[115]

모의(模擬)의 대척적 지점에 성령(性靈)이 있다. 성령이란 말은 오래된 것이고, 또 그것이 문학 비평에 쓰인 것도 짧지 않은 역사를 지니지만, 명대 문학 특유의 '성령설(性靈說)'은 바로 강영과의 「폐협집서」에 나오는 원굉도의 성령을 기원으로 한다. 이후 경릉파(竟陵派)는 '성령'을 발전시켜 자신들의 비평적 근거로 삼는다. 그렇다면 성령의 속성은 어떠한 것인가.

세상에서 시를 일컫는 사람들은 반드시 초당이니 성당이니 하지만, 오직 중랑(中郎)만은 그렇지 않다면서 "시가 어찌 꼭 당시여야 하겠으며, 또 어찌 꼭 초당과 성당일 수 있으랴. 요컨대 성령(性靈)으로부터 나온 시를 진시(眞詩)로 여길 뿐이다. 대저 성령이 마음 깊이 자리 잡고 있다가 경물에 깃드는 것이다. 경물에 접촉하는 바가 있으면 마음이 그것을 통섭하고, 마음이 토해내고자 하는 바를 팔이 마음을 움직인다. 마음이 경물을 통섭하면, 곧 개미나 벌, 전갈이 모두 흥을 붙일 만한 것이 된다. 꼭 저구(雎鳩)나 추우(騶虞)일 필요가 없는 것이다. 팔이 마음을 움직이면 곧 해사(諧詞) 학어(謔語)가 모두 관감(觀感)거리가 되는 것이고, 꼭 법언(法言) 장습(莊什)일 필요는 없는 것이다. 마음으로 경물을 통섭하고, 팔로 마음을 움직이면, 성령(性靈)이 죄다 표현되지 아니함이 없으니, 이것을 일러 진시(眞詩)라고 하는 것이다. 어찌 꼭 당시여야 하겠으며, 또 어찌 꼭 초당·성당만을 경망스레 따져야 하겠는가"라고 하였다.[116]

---

115) 江盈科, 「敝篋集敍」; 袁宏道, 『袁宏道集箋校』 下, 1685면. "夫唐人千歲而新, 今人脫手而舊, 豈非流自性靈與出自模擬所從來異乎! 夫茄瓜梨棗之初登于市也, 一錢一顆, 人爭食焉而可于口; 越歲之熏豚臘兔, 十錢一簣, 坐客投筯而不肯下. 蓋新者見嗜, 舊者見厭, 物之恒理. 唯詩亦然, 新則人爭嗜之, 舊則人爭厭之. 流自性靈者, 不期新而新; 出自模擬者, 力求脫舊而轉得舊. 由斯以觀, 詩期于自性靈出爾, 又何必唐, 何必初與盛之爲沾沾哉!"

성령은 본디 성정(性情)과 다를 것이 없다. 시적 표현의 원천인 정감과 동일한 것이다. 하지만 유가(儒家) 시론에서 성정이 정의 자유로운 발로를 억압하는 도덕적 규제를 내포하고 있는 것이라면, 성령은 인간에게 내재하는 정서 / 사유의 자유스러운 유출이란 관념을 내포하고 있는 것이다. 즉 원굉도에 의하면, 진정한 시[眞詩]란 도덕적 규제와 전범, 격조 등 일체의 외적 구속으로부터 벗어난 인간 정서의 자유로운 유출의 언어적 표현물을 말하는 것이다. 물론 이 장면에서 그가 힘주어 말하는 것은, 전범의 압력으로부터의 해방이다. 즉 시적 대상은 반드시 『시경』의 저구나 추우와 같은 경전과 관련된 것일 필요가 없고, 법언(法言) 장습(莊什)과 같은 근엄한 사유를 담는 언어가 아닌, 개미나 벌, 전갈 같은 하찮은 제재나, 해사 학어처럼 가볍고 유쾌한 사유를 담는 언어라도 상관이 없다는 것이다. 곧 상상력과 언어적 표현의 자유를 말한다. 정감과 상상력, 언어적 표현의 자유가 바로 성령설의 핵심이다.

성령은 어떤 조건을 전제하여 발현되는가. 그는 인간 정서의 구속이 없는 자유스러운 발로를 성령이란 말로 요약했다. 이 점을 좀 더 자세히 살펴보자. 다시 「서소수시(敍小修詩)」로 돌아가자.

> 그러므로 나는 오늘날 시문(詩文)은 전해지지 않을 것이라 생각한다. 만에 하나 전해지는 것이 있다면, 지금의 여염집 부인네나 어린아이들이 부르는 「벽파옥(擘破玉)」・「타초간(打草竿)」, 부류일 것이다. 이것들은 오히려 견문도 식견도 없는[無聞無識] 진인(眞人)이 지은 것이라 진성(眞聲)이 많고, 한위(漢魏)를 흉내내지 않고 성당(盛唐)을 본뜨고자 하지 않아, **본성에 따라 절로 나온 것**〔任性而發〕이라 오히려 사람의 희노애락(喜怒哀樂)과 기호(嗜好), 정욕(情欲)을 펼쳐낼 수 있으니, 이것이야말로 즐길 만한 것이다."117)

---

116) 위의 책, 같은 곳. "世之稱詩者, 必曰唐; 稱唐詩者, 必曰初曰盛. 唯中郎不然, 曰 : '詩何必唐, 又何必初與盛? 要以出自性靈者爲眞詩爾. 夫性靈竅于心, 寓于境. 境所偶觸, 心能攝之; 心所欲吐, 腕能運之. 心能攝境, 卽螻蟻蜂蠆皆足寄興, 不必雎鳩・騶虞矣; 腕能運心, 卽諧詞諢語皆是觀感, 不必法言莊什矣. 以心攝境, 以腕運心, 則性靈無不畢達, 是之謂眞詩, 而何必唐, 又何必初與盛之爲沾沾!'"

'본성에 따라 절로 나온 것[任性而發]'이라는 말은 성령이란 말의 해설이다. 「서소수시」전체의 맥락에서 볼 때 이것을 일단 전범으로부터의 해방을 말하지만, 사실상 그의 비평이 지향하는 바는 반의고론을 훨씬 넘어선다. 그것은 성령의 실제 내용인 '임성이발(任性而發)'은 한편 유가 시론이 제한했던 감정의 유출 문제를 겨냥하고 있는 것이다. 동시에 이것은 도덕적 지적인 일체의 구속으로부터 벗어나는 경지를 지향한다. 그는 같은 글에서 원중도의 시가 감정을 너무 지나치게 드러낸 것이 아니냐는 우려에 대해 이렇게 말하고 있다.

> 어떤 이는 감정을 너무 드러낸 것[太露]을 가지고 병통이라 하지만, 도대체 정(情)은 경(境)을 따라 변하고, 글자는 정(情)을 좇아 생겨나는 것을 모르고 하는 말이다. 다만 충분히 표현하지 못할까 두려워할 뿐이니, 무슨 지나치게 드러냄이 있단 말인가. 또 『이소(離騷)』 1경(經)은 분노와 원망을 지극히 드러낸 것이다. 당인(黨人)들이 기회를 틈타 즐거워하고, 뭇 여자들이 노래를 부르고 쪼아대매 임금이 속마음을 헤아리지 아니하고 참언(讒言)을 믿어 화를 내자, 침을 뱉고 욕을 하는 마음을 환하게 드러내 보였으니, 어디에 '원망하되 마음이 상하지 않았다[怨而不傷]'는 것이 있단 말인가. 궁박하고 근심스러울 때는 통곡하며 눈물을 줄줄 쏟는 법이고, 거꾸로 넘어지고 뒤집히는 처지가 되면 소리를 가리지 않는 것이다. 원망하면서도 어찌 마음이 상하지 않을 수가 있단 말인가?118)

위의 인용에서 보듯 '원이불상(怨而不傷)'이란 말로 감정의 과잉을 조절한다는 명분으로 유가(儒家) 시론(詩論)이 취했던 감정의 도덕적 억제를 비판·돌파하고 있는 것이다.

그가 민요의 가치를 높이 평가하는 것은 다름 아닌 규제되지 않은 자유

---

117) 袁宏道, 「敍小修詩」, 『袁宏道集箋校』 上, 188면. "故吾謂今之詩文不傳矣, 其萬一傳者, 或今閭閻婦人孺子所唱擘破玉·打草竿之類, 猶是無聞無識眞人所作, 故多眞聲. 不效顰於漢·魏, 不學步於盛唐, 任性而發, 尙能宣于人之喜怒哀樂嗜好情欲, 是可喜也."
118) 위의 책, 188~189면. "或者猶以太露病之, 曾不知情隨境變, 字逐情生, 但恐不達, 何露之有. 且離騷一經, 忿懟之極, 黨人偸樂, 衆女謠啄, 不揆中情, 信讒齎怒, 皆明示唾罵, 安在所謂怨而不傷者乎? 窮愁之時, 痛哭流涕, 顚倒反覆, 不可擇音, 怨矣, 寧有不傷者?"

로운 감정의 유출이 존재하기 때문이다. 그런데 대단히 흥미로운 것은, 민요의 자유로운 감정의 유출의 전제 조건이다. 그것은 '견문도 식견도 없는 [無聞無識] 진인(眞人) — 부녀자와 어린아이의 소작'이다. 역으로 말해 견문과 식견이 없어야 진인이 되고, 거기서 진성과 진시가 유출된다. '견문과 식견이 없음'은 진정한 시를 쓰기 위한 절대 조건인 셈이고, 부녀자와 어린아이는 그 절대 조건을 충족시키고 있는 존재의 메타포이다. 절대 조건과 메타포는 다른 비평 언어를 통해서도 동일하게 나타난다. 원굉도의 특이한 비평적 언어인 '취(趣)'를 검토해 보자.

세상 사람들이 얻기 어려운 것은 오로지 '취(趣)'다. '취'는 산의 빛처럼, 물의 맛처럼, 불의 빛처럼, 여자의 태도처럼, 아무리 달변이라 해도 한 마디로 쉽게 정의할 수 없다. 오로지 회심(會心)하는 사람만이 그것을 알 수 있다.

지금 사람들은 '취'의 이름을 사모하여, '취'와 비슷한 것을 찾는다. 이에 서화(書畵)를 변설(辨說)하거나 골동을 섭렵하는 것을 맑다고 하기도 하고, 현허(玄虛)에 뜻을 두어 세속 먼지에서 벗어나는 것을 멀다고 하기도 한다. 또 그 아래로 말하자면, 소주(蘇州)의 향을 사르거나 차를 다리는 사람도 있다. 이런 것들은 모두 '취'의 피모(皮毛)일 뿐이니, 신정(神情)과 무슨 관계가 있겠는가.

대저 '취'는 자연(自然)에서 얻은 경우는 깊고, 학문(學問)에서 얻은 것은 얕다. 동자(童子)는 '취'가 있는 줄을 알지 못하지만, 어느 것인들 '취'가 아님이 없다. 얼굴 표정은 단정하지 않고, 눈동자를 쉴 새 없이 굴리고, 입으로는 무언가 종알종알 말하려 하고, 가만히 있지 못하고 콩콩 뛰지만, 인생의 지극한 낙(樂)은 진실로 이 동자일 때보다 나을 때가 없는 법이다. 맹자가 이른바 적자(赤子)를 잃지 말라, 노자가 이른바 영아(嬰兒)와 같아야 한다는 것은 모두 이것을 가리킨 것으로 '취'의 정등(正等) 정각(正覺)이요 최상승(最上乘)의 경지인 것이다.[119]

---

119) 袁宏道,「敍陳正甫會心集」, 위의 책, 463면. "世人所難得者唯趣. 趣如山上之色, 水中之味, 火中之光, 女中之態, 雖善說者不能下一語, 唯會心者知之. 今之人慕趣之名, 求趣之似, 於是有辨說書畵, 涉獵古董以爲淸; 寄意玄虛, 脫跡塵紛以爲遠. 又其下則有如蘇州之燒香煮茶者, 此等皆趣之皮毛, 何關神情. 夫趣得之自然者深, 得之學問者淺. 當其爲童子時, 不知有趣, 然無往而非趣也, 面無端容, 目無定睛, 口喃喃而欲語, 足跳躍而不定, 人生之至樂, 眞無踰於此時者. 孟子所謂不失赤子, 老子所謂能嬰兒, 蓋指此也. 趣之正等正覺最上乘也."

산림(山林)의 사람은 구박(拘縛)이 없어 자유롭게 세월을 보낼 수 있기 때문에 비록 '취'를 구하지 않아도 '취'에 가깝게 된다. 어리석고 불초한 사람들이 '취'에 가까운 것은 품(品)이 없기 때문이다. 품이 낮아지면 질수록 그 때문에 구하는 것이 낮아지기 때문에 혹은 술을 마시고 고기를 먹으며 혹은 풍악과 기녀를 불러 즐기는 것을 마음에 내키는 대로 하여 꺼리는 바가 없어, 스스로 세상에 대해 절망한다고 생각하기 때문에 온 세상이 그를 비웃어도 괘념하지 않는다. (…중략…)

나이가 점점 많아지고 벼슬이 점점 높아지고 품이 점점 커지면, 몸은 마치 차꼬를 채운 듯하고, 마음에는 가시가 난 듯하여 온 몸의 털과 구명과 뼈와 마디가 모두 견문과 지식에 얽매여서 이(理)를 깨닫는 것이 더욱 깊어지지만, '취'와의 거리는 더욱 더 멀어지게 되는 것이다."120)

취의 조건을 보자. 그것은 자연에서 얻는 것이고, 학문에서 얻을 수 있는 것이 아니다. 어린아이에게서 충만히 발견되며, 나이가 들고 벼슬이 높아지고 고귀해지면 취는 사라진다. 견문과 지식에 얽매여 '리(理)', 즉 도리를 깨닫는 것이 깊어지면, '취'와의 거리는 더 멀어지는 것이다. 원굉도의 취가 곧 동심을 말하고, 이 글 전체의 논리적 설정이 「동심설」의 연장임은 두말할 나위가 없다. 견문과 지식·도리를 벗어난 동심의 깨달음은 또 성령의 조건과 상통하는 것임을 알 수 있을 것이다.

원굉도의 비평은 양명학의 논리에 근거를 두고 있으며, 가깝게는 이탁오의 사상에서 유출된 것이다. 양명학이 객관적 초월적 정리를 부정하고, 인간 내부에서 진리를 깨달을 것을 요구했듯, 원굉도는 객관적인 전범의 부정과 전범을 지지하는 법을 부정했던 것이다. 양명학이 인간 개아(個我)가 진리를 스스로 자각할 것을 요구했듯, 원굉도는 전범의 추종에서 벗어나 작가 개인의 자기 견해[己見], 자득, 자기 흉중으로부터의 유출을 요구했던 것이다. 아울러 문학사에 있어서 각 시대 문학의 개성의 존재를 역설하였다.

---

120) 위의 책, 463~464면. "山林之人, 無拘無縛, 得自在度日, 故雖不求趣而趣近之. 愚不肖之近趣也, 以無品也, 品愈卑故所求愈下, 或爲酒肉, 或爲聲伎, 率心而行, 無所忌憚, 自以爲絶望於世, 故擧世非笑之不顧也. …… 迨夫年漸長, 官漸高, 品漸大, 有身如桎, 有心如棘, 毛孔骨節, 俱爲見聞知識所縛, 入理愈深, 然其去趣愈遠矣."

원굉도 비평에서 그가 의고를 비판하기 위해서 그가 동원한 어린아이[赤子, 嬰兒]와 부녀자의 메타포와 닮음의 문제, 모의를 한 작품이 가짜라고 하면서 그가 제기한 닮음[肖]의 문제, 그리고 아울러 진성(眞聲)·진시(眞詩)·진문(眞文) 등의 진/가, 진/위의 대립에 주목해 주기 바란다. 이것은 전에 볼 수 없는 문제 설정이었다. 이제 이 문제를 공안파의 한국적 수용에서 세론하기로 한다.

제3장

공안파에 대한 인지와 비평적 수용의 여러 양상

1. 공안파에 대한 최초의 인지 – 허균(許筠)

공안파(公安派) 그리고 양명좌파(陽明左派)와 유관한 최초의 인물은 허균(許筠, 1569~1618)이다. 앞으로 자세히 검토하겠지만, 허균의 사유와 문학이 이탁오(李卓吾)·원굉도(袁宏道)와 상당한 연관이 있으리라는 것은 널리 지적되어 왔고 지금도 상식처럼 통용되고 있다. 예컨대 유명종(劉明鍾) 교수는 허균이 편집한 『한정록(閑情錄)』에 이탁오의 『분서(焚書)』와 원굉도의 『상정(觴政)』·『병화사(瓶花史)』가 인용되어 있다는 사실과, 허균과 양명좌파·공안파의 사유의 유사성을 근거로 허균이 양명좌파·공안파로부터 일정한 영향을 받았을 것이라 추정했다. 이 견해는 별다른 비판 없이 폭넓은 지지를 받았다.

대척적으로 허균의 사유가 양명좌파·원굉도와 무관하게 형성되었으리라 보는 견해도 있다. 임형택 교수는 「허균의 문예사상(文藝思想)」에서 허균의 문예사상이 이탁오·공안파의 그것과 유사함을 지적하면서도 허균 사유의 독자적 생성(生成)을 강조하고 있다. 곧 상호 영향성 없는 유사성이다.

  이상에서 논한 허균의 문예사상은 동시대 중국의 새로운 사상가 이탁오(李卓吾)
나 이탁오의 사상적 영향으로 형성된 공안파(公安派)의 문학론과 그대로 통하는 것
임을 발견하게 된다. 문예에 대해서만이 아니고 사상 및 생활 방식이 또한 아주 유
사하게 보인다. 이들이 활동할 바로 그 당시 허균이 직접 중국에 내왕하고 많은 서
책을 구입해 왔었음으로 이들에 대한 견문이 없지 않았을 것이다. 그의 저작 속에
는 왕양명(王陽明)에게 매력을 느꼈던 사실과 왕학(王學) 계통에 소속하는 학자들
의 저작에 접했던 것을 볼 수 있다.[1]

  임형택 교수는 허균이 이탁오와 공안파 그리고 양명학 계통의 학자들의
저작으로부터 영향을 받았을 가능성을 언급하고 있다. 이것은 아마도 유명
종 교수의 소론에 등장하는 저작들일 것이다. 다만 임형택 교수는 그런 가
능성보다는 명대와 조선의 역사적 사회적 유사성은 상호간 영향 없이 각각
이탁오와 허균을 산생하였음을 주장한다. "동아(東亞)의 세계에 있어 봉건도
덕의 압제로부터 인간성을 회복하려는 역사적 과정의 16세기 말 17세기 초
에 중국은 이탁오를 낳았고 한국은 허균을 낳았던 것이다."[2]
  임형택 교수는 허균 사유의 자생성을 유달리 강조하고 있지만, 허균 사유
에 대한 평가는 유명종 교수와 사실상 동일하다. 유명종 교수는 허균의 사
상적 특징을 ① 철저한 인도주의자, ② 주자적(朱子的) 엄숙주의를 반대하고
그 허위성을 공격함, ③ 인욕을 긍정한 조선의 유일한 사람, ④ 새로운 문예
의식을 고취하고, 낡은 형식의 도습(蹈襲)·표절(剽竊)을 철저히 반대하며, 시
문을 일상어로 표현할 것을 주장함[3]으로 요약하였다. 임형택 교수는 허균

---

1) 임형택, 『韓國文學史의 視角』, 창작과비평사, 1984, 106~107면. 허균이 양명학 서적과 공
  안파 서적을 보았을 가능성을 언급하고 있으면서도 허균 사상의 독자적 생성 가능성에 무게
  를 두고 있다.
2) 좀 더 상세히 인용하면 이렇다. 위의 책, 107면. "우리는 동시대 비슷한 상황을 살아가면서
  그에 대처하는 양심적 지성의 갈등은 나라가 다를지라도 유사한 성격으로 나타나게 되리라
  는 점에 유의해야 할 것이다. 누구보다 세계소식에 정통하였고, 참다운 의식을 소유하였던
  허균이 그 시대의 진보적 동향과 담을 쌓았다면 참다운 지성인이랄 수 있겠는가."

의 문예사상을 ① 의고주의를 반대하고 문학의 개성을 강조한 점, ② 문학의 역사적 진보를 인식하고 신흥문예의 가치를 인식한 점으로 요약하였다.

유명종 교수가 허균과 양명좌파·공안파와의 직접적인 연관을 강조했다면, 임형택 교수는 관련성을 직접 강조하지 않고 허균의 독자적인 사유의 전개라는 관점을 취하여 동일한 결론을 도출해 내고 있다. 그 결론은 주자성리학의 전일적 지배로부터의 이탈, 의고주의에 대한 비판이란 공통분모를 갖고 있는 것이다.

이 결론의 타당성에 대해서는 뒤에 다시 거론하기로 하고, 위의 견해들이 실증적 차원에서 성립 가능한 것인지 검토해 보자. 먼저 양명학. 유명종 교수는 물론이고 임형택 교수도 허균의 저작 속에 "왕양명에게 매력을 느꼈던 사실과 왕학(王學) 계통에 소속하는 학자들의 저작에 접했던 것을 볼 수 있다"고 하고 있는바, 이것이 과연 사실에 부합하는 것인가?

허균이 남기고 있는 글에 왕양명에 대한 언급은 꼭 네 번이 나온다. 첫째는 『학산초담(鶴山樵談)』(1593년 25세 작)에서 명대의 산문 작가 10명을 꼽으면서 왕양명을 든 것인데, 그는 왕양명에 대해 "백안(伯安, 王陽明)은 문장을 전공하지 않고 학문으로 출발했기 때문에 박잡함을 면치 못 한다"고 양명의 문장의 성취를 낮추어 평가하고 있다.[4] 이건 별 참고가치가 없다. 둘째는 1601년 7월에 전운판관(轉運判官)으로 전라도로 내려갔을 때 나주에서 만난 노인(魯認)의 이야기 속에 간단히 소개된 양명학이다. 노인은 정유재란 때 일본에 포로로 잡혀갔다가 중국으로 탈출해 귀국했던 희귀한 체험을 한 인물이다. 노인의 중국 체험에 양명학이 짧게 언급되고 있다.[5] 노인이 서즉등(徐卽登)이란 양명학 비판자에게 조선에서 가장 숭상하는 학문이 주자학이란 말

---

3) 유명종, 『한국의 양명학』, 동화출판공사, 1983, 54~55면.

4) 許筠, 『鶴山樵談』, 『許筠全書』, 아세아문화사, 1980, 479면. "伯安不專攻文而以學發之, 故未免駁雜." 십대가는 李夢陽·王陽明·唐順之·王允寧·王愼中·董玢·茅坤·李攀龍·王世貞·汪道昆이다. 이 10명은 陸弘祚의 『皇明十大家文選』에서 취한 것이다. 앞으로 『許筠全書』는 서적명만 쓰고, 여타 서지사항은 생략한다.

5) 許筠, 「漕官紀行」, 『惺所覆瓿藁』:『韓國文集叢刊』74, 286면.

을 하여 훌륭한 대접을 받았다는 이야기다. 허균은 이 일화만을 간단히 소개하고 있을 뿐 양명학에 대한 코멘트는 전혀 없다. 역시 별 참고 가치가 없다. 세 번째는 이정(李楨)을 전송하면서 쓴 글이다.

> 동파(東坡)가 『능엄경(楞嚴經)』을 읽자 해외(海外)의 문장이 지극히 높고 오묘해졌고, 근세의 양명(陽明)과 형천(荊川, 唐順之)의 문장도 모두 내전(內典, 佛經)으로 인해 깨달은 바가 있었다는 말을 듣고, 마음속으로 적이 아름답게 여기다가 자주 상문(桑門, 불교)의 선비로부터 불경을 구해 읽어보았다. 그 달견은 과연 골짝에 물이 쏟아지고 강물이 터지는 것 같았고 뜻을 쓰고 말을 부리는 것은 마치 나는 용이 구름을 탄 것 같아 아득해서 뭐라 형용할 수가 없었다. 정말 글 솜씨가 귀신과 같았다.[6]

이 글은 약간의 참고할 가치가 있다. 앞에서 검토한 바와 같이 왕양명과 당순지(唐順之)는 모두 산문작가로 이름이 높은 인물이었다. 양명은 말할 필요도 없고, 당순지 역시 양명학자였다. 양명과 당순지 두 사람이 불경으로 말미암아 깨우친 바가 있다는 말이 양명학과 선종(禪宗)과의 논리적 친근성을 지적한 것임은 췌언을 요하지 않는다. 여기서 주목해야 할 바는 불경과 산문과의 관계에 대한 판단이 허균 자신이 양명과 당순지를 직접 읽고 깨달은 바가 아니라는 점이다. 그는 분명히 "불경으로 말미암아 깨우친 바가 있다는 말을 듣고서"라고 하고 있다. 허균은 양명과 당순지에 대한 타인의 언급을 접했던 것인데, 그는 이를 계기로 하여 양명과 당순지가 아니라 불경에 깊이 빠져들어 갔던 것이다. 위에 인용한 글이 언제 쓰인 것인지는 알 수 없지만, 이 글을 쓸 때까지 양명과 당순지는 그의 독서체험에서 중요한 위치를 점하고 있지는 않았던 것으로 보인다.

왕양명에 대한 언급은 『한정록』에 한 번 더 나오고 있다.

---

6) 許筠, 「送李懶翁還恨怛山序」, 위의 책, 172면. "及聞東坡讀楞嚴而海外文尤極高妙, 近世陽明王守仁·荊川唐順之之文, 皆因內典, 有所覺悟, 心竊艶之, 亟從桑門士求所爲佛說契經者讀之, 其達見果若峽決而河潰, 其措意命辭, 若飛龍乘雲, 杳冥莫可形象, 眞鬼神於文者哉."

왕양명이 말하기를, "일분(一分)의 인욕(人慾)을 없애면 일분의 천리(天理)를 얻는다" 하였다. 『사자수언(四子粹言)』."[7]

이 말의 원출처는 『전습록(傳習錄)』이다.[8] 『한정록』은 인용으로만 이루어진 책이니, 위의 말을 『전습록』에서 직접 인용된 것으로 볼 수도 있으나 사실은 그렇지 않다. 이것은 허균이 애독하던 하준량(何俊良)의 책 『사자수언(四子粹言)』에서 인용된 것이다. 허균은 인용의 끝에 '四子粹言'이라고 출처를 분명히 밝히고 있다.

이상이 『성소부부고(惺所覆瓿藁)』에 나오는 왕양명에 관한 자료의 전부인데, 양명학과의 관계를 입증하기에는 너무나 미약하다. 양명학에 대한 논의는 허균 재세시(在世時)에 적지 않게 이루어지고 있었다. 이황(李滉)의 『전습록』 비판에서 시작된 양명학 비판은 유성룡(柳成龍)·윤근수(尹根壽)·이식(李植) 등으로 이어졌고, 그 반대편에는 이요(李瑤)·장유(張維) 등이 수용 또는 부분적 긍정을 조심스럽게 내비치고 있었던 것이다. 이런 상황에 비추어 볼 때 허균이 불교와 도교에 대해서는 집요한 관심을 보이면서도 당대의 새로운 사상이라 할 양명학에 대한 소상한 언급이 없다는 것은 무언가 이상하다.

허균은 자신의 독서 범위가 넓다는 것을 여러 번 자랑스럽게 언급했다. 또 동시대인들이 허균의 인격과 행동은 폄하하면서도 그의 천재와 박람은 인정하고 있었다. 따라서 위에 제시한 『성소부부고』의 증거만으로 그가 양명학 서적을 읽지 않았다고 단정하기도 어렵다. 그러나 읽었다는 증거가 없기 때문에 도리어 읽었을 수도 있다는 식의 논법은 곤란하다. 조선시대에 구리선이 발견되지 않았다고 해서 무선전신(無線電信)이 있었다고는 주장할 수 없는 것이 아니겠는가? 사실 허균이 끊임없이 반대파들의 공격대상이 되

---

7) 許筠, 『閑情錄』: 『許筠全書』, 310면. "王陽明曰 : '減得一分人欲, 便得一分天理.'" 四字粹言.

8) 王守仁, 『傳習錄』: 『王陽明全集』上, 上海古籍出版社, 1997, 28면. "減得一分人欲, 便是復得一分天理." 고딕 강조한 '是復'는 『한정록』에는 없다. 허균이 『전습록』으로부터 인용하지 않았음의 명백한 증거다.

었던 것은 불교의 숭신 때문이지 양명학 때문은 아니었다. 허균이 양명학에 경도하지 않았다는 보다 확실한 증거는 『성소부부고』에 양명학의 주요 개념어들이 전혀 언급되지 않고 있다는 사실이다. 즉 '심(心)'·'양지(良知)'·'심즉리(心卽理)' 등 양명학의 주요 개념어들을 그는 전혀 구사하고 있지 않다. 만약 그가 양명학에 경도했다면, 이런 기본범주들을 언급하지 않을 수 없었을 것이다. 양명학은 그의 주요 관심 영역에 접수되지 않았던 것이다.

이제 허균과 이탁오·공안파와의 관계를 자료를 통해 실증적으로 검토해 보자. 허균의 『한정록』에는 허균이 이탁오와 원굉도의 저작을 읽었을 것으로 추정 가능한 자료가 있다. 이 자료가 허균이 이탁오·공안파와 유관함을 증거하는 부동의 자료로 이용되어 왔다. 그러나 이 기록은 치밀하게 다시 검토할 필요가 있다. 먼저 『한정록』을 검토하자. 『한정록』은 문인의 조용하고 깔끔한 생활 취미에 관한 글들을 발췌하여 엮은 책이다. 『한정록』의 인용 서목은 1백여 종에 이르는데, 여기에 이탁오의 『분서(焚書)』와 원굉도의 『상정(觴政)』과 『병화사(甁花史)』가 포함되어 있다. 그런데 원래 『한정록』은 1610년에 허균이 만났던 중국 사신 주지번(朱之蕃)이 기증했던 『서일전(棲逸傳)』·『옥호빙(玉壺氷)』·『와유록(臥遊錄)』 등 3종의 서적을 4문(門)으로 분류한 간략한 것이었다.9) 8년 뒤 허균은 1617년 기준격(奇俊格)의 고발로 불안한 시간을 보낼 때 『한정록』을 증보한다. 그는 1614년, 1615년 두 해에 걸쳐 북경에 갔을 때 구입해 온 서적 4천 권이 증보본을 엮는 자료가 되었음을 밝히고 있다.10) 즉 1610년 『한정록』의 초본에는 이탁오와 원굉도는 인용되지 않았던 것이다.

『한정록』의 범례에서 허균은 이렇게 말하고 있다.

> 오영야(吳寧野)의 『서헌(書憲)』, 원석공(袁石公)의 『병화사』와 『상정』, 진미공(陳

---

9) 許筠, 「閑情錄凡例」, 『許筠全書』, 253면. "余在庚戌夏, 抱疴謝事, 杜門攓客, 無以消長日, 巾衍中適披得數帙, 乃朱蘭嵎太史所贈栖逸傳·玉壺氷·臥遊錄三種, 反覆披覽, 仍取三書, 爲四門類彙, 名曰閑情錄. 一曰隱逸, 二曰閑適, 三曰退休, 四曰淸事."

10) 위의 책, 같은 면. "甲寅·乙卯兩年, 因事再赴帝都, 斥家貨購得書籍幾四千餘卷. 就其中事涉閑情者, 以浮帖帖其提頭處, 以需殺靑, 逮判刑部, 未敢下手粹選."

眉公, 陳繼儒)의 『서화금탕(書畵金湯)』 등은 모두 사람의 본성에 맞는 놀이 도구로서 한정에 없앨 수가 없다. 때문에 책 끝에 부록으로 붙여 차분히 감상하는 데 이바지하고자 하노라.[11]

『한정록』은 허균 자신이 우목한 서적을 '은둔'·'고일(高逸)'·'한적' 등 16개 부문으로 나누고, 끝에 『병화사』·『상정』·『서헌』·『서화금탕』을 통째 추가한 것이다. 『한정록』은 저작이 아니라 편서다. 원굉도의 두 책은 『한정록』의 여러 주제에 발췌 인용된 것이 아니라, 『한정록』의 맨 끝에 부록으로 붙어 있는 것이다. 그리고 『한정록』 이외에 『성소부부고』 어디에도 원굉도의 저작은 인용되어 있지 않다.

그렇다면 허균이 인용하고 있는 『병화사』와 『상정』은 언제 저작된 것인가? 『병사』는 1599~1600년이고, 『상정』은 1606~1607년이다. 다만 이것은 저작연대일 뿐이고, 이것이 곧바로 출판된 것은 아니었다. 이것의 출판은 언제인가? 원굉도의 저작은 원숙도(袁叔度)가 간행한 것이 최초의 것인데, 1602년·1606년·1610년 세 차례에 걸쳐 간행된 것으로 이것을 모두 모아보면, 7종(『敝篋集』·『錦帆集』·『解脫集』·『瓶花齋集』·『廣莊』·『瓶史』·『瀟碧堂集』)이 된다.[12] 이것은 사실상 원굉도의 저작 대부분을 포함한다. 그러나 허균이 이 세 차례의 어느 간본을 입수한 것으로 보이지는 않는다. 왜냐하면 여기에는 『상정』이 빠져 있기 때문이다. 따라서 『병사』와 『상정』을 동시에 구입한 것으로 본다면, 허균이 원굉도의 저작을 본 것은 적어도 1610년 이후일 것이다. 1610년 이후 만력(萬曆, 1573~1620) 시기에 원굉도의 모든 저작을 망라한(당연히 『상정』도 포함된다) 주응린(周應麔)이 교정·간행한 『원중랑십집(袁中郞十集)』이 간행되는데, 아마도 만약 허균이 원굉도의 문집을 구매했다면, 이것을 구매했을 가능성이 높다.[13] 허균은 1615년 북경에 파견되어 해를 넘겨 귀국

---

11) 위의 책, 254면. "吳寧野書憲, 袁石公瓶花史·觴政, 陳眉公書畵金湯, 俱是適性戲具而閑情之不可廢者, 故附于錄末, 以資靜玩云."
12) 錢伯城, 「袁宏道集校箋凡例」; 袁宏道, 『袁宏道集校箋』 上, 1~6면. 앞으로의 원굉도 저작에 관한 언급은 모두 이 「범례」에 의한다.

하는데, 이 양년(兩年, 1615~1616년)의 연행(燕行) 체험을 383수의 한시로 읊어 『을병조천록(乙丙朝天錄)』이란 책으로 엮었다. 여기에 「원중랑(袁中郞)의 주평 뒤에 쓰다」란 제목의 한시 2수가 실려 있는데,14) 주평(酒評)이란 『상정』의 끝에 붙어 있는 것으로, 원굉도가 자기 친구들의 음주 취미를 멋있게 표현한 짤막한 산문이다. 이 자료로 1615년에야 비로소 『상정』을 위시한 원굉도의 저작을 접했음을 확인할 수 있다. 하지만 여기에도 문제가 있다. 『한정록』에 인용된 『병화사』와 『상정』은 허균이 『한정록』을 편집할 때 중요한 자료로 활용한 오종선(吳從先)의 『소창청기(小窓淸紀)』에 실려 있다.15) 따라서 허균은 원굉도의 문집을 직접 구입한 것이 아니라, 『소창청기』의 것을 전재했을 가능성이 크다. 그렇다면 그가 원굉도의 문집을 보았을 가능성은 더욱 줄어든다. 『한정록』 「퇴휴(退休)」에 원굉도가 오현(吳縣) 현령을 그만두었을 때 했다는 말이 인용되어 있지만,16) 이 역시 출처는 왕세정이 편집한 『세설신어보(世說新語補)』이고 원굉도 문집에서의 직접 인용은 아니다. 종합하건대 허균이 원굉도의 문집을 직접 접했을 가능성은 희박하다.

그렇다면 허균은 『분서』는 읽었던 것인가.

이미 알려진 바와 같이 『분서』는 『한정록』의 다음 부분에 유일하게 보인다. 이 외에 이탁오를 인용하고 있는 곳은 없다. 그러나 이것조차 문제가 있다.

나는 일찍이 바둑은 세상을 피할 수 있고, 잠은 세상을 잊을 수 있다고 생각했다. 그러나 바둑은 짝지어 밭을 가는 장저(長沮)·걸닉(傑溺)과 같아서 한 사람이 없어서는 안 되지만, 잠은 바람을 타는 열자(列子)와 한가지라 홀로 갔다가 홀로 온다.

---

13) 이후 간행된 전집은 만력 45년(1617)에 간행된 何偉然이 편집한 『梨雲館類定袁中郎全集』 24권인데, 이것은 허균이 중국에 갔다 온 뒤에 간행된 것이고, 거기다 허균 사망 1년 전의 것이라 허균이 보았을 리가 없다.

14) 「題袁中郎酒評後」, 『乙丙朝天錄』, 46면. "石公評酒似評詩, 江石風流此一詩. 細呷快傾俱妙理, 飮中寧獨八仙奇." "曾覲丘侯把酒杯, 半酣高詠氣雄哉. 中郞雅謔眞堪笑, 錯此吳牛囓草來"

15) 한영규, 「'閑寂'의 선망과 『閑情錄』」, 『문헌과해석』 19, 2002년 여름, 172~173면.

16) 許筠, 『閑情錄』: 『許筠全書』, 282면. "袁中郎爲吳令, 病免日 : '以令致病, 以病解令, 令致病, 令誠苦, 我病解令, 病不藥我耶?'"

훌륭하구나, 희이(希夷)여. 잠을 깊이 이해했구나. 『이씨분서』[17]

위의 인용 부분은 분명히 문제가 있다. 위 인용의 앞부분은 『소창청기(小窓晴紀)』 등의 책에서 바둑에 관한 글을 발췌하여 열거하고 있는데, 『이씨분서』에서 인용했다는 위의 인용문은 바둑에 관한 이야기가 아니라 잠에 대한 예찬이다. 따라서 이 인용은 제대로 된 인용이 아니다. 또 이 내용은 『분서』에 보이지 않는다. 사실 이 인용은 허균의 『소창청기』일 가능성이 높다. 역시 『한정록』만으로는 그가 『분서』를 읽었을 가능성은 줄어든다. 하지만 단언할 필요는 없다. 앞서 언급한 『을병조천록』에 「이씨분서(李氏焚書)를 읽고」란 제목의 시 3수가 남아 있다. 첫 번째 시를 옮기면 다음과 같다.[18]

> 맑은 조정이 독옹(禿翁)의 글을 태워 없앴지만,
> 그가 말한 도리는 여전히 남아 다 태우지 못했네.
> 저 불가와 이 유가의 깨달음 하나이건만,
> 세간에서 이론이 분분하다네.
> 淸朝焚却禿翁文, 其道猶存不盡焚.
> 彼釋此儒同一悟, 世間橫議自紛紛.

이 시를 보건대, 허균은 1615년에 처음으로 북경에서 『이씨분서』를 구입하여 읽었던 것이다. 또한 시의 내용을 보건대, 그가 이탁오의 사상에 크게 공감했던 것도 두말할 나위가 없다. 다만 그가 읽었던 『이씨분서』가 어떤 판본인지는 알 길이 없다. 『분서』뿐만이 아니라 허균은 이탁오의 『장서(藏書)』도 읽었다. 앞에서 잠시 언급한 바와 같이 그는 1614년에 천추사(千秋使)로, 1615년에는 동지겸진주부사(冬至兼陳奏副使)로 명나라에 파견되어 돌아올

---

17) 許筠, 『閑情錄』: 『許筠全書』, 319면. "余嘗謂碁能避世, 睡能忘世, 然碁類耦耕之沮溺, 去一不可, 睡同御風之列子, 獨往獨來. 善哉! 希夷. 深得其解. 李氏焚書, 已上碁."

18) 「讀李氏焚書」, 『乙丙朝天錄』(국립중앙도서관 소장), 45~46면. 나머지 두 수는 다음과 같다. "丘侯待我禮如賓, 麟鳳高標快覯親. 晩讀卓吾人物論, 始知先作卷中人." "老子先知卓老名, 欲將禪悅了平生. 書成縱未遭秦火, 三得臺抨亦快情."

때 4천여 권의 책을 구입해 왔다. 이 대량의 서적 구입으로 허균은 명대(明代) 사상과 문학 조류에 대한 풍부한 정보에 접한 것으로 짐작된다. 1614년 허균의 중국 서적 구입과 관련하여 허균과 함께 서장관(書狀官)으로 북경에 파견되었던 김중청(金中淸)[19]은 대단히 흥미로운 기록을 남기고 있다. 중요한 자료이기에 전문을 인용한다.

상사(上使, 許筠)가 『이씨장서(李氏莊書)』 1부를 구해 기이한 글이라면서 나에게 보여주었다. 그 책은 스스로 제목을 만들어 쓰고, 전대(前代)의 여러 군신(君臣)을 평가했는데, 그 시비와 여탈(與奪)이 자신의 편견을 따르지 아니함이 없었다.

순경(荀卿)을 두고는 덕업(德業)과 유신(儒臣)의 으뜸이라 하고, 우리의 맹성(孟聖, 孟子)를 굽혀 악극(樂克)·마융(馬融)·정현(鄭玄)의 반열 아래에 두었다. 명도선생(明道先生)은 겨우 그 끝자리에 끼어 육구연(陸九淵)과 어깨를 나란히 하였다. 이천(伊川)·회암(晦庵) 두 부자(夫子)는 또 신도가(申屠嘉)의 아래에 있었으며, 소망지(蕭望之)는 행업(行業)으로 평가했다. 제멋대로 승출(升黜)을 가하고, 조금도 기탄함이 없는지라, 나는 보고는 깜짝 놀라 "이런 책은 불태워야 하고, 가까이해서는 안 된다" 하였다.

며칠 뒤 우연히 『경서실용편(經書實用編)』의 풍기(馮琦)의 정학소(正學疏)를 보았더니, "황상(皇上)께서 지난번에 장급사(張給事)의 말을 받아들이시어, 이지(李贄)가 세상을 속인 죄를 바로잡으시고, 그 책을 모두 불태워버렸다"는 말이 있었다. 이른바 이지란 자는 곧 『장서』를 지은 자로서 이학(異學)을 창도하고 그 무리 수천 명을 이끌고 날마다 주자(朱子)를 공격하는 것을 일로 삼은 자이다. 그러다가 공론(公論)의 탄핵을 받아 성명(聖明) 아래서 복주(伏罪)되고, 그의 요담괴필(妖談怪筆)을 실은 다소의 자판(梓板)이 한꺼번에 죄다 불살라졌으니, 아름답도다! 대조(大朝)에 임금과 신하가 있음이여. 느낀 바 있어 율시 2수를 짓는다. 이미 그에 대해 마음이 아팠는데, 한편으로 또 시원하기도 하다. 시원한 가운데 또 마음이 아프기도 하다. 마음이 아프구나, 마음이 아프구나. 누가 그것을 알아줄 것인가?[20]

---

19) 자는 而和. 호는 晩退軒, 苟全. 본관은 안동. 1567~1629년. 1610년 급제. 1614년 성절사의 서장관으로 명나라에 다녀오고, 1615년 정언이 되어 이원익을 논핵하라는 대북파 정인홍의 부탁을 거절하여 파면되었다. 1621년 승지로서 선유사가 되어 호남을 순행했다. 이후 散職에 머물렀으며, 인조반정(1623) 이후에도 조정에 나아가지 않았다.

20) 金中淸, 『苟全先生文集』 1, 景仁文化社, 1997, 107~109면. "上使得李氏莊書一部, 以爲

김중청은 1614년에 천추사의 서장관으로 북경에 갔던바, 이때의 상사는 바로 허균이었다. 그는 허균이 구입한 이탁오의 『장서(藏書)』[21]를 읽고 큰 충격을 받았던 것이다. 하기야 성리학에 젖은 조선의 선비가 이탁오의 파천 황적인 사유를 어떻게 이해할 수 있었을 것인가?

이 인용문의 맨 첫머리에 있는 허균이 "기이한 글이라면서 보여주었다"는 부분에 특별히 주목할 필요가 있다. 요컨대 허균은 1614년까지 이탁오의 저 작을 본 적이 없었던 것이고, 처음 이탁오의 저술을 보자 정말 허균답게 '기 이하다'고 판단했던 것이다. 허균이 '기이한 글'이라고 평가했던 『장서』와 태우려 했지만 없어지지 않은 책이라고 했던 『분서』는 어떤 책인가? 『장서』 는 재래의 유가 역사관을 완전히 전도시킨 것이며, 『분서』에는 양명좌파적 사유의 한 극단을 이루었던 이탁오 사상의 핵심이라 할 수 있는 「동심설(童 心說)」과 「하심은론(何心隱論)」 및 독특한 그의 사론(史論)이 실려 있다. 1614 년 이후 양명좌파와 공안파의 서적을 접한 뒤 허균의 사상과 문학관에 어떤 변화가 있었으리라 추정하는 것은 결코 무리한 추정이 아니다. 허균은 실로 이탁오의 저작에서 엄청난 영향을 받았을 것으로 생각된다. 하지만 허균이 남긴 시와 산문에서 그 변화의 흔적을 찾기란 불가능하다. 현존본 『성소부 부고』는 1611년까지의 시문만을 수록하고 있기 때문이다.[22] 따라서 허균이 설사 양명좌파와 공안파의 영향을 받았다 해도 그것을 확인할 수 있는 근거

奇, 示余. 其書自做題目, 勒諸前代君臣, 其是非(與)奪, 無不徇其偏見. 以荀卿爲德業儒臣
之首, 屈我孟聖於樂克·馬融·鄭玄之列, 明道先生僅參其末, 與陸九淵並肩, 若伊川·晦
庵兩夫子則又下於申屠嘉, 蕭望之, 稱之以行業, 肆加升黜, 少無忌憚. 余見而大駭曰: '此
等書, 寧火之, 不可近.' 居數日, 偶閱經書實用編馮琦正學疏, 有曰: '皇上頃納張給事言,
正李贄誣世之罪, 悉焚其書.'云. 所謂贄乃作莊書者, 倡爲異學, 率其徒數千, 日以攻朱爲事,
而卒爲公論所彈, 伏罪於聖明之下. 至以妖談怪筆多少梓板一炬而盡燒, 猗歟! 大朝之有君
有臣也. 感題二律. 旣傷之, 又快之, 快之之中, 又有傷焉. 傷哉! 傷哉! 其誰知之." 시는 다
음과 같다. "孔去東遷日, 朱生南渡天. 工夫兼體用, 義理極精硏. 甚矣人多怪, 居然口詆賢.
妖書寧免火, 天子聖明全." "世間饒怪舌, 天下是非誣. 鶴脛疑鳧短, 鷄翅笑鳳孤. 周衰苟已
甚, 明盛贄何愚. 給事能言距, 聖人猶有徒."
21) 김중청이 『莊書』라고 한 것은 잘못된 것이다. 『藏書』가 맞다.
22) 강명관, 「허균과 명대문학」, 『안쪽과 바깥쪽』, 소명출판, 2007, 93~94면.

는 아무 것도 남아 있지 않다.

이상의 논증으로 허균의 사유가 양명학·이탁오·공안파의 사유와 상관이 없음을 밝혔다. 허균의 저작에 나타나는 왕양명·이탁오·원굉도의 이름으로 허균과 이들을 관계 짓는 모든 논의는 무용한 것이 되었다. 그렇다면 재래의 연구가 허균에게서 읽어내었던 주자학적 엄숙주의에 대한 반발, 인욕 긍정, 문예 창작에서의 의고주의 반대, 문학의 개성 강조 등, 요컨대 반주자학적(혹은 주자 비판적) 반의고적인 사유들은 어떻게 평가되어야 할 것인가. 이 문제는 다음과 같은 물음으로 바뀌어야 할 것이다. 허균의 사유에 있어서 주자학에 대한 비판, 혹은 주자학으로부터의 이탈이 도출할 수 있을 것인가, 아닌가. 사실상 이것은 답할 필요가 없는 문제다. 즉 앞에서 들었던 허균의 사유에 관한 유명종·임형택 두 교수의 견해는 모두 허균에게서 '근대'를 읽어내고자 했던 의식의 산물이다. 유명종 교수는 허균의 사상을 위의 다섯 가지로 정리한 뒤 허균의 사상을 곧 '근대의식의 발로'라고 결론지었다. 임형택 교수의 소론도 '근대'란 말을 사용하지 않았다 뿐이지 문제의식은 동일한 것이라고 생각된다.

허균에게서 근대를 읽어내고자 하는 것은 식민지 사학의 조선사 정체론을 타파하기 위해 조선사 내부에서의 독자적인 근대적 발전 과정이 존재했음을 입증하려는 내재적 발전론에서 기인한 것으로 보인다. 이것이 선택적 부조적 수법으로 근대성의 징표를 읽어내고자 하는 왜곡적 독법임은 두말할 필요가 없다.[23] 허균은 이 왜곡적 독법에 가장 걸맞은 대상이었던 것이다. 허균의 인간됨과 역모로 죽었던 그의 삶의 이력, 「호민론(豪民論)」 등의 그 당시로서는 파격적인 사상·체제에 저항하는 군도의 삶을 형상화한 국문소설 『홍길동전』 등이 한데 어울려, 허균을 마치 중세를 거부하는 혁명아로 만들었던 것이다. 더욱이 『홍길동전』은 최초의 국문소설이다. 한문→국문으로의 전이는 민족어의 발견, 민족어문학이란 근대문학의 발달 과정을

---

23) 성리학 비판, 탈성리학을 주체적 근대의 모색과 관련짓는 문제 설정의 오류에 대해서는 강명관, 『국문학과 민족 그리고 근대』, 소명출판, 2007에서 상론하였다.

연상시킨다. 뿐만 아니라, 문학 창작에 있어서 개성의 주장, 지아의 주정이란 역시 '개인의 발견'이란 근대적 코스를 연상시키지 않는가? 하지만 이것들은 사실이 아니다. 보다 솔직히 말하자면, 그것은 허균의 문집 『성소부부고』를 정밀하게 읽은 결과로서 제출된 견해가 아니라, 근대인 허균을 설정하고, 그가 남긴 문자 속에서 근대의 표징들을 선택적으로 추출하여 재구성한 것에 지나지 않는 것이다.

그렇다면, 이제까지 많은 논자들이 지적한 바와 같이 허균과 양명학·양명좌파·공안파의 관계는 어떻게 되는가? 18세기의 이덕무(李德懋)는 허균의 문학에 대해 이렇게 평가하고 있다.

> 우리나라 사람들은 나려(羅麗) 이래로 견문에 제한을 받아 아무리 뛰어난 재주를 가진 인물이라 해도 단지 한 가지 투식만을 답습하여 스스로 문장이라 일컬을 만한 사람을 결코 볼 수 없다. 오직 허단보(許端甫, 許筠)가 서위(徐渭)·원굉도(袁宏道)처럼 새 의견을 내 놓았으니, 기이하도다.[24]

이덕무는 허균과 서위·원굉도 사이의 유사성에 주목했던 것이다. 그리고 이어 그 증거로 허균이 최립(崔岦)에게 보낸 척독(尺牘) 한 편을 인용했다.

> 글을 알지 못하는 세상 사람들이 공의 시를 잘못 낮추어 보는데, 이것은 아주 무식한 일입니다. 공의 문장은 비록 사납고 억세지만, 또한 반고(班固)와 맹자·창려(昌黎)로부터 나온 것입니다. 하지만 시는 원래 사승(師承)이 없이 스스로 한 격(格)을 창출하여 뜻은 깊고 말은 힘차 성률(聲律)을 다듬고 꽃처럼 고운 말을 따서 모으는 사람들이 바라고 미칠 수 있는 바가 아닙니다. 나는 공의 시가 문장보다 낫다고 생각하는데, 모르겠습니다만 공께서 인정하실런지요[25]

---

24) 李德懋, 「耳目口心書 4」, 『靑莊館全書』 2 : 『韓國文集叢刊』 258, 429면. "我國自羅麗以來, 局於見聞, 雖有逸才, 只蹈襲一套耳, 自謂文章絶不可見. 惟許端甫創出新論, 若徐·袁輩, 奇哉!"

25) 위의 책, 같은 면. "世人不知文者愯卑公詩, 此太瞶瞶. 公文雖悍杰, 亦從班椽, 孟·黎中來也. 詩則本無師承, 自刱爲格, 意淵語桀, 非切摩聲律採掇花卉者所可企及. 吾以公詩爲勝於文, 未知公印可否." 허균의 편지는 「與崔簡易」, 『惺所覆瓿藁』: 『韓國文集叢刊』 74,

허균은 최립의 산문이 반고와 맹자 한유를 전범으로 삼고 있지만, 그의 시는 연원을 찾을 수 없는 독창성을 갖춘 것이라 평가한다. 이덕무는 허균이 높이 평가한 독창성이 서위·원굉도의 독창성과 동일한 것이라 판단하고 있는 것이다. 이덕무에 대해서는 따로 후술하겠지만, 그는 위의 허균에 대한 발언이 들어 있는 「이목구심서(耳目口心書)」를 쓸 무렵 공안파의 이론을 이해하고 있었다. 따라서 그는 허균의 시의식이 주장하는 독창성과 서위·원굉도를 쉽게 연결시킬 수 있었던 것이다.

이처럼 공안파와 허균의 유사성은 조선시대인들도 인정하는 바였다. 현대의 연구자들이 허균 비평이 표방한 독창성을 공안파와 연결시킨 것도 무리는 아닐 것이다. 하지만 위의 이덕무의 발언을 유심히 보면 이덕무는 허균과 원굉도의 시의식(詩意識) 상호간에 유사성이 발견된다고 말했던 것이고, 허균이 원굉도의 영향을 받았다고 말하지는 않았다. 이 점에 유의할 필요가 있다.

허균 연구에서 허균 문학관의 반의고적 성격과 독창성의 증거로 드는 것이 다음 몇 부분이다.

① 명(明)나라 사람으로 시를 짓는 사람들은 걸핏하면 "나는 성당(盛唐)을 한다. 나는 이(李)·두(杜)를 한다. 내 시는 육조(六朝)다, 나의 작품은 한(漢)·위(魏)의 것이다"라고 한다. 스스로 표방하는 바를 밝히면서 모두 문단의 맹주 지위를 잡을 수 있다고 하지만, 내가 보기에는 혹은 말을 표절하고 혹은 그 내용을 도습한 것이라 모두 남의 지붕 아래 집을 짓는 신세를 면하지 못하니, 아마도 야랑왕(夜郎王)에 가깝지 않겠는가?26)

② 문장이란 각기 고유한 맛이 있는 것이니, 궁궐 부엌의 쇠고기와 표범의 태(胎), 곰발바닥을 먹은 사람이 제 혼자 천하의 진미를 다 먹어보았다고 생각한 나머지 메

307면에 실려 있다. 글자는 일부 달라진 것이 있으나, 대의 파악에는 전혀 지장이 없다.
26) 許筠, 「明四家詩選序」, 『惺所覆瓿藁』:『韓國文集叢刊』74, 176면. "明人作詩者輒曰: ‘吾盛唐也, 吾李·杜也, 吾六朝也, 吾漢·魏也.’ 自相標榜, 皆以爲可主文盟. 以余觀之, 或剽其語, 或襲其意, 俱不免屋下架屋而誇以自大, 其不幾於夜郎王耶."

기장과 차기장, 회와 구운 고기를 버리고 먹지 않는다면 굶어 죽지 않는 사람이 거의 없을 것이다. 이것이 선진(先秦)과 성당(盛唐)을 전범으로 높이 받든 나머지 구양수와 소식을 박하게 평가하는 사람과 어찌 다르겠는가?[27]

③ 나는 나의 시가 당시(唐詩)나 송시(宋詩)와 비슷해지는 것이 두렵습니다. 그래서 남들이 '허균의 시'라고 말하는 것을 듣고 싶습니다. 너무 지나친 생각인가요?[28]

이런 발언들은 과연 작가의 개성 존중, 반의고주의로 해석된다. 그러나 이런 그의 견해가 중국의 전후칠자에 의해 제출된 의고적 창작론을 대타적 존재로 하는 비판적 관점에서 제기된 것은 아니었다. 그는 의고주의(擬古主義)를 타파하기는커녕 왕세정(王世貞)을 위시한 전후칠자(前後七子)의 문집을 철저히 읽었고, 특히 왕세정을 숭배하였던 것이다.[29] 특히 ②에서는 자기의 논리가 합당함을 주장하기 위한 방증으로 왕세정이 만년에 소동파의 글을 즐겨 읽었던 것을 예시하면서 구양수가 한유보다 낫다고 말했던 모곤(茅坤)과 함께 사람을 속이는 인물이 아님을 역설하고 있다.[30] 즉 그는 의고파의 이론가였던 왕세정에 대한 비판의식은 전혀 없었던 것이다. 허균의 사유를 완성된 형태로 보는 견해, 특히 의고주의를 비판하여 개성을 존중하는 방향으로의 발전이라는 관점을 취하는 것은 허균에게서 근대를 찾아내려는 의도적 발췌의 결과인 것이지 객관적인 사실은 아니다.

예컨대 위의 ①은 전범의 학습을 통해 전범의 예술적 성취를 재현하려는 의고적인 창작론에 대한 비판으로 보이나, 이 서문 자체가 이몽양(李夢陽)·

---

27) 許筠, 「歐蘇文略跋」, 위의 책, 248면. "文章各有其味, 人有嘗內廚禁臠豹胎熊踏, 自以爲食天下之味, 遂廢黍稷膾炙, 而不之食, 如此則不餓死者, 幾希矣. 此奚異於宗先秦盛漢而薄歐·蘇之人耶?"
28) 許筠, 「與李蓀谷」, 위의 책, 318면. "吾則懼其似唐似宋, 以欲人曰許子之詩也, 無乃濫乎?"
29) 허균의 문집이 『성소부부고』라 하여 四部의 형태를 띠고 있는 것은 王世貞의 문집 『弇州山人四部稿』를 모방한 것이다. 자세한 것은 강명관의 「허균과 명대문학」과 「허균 「문설」의 신해석」(『안쪽과 바깥쪽』, 소명출판, 2007)을 참조할 것.
30) 許筠, 「歐蘇文略跋」, 앞의 책, 248면. "元美晚年喜讀長公文, 茅鹿門坤平生推永叔爲過昌黎, 此二子非欺人者也."

하경명(何景明)·이반룡(李攀龍)·왕세정(王世貞) 등 의고파—전후칠자 우두머리의 시를 모아 엮은 시집이다. 즉 그는 명대에 와서 의고적 창작론을 유행시킨 의고파들에 대한 비판의식이 전혀 없었다. 그는 의고적 창작론과 표절을 구분하고 있었으며, 그가 비판한 것은 표절이었던 것이고, 의고파나 의고적 창작론은 아니었던 것이다. 다만 그는 의고적 창작론이 너무나 협애(狹隘)하게 이해되는 것에 대해서 반발했다고는 말할 수 있다. 말하자면 ②는 이런 맥락에서 이해되어야 할 것이다. ③역시 자신의 시의 개성을 말하고 있지만, 이것이 의고적 창작론을 정면에서 부정하는 것이 아님을 알아야 할 것이다.31) 요컨대 허균의 문학에 관한 사유에는 개성과 의고주의 비판이 일정한 정도 생성되는 중이었으나, 그것이 명대 의고파를 대타적 존재로 한 것은 아니었고, 또 양명좌파나 공안파와 관련이 있는 것도 아니었던 것이다. 허균을 반의고주의로 판단한 것은 부조적 수법의 왜곡이다.

　허균의 양명학, 양명좌파의 관계를 의심케 한 원인은 이식(李植)의 전언에도 있었다.32)

　　①왕수인(王守仁)의 제자들이 강호(江湖)에서 도리를 강론하더니, 한두 대를 건너더니 도적(盜賊)으로 들어갔다. 안산농(顔山農)이란 자는 무리를 모아 글을 강론했는데, '욕(欲)'이란 한 글자를 법문(法門)의 종지(宗旨)로 삼았으며, 하심은(何心隱)이란 자는 '살(殺)'이란 한 글자를 종지로 삼았다. 모두 사문(師門)으로 자처하면서 살월(殺越)한 일을 행하고, 남만(南蠻)과 연결하여 장차 변(變)을 일으키려다가 주살되었다.

　　②허균(許筠)은 총명하고 문재(文才)가 있었다. 부형(父兄)과 자제(子弟)를 통하여 발적(發迹)해 이름이 있었으나, 전혀 행검(行檢)이 없었다. 모상(母喪) 중에 훈채를 먹고 창녀를 가까이한 일을 가릴 수가 없어, 이 때문에 청관(清官)이 되지 못하였다. 그리하여 선불(仙)·불(佛)의 서적을 널리 읽고는 스스로 깨우친 바가 있다고 여겨 이때부터 더욱 기탄(忌憚)하는 바가 없었다. 만년에는 원흉(元兇)과 체결(締

結)하여 벼슬이 참찬(參贊)에 이르렀으나, 마침내 대역(大逆)으로 주살되었으니, 그 사람의 일은 입에 올릴 수 없을 정도로 더럽다.

③ 일찍이 그의 말을 들었더니, "남녀의 정욕은 천(天)이고, 윤기(倫紀)와 분별(分別)은 성인(聖人)의 가르침이다. 하늘이 성인보다 한 등급이 더 높으니, 나는 하늘을 따르고 성인을 따르지 않겠다"고 하였다. 그 무리가 이 말을 외면서 지론(至論)이라 하였다. 이 말은 정말 이단사설(異端邪說)의 극치인데, 허균이 처음 말한 것이 아니라, 노자(老子)·장자(莊子)·석가의 책이 모두 그런 뜻이 있다. 육상산(陸象山)·왕양명(王陽明)은 비록 기미를 감추고 노출시키지 않았으나, 그 책을 꼼꼼히 보면, 본래 한 줄기 새어나온 곳이 있어 안산농에게 흘러들어간 것이다. 허균이 한 일은 다만 한 칸의 차이로 도달하지 못한 것이니, 두려워할 일이다.[33]

이 자료는 위에서 보는 바와 같이 세 단락으로 나누어진다. 이 자료는 이식이 안산농(顔山農)·하심은(何心隱)과 같은 양명좌파의 핵심인물에 대한 인식이 있었다는 것과 양명좌파와 허균과의 관계를 말하고 있다는 점에서 매우 중요한 것이다. 안산농과 하심은은 양명좌파로서 가장 과격한 사상을 가졌던 사람이다.[34] 그런데 이식이 안·하 두 사람에 대한 정보를 어디서 얻었던 것인가. 이식은 이들의 저작을 직접 읽어보았던 것 같지는 않다. 왜냐하면, 하심은의 문집 『찬동집(爨桐集)』은 1625년에 간신히 정리되었으나 거의 보급되지 않았다 하고,[35] 안산농은 문집조차 없다.

---

33) 李植, 「示兒代筆」, 『澤堂集』: 『韓國文集叢刊』 88, 521면. "王守仁弟子講道於江湖間, 一再傳而入於盜賊. 有顔山農者, 聚徒講書, 以一欲字爲法門宗旨, 從者數百人. 有何心隱者, 以一敎字爲宗旨, 皆以師門自處而行殺越之事, 連結南蠻, 將作變而被誅. 許筠聰明有文才, 以父兄子弟發迹有名而專無行檢. 居母喪, 食董狎娼, 有不可掩, 以此不得爲淸官, 遂博觀仙佛書, 自謂有所得. 自此尤無忌憚, 晩以締結元兇. 官至參贊, 竟謀大逆誅死. 其人事不足汚口. 顧嘗聞其言曰: '男女情欲, 天也; 倫紀分別, 聖人之敎也. 天且高聖人一等, 我則從天而不敢從聖人.' 其徒誦其言, 以爲至論. 此固異端邪說之極致, 非筠始言之, 老·莊·佛之書皆有其意. 陸象山·王陽明雖藏機不露, 但熟觀其書, 則自有一脈透漏處流於山農. 許筠之所爲特未達一間, 可懼哉."

34) 하심은은 宰相 張居正에 아부하는 관리에 의해 仗殺된다. 하심은에 대해서는 裴永東, 『明末淸初思想』, 민음사, 1992, 109~115면 참조. 보다 자세한 것은 黃宗羲, 「泰州學案序」, 『明儒學案』 권32를 볼 것.

35) 배영동, 『명말청초사상』, 민음사, 1992, 109면.

이식의 안・하에 대한 정보의 출처는 왕세정의 『엄주사료(弇州史料)』로 추정된다.36) 이식은 이 자료를 근거로 하여 정확하지는 않으나, 양명학이 양명좌파의 형태로 우려할 정도의 과격한 변화를 이루고 있었음을 알 수 있었던 것이다. 안・하에 대한 조선 최초의 정보를 담고 있는 위의 인용문 「시아대필(示兒代筆)」은 집필연대가 정확하지는 않으나, 대개 1638년 이후로 짐작된다.37) 따라서 이 자료는 1638년이면 이미 조선의 지식인들에게 양명좌파와 그들의 반성리학적 일탈이 인지되고 있었음을 확인할 수 있는 좋은 자료다.

이식이 하심은・안산농에 대해 일정한 정보를 갖고는 있었지만, 그것이 곧 양명학이 양명좌파로 전화하는 과정에 대한 엄밀하고 충분한 이해를 의미하는 것은 아닐 터이다. 하지만 이식이 양명학이 양명좌파로 전화하면서 중국사상계에 일으킨 거대한 파란을 인지하고 있었던 것은 틀림없다. 그러나 이 사실로 허균이 양명좌파에 영향을 받았다고 단정할 수는 없다. 이 지점에서 이식이 허균을 양명좌파와 병치시키고 있다는 사실에 주목해 볼 필요가 있다. 이 병치로 인해 허균 사상과 양명좌파의 사상이 동일시될 수는 없다. 이식은 "허균이 한 일은 다만 한 칸의 차이로 도달하지 못한 것"이라고 하여, 허균과 양명좌파의 차이를 분명히 설정하고 있다.

이식의 논리는 이렇다. 이식은 ②에서 허균이 선・불에 빠지게 된 내력을 말하고, 이어 ③에서 "남녀의 정욕은 천이요……"라는 허균의 말을 인용한다. 그리고 이 말이 원래 노자・장자・석가에 그 유래를 두고 있음을 말한다. 즉 허균의 이단적 발언은 노자・장자・석가에서 유래한 것임을 말한 것이다. 그리고 허균의 이단적 발언은, 양명학이 불교에서 근거하여 급기야 양명좌파로 발전한 것과 동일한 것이라고 주장한다. 정리하면 다음과 같은 관계가 성립한다.

---

36) 자세한 것은 강명관, 「조선 후기 양명좌파의 수용에 관한 연구」, 『안쪽과 바깥쪽』, 소명출판, 2007을 참조할 것.

37) 「示兒代筆」에는 계곡 장유에 대한 비판이 나오는데, 장유는 1638년에 사망했다. 따라서 「시아대필」은 이식의 만년인 1638년 이후에 집필된 것으로 보는 것이 타당할 것이다.

① 불교 → 허균 → "정욕은 천이요, ……"
② 불교 → 양명 → 안산농·하심은

　　즉 이식은 이단−불교에 뿌리를 둔 사유가 ①·②의 다른 루트를 통해 결국 유사성을 갖는 과격한 사상으로 발전하고 있음을 말하고자 했던 것이다. 그는 결코 허균이 안산농과 하심은에게 영향을 받았다고 말하고 싶었던 것이 아니었던 것이다. 따라서 허균과 안산농·하심은 등의 양명좌파와의 관련성을 주장하는 모든 논의는 거두어져야 마땅할 것이다.
　　허균은 이탁오와 원굉도를 인지하고 있었다. 그는 이탁오의 『장서』와 『분서』를 읽었던 것이 확실하다. 원굉도의 문집을 읽었음은 확인할 수 없지만 적어도 『상정』·『병사』는 간접적으로 읽었던 것으로 보인다. 그러나 어떤 경우도 허균에게서 이탁오와 원굉도의 영향을 찾을 수는 없다. 왜냐하면 현존본 『성소부부고』는 1611년까지의 시문만을 수록하고 있기 때문에 설사 영향을 받았다 하더라도 우리에게 그 상관성을 짐작할 근거가 남아 있지 않기 때문이다.

2. 공안파 문집에 대한 독서와 다양한 반응들

1) 남구만(南九萬)·김석주(金錫冑)·박태보(朴泰輔)·김진규(金鎭圭)

(1) 남구만·박태보·김진규

　　허균에 의해 수용된 이탁오와 공안파의 행로는 어떻게 되었던가, 허균의 죽음과 함께 묻히고 말았던가. 만약 이탁오와 공안파란 루트가 아니라도 양명학 자체가 문학으로 전화하는 길은 없었던 것인가. 이탁오·공안파의 루트는 희미하게나마 보이지만, 조선의 양명학이 문학 방면으로 직접 전화(轉化)할 가능성은 거의 없는 것으로 보인다. 양명학에 대한 언급의 양은 증가하고 있지만, 그 언급은 대개 양명학을 이단으로 보는 부정적 비판적인 것이었다.38) 더욱이 임병양란 이후 17세기에 접어들면서 국가이데올로기－성리학의 진리 독점성은 계속 강화되고 있었고, 또 그 국가이데올로기는 사회의 전 영역에서 관철되어 유교국가의 완성도는 계속 높아지고 있었다. 이런 상황에서 양명학의 논리가 독자적으로 문학 방면으로 전화한다는 것은 사실상 상상 불가능한 일이다.

그렇다면 양명학 쪽이 아니라, 공안파(公安派) 쪽을 추적해 보자. 앞서 살핀 바와 같이 허균의 『한정록』에 그 모습을 슬쩍 드러낸 공안파가 허균에게 행사한 구체적 영향은 확인할 수가 없었다. 그렇다면 허균의 붓끝으로 해서 조선의 지식사(知識史)에 최초로 그 이름을 남겼던 공안파, 특히 원굉도(袁宏道)의 행로는 이후 어떻게 되었던가. 대체로 17세기 중반 이후가 되면 공안파에 대한 독서의 흔적이 잡히기 시작한다. 남구만(南九萬, 1629~1711), 김석주(金錫胄, 1634~1684), 박태보(朴泰輔, 1654~1689), 김진규(金鎭圭, 1658~1716) 등 네 사람이 그 실례인데, 이들은 생몰연대로 보아 대개 17세기 후반에 주로 활동했던 인물들이다. 이 중 공안파에 대한 독서의 흔적이 가장 뚜렷한 김석주는 따로 다루기로 하고, 남구만과 박태보, 김진규에 대해서는 여기서 간단히 언급하겠다. 남구만은 그의 문집에 공안파에 대한 인지의 흔적이 전혀 없음에도 불구하고 그가 공안파를 인지했다는 것은, 그의 장서인이 찍힌 원굉도의 문집이 남아 있기 때문이다.39) 따라서 남구만 역시 원굉도의 문집을 읽고 그의 존재를 알았다고 말할 수 있다. 하지만 그는 원굉도와 관련된 어떤 비평적 언급도 남기지 않았다. 다만 그가 구입했던 원굉도의 문집은, 뒤

---

38) 양명학 受容史에서 반드시 언급되는 張維의 경우는 양명학을 신봉했다기보다 양명학을 호의적으로 언급한 것에 지나지 않음에도 불구하고 李植 등의 신랄한 비판을 받았다. 장유의 지위와 공훈이 아니었다면 그 역시 온전하지 못했을 것이다.
39) 임형택 교수 소장이다.

에 다룬 남구만의 손자 남극관(南克寬)이 공안파에 대해 남긴 비평의 근거가 되었을 것이다.

박태보는 문집 『정재집(定齋集)』「화원굉도항우묘(和袁宏道項羽廟)」[40]란 시를 남기고 있다. 원굉도의 「항우묘」란 작품에 화답하는 시인데, 아마도 어떤 사람이 일과(日課)나 월과(月課)로 지을 시를 대신해 지은 터이다. 그런데 「항우묘」는 현재 『원굉도집전교』에는 실려 있지 않다. 원굉도가 항우에 대해서 쓴 유일한 시는 1598년의 「과팽성조서초패왕(過彭城弔西楚覇王)」[41]이란 작품이 있을 뿐이다. 「화원굉도항우묘」의 운과 「과팽성조서초패왕」은 서로 같은 운목(韻目)에 속하지만, 앞의 작품이 뒤의 작품에 화답한 것은 아니다.[42] 박태보의 시는 원래 다른 사람을 대신해서 지은 것이기 때문에 그 '다른 어떤 사람'에게서 뭔가가 잘못되었을 수 있다. 따라서 이 작품만으로 박태보가 원굉도의 시 전체를, 혹은 문집을 읽었는가, 또는 어떤 문집을 읽었는가를 추리하는 것은 불가능한 일이다.

다만 이와는 관계없이 허락이 된다면 약간 구차스러운 연결고리를 찾을 수도 있다. 박태보의 어머니[朴世堂의 아내]는 남일성(南一星)의 딸인데, 앞서 원굉도의 문집을 갖고 있었다는 남구만은 남일성의 아들이다. 즉 남구만은 박태보의 외삼촌이 된다. 이런 인적 관계를 통해 박태보는 위의 시와는 관련이 없이 원굉도의 문집을 차람(借覽)하였을 가능성이 있는 것이다. 하지만 어떤 경우를 상정한다 하더라도 박태보의 문집 『정재집(定齋集)』에는 그의 문학 비평을 재구할 만한 비평문이 없기 때문에 더 이상 언급할 것이 없다. 박태보의 경우는 다만 원굉도의 존재가 17세기 후반 서울의 경화세족에게 알려지기 시작했다는 하나의 증거가 될 수 있을 뿐이다.

---

40) 朴泰輔,「和袁宏道項羽廟 代人課作」,『定齋集』:『韓國文集叢刊』168, 14면. "炎漢天所置, 秦鬼久已哭. 項籍亦何人, 欲以力相逐. 猛氣有時涸, 陰陵路何蹙. 不能思范增, 虞歌淚盈掬. 暴興宜卒困, 一蹪不可復. 乍堪劍頭決, 寧甘渡江伏."
41) 袁宏道,『瓶花齋集』권1,『袁宏道集箋校』中, 574면.
42)「和袁宏道項羽廟」의 운은 '哭 逐 蹙 掬 復 伏'이고「過彭城弔西楚覇王」의 운은 '觸 伏 煜 肉 覆'이다. 같은 운목에 속하지만, 화운한 것은 아니다.

　　김진규는 문집 『죽천집(竹泉集)』에 「차원중랑안자첩운(次袁中郞鴈字帖韻)」이란 제목 아래 5수의 시를 남기고 있다.[43] 이 5수의 시는 원굉도의 「안자(鴈字)」란 작품을 차운한 것이다. 「안자」는 1606년 공안에 있을 때 지은 작품으로 『소벽당집(瀟碧堂集)』 권10에 실려 있다.[44] 원굉도의 문집은 원굉도의 재세시(在世時)에 발간된 공안가각본(公安家刻本)이 최초의 것인데, 현재 전하지 않아 그 내용을 알 수가 없다. 그 뒤 원숙도(袁叔度)가 1602년, 1608년, 1610년에 걸쳐 문집을 간행하는데, 여기에는 『폐협집(敝篋集)』 권2, 『금범집(錦帆集)』 권4, 『해탈집(解脫集)』 권4, 『병화재집(瓶花齋集)』 권10, 『광장(廣莊)』 권1, 『병사(瓶史)』 권1, 『소벽당집』 권20 등 7종이 포함된다.[45] 원굉도의 문집은 뒤에 여러 차례 간행되지만, 『소벽당집』이 빠지는 일은 없다. 김진규가 『소벽당집』에 실린 「안자(鴈字)」를 차운했다면, 그는 원굉도의 문집 전체를 보았던 것인가. 그랬으리라고 생각되지만, 약간 주저되는 바도 없지 않다. 『소벽당집』에는 모두 10수의 시가 실려 있는데, 김진규는 5수만을 차운하고 있다는 것,[46] 그리고 차운 대상 작품이 「안자(鴈字)」가 아니라, 「안자첩(鴈字帖)」이라는 것이다. 곧 그는 정말 5수의 '첩(帖)'의 형태로 된 원굉도의 시를 차운했을 수도 있다는 것이다. 이럴 경우 그가 원굉도의 문집을 보았으리라 단정할 수가 없는 것이다. 어느 쪽도 추측이 가능하다. 그런데 만약 김진규의 문집에 원굉도의 문학과 비평의 영향력을 확인할 수 있는 비평문이 있다면, 그것으로 더 이상의 논란을 벌일 필요가 없지만, 김진규의 문집에는 그럴 만한 비평문이 없다. 따라서 김진규의 경우 역시 더 이상 언급할 것이 없다.

　　위에서 언급한 남구만·박태보·김진규의 경우 17세기 후반 대표적인 벌열가문이다. 김진규의 경우 알려진 바와 같이 김만기(金萬基)의 아들이고, 김만중(金萬重)의 조카이며, 인경왕후(仁敬王后)의 오빠이기도 하다. 또 그의 조

---

43) 金鎭圭, 『竹泉集』: 『韓國文集叢刊』 174, 10~11면.
44) 『袁宏道集箋校』 中, 1087~1090면.
45) 『袁宏道集箋校』 上, 1면 「凡例」에 의함. 지금의 『袁宏道集箋校』에는 『소벽당집』이 10권이다. 20권본의 후반부 10권은 『瓶花齋集』이다.
46) 원래 작품의 1·3·5·7·10수만을 차운하고 있다.

카는 저 유명한 김춘택(金春澤)이다. 이들은 모두 북경의 서적 시장에서 책을 구입할 수 있는 세력가들이었다. 뒤에 따로 언급할 김석주가 원굉도의 문집을 직접 읽었고, 또 남구만이 『원중랑집』을 소장했다는 사실은, 적어도 17세기 후반에 와서 서울의 경화세족들에게서 원굉도가 본격적으로 읽히기 시작했다는 것을 의미한다. 김진규와 박태보의 경우 역시 그들이 『원중랑집』을 소장했는지 직접 읽었는지를 확인할 수는 없지만, 서울의 경화세족들 사이에서 적어도 원굉도에 대한 인지의 폭이 넓어지고 있었음을 확인할 수 있는 증거는 됨직한 것이다.

(2) 김석주

김석주는 「금범집서(錦帆集序)」[47]란 한 편의 서문을 남기고 있는데, 이것은 자신이 편집한 『금범집(錦帆集)』이란 시집의 서문이다. 『금범집』은 원굉도(袁宏道)・서위(徐渭)・왕치등(王穉登, 1535~1612) 세 사람의 시 중에서 장편율시 1백 편을 뽑아 엮은 시선집(詩選集)이다. 원굉도와 서위는 여기서 더 언급할 필요가 없고, 왕치등에 대해서만 간단히 알아보자. 왕치등은 명대의 가정(嘉靖)・융경(隆慶)・만력(萬曆) 연간에 명성을 떨쳤던 시인이자 서화가다. 그는 문징명(文徵明)의 문하에 출입하여 그 영향을 받은 사람으로, 문징명의 사후 30년 동안 문단의 주도권을 장악하였다.[48] 그는 왕세정과 같은 오군(吳郡) 출신이었으나, 왕세정은 그를 그다지 높이 평가하지 않았다.[49] 기본적으로 왕세정과 기질이 달랐던 것이다. 반면 원굉도와는 상당히 교우가 깊었던

---

47) 金錫胄, 「錦帆集序」, 『息庵遺稿』: 『韓國文集叢刊』 145, 248면.
48) 「文苑 4」, 『明史』 24, 7389면. "吳中自文徵明後, 風雅無定屬. 穉登嘗及徵明門, 遙接其風, 主詞翰之席者三十餘年. 嘉・隆・萬曆間, 布衣・山人以詩名者十數, 兪允文・王叔承・沈明臣輩尤爲世所稱, 然聲華烜赫, 穉登爲最." 錢謙益의 『列朝詩集小傳』, 481~482면의 「王較書穉登」도 거의 같은 내용이다.
49) 「文苑 4」, 『明史』 24, 같은 면. "王世貞與同郡友善顧, 不甚推之." 그러나 왕치등은 왕세정이 죽은 뒤 왕세정의 아들 王士騏이 어떤 일에 연좌되어 옥에 갇혔을 때 있는 힘을 다해 그를 구해 주었으므로, 사람들이 왕치등의 의기를 높이 평가했다고 한다.

모양으로, 원굉도는 문집에 왕치등에게 보내는 다섯 편의 편지를 남기고 있다.[50] 대체로 서위·왕치등은 모두 공안파와 비평적 동지의 관계에 있다고 보아도 무방할 것이다.

공안파의 시를 모아 따로 앤솔로지를 만들 정도라면 김석주는 공안파의 비평과 문학에 대한 일정한 수준 이상의 이해가 있었던 것으로 여겨진다. 이제 「금범집서」를 읽어보자.

①예전에 원소수(袁小修)가 중랑(中郞)의 시에 서문을 쓰기를, "『금범(錦帆)』·『해탈(解脫)』 등 여러 작품집은 그 뜻이 사람들의 집박(執縛)을 깨는 데 있었기에 간간이 경솔하고 장난하듯 하는 말이 있다. (……) 때로는 지극히 상쾌한 나머지 들떠 가라앉지 않지만 정경(情景)은 너무나 진실되어, 인정에 가깝고 멀지 않다. 요컨대 영규(靈竅)에서 나와 혜설(慧舌)로 토해진 뒤 예리한 붓끝으로 쓰인 것이니, 세상의 더러운 먼지와 괴로운 번뇌를 제거할 만하다"고 하였다.

②중랑(中郞)은 「서문장전(徐文長集)」에서 이르기를, "그의 흉중에 한 덩이 마멸(磨滅)할 수 없는 기운과 영웅이 길을 잃어 발을 붙일 곳조차 없어져버린 듯한 슬픔이 있었다. 때문에 그의 시는 화를 내는 듯도 하고, 웃는 듯도 하고, 물이 계곡에서 우는 듯도 하고, 씨앗이 땅을 뚫고 나오는 듯도 하고, 과부가 한 밤중에 흐느끼는 듯도 하고, 나그네가 추운 밤에 길을 떠나는 것 같기도 하였다. 그가 자신의 뜻을 마음대로 쏟을 때면 천리에 걸친 평평한 들판이 펼쳐진 듯하고, 우연히 외롭게 홀로 있게 되면 귀신이 캄캄한 무덤 속에서 이야기하는 듯하였다" 하였다. 아아! 소수, 중랑 형제는 본디 서로 지기(知己)가 되어 마치 전수(田水)가 침윤소락(沈淪銷落)한 것과 같았다.[51] 만약 원생(袁生)처럼 척안(隻眼)을 갖춘 사람이 아니라면, 누가 초부(醋婦) 주온(酒媼)의 손에서 건져 내어 이처럼 표장(表章)하겠는가?

③두 사람 외에 또 오문(吳門)의 왕백곡(王百穀)이 더욱 시로 명예를 떨쳐 청신(淸新) 준일(俊逸)하게 왕왕 기이한 말을 만들 수 있었으니, 대개 또한 옥계(玉溪) 정묘(丁卯)의 무리라, 글귀나 아리땁게 꾸며 새기거나 경박하고 방탕하게 구는 무리가 비슷하게나마 흉내 낼 수 있는 바가 아니다.

---

50) 『袁宏道集箋校』에 왕치등과 어울린 詩文이 다수 있다. 대개 원굉도와 가까웠던 사이인 것이다.

51) '田水가 沈淪銷落한 것'은 전고를 찾지 못했다.

④이제 세 분의 문집에서 장률(長律) 1백 수를 따내어 책 한 권으로 묶는다. 그 사람들이 혹은 고소(姑蘇)에서 생장하여 오(吳)·회(會)에서 놀기를 좋아하였고, 놀다가 흥이 나면 시를 읊조리고 노래를 부른 자취가 영암(靈巖) 호구(虎口) 사이에 있었으므로 이에 그 시집의 이름을 『금범집』이라 한다.52)

김석주가 인용하고 있는 ①의 원소수(袁小修)의 서문이란 원굉도의 동생 원중도(袁中道)가 쓴 「원중랑선생전집서(袁中郞先生全集序)」로 만력 기미년(1619)에 쓰인 것이다. 이 서문은 원문 그대로가 아니라 중간에 생략이 있는 부분 인용이다.53) 이 서문의 대상이 되는 책의 정식 명칭은 『원중랑선생전집(袁中郞先生全集)』 23권이다.54) 김석주가 원굉도의 문집을 보았다면, 아마도 이 책일 것으로 생각된다.55)

②는 원굉도의 「서문장전」을 인용한 것이다. 원굉도는 1597년 3월 도망령(陶望齡)의 집에서 서위(徐渭)의 저작들을 우연히 보고, 서위의 창작과 비평이 자신과 혹초(酷肖)한 것을 알게 되었던바, 그는 불행한 서위의 일생을 특별히 기념하기 위해 2년 뒤인 1599년 북경에서 「서문장전」을 썼던 것이다. 서위의 저작은 서위가 생전에 자편(自編)한 것을 바탕으로 하여, 사후 문인들

---

52) "昔袁小修嘗序中郞詩曰 : '錦帆·解脫諸集, 意在破人執縛, 間有率易遊戲之語. 或快爽之極浮而不沈, 情景太眞近而不遠. 要亦出自靈竅, 吐于慧舌, 寫于銛穎, 足以蕩滌塵坌, 消除熱惱.' 中郞序徐文長, 則謂 : '其胸中有一段不可磨滅之氣, 英雄失路, 托足無門之悲, 故其詩如嗔如笑, 如水鳴峽, 如鐘出土, 如寡婦之夜哭, 羈人之寒起, 當其放意, 平疇千里, 偶爾孤峭, 鬼語幽墳.' 噫! 小修·中郞兄弟, 固自相爲知己, 若田水之沈淪銷落, 苟非袁生之能具隻眼, 其孰能拔之於醋婦酒嫗之手, 表章之至於此耶? 二公之外, 又有吳門王百穀尤擅詩譽, 清新俊逸, 往往能造奇語, 盖亦玉溪丁卯之倫, 而非他雕香刻翠, 輕盈流蕩之徒, 所能髣髴也. 今於三家集中, 摘取長律百餘首, 彙爲一集, 而以其人或生長姑蘇, 或喜遊吳會, 其所流連興會咏歌之跡, 多在於靈巖虎丘之間, 遂仍名其書曰錦帆云."
53) 위의 인용문에서 (……)로 처리한 부분은 축약된 부분이다. 또 "要亦出自靈竅"은 『袁宏道集箋校』 下, 1711면의 「袁中郞先生集序」에 의하면, "而出自靈竅"으로 되어 있다. 왜 이런 차이가 났는지는 미상이다.
54) 이 책은 원중도가 편집하여 徽州에서 간행한 것이다.
55) 다만 이것도 확정할 수는 없다. 앞에서 「徐文長傳」을 인용했는데, 이 작품은 『袁中郞集箋校』 中, 715~717면에 실려 있다. 그런데 김석주가 인용하고 있는 「서문장전」의 일부인 "當其放意, 平疇千里, 偶爾孤峭, 鬼語幽墳"은 여기에 실려 있지 않다. 김석주의 인용에 이 부분이 들어간 것은 여전히 의문으로 남는다.

이 정리하여 만력 28년(1600)에 『서문장삼집(徐文長三集)』 29권과 부록 『시성원(四聲猿)』 1권으로 간행한 것을 필두로 하여 1614년, 1623년 등 17세기 전반에 몇 차례 간행된다.[56] 김석주가 본 것이 어떤 판본인지, 또 어떤 루트를 통해서 구입했는지는 알 수 없지만, 그가 서위의 저작을 본 것만은 분명한 사실이다.

③의 왕백곡은 바로 왕치등이다(百穀은 字). 왕치등에게 『남유당시집(南有堂詩集)』 등이 있다고 하는데,[57] 김석주가 본 책이 어떤 것인지는 알 수 없다. 어찌되었던, 김석주는 이 세 사람의 문집을 보고, 거기서 장율(長律) 1백 수를 뽑아내어 자신의 독서물로 『금범집』이란 시집을 엮었던 것이다.

한편 김석주는 『원중랑집』을 읽고 「독원중랑집(讀袁中郎集)」이란 시를 남기고 있다.

千秋玉局聖於文,	천 년 전 옥국(玉局)[58]은 문장에 성인인데
才調中郎足繼云.	재주 있는 원중랑이 계승했다 할 만하네.
快活心腸飛動語,	쾌활한 심사와 펄펄 나는 말들이
展來詩卷欲凌雲.	시집을 펼치매 구름 위로 치솟는구려.
豪情矯矯凌空翮,	호탕한 마음 하늘까지 솟구치고
水色盈盈出水花.	물빛은 찰랑찰랑 수선화 피었구려.
尺牘幾行詩幾首,	척독(尺牘) 몇 줄과 시 몇 수

---

56) 中華書局 編輯部, 「出版說明」: 『徐渭集』 1, 中華書局, 1999, 3~4면. 徐渭의 著作에 대한 것은 이 글을 참조할 것.

57) 『袁宏道集箋校』 上, 149~150면. 『四庫全書』에 『吳郡丹靑志』・『奕史』・『吳社編』・『虎苑』의 저술이 남아 있고, 왕치등의 문집으로는 『千頃堂書目』 권24에 『王百穀全集』의 서명이 보인다. 그리고 『王百穀全集』의 구체적 세목이 나와 있는데, 『延今纂』 1권, 『采眞篇』 1권, 『梅花什』 1권, 『燕市集』 2권, 『金閶集』 2권, 『靑雀集』 2권, 『晉陵集』 2권, 『荊溪疏』 1권, 『竹箭篇』 1권, 『客越志』 2권, 『廣長庵疏志』 1권, 『苦言』 1권이다. 또 『明史』 8, 2486면 「藝文 4」에 『王穉登詩集』 12권이 있다고 되어 있다. 그러나 현재 국내에 남아 있는지는 의문이다. 金學主・吳金成 共編, 『明・淸人文集目錄』, 學古房, 1991은 국내 도서관에 남아 있는 명・청대 문인의 문집을 조사한 것인데, 왕치등의 저작은 보이지 않는다.

58) 玉局은 송대의 유명한 道觀인 玉局觀으로 蘇東坡가 옥국관 提擧가 되어 옥국관에서 한가롭게 노닐었다고 한다. 곧 옥국은 소동파를 말한다.

無人知道自南華.59)　　『장자(莊子)』에서 나온 줄 아는 이 없구려.

　보다시피 원굉도의 천재성과 그의 문학에 대해 고평(高評)하고 있다. 특히 두 번째 시의 마지막이 눈길을 끈다. 원굉도의 척독(尺牘)과 시가 『장자(莊子)』에서 유래하고 있다는 지적은 정확한 것이다. 원굉도의 사유는 『장자』와 불가분의 관계가 있다. 원굉도 사유의 특징은 상대주의로 요약할 수 있는데, 그것이 양명학에서 온 것임은 두 말한 나위가 없다. 그런데 중국 사상에서 상대주의적 사유의 원천은 『장자(莊子)』임은 췌언을 요하지 않는다. 과연 원굉도는 『장자』를 부연한 사상적 에세이 「광장(廣莊)」60)을 남기고 있는데, 「광장」은 원굉도 사유의 최저(最低)의 심층(深層)을 이룬다. 곧 원굉도는 『장자』를 재해석하는 과정을 통해 자신의 사유의 핵심을 온전히 드러내었다고 해도 과언은 아니다. 김석주는 원굉도 사유의 특징을 정확히 짚어내고 있는 것이다.

　그러나 김석주는 원굉도의 비평에 대해서는 침묵한다. 「금범집서」의 ①에서 그가 인용한 원중도의 원굉도에 대한 평가 중 "그 뜻이 사람들의 집박(執縛)을 깨는 데 있었다"고 한 것은, 의고파의 의고적 창작 논리를 변파하는 것이었으며, '솔이(率易)하고 유희(遊戱)하는 말'이란 원굉도의 의고파에 대한 비판이 갖는 문장의 경쾌함을 돌려 말한 것인데, 정작 김석주는 원굉도를 원굉도답게 만들었던 이 혁명적 문학 비평에 대해서는 아무런 말이 없다. 뿐만 아니라, 그가 인용한 「서문장전」 역시 서위의 반모의적 작풍을 역설하고 있지 않은가.61) 그럼에도 김석주는 반의고적 작품에 대해서는 침묵하고 있다.

　잠시 「금범집서」에 인용된, 원중도의 서문에 나오는 『금범집』·『해탈집』

---

59) 金錫冑, 「讀袁中郎集, 仍用其體, 却賦二絶」, 『息庵遺稿』:『韓國文集叢刊』145, 184면.
60) 『袁宏道集箋校』中, 795~813면. 「逍遙遊」·「齊物論」·「養生主」·「人間世」·「德充府」·「大宗師」·「應帝王」 등 『莊子』「內篇」7편을 題材로 삼아 원굉도 자신의 사상을 부연한 것이다. 「廣莊」에 대해서는 뒤에 박지원과 공안파의 관계를 다룰 때 따로 언급한다.
61) 『袁宏道集箋校』中, 716면. "文有卓識, 氣沈而法嚴, 不以模擬損才, 不以議論傷格, 韓·曾之流亞也."

의 목차를 보자.

『금범집』
권1 시(詩), 1595~1597(27~30)
권2 유기(遊記)·잡저(雜著), 1596~1597(29~30)
권3 척독(尺牘), 1595~1596(28~29)
권4 척독, 1596~1597(29~30)

『해탈집』
권1 시, 1597(30)
권2 시, 1597(30)
권3 유기·잡저. 1597(30)
권4 척독, 1597(30)

　『금범집』과『해탈집』은 원굉도의 초기작으로 시는 물론이고, 원굉도 문학의 특유의 성취인 유기와 척독이 있을 뿐만 아니라,『금범집』에는「제대가시문서(諸大家時文序)」·「서소수시(敍小修詩)」,『해탈집』에는「서진정보회심집(敍陳正甫會心集)」·「장유우(張幼于)」·「강진지(江進之)」와 같은 공안파의 문학 혁명의 핵심적인 이론들도 포함되어 있다. 그럼에도 불구하고 김석주는 이런 비평문들에 대한 어떤 언급도 남기지 않고 있다. 공안파를 읽고, 특히 원굉도 문학의 높은 성취인 척독과 시를 읽고 그 성취를 높이 평가했지만, 정작 그 성취를 가능하게 했던 이론적 근거인 문학혁명에 대한 언급을 전혀 남기지 않은 김석주를 어떻게 이해해야 할 것인가.

　김석주는 공안파를 읽었고, 공안파의 논리적 거점은 의고파 비판에 있었으니, 김석주의 의고파에 대한 견해를 검토해 보자. 그는 명대의 산문작가인 동빈(董份)의『비원전서(泌園全集)』를 빌려 읽고 간단한 비평을 남기고 있는데, 이 글을 참고하자. 김석주가 동빈에 주목하게 된 것은 신인백(申寅伯)으로부터 육홍조(陸弘祚)의『황명십대가문선(皇明十大家文選)』을 빌려 읽었던바 여기에 동빈이 포함되어 있었던 것이다.62) 『황녕십대가문선』은 허균을 나룰 때 간단히 언급한 바 있다. 이 책은 적어도 허균의 시대에는 수입되어 있었던바, 당시로서는 명대 작가들의 작품을 개괄할 수 있는 중요한 산문 앤솔로지였다. 여기에 선발된 작가는 다음과 같다.

> 의고문파 : 이몽양(李夢陽), 왕유정(王維楨), 이반룡(李攀龍), 왕세정(王世貞), 왕도곤
> (汪道昆)
> 당송파 : 당순지(唐順之), 모곤(茅坤), 왕신중(王愼中)
> 기타 : 왕양명(王陽明), 동빈(董份)

의고문파와 당송파가 집중적으로 선발되고 있다.63) 김석주는 이 책에서 동빈을 보았지만, 선발된 작품이 워낙 적어 전집을 보기를 고대하다가 이선(李選, 1632~1692)으로부터 동빈의 전집인 『비원전서』를 빌어보게 되었던 것이다. 물론 여기서 동빈의 작품에 대한 김석주의 평가 자체가 중요한 것은 아니다.64) 김석주가 의고파와 당송파를 인지하고 있었다는 사실이 중요한 것이다. 이제 그의 의고파에 대한 인식을 검토해 보자.

김석주는 신의화(申儀華)에게 전칠자의 한 사람이었던 서정경(徐禎卿)의 문집을 빌려 주면서 제발(題跋)을 썼는데, 이 글에서 그는 당대 문학에 대한 인식을 드러낸다. 이 글의 서두에서 그는 소식(蘇軾)의 「전신기(傳神記)」를 인용

---

62) 「謝李擇之借示董學士份泌園全集書」, 『息庵遺稿』: 『韓國文集叢刊』 145, 235면. "僕嘗從申寅伯許, 求閱陸弘祚所編皇明十大家文選, 董氏卽其一也. 每恨其選之至約而未得覩其全也, 今蒙借示原集一秩, 實諧夙願, 幸甚幸甚."

63) 왕도곤은 후칠자의 동조자였다.

64) 동빈에 대한 평가는 전체적으로 보아 야박한 편은 아니다. 「謝李擇之借示董學士份泌園全集書」, 『息庵遺稿』: 『韓國文集叢刊』 145. "董之文, 大約蓄富意宏, 大者數千言, 小猶不下累百言, 必極其所欲言而後止, 誠可謂大矣. 然辭或傷於駢偶, 而輒復剩複, 旨每失於弛蕩而大不收結. 較之近代, 葉蒼霞・李京山, 猶有所遜. 況可置諸陽明・荊川諸公間耶? 巨無霸雖甚長大, 恐不能當劉文叔一勁卒, 如何如何? 詩律清曠雅澹, 頗有孟襄陽・韋蘇州遺致, 不比嘉隆以後諸人務爲大聲壯語, 殊可喜也. 探閱略遍, 謹此奉完." 대체로 王陽明이나 唐順之(荊川)와는 비교가 되지 않지만, 그래도 嘉靖 隆慶 이후의 허장성세식의 작풍과는 같지 않다는 것이다.

하는데, 소식의 초상화에 대한 견해는 이러하다. 초상화가 인물을 성공적으로 재현하는 방식은, 인물의 모든 부분을 닮게 그리는 데 있지 않고, 인물의 의사(意思)가 존재하는 곳을 파악하여 재현하는 데 있다는 것이다.[65] '의사(意思)'란 대상 인물의 성격을 가장 잘 드러내고 있는 어떤 특징적·본질적 속성, 곧 정신에 해당한다. 그는 소동파의 견해를 바탕으로 하여 자신의 문장관을 피력한다.

대저 문장을 지을 때면 반드시 그 의사(意思)의 소재처를 얻은 뒤에야 그 오묘함을 운용할 수 있다. 이 때문에 옛날 문장을 잘 지었던 사람은 그 사정(事情)을 그려낼 때 반드시 핵심을 통찰하고 골수를 뽑아내어, 기쁨과 슬픔, 즐거움과 노여움은 사람마다 각각 다르겠지만, 그 형용하고 지절(指切)하는 방법은 공교함의 극치를 달리지 않음이 없었던 것이니, 비록 수천백 년이 흐른 뒤일지라도 마치 그 사람과 서로 손을 잡고 서로 주거니 받거니 이야기를 하는 듯하다. 또 유명하고 기이한 땅에 명승(名勝)이 하나만이 아니지만, 연운(烟雲)의 다투는 듯한 자태와 풍월(風月)의 고운 태도와 거센 파도와 잔잔한 물결, 아득히 멀리 보이는 산과 동굴의 가파르고 빼어남이 한 번 시인 묵객의 읊조림에 들어온 뒤, 사람들에게 그 작품을 보게 하면, 그 사람은 마치 자신의 몸은 천태산(天台山) 위를 걷는 듯, 안탕산(鴈宕山)을 오르는 듯하고, 정신은 아득히 소상강(瀟湘江)과 동정호(洞庭湖) 사이를 노니는 듯할 것이니, 이와 같은 것은 어째서 그러한 것인가? 대개 각각 그 의사(意思)를 얻어 그 오묘함을 운용했기 때문일 뿐이다. 저 거죽과 그림자를 본떠 이룰 수 있는 경지가 아니니, 장자(莊子)가 말한 수레바퀴를 깎는 방법은 손에 익고 마음속에 간직되어 있을 뿐, 말로 표현할 수 없다고 한 것이 아마도 이와 같은 부류일 것이다.[66]

---

65) 金錫胄, 「題徐昌穀文集後, 示申瑞明」, 『息庵遺稿』: 『韓國文集叢刊』 145, 265~266면. "東坡云 : '傳神之難在目, 其次在顴頰. 目與顴頰似, 餘無不似者. 眉與鼻口, 可以增減取似.' 又云 : '凡人意思, 或在眉目, 或在鼻口, 優孟學孫叔敖, 抵掌談笑, 至使人謂死者復生, 此豈擧體皆似, 亦得其意思所在而已. 使畫者悟此理, 則人人可以爲顧·陸.' 余每誦至此, 未嘗不三復而嘆其妙, 以爲東坡文章之顧陸, 其爲此言, 非特爲傳神至妙訣, 殆所以爲作文者發其解耳." 신명서는 申儀華(1637~1622)이다. 김석주의 외삼촌이었던 申最의 아들로 어릴 때부터 김석주와 친한 사이였다.
66) 위의 책, 같은 면. "夫爲文章, 亦必得其意思所在而後, 可以運其妙. 是以古之善爲文章者, 當其摹畫事情, 必皆洞竅擢髓, 雖忻戚嘻怒人人殊, 而其所以形容而指切者, 無不極於其工, 雖歷數千百載, 猶若與其人握手嬉戲, 相上下其論. 雖名區異境奇勝不一, 而烟雲之競態,

역시 핵심은 '의사'다. 문학은 언어로 대상을 재현하는 것이되, 재현물인 작품이 독자로 하여금 원래의 대상을 체험할 수 있도록 대상의 본질적 속성을 포착해 내어야 한다는 것이다. 김석주는 왜 이런 말을 하는가. 그는 사실상 명대 의고파를 겨냥하고 있다.

①내가 보건대 근세의 문장의 폐단이 극도에 달하였다. 간혹 두세 군자가 자못 크게 세상을 울리기는 하였으나, 그들이 짓는 문장은 전적으로 자구폭척(字句幅尺)에서만 찾고 그 해(解)를 얻지 못하였다.

②그림에 비유하자면, 눈이 가로로 찢어지고, 코가 세로로 서고, 모발이 길게 자란 모습에 있어서는 비록 한두 가지 비슷한 점이 있지만, 그 정신이 한데 모여 노한 듯 웃는 듯 슬퍼하고 개탄해 하는 듯, 기뻐하고 통쾌해 하는 듯한 것, 즉 모든 임리(淋漓) 돈좌(頓挫)하는 경지는 깡그리 사라져 도달하지 못한다.

③아아, 문장의 도가 쉽게 말할 수 있는 것이겠는가? 우리들 중에는 문장에 뜻을 둔 사람이 많다. 신군(申君) 명서(明瑞)는 습철(拾掇)하는 것을 공교하다 하지 않으니, 옛날의 작자의 풍모에 가깝다 하겠다. 근래에 서창곡(徐昌穀) 정경(禎卿)의 문장을 좋아하여 누차 나에게 빌려 달라 하였는데, 아마도 그 문장이 준일(遒逸) 동탕(動盪)하여 자신의 마음에 맞기 때문이 아니겠는가?67)

근대의 문장이란 뒤에 서정경(徐禎卿, 1479~1511)을 들고 있는 것으로 보아 명대의 문장을 두고 하는 말로 생각된다. 그의 명대 문학에 대한 평가는 부정적이다. 즉 ②의 고딕 강조된 부분에서 보듯, 명대 문학은 대상의 의사를 포착하는 데 실패하고 있다는 것이다.

風月之互媚, 濤瀾之瀲洵漪漣, 嶽岫之秀峭眇綿, 一入於騷人墨士之所噲哢, 使人覽之, 怳如其身之凌天台躡雁宕, 杳然神游乎瀟湘洞庭之間, 若此者何哉? 盖各得其意思而運其妙而已, 固非若皮相影度之可以依擬成者, 則莊生斲輪之旨, 得之於手, 應於心而口不能言者, 殆此類也."

67) 위의 책, 266면. "余觀近世之文弊, 極矣. 間有二三君子頗大鳴於世, 而其所爲文, 往往專求之字句幅尺之間, 而不得其解. 卽譬之畵者, 特於目之橫鼻之竪毛髮之氄然, 雖有一二之似, 至其精神所注, 若怒若笑, 若悲而慨, 若喜而快, 凡可爲淋漓而頓挫者, 卒皆蔑焉, 未之及也. 噫嘻! 文章之道, 其可以爲易言乎哉. 吾輩中志於文者, 亦多矣. 有申君瑞明能不拾掇爲工, 庶幾有古作者風. 近好徐昌穀禎卿之文, 累從余求之, 其非以其文之遒逸動盪有所契於心而然耶."

이런 맥락에서 김석주가 신의화를 평가하면서 유독 "'습철(拾掇)'을 공교하지 않게 생각했다"는 것만 지적하고 있는 것은 주목할 만한 부분이다. 왜 습철인가? 습철은 주워 모은다는 뜻이다. 이 말은 비평사적 맥락에서 고전으로부터 언어를 절취하여 엮는 의고적 창작 방법을 지시한다. 습철은 ①의 "그들이 짓는 문장은 자구폭척(字句幅尺)에서만 찾는다"에서 볼 수 있는 바와 같이 이것은 자구(字句)의 모의(模擬)에 골몰하는 것으로 이해된다. 즉 그는 명대 의고파의 의고적 창작론을 비판하고 있는 것이다. 서정경 역시 의고문파의 한 사람이다. 그러나 서정경의 문장은 왕세정과 이반룡과 같은 강한 모의성(模擬性)을 지니지 않았다는 것이 일반적인 평가다.[68] 신의화가 습철을 싫어하여 서정경을 좋아한다는 것 역시 의고적 창작론에 대한 반발로 보인다. 요컨대 김석주는 의고적 창작론에 대해 조심스럽고 우회적이기는 하지만, 비판의 입장을 취하고 있는 것이다.

이제 김석주의 의고파 비판을 좀 더 소상히 살펴보자. 의고파의 지도자급 인물이라면 역시 왕세정과 이반룡을 들지 않을 수 없다. 김석주는 「제이우린송장백수서후(題李于鱗送張伯壽序後)」란 글을 남기고 있는데, 여기서 이반룡의 특정 작품을 비판하고 있다. 먼저 그는 왕세정의 이반룡에 대한 평가를 인용한다.

왕원미(王元美)는 우린(于鱗)의 문장에 대해 "역하(歷下)는 지극히 깊다(①)"라고 하고, "생각을 공교히 하되, 재주가 예스럽다(②)" 하고, "이우린은 상(商)의 이(彝), 주(周)의 정(鼎), 해외(海外)의 보배와 같지만 그 자신은 삼대(三代)의 인물도 페르시아의 호인(胡人)도 아니다. 존중해야지 비판할 수는 없다(③)" 하고, 또 "한 마디 말도 한(漢) 이후의 말을 쓰지 않았으며 또한 한 마디 말도 한(漢) 이전의 말이 아님이 없다. …… 세상의 군자들은 이에 얕게 지적하며 그를 비난하려 하는데, 이것은 곧 고인을 비난하는 것이다(④)" 하였다. 세상에서 우린을 아는 사람은 원미만한 사

---

68) 『明代文學批評史』, 170~171면 참조. 서정경은 이몽양·하경명과 사귀면서 그들의 영향을 받았지만, 그의 시는 이몽양처럼 철저한 의고적인 작품을 고수하지 않아 이몽양으로부터 비판을 받았다고 한다.

람이 없고, 또 높이 평가하는 것도 원미만한 사람이 없다.[69]

김석주는 왕세정에 대한 이반룡의 평가를 왕세정의 문집인『엄주사부고
(弇州四部稿)』곳곳에서(특히『藝苑巵言』에서) 인용하고 있다.[70] 김석주는 왕세
정의 방대한 문집을 철저히 읽었던 것으로 보인다. 그런데 왕세정의 이반룡
에 대한 그지없이 높은 평가를 이렇게 소개하는 이유는 무엇인가? 위의 인
용문에 이어 갑자기 그는 자신이 이선(李選)으로부터 이반룡의 문집인『창명
집(滄溟集)』을 빌려 직접 읽었다면서『창명집』을 이렇게 평가한다.

그 구장극구(鉤章棘句)한 것 중 이해할 수 없는 것이 거의 열에 일곱 여덟이었으
나, 이해할 수 있는 것은 기아(奇雅) 준박(峻博)함을 깨달았으니, 그의 문장은 정말
깊고도 예스러웠다. 대개 그가 문장을 짓는 방법은 말에 따라 뜻을 꾸미는 것이 많
고, 정(情)에 따라 표현을 단련하는 것은 적다. 일체『좌전(左傳)』『국어(國語)』『장
자(莊子)』『사기(史記)』『공양전(公羊傳)』『곡량전(穀梁傳)』「단궁(檀弓)」「고공기
(考工記)」『한비자(韓非子)』『여람(呂覽)』『회남자(淮南子)』『반고(班固)』등의 책
에서 취하여 구(句)를 베어내고 글자를 저며 내었다. 이것이 그가 깊고자 하면 반드
시 그 깊이를 극진히 하고, 예스럽고자 하면 그 예스러움을 극진히 한 방법이다. 이
문장이 우린의 여러 작품 중에서 가장 나은 것인지는 알 수 없으나, 육홍조(陸弘祚)
의 문선(文選)에 뽑혔으니, 그것이 사람들에게 높은 평가를 받았음을 알 수 있다.[71]

──────────

69) 金錫胄,「題李于鱗送張伯壽序後」, 앞의 책, 266~267면. "王元美稱于鱗之文, 一云 : '歷
下極深' 一云 : '匠心而材古' 一云 : '如商彝周鼎, 海外瓌寶, 身非三代人物與波斯胡, 可重
不可議.' 一云 : '無一語作漢以後, 亦無一語不出漢以前. …… 世之君子, 乃欲淺摘而痛訾
之. 是訾古人耳.' 世之知于鱗, 固無如元美, 而其聳美而艷贊之者, 亦固無如元美也."
70) ①"歷下極深"의 출처는『弇州四部稿』권148 :『藝苑巵言』5, ②"匠心而材古"의 출처는
『弇州四部稿』권77의「書與于鱗論詩事」이다. ③"如商彝周鼎, 海外瓌寶, 身非有三代人物
與波斯胡, 可重不可識"의 출처는『弇州四部稿』권148 :『藝苑巵言』5인데, 원문에는 '三代
人'으로 되어 있으나, 김석주는 '三代人物'로 쓰고 있다. 또 '可重不可議'를 김석주는 '可重
不可識'으로 잘못 쓰고 있다. '識'을 '議'로 바로 잡는다. ④"無一語作漢以後, 亦無一語不
出漢以前. 乃欲淺摘而痛訾之. 是訾古人耳"의 출처는『弇州四部稿』권150 :『藝苑巵言』7
이다. 다만 위 본문의 번역문에서 (……)로 표기한 부분은 원문이 생략되었다는 뜻이다.
(……)에는 원래 "其自敍樂府云 : '擬議以成其變化.' 又云 : '日新之謂盛德亦此意也.' 若尋端
擬議以求日新, 則不能無微憾"이 들어간다.
71) 金錫胄,「題李于鱗送張伯壽序後」, 앞의 책, 266면. "其鉤棘不可曉者, 幾十之六七, 而其

이반룡의 산문이 난해성을 특징으로 한다는 것, 그리고 그 난해성이 철저히 선진양한(先秦兩漢)의 산문에서 적출된 언어로 재구성되는 데서 유래한다는 것, 그 결과 이반룡의 산문이 선진양한 산문과 유사하게 보인다는 것이다. 이반룡의 의고적 창작론은 고전적 텍스트의 센텐스와 어휘를 차용해 재조직하는 것이 고대 산문의 예술성을 재현할 수 있는 유일한 방법으로 삼았던 것이다. 김석주의 지적은 정확하다. 그런데 김석주는 표면적으로는 이반룡을 추켜세우는 듯하지만 속내는 그것이 아니다.

위 인용문에서 육홍조의 문선 『황명십대가문선(皇明十大家文選)』에 뽑힌 '이 문장'이란 「송장백수서(送張伯壽序)」[72]란 산문인데, 이 작품에서 보이는 모순을 지적하기 위해 그는 긴 논리의 우회로를 지나왔던 것이다. 그는 이렇게 말한다.

> 이 작품의 중간에 "밥을 먹을 때마다 두 명신의 일을 잊지 못했다"는 구절이 있다. 이것은 태사공(太史公)의 「풍당전(馮唐傳)」의 말을 절취(截取)하여 그렇게 쓴 것이다. 나는 여기에 대해 의심이 없을 수 없다. 문제(文帝)의 "밥을 먹을 때마다 뜻이 거록(鉅鹿)에 있지 아니한 적이 없었다"는 것은 대개 처음 그 말을 상식감(尚食監) 고거(高祛)에게서 들었기 때문에 이 이후로 매번 밥을 먹을 적이면 밥 먹는 일에 근거하여 그 말을 상상한 것이니, 실로 인정을 잘 모사(摹寫)한 것이다. 그렇지 않다면, 문제(文帝)의 장수를 구하는 정성으로 또한 어찌 밥을 기다린 연후에야 뜻이 비로소 거록에 있었던 것이겠는가? 만약 문제가 혹 상의(尚衣)하는 사람을 통해 들었다든가, 혹 장서(掌書)하는 사람에게서 들었다면, 나는 그가 밥을 먹을 때 하던 생각을 옷을 입을 때나 글을 볼 때 했을 것이라고 생각한다.
> 그런데 지금 우린의 두 명신의 일을 들은 것은 상식감에게서 들은 것이 아니며, 또 밥을 먹으면서 들은 것도 아니니, 물을 마시면서 생각했다 해도 괜찮고, 앉아서 생각했다 해도 괜찮고, 걸으면서 생각했다 해도 괜찮고, 늘 생각했다 해도 괜찮고,

可曉者, 覺奇雅峻博, 信乎其深且古矣. 盖其爲文, 雖緣語而飾意者多, 因情而鑄辭者少, 而一切取左·國·莊·馬·公·穀·檀·考·韓非·呂覽·淮南·班椽諸書, 句割而字孿之, 此其所以欲深而必極其深, 欲古而必極其古者也. 此文於于鱗諸作, 雖未知其爲最善, 而被甄於陸弘祚文選, 其爲人所稱可知."
72) 정식 명칭은 「送寧津縣訓導張伯壽序」이다. 『李攀龍集』, 齊魯書社, 1993, 415~416면 참조

우연히 생각했다 해도 괜찮다. 또 어찌 꼭 대무(大巫)가 노래하자 소무(小巫)가 따라 하는 격으로 매번 밥을 먹을 때마다라고 말하는 것인가? 이것이 어찌 고인의 말을 절취(截取)하여 고인과 같이 되고자 하면서 그 오류를 깨닫지 못하는 경우가 아니겠는가?

전하는 말에 '빈 구멍에 바람이 불어온다'고 하였다. 이런데도 남들이 따내어 비난하는 것을 금하고자 한다면 어려울 것이다. 또 상(商)나라의 이(彝)와 주(周)나라의 정(鼎)은 오래된 물건이다. 또 해외의 산물로, 명월(明月)·빈주(蠙珠)·산호(珊瑚)·파려(玻瓈)·목난(木難)·화제(火齊) 등은 보물이다. 그러나 만약 조금이라도 부수어진 곳이 있어 이쪽을 때우고 저쪽을 꿰매며 위아래를 이어서 그 온전한 모습을 잃어버린다면, 누가 그것을 예스럽다 하고 보물이라 하겠는가? 무지한 자만 한갓 창연(蒼然)한 색과 적연(的然)한 빛을 보고 예스럽다 하고 보물로 여길 것이다. 하지만 만약 삼대(三代)의 사람과 페르시아의 호인(胡人)을 만나 그것을 눈여겨보게 한다면 나는 그들이 반드시 서둘러 떠나고 돌아보지도 않을 줄로 안다. 다행히 이런 사람들을 만나지 않는다면, 또 그것이 우린(于鱗)의 다행이 되지 않을 줄 어떻게 알랴?[73]

김석주가 인용하고 있는 「풍당전」이란 사마천(司馬遷)의 『사기(史記)』 「장석지풍당열전(張釋之馮唐列傳)」의 한 부분이다. 풍당(馮唐)은 원래 조(趙)나라 땅이었던 대(代) 출신이었다. 한(漢) 나라 문제(文帝)는 풍당을 만나 그의 원래 고향이 조나라 땅인 줄을 알고, "내가 대(代)에 있을 때 나의 상식감 고거가 자주 나에게 조나라 장수 이제(李齊)의 현명함과 거록에서 싸웠던 일을 말하였다. 지금 나는 밥을 먹을 때마다 뜻이 거록에 있지 아니한 적이 없었다"[74]

---

73) 金錫冑, 「題李于鱗送張伯壽序後」, 앞의 책, 266~267면. "中有每飯未嘗忘兩名臣事之句, 斯乃截取太史公馮唐傳語而然. 余於此亦不能無所訝焉. 夫文帝之每飯, 意未嘗不在鋸鹿者, 盖以始聞其語於尙食監高祛, 故此後之所以每飯而思, 因其時而想其語, 實善摹人情者之言也. 不然, 以文帝求將之誠, 而亦何待飯而後, 意始在於鋸鹿也. 使文帝或因尙衣者而聞, 或因掌書者而聞, 吾固知其必移其每飯之思, 而在於每衣而每見書也. 今于鱗之聞兩名臣事, 固非聞於尙食監者, 而亦非飯而聞也. 雖飮而思可也, 坐而思可也, 行而思可也, 常而思可也, 偶而思可也. 又奚必若大巫唱小巫從, 而每飯之云爲乎. 斯豈非好截取古人之語, 欲如古人而不自覺其謬也耶. 空語云空穴來風. 若是而欲禁人之摘而訾難矣. 且商之彝周之鼎古矣. 海外之産, 若明月·蠙珠·珊瑚·玻瓈·木難·火齊之屬寶矣. 然若銖屑而寸碎焉. 此補而彼綴, 相聯而下屬, 以亡失其全體, 則夫孰以爲古且寶哉. 不知者徒見其蒼然之色的然之光, 以爲古而寶, 而若使遇三代之人波斯之胡而矚之, 則吾知其必徑去而不之顧矣. 其幸而不遇是者, 又烏知其不爲于鱗幸者也耶."
74) 『史記』 9, 中華書局, 1959, 2757면. "吾居代時, 吾尙食監高祛爲我言趙將李齊之賢, 戰於

라고 말한다. 이반룡의 「송장백수서(送張伯壽序)」의 "밥을 먹을 때마다 두 명
신의 일을 잊지 못했다"는 구절은 바로 이 부분을 절취한 것이다. 즉 이반룡
은 문제가 밥 먹을 때마다 명신의 일을 잊지 못한다고 한 말을, 사람을 매우
깊이 그리워하는 뜻의 고사로 차용하고 있는 것이다. 하지만 김석주에 의하
면 이것은 고사가 될 수 없다. 문제는 자신의 밥상을 관장하는 상식감 고거
에게서 들었기 때문에 밥상을 보면 고거가 떠오르고, 고거를 떠올리면 조나
라의 훌륭한 장수를 생각한다는 것이다. 만약 상식감 고거가 아닌 다른 사
람, 예컨대 옷을 관장하거나 글쓰기를 관장하는 사람에게 들었다면, 옷을 입
을 때나 글을 읽을 때 생각이 났을 것이라는 것이다. 요컨대 이 글의 요지는
고전에서 인용한 말의 의미가 원래의 맥락과는 전혀 맞지 않는다는 것이다.
  김석주는 글의 서두에 인용했던 왕세정의 이반룡에 대한 긍정적 평가의
의미를 이 잘못된 인용을 따지면서 검토한다. 즉 이반룡의 작품이 고전의
인용으로 이루어져 있기에 높은 평가를 받지만, 그 인용의 방식은 원래 컨
텍스트의 의미와 괴리되는 심각한 오류를 범하고 있다. 따라서 이 잘못된
인용에 대한 지적은 정당하다. 마침내 김석주는 이반룡의 의고적 글쓰기에
대한 왕세정의 평가를 비판한다. 그는 이반룡을 실증적 차원에서 비판함으
로써 왕세정까지 아울러 비판했던 것이다. 요컨대 그의 의식 속에는 의고파
의 의고적 글쓰기에 대한 비판이 뚜렷하게 존재하고 있는 것이다.
  공안파는 의고파의 고전 인용이 인용된 언어를 담고 있었던 원래의 맥락
을 무시하고 인용됨으로써 인용된 언어와 작가의 표현 의사 사이에 심각한
괴리가 있다는 논리를 의고파 비판의 중요한 논거로 삼았다. 그렇다면 김석
주의 의고파 비판의 논리는 공안파에 근거를 두고 있는 것인가? 그가 원굉
도와 서위 등을 읽었으니 그럴 가능성은 있다. 하지만 이 글을 쓴 연대와
원굉도·서위 등을 읽은 연대를 확정할 수 없기 때문에 무어라 확언할 수는
없다. 또 이 정도 수준의 의고파 비판이라면, 공안파를 전혀 읽지 않았던 유

____

  鉅鹿下. 今吾每飯, 意未嘗不在鉅鹿也."

몽인(柳夢寅)에게서도 이미 보이기 때문에75) 공안파에서 온 것이라 말할 수도 없다. 유일하게 확실한 것은 그가 공안파의 논리를 보다 전면적으로 수용하지 않았다는 것이다.

사실 김석주의 이반룡 비판은 그 의의가 상당히 축소될 수밖에 없다. 그는 비판의 논리를 의고파, 그리고 의고적 창작론 전체로 확대시키지 못하고 있을 뿐만 아니라, 이 비판을 근거로 새로운 대안적 창작론을 구축하지 못하고 있는 것이다. 극히 조심스러운 어조로 이반룡의 산문 한 편을 들어 비판하고 있을 뿐이다. 만약 그가 공안파의 논리를 전적으로 수용했다면, 이런 조심스런 비판이 아니라 보다 전면적인 반의고론을 펼쳤을 것이다. 그에게 공안파는 주류적 담론으로 수용되지 못하고 있었던 것이다. 그 이유는 무엇인가?

김석주는 산문작가로 높이 평가된 인물이다. 그의 산문 예술의 성취는 어떤 루트를 통해 형성된 것인가? 김석주는 신최(申最)로부터 산문을 배웠다. 신최의 가계를 살펴보자. 한문 사대가(四大家), 즉 월(月)·상(象)·계(谿)·택(澤) 중 한 사람인 신흠(申欽)은 신익성(申翊聖)과 신익전(申翊全) 두 아들을 두었고, 신익성은 아들 신최와 딸 하나를 두었는데, 이 딸이 김육(金堉)의 아들인 김좌명(金佐明)과 결혼했다. 김석주는 김좌명의 아들이다. 따라서 신익성은 김석주의 외조부이고, 신최는 김석주의 외삼촌이다.

김석주의 산문은 신최로부터 배운 것이다. 그는 사실상 신최의 제자다. 그런데 신씨 가계는 신흠으로부터 시작하여 신익성·신최에 이르기까지 모두 명문(明文), 곧 의고문파를 배운 집안이었다.76) 김석주 자신의 말을 들어보자.

---

75) 강명관, 「16세기 말 17세기 초 진한고문파의 산문비평론」, 『안쪽과 바깥쪽』, 소명출판, 2007, 53~56면을 볼 것.

76) "象村天才敏妙而深厚不足, 又學諸子及國策, 且喜皇明諸大家, 故其文態度俊麗, 光彩絢爛, 但少質實之意雋永之味."(『農巖雜識』 58) "東淮學明文而不爲已甚, 故其文頗峻潔可喜."(『農巖雜識』 60) "申最季良之文, 或謂勝於象村. 今觀其原論諸篇, 瞻博宏衍誠不易得. 至他文, 不脫明人氣習. 要其家法故在, 謂至勝乃祖, 未知如何耳."(『農巖雜識』 59) 신흠·신익성·신최가 모두 명대 의고문파를 배웠음을 지적한 것이다. 이에 대한 자세한 언급은 강명관, 『농암잡지평석』, 소명출판, 2007, 318~335면을 볼 것. 『農巖雜識』는 『農巖集』:『韓國文集叢刊』

본조(本朝)는 대개 명종·선조 이래, 학사대부(學士大夫)들이 비로소 서로 진한고문(秦漢古文)을 배우기 시작하였으니, 간이(簡易) 최공(崔公)이 실로 앞에서 창도하고, 계곡(谿谷) 장공(張公)이 계속하여 그 사업을 장대(張大)하게 하였다. 선생[申最]과 같은 분이 또 두 분의 뒤에 나왔으니, 진정 그 통서(統緒)를 접하여 그 안장(眼藏)을 얻을 수 있었다.77)

김석주는 16세기 후반부터 조선에 소개된 의고문파의 영향으로 성립했던 진한고문파의 계보를 읽어내고 있으며, 그 계보 속에 자신의 외삼촌인 신최를 위치시키고 있는 것이다. 신최의 집안은 김창협의 지적처럼 명대의 문장, 곧 의고파를 전범으로 삼았던 가문이다. 그러나 김석주가 든 최립이나 장유와는 달리 신최는 당송파(唐宋派)의 존재를 인지하고 있었다. 신최는『황명모록문왕엄주이대가문초(皇明茅鹿門王弇州二大家文抄)』3책을 남기고 있는데, 이 책은 '복습(服習)'의 편리를 위해 왕세정과 모곤(茅坤)의 글을 선발해 달라는 김석주의 부탁으로 엮은 것이다. 1책은 모곤의 산문을, 2·3책은 왕세정의 산문을 선별 수록하고 있다. 신최는 서문에서 의고문파의 성립의 의의와 당송파의 출현의 의의를 간명하게 정리하고, 두 유파의 대립까지 인지하고 있다.78)

신최는 의고파를 대표하는 왕세정은 수사(修辭)로, 당송파를 대표하는 모곤은 달의(達意)로 요약하고, 양자는 공자가 말한 산문언어의 두 핵심적 차원을 지적한 것이니, 이들을 대립시켜 분리할 수 없다는 입장을 취한다.79)

162, 373~396면의 「雜識」外篇을 말한다.『農巖雜識』58은 58번째 글이란 뜻이다.

77) 金錫胄,「春沼先生文集序」, 앞의 책, 246면. "本朝盖自明宣以來, 學士大夫始相學習爲秦漢古文, 而簡易崔公實倡之於前, 谿谷張公復繼以張大其業, 若先生者又出於二公之後, 眞可以接其統緖而得其眼藏."

78) 申最,「鹿門弇州兩集文抄引」,『春沼子集』권3. "明興, 盡革宋元之弊, 新一代之制, 而文章家尙沿其習. 雖以金華靑田之拔出萃類, 不能自脫而楊文貞居館閣, 以暢達爲宗, 故天下靡然從之. 至弘德間, 北地李獻吉始倡古文, 學士大夫稍稍慕悅而疑信者半. 弇園·雪樓肩比踵接, 互執牛耳, 則家先秦而戶西京, 文體遂大變矣. 鹿門起於其間, 嫉世之尋響逐影畫羽而刻葉者, 遠尊歐曾, 近推唐王, 以爲文之正統在是, 而獻吉輩特草莽之雄而偏閏之位耳. 人之疑信者亦半. 衡文者至岐而二之, 號爲十大家, 而各立門戶, 則猶未能定于一也." 이 글은『皇明茅鹿門王弇州二大家文抄』서두에도 실려 있다.

신최의 입론의 다당성 여부는 여기서 논할 것이 아니다. 신최에게 당송파기 인지되어 있었으며, 김석주 역시 당송파의 존재를 알고 있었음을 확인하면 그만이다. 김석주는 이미 의고파와 당송파 그리고 공안파까지 인지하고 있었던 것이 분명하다. 이뿐 아니라, 이의현(李宜顯)의 증언에 따르면 김석주는 전겸익(錢謙益)의 『열조시집(列朝詩集)』을 등출(謄出)하려 한 적이 있었으니,80) 그가 이 책을 등출하려 했다면, 이 책의 가치, 곧 이 책에 붙어 있는 방대한 양의 시인들의 소전(小傳)이 제공하는 명대의 문학사 사상사에 대한 전반적인 조망, 개괄 때문이었을 것이다. 그는 이 책을 읽었던 것이 분명하고, 당연히 이 책에 포함된 의고파와 당송파·공안파·경릉파(竟陵派)의 관계를 알았으리라 생각된다.

그럼에도 불구하고, 김석주의 의고파에 대한 입장은 애매하다. 의고파는 당송파와 이미 대립적인 관계에 있었고, 공안파는 의고파 비판을 근거로 자신의 비평적 논리를 구성했던 것인데, 김석주는 이 삼자의 관계에 대해서는 아무런 견해 표명이 없다. 다른 글에도 세 유파에 대한 언급은 전혀 없다. 김석주는 학습용으로 시와 산문의 앤솔로지를 여럿 엮었다. 그가 친척의 부탁으로 엮은 『고문백선(古文百選)』은 상편(上篇) 1이 한(漢) 이전의 산문이고, 상

---

79) 위의 책, 같은 곳. "余竊謂斯文何嘗岐而二也, 亦何必惡夫不定于一也. 夫子不曰辭達乎? 又不曰修辭乎? 又不曰言之不文, 行而不遠乎? 辭達之弊冗, 冗則累, 辭修之弊剿, 剿則贗, 辭不達則不足以立言, 辭不修則不足以行遠. 然則二者未嘗不一也. 譬若方圓之互爲體也. 水火之更爲用也. 方圓不備, 不可以成體, 水火不濟, 不可以利用. 辭不達奚以言, 辭不修奚以文哉. 彼相軋而不相下, 畢世而相詬病者, 吁亦異矣."

80) 이 책이 당시 사람들에게 어떤 가치를 가지고 있었는가는 다음 이의현의 기록을 보라. 李宜顯, 「陶峽叢說」, 『陶谷集』: 『韓國文集叢刊』 181, 451면. "元氏中州集, 人輒爲小傳, 此前選詩者之所未爲. 當時謂之寓史於詩, 可以考人物出處, 固善例. 而錢牧齋列朝詩集及近來元詩選, 亦因其例, 列朝詩集傳, 尤係有明三百年人物事蹟, 其嬉笑怒罵之態, 宛然如見, 亦可以憑此考証史傳是非, 此實欲求明遺事者之不可不見者. 余嘗欲抄其小傳, 別作一冊而謄出, 亦費力久未之果. 聞息菴曾爲此而未得見. 後赴燕, 偶見別抄其小傳而入刊者, 亟求以來, 從今無勞別謄矣." 『列朝詩集』의 가치는 이 책이 실린 인물에 대한 정보를 제공하는 小傳에 있는바, 이 소전을 통해 독자는 明代의 인물사, 사건사, 그리고 문학사를 요령 있게 파악할 수 있었던 것이다. 김석주는 타인 소장의 이 책을 본 뒤 그 가치를 알아차리고 필사를 시도했던 것이다.

편 2, 상편 3, 중편 1, 중편 2, 중편 3, 하편은 모두 당·송의 산문을 모은 것이다. 그런데 그 서문인 「고문백선서(古文百選序)」에서 그는 다만 서산(西山)의 『고문진보(古文眞寶)』와 사방득(謝枋得)의 『문장궤범(文章軌範)』의 한계를 지적하면서,[81] 진한(秦漢)으로부터 남송(南宋)까지의 작품을 선발한다고만 밝히고 있을 뿐, 산문 창작에 대한 어떤 비평적 언급도 남기지 않고 있다. 더욱이 『고문백선』의 당·송 산문 각 편의 전·후에는 부기(附記)되어 있는 비평어는 모두 『당송팔대가문초』에서 전재된 것들이다. 그럼에도 불구하고 『당송팔대가문초』의 비평이 그의 산문론에서 중요한 논거로 활용된 흔적은 찾기 어렵다.

이 외에 산문선으로 『사기발췌(史記拔萃)』를 엮은 것을 꼽을 수 있는데,[82] 여기에서도 산문창작론과 관계되는 어떤 구체적인 언급도 찾기 어렵다. 참으로 납득하기 어려운 일이다. 『사기』는 의고문파가 성립하고 난 뒤 산문의 전범적 텍스트로 부상하였던 것이니, 역사적 텍스트에서 문학적 텍스트로서의 성격이 유별나게 강조되었던 것이다. 이미 김석주에 앞서 진한고문을 전범으로 삼았던 유몽인의 경우 『사기』란 텍스트에 유별난 관심을 보였고, 김석주 자신도 조부 김육(金堉)과 신최로부터 『사기』의 열전을 배웠던 것이니,[83] 그의 『사기』 학습도 진한고문의 유행으로부터 일정한 영향을 받았던 것으로 보인다. 그러나 이 책의 서문 어디에서도 그런 영향의 관계, 즉 의고파와 『사기』, 혹은 산문창작론과 『사기』의 관계를 고지하는 부분은 없다. 시 쪽으로는 『당백가시산(唐百家詩刪)』이란 앤솔로지를 엮는데, 역시 양백겸

81) 金錫冑, 「古文百選序」, 앞의 책, 243면. "是二書最盛行于今. 然或以其雜採辭賦, 而章程未整. 偏取唐·宋, 而詞氣漸俚, 盖亦不能無病之者."

82) 金錫冑, 「題史記拔萃」, 위의 책, 481면.

83) 위의 책, 같은 면. "余年十三, 始受四馬遷史記伯夷·平原四君·范·蔡·荊聶等傳於先王父文貞公, 僅僅口熟而止. 其後又從內舅春沼申公, 受項羽·淮陰·魏其武安·李將軍等篇. 時春沼公偶見余少時所爲郭將軍傳者, 與榮川洪丈(名柱世)公極稱之, 手題其卷曰: '優優, 大哉! 其龍門之遺乎.' 因勸余益讀其所未讀者, 而余方從事擧業, 且輒以病故撓奪, 旋讀旋廢, 終未能淹貫, 顧間取凌氏評林全本, 遍閱至二三, 每欲求善書字者五六人, 博選精寫, 爲一大帙, 以爲昕夕幵几玩寶紬繹之資, 而力又未之逮也.

(楊伯謙)의 『딩음(唐音)』, 고징례(高廷禮)의 『딩시품휘(唐詩品彙)』, 이빈룡(李攀龍)의 『시선(詩選)』 등 당시 앤솔로지의 부족한 점을 비판하고 자신 스스로 새로운 당시선을 엮었으나, 여기에도 의고파·당송파·공안파와 관련되는 아무런 견해를 남기고 있지 않다. 이 외에도 박은(朴誾)·정두경(鄭斗卿)·박상(朴祥)·임억령(林億齡)·노수신(盧守愼)·정사룡(鄭士龍)·황정욱(黃廷彧)·조희일(趙希逸)·이식(李植) 등 9명의 작품을 모아 『황종집(黃鐘集)』을 엮고,84) 이규보로부터 신최에 이르기까지 27가의 사부(辭賦)를 모아 『해동사부(海東辭賦)』를 엮었으나,85) 여기에도 당대 중국의 유파와 관계되는 어떤 언급도 창작이론도 없다.

김창협(金昌協)의 언급을 참고하자. 농암은 「식암집서(息菴集序)」에서 장유(張維)의 문장을 천성(天成)에 가까운 것, 이식(李植)의 문장을 인공(人工)에 깊은 것으로 파악한 뒤, 김석주의 문장을 천성은 장유만 못하지만, 인공이 도달한 경지는 이식과 짝할 만하다고 평기히였다.86) 그리고 그의 문장의 유래를 다음과 같이 밝히고 있다.

> 그가 고문사(古文辭)를 쓸 때면 위로는 진한(秦漢)으로 소급하고 아래로는 당송(唐宋)을 따랐으며, 황명(皇明)의 여러 대가(大家)들에 이르러 서로 의의(擬議)하고, 그 변화를 극진히 하여 일가의 말을 이루었다.87)

김석주의 문장이 진한산문과 당송산문, 그리고 앞에서 지적한 명대의 의고파와 당송파를 참고한 것으로 파악할 수 있다. 그러나 그의 경지는 역시 인공으로 요약된다. 김창협은 이렇게 요약한다. "그의 인공이 이른 경지는

---

84) 金錫胄, 「黃鐘集序」, 위의 책, 248면.
85) 金錫胄, 「海東辭賦序」, 위의 책, 244~245면.
86) 金昌協, 「息庵集序」, 『農巖集』:『韓國文集叢刊』162, 152면. "國朝近世文章, 最推谿谷·堂爲作家. 余嘗妄論二氏之文, 以謂谿谷近於天成, 澤堂深於人工, 比之於古, 蓋髣髴韓柳焉. …… 最後乃始得息菴金公焉. 公之文雖天成不若谿谷, 而人工所造殆可與澤堂相埒."
87) 위의 책, 153면. "及其爲古文辭, 上溯秦·漢, 下沿唐·宋, 以放於皇明諸大家, 參互擬議, 究極其變, 用成一家言."

비록 천교(天巧)를 빼앗는 것이라 해도 괜찮을 것이다. 그리하여 계곡과 택당의 경지에 이르게 되었으니, 부끄러움이 없다고 할 것이다."[88]

요컨대 김석주의 문장은 치밀한 테크닉으로 쓰였다는 것이 일반적인 평가다. 그의 산문은 자로 잰 듯한 계산하에 이루어진 것이지 천성적인 상상력에 기반을 둔 것이 아니었던 것이다. 공안파의 이론의 실천은 유래 없는 독창성, 분방한 상상력을 요구한다. 그것은 개인의 개성과 천재성을 필요로 했던 것이다. 김석주는 이것과는 전혀 다른 차원으로 나아갔던 것이다. 그는 공안파를 읽고 그 작품을 사랑하여 따로 작품집을 엮기까지 하였고, 또 시를 써서 그의 작품 세계에 깊이 공감하였다. 그가 공안파의 문집을 본 것이 그의 인생 말년이었기 때문인가? 아니면 그의 창작의 범위가 신최가 설정한 의고파와 당송파의 절충 내부에 있어서였던가. 아니면 그의 벌열(閥閱) 출신이란 계급적 한계 때문이었던 것인가. 여러 이유가 있을 수 있다. 어쨌거나 김석주에게서 공안파에 대한 호의적 평가는 있어도 공안파의 혁명적 비평에 대한 감염의 흔적은 아직 찾기 어렵다. 공안파 비평에 대한 이해는 아직 시간을 요구하고 있었던 것이다.

2) 서종태(徐宗泰)

서종태는 김석주(1634~1684)보다는 18년, 뒤에 다룰 김창협(金昌協, 1651~1708)보다는 1년 어리다. 따라서 김창협 뒤에 서술해야 하겠으나, 따로 먼저 다룬다. 왜냐하면 김창협은 김창흡(金昌翕)과 아울러 다루지 않을 수 없고, 또 농암(農巖)·삼연(三淵) 뒤에는 임방(任埅)·신정하(申靖夏)·이하곤(李夏坤) 등 농암·삼연의 영향력 아래에 있던 인물들에게서 공안파의 독서 흔적이 발견되기 때문이다.

---

88) 위의 책, 같은 면. "嗚呼, 公之於文章, 其人工至到, 雖謂之奪天巧可也, 而於以接武谿澤也, 其可以無愧矣."

서종태를 독립적으로 다룬다 해서 그가 공안파에 대해 호의적이거나, 혹은 공안파에 대한 풍부한 비평적 언급을 남기고 있기 때문인 것은 아니다. 그의 문집 『만정당집(晚靜堂集)』에는 원중도(袁中道)에 관한 아주 간단한 언급이 있을 뿐이다. 이 자료는 극히 짧은 것이지만, 공안파에 대한 당대인의 인식이 어떻게 전개될지를 예고하는 중요한 지표가 될 것으로 보인다.

『만정당집(晚靜堂集)』 권11에 '서후(書後)'란 제목 아래 14편의 독후감이 있는데, 다음과 같은 것들이 비상하게 흥미를 끈다.

> 「독엄산집(讀弇山集)」 癸丑(1673)
> 「독양명집후(讀陽明集後)」 己未(1679)
> 「나근계집(羅近溪集)」
> 「전목재집(錢牧齋集)」[89]

『엄산집(弇山集)』은 서종태의 시기에 오면 별달리 새로울 것도 없게 된 왕세정(王世貞)의 문집이다. 『양명집』은 물론 왕양명의 문집이다. 다른 데서 쉽게 찾아볼 수 없는 희한한 자료는 『나근계집(羅近溪集)』과 『전목재집(錢牧齋集)』에 대한 독서 감상문이다. 나근계(羅近溪), 곧 나여방(羅汝芳)은 양명좌파 중에서도 가장 적극적인 좌파사상가에 속한다. 그는 앞서 이식(李植)의 언급에 나왔던 안산농(顔山農)의 제자였다. 따라서 자연스럽게 안산농·하심은·이탁오 등과 함께 기골파(氣骨派)에 속한다.[90] 양명좌파에 대한 언급이 거의 남아 있지 않고, 또 양명좌파의 문집을 읽었던 흔적을 찾기 어려운 상황에서 『나근계집』에 대한 독서와 비평은 참으로 희귀한 것이라는 점을 일단 지적해 둔다.

문학과 관련하여 주목할 것은 전겸익(錢謙益, 1582~1664)의 문집인 『전목재집』을 읽고 있다는 사실이다. 전겸익의 존재는 조선 후기 문학사에서 비상하게 중요하다. 그는 의고파(전후칠자) → 당송파 → 공안파 → 경릉파(竟陵派)

---

89) 이상 4편의 평문은 『韓國文集叢刊』 163, 235~239면에 실려 있다.
90) 裵永東, 『明末淸初思想』, 민음사, 1992, 90면.

→전겸익으로 이어지는 문학사 전개의 최후의 단계, 즉 명대 문학의 최후의 단계에서 명대 문학을 총괄하여 비평했기 때문이다. 김석주를 다루면서 앞서 간단히 언급했던 전겸익의 『열조시집(列朝詩集)』은 명시(明詩)를 총괄하는 거창한 분량의 앤솔로지일 뿐만 아니라, 이 책에 수록된 시인들의 '소전(小傳)'은 실로 명대 문학사와 다름이 없었기 때문에 이 책으로 명대 문학사에 대한 전체적 구도의 파악이 가능했던 것이다.

전겸익의 문집은 『초학집(初學集)』과 『유학집(有學集)』이 있는데, 『초학집』은 명이 망하기 전인 숭정(崇禎) 16년(1643)에 간행된 것으로 명대에 쓰인 글을 모은 것이고, 『유학집』은 청 강희(康熙) 3년(1664)에 간행된 것으로 청대에 들어서서 쓰인 글을 모은 것이다. 전겸익에 대한 독서는 이미 지적한 바와 같이 김석주가 『열조시집』을 읽었음이 확인되고, 또 김만중(金萬重, 1637~1692)의 『서포만필(西浦漫筆)』과 김창협의 「농암잡지(農巖雜識)」에 전겸익을 인용하고 있는 기사가 있는바, 대개 17세기 후반 조선문단에 『열조시집』과 그의 문집이 수입되어 읽히고 있었음이 확인된다.91) 서종태의 「전목재집」은 모두 4조목으로 되어 있는데, 첫 번째 조목 끝에 계사(癸巳) 3월이라 적혀 있으니, 1713년에 쓰인 것이다.92) 먼저 전겸익에 대한 그의 인상을 보도록 하자.

목재(牧齋)는 무릇 수서(壽序)나 당기(堂記) 따위의 한갓진 문자에다 걸핏하면 천하사(天下事)를 들먹이며 건노(建奴) 틈적(闖賊)이 나라의 근심거리라 말하고, 팔뚝을 뽐내며 감개해 하는 것을 되풀이하면서 멈추지 않았으니, 대개 가슴속에 쌓인 바

---

91) 『列朝詩集』과 『初學集』이 수입된 것은 분명한 사실이나, 『有學集』이 수입되어 있었던가는 의문이 아닐 수 없다. 김창협이 전겸익을 읽었음을 알리는 『農巖雜識』 자료의 집필연대는 1691~1692년이다. 『西浦漫筆』은 1689년 이후 金萬重이 南海 유배 중 쓴 것이라 하니, 대개 김창협이 전겸익을 읽었던 것과 비슷한 시기이다. 한편 1684~1685년 金昌翕과 趙聖期 사이의 논쟁에서 조성기가 전겸익을 언급하고 있으니, 대개 1680년대에 전겸익이 이미 수용되어 있었던 것으로 보인다.

92) 1713년에 4조목이 다 쓰였는가 하는 것은 확정할 수 없다. 다만 그의 卒年이 1719년이니 대체로 그의 만년에 쓰인 것이다. 또 서종태가 만약 전겸익의 문집을 직접 구입해 읽었다면, 그것은 아마도 1703년일 것이다. 서종태는 숙종 29년(1703) 10월에 冬至使로 북경에 갔다 왔기 때문이다.

가 붓끝을 따라 넘쳐 흘러나온 것이 있다. 갑신년 봄 연도(燕都)가 위태하여 거의 함락될 지경이었는데 목재는 저 멀리 오중(吳中)의 대강(大江) 남쪽에 있었다. 문자를 쓸 때(3월에 지은 것이다-원주) 틈적(闖賊)이 고가(藁街)[93]에 목을 매달게 되었다고 말을 했으니, 문인의 일에 우활함이 심하였다. 그러나 사물을 감촉하여 읊조리고 시사(時事)에 감분(感奮)하였으니 바로 노두(老杜)의 유운(遺韻)으로서 그 충성이 지극한 것이라 하겠다. 계사년 3월에 쓴다.[94]

1644년 3월 틈적(闖賊), 즉 이자성(李自成)의 농민군이 북경을 함락시켰을 때 전겸익은 강남에 있었다. 그는 북경이 함락 직전에 있음을 알지도 못하고, 이자성의 머리를 길거리에 내걸게 되었다고 써대었던 것이다. 서종태는 이것을 두고 문인, 곧 전겸익의 우활함이 한심하지 않느냐는 것이다. 그럼에도 서종태는 전겸익의 시에 분출하는 충성심을 높이 평가한다. 이것으로 보건대, 서종태는 전겸익이 스스로 건노(建奴)라고 멸시했던 청에 항복하여 예부우시랑(禮部右侍郎)을 제수받는 변절을 감행했던 사실을 몰랐던 것 같다. 전겸익의 문집이 『초학집』만 수입된 것으로 보인다는 것은 바로 여기에 의한 것이다.

전겸익에 대한 두 번째 비평은 송대(宋代) 산문 작가들이 쓴 타인의 묘문(墓文)은 해당 인물과 부합되었으나, 명대에 와서 과장하는 습관이 생겼고, 전겸익도 명대 작가와 같다는 평가다.[95]

전겸익 문학에 대한 포괄적 평가는 세 번째 비평에서 이루어지는데, 바로 여기에 원중도에 관한 언급이 있다.

---

93) 漢나라 長安의 남쪽에 있던 거리의 이름. 이곳에 諸夷의 저택이 많았다고 함.

94) 徐宗泰, 「錢牧齋集」, 『晩靜堂集』: 『韓國文集叢刊』163, 238~239면. "牧齋凡於壽序堂記等漫散文字, 輒擧天下事, 以建奴闖賊邦國之憂爲言, 扼腕感咤, 娓娓不自已, 盖積諸中而自隨筆溢發也. 甲申春間, 燕都岌岌垂沒, 而牧齋邈在吳中大江之南, 文字之間(三月所作)以闖賊, 庶幾懸首藁街爲辭, 詞人之迂於事甚矣. 然觸事詠物, 感奮時事, 是老杜之遺韻, 其忠忱則至矣. 癸巳三月書."

95) 위의 책, 238면. "韓退之之嚴簡毋論, 宋之歐陽永叔·王介甫·曾子固諸公, 凡論人稱道人作人墓文, 未有甚溢之辭, 俱有斟酌, 斤兩不差. 皇朝人則專事浮夸, 稱人過於本實, 見之有似調戲. 元未甚焉, 錢受之頗同之."

문장에 파란(波瀾)이 있고, 붓을 마음대로 휘둘러 문장을 이루었다. 또 형사(形似)에 능하고 사정(事情)을 곡진히 그려내었으니, 본디 황조(皇朝) 말엽의 극도로 피폐해진 문장을 구원한 대가인 것이다. 그러나 필로(筆路)에 흘러넘치는 것은 즐겨 고문의 진부한 말[陳言]의 전구(全句)를 사용한 것이고, 또 기벽(奇僻)하고 괴기(鬼怪)한 말이 많으니, 법칙으로도 삼을 수가 없다.

또 평생의 취향은 이몽양·이반룡과 왕세정을 알척(軋斥)하는 데 있었기 때문에 당형천(唐荊川)과 귀희보(歸熙甫)를 추허(推許)한 것은 마땅하다 하겠으나, 이서애(李西厓)를 지나치게 숭중(崇重)하고, 또 원소수(袁小修) 무리의 섬미(纖靡)한 문장을 싫어할 줄 몰랐으니, 그 견해가 편협한 것이다.

남의 선(善)을 논하면 반드시 도덕으로 일컫고 남의 시집 서문을 쓰면 모두 풍아(風雅)로 귀착시켰으니, 전혀 법도에 따라 재단함이 없다. 이런 작품은 구양수와 증공 등 여러 분에게는 전혀 없던 것이다. 이것을 사람들에게 보인다면 단지 그 조어(造語)와 문사(文辭)만 찬상할 뿐이요, 그 말을 믿을 수가 없을 것이다. 문장이 아무리 아름답다 한들, 어찌 후세에 믿음성이 있겠는가? 그런즉 엄산(弇山, 王世貞)의 문장이 들뜨고 사치스러웠던 것과 거의 다름이 없다. 대저 황명(皇明) 문인의 습기(習氣)는 과장하고 아첨함이 심하니 모두 이런 점을 면하기 어렵다.96)

전겸익의 문학이 이몽양·이반룡·왕세정 등 전후칠자의 의고적 작풍을 비판적 타자로 삼고 있다는 점, 그리고 동시에 전겸익의 문학이 당순지(唐順之)·귀유광(歸有光) 등의 당송파의 이론적 맥락의 연장이라는 점을 정확히 지적하고 있다.

아울러 전겸익 문장의 탁월한 기교와 명말 문장의 폐단을 구원한 공로, 그리고 당순지·귀유광 등 당송파의 문장을 인정한 공로는 인정하겠지만,

---

96) 위의 책, 238~239면. “文有波瀾, 肆筆成章. 且善於形似, 曲盡事情, 自是皇朝末葉救得文章極弊之大家也. 然筆路所溢, 喜用古文陳言全句, 且多奇僻鬼怪之語, 不可爲則, 且一生趣嚮, 務在軋斥兩李與王, 故推許荊川與歸熙甫固宜, 而崇重李西厓過當. 如袁小修輩纖靡之文, 亦不知其可厭, 其見褊矣. 論人善則輒以道德稱之, 序人詩則皆風雅歸之, 全無繩尺斟裁, 此歐·曾諸家所未有也. 以是令人見之, 只賞其造語文辭而已, 自不得信其語. 文章雖美何能信於後世哉? 然則殆無異於弇山之浮侈矣. 大抵皇明文人習氣, 夸且尙諛甚, 都不免此” 네 번째 단락은 다음과 같다. “牧齋作馮祭酒夢禎誌銘曰 : ‘其家以漚麻起富, 父祖皆不知書.’ 此等語, 今世作人墓銘者, 必不書, 書之, 本家亦必辭之矣. 中朝猶質實近古.” 별 의미가 없는 내용이다.

그의 문상이 고문의 진부한 언어와 기벽(奇僻)하고 괴기(鬼怪)한 언어를 구사하고 있음을 비판하고 있다. 전반적인 논조는 그가 의고문파의 모순을 비판한 것은 일정한 성취로 인정할 수 있지만, 결국 왕세정의 문학의 부정적 성격, 곧 들뜨고 사치스러움과 다를 것이 없다는 것이다.

물론 여기서의 관심사는 그의 전겸익에 대한 평가가 아니라, 원소수(袁小修) 즉 원중도(袁中道) 무리의 섬미(纖靡)한 문장을 전겸익이 싫어할 줄 몰랐다는 부분이다. 이 부분을 좀 더 검토해 보자. 전겸익의 비평은 귀유광과 당순지 등 당송파 이론을 한 근거로 삼고 있으며 동시에 공안파 비평을 또 다른 중요한 근거로 삼고 있다.[97] 공안파 이론은 특히 시론(詩論)을 중심으로 전겸익 비평의 저류로 흐르고 있는 것이다. 전겸익은 원중도와 직접 접촉이 있었다. 원중도의 일기인 『유거시록(遊居柿錄)』에 의하면, 1609년 10월 원중도는 북경에 가서 형 원굉도의 거소에서 머물다가 이내 극락사(極樂寺)로 옮겼는데, 이때 전겸익 역시 과거 응시를 위해 북경에 올라와 극락사에서 머물렀기 때문에 서로 어울릴 수 있었던 것이다.[98] 이때 그는 원중도로부터 반의고적(反擬古的) 시론(詩論)을 들었고, 이것은 뒷날 그의 시 비평에 긍정적으로 수용되었다.[99] 1609년 이후 원중도와 전겸익은 상당히 긴밀한 관계가 된다. 원중도가 자신의 시문집을 편찬할 때 전겸익에게 서문을 부탁할 정도였으니 말이다.

서종태가 "원소수(袁小修) 무리의 섬미(纖靡)한 문장을 싫어할 줄 몰랐으니"라 하고 있는 것으로 보아, 그는 원중도와 그 주변 문인들의 문집을 보았던 것으로 여겨진다. 서종태의 이 글 「전목재집(錢牧齋集)」이 1713년에 쓰인 것이고, 뒤에 언급하겠지만 이하곤(李夏坤)이 1704~1705년 어림에 강화도의 내각(內閣)에 있는 원중도의 문집을 필사하여 책으로 묶고 거기에 서문을 쓰고 있는 것을 상기한다면, 서종태가 원중도의 문집을 보았을 가능성은 매우 높

---

97) 鄔國平·王鎭遠, 『淸代文學批評史』, 上海古籍出版社, 1995, 141면, 119~120면.
98) 전겸익은 원굉도를 만나지는 못한다. 이듬해인 1610년 원굉도가 사망하기 때문이다.
99) 靑木正兒, 陳淑女 譯, 『淸代文學評論史』, 臺灣 開明書局, 中華民國 58년, 4~5면.

다. 과연 그가 본 것은 어떤 판본이었던가? 이 자리에서 긴요하지는 않겠지만, 원중도의 문집에 대해 일단 정리해 보자. 원중도의 시집은 1596년에 중형 원굉도의 공안파의 선언문이라 할 유명한 서문 「서소수시(敍小修詩)」를 붙여 판각한 바 있다. 그러나 이 시집이 권수(卷數)도 모를 뿐더러 현재 전하지 않는다.[100] 그 뒤 실제 간행을 확인할 수 있는 판본들은 다음과 같다.

『가설재근집(珂雪齋近集)』 10권. 1608~1615년의 작품. 1617년 간행으로 추정.
『가설재전집(珂雪齋前集)』 24권. 이름은 전집(前集)이지만, 사실상 전집(全集)에 해당함. 1618년에 간행함. 1618년까지의 작품을 모은 것.
『가설재집선(珂雪齋集選)』 24권. 1622년 간행. 『전집』에 바탕을 두고 증산(增刪)한 것. 1618년 이후의 작품들이 더해짐. 『집선』이 나오자 『근집』과 『전집』이 거의 유포되지 않게 됨. 이 판본이 전겸익에게 서문을 부탁했던 판본임.
『가설재외집유거시록(珂雪齋外集遊居柿錄)』 13권. 1624년 간행. 일기.[101]

『가설재집선』이 나오자 『가설재근집』·『가설재전집』이 거의 유포되지 않았던 것으로 미루어 아마도 조선에 수입된 것은 『가설재집선』일 것이고, 서종태가 본 것 역시 이 판본이 아닌가 한다.

서종태의 '원중도 무리의 섬미(纖靡)한 문장'이란 적지 않은 문제를 제기한다. 섬미는 대상의 섬세한 언어적 재현을 지칭하는 것으로, 공안파 산문의 한 특징으로 볼 수 있다. 이 산문 미학이 왜 부정적인 판단의 대상이 되는 것인가? 서종태의 산문 비평은 앞서 인용했던 「전목재집 3」에서 볼 수 있듯, 구양수와 증공(曾鞏)의 산문을 추종하는 당송파의 입장에 서 있는데, 이 입장은 당연히 유가적(儒家的) 이데올로기에 충실한, 즉 언어의 이데올로기에 대한 복무를 강조하는 것이다. 그러나 섬세한 언어의 조직인 섬미는 유가적 이데올로기를 일탈하는 성격을 갖는다.[102] 요컨대 서종태는 사뭇 경화된 이념

---

100) 錢伯城, 「前言」; 袁中道, 『珂雪齋集』 上, 上海古籍出版社, 1989, 12면.
101) 이상의 원중도의 문집에 관한 것은 錢伯城, 「珂雪齋集版本及校點說明」; 袁中道, 『珂雪齋集』 上, 15~17면에 의함.
102) 강명관, 「문체와 국가장치」, 『안쪽과 바깥쪽』, 소명출판, 2007, 213~217면을 볼 것.

의 차원에서 문학을 판단하고 있는 것으로 보인다. 이런 짐에서 양명좌파·불교에 경도한 원중도의 문학에 호의적일 리가 만무한 것이다. 다음 문장을 읽어보자.

  왕엄주(王弇州)는 정자(程子)가 친민장(親民章)을 해석한 것을 두고 경문(經文)을 믿지 않은 것이라고 하였다. 주자(朱子)가 격물장(格物章)을 보충한 것을 두고는 부루(膚陋)하여 본디 밝지 못하다고 하였다. 또 송유(宋儒) 제현(諸賢)에 대해 기폄(譏貶)하는 말이 많았으니, 스스로 우쭐거리는 버릇을 상상할 수 있다. 문사(文辭)만 전공하는 자의 무식함이 이와 같다.103)

왕세정이 정자가 『대학』의 경문(經文) 1장 서두의 "大學之道在明明德, 在親民, 在止於至善"에서 '親'을 '新'이라 해야 한다고 말한 것과 주자가 『대학』의 「보망장(補亡掌)」을 지어 넣은 것을 비판한 것과 왕세정의 송대 성리학자에 대한 부정적 평가를 두고 왕세정의 오만과 '무식'을 개탄하고 있다. 당시 조선 지식인으로서 주자에 대한 폄하를 긍정할 리가 없겠지만, 서종태에게는 그것이 과도하게 경화되어 있다는 데 문제가 있다.104) 그는 1673년 왕세정의 문학과 사상에 대한 정식 평문 「독엄산집(讀弇山集)」을 쓰는데,105) 왕세정의 굉박(宏博)한 지식과 그의 복고운동이 쇠미한 명대의 문풍을 진작시킨 긍정적 요소를 평가하면서도 왕세정 식의 복고적 방법으로는 진정한 복고가 불가능할 것이라는 판단을 내리고 있다.106) 그런데 찬찬히 살펴보면

---

103) 徐宗泰, 「箚記錄」, 앞의 책, 249면. "王弇州稱程子之釋親民章, 爲不信經. 朱子之補格物章, 爲膚陋不自亮. 且於宋儒諸賢, 語多譏貶, 其自倨習氣可想. 文辭而已者, 無識如此."
104) 왕세정의 문집을 읽은 어떤 사람도 서종태처럼 왕세정의 주자학 비판에 대해 흥분하거나 개탄하는 글을 남기지는 않았다.
105) 徐宗泰, 「讀弇州集」, 앞의 책, 235~236면.
106) 그는 전반적으로 명대 복고주의에 대해서는 부정적이었다. 그는 「箚記錄」(위의 책, 249면)에서 "皇朝嘉隆諸公, 自稱爲古文詞. 一洗宋元之陋, 而其實失於古, 而又失於今矣. 大非文章渾厚眞色"라고 하여, 의고파의 성취를 부정했다. 이반룡에 대해서도 「題于鱗詩卷」(같은 책, 15면)에서는 "自從長慶日卑卑, 千載于鱗力挽之. 始信王生能雋語, 況看春雪照峩眉"라고 하여 복고주의의 일정한 성과를 평가해 주었지만, 크게 보아서는 부정적이었다. 다음 글을 보라. "李于鱗詩, 雋拔有生色, 語且多新, 自宋元來, 萎弱易厭者觀之, 孰不躍喜而慕. 然

서종태의 판단은 공정하지가 않다. 그는 왕세정에 대해서 이념적 판단을 전제하고 있기 때문이다.

> 또 자신을 믿는 것이 지나치게 오만하여 이기(理氣)를 억지로 이해하고자 하였다. 차기(箚記) 등의 글에는 천박(舛駁)한 말이 많았다. 양명(陽明)의 학문은 정말 심성(心性)이 무엇인지를 알아 성인이 전하지 못했던 실마리를 이었다 하여 자못 관민(關閩) 제현(諸賢)을 헐뜯었다. 그 방자하여 논의를 좋아함이 이와 같으니, 또한 문장가의 편협하고 잰 체하는 버릇에서 나온 것인가?[107]

역시 앞서 인용한 것과 동일한 논리다. 추가된 것이 있다면, 양명학에 대한 언급이다. 그는 양명학이야말로 심성이 무엇인지 확고하게 알아 성인이 전하지 못했던 서론(緖論)을 이었다고 하는 왕세정의 판단에 분노한다. 당연히 이것은 그의 말처럼 송대의 '관민(關閩) 제현(諸賢)'을 폄하하기 때문이다. 그는 철저한 주자학도였다. 그에게 양명학에 뿌리를 두고 있는 공안파, 그리고 불교를 믿었던 원중도의 문학이 제대로 평가될 리 만무했던 것이다. 아니 그는 실제로 양명학을 철저히 비판하고 있었다. 양명좌파 나근계(羅近溪)에 대해서는 "그의 논의가 간혹 높고 시원하게 깨달은 곳이 없는 것은 아니지만, 대저 영명허탕(靈明虛蕩)한 곳에서 나와 보기에 불경과 서로 비슷하지만, 정주문(程朱門)의 법문(法門)의 평실(平實)한 노경(路逕)과 완전히 배치된다"[108]는 평가를 내렸다. 선학(禪學)과 접근했던 양명좌파에 그가 동의할 리 없고, 양명좌파의 사유에 뿌리를 둔 공안파의 이론을 긍정할 리 만무한 것이다. 근원으로 소급하여 그는 양명학 자체를 부정한다. 「서양명집후(書陽明

　一務生割而夸眩之, 無渾雅流暢, 流出性情之實, 未知若使陶徵君・韋左司輩見之, 果以爲如何. 弇山贊之, 至曰可重不可議. 是則抑過惑之耶?"(「箚記錄」, 같은 책, 249면)

107) 徐宗泰, 「讀弇山集」, 위의 책, 235면. "且自恃太倨, 强欲解理氣. 如箚記等篇, 間多舛駁語, 以陽明之學爲眞識心性, 嗣聖人不傳之緖, 而頗譏詆關閩諸賢. 其放肆好論如此, 抑出於文章家褊心負氣之習歟."

108) 徐宗泰, 「羅近溪集」, 위의 책, 238면. "其論或不無高郎透悟處, 而大抵從靈明虛蕩中說出, 看之與看佛經相似, 全背程朱門法門平實路逕."

集後)」에서 양명학의 논리석 허구를 신랄하게 비판하고, 정주(程朱) 성리학의 진리성을 강변한다.109)

서종태는 적어도 왕세정을 위시한 의고문파와 당순지(唐順之)·귀유광(歸有光)·모곤(茅坤) 등 당송파(唐宋派)의 존재를 알았던 것으로 보이며,110) 그들의 작품 세계에 대한 상당히 깊은 이해가 있었던 것으로 보인다. 하지만 의고파를 대타적 존재로 하여 성립한 공안파의 이론에 대해서는 구체적인 언급이 거의 없다. 그는 원중도의 『가설재집선』을 읽었던 것으로 보이나, 원중도의 문학세계에 대해서는 철저히 부정적인 입장을 취했다. 또 원중도를 읽었다면, 공안파 비평의 근거인 원굉도에 대해 자연스럽게 알게 되었을 터인데도, 원중도 이외의 원굉도나 원종도에 대한 언급이 전혀 없다. 하지만 그가 원중도를 통해 원굉도의 비평을 접했다 할지라도 그가 공안파 이론에 동의할 리는 없을 것이다. 주자 성리학의 신도였던 그가 양명학에 근거를 둔 공안파 이론에 동조할 가능성은 거의 없기 때문이다.

김석주와 서종태는 공안파 이론의 수용에 중요한 기원이 된다. 김석주는 공안파 비평을 엄밀하게 해석하거나 수용하지는 않았지만, 원굉도의 시와 척독(尺牘)을 긍정적으로 평가했고, 원굉도의 사유가 『장자』에 근거를 두고 있음을 밝혔다. 이에 반해 서종태는 주자 성리학에 입각해 공안파 이론의 근거인 양명학과 양명좌파를 공개적으로 비판했다. 그에게 공안파의 이론이 수용될 리 만무한 것이다. 이 두 사람이 취했던 방향은 후기의 비평가 작가들에게 반복적으로 나타난다.

---

109) 徐宗泰,「書陽明集後」, 위의 책, 236~237면. 특히 다음을 보라. "余嘗以爲道學, 大明雖無如宋朝, 而士大夫爭尙異學, 又無如宋朝, 周程之後, 若無夫子集成衛正之功, 則吾恐異說侵畔之禍, 不特有江西之頓悟, 而又不特擧天下參半而與之相抗, 猶能如今日而已也. 故嘗私心以爲朱子之功, 與仲尼之刪述, 孟氏之闢楊墨, 千載同軌, 斯言豈過也哉? 盖先生晩年, 常以道問學一邊工夫偏勝, 旣自警省, 而又深戒學者, 其旨微矣, 而後學或不能深領其指, 則嘉定以後, 末學之繳繞於文義, 誠亦不能無弊."

110) 서종태가 茅坤을 읽었음은 다음 자료를 보라. 徐宗泰,「跋赤谷楓嶽錄後」, 위의 책, 231~232면. "近世茅坤曰: '太史公文章, 善摸狀, 讀荊軻傳, 使人便感慨, 有燕趙悲歌意. 讀李廣等傳, 便欲善戰.' 有味哉! 其言之也. 此不幾於化工之肖物乎?" 한데, 여기서 인용된 모곤의 말은 『鹿門集』에 보이지 않는다.

3. 공안파 작품과 비평에 대한 비판과 제한적 수용 양상

1) 김창협(金昌協)·김창흡(金昌翕)의 비판과 이면적 수용

(1) 김창협

17세기 후반 18세기 초기에 문학사에서 매우 중요한 위치를 점하는 두 사람의 작가 겸 비평가가 등장한다. 김창협과 그의 아우 김창흡이 그들이다. 이 두 사람이 중요한 것은 비로소 이 두 사람에게 와서야 의고파의 의고적 창작론에 대한 비판이 본격적으로, 그리고 전면적으로 이루어지기 때문이다. 16세기 말 의고파가 수용된 이래 거의 1백 년을 경과한 때다. 농암(農巖)과 삼연(三淵)은 의고적 창작론을 전면적으로 비판하고, 의고적 창작론을 넘어서는 새로운 비평을 모색하였다. 물론 지난 1백 년 동안 의고파에 대한 비판이 제기되지 않았던 것은 아니었다. 앞서 들었던 김석주(金錫胄)가 그렇거니와 그 이전의 허균(許筠)·유몽인(柳夢寅)·이식(李植)·장유(張維)·신익성(申翊聖) 등 의고적 창작론의 직간접적 영향권 안에 있었던 작가 비평가들은 나름대로의 비판을 가하기는 했지만, 그것은 부분적인 차원에서 머물렀던 것이다. 그나마 이들 역시 의고적 창작론의 영향력을 강하게 받고 있었다.[111] 무엇보다 그들은 의고적 창작론에 대한 대안을 설정할 수가 없었다. 이런 이유로 해서 의고파의 이론에 무언가 모순이 내재하고 있음을 희미하게 알아차리기는 하였으나, 극복할 이론적 수단이 부재하는 상태로 17세기 후반이 시작되었다.[112]

---

111) 의고파 중에서도 『藝苑巵言』이란 문예비평서로 조선 문단에 결정적인 영향력을 행사했던 王世貞은, 실로 엄청난 분량의 작품과 거의 모든 예술 장르에 걸치는 광범위한 창작의 영역으로 인해, 조선 문인들의 정신세계를 압박하였다. 이것도 의고파 비판을 어렵게 만든 원인이 되었다.

112) 의고파는 여전히 유행하고 있었다. 鄭斗卿·申維翰 등에 의한 의고적 창작론은 여전히 성행했던 것이다.

농암과 삼연은 의고문파의 작품을 분석하고, 그들의 의고적 창작론의 맹점을 비판하였을 뿐만 아니라, 의고론의 대안까지 제시하여 그들의 비평적 입지를 확보하였다. 이들은 숙종대의 격렬한 당쟁(黨爭)의 결과 노론(老論) 권력의 핵심이 됨으로써 정치권력을 장악하였고, 그 정치권력을 바탕으로 하여, 하나의 문학권력(文學權力)으로 성장했던바, 그들은 여러 문인비평가들을 그 권력의 자장 속으로 끌어들였다. 이런 점에서 농암과 삼연의 비평은 대단히 유의미한 비평사적·문학사적 현상이다. 그리고 농(農)·연(淵)뿐만 아니라, 그 주변 인물들에게서도 반의고론의 계승 현상을 확인할 수 있다. 따라서 이 절에서는 김창협과 김창흡의 공안파(公安派)의 수용과 해석을 먼저 다루고, 이어 주변인물과 문인들에게서 발견되는 공안파의 수용과 해석을 다루고자 한다.

농암과 삼연이 전면적으로 의고파의 창작 논리를 비판할 수 있었던 것은, 남극관(南克寬)이 지적한 것처럼[113] 이들이 중국의 명말에 의고파를 비판했던 여러 문학 유파의 논리를 충분히 소화하고 있었기 때문이었다. 무엇보다 농암은 의고파에 대한 비판적 유파였던 당송파와 공안파, 경릉파(竟陵派), 전겸익(錢謙益)의 비평까지 모두 섭렵하고 있었다. 이 중에서 당송파의 이론은 이식(李植)과 김석주(金錫冑)에게서 수용의 단초를 보였으나, 농암에 와서 본격적으로 수용되었다. 특히 농암은 『당송팔대가문초(唐宋八大家文鈔)』의 창작 방법을 의고적 창작론을 비판 공격하는 주요한 논거로 채택하였다. 특히 그는 『당송팔대가문초』의 여러 산문 창작 기법을 당송의 산문과 의고파의 왕세정, 이반룡의 작품을 비교 분석하는 데 원용함으로써 의고파에 대한 당송파의 이론적 우위를 입증하려고 하였다.

뿐만 아니라, 후술하겠지만, 그는 의고파에 대한 가장 강력한 비판자였던 공안파 원굉도의 문집을 읽었고, 또 공안파의 이론적 계승자인 경릉파와 전겸익의 비평까지 섭렵하고 있었다. 그의 반의고론은 동시대의 인물인 남극

---

113) 南克寬의 지적에 대해서는 후술한다. 214~225면을 보라.

관이 날카롭게 지적하고 있는 것처럼 중국의 비평을 수용하여, 자신의 비평으로 삼고, 그 출처를 은폐한 것에 지나지 않을 수도 있다. 남극관의 말은 물론 당색(黨色)의 편협성이 작용한 것일 수도 있지만, 김창협의 반의고적 비평이 명대의 반의고적 비평들의 조합물이라는 것에 대한 지적이 부정될 수는 없다.

이제 농암·삼연과 공안파 비평과의 관계를 검토해 보자. 농암은 「농암잡지(農巖雜識)」에 원굉도와 그의 문집 『중랑집(中郞集)』에 대해 이렇게 말하고 있다.

> 명말(明末)의 문사들은 입을 열고 붓을 놀리기만 하면 선가(禪家)의 이치를 말했다. 그러나 사실은 모두 부랑(浮浪)하고 근거가 없다. 선엔들 또 무슨 깨달음이 있었겠는가? 지금 『중랑집』을 읽어보니, 한편으로는 선(禪)을 말하고 부처[佛]를 말하지만, 한편으로 술을 탐하고 여색을 그리워하니, 이것은 도고아(屠沽兒)가 경전을 외는 것이라 정말 가소롭다. 그러나 석씨(釋氏)는 본디 인욕(人欲)을 천리(天理)로 여겼기 때문에 세상의 방종을 즐기고 구검(拘檢)을 싫어하는 자들이 모두 이것에 의탁하여 소굴로 삼았으니, 그 형세가 본디 그러한 것이다. 명나라 때의 학자들은 여요(餘姚)로부터 시작한 이래 우강(旴江) 일파가 되면, 그 말들은 더욱 미친 듯하여 다시 꺼리는 바가 없었다. 이른바 유학자란 사람들이 대개 이와 같았으니, 문사(文士)야 족히 말할 것도 없다.114)

이 자료에서 보듯, 농암은 원굉도의 문집 『원중랑집』을 읽었다. 그런데 「농암잡지」는 각 조목의 집필 연대가 밝혀져 있으나, 위의 자료만은 연대 미상으로 처리되어 있다. 다만 그가 원굉도의 작품을 접한 것은 매우 이른 시기라 할 수 있다. 먼저 이쪽을 검토해 보자.

---

114) 金昌協, 「雜識」, 『農巖集』 2 :『韓國文集叢刊』 162, 395면. "明末文士開口弄筆, 動談禪理. 其實皆浮浪無根, 於禪亦何嘗有得? 今讀中郞集, 一邊說禪談佛, 一邊耽酒戀色, 此如屠沽兒誦經, 直是可笑. 然釋氏本認欲作理. 故世之樂放縱而惡拘檢者, 皆託此以爲巢窟, 亦其勢然耳. 明時學者, 自餘姚而流爲旴江一派, 其說益猖狂, 無復忌憚. 所謂儒學者, 盖已如此, 文士固不足道也."

고연희의 연구에 의하면,[115] 김창협의 가문에는 중국 만력(萬曆, 1573~1620)에 출판된 방대한 유기집(遊記集)인 『명산승개기(名山勝槪記)』가 있었다.[116] 이 책은 그의 숙부 김수증(金壽增)의 글에 인용되어 있으며, 또 김창협은 물론이고 김창흡·김창업·김창집(金昌緝)도 두루 읽고 있는 것이 확인된다. 이 책에서 농암은 139편의 유기를 뽑아 『문취(文趣)』를 엮었고, 김창집은 『징회록(澄懷錄)』·『명산최승(名山最勝)』 4책을 엮기까지 하였다.[117] 『명산승개기』에는 3편의 서문이 실려 있는데, 탕현조(湯顯祖, 1550~1610)의 「명산기서(名山記序)」, 왕세정의 「유명산기서(遊名山記序)」, 왕치등(王穉登, 1535~1612)의 「유명산기서」가 실려 있다. 눈여겨 볼 인물은 왕세정을 제외한 탕현조와 왕치등이다. 탕현조는 원굉도와 교유한 공안파의 우익이었고, 왕치등은 앞서 밝힌 바와 같이 김석주가 『금범집』을 엮을 때 시를 선발했던 공안파의 멤버였다. 어쨌든 『명산승개기』의 서문 2편을 공안파의 우익들이 쓰고 있는 것이다.

『명산승개기』는 육조에서 명대 말기에 이르는 산수기행시문 1550편을 엮은 방대한 규모의 편서인데, 서위(徐渭)·탕현조·도망령(陶望齡)·원굉도 등 공안파의 작품이 가장 많이 실려 있다. 다음은 『명산승개기』에 실린 원굉도의 유기다.

    권1 「陪祀昭陵看山記」·「游盤山記」·「游紅螺斂記」
    권2 「長安送黃竹石序」·「滿井游記」·「高梁橋游記」·「崇國寺游記」·「重過崇
         國寺帖」·「張園看牧丹記」·「文漪堂記」·「抱甕亭記」
    권6 「記游齊雲」·「記石橋巖」
    권7 「與徐州夏守書」

---

115) 『名山勝槪記』에 대해서는 고연희, 『朝鮮後期 山水紀行藝術 研究』, 일지사, 2001, 65~73면에 의한 것이다. 『명산승개기』에 대한 정보는 이 책과 다음 주의 金榮鎭의 논문에서 얻은 것이다.
116) 『명산승개기』는 명의 何鏜이 엮고 愼蒙이 속집을 만들고 다시 盧高 등이 補輯한 책이다. 왕세정이 편찬을 주도한 것이라 하지만, 청대 초기 전겸익의 작품까지 실려 있으니, 누군가가 계속 증보하여 출판했던 것이다. 金榮鎭, 「朝鮮後期의 明淸小品 수용과 小品文의 전개 양상」, 고려대 박사논문, 2003, 73면을 볼 것.
117) 金榮鎭, 위의 글, 73면.

권9 「吳郡諸山記」(虎丘 上方 天池 靈巖 光福 陽山 橫山 穹窿 岊崿 楞伽 天平
　　 錦帆涇 百花洲 姑蘇臺 陰澄湖 荷花蕩)
권10 「游洞庭記」
권11 「吳中園亭紀略」
권12 「記惠泉」
권13 「西湖襍記」(西湖一 西湖二 西湖三 西湖四 孤山 飛來峰 靈隱 龍井 烟霞
　　 石屋 南屏 蓮花洞 御敎場 吳山 雲棲 湖山襍敍)
권14 「寄李杭州書」
권16 「天目游記」
권17 「越中雜記」(湘湖 禹穴 蘭亭 鑑湖 西施山 六陵 五泄一 五泄二 五泄三 玉
　　 京洞)
권24 「游廬山記」(入東林寺記 雲峰寺至天池寺記 佛手巖至竹林寺記 游捨身巖
　　 至文殊獅子巖記 由天池踰含嶓嶺至三峽澗記 開先寺至黃巖寺觀瀑記)
권27 「楚四樓詠引」
권29 「游德山記」
권31 「游蘇門山百泉記」
권32 「林廬山游寄王給事」·「書太行山語示陳山人」
권42 「記粤中山水」

　　김창협이 『명산승개기』를 본 것은 언제인가? 김창협은 1671(현종 12, 21세)
8월 금강산을 유람하고 「동유기(東游記)」를 썼는데, 이 유기 속에 명대 문인
오정간(吳廷簡)의 「황산유기(黃山遊記)」를 인용하고 있는바, 말할 것도 없이
이 「황산유기」는 『명산승개기』에 실린 작품이다. 따라서 김창협이 『명산승
개기』를 본 것은 그의 21세 이전이며, 당연히 이 책에 실린 공안파의 유기
를 본 것도 21세 이전의 일이다. 농암은 아마도 『명산승개기』에서 공안파의
유기를 접한 뒤, 원굉도의 『원중랑집』을 읽었던 것으로 보인다.
　　농암과 그의 아우 김창흡의 유기는 『명산승개기』의 영향을 당연히 받고
있는데, 탁월한 유기는 공안파의 성취이기도 했으니, 농암·삼연이 『명산승
개기』에서 받은 영향에는 당연히 공안파의 성취가 포함되어 있을 것이다.

예컨대 농암이 엮은 『문취』에는 원굉도의 유기 7편이 실려 있다. 하지만 위에서 본 바와 같이 농암의 원굉도에 대한 인식은 지극히 부정적이다. 그의 말대로 원굉도의 문집에는 불교에 대한 언설이 매우 풍부하다. 뿐만 아니라 이미 지적한 바와 같이 「광장(廣莊)」과 같은 노장(老莊)에 대한 해석 역시 풍부하게 실려 있다.

아울러 농암의 말마따나 원굉도의 문집에 술과 여색에 대한 언급이 없는 것은 아니다. 음주와 성애(性愛) 등 인간의 욕망에 대한 긍정은, 양명좌파적 사유의 특징이다. 음주와 성애 등 쾌락의 추구는 중국 만력(萬曆) 연간의 경제적 발전과 이에 기반을 둔 도시의 번잡한 소비적 유흥적 삶의 산물로 보인다. 이 점을 농암은 결코 이해할 수 없었을 것이다. 하지만 음주와 성애에 대한 언급이 원굉도의 문집 전편을 채우고 있는 것은 아니다. 그것은 부분이며, 비윤리적인 정도로까지 진행된 것은 아니다. 농암은 어떤 특정 부분을 과정하여 부각시킴으로써 원굉도를 왜곡하고 있는 것이다.

농암이 원굉도를 부정하게 된 것은 그의 사상적 근거가 양명좌파에 기초하고 있기 때문일 것이다. 위 인용문에서 농암이 언급하고 있는 여요(餘姚)는 왕양명의 출생지이고, 우강(盱江)은 나여방(羅汝芳, 羅近溪)의 출신지이다. 나근계는 왕명좌파다. 그는 앞에서 이미 지적한 바와 같이 왕양명 → 왕간(王艮) → 서파석(徐波石) → 안산농(顔山農) → 나근계(羅近溪)로 이어지는 양명좌파 중에서도 양지현성(良知現成)을 주장하는 가장 극단적인 흐름에 속한다.[118] 농암의 "명나라 때의 학자들은 여요(餘姚)로부터 시작한 이래 우강(盱江) 일파가 되면, 그 말들은 더욱 미친 듯하여 다시 꺼리는 바가 없었다"라는 비판은 바로 안산농·나근계로 이어지는 양명좌파적 사유의 과격성을 말하는 것이 분명하다. 농암의 양명좌파에 대한 지식의 깊이가 어느 정도였는지는 알 수 없지만, 양명학의 위험성, 그리고 양명좌파의 과격성에 대해서는 충분한 인지가 있었다.[119] 앞서 검토했던 서종태의 문집에 『나근계집』을 읽었

---

118) 羅近溪에 대해서는 裵永東, 『明末淸初思想』, 92~100면 참조.
119) 강명관, 「조선 후기 양명좌파의 수용에 관한 연구」, 『안쪽과 바깥쪽』, 소명출판, 2007,

다는 독후감이 보이고, 서종태가 농암과 겨우 1살 차이라는 것을 고려한다면, 농암이 『나근계집』을 읽었을 가능성도 있다.

농암은 물론 원굉도를 지적하여 양명좌파라고 하지는 않았다. 하지만『원중랑집』에 원굉도가 나근계를 인지하고 있는 자료가 있고,[120] 후술하겠지만『열조시집』에서 전겸익이 원굉도의 이론이 이탁오에게서 나왔음을 밝히고 있는 것을 고려한다면, 농암이 원굉도의 비평과 그 창작 실천이 양명좌파에 이론적 근거를 두고 있음을 몰랐을 리가 없다. 요컨대 농암은 원굉도의 사유가 양명좌파에 근거하고 있음을 의식하여 그를 비난했던 것이다.

농암은 원굉도를 극도로 혐오하고 비난하지만, 『원중랑집』을 꼼꼼히 읽었던 것은 틀림없고, 또 원굉도의 비평에 대해서도 소상히 알았던 것은 두말할 나위가 없다. 그런데 농암 자신이 의고파 비판으로부터 출발해서 반의고적 차원에서 자신의 비평을 구축하고 있음을 생각한다면, 또 농암 자신이 비평적 타자로 규정했던 의고파를 원굉도-공안파가 가장 명쾌하고 날카로운 논리로 비판하고 있음을 상기한다면, 그의 원굉도-공안파의 비평에 대한 침묵은 이상하지 않은가. 더욱이 그는 전겸익의 『열조시집소전』을 읽었다. 그는 명대 문학사, 비평사의 전개에 대해 소상한 지식을 갖고 있었던 것이다. 그는 이 중에서 공안파의 후계자라 할 경릉파나 전겸익에 대해서는 그들의 문학적 성취에 대한 가부를 표하고 있으나, 공안파에 대해서는 한마디도 언급하지 않는다. 농암의 비판이 공안파의 일부에 국한되고 있는 것은 의도적인 침묵으로 보이는 것이다. 그는 원굉도의 문집에 실린 반의고적인 혁명적인 비평문들을 보고 어떤 생각을 했던 것인가. 과연 농암의 논리에는 공안파의 논리가 전혀 없는 것인가.

이제 농암의 반의고론이 공안파의 비평과 어떤 관련이 있는지 고찰해 보

286~287면.

120) 예컨대 원굉도는 이탁오에게 보내는 편지에서 "평생 盱江을 推服하셨는데, 이제 마주 대할 수 있게 되었으니, 너무 좋아하실 것을 알겠습니다"라고 하고 있다. 우강은 바로 羅近溪다. 즉 이탁오가 나근계를 좋아하였던바, 나근계를 직접 만나게 된 것을 축하하고 있는 것이다. 「李龍湖」, 『袁宏道集箋校』 中, 771면. "平生推服盱江, 今得作對, 當知慶幸之深."

자. 농암이 의고파의 의고적 장작론을 비판하는 가장 강력한 논리는 시간상 대론이다.

> 시는 진실로 당(唐)을 배우는 것이 마땅하지만, 또한 꼭 당(唐)과 같을 필요는 없다. 당인(唐人)의 시는 성정(性情)의 흥기(興起)에 주안점을 두었고, 고실(故實)과 의론(議論)을 일삼지 않았으니, 이것은 본받을 만한 것이다. 그러나 당나라 사람은 당나라 사람이고 지금 사람은 지금 사람이다. 서로 시간적 거리가 천백 년이나 되는데, 그 성음(聲音)과 기조(氣調)가 하나도 같지 않은 것이 없게 하고자 한다면, 이것은 이치와 형편상 그럴 수가 없는 것이다. 억지로 같이 되고자 한다면, 또한 사람을 본떠 나무인형과 진흙상을 만든 것일 뿐이다. 그 형상은 비록 의젓하나, '천(天)'은 진실로 그 속에 있지 않다. 또 어찌 귀하게 여길 수 있겠는가?[121]

이 인용문은 여러 차원에서 주목할 만한 것이다. 하지만 가장 중요한 것은 고딕 강조된 부분이라고 생각된다. 농암은 당시(唐詩)가 한시가 도달할 수 있는 최고의 예술성을 획득했다는 사실 자체를 부정하지 않는다. 당시는 전범성을 갖고 있는 것이다. 그러나 시는 당시의 경지를 추구해야 하지만, 그것은 당시와 동일할 수 없으며, 동일성을 추구해서도 안 된다. 당시에서 추구할 것은 바로 '성정의 흥기' 그 자체이고 당시의 언어가 아니다. 이 논리는 명대 의고파를 겨냥하고 있다. 즉 명대 의고파가 당시 성당시(盛唐詩)를 절대적인 전범으로 삼았던 것과 극히 대척적이다.

농암의 이 발언을 가능케 하는 논리는 무척 흥미롭다. "당나라 사람은 당나라 사람이고 지금 사람은 지금 사람이다. 서로 시간적 거리가 천백 년이나 된다", "그 성음과 기조가 하나도 같지 않은 것이 없게 하고자 하는 것은 불가능하다"는 발언은, 즉 시간의 변화에 따라 성음과 기조는 변화한다는 판단으로, 언어와 문화가 초시대적 불변물이 아니라, 역사적인 가변물(可變

---

121) 金昌協, 「農巖雜識」, 앞의 책, 375면. "詩固當學唐, 亦不必似唐. 唐人之詩主於性情興寄, 而不事故實議論. 此, 其可法也. 然唐人自唐人, 今人自今人, 相去千百載之間, 而欲其聲音氣調無一不同, 此理勢之所必無也. 强而欲似之, 則亦木偶泥塑之象人而已. 其形雖儼然, 其天者固不在也, 又何足貴哉?"

物)임을 말한다. 과거는 과거의 언어와 문화로 존재할 뿐이다. 과거가 성립할 수 있었던 과거의 사회적 문화적 언어적 컨텍스트를 무시하고 과거의 언어로 현재를 재현한다는 것은 불필요할 뿐만 아니라 불가능하다.

중세의 과거 — 고(古)는 단순한 시간적 과거가 아니라, 모든 역사적 예술적 성취가 완성된 절대적 가치이다. 그런데 과거의 언어로 현재를 재현할 수 없다고 한다. 이 시간상대론은 상고적 역사관, 상고적 예술관을 전복하는 것이기 때문이다. 농암이 역설하고 있는 시간상대론은 조선의 비평사에서 전혀 언급된 바 없는 거의 혁명적인 것이다.

농암의 시간상대주의는 의고파의 의고적 창작 논리를 분쇄하기 위해서 최초로 동원된 논리다. 이 시간상대주의는 어디서 유래한 것인가? 나는 이 부분이 공안파에서 유래했다고 생각한다. 물론 또 공안파의 논리는 이탁오에게서 빌려온 것이다. 앞에서 검토한 바와 같이 이탁오는 「시문후서(時文後序)」에서 "지금의 입장에서 옛날을 본다면, 옛날은 정말 지금이 아니겠지만, 후대의 입장에서 지금을 본다면, 지금도 다시 옛날이 되는 것이다"[122]라고 말한 바 있다. 고(古)와 금(今)은 상대적인 것일 뿐이다. 공안파는 이 논리를 확장했다. 다시 인용해 보자.

①시간에는 고(古)와 금(今)이 있고, 언어에도 고(古)와 금(今)이 있다. 오늘날 사람이 말하는바 기이한 글자와 어려운 글귀[奇字奧句]란 것이 옛날 길거리에서 그냥 예사로 하던 말[街談巷語]이 아닌 줄 어찌 알겠는가? 『방언(方言)』에 이르기를, 초나라 사람은 '지(知)'를 '당(黨)', '혜(慧)'를 '타(嬯)', '도(跳)'를 '석(晰)', '취(取)'를 '정(挺)'이라 한다고 한다. 나는 초나라에서 나고 자랐지만, 이런 말은 들어본 적이 없으니, 지금 말이 옛말과 다르다는 것은 이것이 또 하나의 증거가 될 터이다. 그러므로 『사기(史記)』의 「오제삼왕기(五帝三王紀)」에 옛말을 바꾸어 지금 글자를 따른 경우가 아주 많다. '주(疇)'를 '수(誰)'로, '비(俾)'를 '사(使)'로, '격간(格姦)'을 '지간(至姦)'으로, '궐전(厥田)' '궐부(厥賦)'를 '기전(其田)' '기부(其賦)'로 고쳤던 것이니, 이루다 말할 수가 없다.[123]

---

122) 李贄, 「時文後序」, 『焚書・續焚書』, 117면. "然以今視古, 古固非今; 由後觀今, 今復爲古."

② 문장이 옛 것[古]이 아니라 지금의 것[今]이 될 수밖에 없는 것은 때가 그렇게 만든 것이다. …… 옛날[古]에는 옛날의 때[古之時]가 있고, 지금[今]은 지금의 때[今之時]가 있다. 옛사람이 내뱉은 말의 묵은 자취를 답습해 뒤집어쓰고 예스럽다 하는 것은, 엄동설한에 여름의 베옷을 입는 것과 같은 격이다.124)

①은 원종도의 글이고, ②는 원굉도의 글이다. 시간의 흐름에 따라 언어가 달라지면, 한 시대의 문학은 이에 따라 그 시대만의 고유성을 갖는다는 말은 문학의 절대적 전범을 설정하고, 그것으로부터 언어를 차용함으로써 그 전범에 도달하려는 모든 의고적 창작론을 근원적으로 부정한다. 이 시간상대론, 언어변화론은 공안파 이론의 핵심에 해당한다. 농암의 시간상대론은 바로 이탁오에 뿌리를 둔 공안파를 차용한 것으로 보인다.

「농암잡지」는 전범으로부터의 언어 차용이 갖는 모순을 실증적으로 누차 지적한 바 있다.125) 좀 더 구체적으로 말하자면, 어떤 언어를 인용했을 때 그 언어가 원텍스트에서 갖는 의미와, 새로 쓰인 텍스트 사이의 불화적 관계를 여러 차례에 걸쳐 의고파 비판의 논거로 삼고 있다. 차용 자체가 불가하다는 것이 아니라, 원래의 컨텍스트와 어긋나는 차용이 무의미하다는 것이다. 이 불화는 현재란 시간에서 과거의 언어를 고집하기 때문에 발생한 것이다.

헌길(獻吉, 李夢陽)은 남에게 당(唐)나라 이후의 책들은 읽지 말라고 권장하였으니 진실로 좁고 비루함이 심하다. 그러나 이것이 그래도 사법(師法)으로서의 말이라면 옳다. 이우린(李于鱗)의 무리에 오면 시를 지을 때의 용사(用事)에 있어 당나라 이후의 말을 사용하지 말라고 금하였으니, 이것은 정말 가소로운 짓이다.

---

123) 袁宗道, 「論文上」, 『白蘇齋類集』, 283면. "夫時有古今, 語言亦有古今, 今人所詫謂奇字奧句, 安知非古之街談巷語耶? 方言謂楚人稱知曰黨, 稱慧曰觟, 稱跳曰跐, 稱取曰挻. 余生長楚國, 未聞此言. 今語異古, 此亦一證. 故史記五帝三王紀, 改古語從今字者甚多 : 疇改爲誰, 俾爲使, 格姦爲至姦, 厥田‧厥賦爲其田‧其賦, 不可勝記."
124) 袁宏道, 「雪濤閣集序」, 『袁宏道集箋校』 中, 709면. "文之不能不古而今也, 時使之也. …… 夫古有古之時, 今有今之時, 襲古人言語之迹, 而冒以爲古, 是處嚴冬而襲夏之葛者也."
125) 강명관, 『농암잡지평석』, 소명출판, 2007, 31~38면.

대저 시를 지을 때는 성정(性情)을 서사(抒寫)함을 귀하게 여기나니, 사물(事物)을 뇌롱(牢籠)하고 감촉(感觸)하는 바를 따른들 불가할 것이 없다. 일의 정(精)과 조(粗), 말의 아(雅)와 속(俗)도 오히려 가리지 않거늘, 하물며 고(古)와 금(今)의 구별이야 말해 무엇하랴?

우린(于鱗, 李攀龍)의 무리는 학고(學古)한다고 했지만, 애초부터 신묘하게 깨우치는 바가 없어 단지 언어(言語)로 모의(模擬)했을 뿐이었다. 그러므로 당시(唐詩)를 배우고자 하면 당나라 사람의 말을 써야만 했고, 한(漢)나라 문장을 배우고자 하면 한나라 사람들이 썼던 글자를 써야만 했다. 당나라 이후의 일을 쓸 경우, 그 말이 당나라와 같지 않다고 저어하여 서로 금지한 것이 이와 같았던 것이다. 여기에 어찌 다시 참문장[眞文章]이 있겠는가. 왕원미(王元美, 王世貞)도 처음에는 이 금지 규칙을 지켰지만, 『속고(續稿)』에 가서는 죄다 그렇게 하지는 않았다. 대개 만년에 식견이 진보하고, 또 상황이 그렇게 하지를 못한 데 기인한 것이다.126)

헌길(獻吉)은 전칠자의 영수였던 이몽양(李夢陽)이고, 우린(于鱗)은 왕세정과 함께 후칠자의 영수 역할을 했던 이반룡(李攀龍)이다. 이몽양이 당 이후의 글을 읽지 못하게 했다는 말을 농암은 어디서 취했던가. 전겸익의 『열조시집소전(列朝詩集小傳)』이 그 출처다. 원문은 다음과 같다. "헌길(獻吉)은 '당(唐) 이후의 글을 읽지 말라'고 하였다. 헌길의 시문은 당 이전의 글을 인용하고 있지만, 오류가 흘러넘쳐 하나만이 아니니, 또 무슨 말을 하리오."127) 이미 지적한 바와 같이 의고파들은 의고적 창작론을 극단적으로 주장하여 문학 언어를 전범의 언어로 제한할 것을 주장한 바 있다. 역시 『열조시집소전』에 의하면, 이반룡은 "시는 천보(天寶) 이하, 산문은 서경(西京) 이하의 것으로 맹세컨대 나의 붓과 종이를 더럽히지 못 한다"128) 하였으니, 의고론의 편협

---

126) 金昌協, 「雜識」, 앞의 책, 376면. "獻吉勸人不讀唐以後書, 固甚狹陋. 然此猶以師法言, 可也. 至李于鱗輩, 作詩使事, 禁不用唐以後語, 則此大可笑. 夫詩之作貴在抒寫性情, 牢籠事物, 隨所感觸, 無乎不可. 事之精粗, 言之雅俗, 猶不當揀擇, 況於古今之別乎? 于鱗輩學古初無神解妙悟, 而徒以言語摸擬, 故欲學唐詩, 須用唐人語; 欲學漢文, 須用漢人字. 若用唐以後事, 則疑其語之不似唐, 故相與戒禁如此, 此豈復有眞文章哉? 元美亦初守此戒, 至『續稿』不盡然, 盖由晚年識進, 兼亦勢不行耳."

127) 『列朝詩集小傳』, 312면. "獻吉曰 : '不讀唐以後書.' 獻吉之詩文, 引據唐以前書, 紕繆挂漏, 不一而足, 又何說也."

성을 상상할 만하다.

어쨌든 농암이 인용한 것이 『열조시집소전』이니, 그는 철저히 전겸익에 기대고 있는 것인가. 그는 「농암잡지」에서 자신이 전겸익의 논리에서 깨달은 것이 많았음을 밝히고 있다. 하지만 남극관의 지적처럼 그가 다른 비평 유파에 대해서는 의도적으로 침묵하면서, 전겸익에 대해서 굳이 밝히고 있음은 무엇 때문인가. 반의고의 논리를 전겸익에게서 차용했음을 의도적으로 밝히는 이면에는 모종의 이유가 있다고 생각된다.

사실 전겸익의 의고파 비판의 논리는 공안파의 것이다. 앞에서 언급한 바와 같이 전겸익은 만년에 원중도(袁中道)를 만나 공안파 이론을 접수하고 그 기저 위에서 자신의 논리를 펼치고 있기 때문이다. 반의고적 시론에 관한 한 전겸익은 공안파를 그대로 복제하고 있는 것이다.129) 문학 언어를 제한한다는 의고파의 발상에 대한 최초의 전면적인 비판은 공안파가 제출한 것이다. 농암의 논리는 전겸익 내부의 공안파를 차용하고 있는 것이다. 원굉도는 이렇게 말한다.

> 대개 시문(詩文)은 근대(近代)에 이르러 비루함이 극도에 이르렀다. 문(文)은 반드시 선진양한(先秦兩漢)을 표준으로 삼으려 하고, 시는 반드시 성당(盛唐)을 표준으로 삼으려 하여, 초습(剽襲) 모의(模擬)로 그림자와 메아리, 걸음걸이까지 닮고자 한다. 남의 작품에 한 마디 말이나마 비슷하지 않은 것을 보면, 이구동성으로 야호외도(野狐外道)라고 지적한다. 도무지 알지 못할 일이다. 문(文)은 선진양한을 표준으로 삼는다 하지만, 선진양한 사람들이 어찌 일찍이 글자글자마다 육경(六經)을 배웠단 말인가. 시는 성당을 표준으로 삼는다 하지만, 성당의 시가 어찌 글자글자마다 한위(漢魏)의 시를 배웠단 말인가. 선진양한이 육경을 배웠다면 어찌 다시 선진양한의 문(文)이 있을 수 있겠으며, 성당이 한위를 배웠다면 어찌 다시 성당의 시가 있을 수 있겠는가.130)

---

128) 위의 책, 428면. "高自夸許, 詩自天寶以下, 文自西京以下, 誓不汚我毫素也."

129) 青木正兒, 陳淑女 譯, 『淸代文學評論史』, 4~6면.

130) 袁宏道, 「敍小修詩」, 『袁宏道集箋校』上, 188면. "蓋詩文至近代而卑極矣, 文則必欲準于秦漢, 詩則必欲準于盛唐, 剽襲模擬, 影響步趨, 見人有一語不相肖者, 則共指以爲野狐外

대저 복고란 옳은 것이다. 하지만 초습(剿襲)을 복고로 생각해 구절과 글자를 따내어 끌어다 맞추는 것을 힘쓰노라 눈앞의 경치를 버리고, 부람(腐濫)한 말을 줍는다. 재능이 있는 사람은 법에 복종하여 그 재능을 펴지 못하고, 재능이 없는 자는 한두 부범(浮泛)한 말을 주워 모아서 시를 이루니, 지혜로운 자는 습속에 견제되고 어리석은 자는 그것이 손쉬운 것임을 즐긴다. 한 사람이 부르짖으면 억만 사람이 화답을 하니, 광대와 말구종이 함께 아도(雅道)를 말하는 격이다. 아아! 시가 이 지경에 이르렀으니, 또한 부끄러울 따름이로다.131)

이처럼 의고문파의 의고적 창작론을 어휘와 센텐스의 표절이라고 비판하는 것은 공안파에서 시작된 것이다. 농암의 시간상대론과 의고적 창작론의 표절에 대한 비판의 기원은 다름 아닌 공안파에 있는 것이고, 그는 애써 공안파의 흔적을 감추기 위해 전겸익을 들고 있었던 것이다.

농암의 반의고론은 '천기(天機)'를 생산적 기지로 삼는다. 그의 비평에서 '천기'는 반의고론의 가장 큰 비평적 거점이다. 다시 「농암잡지」의 한 구절을 인용한다.

> 시는 성정(性情)의 발로이고 천기(天機)의 움직임이다. 당나라 문인들은 이에 대해서 아는 것이 있었다. 그러므로 초당(初唐)·성당(盛唐)·중당(中唐)·만당(晚唐)을 따질 것도 없이 그 작품들은 모두 '자연'에 가까웠다.
>
> 지금 이런 것을 알지 못하고 오로지 소리와 색깔만을 본뜨고, 기격(氣格)에 힘써서 옛 사람을 좇으려고 한다면, 그 음성(音聲)과 면모(面貌)는 비록 때로 옛사람과 비슷할지 몰라도 신정(神情)과 흥회(興會)는 전혀 같지 않을 것이다. 이것이 명나라 사람들의 잘못된 바이다.132)

道. 曾不知文準秦漢矣, 秦漢人曷嘗字字學六經歟? 詩準盛唐矣, 盛唐人曷嘗字字學漢魏歟? 秦漢而學六經, 豈夏有秦漢之文? 盛唐而學漢魏, 豈夏有盛唐之詩?"

131) 袁宏道, 「雪濤閣集序」, 『袁宏道集箋校』中, 710면. "夫復古是已, 然至以剿襲爲復古, 句比字擬, 務爲牽合, 棄眼前之景, 撫腐濫之辭, 有才者詘於法, 不敢自伸其才, 無之者, 拾一二浮泛之語, 幫湊成詩, 智者牽於習, 而愚者樂其易, 一唱億和, 優人騶從, 共談雅道, 吁, 詩至此抑可羞哉."

132) 金昌協, 「雜識」, 앞의 책, 375면. "詩者, 性情之發而天機之動也. 唐人詩有得於此, 故無論初·盛·中·晚, 大抵皆近自然. 今不知此, 而專欲摸象聲色, 黽勉氣格, 以追踵古人, 則

  '천기론'을 언급할 때마다 만드시 인용되는 이 문장은 농암 비평에서 매우 중요한 것이다. 이 자료를 실마리로 삼아 농암 비평에서 천기가 사용된 역사를 간단히 정리해 보자.

  농암 비평에서 최초로 '천기'란 용어가 구사된 것은 농암이 1685년 졸수재—삼연 논쟁에 개입했을 때이다. 농암은 시적 대상이 '허경(虛景)과 한사(閒事)'라 할지라도 그것이 '천기의 활발함의 오묘함[天機活潑之妙]'과 '성정의 진실[性情之眞]'이 그 속에 존재한다면, 충분히 가치 있는 것이라는 논리를 구사했다.133) 이것은 반의고적인 의미로 전화할 가능성이 있지만, 반의고론 자체는 아니었다. 그 이듬해인 1686년에 「송담집발(松潭集跋)」이 쓰여지는데,134) 이 비평문에서의 천기는 정밀하게 검토할 필요가 있다.

  ① 나는 시란 성정지물(性情之物)이라고 생각한다. 오로지 천기(天機)에 깊은 사람만이 능히 시를 지을 수 있다. 만약 악착스럽고 정신이 나간 사람이 한갓 성병(聲病)과 격률(格律)에 구구하게 매달려 창자를 뽑아내고 글귀를 아로새겨 공교함을 보이면서 스스로 시인이라 자부한다면, 이 사람에게 어찌 다시 '진정한 시[眞詩]'가 있겠는가?135)

  ② 대개 80~90세를 살아오면서 한 번도 이맛살을 찌푸린 적이 없었으니, 이것이 공이 참시인[眞詩人]이 된 까닭이다.136)

　　其聲音面貌雖或髣髴, 而神情興會都不相似. 此, 明人之失也."
133) 金昌協, 「與趙成卿」, 『農巖集』 1 : 『韓國文集叢刊』 161, 539면. "盖雖曰虛景閒事, 而天機活潑之妙, 吾人性情之眞, 實寓於其間, 使人讀之, 足以謳歌吟諷, 感發興起, 而得之於言意之表, 此其妙, 豈敷陳事理, 排比故實, 以爲詩者之所能及耶."
134) 「松潭集跋」, 『農巖集』 2 : 『韓國文集叢刊』 162, 199~200면. 이 글은 원래 집필 연대가 없다. 그러나 宋時烈의 「松潭集跋」이 1686년에 쓰인 것이기 때문에 1686년으로 추정한 것이다.
135) 金昌協, 「雜識」, 위의 책, 199~200면. "余謂詩者, 性情之物也. 惟深於天機者能之, 苟以齷齪顚冥之夫而徒區區於聲病格律, 掐擢胃腎, 雕鎪見工, 而自命以詩人, 此豈復有眞詩哉?"
136) 金昌協, 「松潭集跋」, 위의 책, 200면. "盖生歲八九十, 未嘗有皺眉之事, 此公之爲眞詩人也."

이 자료에서의 천기는 반의고적 논리를 갖고 있다. 즉 성병(聲病)과 격율(格律)에 집착하는 것은 의고적 창작론이 갖는 최대의 모순처였고, 반의고적 비평은 바로 이 부분에 집중해서 의고적 창작론을 공박했던 것이다. 농암은 1685년 조성기에게 보낸 편지에서 자기 문학의 탈의고적 노선을 천명했으니, 이 시기부터 실제 천기는 탈의고적 맥락에서 사용되기 시작한 것이다. 아울러 이 글에서 천기란 용어와 함께 '진시(眞詩)' · '진시인(眞詩人)'이란 말에서 '진(眞)'이란 말이 쓰이고 있음에 주목해 두자.

1687년에 농암은 「범옹집발(泛翁集跋)」을 쓰는데, 여기서도 천기란 말이 쓰이고 있다.137) 여기서 천기는 "자득의 경지에 깊이 나아가고, 천기에서 나온 것이 많다[其深造自得, 多出於天機]"는 센텐스에서 쓰이고 있는데, 그것은 '자득(自得)'이란 말과 함께 쓰여 반의고적 뉘앙스를 띠고 있다.138) 이 외에 천기가 쓰이고 있는 문장은 집필 연대 미상의 「송최량형재흡곡서(送最良兄宰歙谷序)」와 「유명악이몽상이생동유시서(兪命岳李夢相二生東游詩序)」가 있는데, 전자에서 천기(天機)는 '위(僞)'와 대립적인 관계에 있는 것이고,139) 후자에서는 의고적 창작 논리에 대한 안티테제로서의 의미가 강조되어 있다.140) 요컨대 농암의 비평에서 천기는 반의고적 의미를 갖는 것이다.141)

조선시대에 와서 '천기'란 용어가 시 비평에 사용된 것은, 대체로 장유(張維, 1587~1638) · 이수광(李睟光, 1563~1628)과 김득신(金得臣, 1604~1684) 이후다.

---

137) 金昌協, 「泛翁集跋」, 위의 책, 201면. "逮公晩罹黨籍, 益自肆於江海間, 跌宕觸詠, 以適其志, 則凡世之榮辱得喪, 益無所入於其心, 以詩亦益昌. 盖其句律精工而意度優閒, 描寫眞切而興寄沖遠, 讀之猶若見其把酒高吟, 冥心事物之外, 詩可以觀, 豈不信哉? 公於月沙李公爲外孫, 又少學於鄭畸翁, 其淵源浸灌, 遠矣. 然其**深造自得, 多出於天機**, 卽一時詞林三數公聲稱, 亦有出公上者矣."
138) 자득은 원굉도에게 있어서 반의고적 맥락에서 쓰인 것이었다.
139) 金昌協, 「送最良兄宰歙谷序」, 앞의 책, 136면. "夫心之感也無形, 而其成聲之著也; 聲之動也無方, 而其感人至深也. 此天機之至妙而不可以僞爲也."
140) 金昌協, 「兪命岳李夢相二生東游詩序」, 위의 책, 140면. "世之爲詩者, 方且樂習卑近, 因陋而襲陳, 未嘗一致其深思, 以發獨創之語, 其動乎天機也淺, 而興象不遠, 命乎事物者粗, 而描寫不眞, 以此而之乎山水, 夫安能有所發."
141) 性情論에 대한 비판이 아님에 주목할 필요가 있다.

그런데 이들의 천기에 대해서는 세심한 고찰이 필요하다.[142] 농암에 앞서 천기를 말한 비평가들은 천기를 전후칠자를 위시한 의고적 창작론의 전면적 비판의 논거로 활용하지는 않았다는 것이다. 따라서 우리는 동일한 '천기'란 비평어의 수용이 여러 갈래로 이루어졌으며, 그것을 사용하는 맥락이 다를 가능성을 인정해야 할 것이다. 그렇다면 농암의 천기는 어떤 맥락을 갖고 있는가. 단언할 수는 없지만, 다음과 같은 논거가 가능하다. 『명대문학비평사(明代文學批評史)』는 왕세정(王世貞)이 후기 비평에서 자신의 의고적 이론의 모순을 반성한 이유 둘을 들었다. 다음은 그중 하나다.

> 정덕(正德) 이후 이(李)·하(何)의 복고운동의 폐단이 이미 분명하게 폭로되고, 시가 창작에 있어서 육조체(六朝體)와 초당체(初唐體)를 숭상하는 자가 있었고, '천기(天機) 자연(自然)'을 숭상하는 자가 있어 유파가 분분히 일어나 각각 자신들의 설을 주장했다.[143]

정덕(正德, 1506~1521) 이후 의고파들의 복고적 창작론의 모순이 확연히 드러나고, 이에 육조(六朝)와 초당(初唐)을 전범으로 꼽는 유파, 천기(天機)와 자연(自然)을 창작의 모토로 삼는 유파가 나타났다는 것이다. 이 인용에서 우리는 중국에서 천기를 반의고적 논리로 삼는 '천기파(天機派)'가 존재하였다는 것을 짐작할 수 있다. 그러나 이 유파가 어떤 인물로 구성되었는지는 알 길이 없다. 다만 그 흔적을 추적할 수는 있다.

> 학자들은, 글에 있는 **천기(天機)**가 본디 본성 중에 있는 한 가지 일인 줄을 모르고, 단지 옛날의 추구(芻狗)를 고집하여 찾으니, 비유컨대 술지게미를 먹고 멀건 술을 마시는 격이라 다시 참다운 맛이 없는 것과 같으니, 누군들 싫어하며 버리지 않으랴?
> 구구빙공(具區馮公)은 사림(詞林)에 있은 지 오래되었다. …… 그의 둘째 아들이

---

142) '天機論'의 연구사, 그리고 '天機'의 개념에 대해서는 강명관, 『농암잡지평석』, 소명출판, 2007, 78~90면에 정리해 두었다.
143) 『明代文學批評史』, 253면.

그가 지은 작품을 모아서 …… 서문을 써달라고 부탁한다. 내가 읽어보니, 대저 격(格)은 반드시 모방(摹倣)하지 않았고 말은 반드시 난해하게 만들지 않았다. 종이를 펼치고 붓을 움직일 때면 오직 필기(筆機)가 이르는 바에 따라 천진(天眞)함이 난만하니 말은 부족하나 맛은 남음이 있었다. 정말이로구나, 공의 글은 공의 사람됨과 흡사함이.144)

초횡(焦竑)의 글이다. 서두의 '옛날의 추구(芻狗)를 고집하여 찾는다'는 말은 곧 의고적 작풍에 대한 비판을 함축한다. 추구(芻狗)는 제사에 쓰이는 풀로 만든 개로서 한 번 사용하고 버리는 물건이란 의미로 쓰인다. 곧 의고적 창작론이 설정한 전범이란 것 역시 특정한 시기에 특정한 목적으로 생산된 작품에 불과하다는 것이다. 초횡은 추구를 천기와 대립시킨다. 곧 추구를 고집스레 찾는 것이 의고적 창작론이라면, 그것을 극복할 대안이 곧 천기인 셈이다. 초횡은 의고적 작풍을 비판하는 논거로 '천기'를 내세우고 있으며, 농암 이후 '천기'가 동반하였던 '천진(天眞)' 등의 비평어를 구사하고 있다.
초횡은 천기란 비평어를 자주 구사한다.

옛날의 예(藝)는 하나의 도여서, 정신이 안정된 자는 자연스럽게[天] 치달리고, 기운이 온전한 자는 격(格)이 빼어났으며, 중(中)에 마음을 집중시켜 변화와 형상이 절로 나왔으니, 이는 천기(天機)가 열어준 것이라 머물러 둘 수가 없었던 것이다.145)

곧 초횡은 탁월한 과거의 예술은 천기가 열어준 것, 천기의 소산이라고 말하고 있다. 그에게 있어 천기는 예술성을 결정하는 최심(最深)의 근거인

---

144) 焦竑, 「大司馬馮公具區集序」, 『明代文學批評資料彙編』下, 470면. "學者不知文有天機自在性中一事, 而特執古之芻狗求之, 譬如餔糟歠醨無復眞味, 孰不厭而棄之. 具區馮公在詞林久 …… 其仲子褏所作爲 …… 求爲之序, 余讀之, 大抵格不 必摹倣, 語不必鉤轉, 伸紙行墨, 惟筆機所至, 而天眞爛然, 語不足而味有餘. 甚矣, 公之文有似其爲人也." 초횡의 문집은 다음 주에 보이는 『澹園集』인데, 이 글은 『澹園集』에 없으므로 『明代文學批評資料彙編』의 것을 인용한다.

145) 焦竑, 「劉元定詩集序」, 『澹園集』上, 中華書局, 1999, 173면. "古之藝, 一道也, 神定者天馳, 氣全者調逸, 致一於中而化形自出, 此天機所開, 不可得而留也."

것이다.

초횡은 양명좌파의 인물이며, 이탁오의 학문적 동지이자, 공안파와 교유
한 공안파의 선배였다. 천기가 양명좌파의 인물에 의해 적극 주장되고 있음
은 분명히 주목할 만한 현상이다. 논의의 범위를 조금 확대해 보자.

> 악부(樂府)는 대개 민속(民俗)의 가요를 취한 것이니, 옛날의 국풍(國風)과 꼭 같
> 은 것이다. 지금 동서남북이 각각 그 지방을 달리하지만, 부녀(婦女)·아동(兒童)·
> 경부(耕夫)·주자(舟子)의 새곡(塞曲)·정음(征吟)·시가(市歌)·항인(巷引)으로 이
> 른바 죽지사(竹枝詞)와 같은 것들이 모두 그러하지 않음이 없다. 이것은 정말 천기
> (天機)가 절로 움직인 것〔天機自動〕으로 사물에 접촉하여 소리를 내어 모두 그 아
> 래에 있는 사람들이 쏟아내고자 하는 감정을 열어준 것이다.146)

서위(徐渭)의 글이다. 여기서 천기는 자연스럽게 움직이는 것이며, 그것
이 사물과 접촉하여 감정을 표현한다는 구절은 농암과 동일한 논리가 아
닌가?147)

초횡과 서위는 공안파의 비평 논리를 선취하고, 공안파에 막대한 영향력
을 행사한 인물이다. 공안파의 삼원(三袁)은 초횡과 직접 교류했으며, 그 중
원굉도는 서위 문학의 가치를 재발견한 사람이다. 물론 우리는 농암이 초횡
과 서위의 저작을 읽었는지의 여부를 확인할 수는 없다.148)

그렇다면 농암이 직접 접했을 가능성이 있는 쪽을 살펴보자. 농암은 당순
지(唐順之)의 존재를 알고 있었다. 그런데 이 당순지가 천기론자였다.

---

146) 徐渭, 「又奉師季先生書」, 『明代文學批評資料彙編』 下, 614면. "樂府蓋取民俗之謠, 正
　　與古國風一類, 今之南北東西雖殊方, 而婦女兒童耕夫舟子, 塞曲征吟市歌巷引若所謂竹枝
　　詞, 無不皆然. 此眞天機自動, 觸物發聲, 以啓其下段欲寫之情."
147) 徐渭의 논조는 조선 후기 한문학의 民間 문학 긍정의 논리와 같은 논리다. 양자는 공히
　　민간의 시가에 긍정적인 의미를 부여하고, 그것을 天機란 용어로 합리화한다. 農巖이 洪世
　　泰에게 閭巷의 시를 모을 것을 권하고, 이에 홍세태가 『海東遺珠』를 엮고 서문에서 여항시
　　의 존재 가치를 역설하면서 天機를 언급한 것도 바로 이 이론과 밀접한 관계가 있을 것이다.
148) 초횡은 宣祖 대에 이미 조선에 알려진 인물이고, 李晬光은 초횡의 저작을 『芝峰類說』에
　　인용하고 있다. 농암이 초횡의 저작을 읽었을 가능성이 아주 없지는 않다.

목은 성대로 숨을 돌리고, 피리는 혀로 소리를 돌린다. 숨은 막혔다 다시 펼쳐지고 소리는 쉬었다가 다시 퍼진다. 닫는 것[闔]으로 여는 것[開]을 돕고, 꼬리로 머리를 당기니, 이 모두는 **천기(天機)**의 **자연스러움**〔天機之自然〕에서 나온다. 음악을 하는 사람으로 그렇게 하지 못하는 사람은 아무도 없다.[149]

당순지는 음악 예술에서 동일하게 '천기의 자연'을 언급하고 있다. 당순지는 양명학파였다. 양명학자로서 당순지는 천기를 자신의 학문적 주제로 삼은 사람이다. 그는 자신의 마음을 천기활물(天機活物)로, 천기를 천명(天命)으로 생각했으며, 오로지 천기에 따라 살 것을 주장했다.[150]

이제 공안파의 경우를 보자. 원굉도는 이렇게 말하고 있다.

> 가정(嘉靖) 융경(隆慶) 연간에 천기(天機)가 바야흐로 천착되고 인교(人巧)가 바야흐로 시작되었다. 그러나 천착은 바탕을 해치지 않았고, 기교는 이치에 어긋나지 않아 선배의 풍모가 그래도 열에 대여섯은 남았으나 지금은 찾을 수가 없게 되었다.[151]

의고파를 겨냥하고 쓴 글은 아니지만, 천기와 인위를 대립시키고 있다는 점은 주목할 거리다.

이상에서 살핀 바와 같이 명대의 천기론은 양명학의 영향 아래 전개되고

---

149) 唐順之, 「董中峯侍郎文集序」, 『明代文學批評資料彙編』 上, 338면. "喉中以轉氣, 管中以轉聲, 氣有湮而復暢, 聲有歇而復宣, 闔之以助開, 尾之以引首, 此皆發於天機之自然, 而凡爲樂者, 莫不能然也." 「董中峯侍郎文集序」는 四庫全書本 『荊川集』에는 실려 있지 않으므로 『明代文學批評資料彙編』에 실린 자료를 이용한다.

150) 黃宗羲, 李心莊 重編, 『明儒學案』 上, 國立編譯館出判, 正中書局 印行, 1979, 211~212면. "先生之學, 得之龍谿者多, 故言於龍谿只少一拜. 以天機爲宗, 以無欲爲工夫. 謂此心天機活物, 自寂自感, 不容人力. 吾惟順此天機而已. 障天機者, 莫如欲. 欲根洗淨, 機不握而自運矣." 이것은 황종희의 말이다. 다음은 당순지의 말이다. "嘗驗得此心天機活物, 其寂與感, 自寂自感, 不容人力, 吾與之寂, 與之感, 只是順此天機而已. 不障此天機而已. 障天機者莫如欲, 若使欲根洗盡, 則其不握而自運, 所以爲感也, 所以爲寂也. 天機卽天命也. 天命者天之所使也. 立命在天. 人只立此天之所命者而已. 白沙色色信他本來一語, 最是形容天機好處. 若欲求寂便不寂矣. 若有意於感, 非眞感矣."(「答雙江」)

151) 袁宏道, 「陝西鄉試錄序」, 『袁宏道集箋校』 下, 1530면. "嘉隆之際, 天機方鑿, 而人巧方始, 然鑿不累質, 巧不乖理, 先輩之風, 猶十存其五六, 而今不可得矣."

있었다. 좀 더 정확히 말하자면, 대개 양명좌파들에 의해 주도된 것이었다. 농암이 의고파에 대한 비판의 논거로서 천기를 채택한 것은 다분히 양명좌파의 천기론에 영향을 받은 것으로 보인다. 물론 농암이 초횡이나 서위를 보았던가 하는 것은 분명하지 않다. 하지만 양명좌파적 분위기에서 생성된 천기에 대한 새로운 강조를 받아들였을 것은 분명하다. 그는 공안파와 당순지를 읽지 않았던가? 농암의 천기가 과연 양명좌파와 공안파에서 직접 유래했는가를 확인할 수는 없지만, 그 가능성은 충분히 있다고 생각된다. 특히 공안파와의 관계가 주목거리다.

이제 앞에서 검토했던 「송담집발(松潭集跋)」에 나왔던 '진시(眞詩)' '진문장(眞文章)'의 '진(眞)'을 검토해 보자. 농암의 논리를 따르면, 천기에서 쓰인 작품은 '진'을 얻게 되며, 이런 작품이야말로 시의 가장 높은 경지이기 때문이다. 농암 비평에서 쓰이는 '진'은 농암 이전에는 쓰이지 않았던 것이다.

읍취헌(挹翠軒) 박은(朴誾)은 비록 황정견(黃庭堅)·진사도(陳師道)를 배웠으나, 타고난 재능이 극히 뛰어나 그들에게 얽매이지 않았다. 따라서 시어(詩語)의 운치는 지극히 맑고 웅혼하며, 격조와 힘이 빼어났다. 흥회(興會)가 이르는 곳마다 **천진(天眞)**이 난만하여 기기(氣機)가 넘쳐났으니, 인력으로 된 것 같지 않다. 이것이 아마도 황정견과 진사도가 얽매이게 할 수 없었던 까닭일 것이다.[152]

나는 시란 성정지물(性情之物)이라고 생각한다. 오로지 천기(天機)에 깊은 사람만이 능히 시를 지을 수 있다. 만약 악착스럽고 정신이 나간 사람이 한갓 성병(聲病)과 격률(格律)에 구구하게 매달려 창자를 뽑아내고 글귀를 아로새겨 공교함을 보이면서 스스로 시인이라 자부한다면, 이 사람에게 어찌 다시 **진정한 시[眞詩]**가 있겠는가? …… 대개 80~90세를 살아오면서 한 번도 이맛살을 찌푸린 적이 없었으니, 이것이 공이 **참시인[眞詩人]**이 된 까닭이다. 경물을 만나 접촉하매 반드시 음영(吟詠)하고, 좋은 날 아름다운 경치를 만나면 술자리를 베풀고 벗을 불러 담소하면

---

152) 金昌協, 「雜識」, 앞의 책, 377면. "把翠軒雖學黃·陳, 而天才絶高, 不爲所縛, 故辭致淸渾, 格力縱逸. 至其興會所到, 天眞爛漫, 氣機洋溢, 似不犯人力. 此則恐非黃·陳所得囿也."

서 즐거이 지냈으니, 시가 아닌 것이 없었다. 이것이 공의 시가 **진정한 시**〔眞詩〕가 된 까닭인 것이다.153)

송나라 사람의 시는 고실(故實)과 의론(議論)을 위주로 하였다. 이것은 시가(詩家)의 큰 병폐니, 명나라 사람들이 그것을 공격했던 것은 옳다. 하지만 자신들이 했던 것은 송나라 사람보다 반드시 나았던 것은 아니고, 혹은 도리어 미치지 못한 경우가 있었던 것은 무엇 때문인가? 송나라 사람들은 비록 고실과 의론을 위주로 하였지만, 그들은 학문의 축적과 지의(志意)를 온결(蘊結)한 것이 느낌이 있으면 터져나오고, 접촉하는 바가 있으면 발동되어, 격조(格調)에 구속되지 않고, 도철(途轍)에 얽매이지 않았기 때문에, 그 기상이 호탕하고 임리(淋漓)하여 때때로 천기(天機)의 발동에 가까운 것이 있어, 그런 작품을 읽어보면 오히려 **성정의 참**〔性情之眞〕을 볼 수 있는 것이다. 명나라 사람은 승묵(繩墨)에 너무 구애되어 걸핏하면 모의(摸擬)하고 남의 흉내나 내고자 하여 다시는 **천진(天眞)**이 없게 되었다. 이것이 도리어 송나라 사람의 아래가 된 까닭일 것이다.154)

왕엄주 등은 비록 공동(空同, 이몽양)을 숭상하였으나, 그 평가에는 늘 불만이 있는 것 같았으니, 대개 그 도세(陶洗)하고 각삭(刻削)하는 공이 미진했기 때문이었다. 하지만 지금 살펴보건대, 공동의 장처(長處)는 망창(莽蒼)·경혼(勁渾)하고, 굴강(倔强)·소루(疎鹵)한 데 있으니, 바로 도세(陶洗)하고 각삭(刻削)하는 것이 미진했기 때문에 **진기(眞氣)**를 오히려 잃지 않았다. 왕엄주 등은 췌마(揣摩)가 더욱 더 공교해지고 단련(鍛鍊)이 더욱더 정밀해질수록 진기는 상실되었으니, 이것이 도리어 공동에 손색이 있게 된 까닭이다.155)

---

153) 金昌協,「松潭集跋」, 위의 책, 199~200면. "余謂詩者性情之物也. 惟深於天機者能之, 苟以齷齪顚冥之夫而徒區區於聲病格律, 搯擢胃腎, 雕鏤見工, 而自命以詩人, 此豈復有眞詩哉? …… 蓋生歲八九十, 未嘗有皺眉之事, 此公之爲眞詩人也. 遇景觸物, 必發於吟詠, 佳辰美景, 治酌命儔, 談讌嬉怡, 無非詩者, 此公之所以爲眞詩也."

154) 金昌協,「雜識」, 위의 책, 375면. "宋人之詩, 以故實議論爲主. 此, 詩家大病也, 明人攻之是矣. 然其自爲也, 未必勝之而或反不及焉, 何也? 宋人雖主故實議論, 然其問學之所蓄積, 志意之所蘊結, 感激觸發, 噴薄輸寫, 不爲格調所拘, 不爲塗轍所窘. 故其氣象豪蕩淋漓, 時有近於天機之發, 而讀之, 猶可見其性情之眞也. 明人太抱繩墨, 動涉摸擬, 效顰學步, 無復天眞. 此, 其所以反出宋人下也歟?"

155) 위의 책, 376면. "弇州輩雖宗尙空同, 而其論常若有所不滿, 盖以其淘洗刻削之功未盡也. 然今觀空同之長在於莽蒼勁渾·屈强疎鹵, 正以其淘洗刻削之功未盡, 而眞氣猶有不喪耳.

이우린(李于鱗) 무리는 고인을 배웠으나 도무지 신봉한 이해와 오묘한 깨달음이 없어 다만 언어만 모의하였다. 때문에 당시(唐詩)를 배우고자 하면 꼭 당인(唐人)의 말을 차용하고, 한(漢)의 문장을 배우고자 하면 꼭 한나라 사람의 글자를 차용하였다. 만약 당나라 이후의 일이라면, 그 말이 당과 비슷하지 않음을 의심하였기 때문에 금계(禁戒)가 이와 같았던 것이다. 여기에 어찌 **진정한 문장**〔眞文章〕이 있겠는가?156)

‘천진(天眞)’·‘진시(眞詩)’·‘진시인(眞詩人)’·‘성정지진(性情之眞)’·‘진기(眞機)’·‘진문장(眞文章)’ 등에 구사되는 ‘진(眞)’은 수식하는 말이 무엇이냐에 따라 의미가 달라진다.157) 어쨌거나 농암이 ‘진’이란 이 수식어를 과도할 정도로 구사하고 있다는 것은 주목을 요한다. 물론 ‘진’이란 어휘가 농암 이전에 전혀 쓰이지 않았던 것은 아니겠지만, 비평의 중요한 어휘로 채택된 것은 농암부터이다.

비평어로서의 ‘진’이란 어휘는 어디서 유래한 것인가. 진은 경릉파와 전겸익에게도 구사되지만, 그 원류는 공안파다.

① 대저 물(物)이란 **참되면**〔眞〕 귀한 것이다. 참되면[眞] 나의 면목은 당신의 면목과 같을 수가 없다. 하물며 고인의 면모이랴? 당(唐)에는 본디 당(唐)의 시가 있다. 『문선(文選)』의 체(體)일 필요가 없는 것이다. 초당·성당·중당·만당에는 초당·성당·중당·만당의 시가 있다. 초당·성당일 필요가 없는 것이다.158)

至弇州諸人揣摩愈工, 鍛鍊愈精, 而眞氣則已喪, 此所以反遜於空同也.”

156) 위의 책, 같은 면. “于鱗輩學古初無神解妙悟, 而徒以言語摸擬, 故欲學唐詩, 須用唐人語; 欲學漢文, 須用漢人字. 若用唐以後事, 則疑其語之不似唐, 故相與戒禁如此, 此豈復有眞文章哉?”

157) 때로는 대상을 참되게 그려내는 것을 의미하기도 한다. 「兪命岳李夢相二生東游詩序」, 위의 책, 140면. “世之爲詩者, 方且樂習卑近, 因陋而襲陳, 未嘗一致其深思, 而發獨創之語. 其動乎天機也淺, 而興象不遠, 命乎事物者粗, 而描寫不眞. 以此而求之乎山水, 夫安能有所發.” 「泛翁集跋」, 같은 책, 201면. “盖其句律精工而意度優閒, 描寫眞切而興寄冲遠, 讀之有若見其把酒高吟, 冥心事物之外, 詩可以觀, 豈不信哉. 公於月沙李公爲外孫, 又少學於鄭畸翁, 其淵源浸灌遠矣. 然其深造自得, 多出於天機, 卽一時士林三數公盛稱, 亦有出公上者矣.”

158) 袁宏道, 「丘長孺」, 『袁宏道集箋校』上, 284면. “大抵物眞則貴, 眞則我面不能同君面, 而況古人之面貌乎? 唐自有詩也, 不必選體也. 初·盛·中·晚自有詩也, 不必初盛也. ……”

② 물(物)이 전해지는 것은 질(質)을 통해서이다. 문장이 전해지지 않는 것은 공교하지 않아서가 아니라, 질이 이르지 않아서인 것이다. 나무가 열매를 맺지 않는 것은 꽃과 잎이 없어서가 아니고, 사람이 윤기가 없는 것은 피부와 터럭이 없어서가 아니다. 문장 역시 그러하다. 세상에 유행하는 것은 반드시 참되고〔眞〕, 세속을 기쁘게 하는 것은 반드시 아첨을 한다. 참〔眞〕이 오래되면 반드시 드러나고, 아첨이 오래되면 반드시 염증이 나는 것은 자연의 이치이다. 그러므로 지금 새기고 그려서 닮음을 구하지만, 고인은 모두 염증을 내며 제거하려고 하였다. 옛날의 문장을 하는 사람은 화려함을 깎아버리고 질을 찾노라 정신을 소모하며 배우되, 오로지 참〔眞〕이 지극하지 않을까 걱정했던 것이다.159)

③ 그러므로 나는 오늘날의 시는 전해지지 않을 것이라 생각한다. 만에 하나 전해지는 것이 있다면, 지금의 여염집 부인네나 어린아이들이 부르는 「벽파옥(擘破玉)」 「타초간(打草竿)」 부류일 것이다. 이것들은 오히려 견문도 식견도 없는 진인(眞人)이 지은 것이라 진성(眞聲)이 많기 때문이다.160)

④ …… 요컨대 정(情)은 참되고〔眞〕 말은 곧았던 것이다. 그러므로 노동하는 사람과 님을 그리는 부인이 때로는 학사대부(學士大夫)보다 낫고, 신음하면서 얻은 것이 평시의 것보다 왕왕 통쾌한 것이다.161)

⑤ 지금 시대에는 문자라 할 만한 것이 없고, 여항에는 참다운 시〔眞詩〕가 있다네. 술 한 병 사와서, 그대와 함께 죽지사(竹枝詞)나 들어보리.162)

진(眞) / 가(假)의 대립은 「동심설」에서 이탁오가 구사한 것이고, 공안파가

---

159) 袁宏道, 「行素園存稿引」, 『袁宏道集箋校』 下, 1570면. "物之傳者必以質. 文之不傳, 非曰不工, 質不至也. 樹是不實, 非無華葉也; 人之不澤, 非無膚髮也. 文章亦然. 行世者必眞, 悅俗者必媚. 眞久必見, 媚久必厭, 自然之理也. 故今之所刻畵而求肖者, 古人皆厭離而思去之. 古之爲文者, 刜華而求質, 斁精神而學之, 惟恐眞之不極也."
160) 袁宏道, 「敍小修詩」, 『袁宏道集箋校』 上, 188면. "故吾謂今之詩文不傳矣. 其萬一傳者, 或今閭閻婦人孺者所唱擘破玉·打草竿之類, 猶是無聞無識眞人所作, 故多眞聲."
161) 袁宏道, 「陶孝若枕中囈引」, 『袁宏道集箋校』 中, 1114면. "要以情眞而語直, 故勞人思婦, 有時愈于學士大夫, 而呻吟之所得, 往往快于平時."
162) 袁宏道, 「答李子髯 其二」, 『袁宏道集箋校』 上, 81면. "當代無文字, 閭巷有眞詩. 却沽一壺酒, 携君聽竹枝."

이어 의고파의 의고적 창작론에 바탕을 둔 작품의 창작을 비판하기 위해 동원한 논리인 것이다. 진 / 가의 대립은 ③④⑤에서 볼 수 있는 바와 같이 학사대부 지식인의 문학이 아니라, 도리어 여항의 부녀자들에게 진정한 시가 있다는 논법을 취하기도 하고, 또는 의고=거짓(가짜), 민요=참이라는 이항 대립으로도 흔히 표현된다.

이상에서 살핀 바와 같이 시간상대론·천기론·진시론은 농암의 독창이 아니라, 양명학과 공안파의 논리를 수용한 것이다. 이런 차원에서 본다면, 그의 송시 옹호도 예사롭게 보이지 않는다. 농암은 의고파의 도입과 이로 인한 종당론의 유행을 비판하면서 송시의 가치를 내세웠던바, 이것은 공안파가 의고파의 종당론을 비판 해체하기 위해 송시의 가치를 역설했던 것과 동일한 것이다. 농암은 바로 공안파의 논리를 수용한 것으로 보인다.[163]

이제까지 서술한 바는 주로 시를 중심으로 한 것이었다. 산문 쪽도 그는 방대한 비평을 남기고 있는데, 당연히 의고적 창작론의 비판을 골자로 삼고 있다. 의고적 창작론에 대한 비판의 대안으로 그는 당송파의 논리를 채택한다. 그는 전후칠자를 제외한 명대 문학에 대해 이렇게 말하고 있다.

> 명나라의 문장은 손지(遜志, 方孝孺)·양명(陽明, 王守仁)·준암(遵巖, 王愼中)·형천(荊川, 唐順之)이 모두 구양수(歐陽修)·소동파(蘇東坡)의 유파다. 그 중에서도 손지(遜志)는 규모가 굉대(宏大)하고, 필력이 큰 물결처럼 흘러넘치나, 수렴하고 재단하는 공이 적고, 양명(陽明)은 타고난 재주가 호민(豪敏)하여 조종(操縱)하고 합벽(闔闢)함이 있으나, 심정(深淳)하고 전후(典厚)한 맛이 적다. 이것이 구양수·소동파에 미치지 못하는 까닭이다. 준암(遵巖)과 형천(荊川)은 굉대(宏大)함은 손지(遜志)만 못하고 호민(豪敏)함은 양명(陽明)만 못하지만, 체재는 더 치밀하다. 그러나 요컨대 방효유와 왕양명의 법도를 벗어나지 못한다.[164]

---

163) 농암이 의고파들이 폄하했던 송시의 가치를 복권시키고 있는데, 이 역시 원굉도가 처음 제출한 논리였다.

164) 金昌協, 「雜識」, 앞의 책, 376면. "明文, 如遜志·陽明·遵巖·荊川, 皆是歐·蘇流派. 就中遜志, 規模宏大, 筆力滂沛, 而少收斂裁剪之功. 陽明, 天才豪敏, 有操縱有開闔, 而少深淳典厚之致. 此所以不及歐·蘇. 遵巖·荊川, 宏大不如遜志, 豪敏不如陽明, 而體裁則加密

명대의 산문사를 개괄하면서 왕신중과 당순지의 위치와 산문의 특징을 간단히 요약하고 있다. 긍정적 호의적 평가다. 이것이 농암의 왕신중과 당순지에 대한 유일한 비평적 언급이다. 다만 당순지에 대해서는 서정경(徐禎卿)·고숙사(高叔嗣)의 시를 비평하면서 당순지가 당시를 배웠으되 의고파의 학당과는 성격과 성취가 다름을 간단하게 한 번 더 지적하고 있다.165) 남극관에 의하면, 농암은 당순지의 비평으로부터 자신의 산문 비평을 구축했다. 왕신중의 경우 과연 읽었는지는 의문이지만, 그가 당순지에 골몰한 것은 부정할 수 없는 사실이다. 그리고 귀유광에 대해서도 독서가 있었음이 분명하다.166)

농암의 산문론은 의고파의 의고적 창작론을 비판하는 데서 입론한다. 그는 산문의 층위를 편·장·구·자로 나누었던바, 그것은 어휘, 센텐스, 단락, 작품 전체를 의미한다. 그는 주제와 제재와 산문에서의 이 단위 사이들의 관계 설정 여하에 따라 산문의 예술성이 결정된다고 주장했던 것이다. 이것은 곧 구성의 수사학이다. 『농암잡지』에서 그가 구사하는 착종·개합·억양 등의 용어는 바로 구성의 수사학을 지향한다고 말할 수 있는데, 그 원천은 당송파의 산문론이었다. 즉 당송파의 당순지 왕신중이 개발하고, 모곤이 『당송팔대가문초』에서 성숙시킨 이론이었던 것이다.167) 그 증거로 조문명(趙文命)이 1702년에 자신의 문고에 대한 평을 해 달라는 데 대한 편지에 대한 답으로 농암은 "고인의 문자의 편(篇)·장(章)·구(句)·자(字)에는 모두 자연(自然)

焉. 然要不出方·王度內耳."
165) 위의 책, 같은 면. "明詩, 如徐昌穀·高子業, 雖與李 ·何相和應, 而其天才自近唐人, 故所就高出一時, 徐以神秀勝, 高以幽澹勝, 而子業於性情尤近. 此外如唐應德·蔡子木諸人皆學唐, 而其詩沖和閒靜, 無叫呼激詭之習."
166) 귀유광 대해서는 위의 책, 389면에서 『歸震川集』의 「何氏先塋碑銘」이란 구체적인 작품을 들어 비평하고 있다. 농암은 귀유광의 문집을 직접 읽었음이 확인된다.
167) 농암은 金崇謙에게 보내는 글에서 『唐宋八大家文鈔』를 읽기를 권하고 있다. 「與崇謙」, 『農巖集』 1 : 『韓國文集叢刊』 161, 519면 참조. 이것은 1677년의 일이다. 『당송팔대가문초』가 최초로 언급된 것은 李植(1584~1647)의 「作文模範」이다. 이식은 1647년에 사망했으니, 적어도 1640년대에는 『당송팔대가』가 들어와 있었을 것이고, 이것이 비로소 제대로 이해되어 산문 비평에 원용된 것은 농암에 와서인 것이다. 자세한 것은 강명관, 「『당송팔대가문초』와 조선 후기 산문론」, 『안쪽과 바깥쪽』, 소명출판, 2007, 186~193면을 볼 것.

의 지극한 법이 있다"는 답을 하는데,[168] 이것은 전형적인 당송파의 논리다. 농암 산문 비평에서 공안파의 논리는 의고파를 비판하는 데 국부적으로 원용될 뿐이고, 대안적 비평으로서 공안파 비평은 원용되지 않는다. 그는 당송파의 산문론을 차용하고 있을 뿐이다.

농암은 공안파에 대해 표면적으로 비판적이었으나, 공안파 비평은 이미 농암 비평 내부에 깊숙이 들어와 있다. 시각을 약간 달리해서 이 문제를 간단히 짚고 넘어가자. 예컨대 다음과 같은 농암에 대한 비판의 발언을 참고하자.

> 7월 11일. 영남(嶺南)에서 새로 새긴 『농암집(農巖集)』의 서문을 보았는데, 한유, 구양수를 비방하고 헐뜯은 말을 깎아 없앴으니, 대개 스스로 자신이 떳떳하지 않다는 것을 알았기 때문이다. 허균(許筠)·이민구(李敏求)가 처음으로 가정·융경 때의 시를 배웠으나, 아직 갖추어지지 않았더니, 서석(瑞石) 형제가 소선(騷選)으로 그것을 수식하고, 김창협(金昌協) 무리가 당인(唐人)의 고시(古詩)를 참고하자, 변화가 극도에 이르렀다. 그리고 그 말류(末流)는 점차 부괴(浮怪)해져서 쇠한 모습이 보이게 되었다. 김창협의 시는 그 아우와 비교해 본다면, 그 근력(筋力)이 못하지만, 또 한 자못 아정(雅靚)하다. 그들이 성취한 것을 신중하게 논해 본다면, 대김(大金, 김창협)은 누강(婁江)의 묘예(苗裔)이고, 소김(小金, 김창흡)은 경릉파(竟陵派)의 아류이다. 누강은 아름다운 곳이 없는 것은 아니나, 자세히 보면 단지 결찬(結撰)이 공미(工美)할 뿐이고, 그 정신의 빛이 흘러들어간 것을 볼 수 없다. 경릉파(竟陵派)는 정경이 궁벽하고 음조가 애잔하여, 우산(虞山, 전겸익)의 공격은 비록 과하기는 하나, 대개 스스로 취한 것이다. 왕세정과 이반룡이 우리나라에 점차 전해지자, 시를 배우고 아울러 문장까지 겸한 사람이 몇 사람이 되었다. 전적으로 문장을 배운 사람은, 월정(月汀, 尹根壽)·현헌(玄軒, 申欽)·청음(淸陰, 金尙憲)·분서(汾西, 朴瀰)·동회(東淮, 申翊聖)·춘소(春沼, 申最)·식암(息菴, 金錫冑)이 그들이고, 계곡(谿谷, 張維) 또한 대략 오염되었다. 양김(兩金) 무리가 뒤에 나와 더욱더 교활해져 중국의 논의를

---

168) 金昌協, 「答趙文命」, 『農巖集』 2 : 『韓國文集叢刊』 162, 125면. "且古人文字篇章句字, 皆有自然之至法, 雖時有參錯不齊整者, 要皆合於折旋, 非苟然也. 今不察此, 而故爲長短不倫之語, 以求免於板樣, 刻恐爲壽陵人學步. 諸篇中似多此病, 並宜經心商度, 要以平正典實爲務可也."

조금 듣고는 그 연원을 자못 숨겼으나, 요컨대 그 권궤(圈襀)를 벗어나지 않는다.[169]

농암 형제에 대한 남극관의 비판에는 당론의 색채가 있다는 것을 일단 고려해 두자. 남극관은 소론이다. 그러나 남극관의 김창협 형제에 대한 비판이 근거 없는 감정적 언사로 볼 수는 없다. 남극관은 김창협과 마찬가지로 의고파와 당송파·공안파·경릉파·전겸익을 읽고 있으며, 여기서 얻은 지식을 바탕으로 의고파의 수용 이래 당대까지 중국으로부터 차용한 창작론의 영향과 맥락을 정확하게 파악하고 있는 것이다.

남극관의 판단에 의하면, 농암은 누강(婁江)의 묘예(苗裔, 後孫)이고, 삼연은 경릉파의 아류이다. 누강(婁江)은 누구를 지칭하는가? 누강은 당순지를 말한다.[170] 남극관의 판단으로는 김창협의 산문과 산문비평론은 당송파를 차용한 것이며, 김창흡의 시와 시 비평은 경릉파를 차용한 것이라는 것이다. 남극관이 김창협과 김창흡이 자신들이 차용한 이론을 은폐했다는 사실을 지적한 것은 매우 중요한 것이다. "양김(兩金) 무리가 뒤에 나와 더욱 교활하여 중국의 논의를 조금 듣고는 그 연원을 자못 숨겼으나, 요컨대 그 권궤(圈襀)를 벗어나지 않는다"고 한 지적은 약간 다른 맥락에서 읽을 필요가 있는데, 이것은 당대 중국의 최신 서적에 접근할 수 있는 범위가 제한적이었다는 것을 근거로 한 것이다. 아무나 중국 서적을 자유롭게 볼 수 있는 것은 아니

---

169) 南克寬, 「端居日記」, 『夢囈集』: 『韓國文集叢刊』 209, 413~414면. "十一日, 見嶺南新刻農巖集序文, 刊去詆訾韓·歐語, 蓋亦自知其無倫也. 許筠·李敏求始學嘉·隆詩, 而未備. 瑞石兄弟文之以騷選, 金昌協輩參之以唐人古詩, 遞變極矣. 末流漸浮怪衰相已見矣. 金詩視其弟筋力不如, 亦頗雅靚, 卽其所就而篤論之, 大金婁江之苗裔, 而小金竟陵之流亞也. 婁江非無佳處, 細看, 只是結撰工美, 不見神采流注. 竟陵境僻音哀, 虞山之捊擊雖過, 檗自取也. 王·李之波東漸, 學詩而兼文者, 相數者. 專學文者, 月汀·玄軒·淸陰·汾西·東淮·春沼·息菴也. 谿谷亦略有染焉. 兩金輩後出, 轉點, 稍聞中土之論, 頗諱淵源, 要不出其圈襀也."

170) 王愼中의 문집 『遵巖集』에 당순지를 지칭하여 '唐婁江'이란 표현을 쓰고 있다. 이상주의 연구에 의하면, 누강은 당송파를 지칭한다고 한다. 즉 "누강은 지금의 江蘇省 吳縣 남쪽이며, 太湖의 지류다. 귀유광의 고향은 昆山이며 당순지의 고향은 武進인데, 모두 지금의 강소성에 속해 있다. 고문의 유파를 논할 때 누강파 하면 당순지와 귀유광 등의 당송고문파를 지칭한다 한다." 이상주, 「담헌 이하곤 문학의 연구」, 성균관대 박사논문, 1993, 51면.

었던 것이다. 남극관이 지직하고 있는 진한고문파 역시 양반사회의 정점에 있는 사람들이었던 것이니, 이들이 중국의 최신 이론을 수용할 수 있었던 것이다. 정조(正祖) 역시 농암의 문장을 이렇게 평가했다. "농암의 문장을 누가 추중(推重)하지 않겠는가? 나 역시 몹시 좋아한다. 그러나 자신이 늘 명인(明人)의 구기(口氣)를 극력 피한다고 하고서도 왕왕 면하지 못한 곳이 있다. 이것이 이른바 문장이란 것이 시운(時運)과 오르내린다는 것인가?"171) 즉 정조도 그가 명대 문학의 영향을 결정적으로 받아, 겉으로는 명대 문장의 모순처를 극복한다고 하면서 결국 극복하지 못하고 말았다는 것이다.

여기서 남극관이 농암이 당송파의 이론을, 삼연이 경릉파를 자기 창작의 근거로 삼았음을 지적한 사실도 중요하지만, 더욱 중요한 것은 농암과 삼연이 그들 비평의 외재적 근거를 은폐하고 있다는 사실 자체다. 따라서 농암 비평을 읽을 때 그의 표면적인 주장을 그대로 따라가는 것은 매우 위험하다는 것이다. 예컨대 그 자신이 전겸익의 이론에서 많은 것을 빌려오고 있다고 하지만 그것을 액면 그대로 받아들이기 어렵다는 것이다.

농암은 「농암잡지」에서 경릉파와 전겸익을 동시에 언급하고 있다.

> 명의 문장의 폐단은 이몽양(李夢陽)·하경명(何景明)에서 비롯되어 왕세정(王世貞)·이반룡(李攀龍)에게서 깊어졌고, 종성(鍾惺)·담원춘(譚元春)에서 전환되어 극도에 이르렀다. 전목재(錢牧齋, 錢謙益)의 문자를 보니 이것을 아주 상세히 논하였는바, 그 원위(源委)를 따지고 고황(膏肓)에 침과 뜸을 놓아 말이 핵심을 찌르고 있으니, 여러 사람들이 보면 마땅히 수긍하리라.172)

공안파를 이어 등장한 유파가 종성(鍾惺)과 담원춘(譚元春)이 주축이 된 경릉파(竟陵派)다. 호북성(湖北省) 경릉 출신이었기에 경릉파라 부른 것이다. 경

---

171) 『正祖實錄』 19년 11월 7일. "農巖文章, 孰不推重, 予亦甚好之, 而自家每稱力避明人口氣云, 而往往有未免處, 此所謂文章與時運高下者耶?"
172) 金昌協, 「雜識」, 앞의 책, 378면. "明之文弊, 始於李·何, 深於王·李, 轉變於鍾·譚而極矣. 近看錢牧齋文字, 論此最詳. 其推究源委, 鍼砭膏盲, 語多切覈, 諸人見之, 亦當首肯."

릉파의 비평은 공안파와 사실상 동일한 내용으로 구성되어 있다.173) 다만 그들의 시는 모호하고 기벽(奇僻)함을 추구하여 전겸익의 비판을 받는다.

농암이 경릉파를 어떻게 인지했던가? 그는 표면적으로 경릉파를 맹렬히 비판했지만, 사실상 경릉파를 용인하고 있었다.『송천필담(松泉筆譚)』에 의하면, 농암의 동생인 삼연 김창흡은 옛 가요와 악부를 가려 뽑아 두 권의 책으로 묶으면서『고시귀(古詩歸)』와『당시귀(唐詩歸)』에 실린 종성 담원춘의 비평을 취사선택했다고 한다.174) 삼연이 경릉파의 비평에 몰입했다면, 농암의 경우도 다르지 않을 것이다. 하지만 농암과 삼연이 경릉파를 호의적으로 수용하지 않은 것은, 다분히 전겸익 때문이다. 위에서 인용한 경릉파에 대한 농암의 비평은 자신의 사유에서 나온 것이라기보다는 전겸익의 사유를 차용한 것으로 보인다. 경릉파 시창작을 '고기유괴(孤奇僻怪)'·'유심고초(幽深孤峭)'라는 말로 요약하여 날카롭게 지적하여 그 유행을 지식(止息)시킨 것은 전겸익이었다. 전겸익의 비평은 의고파와 경릉파를 대타적 존재로 하여 성립한 것이다. 경릉파의 시 비평 역시 반의고적인 것이지만, 이미 전겸익의 비판으로 창작상의 취약점을 드러낸 경릉파의 비평을 긍정적으로 수용할 수 없었을 것이다.

문제는 전겸익이다. 앞에서 언급한 바 있지만 여기서 조금 더 첨언하겠다. 원래 전겸익의 창작론의 입지점은 전후칠자의 의고적 창작론을 비판하는 데서 출발한다. 그는 원래 이몽양과 왕세정을 추종하였으나, 뒤에 이유방(李流

---

173) 경릉파는 공안파의 주장을 이어서 의고파를 신랄하게 비판하였다. 경릉파는 전후칠자에 대해 "取古人之極膚極狹極熟, 便于口者"(鍾惺,「再報蔡敬夫」,『明代文學批評資料彙編』下, 766면)라고 비판하였으며, "眞有性靈之言, 常浮現紙上, 結不與衆言伍"(譚元春,「詩歸序」,『明代文學批評資料彙編』下, 776면), "從古未有無性靈心而能爲詩者"(鍾惺,「與高孩之觀察」,『明代文學批評資料彙編』下, 767면)라고 하여 성령, 곧 인간의 자유스런 사상 감정의 유출을 주장하였다. 경릉파 역시 반의고적 창작론을 제시했던 것이고, 그들의 성령론은 그들이 편집한『古詩歸』·『唐詩歸』와 함께 일세를 풍미하였다.

174) 沈鋅,『松泉筆譚』上, 民昌文化社, 1994, 230면. "三淵後孫家蓄詩書正文而有淵翁批評多情深. 淵翁又選古歌謠樂府, 作二卷冊而題曰刪後, 皆取康節自從刪後更無詩之意也. 抄取鍾·譚評語, 間或點抹, 如'古書雖滿腹, 不如一囊錢'等句加墨抹, 各有長短取捨, 先輩用工之勤亦可見矣." '鍾·譚의 評語'란『古詩歸』·『唐詩歸』의 평어를 말한다.

芳)과 접촉하여 낭송팔대가의 존재와 귀유광(歸有光)의 문학론을 접하게 되었으며, 또 탕현조(湯顯祖) 역시 사람을 통해 그에게 당송고문과 원대(元代)의 시인을 학습할 것을 권유하였다. 이를 계기로 전겸익은 의고문파의 영향력에서 벗어나 산문에서는 당송고문을 전범으로 삼게 되었던 것이다. 한편 시 방면에서는 그는 당시까지 생존해 있던 원중도를 직접 만나 공안파의 영향을 결정적으로 받게 되었다. 그가 의고문파에 대해서 매우 과격한 비판을 가하게 된 것은 공안파 이론을 수용하였기 때문으로 짐작된다. 그러나 그는 공안파가 특정한 전범을 내세우지 않은 것과는 반대로 송·원의 시가를 전범적 존재로 설정하였다. 그의 이론은 탈의고적이면서도 당송고문을 전범으로 삼았던 것이고, 또 창신을 주장하면서도 허황한 데 떨어지지 않았다. 요컨대 전겸익의 이론 속에는 공안파와 당송파의 논리가 들어 있는 것이다.

농암은 이 시기 자신이 보았던 다양한 반의고론의 갈래 속에서 가장 강력한 반의고적 논리인 공안파를 부정하고, 전겸익을 선택한 것은 바로 비평의 논리 배후에 있는 사상의 성격 때문인 것으로 보인다. 전겸익의 사상 역시 다양한 스펙트럼을 갖지만, 그의 사상은 기본적으로 정통 유가의 사상이었으며, 그는 무엇보다도 심학(心學), 곧 양명학의 횡류에 반발한 동림파의 일원으로 활동했기 때문이다. 농암이 전겸익의 「장익지묘표(張益之墓表)」와 「진우모묘지(陳愚母墓誌)」 등을 풍신(風神)·감개(感慨)가 구공(歐公)과 아주 흡사하다면서 명문(明文) 중에는 찾기 드문 것으로 고평한 것도 이 비지문들이 동림파의 활동과 관계되어 있기 때문이다.[175] 농암이 전겸익을 표나게 내세우는 것은 바로 이 때문으로 보인다.

서두에서 지적한 바와 같이 농암은 왜 공안파의 비평에 대해 침묵했던가. 중국에서 의고파 비판의 논리는 주로 공안파에 의해 개발되었다. 물론 당송파의 영향도 있지만, 당송파 자체는 의고파를 본격적으로 치밀하게 공격하지는 않았다. 적어도 이몽양·하경명·이반룡·왕세정을 본격적으로 비판

---

175) 金昌協, 「雜識」, 앞의 책, 378면. 이 글에 대한 자세한 분석은 강명관, 『농암잡지평석』, 소명출판, 2007, 214~219면을 볼 것.

공격한 것은 서위·초횡과 공안파이며, 또 전겸익에 의해서이다. 그런데 농암은 전겸익에 영향을 받았다 하고 결코 공안파의 논리를 수용했다고 하지 않는다. 나는 농암이 그것을 은폐했다고 생각한다. 그 이유는 이러하다.

농암은 오로지 주자학의 진리성에서 한 걸음도 일탈하지 않는 것을 학문이라고 믿었던 송시열의 적전(嫡傳) 제자였다. 농암의 시대는 정통 성리학의 입장에서 볼 때 사상계 내부의 균열이 심각하였다. 농암은 양명학과 양명좌파에 대해 극도의 비판적인 자세를 취했다.176) 특히 1703년 박세당(朴世堂)의 『사변록(思辨錄)』 사건에서 그는 박세당의 사유를 양명좌파의 사유와 연결시키고 있다.

> '사무사(思無邪)' 이 장(章)에서 논한 바는 더욱 지극히 패류(悖謬)하니, 분명하게 따져 통렬하게 물리치지 않을 수 없다. 대저 인심(人心)과 사려(思慮)가 움직일 때 그 바른 것[正]은 천리(天理)의 본연(本然)에서 나오고, 삿된 것[邪]은 기질(氣質)과 물욕(物欲)의 혼탁하고 더러움에서 나온다. 때문에 언행에 발로된 것이 또한 선한 경우는 정(正)이 되고, 악한 것은 사(邪)가 된다. 그런데 지금 천리와 물욕, 선과 악을 묻지 않고, 정(情)의 소발(所發)로 개괄하여, 수식과 허위(虛僞)가 없는 것이 사(邪)가 없는 것이 된다면, 이는 걸(桀)과 도척(盜跖)처럼 '임정종욕(任情縱欲)'하여 천리(天理)를 멸하는 자도 또한 수식과 허위가 없다 해서 무사(無邪)라 하고, 군자로서 정(情)과 욕(欲)을 절제하여 애써 저 예의를 따르는 사람을 도리어 사(邪)라고 하게 될 터이니, 그 끼쳐질 폐단이 장차 이르지 못할 데가 없을 것이다.177)

---

176) 金昌協, 「答林德涵」, 『農巖集』 1 :『韓國文集叢刊』 161, 544면. 1690년에 쓴 이 편지에서 『孟子』의 '放心章'에 대해 언급하면서, "然而象山·陽明之徒, 亦未嘗不以此語爲口實, 而其意遂欲徒然求得此心, 以爲事了, 不復以讀書窮理爲之先後, 則又與朱先生敎人之意不同, 毫釐之差, 千里之謬, 誠亦不可以不察也"라고 하고 있다. 양명학의 심학이 가져올 부정적 결과를 지적하고 있다.

177) 金昌協, 「與權侑道」, 『農巖集』 2 :『韓國文集叢刊』 162, 22면. "'思無邪' 此章所論, 尤極悖謬, 不可不明辨痛斥. 夫人心思慮之動, 其正者出於天理之本然, 而邪者生於氣稟物欲之濁穢. 故其發於言行也, 亦善者爲正, 而惡者爲邪, 今也不問理欲善惡, 而槩以情之所發, 無修飾虛僞者爲無邪, 則是雖如桀·跖之任情縱欲, 以滅天理者, 亦將以其無修飾虛僞而謂之無邪, 而君子之節情制欲, 勉循夫禮義者, 反謂之邪矣. 其流之弊, 將何所不至哉." 이 편지는 1703년 박세당의 『사변록』 사건이 일어났을 때 權常夏가 承命하며 條辨하는 임무를 맡아 김창협에게 질문을 하자, 김창협이 답변한 것이다. 인용문은 『맹자』의 '思無邪'에 관한

박세당의 논리에서 임성종욕, 즉 양명좌파의 논리를 읽어내고 비판하고 있는 것이다. 같은 해에 김창흡과도 이 문제에 관해 논란이 있었는데, 동일한 문제를 두고 이렇게 말하고 있다.

> 고증을 하여 보내온 문자는 대저 순경(荀卿)의 학설에서 얻은 것으로, 그 뜻은 비록 성(性)을 고치고 예(禮)를 따라 선(善)으로 돌아가고자 하지만, 반면 성색(聲色)과 음욕(淫慾)을 천진(天眞)에서 나온 것으로 보고, 예법(禮法)과 수칙(修飭)이 인위(人爲)에서 생겨난다고 하니, 정말로 박세당의 설과 서로 비슷한 것이다. 다만 박세당의 설은 비록 패려(悖戾)하기는 하지만, 그래도 곧바로 성(性)을 악으로 예(禮)를 인위로 여기지는 않고, 다만 그 다른 것이 거의 드물다고 하고 있다. 그러나 그 입론은 같지 아니함은 정말 증시한 바와 같다. 또 이런 곳은 고인을 끌어대어 증거로 삼을 필요가 없으니, 지금 곧장 삭제해야 하고, 단지 "그 폐단이 장차 어딘들 이르지 못하겠는가?[其弊將何所不至哉]"로 위의 문장을 잇는 것이 옳다.178)

박세당을 비판하는 김창흡의 논리에서 "성색(聲色)과 음욕(淫慾)을 천진(天眞)에서 나온 것으로 보고, 예법(禮法)과 수칙(修飭)이 인위(人爲)로 여기는" 양명좌파의 논리가 발견된다고 지적하고 있다.179) 농암은 양명좌파의 논리가 스며드는 것을 우려하고 있다. 그는 천리의 해석에 대해 욕망의 존재와 욕망에 순응하는 것을 천리라고 볼 수 없다는 입장을 견지하고 있다. 양명좌파는 천리라는 것을 부정하고, 욕망을 긍정했으니 윤리적 천리의 존재를 인정하는 농암이 양명좌파의 논리에 동의할 리 만무한 것이다. 농암은 이런 차원에서 양명좌파의 연장인 공안파의 논리를 드러내놓고 긍정할 수 없었

부분이다.

178) 金昌協, 「答子益」, 『農巖集』 1 : 『韓國文集叢刊』 161, 514면. "文字所證示者, 大抵得之荀卿之說, 其意雖在於矯性從禮, 以歸於善, 而要其以聲色淫慾爲出於天眞, 禮法修飭爲生於人爲, 則固與朴說相似矣. 但朴說雖悖, 猶不直以性爲惡而禮爲僞, 故但曰其異者幾希矣. 然其立意不同, 誠如所示. 且此等處不必引古爲證, 今直刪去, 而只以其弊將何所不至哉八字, 承上文可矣."

179) 여기에 대해 좀 더 자세한 것은 강명관, 「조선 후기 양명좌파의 수용에 관한 연구」, 『안쪽과 바깥쪽』, 소명출판, 2007, 284~285면을 볼 것.

던 것이다.

(2) 김창흡

농암의 아우 김창흡은 시인으로서, 비평가로서 당대 문단은 물론 후대에까지 거창한 영향력을 행사했다. 농암의 제자였던 이하곤(李夏坤)은 김창흡에 대해 이렇게 말하고 있다.

> 삼연(三淵)은 학문이 더욱 넓어지고 안목이 더욱 높아지고 간담이 더욱 커졌으며, 그의 시는 변하면 변할수록 더욱 더 기이하고 새로워졌다. 또 그의 성기(聲氣)와 광염(光焰)은 한 세상을 고무(鼓舞)시키기에 넉넉하였으므로, 후진(後進)의 선비들이 그에게 달려가 그의 서언(緖言)을 받들어 금과옥조로 삼지 아니함이 없었다.
> 삼연이 "간재(簡齋)가 좋다"고 하면, 따라서 "나는 간재를 한다" 하고, 삼연이 "취헌(翠軒)이 좋다"고 하면, 따라서 "나는 취헌을 한다" 하고, 삼연이 "방옹(放翁)이 좋다"고 하면 따라서 "나는 방옹을 한다" 하였다. 간간이 한두 마디라도 삼연에게 칭찬을 받으면 곧 우쭐해 하면서 진정한 시인으로 자부하여 "나는 신어(新語)와 기어(奇語)와 초어(峭語)를 잘한다" 하였다. 하지만 그가 지은 시를 보면, 첨섬(尖纖)파쇄(破碎)하고 협루(狹陋) 박촉(迫促)하여 전혀 의미가 없고, 진기(眞氣)가 빠져 있으니, 정말 엄의경(嚴儀卿)이 이른바, "하열(下劣)한 시마(詩魔)가 그 폐부(肺腑)에 들어간 경우"이고, 전수지(錢受之, 錢謙益)가 이른바 "귀신의 기운처럼 어둡고 전쟁의 기운처럼 살벌하다[鬼氣幽兵氣殺]"이란 경우에 불행하게도 가깝다.
> 아, 후생들은 재력(才力)이 본래 단약(單弱)한데다 학식(學識)까지 또 천박(淺薄)하여, 단지 오늘의 삼연만 알고 옛날의 삼연은 알지 못하며, 삼연이 최후로 도달한 곳만을 알고 첫머리의 삼연은 알지 못하며, 다시 그 근본을 탐구하여 근원으로 곧장 육박해 들어가지도 못한다. 심지어는 요가(鐃歌) 고취(鼓吹)가 무슨 말인지 왕(王)·양(楊)·심(沈)·송(宋)이 어떤 사람인지 알지 못하고 있다. 그 유폐가 마침내 이 지경에 이르렀으니, 탄식하지 않을 수 있으랴?[180]

---

180) 李夏坤, 「洪滄浪詩集序」, 『頭陀草』:『韓國文集叢刊』191, 508~509면. "三學益博, 眼益高, 膽益壯, 其詩愈變而愈奇愈新. 又其聲氣光焰足以鼓舞一世, 故後進之士莫不奔趨下風, 奉其緖言, 以爲金科玉條. 三淵曰 : '簡齋好.' 曰 : '我爲簡齋也.' 三淵曰 : '翠軒好.' 曰 : '我

삼연이 당대 시 창작계에 절대 권력이리 할 정도의 넓고 깊은 영향력을 행사하고 있음을 짐작할 수 있다. 이것은 물론 그의 가문의 정치권력과도 관련이 있겠으나, 사실상 삼연의 비평이 그만한 논리를 갖추고 농암과 더불어 당대의 산문과 시 두 영역을 좌지우지하고 있었던 것이다. 삼연은 당대뿐만 아니라, 후대에까지 거대한 영향력을 행사하는데, 18세기의 한 시인은 "목은(牧隱)과 소재(蘇齋), 간이(簡易)와 동악(東岳)이, 굳세게 지위를 차지하였는데, 삼연(三淵)이 따로 문호를 열어 우리나라가 새롭게 고취되었네"181)라고 하여 삼연을 한시사(漢詩史)의 전환점으로 평가하고 있다.

삼연 비평을 어떻게 보아야 할 것인가. 먼저 삼연 비평의 형성 내력을 검토할 필요가 있다. 이하곤이 인용하고 있는 전수지(錢受之)의 비평은 전겸익의 『열조시집소전』의 「종제학성(鍾提學惺)」에서 인용된 것이다. 전문을 들면 다음과 같다.

나는 일찍이 근대의 시에 대해 이렇게 논했다. 숨은 것을 들추어내고 씻고 깎아 처량한 소리와 차가운 혼백으로 풍치를 삼으니, 이것은 귀신의 취향이요, 뾰족하고 산뜻한가 하면 가죽을 벗기고 살을 베어내듯 하여 초쇄(噍殺)한 소리와 급촉한 음절을 능사로 삼으니, 이것은 전쟁의 형상이다. 귀신의 기운 같은 어두움과 전쟁의 기운 같은 살벌함[鬼氣幽, 兵氣殺]이 문장에 드러나 보이다가 국운(國運)이 그것을 따랐다. 한두 재주가 작고 학문이 모자란 선비들이 사문(斯文)의 권세를 휘둘러 국가 성쇠의 징조를 나타내었으니, 한탄하지 않을 수 있으랴!182)

爲翠軒也.' 三淵曰 : '放翁好.' 曰 : '我爲放翁也.' 間有一二語爲三淵所奬與, 便已岸然自大, 以爲眞正詩人自命曰 : '我善新語, 善奇語, 善峭語.' 及觀其詩, 則尖纖破碎, 狹陋迫促, 全乏意味, 眞氣索然, 眞嚴儀卿所謂下劣詩魔入其肺腑者也. 錢受之所謂鬼氣幽兵氣殺者, 不幸近之矣. 噫, 後生輩才力本來單弱, 學識亦甚淺薄, 而徒知今日之三淵, 不知昔日之三淵, 徒學下梢之三淵, 而不學初頭之三淵, 不復探究根本, 直截源頭. 甚至殆不省鐃歌鼓吹爲何語, 王楊沈宋爲何人, 其流弊乃至於此, 可勝歎哉?"

181) 洪愼猷, 「哀朴矩軒」, 『白華子集』: 『閭巷文學叢書』 6, 驪江出版社, 1991, 48~49면. "牧蘇與簡岳, 雄强占地位. 三淵別門戶, 左海新鼓吹."

182) 『列朝詩集小傳』, 571면. "余嘗論近代之詩, 抉摘洗削, 以凄聲寒魄爲致, 此鬼趣也. 尖新割剝, 以噍音促節爲能, 此兵象也. 鬼氣幽, 兵氣殺, 著見于文章, 而國運從之. 而一二輊才寡學之士, 衡操斯文之柄, 而徵兆國家之盛衰, 可勝歎悼哉!"

전겸익의 말을 요약하자면, 종성·담원춘의 시는 귀기(鬼氣)와 병기(兵氣)를 드러내고 있고, 그것이 마침내 국운, 즉 명대의 쇠운의 조짐이 되었다는 것이다. 전겸익의 경릉파에 대한 비판은 대단히 유명한 것인데, 대체로 경릉파의 문학사적 위상에 대한 정확한 평가라고 여겨져 왔다.

이하곤은 전겸익을 인용하여 삼연의 추종자들을 비판하고 있는 것인데, 여기서 정작 중요한 것은 추종자들이 '신어(新語)'·'기어(奇語)'·'초어(峭語)'에 관심을 집중하고 있다는 것이다. 이것은 물론 추종자들이 삼연의 비평적 주장이나 작품을 이렇게 요약했을 것이다. 그런데 새롭고[新] 기이하고[奇] 날카로운[峭] 언어의 모색은 예사롭게 들리지 않는다. 이것은 실로 공안파와 경릉파의 시어의 특징을 지적할 때 흔히 동원되었던 평어다. 농암이 원굉도를 읽었으니 당연히 삼연도 읽었을 터이고, 앞서 지적한 바와 같이 삼연은 경릉파의 『고시귀』·『당시귀』의 비평을 세심히 읽었으니, 삼연이 공안파와 경릉파의 비평을 수용하고 있음은 두말할 나위가 없다.

문제는 삼연의 비평이 전/후가 동일성을 갖지 않다는 데 있다. 위의 이하곤의 말에서 ②는 삼연의 문학이 전후로 바뀌었음을 지적하고 있다. 예컨대 요가(鐃歌)·고취(鼓吹)를 추종자들이 알지 못한다는 말은 퍽 주목할 것이다. 요가와 고취는 고악부(古樂府)의 형식이다. 즉 전기의 삼연이 악부에 대한 공부가 있었음에도 불구하고, 후배들은 삼연을 삼연답게 만든 그 공부가 무엇인지를 전혀 모른다는 것이다. 『경종실록』의 삼연의 졸기(卒記)에 이런 말이 있다. "(김창흡은) 일찍이 『장자』를 읽고 황연히 마음에 맞아 이때부터 세상사를 저버리고 산수를 찾아 방랑하며 고악부(古樂府)를 지을 것을 창도하니, 시도(詩道)가 이 때문에 중흥되었다."183) 여기서 '고악부를 지을 것을 창도했다'는 말에 주목하자. 여기서의 고악부는 이하곤의 요가(鐃歌)·고취(鼓吹)에 대한 지적과 동일한 것이다. 그렇다면 왜 고악부인가.

김창흡은 1681년 아버지 김수항의 명으로 삼부연(三釜淵)에서 서울로 돌

---

183) 『景宗實錄』 2년 2월 21일. "嘗讀莊子書, 怳然有契, 自是遺棄世事, 放迹山水間, 倡爲古
   樂府, 詩道爲之中興."

아와 백악산 님쪽에 낙송루(洛誦樓)를 짓고 김창업(金昌業)·홍유인(洪有人)·
이규명(李奎明)·홍세태(洪世泰)·김시보(金時保)·유명악(兪命岳)·김창립(金昌
立)·최동표(崔東標) 등과 함께 낙송루시사(洛誦樓詩社)를 만들어 시작에 골몰
한다.184) 이때를 회고한 유척기(兪拓基)는 자신의 아버지 유명악이 드나든
낙송루시사의 창작 경향을 다음과 같이 밝히고 있다.

> 이때 선생께서 베푸신 가르침은 대개 풍아(風雅)를 고발(鼓發)하고 한(漢)·위(魏)
> 를 추종하여 한번 후세의 용루(庸陋)함을 씻고 붓을 휘둘러 곧장 삼백편(三百篇)의
> 뒤로 나아가고자 하려는 것이었다.185)

김창협은 낙송루 시회에서 한(漢)·위(魏)의 시를 배움으로써 후대의 용루
(庸陋)한 시풍을 개혁하고, 곧바로 『시경(詩經)』의 경지를 재현할 것을 모토로
삼았던 것이다. 그런데 이것은 사실 전칠자(前七子)의 모토를 차용한 것이니,
전칠자의 이몽양(李夢陽) 등이 한위의 고시(古詩)를 전범으로 삼아 진정한 시
도(詩道)를 개척하고자 했던 것은 이미 지적한 바 있다. 낙송루시사 때의 김
창흡은 의고파의 의고적 창작론에 경도되어 있었던 것이다.

낙송루시사는 1686년 이규명이 죽고, 1689년 기사환국으로 김창흡이 영
평(永平)으로 은거하면서 해체되었다. 이 시기에 또 논자들은 '청풍계시회(靑
楓溪詩會)'의 존재를 상정하는 바 이 시회에서도 의고파의 영향이 보인다. 조
정만(趙正萬)은 이때의 김창흡의 시재와 청풍계 시에 대해 "대저 우리들의
성대한 문회(文會)는 설루(雪樓) 이후로는 들어보지 못한 것"186)이라 하고 있
다. 설루는 이반룡이다. 이들은 이반룡에 대해서 잘 알고 있었으며, 그를 의
식하는 창작활동을 했던 것이다.

김창흡을 중심으로 한 시회는 대체로 의고적인 작풍을 가지고 있었던 것

---

184) 金南基, 「三淵 金昌翕의 詩文學 研究」, 서울대 박사논문, 2001, 81~82면.
185) 兪拓基, 「題沛筑散響後」, 『知守齋集』: 『韓國文集叢刊』 213, 582면. "是時, 先生之所設
    敎, 盖將以鼓發風雅, 追蹤漢·魏, 一洗後世之庸陋, 而掉軼直造于三百篇之後也."
186) 趙正萬, 「楓溪詩會」, 『寤齋集』 권2. "大抵吾儕盛文會, 雪樓之後未曾聞."

으로 여겨진다. 이것은 그의 후기 시론이 갖는 진보성과는 사뭇 다른 것이다. 예컨대 논자들은 흔히 삼연의 나이 32세 때인 1684년에 조성기(趙聖期)와 벌인 논쟁을 그의 비평의 특이점으로 설정하려 하지만, 이것은 사실 삼연 비평의 핵심이 아니다. 삼연은 이 논쟁에서 낡은 유가적 시론의 명제, 곧 온유돈후(溫柔敦厚) 따위를 자기 논리의 근거로 삼고 있을 뿐이다. 물론 이 논쟁에서 그는 명대의 새로운 시론을 의식하고 있다.

> 이것이 이른바 '생각이 백 가지고 길이 모두 달라도 마침내 돌아가는 곳이 있다'는 것입니다. 송인(宋人)은 그것을 구하였으되 법으로 하지 않았으니 연목구어(緣木求魚) 격이었고, 명인은 교정하였으되 그 참[眞]됨을 잃어버렸으니 손으로 물을 쳐서 산을 넘기려는 격이었다.[187]

명인이 교정하려다가 진(眞)을 잃어버렸다는 것은 무슨 의미인가? 앞서 언급한 바와 같이 이몽양 등 전칠자는 대각체(臺閣體)가 상실한 문학의 창조성, 진실성을 회복하기 위해 '진시(眞詩)'의 창작을 주창했던바, 의고를 방법적 원리로 채택했던 것이다. 그러나 그들의 의고적 창작 방법은 전범으로부터의 센텐스와 어휘를 차용하여 집적하는 저차원의 것이었고, 원래 고전이 지니고 있던 창의성과 진실성을 재현하는 데 실패했던 것이다. 삼연은 바로 의고파의 창작 방법의 모순을 심각하게 깨달았던 것으로 보인다. 물론 그는 농암처럼 그의 문자에서 명대 의고파를 노골적으로 비판하지는 않았다.[188] 물론 그의 왕세정에 대한 비판이 없는 것은 아니다. 모의적 언어에 대한 비판은 있다. 그럼에도 불구하고 그 강도는 구체적인 사안을 지적할 정도는 아니다. 즉 농암에게 나타나는 왕세정·이반룡에 대한 실명 비판은 거의 없

---

187) 金昌翕, 「與拙修齋趙公」, 『三淵集』 2 : 『韓國文集叢刊』 166, 502면. "此所謂百慮殊塗, 會其有極. 而宋人求之不以法, 則緣木求魚之類也; 明人矯而失其眞, 則激水過山之類也."
188) 농암의 비평이 명대 문학을 대타적으로 성립하는 것을 보면 삼연의 경우는 의고파에 대한 직접적인 비판이 드문 것은 이례적이다. '靈心慧識'(「與拙修齋趙公」, 『三淵集』 2 : 『韓國文集叢刊』 166, 505면)이란 문자를 구사하는데, 이것은 공안파의 막내인 원중도가 상용하는 문자다. 하지만 그 사용되는 맥락은 다르다.

는 것이다. 졸수재와의 논쟁도 별반 중요한 것이 못된다.

그렇다면 그의 비평에 있어서 변화가 일어나는 것은 언제부터인가?『경종실록』에 의하면, '가화(家禍)를 당하자, 형 김창협과 함께 학문에 종사했는데, 그 견해가 왕왕 뛰어났다'고 하고 있다. 가화란 1689년의 기사환국으로 서인이 몰락하고 남인이 집권한 사건이다. 물론 그의 학문에 종사했다는 것은, 성리학을 말하는 것으로 보인다.[189] 그의 시론 역시 전과는 사뭇 다른 양상을 보인다. 그 변화의 과정을 검토해 보자. 김창흡은 1709년 조카 김숭겸(金崇謙, 1682~1700)의 시집『관복고(觀復稿)』의 서문을 쓴다. 김숭겸은 1700년에 19세의 나이로 죽었고, 김창흡은 그의 생전의 시론에 대해 논하고 있으니, 대개 그의 창작론의 변화는 1700년 이전의 것으로 짐작된다. 일부를 인용해 본다.

> 나는 우활하여 온갖 일에 아는 것이 없지만, 다만 시도(詩道)에는 30년을 마음을 써 왔다. 처음에는 격(格)을 세우는 것은 반드시 높고, 법을 취하는 것은 반드시 옛것[古]으로 할 것을 기준으로 삼아 동인(東人)의 비미(卑靡)한 습관을 고치려고 노력하였다. 스스로 표방한 것과 남을 위해 인도한 것은 곧 "한의 고시와 당의 율시는 저 하늘의 구름에 닿을 정도로 치솟아 있다"는 것이었으니, 항론(抗論)한 것인즉 옳았던 것이나, 스스로 실천한 것은 한결같이 모두 그림자와 메아리를 좇아서 한 것이라, 이른바 한(漢)이란 것이 진짜 한[眞漢]이 아니었고, 이른바 당이란 것이 진짜 당[眞唐]이 아니었다. 곧 자기 자신의 한과 당이었던 것이다. 이에 모두 걷어치우고 되돌아갔고 어려움으로 인해 염증이 생겨, 다시는 성병(聲病)을 구경(究竟)의 법으로 여기지 않았던 것이다.[190]

젊은 날의 작시(作詩)에 대한 반성이다. 주목할 것은, 삼연의 젊은 시절의

---

189) 물론 이것이 그가 철저한 성리학자란 말은 아니다. 미묘하게 다른 점이 있다.

190) 金昌翕,「觀復稿序」,『三淵集』1 :『韓國文集叢刊』165, 480면. "余之迂疏, 百無所解, 獨於詩道, 三十年用心矣. 其始以立格必高取法必古爲準. 務以矯東人卑靡之習. 其自標致與夫爲人嚮導, 輒曰: '漢古·唐律, 崔崔乎相薄雲霄.' 抗論則然, 而及其自運, 一皆是尋逐影響而爲者, 所謂漢者非眞漢, 唐者非眞唐, 而乃自己之漢與唐也. 於是, 廢然而返, 因難生厭, 不復以聲病爲究竟法矣."

작시의 준적(準的)이 앞서 언급한 바와 같이 전칠자에게 있었다는 것이다. '격을 세움은 반드시 높고, 법을 취함이 반드시 옛것[古]이었다'는 발언과 한위의 고시와 당시의 율시를 가장 높은 전범으로 설정한 것은 모두 전후 칠자의 복고적 모토와 유관하다. 예컨대 전칠자의 대표격인 하경명(何景明) 은 「해수집서(海叟集序)」에서 "그러므로 나는 가행(歌行)과 근체(近體)를 배움 에 있어서 두 사람(이백과 두보)에게서 취한 바 있고, 곁으로는 당초(唐初)·성 당(盛唐)의 여러 사람들을 참고하였고, 고시는 반드시 한(漢)·위(魏)에서 (모 범을) 찾고자 했던 것입니다"191)라고 하였다. 요컨대 김창흡은 전후칠자의 하경명·이몽양의 복고적 창작론으로 조선의 시 창작을 교정하고자 했던 것이다. 그러나 그가 스스로 반성하듯 그의 창작상의 실천은 그림자와 메 아리를 쫓는 것이 되어 마침내 이른바 한이란 것은 한의 작품이 아니고 당 이란 당의 작품이 아닌, 자신의 한과 당이 되고 말았던 것이다. 그가 이러 한 작풍을 폐기한 것은 당연하다 하겠다. 다만 여기서도 주목할 부분이 있 다. 그는 "다시는 성병(聲病)을 구경의 법으로 생각하지 않았다"고 하고 있 는데, 이것은 전칠자의 모순을 노골적으로 드러낸 것과 다름이 없었다.

「관복고서」는 요절한 천재의 시재를 기리는 헌사인 셈인데, 그는 김숭겸 을 총괄하여 "법의 속박을 받지 않고 스스로 법을 이룰 수 있었다[不受法縛 而能自成法]"이라고 평가하고 있다.192) 법으로부터의 이탈이란 참으로 중요 한 발언이다. 이것은 사실상 명대 의고파의 법으로부터의 이탈을 말한다. 좀 더 구체적으로 살펴보자. 그는 "명인(明人)의 표절하고 박할(剝割)하는 습 관은 숭겸이 부끄러워하는 바였는데, 나 역시 그것을 부끄러워한다"193)고

---

191) 何景明, 「海叟集序」, 『大復集』 권34. "故景明學歌行·近體, 有取於二家, 旁及唐初·盛 唐諸人, 而古作必於漢·魏求之."

192) 金昌翕, 「觀復稿序」, 앞의 책, 480면. "晚得吾崇謙於階庭, 則其爲詩嗜好過我, 而學殖甚 約, 問其師法, 高不蹤少陵, 而輔之宋世黃陳, 曁我東之翠軒蘇齋, 以相頡頏, 而又其推敲專 在近體, 則亦太卑矣. 然其所脫手者, 傑然超乘之氣, **不受法縛而能自成法**, 肆意而往, 邂逅 與對屬平仄湊著焉. 大抵得之容易而工若老鍊. 余每稱奇以爲倩人, 則云自少陵之室, 於是 知詩有別才, 果非虛言, 而規規於師法高下亦陋矣."

193) 위의 책, 같은 면. "如明人剽儌剝割之習, 嵩謙所恥, 余亦恥之."

말하고 있는데, 이것은 자신 역시 명대의 의고적 작풍으로부터 이탈을 추구하고 있다는 말이 된다.

이런 복고주의에 대한 비판은 과연 어디서 유래한 것인가? 당시 명대 문학계의 동향과 조선 문단을 떼놓고 생각할 수 없다면, 이런 반성 역시 명대 문학계로부터 유래한 것임이 분명하다. 김창흡의 「하산집서(何山集序)」는 그의 시론이 집약되어 있는 대표적인 비평문이다. 이 비평문을 읽어 명대 비평과의 관련성을 검토해 보자.

> 시의 원리는 법이 없어서도 안 되지만 법에 구속되어서도 안 된다. 나는 일찍이 주자가 시를 논한 것을 들었다. 그의 풍(風)과 아(雅), 정(正)과 변(變)의 구별이 어찌 끊은 듯하지 않겠는가마는 어떤 사람의 물음에 답할 적에는 "관관저구(關關雎鳩)가 어느 곳에서 나왔던가?"라고 하였다. 통쾌하도다. 이 말이여. 천고의 오류를 격파할 수 있고, 성병가(聲病家)의 활구(活句)가 되기에 충분하다.[194]

삼연은 왜 하필이면 주자의 말을 인용하는가. 주자는 시작(詩作)에서 자주 문제가 되었던 현재의 작품과 전범과의 관계에 대해서 말하고 있다. 흔히 용사(用事)니, 인유(引喩)니 하여 과거의 고전, 혹은 전범에 기대지 않은 시는 무의미하다는 발상을 시에 있어서의 기원적 전범인 『시경』의 경우를 들어 정면으로 반박하고 있는 것이다.

삼연이 주자의 말을 인용하는 이유는 너무나 분명하다. 삼연은 오로지 전범에 기대어 전범의 언어를 재구축하는 의고적 창작론을 비판하기 위해 주자의 권위를 끌어 오고 있는 것이다. 『시경』 첫머리 관저(關雎)가 어떤 전범에 의지하지 않고 스스로 전범이 되었음을 말하여, 전범에 의지하고자 했던 의고적 창작론을 비판하고자 했던 것이다. 계속 「하산집서」를 읽어보자.

---

194) 金昌翕, 「何山集序」, 위의 책, 484면. "詩之爲道, 不可無法, 不可爲法所拘也. 不佞嘗聞朱子之論詩矣. 其於風雅正變之別, 非不截然, 至答或人之問, 則曰 : '關關雎鳩, 出自何處.' 快哉! 斯言. 可以破千古謬固之見, 而足爲聲病家活句矣."

대저 시란 어떻게 짓는 것인가. 성령(性靈)에 근원을 두고 물상(物象)을 빌리며, 청색 황색을 섞어 무늬를 만들고, 궁음(宮音)과 상음(商音)을 안배하여 율(律)을 이룬다. 정해진 법을 따르도록 할 수 없고 오직 그때그때의 변화를 따라야만 타당한 것이다. 신(神)은 정해진 장소가 없고, 『역(易)』은 형체가 없나니, 시도 역시 그와 같다. 그러므로 상(象)에 바뀌는 바가 있으면, 눈 속에 파초를 그리는 것도 가능하고, 겨자씨에 수미산을 그리는 것도 가능하다. 이것이 어찌 안배(安排)와 구체(拘滯)로 할 수 있는 바이겠는가.195)

성령에 근원을 두고 물상을 빌린다는 말은, 시의 본질이 인간의 성령의 산물로서 외적 사물을 빌어 표현된다는 뜻이다. 여기서 시가 성령의 산물이라는 근원적 정의에 일단 주목해 두자. 그 다음 이어지는 청색 황색, 궁음 상음 운운하는 말은, 회화적 이미지와 운율, 곧 시어의 음악성으로서 한시 미학의 중추를 이루는 요소들을 지적한 것이다. 시는 인간의 성령에 근원을 두고 사물을 빌어 언어로 표현하되, 회화적 이미지와 시어의 음악성으로 이루어지는 예술이다. 그런데 시의 예술적 요소들의 속성은 어떤 것인가. 문제는 그 다음에 이어지는 말에 있다. "정해진 법을 …… 형체가 없나니"라는 부분의 원문은 "不可爲典要, 惟變所適. 神無方而易無體"로서 『주역』「계사전」에서 인용된 것이다.196) 워낙 압축적인 말이라 쉽게 납득이 되지 않지만, 대개 이런 뜻이다. "不可爲典要, 惟變所適"은 역(易)이란 끊임없이 유동 변화하는 것이므로, 그것을 일정한 방식으로 강제할 수 없고, 오로지 변화하는 것만이 적합하다는 것이다. 세계의 존재 일반은 변화하는 것이 그 본질이며, 어떤 룰로 규정하거나 강제할 수 없다는 의미다. "神無方而易無體"의 의미는 이러하다. 즉 신은 편재(遍在)하는 것이기에 어떤 한 장소에 머무르지 않고 역(易) 역시 끊임없는 변화 중에 있으므로 그것은 일정한 고정된

---

195) 위의 책, 같은 면. "夫詩, 何爲者也. 原於性靈, 假於物象, 靑黃之錯爲文, 宮商之旋爲律, 不可爲典要, 惟變所適. 神無方而易無體, 詩亦如之. 故象有所轉, 雪中芭蕉可也, 境有所奪, 芥裏須彌可也. 是豈可以安排拘滯爲哉?"

196) "不可爲典要, 惟變所適"는 「繫辭傳下」에서, "神無方而易無體"는 「繫辭傳上」에서 인용되었다.

형체를 갖지 않는다는 것이다.

삼연의 "시도 역시 그와 같다"고 한 발언은, 시의 창작은 어떤 고정된 법칙으로 규정할 수 없음을 말하고자 한 것이다. 그것은 이성적 사유를 초월한 것으로 한 겨울의 눈 속에 있는 열대의 바나나 나무를 상상할 수도 있고, 겨자씨처럼 작은 사물 속에다 수미산 같은 거대한 사물을 새겨 넣을 수도 있다. 즉 시 창작의 본질이 어떤 법이나 규칙으로 규정할 수 없는 자유에 있음을 말하고 있는 것이다. 이런 점에서 「하산집서」에서 삼연이 도달한 시의식은 매우 높은 경지의 것이라 말할 수 있다. 문제는 삼연의 이 발언이 이루어지는 층위다. 위 인용의 끝에서 삼연은 시의 자유의 경지는 '안배(安排)' '구체(拘滯)'로는 도달할 수 없다고 하는바, 이것이 바로 의고주의를 겨냥한 것으로 보인다는 것이다. 즉 시어의 안배, 혹은 법에 구애됨은 의고주의를 겨냥한 것이 아닌가 하는 것이다. 이어지는 문장을 읽어보면 보다 확실해질 것이다.

> 우리나라는 시를 짓는 연원(淵源)이 이미 얕은데다 논할 만한 헌장(憲章)도 다시 없지만, 유독 기휘(忌諱)는 간간하고 옛것을 답습(仍襲)하는 데는 익숙하니, 실로 3백 년 이래의 고질적 폐단이다. 그러나 선묘(宣廟) 이전으로 말할 것 같으면, 비록 교(巧)와 졸(拙)의 차이는 있었지만, 그래도 각각 그 진태(眞態)를 드러내었다.
>
> 이후로는 점차 모두 아름다운 데로만 나아가 곱게 갈고 분칠해 꾸미는 버릇만 날로 불어나, 기휘를 따지는 것은 갈수록 간간해지고, 답습은 더욱더 익숙해졌으니, 옛날의 작품을 법으로 삼는 것이 아니라, 마침내 법에 구속이 되어 버렸다. 그러므로 명물(命物)을 하자면 반드시 휘부(彙部)에 의지하고 용사(用事)를 하자면 반드시 내력(來歷)을 필요로 한다. 우리 속에 쪼그린 채 한 걸음도 옆으로 내딛지 못하여 마침내 진기(眞機)의 활용(活用)이 묶이어 움직이지 못하게 만드니, 어찌 다시 중류(中流)를 끊고 진벌(津筏)을 뛰어넘어 위로 올라가는 사람이 있겠는가?
>
> 대개 합해서 논하자면, 백가(百家)가 한 가지 격(格)이요, 한 사람의 작품이다. 경(境)과 사(事)는 뇌동(雷同)하고 정치(情致)는 뒤섞인 데다가 또 천편일률이 되어 구별해낼 도리가 없다. 아아, 시는 시인의 내면을 볼 수 있다고 하였다. 어찌 이와 같이 되고자 한 것이겠는가?[197]

선조 이후 시가 기휘를 더 따지고 잉습에 더 익숙해졌다는 것은, 선조 이후 시에서 일어난 변화를 말하는 것이고, 이것은 누차 지적했듯 의고파의 수용 이후에 일어난 현상이다. 즉 삼연의 「하산집서」는 선조 이후 의고적 창작론을 비판하기 위해 쓰인 것이다. 그렇다면 「하산집서」의 골간을 이루는 사유들은 삼연 스스로가 도달한 것인가. 위 인용의 근거를 이루는 사유에 대해 다시 검토할 필요가 있다.

앞서 인용한 「관복고서」와 위의 인용 중에서 논의에 필요한 부분을 원문으로 발췌해 본다.

> 不受法縛而能自成法.
>
> ─「관복고서」

> 非古之爲法而終爲法拘也.
>
> ─「하산집서」

> 百家一格, 卽夫一人之作, 而境事雷同, 情致混倂, 又是千篇一律, 無可揀別矣.
>
> ─「하산집서」

이런 부분들은 과연 삼연이 독자적으로 도달한 논리인가. 원굉도를 읽어 보자.

① 근래 강남 강북에서 시를 말하는 사람은 열에 아홉은 왕공(汪公)과 왕공(王公) 의 문하에서 나왔다. 그 하나는 비록 두 왕공의 문하에서 나오지는 않았지만, 용의 (用意)와 속사(屬詞)가 엄연히 두 분의 법도 안에 있다. 그 사이에 조금이나마 추향

---

197) 金昌翕, 「何山集序」, 앞의 책, 484~485면. "我東爲詩淵源旣淺, 無復憲章之可論, 而獨其 **詳於忌諱, 狃於仍襲**, 實爲三百年痼弊, 然而宣廟以前, 雖有巧拙, 猶以各呈其眞態, 以後漸 就都雅, 則磨礱粉澤之日勝, 而忌諱愈詳, 仍襲愈熟, 非古之爲法而終爲**法拘**也. 故命物之, 必依彙部, 使事之, 要有來歷, 蹙蹙圈套之中, 不敢傍走一步, 遂使**眞機**活用, 括而不行, 豈 復有截斷中流, 超津筏而上者乎? 蓋合以論之, **百家一格, 卽夫一人之作, 而境事雷同, 情致 混倂, 又是千篇一律, 無可揀別矣**. 噫! 詩可以觀, 豈欲其如是哉?"

을 알고 모의(摹擬)를 부끄러워하는 사람이 있어 비록 때때로 이 무리들을 비웃지
만 그들도 하필(下筆)할 때면 격투(格套)에 속박되고 부범(浮泛) 뇌동(雷同)하는 것
을 면하지 못해[未免格套所縛, 浮泛雷同] 왕왕 이와 같으니, 잡독(雜毒)이 사람들
에게 침투한 것이 심한 것이다. 더욱 괴이한 것은, "당(唐)에는 오언고시가 없고, 청
련(靑蓮)과 공부(工部) 등 여러 사람에게는 고악부(古樂府)가 없다"고 하는 것이다.
대저 당나라 사람들은 고시를 짓되 제(齊)와 양(梁)을 본뜨지 않았으니, 이것이 바
로 당나라 사람의 고처(高處)다.198)

②또 천하의 물(物)은 홀로 행세하는 것은 반드시 없어서는 안 될 것이니, 비록
없애버리고자 해도 없앨 수가 없다. 하지만 뇌동(雷同)한 경우라면 있을 수가 없으
니, 있을 수 없는 것이라면, 비록 존치시키려 해도 존치시킬 수가 없다.199)

③그 뒤에 창곡(昌穀)이 오(吳) 지방의 노래를 조금 변화시키고, 원미(元美) 형제
가 잇달아 나타나 높이 스스로 뻐기면서 대성장어(大聲壯語)를 짓는 데 힘쓰니 오
(吳) 지방의 기미(綺靡)한 습속이 이로 인해 한 번 변하여, 표절(剽竊)이 풍조를 이
루어 만 사람의 입이 하나의 메아리가 된 나머지 시도(詩道)가 점점 쇠약해졌다. 지
금에 와서는 저잣거리의 장사치들조차 다투어 노래하고 읊으면서 서로 번갈아 모
의(摹擬)를 하는 판이다. 남이 한 마디 말이라도 격(格)에서 벗어나거나 혹 구법(句
法)이 전에 본 것이 아니면, 야로시(野路詩)라고 마구 헐뜯는다. 사실인즉 한 글자
도 보지 않아 두 눈이 칠을 한 듯하므로 눈앞에 몇 가지 익숙한 고사가 있으면 뇌
동(雷同)하여 반복하니 아주 염증이 나고 더럽게 여길 만하다.200)

---

198) 「涉江詩序」, 『明代文學批評資料彙編』 下, 639면. "近日江南江北談詩者, 什九出汪・王
　　二公之門, 其一雖不出二公門, 然用意屬詞, 居然在二公繩尺內, 間有稍知趨向, 恥爲摹擬
　　者, 雖亦時時姍笑此輩, 及下筆, 未免格套所縛, 浮泛雷同, 往往而是. 雜毒之入人甚矣! 其
　　尤可怪者曰 : '唐無五言古詩, 靑蓮・工部諸公無古樂府.' 夫唐人作古, 不效齊梁, 此是唐人
　　高處. 六朝人擬古樂府殊近似, 然絜合附會, 如小兒吹泥畫壺, 萬口一腔, 不知李杜當時, 何
　　等厭薄, 始別出一番手眼."「涉江詩序」는 『袁宏道集箋校』에는 실려 있지 않다. 『明代文學
　　批評資料彙編』 下에는 출처를 明 萬曆 原刊本 『鸎嘯集』으로 제시하고 있다.
199) 袁宏道, 「敍小修詩」, 『袁宏道集箋校』 上, 188면. "且夫天下之物, 孤行則必不可無, 必不
　　可無, 雖欲廢焉而不能; 雷同則可以不有, 可以不有, 則雖欲存焉而不能."
200) 袁宏道, 「敍姜陸二公同適稿」, 『袁宏道集箋校』 中, 695면. "厭後昌穀少變吳歈, 元美兄
　　弟繼作, 高自標譽, 務爲大聲壯語. 吳中綺靡之習, 因之一變. 而剽竊成風, 萬口一響. 詩道
　　寢弱. 至於今, 市賈傭兒, 爭爲謳吟, 遞相臨摹. 見人有一語出格, 或句法事實非所曾見者,
　　則極詆之爲野路詩. 其實一字不觀, 雙眼如漆, 眼前幾則爛熟故實, 雷同翻夏, 殊可厭穢."

④내가 시를 논한 것이 세상의 주장과 다른 것이 많기에 세상에 나를 좋아하는 사람이 없다. …… 매자(梅子, 梅蕃祚)가 일찍이 나에게 "시도(詩道)의 더러움이 오늘날 같은 적이 없다. 수준이 높은 자는 **격투(格套)**에 속박되어[爲格套所縛], 깃촉을 꺾인 새처럼 날고자 해도 날 수가 없고, 수준이 낮은 자는 그림자나 소리를 표절(剽竊)하니 마치 늙은 할미가 분칠을 한 것 같다"고 하였다.201)

⑤이 아우가 형에게 이렇게 말했지요. "과연 지금 사람들이 지은 작품은 만 사람의 입에서 꼭 같은 소리가 나오는 격이니, 형이 어떻게 그 고하(高下)를 구별해 내겠습니까?[萬口一聲, 兄何以區別其高下耶] 또 고인의 시는 천백 년을 거쳤지만 읽어보면 막 입에서 나온 것 같은데, 지금의 시는 지어지자말자 이미 붉게 썩어버린 곡식 같으니, 어찌된 것입니까?202)

⑥근래에 학사대부(學士大夫)들은 자못 시를 말하기를 꺼립니다. 시를 말하는 사람이 있어도 또 당(唐)·송(宋)의 시를 찬찬히 감상하지 않고, 애써 **대성장어(大聲壯語)**를 짓게 된 결과 천편일률(千篇一律)이 됩니다. 한두 현명한 사람들이 극력 만회하여 비로소 이 소굴을 뒤집을 수 있었던 것입니다.203)

이 비평문들은 예외 없이 의고적 창작론을 비판하는 반의고론(反擬古論)이다. 이 점을 염두에 두고 위의 고딕 강조된 부분에 주목할 필요가 있다. 삼연의 「하산집서」 역시 앞서 지적한 바와 같이 동일한 반의고론인데, 그 표현이 너무나 혹사하지 않은가. 「하산집서」는 '뇌동'이란 문자를 의고론을 비판하기 위해 쓰고 있는바, 이것은 원굉도의 반의고론에 단골로 등장하는 명사이다. 「하산집서」는 뇌동과 아울러 '천편일률'이란 말을 쓰고 있는바,

---

201) 袁宏道,「敍梅子馬王程稿」, 위의 책, 699면. "余論詩多異時軌, 世未有好之者. …… 梅子嘗語余曰：'詩道之穢, 未有如今日者. 其高者爲格套所縛, 如殺翮之鳥, 欲飛不得. 而其卑者, 剽竊影響, 若老嫗之傳粉."
202) 袁宏道,「哭江進之詩序」, 위의 책, 1091~1092면. "弟謂兄曰：'果若今人所著, 萬口一聲, 兄何以區別其高下耶. 且古人之詩, 歷千百年, 讀之如初出口, 而今人一詩甫就, 已若紅朽之粟, 何也?'"
203) 袁宏道,「答張東阿」, 위의 책, 754면. "近時學士大夫, 頗諱言詩, 有言詩者, 又不肯細玩唐·宋詩, 强爲大聲壯語, 千篇一律, 須一二賢者, 極力挽回, 始能翻此巢窟."

이 역시 위의 ⑥에 등장한다. 「하산집서」의 "전편일률이라서 구별해낼 도리가 없다"는 표현 역시 ⑤의 "만 사람의 입에서 꼭 같은 소리가 나오는 격이니, 형이 어떻게 그 고하(高下)를 구별해 내겠습니까?"라는 부분과 그 뜻과 언어가 사실상 동일하다. 「관복고서」의 "不受法縛而能自成法"과 「하산집서」의 "非古之爲法而終爲法拘也"라는 부분 역시 위의 ①④에서 그대로 동일한 내용과 표현을 볼 수 있다.

이런 동일성을 우연의 결과로 볼 수 있을 것인가. 만약 삼연이 반의고론이 아닌 다른 논리를 구사하면서 이런 내용과 표현을 동원했다면, 공안파와의 관련성은 당연히 배제된다. 하지만 그가 『원중랑집』을 읽었고, 또 그의 논리가 반의고론으로 구축되어 있다면, 공안파로부터의 영향, 공안파 논리의 차용은 당연한 것일 수밖에 없다. 이제 다시 「하산집서」에서 삼연이 말한 시가 성령에 근원을 둔다는 말에 주목해 보자.

> 지금 부귀한 처지에 있으면서 부귀에 휘둘리지 않고, 환난에 처하고 있지만 환난에 질식되지 않으며 그 차지 않은 것을 비우고 떠나가는 세월을 유유히 보내어, 이런 태도로 종신토록 누가 없다면, 어찌 천지의 청통(淸通)한 기운을 얻은 사람이 아니겠는가. 이런 사람은 그 성령(性靈)이 온축한 바가 반드시 영롱하여 혈(穴)을 뚫고, 물(物)과 간극이 없어지는지라 그것이 발(發)해 문사가 되면, 또한 언제나 천진(天眞)을 감촉하여 공교하기를 기약하지 않아도 공교해지는 것이다. 대저 공교하기를 기약하지 않아도 공교해지는 것이 곧 청통이 오묘하게 되는 까닭인 것이다. 문장에서 특별히 귀중하게 여겨야 할 것이다. 이것은 서포 김공의 문집을 두고 이른 말이다.[204]

1702년에 쓴 「서포집서」다. 여기서 '성령'이란 비평어가 구사되고 있다는

---

204) 金昌翕, 「西浦集序」, 앞의 책, 476~477면. "今有處乎富貴而不爲富貴所圍, 行乎患難而不爲患難所窒, 冲乎其不盈, 悠乎其與逝, 以此終其身而無累焉, 則豈非得天地淸通之氣者乎? 若然者其性靈所蘊, 必其玲瓏穿穴, 與物靡隔, 而其發爲文辭, 亦將有動觸天眞, 不期工而自工者矣. 夫不期工而自工, 斯淸通之所以爲妙, 而在文章, 特可貴重. 此西浦金公文集之謂也."

짐에 주목하기 바란다. 이 문장에서 '성령'의 구체적 함의는 주어져 있지 않다. 다만 우리는 그것이 어떤 맥락에서 쓰이고 있는가를 조심스럽게 추정할 뿐이다.

'성령'이란 말이 문학비평사에 사용된 것은 남북조 시대까지 소급한다. 이때의 성령은 일종의 민감한 감수성으로서 그것은 개인적인 심미 정취에 관계된 것이었다. 하지만 유가의 정통적 문학 관념에 의하면 개인이 정취를 발휘하는 문장을 소도(小道)라고 하였으므로, 당송 이후로는 문이재도(文以載道) 사상의 유행에 따라 문학 비평에서 성령 한 단어가 많이 보이지 않게 된 것이었다.205) 성령은 명대 중·후기에 시문의 비평에 비교적 많이 사용되는 용어다.206) '성령'이 일종의 특수한 문학비평관, 창작관이 되는 것은 명대의 융경 만력 이후인 것이며, 그 대표적인 인물이 공안파의 원굉도다.207) 성령설의 본질은 '진(眞)'이다. 김창협이 성령을 말하면서 '천진(天眞)'을 같이 언급하고 있는 것은 결코 우연한 것이거나, 자신의 사유가 스스로 도달한 결과가 아니다. 성령설의 본질을 진으로 파악한 것은 공안파 특유의 것이다. 즉 원굉도의 성령설은 '고금지변(古今之辯)'·'진안지변(眞贋之辯)'의 기초 위에서 형성된 것으로, 그것은 이미 숭고천금(崇古賤今)의 속박, 가도학(假道學)의 속박, 격조설의 속박을 벗어나 인간에게 고유한 활발한 성령이 자유롭게 발휘되는 것이었다.208) 이 점을 공안파의 강영과(江盈科)는 「폐협집서(敝篋集序)」에서 "시가 어찌 반드시 당시일 것이며, 또 어찌 반드시 초당 성당일까 보냐? 요컨대 성령에서 나온 것이 진시(眞詩)가 되는 것이다"209)라고 하였다. '성령'을 문학 비평의 언어로 본격적으로 끌어들인 사람은 공안파였고, 확산시키는 데 일조한 사람은 종성과 담원춘, 곧 경릉파였다.

---

205) 『明代文學批評史』, 455면.
206) 위의 책, 302면.
207) 위의 책, 303면.
208) 위의 책, 456면.
209) 江盈科, 「敝篋集序」; 袁宏道, 『袁宏道集箋校』下, 1685면. "詩何必唐, 又何必初與盛? 要以出自性靈爲眞詩爾?"

이런 사실을 배경에 둔다면, 김창협의 성령론과 그의 후기 시론은 공안파와 경릉파와 밀접한 관계가 있는 것으로 보인다. 「하산집서」의 마지막 한 토막을 더 읽어보자.

> 내가 청구(靑丘)의 시가 법에 구속된 것을 병통으로 여기는 것이 이와 같았는데, 만년에 하산의 시를 얻어 읽어보매 진정 기휘(忌諱)를 벗어나고 답습을 편안해 하지 않는 경우였다. 그 체격(體格)을 보니, 당(唐)과 같지도 않고, 송(宋)과 같지도 않아 그 사승(師承)으로 삼은 바가 없음을 알 수 있었다. 하지만 성조(聲調)가 상쾌하고 밝으며 기기(氣機)가 횡발하여, 왕왕 돌연히 험준하고 기이한 경치를 보이는 것 같기도 하고, 갑자기 냉수를 등에 끼얹는 것 같기도 하며, 번개가 눈앞에서 번쩍이는 것 같아, 거의 사람의 담이 떨어지고 정신이 아득하게 만들었다. 찬찬히 살펴보매, 여러 경물이 두루 갖추어지고 백태(百態)가 드러나서 놀랍고도 기뻐할 만하여 나도 모르게 턱이 벌어지고 손바닥을 쓰다듬은 지 오래였다.210)

「하산집서」는 김창흡(1653~1722)의 만년인 1714년에 쓴 것이다.211) 이 서문의 대상이 된 『하산집』의 저자인 최효건(崔孝騫)이 그리 이름난 시인도 아니고, 또 특별한 정치적 이력이 있는 것도 아님에도 불구하고, 김창흡은 야단스럽게 그의 시를 추켜세운다. 고딕 강조된 것이 결정적인 기준이다. 당도 아니고 송도 아니며, 사승으로 삼은 바가 없음에도 탁월한 시적 성취를 이루었다는 것, 곧 의고적인 방법에 의지하지 않고 스스로 독창적 경지를 열었다는 것이 아닌가. 반의고적 창작으로서의 독창이야말로 공안파가 주장하는 것이 아니었던가.

김창협과 김창흡은 남극관의 말처럼 당대의 벌열로서 명청대의 최신 비평이론을 도입할 수 있었다. 전대와는 달리 농·연은 전칠자·후칠자, 당송

---

210) 金昌翕, 「何山集序」, 앞의 책, 485면. "余於靑丘之詩所病其拘於法者如此, 晚得何山詩而讀之, 是眞能脫略忌諱而不安於仍襲者也. 看其體格, 不唐不宋, 可知無所師承, 而聲調爽亮, 氣機橫活, 往往突如其來, 造險出奇, 忽如冷水之澆背, 迅雷之燁眼, 殆令人膽掉神奪. 及其徐繹而種種諸境之該, 百態具呈, 可愕可喜, 不覺解頤而撫掌久矣."
211) 최효건의 필사본 문집이 남아 있는데, 그 앞의 서문에는 "甲午 仲春 安東 金昌翕 謹書"라고 쓰여 있다. 최효건, 『何山先生文集』 1, 경인문화사, 1997, 10면.

파, 공안파, 경릉파, 전겸익에 대한 독서력이 있었다. 특히 최후의 전겸익의 이론은 자신 이전의 모든 비평이론들을 흡수 비판한 것이었고, 그의 『열조시집소전』은 명대의 문학 유파의 특징과 한계, 그 역사적 전개에 대한 포괄적인 이해를 가능하게 하였다. 따라서 명대 문학에 대한 객관적 조망은 전겸익을 통해서 가능했던 것이다.

그럼에도 불구하고 농·연이 의고파에 대한 가장 논리적인 비판자인 공안파에 대해 감정이 섞인 대단히 비판적인 논조를 취하거나 혹은 침묵으로 일관한 것은 무엇 때문인가? 남극관의 비판이 일부 타당하다고 생각한다. 하지만 보다 본질적으로는 그들이 공안파를 노골적으로 수용할 수 없었기 때문이라고 생각된다.

『열조시집소전』의 「원계훈굉도(袁稽勳宏道)」를 읽으면 저절로 전후칠자와 공안파, 경릉파의 관계가 정립되며, 동시에 공안파가 이탁오에게서 유래하였음을 충분히 짐작할 수 있다.

① 만력(萬曆) 연간에 왕세정·이반룡의 학문이 성행하자, 너 나 할 것 없이 모든 사람이 그들을 따랐다. 문장(文長, 徐渭)과 의잉(義仍, 湯顯祖)이 우뚝 솟아 이견을 내놓았으나, 묵은 병이 무성한 풀처럼 자라나 있어 베어낼 수가 없었다. 중랑(中郎)은 툭 트이고 밝은 자질로 이용호(李龍湖, 李卓吾)에게 선(禪)을 배웠는데, 글을 읽고 시를 논하며 횡설수설하자 심안(心眼)이 밝아지고 담력이 커졌다. 이에 큰 소리로 배격하며, 그들의 말을 크게 물리쳤다.

② 중랑의 주장이 나오자, 왕세정·이반룡의 운무(雲霧)가 일제히 제거되고, 천하의 문인재사(文人才士)들은 비로소 심령(心靈)을 시원히 씻어내고, 지혜로운 본성을 예리하게 표출시켜 모의(摹擬)하고 도택(塗澤)하던 병통을 깨끗이 씻어내었으니, 그 공이 위대하였다. 하지만 날카로운 칼날이 삐어져 나오듯 굽은 것을 바로잡으려다 정도를 지나친 나머지, 멍청한 표현을 쓰라고 선동하는가 하면 비리(鄙俚)한 말이 버젓이 사용되어, 올바른 표현은 찢겨져 없어지고, 빼어난 말은 땅을 쓴 듯 사라졌다. 경릉파(竟陵派)가 대신 일어나 처량하고 고독한 경지로 그것을 바로 잡고자 하니, 해내(海內)의 풍기가 다시 크게 변하였다.212)

원굉도에 관한 선겸익의 이 발언만으로도 후칠자와 서위·당헌조, 공안파, 경릉파로 이어지는 명대 문학 유파의 변전을 알 수 있다. 뿐만 아니라, 전겸익은 「도중박둔원집서(陶仲璞遯園集序)」에서 "만력(萬曆) 연간에 해내(海內)가 모두 왕(王)·이(李)를 비난하고, 백락천(白樂天)과 소자첨(蘇子瞻)을 으뜸으로 받들었는데, 그 설은 공안(公安)의 원씨(袁氏)에 의해 창도되었다. 원씨 중랑(中郎)·소수(小修)는 모두 이탁오(李卓吾)의 문도인바, 사실은 이탁오로부터 나온 것이다"[213)라고 공안파가 이탁오에게서 유래하였음을 확실히 밝히고 있는 것이다. 이 글은 전겸익의 『초학집』에 실린 것이고, 농암과 삼연이 『초학집』을 읽었음은 두말할 나위가 없다. 그들은 명대 의고파에서 이탁오·공안파·경릉파·전겸익으로 이어지는 문학사의 전개 과정을 소상하게 알았던 것이다. 그들의 의고파 비판이 공안파에 빚지고 있음은 두말할 나위가 없는 것이다.

그럼에도 불구하고, 농암이 공안파를 비판하고 삼연이 공안파에 대해 침묵하는 것은 어쩐 일인가. 이것은 다분히 양명학과의 관계에서 비롯되었다고 생각한다. 위의 인용에 나오듯 원굉도의 논리가 이탁오에게서 나온 것, 특히 이탁오의 선학에서 나온 것이라는 점이었을 것이다. 나아가 이탁오의 논리가 양명학에 뿌리를 둔 것이라는 사실을 알았기 때문이었을 것이다.[214) 특히 농·연은 양명좌파의 사상 경향에 거의 신경질적인 반응을 보이고 있

---

212) 『列朝詩集小傳』, 567면. "萬曆中年, 王·李之學盛行, 黃茅白葦, 彌望皆是. 文長·義仍, 嶄然有異, 沈痼滋蔓, 未克芟薙. 中郎以通明之資, 學禪于李龍湖, 讀書論詩, 橫說堅說, 心眼明而膽力放. 於是乃昌言擊排, 大放厥辭. 中郎之論出, 王·李之雲霧一掃, 天下之文人才士始知疏瀹心靈, 搜剔慧性, 以蕩滌摹擬塗澤之病, 其功偉矣. 機鋒側出, 矯枉過正, 於是狂瞽交扇, 鄙俚公行, 雅故滅裂, 風華掃地. 竟陵代起, 以凄淸幽獨矯之, 而海內之風氣復大變."

213) 錢謙益, 「陶仲璞遯園集序」, 『錢牧齋全集』 2, 919면. "萬曆之季, 海內皆詆訾王·李, 以樂天·子瞻爲宗, 其說唱於公安袁氏. 而袁氏中郎·小修, 皆卓吾之徒, 其指實自卓吾發之."

214) 위의 「陶仲璞遯園集序」는 공안파와 이탁오의 관계에 대해 말하고 있을 뿐만 아니라, 『초학집』의 이 글 바로 앞에 실린 「陶不退閬園集序」에서 역시 이탁오와 공안파에 대해서 언급하고 있다. 『錢牧齋全集』 2, 917~918면. 농암의 제자인 李宜顯(1669~1745)이 이탁오의 저작을 소장하고 있다고 하고 있는바, 농암 형제도 이탁오를 보지 않았을까?

었다. 농암은 이미 언급했거니와 이제 삼연의 경우를 탐색해 보자. 1702년 박세당의 이경석 비문 때문에 노론이 박세당을 공격할 빌미로 박세당의 『사변록』을 사문난적으로 끌고 들어왔을 때 김창흡은 박세당의 제자 이덕수(李德壽, 1673~1744)에게 편지를 보내, 박세당의 주자학 비판의 이단성을 집중적으로 지적하면서, 편지 끝에 양명좌파의 이단성을 겹쳐 놓는다. 요컨대 박세당을 방치하면 양명좌파와 같은 사유가 증폭될 것이라는 논리다.

> 왕양명(王陽明) 이후 안산농(顔山農)이란 자가 있어 강호간(江湖間)에서 도(道)를 강론하면서 '욕(慾)'이란 한 글자를 법문(法門)의 종지(宗旨)로 삼았다. 그 법이 우리나라로 흘러들어 왔는데, 허균(許筠)이 그것을 얻어 그 뜻을 부연하여 "남녀의 정욕(情慾)은 천(天)이고, 윤기(倫紀)의 분별은 성인(聖人)의 가르침이다. 하늘이 성인보다 한 등급 더 높으니 나는 하늘을 따르지 성인을 감히 따르지 않겠다" 하였다. 만약 이런 견해를 내세운다면 또한 구설(口舌)로 다툴 수가 없다.215)

안산농과 허균을 연결시키고 있는 이 자료의 원래 출처는 앞서 인용한 바 있는 이식(李植)의 「시아대필(示兒代筆)」이다.216) 1703년 이희조(李喜朝)에게 보낸 편지에도 "정말 그 스승과 제자가 주고받은 종지(宗旨)가 음패(淫悖)무상(無狀)하여 안산농(顔山農)과 같다"217)라고 하여 거듭 양명좌파와 유관함을 입증하고자 하고 있다. 그러나 실제 그가 안산농과 이식이 아울러 지적했던 하심은에 대해 정확한 정보를 알고 있었던 것은 아닌 듯하다. 보다 정확한 정보의 존재는 1720년의 것이다. 삼연은 1720년에 왕세정이 남긴 글에서 사료가 될 만한 것을 뽑아 모은 『엄주사료(弇州史料)』란 책을 보는데, 여

---

215) 金昌翕, 「與李德壽」, 앞의 책, 473면. "陽明之役, 有顔山農者, 講道江湖間, 以一慾字, 作爲法門宗旨. 其法有流來東土者, 筠也得之, 乃演其旨曰 : '男女情慾, 天也 ; 倫紀分明, 聖人敎也. 天高聖人一等, 我則從天而不敢從聖人.' 若作這般見解, 則亦難以口舌爭." '陽明之役'의 '役'은 아마도 '後' 자의 오자가 아닌가 한다. 또 '倫紀分明'의 '明'은 '別'의 오자로 보인다.
216) 李植, 「示兒代筆」, 『澤堂集』 : 『韓國文集叢刊』 88, 521면.
217) 金昌翕, 「與李同甫」, 『三淵集』 2 : 『韓國文集叢刊』 166, 510면. "誠以其師生授受宗旨, 淫悖無狀, 與顔山農一般."

기에 안산농의 일이 실려 있었던 것이다.

14일 『엄주사료(弇州史料)』를 보았는데, 안산농의 일을 자못 상세히 기록해 놓았다. 안산농은 초(楚) 지방 사람으로 경서(經書)를 읽었으나 구두를 떼지도 못하고 또 글자를 많이 알지도 못했다. 의론을 좋아하고, 문의(文義)를 천착하였으며, 기사(奇衰)한 이야기를 하기 좋아하였는데 또한 시원스러워 들을 만하였다. 늘 말하기를, "사람이 재물과 색(色)을 좋아하는 것은 모두 성(性)에서 생겨나오는 것이며, 그 한때 하는 행위는 천기(天機)가 발동한 것이라 막을 수가 없다" 하였다.

남가(南家)에 이르러 남의 재물을 사기를 쳐서 빼앗았다가 일이 발각되어 엉덩이에 곤장 50도를 맞았지만 애원하지도 뒹굴지도 않았다. 옥에 갇혀 죽을 상황이 되었는데, 문인 나여방(羅汝芳)이 친구에게 애걸하여 뇌물을 바치고 옥에서 벗어나게 하였더니, 옥에서 나오자말자 나여방을 꾸짖어 마지않으며 "나를 옥에 가둔 것은 나를 높이 평가하는 것인데, 너는 나를 알지 못하는구나" 하니, 나여방은 또한 "예, 예" 할 뿐이었다. 수자리에서 돌아가 80살까지 탈 없이 살았다(단지 嘉靖 연간의 講學의 폐단만을 말했을 뿐 양명의 제자라는 것은 말하지 않았다).

하심은(何心隱)은 재주가 안산농보다 높았으나 그를 스승으로 섬겼다. 안산농에게는 예(例)가 있는데, 그를 사사(師事)하려는 사람에게 반드시 먼저 세 번 주먹을 안기고 절을 받는 것이었다. 하루는 산농이 촌부(村婦)와 간음하자 심은이 후미진 곳으로 피하였다가 그가 나오기를 기다려 막아서고는 또한 세 번 주먹질을 하고 절을 받은 뒤 제자의 적(籍)에서 벗어나 강호를 마음대로 주유하였다. 늘 말하기를, "천지는 하나의 '살(殺)'이란 기틀일 뿐이다. 요(堯)는 순(舜)을 죽일 수 없었고, 순도 역시 우(禹)를 죽일 수 없었기 때문에 천하를 양보하였던 것이고, 탕왕(湯王)과 무왕(武王)은 걸(桀)과 주(紂)를 죽일 수 있었기 때문에 천하를 얻을 수 있었던 것이다" 하였다. 그의 벗인 여광(呂光) 역시 백 사람을 대적할 수 있었는데, 장거정(張居正)에게 잡혀 죽었다. 건장한 병졸을 골라 백여 차례 아프게 쳤는데도 그냥 웃을 따름이었으니, 또한 그의 무리다웠다.[218]

---

218) 金昌翕, 「日錄」, 『三淵集』 3 : 『韓國文集叢刊』 167, 179면. "十四日, 閱弇州史料, 記顔山農事頗詳. 楚人, 讀經書, 不能句讀, 亦未多識字. 好議論穿鑿文義, 爲奇衰之談, 亦自灑然可聽. 每言 : '人之好貪財色, 皆自性生, 其一時所爲, 寔天機之發, 不可雍閼.' 至南家狹詐人財, 事發笞臀五十, 不哀祈亦不轉側. 困圄圄且死. 門人羅汝芳乞於友, 爲納贓出獄, 出則大罵汝芳不已, 謂 : '獄我者尙知我, 而汝不知我也.' 羅亦唯唯. 自戍歸八十無恙(只言嘉靖講學之弊, 亦不言陽明弟子). 何心隱才高於山農而師事之. 山農有例, 師事者必先歐三拳而

『엄주사료』를 축약한 위의 인용문[219] 자체가 이미 하심은과 안산농에 대한 정보를 왜곡하고 있지만, 이 글에 나타난 하심은 안산농의 비상식적, 탈예교적(脫禮敎的) 행위들의 의미를 농암과 삼연은 결코 이해할 수 없었을 것이다.

이런 판에 농암과 삼연으로서는 자신들이 의지했던 비평의 유래를 밝힐 수가 없었을 것이다. 원굉도를 이야기하자면 공안파를 말해야 하고, 또 이탁오를 언급해야 한다. 이탁오에 대해서 말하는 것은 참으로 곤욕스런 일이 아닐 수 없었다. 양명좌파 최후의 인물, 윤리적 테마의 극단까지 사유했던 사람, 중국 역사를 뒤집어 읽었던 사람, 공자까지 하나의 역사적 텍스트로 본 사람을 어떻게 말할 수 있었겠는가?

2) 김창협 · 김창흡 주변 문인들의 부분적 수용

(1) 임방(任埅)

농암은 「잡지」에서 원굉도와 양명좌파를 비난함으로써 자신의 비평이 공안파를 차용하고 있음을 의도적으로 은폐하였고, 삼연 역시 공안파에 대한 언급을 삼갔다. 그러나 농암과 삼연의 주변 인물—그의 선배거나 그의 문도거나—중에는 공안파를 긍정적으로 언급하고, 또 그 영향을 받는 인물들이 속출하였다. 그 실례로 임방(任埅)·이하곤(李夏坤)·신정하(申靖夏) 등의 경우를 보기로 한다.

受拜. 一日, 山農淫村婦, 心隱避隱處, 俟其出而扼之, 亦歐三拳而受拜, 削弟子籍, 仍縱游江湖. 每言:'天地一殺機而已. 堯不能殺舜, 舜不能殺禹, 故以天下讓, 湯武能殺桀紂, 故得天下.' 其友呂光亦敵百夫, 被張居正捕殺, 擇健卒痛笞百餘, 乾笑而已, 亦其徒也." 1720년 3월 14일의 일기다. 「日錄」, 『三淵集』 2 : 『韓國文集叢刊』 166, 152면에도 『엄주사료』를 보았다는 기록이 있다. 이때의 날짜는 1월 19일이다.

219) 위의 기록은 『엄주사료』 권35에 「嘉隆江湖大俠」이란 제목으로 실려 있는데, 전문은 아니고 축약이다.

임방(1640~1724)은 송시열(宋時烈)·송준길(宋俊吉)의 제자이며, 농암보디는 11년 연장이다. 임방의 문집 『수촌집(水村集)』에 「서석공척독권수(書石公尺牘卷首)」란 제목의 한 편의 서문이 있다. 원굉도, 즉 석공의 척독집 앞머리에 붙인 서문인 것이다. 이 책은 임방이 석공(石公) 원굉도의 문집에서 척독만 골라내어 재편집한 것이다. 그렇다면 그는 어디서 『원중랑집』을 보았던 것인가? 이 글의 앞부분에 그 유래를 밝히는 부분이 있다.

> 옛날 망우(亡友) 조장경(趙長卿)이 나에게 명의 『원중랑집(袁中郎集)』이 볼 만하다 하였는데, 내가 이번에 농암(農巖)에게서 빌려 읽어 보았다.[220]

임방은 농암으로부터 『원중랑집』을 빌려 보았던 것이니, 농암은 『원중랑집』을 소유하고 있었던 것이다. 조장경은 조성기(趙聖期)의 동생인 조형기(趙亨期, 1641~1699)다. 조성기가 공안파를 접했는지는 알 수 없지만, 앞서 검토했던 조성기의 편지에 전겸익 등의 명대 문인이 인용되고 있으니, 조성기는 명대 문학에 일정한 이해가 있었던 것이다. 자연히 원굉도를 읽었을 가능성이 있다. 조형기의 『원중랑집』 독서도 이런 분위기와 관련이 있을 것이고, 조형기가 원굉도의 문학에 호의적이었음은 짐작할 수 있다. 조형기의 생몰년대로 보아, 적어도 17세기 후반에 공안파는 조선 문인들의 독서 범위에 차츰 들어오기 시작했던 것으로 보인다.

그렇다면 임방의 원굉도에 대한 인식은 어떠한가? 그는 원굉도의 학술을 총괄하여 "유자(儒者)가 육예(六藝)에 종사하는 것과는 유래가 다른 것"이라고 지적한다. 곧 그는 원굉도의 학문은 구담씨(瞿曇氏) —불교를 종주로 하고, 문장은 『장자(莊子)』에 근원을 둔 것이라고 지적하였던바, 이것은 공안파의 양명좌파적 성격을 지적한 것으로 보인다. 즉 사상적 특징으로 양명좌파의 선불교(禪佛敎)와의 교섭을 지적하고, 문학에 있어서는 절대적 전범을 부정

---

220) 任埅, 「書石公尺牘卷首」, 『水村集』: 『韓國文集叢刊』 149, 195면. "昔亡友趙長卿爲余言 明袁中郎集可觀, 余今借得於農巖閱之."

하는 장자의 상대주의를 지적한 것이다. 후자는 앞서 지적한 바와 같이 「광
장(廣莊)」 등에서 보이는 장자의 해석과 장자적인 상대주의에서 쉽사리 유추
할 수 있었을 것이다.

문제는 원굉도 특유의 문학 비평에 대한 인식인데, 그는 "원굉도가 구양
수(歐陽修)·소식(蘇軾)을 추장(推獎)하고 왕세정(王世貞)·이반룡(李攀龍)을 배
척한 것과 모곤(茅坤)·당순지(唐順之) 등을 인정한 것 역시 안목을 갖춘
것"221)이라고 하여 짧지만 원굉도가 의고파를 배척하고 당송파를 지지한
것으로 파악하여, 명대 문학사의 흐름 속에서 원굉도의 위치를 비교적 정확
하게 읽어내고 있다. 그리고 원굉도의 문학적 성취에 대해서도 독창성을 인
정하고 있었으며, 특히 척독(尺牘)에 주목하였다.

> 그가 마음을 다해 쓴 문사를 보면, 요컨대 자신의 흉중(胸中)에서 유출(流出)하여
> 붓끝이 춤추는 듯하여 고투(古套)와 진어(陳語)를 답습하지 않았으며, 왕왕 속된 경
> 지를 시원스레 벗어나 즐길 만한 것이 있으니, 대개 또한 예원(藝苑)의 한 호걸이라
> 할 것이다. 그 중의 짧은 간찰(簡札)들은 비록 세상을 오만하게 보고 사람을 놀리며
> 허랑(虛浪)하게 유희(遊戲)하는 말이 많으나, 정말 기경(奇警)하여 범필(凡筆)이 없
> 으니, 그 사람됨이 속되지 않음을 상상할 만하다. 내가 정말 좋아하여 마침내 손수
> 작은 책에 베껴 베개에 기대어 졸음을 막는 도구로 삼는다. 책의 이름을 『석공척독
> (石公尺牘)』이라 하니, 석공은 중랑(中郎)의 호다.222)

임방은 원굉도 문학의 특성을 정확하게 짚어내고 있다. 자신의 흉중에서
의 유출, 고투와 진어를 답습하지 않은 개성적·탈의고적 언어의 구사, 이
것이야말로 공안파의 창작론의 핵심이자, 반의고론의 묘체가 아니었던가.
뿐만 아니라, 공안파의 가벼움도 아울러 지적하고 있으니, 임방은 공안파의

---

221) 위의 책, 같은 면, "其談文, 盛推歐蘇於當時, 斥王李而許茅唐, 亦自有眼."
222) 위의 책, 같은 면, "其匠心鑄辭, 要自胸中流出, 筆端鼓舞, 不沿襲故套陳語, 往往有脫灑
　　可喜者. 盖亦藝苑之一豪也. 其中小札短簡, 雖多傲世玩人漫浪遊戲之語, 儘奇警無凡筆,
　　可想其爲人之出塵. 余絶愛之, 遂手錄一小冊, 以爲欹枕禦睡之資. 題曰石公尺牘, 石公中
　　郎號也."

공성한 비평가였던 것이다.

김창협의 견해와 견주어본다면, 임방의 견해는 확실히 공정하다. 김창협은 원굉도를 양명학, 양명좌파와의 관계 속에서 읽어 그 이단적인 성격을 지적하였으나, 임방에게는 그것이 없다. 다만 임방이 원굉도 문학의 양명좌파적 성격을 인지하고 있었던가 여부는 확인할 필요가 있으나, 그럴 만한 자료가 없다.

임방은 원굉도를 나름대로 정확하게 읽었고, 또 호의를 표하였으나 임방의 창작에 공안파가 어떤 구체적인 영향력을 행사한 것 같지는 않다. 그가 「서석공척독권수」를 쓴 것은 1706년으로 그의 나이 67세 때였다. 그의 문집 『수촌집(水村集)』에는 그의 문학에 관한 견해와 왕세정 이반룡 등 중국 문인들에 대해 언급하고 있는 산문이 꽤나 있는데, 모두 1706년 이전에 쓰인 것이다. 1714년에 쓴 「제시화총림후(題詩話叢林後)」에서도 홍만종의 『소화시평』에 대해서 언급하면서 책의 수준이 원미(元美, 王世貞)의 『예원치언』과 같다223)는 식으로 왕세정에 대해 간단히 언급하고 있을 뿐 공안파의 비평은 어떤 방식으로든지 간에 언급되지 않고 있다. 요컨대 임방은 김창협과는 달리 원굉도를 긍정적으로 인지하였으나, 정작 원굉도의 비평론이 그의 문학에는 아무런 영향력을 행사하지는 못하였던 것이다.

(2) 이하곤(李夏坤)

이하곤(1677~1724)을 따로 다루는 것은 이하곤 역시 공안파를 읽고 평문을 남겼기 때문이다. 이하곤은 1697년 농암을 처음 만나고, 그 시기 농암 주변에 모여든 사람들과 어울려 써클을 구성한다. 하지만 임방과는 달리 이하곤은 농암의 소장본을 통해서 원굉도를 접한 것은 아니었다.

이하곤의 문자에서 원굉도를 최초로 언급하고 있는 글은 「여이화국상관

---

223) 任埅, 「題詩話叢林後」, 위의 책, 195면. "此庶與元美卮言·元瑞詩藪繼武並駕, 亦足誇示中華以東國之多詩人, 藝苑之功夫豈小哉?"

서(與李華國尙觀書)」인데, 이 글의 말미에서 그는 다음과 같이 말하고 있다.

> 옛날 원석공(袁石公, 袁宏道)은 서문장(徐文長)을 두고, '사람은 병(病)보다 기이하고, 병은 문장보다 기이하다'라고 했는데, 족하께서도 역시 그러하다고 생각합니다. 족하께서는 어떻게 생각하는지요.224)

그는 원굉도가 서위(徐渭)를 두고 했다는 말로 이상관(李尙觀)을 비유하고 있는 것인데, 문제의 원굉도의 말은 원굉도의 「서문장전(徐文長傳)」에서 잘못 인용된 것이다. 이 말은 매객생(梅客生)이 원굉도에게 한 말을 원굉도가 재차 인용한 것이다.225) 어쨌거나 이하곤이 원굉도를 인지하고 있었음은 분명한 사실이다. 그는 조선 후기의 경화세족으로서 방대한 장서를 가지고 있는 장서가였으니, 그가 원굉도의 문집을 읽었다고 해서 이상할 것도 없다.226)
「여이화국상관서」를 쓴 것은 1697년이다. 이하곤의 나이 21살 때의 일인데, 원굉도에 대한 독서는 이보다 앞설 것이다. 보다 확실한 증거로 삼을 수 있는 것은 「가설재문초발(珂雪齋文抄跋)」이다. '가설재(珂雪齋)'는 삼원(三袁) 중 셋째인 원중도(袁中道)의 호다. 그는 원중도의 문집을 읽고 일부를 추려 엮었던 바 그 책의 이름을 『가설재문초』라 했던 것이다.

> 등불 아래서 원소수(袁少修)의 글을 읽었는데, 2고(鼓)가 되어서야 끝까지 읽었다. 소수(少修)의 문장은 기교(奇巧) 첨신(尖新)은 비록 그 형 중랑(中郎)만 못하지만, 담탕(淡蕩) 우여(紆餘)함은 거의 중랑을 넘어서고, 또 협사(狹邪) 염야(艷冶)의 태가 없으니, 좋아할 만하다. 그러나 문기(文氣)가 조금 연약하고, 때로는 지나치게 번잡한 곳도 있다. 중랑의 문장과 언론은 파옹(坡翁, 蘇東坡)에게서 나왔는데, 소수 역시 자유(子由)와 서로 비슷한 곳이 있으니, 정말로 크게 기이한 일이다. 아아, 저 파옹과

---

224) 李夏坤, 「與李華國尙觀書」, 『頭陀草』: 『韓國文集叢刊』 191, 413면. "昔袁石公渭徐文長曰 : '人奇於病, 病奇於文.' 僕謂足下亦然, 足下以爲何如."

225) '人奇於病, 病奇於文'은 「徐文長傳」에는 다음과 같이 되어 있다. 『袁宏道集校箋』 中, 717면. "梅客生嘗寄余書曰 : '文長吾老友, 病奇于人, 人奇于詩.' 余謂文長無之而不奇者也, 無之以不奇, 斯無之以不奇也, 悲夫!"

226) 강명관, 『조선시대 문학 예술의 생성 공간』, 소명출판, 1999, 263~264면.

중랑은 형제가 지기(知己)가 되어 문채(文彩) 풍류(風流)가 고금에 찬란히 빛나니, 인생이 만약 소동파 원굉도 두 분과 같다면, 역시 쾌활한 일일 것이다. 내가 강도(江都)의 내각(內閣)에서 이 책을 빌려 손수 70여 편을 초록한 뒤 두 책으로 나누어 묶어 간직해 둔다. 그리고 책의 끝에 이렇게 쓴다. 가설은 곧 소수의 호다.227)

원중도의 『가설재집』을 강화도의 내각(內閣)에서 빌려서 밤을 새워 읽고 70여 편의 문장을 추려서 엮었던 것이다. 여기서 그는 원굉도와 원중도의 문학을 상찬한다. 이 점에서 그는 김창협과는 다르다. 강화도의 내각에 소장된 책이라면 아마도 국가에서 정식으로 수입한 책이었을 것이나, 그 정확한 경로는 알 수가 없다. 그가 강화에 간 것은 아버지 이인엽(李寅燁)이 강화유수(江華留守)가 되었을 때였다.228) 이인엽은 숙종 30년(1704) 2월 2일 강화유수가 되었고, 숙종 31년(1705) 3월 11일에 우참찬이 되었으니, 이하곤은 대개 1704~1705년 어림에 『가설재집』을 읽었던 것으로 추정된다. 그런데 원중도의 문장을 원굉도와 비교하고 있는 것으로 미루어, 원굉도의 작품을 읽었던 것은 이보다 앞선 시기일 것이다.

이하곤에게 원굉도는 어떤 영향을 행사했던가. 그가 원굉도의 문학에 호의적이었던 것은 분명하다. 예컨대 그는 1705년 보문암을 유람하고, 「유보문암기(遊普門庵記)」라는 유기(遊記)를 남기는데, 여기서 소동파와 원굉도를 떠올린다.

> 이것은 평생에 으뜸가는 기관(奇觀)이다. 소자첨(蘇子瞻)의 필력(筆力)과 원중랑(袁中郞)의 재민(才敏)으로 기록하지 못하는 것이 한스럽다.229)

---

227) 李夏坤, 「珂雪齋文抄跋」, 앞의 책, 423면. "燈下讀袁少修文, 至二鼓乃盡卷. 少修之文奇巧尖新, 雖遜於其兄中郞, 淡蕩紆餘殆過之, 亦無狹邪艶冶之態, 可喜. 然文氣稍茶弱, 時有太冗處耳. 中郞文章言論出自坡翁, 少修亦與子由有相類者, 眞大奇事. 噫, 坡翁中郞者, 兄弟自爲知己, 文彩風流照映今古. 人生如蘇袁兩公, 則亦快活事也. 余從江都內閣, 借得此書, 手抄七十餘篇, 分爲二冊, 以藏之. 書其卷端如此. 珂雪卽少修號也."
228) 李夏坤, 「李休休哀詞」, 위의 책, 433면. "其後, 余從大人在沁都."
229) 李夏坤, 「遊普門庵記」, 위의 책, 424면. "是平生第一奇觀, 恨無蘇子瞻筆力袁中郞才敏以記之耳."

이 언급으로 보아 그는 원굉도의 유기에서 빛나는 재기와 기민함, 곧 독창성을 높이 평가했던 것이다.

이상에서 논한 바에 의거해 이하곤이 원굉도와 원중도의 문집을 읽었으며, 그들의 작품의 성취에 경도하고 있었음을 충분히 짐작할 수 있다. 이제 문제는 이하곤의 비평·창작과 공안파 사이의 영향성이다. 그러나 이것은 의외로 간단히 풀리지 않는다.

이하곤은 당대 제일의 서화(書畵) 수장가(收藏家)이자, 만권루(萬卷樓)란 거창한 장서고를 소유한 당대 최고의 장서가였다. 그의 독서 범위는 확실히 당대의 보통 작가에 비해 넓다. 예컨대 그는 당시로서는 드물게 위헌(魏憲)이 엮은 『청백가시(淸百家詩)』라든가,230) 송락(宋犖)이 1694년에 엮은 청초 산문 삼대가 후방역(侯方域)·위희(魏禧)·왕완(汪琬)의 산문집 『삼가문초(三家文抄)』231)를 소장하고 읽었으니, 명말 청초의 중국 문학의 동향에 대해 소상한 지식이 있었음은 두말할 필요가 없다.

단적으로 말해 그는 공안파는 물론이고, 전후칠자의 의고파·당송파·경릉파·전겸익는 물론이고, 청초의 문학에 대해서도 상당한 이해가 있었던 것이다.232) 그가 전겸익의 『열조시집소전』을 읽었음은 김창흡을 논할 때 언급한 바 있다. 또한 경릉파에 대해서는 「답홍도장서(答洪道長書)」의 간단한 언급을 통해 종성을 읽었음이 확인된다.233)

이 다양한 유파들 중에서 그가 강하게 견인된 쪽은 어디인가. 그의 「여

---

230) 李夏坤, 「送徐平甫命均赴燕序」, 위의 책, 555면. "近又得魏憲所編淸百家詩, 讀之."

231) 모두 10책이다. 이하곤은 李廷燮에게 이 책을 빌려주기도 하였다.

232) 李夏坤, 「送徐平甫命均赴燕序」, 위의 책, 555면의 다음 언급을 보라. 그가 전겸익을 꼼꼼하게 읽고 있음이 확인된다. "中州人以錦州之役怨我入骨髓, 觀錢受之高驪今作下高驪之語, 亦可知也." 이 자료는 『列朝詩集小傳』의 「蒹谷」(812면)에서 인용된 것이다. 원문은 다음과 같다. "天啓中, 毛總兵文龍守皮島, 屬訪求東國書籍, 以此集見寄. 崇禎丁丑, 余獄中有詩曰:'東國已非箕子國, 高驪今作下句驪.' 俯仰今昔, 可謂流涕." '高驪今作下句驪'를 이하곤은 '高驪今作下高驪'로 쓰고 있다.

233) 李夏坤, 「答洪道長書」, 위의 책, 520면. "如所喩寫景入微, 說情到底等語, 此是嚴儀卿·劉會孟·胡元瑞·鍾伯敬輩詩評中細碎語, 試看韓柳歐蘇序人集中, 乃有如此語否? 僕自以爲此文頗得古人頓挫開闔之法, 雖不諧於俗眼, 足下觀之, 必乳犁然當于心者矣."

홍도장서(與洪道長書)」는 명대 작가와 산문에 대한 그의 견해를 확인할 수 있는 적절한 자료다. 그는 이 글에서 홍세태와 자신을 포함한 사람들의 문학적 성취가 고인에게 미치지 못하는 것은 전적으로 팔대가(八大家)만을 배운 데서 비롯된 것이라고 말한다.234) 학습자는 교과서의 한계를 벗어날 수 없다는 생각이다.235) 팔대가란 다름 아닌 모곤(茅坤)의 『당송팔대가』에서 유래한 것임은 물론이다. 이 편지는 1720년에 보낸 것이니, 그가 당송파의 이론적 영향권 속에서 팔대가를 추수하다가 만년에 와서 문제점을 인지했던 것을 알려 준다. 물론 이 글 자체가 『팔대가』를 부정하는 것은 아니다. 그렇다면, 그의 산문론이 공안파 쪽으로 나아갔던 것이냐 하면 전혀 아니다.

이 편지의 핵심은 팔대가가 발원했던 근거인 육경(六經)으로 회귀하자는 것이다.236) 이 발상은 당송문(唐宋文)을 복제하기보다 당송문의 근거였던 그 이전의 전범으로 돌아가자는 의고파를 연상시킨다. 하지만 의고파는 전범을 선진양한 산문으로 설정했지만, 이하곤은 육경이란 점에서 구분된다. 육경으로의 회귀, 즉 전주(箋註)가 없는 경전 정문(正文)을 선입견 없는 독서를 통해 이해한 뒤 작문에 임할 것을 요구한다. 이것이 이 글의 주장이다. 이 과정에서 그는 명대의 문학 유파에 대해 언급한다.

　　이것은 비단 우리들만 이런 것이 아니다 천하의 문인들이 모두 이렇다. 송나라 이후 문인들이 또 모두 이렇다. 북지(北地)·신양(信陽)·역하(歷下)·태창(太倉) 제공(諸公)은 스스로 있는 힘을 다해 복고(復古)한다고 말했지만, 옛날 육예(六藝)의 뜻

---

234) 李夏坤, 위의 책, 515~516면. "近來略窺古人文字源流蹊逕, 始覺從前之見, 俱屬皮相, 而吾輩所以不及古人者, 具受病正在專學八大家也. …… 此蓋非八家有以病之也. 吾輩自病於八家也."

235) 위의 책, 같은 면. "吾輩不過略取八家之意思, 蹈襲八家之句法, 其力量規模, 不能跳出八家之外, 故意味然淺薄, 亂氣亦且卑弱, 此非他也, 不能遠法八家之所法, 而只取八家以爲法也. 譬如上好人蔘, 初煎則其味極醲厚, 及其添入客水, 再煎則漓然薄矣. 吾輩則皆再煎之客水也. 焉得不如此哉."

236) 다음 부분을 보라. 그는 팔대가의 문장은 육경에 근거하고 있다고 말한다. 위의 책, 같은 면. "大抵八家之文, 莫不發源六經, 故其敍事則法於書, 其諷諭則法於詩, 其論說則法於易禮, 其褒貶則法於春秋, 其辯難問答則法於語·孟. 其間雖不能一一如此, 大體則然也."

을 연마(研磨)하지 못하고, 『국어』 『좌전』 「단궁(檀弓)」 「고공기(考工記)」의 자구(字句)를 따내고, 『장자』 『이소』 『사기』 『한서』의 면목을 벗겨내어 도택(塗澤)으로 글귀를 만들고, 아무 의미 없는 말로 문장을 지어 후배들로 하여금 남의 글귀를 찢어내고 따내어 표절하는 습관을 조장하는 데 불과했던 것이다. 이런 것을 두고 복고라 한다면, 어찌 크게 가소롭지 않겠는가.[237)

북지(北地)·신양(信陽)·역하(歷下)·태창(太倉)이란 전후칠자의 맹장들, 곧 이몽양·하경명, 이반룡·왕세정이다. 이하곤의 비평문 중에서 전후칠자가 언급되는 것은 바로 이 장면뿐이다. 물론 비판의 논거는 고전 육경의 취지를 모르고 자구만을 따낸다는 것이다. 이 비판은 김창협의 비판에 비해 지극히 간략하다.

명대 문학에서 그가 경도한 것은 당송파였다. 그의 팔대가 학습을 비판한 데서 확인되듯, 그는 이미 팔대가에 경도하고 있었던 것이다. 그는 당송파가 팔대가를 배우는 데 성공했다고 판단하는데, 그 근거는 이렇다.

> 방희직(方希直)·왕백안(王伯安)·귀희보(歸熙甫)·왕도사(王道思)·당응덕(唐應德) 등은 비록 팔대가에서 법을 취하였지만, 또한 근본을 탐색할 줄 알아, 위로 육경(六經)으로 소급하였기 때문에 그 문장이 모두 볼 만하였다.[238)

귀유광·왕신중·당순지는 당송파이며, 여기에 『팔대가』를 엮은 모곤을 그는 당연히 인지했을 것이다. 그는 당송파 중 귀유광에 대해 특히 경도하여 귀유광이 자신을 구양수·증공·왕안석과 비긴 말을 과언이 아닌 것이라고 소개하는가 하면,[239) 1720년에 쓴 「서귀희보섭유모묘명후(書歸熙甫葉裕

---

237) 위의 책, 같은 면. "此非獨吾輩如此也, 天下之文人盡如此也. 非獨天下之文人如此也, 宋以來後文人又皆如此也. 北地·信陽·歷下·太倉諸公, 自謂極力復古, 而亦不能磨研古六藝之旨, 而不過抉摘國·左·檀·工之字句, 剝割莊·騷·史·漢之面目, 塗澤爲辭, 釘飣成文, 以長後輩剽儗摀搚之習耳. 如此而謂之復古, 則豈不太可笑哉."

238) 위의 책, 같은 면. "如方希直·王伯安·歸熙甫·王道思·唐應德輩, 雖曰取法於八家, 而亦能探索根本, 上溯六經, 故其文皆可觀."

239) 위의 책, 같은 면. "而至於熙甫, 其用力比他人尤純深, 故其文外淡而中腴, 語簡而味深,

母墓銘後)」240)에서는 귀유광의 「십유모묘명(葉裕母墓銘)」을 극찬히고 있다. 한 편 그는 문장을 성현지문(聖賢之文)·군자지문(君子之文)·문인지문(文人之文)으로 삼분하고 있는데, 귀유광·당순지·왕신중을 군자지문에 넣고 있을 정도다. 당송파에 대한 대단히 높은 평가가 아닐 수 없다.241)

위에서 살핀 바와 같이 이하곤은 의고파의 성취에 대해 비판적이며 부정적이었다. 그렇다면 자연히 반의고적 비평을 남길 만하다. 이상하게도 그에게는 의고/반의고의 비평이 전혀 보이지 않는다. 이것은 그의 스승 김창협의 비평이 의고/반의고의 대립을 근거로 성립한 것과는 전혀 딴판이다. 이 현상의 의미는 무엇인가.

이하곤 비평의 중심 개념은 '식(識)'이다. 이것은 산문 비평에서 구사된 것이면서도 문학일반으로 전화할 수 있는 탄력적인 개념이다. '식'을 최초로 구사한 것은 24세(1700) 때 조문명(趙文命)에게 보낸 편지인 「여조계우서문명(與趙季禹書文命)」인데, 이 글의 서두에서 그는 "문장을 짓는 방도는 반드시 '식(識)'을 근본으로 삼는다"242)라고 말한다. 식은 산문언어의 완성도를 결정하는 근원적인 층위다. 따라서 식에는 정(精)·조(粗), 심(深)·천(淺)의 정도의 차별성이 존재하고, 문장의 성취 역시 이와는 연동한다.243) 만년에 쓴 「산보고문집성서(刪補古文集成序)」에서 그는 '식'을 문장의 형식, 혹은 수사에 해당하는 '문(文)'과 대립시키고 식을 뿌리, 문을 지엽에 비유하고 있다. '식'을 기르는 것, 곧 심화시키는 것이 문장 창작의 핵심이라 보았던 것이다.244) 이

嘗自稱曰 : '吾文可肩隨歐·曾·介甫, 則不難抗行矣.' 此非夸也, 其自知可謂深矣. 足下始取而讀之, 自可知矣."

240) 李夏坤, 「書歸熙甫葉裕母墓銘後」, 위의 책, 513면.
241) 李夏坤, 「送李令來初仁復赴任安東序」, 위의 책, 522면. 성현지문은 육경이고, 군자지문은 濂溪·明道·伊川·橫渠·康節·晦翁·南軒 등 송대 성리학자의 문장이다. 漢나라의 賈生·董仲舒·馬遷·劉向·揚雄, 唐나라의 韓退之·李習之·元次山, 宋나라의 歐陽修·蘇子瞻·曾子固, 明나라의 王伯安·歸熙甫·唐應德·王道思 등의 문장도 君子之文이라 할 수 있다고 한다. 그 나머지는 문인의 문장이다.
242) 李夏坤, 「與趙季禹書」, 위의 책, 415면. "夫爲文之道, 必以識爲本."
243) 위의 책, 같은 면. "故識有精粗深淺, 而其文亦類焉."
244) 李夏坤, 「刪補古文集成序」, 위의 책, 517면. "由是觀之, 識高者文亦高, 識卑者文亦卑. 文

런 이유로 당연히 '식'의 심화(그의 말을 빌리자면 '長識')의 과정이 필요한데, 이것은 방대한 지식의 섭렵과 축적으로 가능하다고 하였다.

이하곤 산문 비평에서의 '식'은 결국 유가적 세계관에 편향적인 세계관 중심주의를 내용으로 갖는다. 작가가 유가적 세계관을 완전히 이해하고 체화한 바탕 위에서, '식'이 어떤 계기와 접촉했을 때 충동적으로 흘러나와 언어의 형식을 거쳐 문장이 된다는 것이다. 그리고 이 문장은 현실적 유용성, 즉 실용성을 갖게 된다는 것이다. 이것은 전혀 새로울 것이 없는 견해다. 다만 그는 세계관 중심주의란 편향을 '박학'으로 보완하고 있을 뿐이다. 아마 이것은 그가 굉대한 지식과 접촉한 장서가이자 독서가였던 데서 연유할 것이다.

이제 다시 원래의 문제로 돌아가자. '장식론(長識論)'의 내용은 신기할 것이 없다. 그것은 이념적 경직성을 띠고 있지는 않지만, 유가의 정통적 문예 이론인 재도론의 부연일 수 있기 때문이다. 하지만, 이 시기 비평사의 맥락에서 장식론은 매우 돌출적 이질적인 것이다.245) 주지하다시피, 16세기 후반부터 본격적으로 시작된 산문 비평은 이하곤에 이르기까지 의고적 이론의 연장이거나 아니면 그것에 대한 비판으로 존재했던 것이다. 그러나 이하곤의 비평은 앞서 검토한 바와 같이 그의 스승 김창협과는 달리 반의고적 거점에서 성립하지 않는다. 물론 그가 의고파에 대한 언급이 없는 것은 아니어서, 전술한 바와 같이 의고파의 창작 논리를 근저에서부터 비판한 바 있다.

또 그의 장식론이 추구한 산문언어의 현실적 유용성·실용성은 근본적으로 언어의 수사미·형식미를 추구하는, 내용이 공소한 창작경향을 극도로

之工拙, 不生于文, 而生于識也. 識者根也, 文者枝葉也. 未有根壯而枝葉不茂者, 亦未有根不壯而枝葉茂者. 然則, 不求長其識而求工乎文者妄矣."
245) '識'은 전에 없던 용어다. 이렇게 식을 돌출적으로 강조한 경우는 찾기 어렵다. 중국 비평 사에서 '識'이 없던 것은 아니지만, 그것은 중심적 비평어가 아닌 주변적 보조적 비평어였다. 다만 청초 삼대가 중의 한 사람인 위희의 경우, '識'을 비평의 중심어로 선택했다. 이미 언급한 바와 같이 이하곤은 『삼가문초』를 통해 위희의 문장을 보았다. 하지만 『삼가문초』에 실린 위희의 문장에는 '識'을 말한 비평문이 없다. 따라서 위희에게서 온 것이라 보기도 어렵다.

부정했던 것이니,246) 애시당초 의고파의 의고적 창작 논리와의 불화의 관계에 있었던 것이다. 이제 문제가 되는 것은 그의 산문론이 의고적 창작론과의 관계에서 의고파의 가장 강력한 비판자였던 공안파와 다른 차원에서 반의고적 성격을 갖는다는 것이다. 그렇다면 그는 과연 공안파와 아무런 관련이 없었던 것인가. 다시 「여조계우서」로 돌아가자. 나는 다음과 같은 구절에 주목할 필요가 있다고 생각한다.

① 제가 보건대, 관중(管仲)·한비(韓非)·신불해(申不害)·상앙(商鞅)·장주(莊周) 등은 쇠한 주(周)나라 전국시대에 나와 혹은 공리(功利) 형명(刑名)의 설로 임금을 설득하고, 혹은 허무 이단의 학문을 그 문도에게 가르쳤습니다. 이것은 비록 모두 인의중정(仁義中正)의 도에는 어긋나지만, 그 자신들의 술(術)에 대해서는 깊이 나아가고 **자득한 것**[深造而自得]이 있었기 때문에 그 언사에 드러나는 것이 각각 그 사람과 같아, 담심(湛深)한 것이 있는가 하면, 정초(精峭)한 것도 있고, 회기(恢奇)한 것도 있었던 것입니다.247)

② 저 몇 사람의 군자들은 그 책들이 모두 남아 있어 사람들이 그것을 읽어보면, 마치 일월이 하늘을 밝히듯, 강물이 땅을 가로지르듯, 어룡(魚龍)이 변환(變幻)하듯, 호표(虎豹)의 무늬가 찬란히 빛나듯 눈이 어지럽고 마음이 흔들려 그 단서를 엿볼 수가 없습니다. 요컨대 모두 천하의 **진정한 문장**[眞文]이라고 할 수 있습니다. 그리고 식(識)이 높은 사람은 그 문장 역시 높고 식이 넓은 사람은 그 문장은 역시 넓습니다. 애초 높고 넓은 데 뜻을 두지 않고 각기 그 마음에 알고 있는 바를 말해도 **흉중에서 유출**[胸中流出]되는 것이 자연히 이와 같은 것입니다.248)

---

246) 李夏坤,「與趙季禹書」, 앞의 책, 415~416면. "然人各有學術, 以此措之事業, 則可以治民而經邦, 載之言語, 則可以衛道而訓世, 非若後世徒以減裂之學鹵莽之識, 雕琢其字句, 粉澤其言說, 以誑世之無目者而獵取其聲響而已. 吾故曰 : '爲文之道, 必以識爲本'."
247) 위의 책, 415면. "僕嘗觀管仲·韓非·申不害·商鞅·莊周輩, 出於衰周戰國之世, 或以功利·刑名之說說其君, 或以虛無異端之學授其徒, 此雖詭於仁義中正之道, 於其術盖有深造而自得者, 故其見於言辭者, 各類其人, 湛深者有之, 精峭者有之, 恢奇者有之."
248) 위의 책, 416면. "彼數君子者, 其書具在, 令人讀之, 若日月之燭天, 江河之經地, 魚龍之變幻, 虎豹之炳蔚, 目眩心掉, 莫可端倪, 要皆可謂天下之眞文也. 而其識高者其文亦高, 其識博者其文亦博. 初非有意於高與博, 而各道其心之所知, 而流出胸中者, 自然如此."

여기서 쓰이는 용어에 주목하기 바란다. '자득'·'진문(眞文)'·'흉중유출' 등은 예전에 비평문에서는 사용되던 언어가 아니다. 그것은 이하곤의 시대에 와서 본격적으로 구사되기 시작한 것이다.

이와 같은 궤에서 논할 수 있는 것이 '진시(眞詩)'다. 그는 홍세태의 부탁으로 홍세태 시집의 서문을 썼던바, 홍세태가 그 내용에 불만을 토로하자 해명하는 편지(「與洪道長書」)를 보내는데, 여기서 자신의 서문의 의도를 분석하고 맨 끝에 이런 말을 붙인다. "그리고 또 '세상 사람들은 단지 명위(名位)가 귀중한 줄만 알고 진시(眞詩)가 귀중한 줄은 모른다'는 말로 끝을 맺었습니다."249)

요컨대 자득·진문·진시·흉중유출은 비평사적 맥락을 갖는 말이다. 이런 비평어가 이하곤의 독창이라고 생각되지는 않는다. 먼저 ①에서의 이 자득은 위의 문맥에서 독창성을 의미하고 있는데, 이것은 그가 경도했던 당순지의 글에서 도습과 대립하는 독창성이란 의미로 쓰이고 있는 것이다.250) 전체 문장의 의미는 당순지의 본색론과 완전히 동일한 것이다.

흉중유출이란 어휘 역시 전에 없던 것이다. 인간의 사고와 정서를 가식 없이 자연스럽게 드러내어야 한다는 의미다. 이것은 앞서 지적한 바와 같이 명대 비평사에서 의고파의 의고적 작풍, 즉 모든 문학의 언어는 고전의 언어에 근거를 두어야 하며, 격조를 지녀야 한다는 법적 구속을 탈피하기 위해 사용된 어휘인 것이다. 이하곤과 연결될 수 있는 내맥을 찾자면, 역시 당순지가 대표적인 인물이다.

대개 문장이 조금이라도 **흉중**에서 **유출**하지 않는다면, 다른 사람의 한 글자 한 구절을 쓰지 않는다 해도, 단지 남의 자구(字句)일 뿐이다. 차이가 나는 곳도 다른 사

---

249) 李夏坤, 「答洪道長書」, 위의 책, 520면. "盖其通篇, 專以詩道之累變作骨子. 首言國朝諸大家之詩, 有如是之長, 故又有如是之弊, 而至二子, 一洗從前腐爛冗陋之習, 中言二子或變或不變, 而變者之弊又至此, 末言欲矯今日之弊, 則當法不變者之爲善, 而又以世人徒知名位之可貴, 而不知眞詩之可貴, 結之."

250) 唐順之, 「與洪郎中方洲」, 夏復徵 編, 『文章體辨彙選』 권240. "至送鹿園文字, 雖傍理路, 終似蹈襲, 與自得處頗無交涉."

람이 차이며, 옳은 곳도 단지 남의 옳은 것일 뿐이다.

만약 흉중으로부터 유출한다면, 도가니가 나에게 있어 쇠와 금이 모두 녹듯이 비록 다른 사람의 자구(字句)를 쓴다 해도 역시 나 자신의 자구가 될 터이다. 예컨대 사서(四書)가 『서경(書經)』이나 『시경(詩經)』을 인용한 것이 바로 그런 경우다.[251]

시문이 자기 흉중에서 나온 것이라면, 작품의 언어는 출처에 상관없는 자신의 언어가 된다. 이것은 분명히 의고적 작풍을 겨냥하고 있는 것이다. 그는 시문 일사는 오로지 흉억을 직서(直敍)하는 것[252]이라고 할 정도로 흉중유출론을 강하게 주장했다.[253]

공안파가 당송파의 논리를 받아들인 것은 이미 널리 알려진 사실인데,[254] 흉중유출론 역시 공안파 이론의 한 근거를 이룬다. 원굉도는 공안파의 선언문이라 할 「서소수시(敍小修詩)」에서 이렇게 말한다.

자라서는…… 족적이 이른 곳이 천하의 반이나 되었으며, 시문 역시 이로 인해 날로 진보하였다. 대저 성령(性靈)을 독자적으로 쏟아내고 격투(格套)에 구애되지 않으며, 자기 흉억(胸臆)에서 유출(流出)된 것이 아니라면, 붓을 대지 않으려 하였으니, 정(情)과 경(景)이 융회(融會)하면 경각지간에 천언(千言)이 마치 동쪽으로 흐르는 강물마냥 쏟아져 사람의 넋을 달아나게 하였다.[255]

---

251) 위의 책, 같은 곳. "蓋文章稍不自胸中流出, 雖若不用別人一字一句, 只是別人字句, 差處只是別人的差, 是處只是別人的是也. 若皆自胸中流出, 則鑪錘在我, 金鐵盡鎔. 雖用他人字句, 亦是自己字句. 如四書中引書引詩之類是也."

252) 위의 책, 같은 곳. "近來覺得詩文一事, 只是直寫胸臆."

253) 唐順之, 「戴楚望後詩集序」, 『震川集』 권2. "故其爲詩, 不規摹世俗而獨出於胸臆." 「答茅鹿門書」, 黃宗羲 編, 『明文海』 권153. "直攄胸臆, 信手寫出."

254) 원굉도는 당송파 중에서 특히 당순지와 귀유광의 영향을 받고 있다. 다음 인용문을 보라. 袁宏道, 「敍姜陸二公同適稿」, 『袁宏道集箋校』 中, 644면. "有爲王·李所擯斥, 而識見議論, 卓有可觀, 一時文人望之不見其崖際者, 武進唐荊川是也. 文詞雖不甚奧古, 然自闢戶牖, 亦能言所欲言者, 崑山歸震川是也."

255) 袁宏道, 「敍小修詩」, 『袁宏道集箋校』 上, 187면. "旣長 …… 足跡所至, 幾半天下, 而詩文亦因之以日進, 大都獨抒性靈, 不拘格套, 非從自己胸臆流出, 不肯下筆, 有時情與景會, 頃刻千言, 如水東注, 令人奪魂."

문장의 신기(新奇)를 결정짓는 데는 원래 정해진 격식(格式)이 없다. 단지 남들이 발하지 못한 것을 발하고, 구법(句法)·자법(子法)·조법(調法)이 하나하나 자기의 흉중에서 흘러나온다면, 이것이 정말 신기를 결정짓는 것이다.256)

자신의 '흉중으로부터의 유출'은 공안파의 중요한 이론적 근거였다. 여기서 이하곤 비평이 일정하게 공안파와 접속하고 있음을 알 수 있다. 그러나 공안파와의 상관성의 보다 강력한 증거는 '진시'·'진문'에 있다. 앞서 김창협·김창흡에서 검토한 바와 같이 진(眞)/가(假)의 대립, 진시, 진문의 주장은 공안파에서 극력 주장된 것이다. 예컨대 이하곤은 「남행집서(南行集序)」에서 이렇게 말하고 있다.

시는 성조(聲調)의 높고 낮음, 자구의 공(工)과 졸(拙)을 따질 것 없이, 그 경(景)을 그린 것〔寫景〕과 정(情)을 말한 것이 진실(眞實)되면, 천하의 좋은 시라고 말할 수 있는 것이다. 이백과 두보 이후, 예컨대 백낙천(白樂天)·소자첨(蘇子瞻)·육무관(陸務觀) 등 여러 사람의 시는, 그 성조가 반드시 죄다 높지도 않았고, 자구가 반드시 죄다 공교하지도 않았다. 하지만 또한 진실되지 않은 경(景)을 그린 적도, 진실되지 않은 정을 말한 적도 없다. 사람이 그것을 읽어보면, 정말 마치 몸이 직접 그 땅을 딛고 있는 것 같고, 직접 그 말을 듣는 것 같다. 대개 또한 천하의 좋은 시인 것이다. 그러므로 나는 말한다. "시를 짓는 것은 화가가 사진(寫眞)하는 것과 꼭 같다. 일모일발(一毛一髮)이 혹사(酷似)하지 않음이 없게 된 뒤에야 그 사람을 그렸다고 말할 수 있는 것이다. 만약 일모일발이라도 비슷하게 닮지 않는다면, 비록 단청의 공교로움을 다한다 해도 정신은 서로 상관이 없게 될 것이니, 어찌 그 사람을 그렸다 할 수 있겠는가."

나는 남쪽으로 여행을 갔다가 석 달 만에 돌아왔는데, 시 2백 50여 수를 얻었다. 단지 그 산천 풍토의 기이함과 상로(霜露) 시서(時序)의 변화와 나그네로 여행하는 사람의 감개를 썼을 뿐이고, 다시 성률과 자구 따위에는 구구하게 마음을 쓰지 않았다. 비록 스스로 경물을 그리고 정을 말한 것이 진실되다고는 말할 수 없지만, 또한 일모일발이 전혀 비슷하게 닮지 않은 데는 이르지 않았다. 뒷날 독자들이 이 시를

---

256) 袁宏道,「答李元善」,『袁宏道集箋校』中, 786면. "文章新奇, 無定格式, 只要發人所不能發, 句法字法調法, 一一從自己胸中流出, 此眞新奇也."

동해 남토의 대략을 상상해 볼 수 있었으면 한다.[257)

문장과 시 앞에 얹혀진 '진'이란 관형어의 유래는 무엇인가. 진은 가와 이항대립을 이루는바, 이것은 의고파를 '가'로 판단하는 사고에서 나온 것이다. 그리고 그 대표적인 근거는 역시 공안파이며, 원굉도이다. 「서소수시」와 「행소원존고인(「行素園存稿引)」 등의 출처는 이미 농암과 삼연을 다루면서 언급한 바 있기에 다른 예를 들어본다.

대저 예스러우면 예스러울수록 근대의 것이 되고, 비슷하면 할수록 더욱더 가짜가 된다. 그래서 천지간의 참 문장[眞文]은 거의 사라지게 되었다.[258)

선덕(宣德) 연간에 만든 도자기와 방씨(方氏)의 야금(冶金)은 오늘날의 것이다.[259) 하지만 가짜로 만든 옛 종정(鐘鼎)과 가요(哥窯) 시요(柴絲)[260) 등의 도자기를 만드는 자들과는 경중을 논할 수 없다. 왜냐? 그 참된 것을 귀중하게 여기기 때문이다.[261)

'진(眞)'과 '가(假)'(또는 僞)의 대립은 누차 지적한 바와 같이 양명학의 성립과 양명좌파로의 전이, 그리고 양명학의 공안파로의 전이로 인해 널리 유행한 것이었다.

---

257) 李夏坤, 「南行集序」, 앞의 책, 533면. "詩無論聲調高下字句工拙, 其寫景也眞, 道情也實, 斯可謂之天下之好詩也. 李·杜之後, 如白樂天·蘇子瞻·陸務觀諸人之詩, 其聲調未必盡高, 字句未必盡工, 然亦未嘗寫不眞之景, 道不實之情, 使人讀之, 眞若身履其地而面承其言也. 盖亦天下之好詩也. 故余嘗曰：'作詩正如畵工之寫眞, 一毛一髮, 無不肖似, 然後方可謂之寫其人矣. 苟或一毛一髮不肖似, 則雖極丹青之工, 而神情便不相關, 豈可謂之寫其人乎.' 余南行往返三月, 得詩凡二百五十餘首, 只書其山川風土之異, 霜露時序之變, 羈旅道途之感而已, 不復區區於聲調字句之間也. 雖不敢自謂寫境也眞, 道情也實, 亦不至一毛一髮全不肖似, 後之讀者, 庶可因詩而想見南土之大概焉."
258) 袁宏道, 「諸大家時文序」, 『袁宏道集箋校』上, 184~185면. "大約愈古愈近, 愈似愈贋, 天地間眞文漸減殆盡."
259) 명나라 宣德(1426~1435) 연간에 만든 명품 도자기와 방씨 성을 가진 사람이 만든 금속 예술품. 모두 명대에서 만든 훌륭한 예술품을 가리킨다.
260) 哥窯 柴絲는 송나라 때 명품 도자기를 만들던 곳.
261) 袁宏道, 「諸大家時文序」, 『袁宏道集箋校』上, 185면. "宣之陶, 方之金, 今也. 然有僞爲古鐘鼎及哥柴等窯者, 不得與之論輕重矣, 何則? 貴其眞也."

이하곤이 구사하고 있는 흉중유출·자득·진시·진문 등은 당송파와 공안파로부터 차용된 것이다. 그렇다면, 당송파와 공안파 중에서 어느 쪽인가? 당송파와 공안파 두 쪽 모두일 것이나, 공안파는 당송파를 포괄하기 때문에 공안파라고 해도 무방할 것이다. 이하곤의 말을 다시 들어보자.

> 그러므로 문장을 짓는 도리는 항상 유의(有意) 무의(無意) 사이에 있어야만 공교함을 기약하지 않아도 공교해진다. 그런 뒤에야 바야흐로 천하의 참문장[眞文]이 되는 것이다. 원소수(袁小修)가 말하기를, "구공(歐公)의 『귀전록(歸田錄)』, 동파(東坡)의 『지림(志林)』, 방옹(放翁)의 『입촉기(入蜀記)』는 모두 공교한 데 뜻을 두지 않고도 공교해진 것이니, 이것이 이른바 천하의 참문장[眞文]이다" 하였으니, 이 말이 어찌 미덥지 않은가.262)

이하곤은 '진문'을 말하면서 원중도를 인용한다.263) '진문'의 유래는 공안파일 확률이 높은 것이다.

이상에서 조심스럽게 이하곤 비평이 공안파와 관련이 있음을 밝혔다. 하지만 상관성을 검토한 비평어들은, 이하곤 비평의 중심 개념으로 사용되고 있는 것이 아니라, 주변적 개념으로 사용되고 있음에 주목할 필요가 있다. 즉 그의 비평은 이런 공안파의 개념을 중심에 놓고 의미를 확장한 것이 아니라, 다른 개념을 설명하는 보조적인 것으로 차용된 것이다. 그는 공안파의 주요 개념을 자신의 비평을 설정함에 있어 무의식적으로 차용한 것일지도 모른다. 그가 만약 진시·진·실을 비평의 중심에 놓았다면, 당연히 진시 진문의 정의, 진과 실의 조건을 밝히는 데 주력했어야만 했을 것이다. 더욱이 그는 진시·진·실·진문의 대타적 존재, 즉 진에 대립하는 가의 경우

---

262) 李夏坤, 「南行記序」, 앞의 책, 558면. "故作文之道, 常在有意無意之間, 不期工而自工, 然後方可謂天下之眞文也. 袁小修曰 : '歐公之歸田錄, 東坡之志林, 放翁之入蜀記, 皆無意於工而工者, 此所以爲天下之眞文也.' 其言, 豈不信哉."
263) 다만 이하곤이 인용하고 있는 원중도의 글은 錢伯城이 편집한 『珂雪齋集』에는 보이지 않는다. 이하곤이 본 판본과 현대 판본 사이에 어떤 문제가 있는 것으로 생각된다. 뒷날 보다 상세한 연구가 있어야 할 것이다.

들 상정해야만 했을 것인데, 그의 비평은 이 부분을 결하고 있는 것이다. 그
의 진은 자신의 비평에서 반의고적 맥락에서 다시 조정되지 않고 있는 것이
다. '진(眞)'을 끌어오지만, 그 진의 내용을 규정하지 못한다. 즉 그의 문학론
은 절실한 고민이 없다. 어떻게 진을 표출할 것인가. 진의 조건을 말하지 않
은 것이다. 이것은 고전으로부터 해방되어 자기 언어를 소유한다는 의식으
로 발전하지 못하고 있다. 이것이 문제다. 요컨대 이하곤은 공안파에 찬동
했지만, 그의 비평에 공안파의 핵심적인 이론이 완전히 이해되어 스며든 것
같지는 않다. 그는 공안파의 이론을 극히 부분적으로 주변적으로 받아들이
고 있을 뿐인 것이다.

　이하곤은 왜 공안파의 작품에는 찬탄하면서 그들의 작품을 낳았던 이론
에 대해서는 이렇게 모호한 태도를 취하는 것인가? 의문이 아닐 수 없다. 아
마도 그것은 김창협과 동일한 이유라고 여겨진다. 그는 당순지의 양명학적
경사를 이렇게 말하고 있다.

　　당응덕(唐應德)의 문장은 구양영숙(歐陽永叔)과 증자고(曾子固) 등에 근원을 두
어 우여곡절(紆餘曲折)하고 의미가 깊고 두터워 황명(皇明)의 여러 작가들 중 가장
괜찮은 작가로 일컬어진다. 그가 형계(荊溪)로 물러난 이후 한결같이 주자(朱子)의
학문을 존신(尊信)하여 그 지식과 언론이 한때의 여러 유자들이 미칠 수 있는 바가
아니었다.
　　그런데 뒤에 왕여중(王汝中)의 치양지설(致良知說)을 듣고 자기가 배웠던 바를 깡
그리 버리고 그 설을 따랐다. 그러므로 학문을 논한 여러 편지로 보건대, 그가 이른
바 "문을 닫고 한가롭고 고요한 가운데 마음을 관찰하여 조금이나마 본래면목(本來
面目)을 본다"는 등의 말은 순전히 조동종(曹洞宗)의 기미를 띠게 된 것이다. 맹자가
말하기를, "나는 유곡(幽谷)에서 나와 교목(喬木)으로 옮겨간다는 것은 들었고, 교목
에서 내려와 유곡으로 들어가는 경우는 듣지 못했다" 하였는데, 당응덕과 같은 사람
이 정말 교목에서 내려와 유곡으로 들어간 경우니, 탄식을 금할 수 없다. 또 엄숭(嚴
嵩)을 위해 「검산당시집서(鈐山堂詩集序)」를 써 주었으니, 이것이 방옹(放翁)의 「남
원기(南園記)」와 어찌 다르랴. 아아! 군자란 본디 그 한 마디 말을 아껴 무겁게 여겨
야 하는 법이다. 응덕은 이에 있어서 또 그 말을 아끼지 않은 경우라 할 만하다.264)

왕여중(王汝中)은 양명(陽明)의 고제 왕용계(王龍溪)다. 당순지는 왕용계로 말미암아 양명좌파의 권역에 들어갔던 것이다. 앞서 살핀 바와 같이 김창협은 양명학을 극단적으로 부정하였다. 농암은 삼연과 함께 『사변록』 사건에서 양명좌파와의 관련성을 주장하면서 그 사상적 위험성을 맹공하였으니, 양명학과 양명좌파에 대한 당시 주류 지식인들의 공포가 어느 정도였는지 짐작이 간다. 이하곤 자신도 농암의 제문에서 양명학의 폐해 이단성을 맹공하고 있으니,265) 말해 무엇하랴.

결국은 양명학이 걸림돌이었을 것이다. 이하곤은 양명학적 사유를 건너지 못하고 있었던 것이다. 이것은 매우 중요한 문제다. 그는 원굉도와 원중도를 읽고 그들의 문학적 성취를 찬탄하였다. 그리고 그 자신 전후칠자의 의고적 창작 논리에 부정적인 입장에 있었음에도 불구하고, 그 의고적 논리의 비판에 공안파의 논리를 본격적으로 구사하지 않았다. 그는 자신의 비평의 주변부에 공안파의 논리 일부를 인용하는 데 그쳤을 뿐 공안파의 성령과 개성, 시간상대론 등을 수용할 수 없었던 것이다. 이것은 결국 그가 당순지에 대해 양명좌파와 연계되어 있음을 지적한 데서 확인할 수 있듯, 공안파와 양명학의 접속 가능성을 밝히는 것이 두려웠을 것이다. 그는 앞에서 밝힌 바와 같이 전겸익의 『열조시집소전』을 읽었으니, 당연히 이탁오와 공안파와의 관계를 인지했을 것이다. 그렇다면 공안파가 적극 수용될 수 없음은

---

264) 李夏坤, 「讀唐荊川文」, 앞의 책, 521면. "唐應德之文, 淵源永叔・子固輩, 紆餘曲折, 意味深厚, 在皇明諸大家中最稱作家, 而及其退歸荊溪之後, 又一意尊信朱子之學, 知解言論, 有非一時諸儒所可及. 後聞王汝中致良知之說, 盡棄其學而從之. 故以論學諸書觀之, 其所謂閉門觀心閒靜中, 稍見本來面目等語, 純是曹洞氣味矣. 孟子曰 : '吾聞出於幽谷, 遷于喬木者, 未聞下喬木而入於幽谷者.' 若應德者眞可謂下喬木而入幽谷者也, 可勝歎哉. 又爲嚴嵩作鈐山堂詩集序, 此與放翁之南園記, 何以異哉. 噫, 君子固惜其一言以爲重, 應德於此又可謂不惜其言也矣."

265) 李夏坤, 「祭農巖先生文」, 위의 책, 440면. "又有如金溪・餘姚者, 以內禪外儒之學, 煽動其間, 於是天下之背正趨邪喜新厭常之徒, 無不靡然從之, 間雖有王魯齋・金仁山・許白雲・薛文淸・羅整庵・蔡虛齋之屬, 其光焰氣勢, 聰明言論, 又不能抵敵, 故彼乃益肆其志, 益倡其說, 無所顧忌, 其流害有甚於楊墨老佛者, 吾道幾乎顯而復晦, 續而復絶." "雖謂之退栗後一人, 可也."

자명한 일이 아닌가.

(3) 신정하(申靖夏)

신정하(1680~1715)는 농암 김창협의 문도이다. 확실한 연도는 알 수 없으나, 그는 농암의 문인이었던 이시좌(李時佐)와 이위(李瑋)의 권유로 농암에게 편지를 보내어 문도가 되었다.266) 그는 이후 36세란 짧은 생애 동안 농암을 추종하였던바, 그의 비평적 거점은 대개 농암과 일치한다.267) 따라서 그의 비평은 농암과 유사한 것이 많으며, 기본적으로 농암 비평의 영역을 벗어나지 않는다.

신정하 역시 원굉도의 문집을 읽고 있다. 그는 농암과는 달리 원굉도 문학의 성취를 은폐하지 않고 긍정적으로 일단 수용하고 있다. 이 점에서 그는 이하곤과 같다. 그는 농암의 형이었던 김창집(金昌集)에게 보내는 편지에서 이렇게 말하고 있다.

> 이생(李生)이 만약 목도(木道)를 사양한다면, 한로(旱路)가 좋을 것입니다. 그러나 듣건대 말은 있는데 사람이 없다 하니, 걱정입니다. 옛날 원중랑(袁中郎)이 '이름난 산과 빼어난 물은 모여 있지 않다[名山與勝流不相湊]'라고 탄식했는데, 이 일은 합하(閤下)께서 이미 권해서 이루신 것입니다. ……268)

이 간찰은 1705년 이후에 쓰인 것이다.269) 이 글을 통해 신정하가 원굉도의 글을 읽었음을 확인할 수 있다.270)

---

266) 申靖夏, 「上農嚴先生書」, 『恕菴集』:『韓國文集叢刊』 197, 280면.
267) 강명관, 『농암잡지평석』, 소명출판, 2007, 62·165면을 볼 것.
268) 申靖夏, 「上金右相昌集」, 앞의 책, 308면. "李生若辭木道, 則旱路固好, 而但聞其有馬無人, 可慮. 昔袁中郎有'名山與勝流不相湊'之歎, 此事閤下旣已勸成矣. 欲望終始其惠, 俾得相見於龜島之間, 毋令如古人之爲歎, 如何如何? 惶悚惶悚."
269) 김창집이 좌의정이 된 것은 1705년 이후다.
270) 신정하가 인용하고 있는 "名山與勝流不相湊"는 『袁宏道集箋校』에는 나오지 않는다. 다만 「吳敦之」(『袁宏道集箋校』 上, 506면)에 "山水朋友不相一湊"라는 유사한 구절과 「四樓

물론 원굉도의 유기를 읽었다면, 『명산승개기』를 통한 원굉도 문학의 부분적 독서로 볼 수도 있을 것이다. 하지만, 그가 유묵수(柳默守)에게 답하는 편지에서 원굉도의 척독(尺牘)에 대해 간단히 언급하고 있는 것으로 보아, 그는 『명산승개기』가 아니라 이 시기 서울의 경화세족을 중심으로 차츰 읽히기 시작한 원굉도의 문집을 읽었던 것으로 보는 것이 타당할 것이다. 이에 대해서는 뒤에 다시 언급하겠다.

유묵수에게 보낸 편지는 내력이 있다. 유묵수가 신정하에게 간독(簡牘)의 체제에 대해 언급하였던바, 이 편지는 그것에 대한 답인 것이다. 이 편지에서 신정하는 척독의 역사를 간단히 개괄한다. 우리나라의 문자는 본래 비루하여 논할 것이 없고, 명대의 이반룡(李攀龍)·왕세정(王世貞)은 일생 동안 문장에 진력하였으나, 좋아할 만한 점을 볼 수 없다는 것이다.[271] 그리고 그 이유로 의고적 작풍을 지적한다. 계속하여 구양수와 소동파 척독의 예술적 성취를 찬양하고, 이어 원굉도의 단간(短簡)에 대해 언급한다.

> 일찍이 원중랑의 단간(短簡)을 보셨는지요? 영심혜규(靈心慧窺)가 왕(王)·이(李)와 견줄 것은 아니지만, 대저 문장의 요물이라서 쉽게 감염되니, 대나무를 보는 것처럼 눈에 가까이 해서는 안 될 것입니다. 공교하게 되려다 도리어 졸렬하게 되니 더욱 눈을 열어둘 것이 없습니다.[272]

신정하가 원굉도의 척독을 언제 보았는지는 분명하지 않다. 그러나 앞의 임방이 원굉도의 척독을 골라 사본을 만들어 읽을 정도로 푹 빠졌듯이, 원

詠引」(『袁宏道集箋校』下, 1574면)에 "山水不相湊"란 구절이 있다. 이런 구절을 보면 "名山與勝流不相湊" 역시 원굉도의 글에서 인용된 것이 분명하다. 신정하가 본 판본과 현대 판본 사이에 어떤 차이가 있는 것으로 보인다. 자세한 것은 앞으로의 연구를 기다려야 할 것이다.

271) 申靖夏, 「答柳默守」, 앞의 책, 315~316면. "東人文字本陋甚, 固無可論, 卽如皇明濟南·弇州諸名公之一生盡力於爲文者, 亦未見其可好. 或竊取世說之語脈, 掇拾左·國之句字, 荒雜無倫, 浮夸不實, 令人讀之, 或終篇而漠然不知爲何等語. 如此而尙可謂道情素而替面目乎?"

272) 위의 책, 315~316면. "曾見袁中郎短簡否? 靈心慧窺, 雖非王·李之比, 而大低是爲文之妖, 易被浸染, 不宜令近眼如看竹. 欲巧而反拙, 尤無足開眼者爾."

굉도의 척독은 이 시기의 문학적 관행으로는 충격적인 언어표현을 구사하고 있었던 것이다. 신정하는 원굉도 문학의 독창적이고 기발한 사유—영심혜규는 후칠자의 왕세정·이반룡이 짝이 될 수 없는 경지라고 말한다. 즉 그는 원굉도의 문학, 곧 공안파 문학이 명대 의고파 문학과 대척적이라는 것, 또 명대 의고파를 대타적 존재로 하여 성립하였던 것을 알고 있었던 것으로 보인다.

하지만 신정하는 원굉도의 언어를 요물이라고 말한다. 기이한 평가다. 전례가 없는, 범인의 상상력을 초월하는 원굉도의 언어는 복제하기가 실로 쉽지 않다. 이 차원에서 그것은 상식을 벗어난, '요(妖)'의 상태다. 그러나 원굉도의 언어는 문장을 창작하는 작자로 하여금 끊임없이 고전의 상투적 인용으로부터 탈출하여, 자신만의 언어를 쓸 것을 유혹한다. 쉽게 감염된다는 말은 바로 이 점을 지적한다. 그러나 천재성이 결여된 작가는 언어의 창조를 추구하다가 오히려 졸렬하게 된다. 신정하의 '요(妖)'란 말은 원굉도 문학을 보다 정확하게 평가한 것이다. 이 점에서 그는 임방이나, 이하곤보다 원굉도 이해에 있어서 한 걸음 더 나아간 것이다.

신정하가 원굉도를 호의적으로 평가하고 있음은 다음 신무일(愼無逸)에게 보낸 편지로도 확인된다.

> 제(弟)의 근래 득의처는 전적으로 중랑(中郞)의 기술(記述)에 있습니다. 무릇 이 노인이 돌아다닌 탐승(探勝)의 자취가 갖가지 형태로 눈앞에 선하니, 한 걸음 내딛는 수고도 없이 한 사람의 종도 부리지 않고 동남방의 수만리에 걸친 영경(靈境)을 모두 앉아서 볼 수 있기에 제(弟)는 뛸 듯이 마음속으로 기뻐하면서 그 작품을 감상하게 된 것이 늦음을 이제야 한탄하고 있습니다.
>
> 대개 제(弟)는 황명(皇明)의 여러 명류(名流)들에 대해 한 사람도 뜻에 맞는 사람이 없고, 인정하는 사람은 오로지 방선생(方先生)과 양명공(陽明公) 두 사람일 뿐입니다. 하지만 산수와 문장의 벗이라면, 마땅히 이 노인을 보좌로 삼아야겠지요. 이 노인이 유독 제(弟)의 평가에 들어온 것은 다른 이유가 있어서가 아닙니다. 결코 칠자(七子)의 근각(根脚)을 따르지 않고 구양수와 소동파 등 여러 분들을 존중할 줄

알기 때문입니다. 또 그가 즐기는 바가 전적으로 산수와 문장에 있어, 선(禪)도 아니고 속(俗)도 아니며 현관(縣官)을 하지도 않고, 신선이 되지도 않으니, 대개 천지간의 기위(奇偉)한 존재로 딱히 지적하여 이름을 붙일 수가 없는 사람입니다. 모르겠습니다만, 이 사람의 문집을 읽어보셨는지요. 이 세상에는 이러한 습기(習氣)가 결코 없습니다. 오직 집사 한 사람만이 가까울 뿐 나머지는 많이 얻을 수 없습니다. 모르겠습니다만 어떠한지요?273)

신무일에게 원굉도의 문집을 보았는지를 물어보는 데서 신정하가 원굉도의 문집을 보았음이 확인된다.

신정하는 원굉도 유기(遊記)에 찬사를 아끼지 않고 있는데, 주지하다시피 원굉도의 유기는 원굉도 문학의 정점이다. 신정하의 평가는 정당하다. 신정하는 신무일에게 보낸 이어지는 편지에서 묘적산(妙寂山)의 승경을 듣자 유람을 계획하면서 오로지 원굉도의 산수 유기를 벗 삼아 가지고 갈 것이라고 하였다.274) 신정하는 원굉도의 유기에 깊이 빠져들어 갔던 것이다.

원굉도에 대한 자료는 이제까지 말한 네 가지가 전부다. 한데 이 자료들이 쓰인, 정확히 말해 그가 원굉도를 읽은 연기가 확정되지 않는다는 문제가 있다. 원굉도의 유기가 신정하의 창작에 끼친 영향을 생각해 볼 수도 있는데, 이인상(李麟祥)은 신정하가 실제 창작에서 원굉도를 배우고자 했으나 그 경지에 도달하지 못했다고 평가하고 있다.275) 그는 의식적으로 원굉도의

---

273) 申靖夏, 「與愼敬所兄」, 위의 책, 325면. “弟近日得意處, 全在中郞記述. 凡於此老經行探歷之勝, 種種在目, 不勞一步, 不命一僕, 東南數萬里靈境, 皆自坐而得之, 弟方且躍然心喜, 始歎賞音之晚也. 盖弟於皇明諸名流, 無一人合意者, 而所許可者唯方先生·陽明公兩人而已. 若山水文章之友, 則又當以此老爲補佐. 此老之獨於弟相入者, 無他. 絶不隨七子脚跟, 而知歐·蘇諸公之可尊故也. 且其所樂全在於山水文章, 不禪不俗, 不做縣官, 不作神僊, 差是天地間奇偉, 不可指名的人, 未知曾熟讀此集否? 此世間絶無如此習氣. 唯執事一人近之, 餘不可多得, 未知如何?”

274) 위의 책, 같은 면. “昨夕, 有傳妙寂之勝者, 爲弟細評曰 : ‘其石則楓岳, 其洞則中興, 其樹則龍門, 水石間可置僧刹者甚多. 至若魚鳥麋鹿, 可作山中友朋者無數. 數日後必欲去尋.’ 弟思茲遊也, 不須多人與俱, 別有奇勝處如此山的. 二人袖裏有袁中郞遊山記述一集, 是一友. 百餘年後, 又得有僊佛氣有登臨癖, 其風味如中郞略同者, 如執事兼是二友. 此二者不可缺一. 未知執事其肯有意否?”

275) 李麟祥, 「與申成甫書」; 壬申, 『凌壺集』;『韓國文集叢刊』 225, 505~506면. “申恕菴刻意

문학을 추구했던 것으로 보인다. 다만 이인상의 평가에서 볼 수 있듯, 신정하의 작품이 원굉도 류의 신선한 언어로 이루어졌다고 보기는 어렵다. 작품에서의 구체적인 연관 관계는 앞으로의 고찰을 요하는 문제다.

　아주 조심스러운 입장을 취한다면, 몇몇 비평언어에서 상호간의 관계를 추정할 수는 있다. 신정하는 이희지(李喜之)[276]에게 보내는 편지에서 이렇게 말하고 있다.

> 　저는 본디 성품이 졸렬하여 평생 기(氣)를 숭상해 본 일이라고는 한 번도 없습니다. 문장에 있어서도 고인의 승묵(繩墨)을 조심스레 답습했을 뿐이고, 감히 한 가지 뜻이라도 자유롭게 벗어나 새로운 격(格)을 창안해 지어 본 적이 없으니, 이것이 정말 이른바 융통성 없는 선비의 태도인 것입니다. 지금 두 분의 유람을 보건대, 그 의기는 웅장한데다 스스로 깨달은 바가 있고, 의론은 거침없이 마구 내달리는 것과 같으니, 온 세상을 둘러보아도 그 의기를 당해낼 사람이 아무도 없을 듯합니다. 그리고 시율(詩律)에 나타나는 바로 말하자면, 또 반드시 따로 수안(手眼)을 내어 전인(前人)의 과굴(窠窟)을 모두 뒤집어, 신기하고 황홀하며[又必另出手眼, 盡翻前人窠窟, 新奇怳惚], 가볍게 흔들리며 제멋대로 요동을 치는 듯합니다. 자신이 스스로 고인이 되어 지금 사람들을 변화시키려고 그 기상과 흉회(胸懷)를 다스리니, 세속의 보통 사람들이 헤아릴 바가 아닙니다. 이러니 아무리 제가 요행스럽게도 두 분의 뒤를 따른다 할지라도 그 구차하고 졸열하며 소박함은 아마도 두 분의 바람을 충족시키지 못할 것입니다.[277]

　이희지는 미상의 인물인 김군과 마포를 유람하고 시를 지어 신정하에게 보내고 신정하에게 자신이 소개를 할 터이니, 김군을 만나볼 것을 요청했는데, 신정하가 이 요청을 완곡하게 거절하고 있는 내용이다. 이 편지에서 정

　　攻文章, 只榜樣一東坡, 而做不及袁中郎."

276) 李師命의 아들, 李頤命의 조카. 1682~1722.

277) 申靖夏, 「答李士復書」, 앞의 책, 293면. "僕本性拙, 平生無一尙氣事, 其於文章, 只謹蹈古人繩墨, 亦不敢一意脫略, 自創新格以爲之也. 此眞所謂拘儒態也. 今觀兩君之遊, 其意氣之雄豪自得, 議論之馳騁自恣, 擧一世無足以當其意者. 而其見於詩律者, 則又必另出手眼, 盡翻前人窠窟, 新奇怳惚, 輕肆動盪. 方欲自我作古以化時人, 治其氣像胸懷, 有非世俗常人所能測者. 是則雖使僕幸而得從兩君之後, 其拘拙樸樕, 恐不足以堪兩君之望."

작 중요한 것은 이 편지에 쓰인 비평어다. 고딕 강조된 부분은 공안파의 논리에서 흔히 등장하는 평어들이다. 전거를 밝히면 다음과 같다.

　　① 저는 근대에서 한 사람의 시인을 얻었는데, 서위(徐渭)라고 합니다. 그의 시는 **과구(窠臼)를 깡그리 뒤집고**〔盡翻窠臼〕스스로 수안(手眼)을 내었습니다. 장길(長吉, 李賀)의 기이함이 있되 그 말을 통창하게 만들었고, 두공부의 뼈를 빼앗는가 하면 그 살거죽을 벗기고, 소자첨의 능변을 갖추고 그 기를 빼어나게 만들었으니, 칠자(七子)는 말할 것도 없고, 하(何)·이(李)는 마땅히 그 아래에 있을 것입니다.278)

　　② 여러 작품들을 꼼꼼히 읽어보니, 정말 당인(唐人)의 풍격(風格)이었습니다. 전(錢)·유(劉)와 견주어도 누가 나은지를 알 수가 없었습니다. 근래에 학사대부(學士大夫)들이 자못 시를 말하는 것을 꺼리고, 또 시를 말하는 자도 또 당(唐)·송(宋) 사람의 시를 찬찬히 완상하려 하지 않으며 억지로 떠벌리기만 하니, 천편일률입니다. 한두 현자(賢者)가 극력 만회하여, 이제 비로소 이 소굴을 뒤집을 수 있게 되었습니다〔**翻此巢窟**〕."279)

'과굴을 죄다 뒤집는다'는 표현은 단순한 관습적인 언어가 아니라, 공안파와 관련하여 전대의 낡은 언어의 사용을 과감히 거부하고 새로운 언어를 구사한다는 의미가 내포되어 있는 것이다. 이 표현에는 전범의 부정, 개인의 독창성, 새로운 언어의 창조 등 공안파의 주장이 포함되어 있다. 신정하는 공안파의 비평에서 이 표현을 절취한 것으로 보인다.

하지만 신정하가 이 표현을 자기 비평의 형태로 수용하고 있는 것은 물론 아니다. 추측컨대 신정하는 공안파의 비평 논리를 이해하고 있었던 것으로 보인다. 그는 이러한 논리를 차용하여 이희지 등이 원굉도의 경향을 갖고 있

---

278) 袁宏道,「答馮侍郎座主」,『袁宏道集箋校』中, 769~770면. "宏於近代得一詩人曰徐渭, 其詩盡翻窠臼, 自出手眼, 有長吉之奇, 而暢其語; 奪工部之骨, 而脫其膚; 挾子瞻之辨, 而逸其氣. 無論七子, 卽何·李當在下風."

279) 袁宏道,「又答張東阿」, 위의 책, 736면. "細讀諸作, 眞是唐人風格. 方之錢·劉, 未知孰爲優劣. 近時學士大夫, 頗諱言詩, 有言詩者, 又不肯細玩唐·宋人詩, 强爲大聲壯語, 千篇一律. 須一二賢者, 極力挽回, 始能翻此巢窟."

었음을 주장했던 것이다. 그러나 정작 자신은 공안파의 논리를 자신의 비평에 끌어들이지는 않았다. 그 이유는 무엇인가? 앞의 「여신경소형(與愼敬所兄)」으로 돌아가자.

이 글에서 신정하는 명대 문학 중 방효유와 왕양명 둘만을 평가하는바, 산수문장, 곧 산수유기라면, 원굉도를 고평한다. 그 이유는 의고문파와의 관계 때문이다. 후칠자(後七子)의 근각을 따르지 않고 구양수와 소동파, 곧 당송의 작가를 존중했기 때문이라는 것이다. 그는 공안파의 이론이 전후칠자의 의고적 창작론을 부정하면서 구축되고 있음을 인지했던 것이다. 사실 공안파가 의고파의 가장 강력한 비판자였음을 밝힌 것은 아마도 신정하의 이 글이 최초일 것이다. 신정하의 공안파 긍정은 공안파의 논리 자체를 수긍하는 차원에서가 아니라, 단지 의고파를 부정하고 구양수와 소동파를 옹호하는 도구적 존재로서 수용되고 있는 것이다.

사실 냉정히 말한다면, 공안파의 당송 작가의 선호는 다분히 전략적인 것이다. 원종도가 백거이와 소동파를 애호하여 자신의 호를 백소재(白蘇齋)라고 한 것과 원굉도의 송시 찬양, 송대문학에 대한 평가는 이들 작가가 그럴 만한 평가를 받을 자격이 객관적으로 있음에도 불구하고 전략적이다. 따라서 신정하의 공안파 수용 역시 그들이 의고파를 부정하고 당송문학을 옹호한다는 차원에서 소극적으로 이루어지고 있는 것이다.

신정하는 당송고문을 자신의 문학적 근거로 삼았다. 그는 구양수와 소동파의 문장을 염증이 날 정도까지 읽었노라고 할 정도로 구양수와 소동파에 경도하였고,280) 명대의 문장가 중에서는 당송파의 이론가인 당순지를 좋아한다고 하였다.281) 그는 육유의 문학을 애호하여 영안도위(永安都尉)의 집에서 전집인 급고선본(汲古善本) 50권을 얻어 산문만을 발췌하여 『위남문초』를

---

280) 申靖夏, 「雜記」, 앞의 책, 482면. "平生讀歐·蘇文, 極厭飫. 近看陳師道·張未輩文字, 却好看."

281) 위의 책, 479면. "僕於明人, 最愛唐順之, 如'獨樹春深初着藥, 空山行遍不逢僧. 居並夜僧方結夏, 身隨枯葉又經秋.' 其高妙殆非明人語也." 이것은 시에 대한 것이다. 그리고 당순지의 논리가 직접 삼투한 흔적은 보이지 않는다.

엮었던바, 그 형식은 전적으로 모곤의 『당송팔대가문초』를 따르고 있었
다.282) 그리고 그가 육유의 문학을 애호하게 된 동기 역시 당송문과 관련이
있다. 곧 육유의 문학은 그 서사는 구양수를, 의론은 소동파를, 그리고 도리
를 말한 것은 주자의 글과 방불하기 때문이라는 이유가 있었던 것이다.283)
　이미 언급한 바와 같이 당송문학의 옹호는 의고파를 대타적 존재로 설정
하고 있다. 조카 신방에게 보내는 편지를 보자.

　　대저 문장을 짓게 되면 또 먼저 그 지기(志氣)를 세우지 않을 수 없다. 지기를 세
　우지 않으면 나약해져서 스스로를 망치고 떨치지 못하게 되지 않는 경우가 드물다.
　나는 처음에 『상서(尙書)』「우공(禹貢)」을 읽다가 그 필세가 웅고(雄高)한 것을 보
　고, 문장을 짓는 사람은 반드시 이와 같아야 한다고 생각했다. 『마사(馬史)』를 보고
　나서는 또 태사공(太史公)과 같이 되고자 하는 마음을 먹었다. 지난번 「우공」을 볼
　때와 견주어보면, 그 지기가 조금 떨어진 것이다. 그러다 당송(唐宋)의 여덟 군자의
　문장을 좋아하게 되고부터는 황명(皇明)의 여러 대가들의 허장성세로 꾸미는 버릇
　을 알게 되었다. 그런 뒤에 또 심의(心意)를 억지로 지어 형세를 과장하는 데 힘쓰
　다가 도리어 알맹이가 없는 결과를 초래해서는 안 된다고 생각하였으니, 다시 전날
　스스로 기약하던 망령됨을 비웃었던 것이다.284)

　『상서』의 「우공」과 사마천의 『사기』를 문장의 전범으로 삼는다는 것 자

---

282) 위의 책, 354면. "方斯時, 余於其詩, 已爛熟矣, 而特未染指其文, 故未敢遽對. 後於諸選
　　　中, 見其序箚數篇, 窺得其一斑, 而始歎服先生之高識. 自是求是書者寢久而未得, 最後乃
　　　從永安都尉家, 得借其全集汲古善本五十卷, 都下藏是書者, 盖鮮焉. 余得是書, 旣以獲果
　　　宿願爲幸. 又以不人人盡讀爲可恨, 輒不自揆, 玆敢妄意鈔選, 而其規模則全用鹿門八家選
　　　例, 撮其十之六七釐爲二十一卷. 凡兩易月而繕寫畢."
283) 申靖夏, 「渭南文鈔序」, 위의 책, 353~354면. "渭南之文, 其敍事似歐公, 其議論類長公,
　　　而其說道理則又彷佛乎朱子書. 宋自紹聖以來, 士大夫類皆以票裂爲文, 各自謂賢而無復如
　　　元祐之體者. 公獨慨然自奮, 極義論著, 以振作斯文, 復元祐之盛爲己任, 而又與我考亭並
　　　世, 往來講磨, 卒引之大道. 故其文汪洋俊偉, 中正宏博, 蔚然爲一世之宗匠."
284) 申靖夏, 「與昉姪書」, 위의 책, 280면. "夫爲文章者, 又不可不先立其志氣, 不立其志氣,
　　　則鮮有不爲頹墮自沮而不振矣. 余於始者讀尙書禹貢篇, 見其筆勢之雄高, 以爲爲文者當如
　　　此. 旣見馬史, 又一以太史公自期, 則比向者見禹貢時, 其氣少降矣. 及嗜好於唐宋八君子
　　　之文, 知皇明諸大家虛自壯耀之習, 然後又以爲不可强作心意, 務張形勢, 反致無實, 則復
　　　笑向日自期之妄僭."

제가 바로 진한고문파의 영향 때문이다. 농암의 비평이 거의 의고문파를 비판적 대상으로 하여 구축되는 것처럼 명대 의고파와의 거리를 어떻게 설정할 것인가 하는 것이 신정하에게 중요한 문제로 제기되었던 것이다. 이 글을 쓴 것은 1701년으로 그의 나이 21세 때다.

그의 황명의 여러 대가, 곧 의고문파의 오류에 대한 인식이 『당송팔가문』에서 비롯되었다는 사실은 매우 중요하다. 모곤의 이 저술은 궁극적으로 의고문파의 창작 논리를 분쇄하기 위해 엮어진 것이며, 당송파의 이론과 실천을 요약해 놓은 것이기 때문이다. 물론 그는 이 점을 밝히기 위해서가 아니라 문장의 지기를 강조하기 위한 것이지만, 이 국면에서는 그것이 중요한 것은 아니다.

그는 이 점에 입각하여 의고문파를 비판한다.

> 대저 문장이란 하나의 소기(小技)다. 비록 그 지극한 경지에 도달한다 해도 또한 어디에 소용이 닿을 것인가. 그러나 문장에 뜻을 둘 경우 육경(六經)으로 탐구하지 않으면 지극한 경지에 도달하는 사람이 드물 것이다. 저 황명(皇明)의 제자들은 각자 스스로 문장에 능하다 하지만, 도(道)에 대해서는 얻은 것이 없다. 그러므로 그들의 문장은 투초(鬪草)와 같아, 그 뿌리가 되는 실용을 구해 보면 없는 것이다. 이것으로써 여전히 문장을 지을 수 있겠는가? 그러므로 나는 한유·유종원·구양수·소식의 뜻으로 행문(行文)한 경우요, 황명의 제자는 문(文)으로 뜻을 만든 경우라고 생각하였다. 황명 쪽의 경우를 취해 알맹이가 없는 말을 짓기보다는 차라리 한유·구양수 쪽에서 취해 유용한 문장을 짓고자 한다.285)

그가 도달한 결론은 명대의 의고파를 부정하고,286) 팔대가에서 문장의

---

285) 申靖夏, 「答柳主簿應運書」, 앞의 책, 284~285면. "夫文章, 一小技也. 雖極其至, 亦何所用. 然旣有意於此者, 不以六經求之, 鮮有至焉者. 彼皇明諸子者, 各自謂能文章, 然於道未有得焉. 故其文如鬪草, 求根柢之實用則蔑如也. 以此而尙可爲文乎? 故靖夏嘗以爲韓·柳·歐·蘇以意而行文者也, 皇明諸子以文而生意者也. 與其取於皇明而爲無實之語, 寧取於韓·歐而爲有用之文也."
286) 그는 「策問」(위의 책, 398면)에서 碑誌文의 올바른 창작 방법에 대해 물으면서 왕세정의 비지문자를 혹평하고 있다. "碑誌之文莫盛於皇明, 皇明大家莫過於弇山, 而冶女俠士盖得

모범을 취하며 주자에게서 이데올로기적 순수성을 확보하는 것이었다. 그는 이귀령(李龜齡)에게 답하는 편지에서 이귀령이 주서(朱書)를 읽고자 한다고 한 데에 극력 찬동하고, 주서의 성격을 도리를 남김없이 설하고 인과 의가 표리를 이루는 그야말로 천지가 생긴 이래 없었던 대문자(大文字)로서 사문(斯文)에 뜻을 둔 사람이 읽지 않을 수 없는 것이라고 평가한다.287) 그리고 이어서 이렇게 말한다.

> 요컨대 팔대가의 문장은, 뜻으로 행문한 것이므로 뜻이 기이하고 문장 또한 높습니다. 고정(考亭, 朱子)의 글은 이(理)로서 문장을 지은 경우이기 때문에 이가 남김없이 밝혀지고 문장 또한 통달합니다. 황명(皇明) 제자(諸子)의 문장은 문(文)으로 뜻을 만들었기 때문에 말에 귀취(歸趣)가 없고 문은 볼 만한 것이 없습니다. 세상의 문장을 하는 사람들이 만약 황명 제자를 경계로 삼아 처음에는 팔가(八家)에서 법을 취하고 끝내는 고정(考亭)에게로 귀숙(歸宿)한다면, 문장의 도가 이에 완전해질 것입니다.288)

신정하 비평의 도착 지점은 결국 주자의 이데올로기에 기초한 당송고문의 수사학으로 정리된다. 그가 공안파를 읽고 그들의 논리를 상당 부분 이해함에도 불구하고, 그가 공안파의 논리를 수용하지 못한 것은 공안파의 논리가 주자학과는 대척적인 관계에 있는 양명학 양명좌파에 기반을 두고 있었기 때문이었을 것으로 생각한다.

有之, 商婦販翁亦許乞銘, 連編累牘, 動至千萬言, 其可謂得碑誌之體歟?"

287) 申靖夏, 「答李聖瑞龜齡書」, 위의 책, 293~294면. "來書又云, 欲讀朱書甚善, 其爲書千端萬緒, 說盡道理, 仁思義色, 相濟表裏, 浩浩如江水之方生, 而其可喜處, 正在於明白洞快, 自有天地以來, 未曾有如許大文字, 士之有志於斯文者, 誠不可不讀."

288) 앞의 책, 294면. "要之八家之文, 以意行文, 故意奇而文亦高, 考亭之書, 以理爲文, 故理盡而文亦達. 皇明諸子之文, 以文生意, 故語無歸趣而文無可觀. 世之爲文者, 誠能以皇明諸子爲戒, 始取裁於八家, 而終歸宿於考亭, 則文之道於斯盡矣."

(4) 이의현(李宜顯)

　이의현(1669~1745)도 농암 김창협의 제자다. 그는 산문작가로 명성을 얻었고, 그의 비평 역시 산문 비평에 집중되어 있다. 이의현의 비평은 1722년 운산군(雲山郡)에 유배되었을 때 쓴 필기 「운양만록(雲陽漫錄)」[289]과 1736년에 쓴 「도협총설(陶峽叢說)」에 주로 실려 있는데, 농암의 「잡지」와 동일한 형식이다. 그의 비평적 주장은 대체로 농암의 그것을 따라 전후칠자의 의고적 창작경향을 반대하고, 당송파의 비평을 수용하고 있다. 따라서 이의현의 비평이 조선 후기 비평사에서 거창한 의미를 갖는 것은 아니다. 여기 그를 따로 다루는 것은 그가 공안파에 관한 짧은 자료를 남기고 있으며, 이 자료가 조선후기 문단의 명청대 문학사 이해의 수준을 가늠하는 데 있어 상당히 긴요한 것이기 때문이다.

　이의현을 거론함에 있어 먼저 주목해야 할 것은 그가 대단한 장서가였다는 사실이다. 물론 그의 장서의 성격은 짐작할 수가 없다. 하지만 이의현은 「운양만록」과 「도협총설」의 언급을 통해 그의 장서와 지식의 범위를 대충 짐작할 수 있다. 예컨대 그는 사마천의 『사기』로부터 구양수의 『오대사(五代史)』에 이르는 17사(史)와 탈탈(脫脫)의 『송사(宋史)』, 송렴(宋濂)의 『원사(元史)』 등 거질의 중국 역사서를 갖고 있는가 하면,[290] 선진(先秦) 이상의 제자(諸子)로 25가(家)를 읽고 비평을 하고 있다.[291] 제자 외 선진 이상의 책으로 『공자가어(孔子家語)』·『국어(國語)』 등 50여 종의 책을 한두 차례 읽고 한 권으로 정리하고자 했으나 실패했다는 이야기[292]나 누동(婁東)·장부(張溥)[293]가 편찬한 103가(家)의 한위(漢魏)·육조(六朝) 문인들의 문집을 읽었다는 기록[294] 등을 통해

---

289) 발문은 1728년에 쓰고 있다.
290) 李宜顯, 「陶峽叢說」, 『陶谷集』 2 : 『韓國文集叢刊』 181, 445면.
291) 『老子』·『莊子』·『列子』·『荀子』·『管子』·『晏子』·『墨子』·『鄧子』·『文子』·『尹文子』·『關尹子』·『鶡子』·『鶡冠子』·『子華子』·『亢倉子』·『鬼谷子』·『公孫子』·『商子』·『司馬子』·『孫子』·『吳子』·『尉繚子』·『韓子』·『呂子』·『屈子』. 위의 책, 445면. 이것을 읽고 비평한 것이 445~445면에 실려 있다.
292) 위의 책, 447면.
293) 이의현은 明人으로 추정하고 있다.

볼 때 그가 당시의 기준으로 볼 때 엄청난 장서의 소유자이며, 독서의 범위가 성리학이란 울타리를 훨씬 벗어나 있음을 알 만하다.

　물론 주목해야 할 대상은 문학 쪽이다. 그는 명대는 말할 것도 없고, 청대의 저작까지 읽고 있었다. 그는 자신이 소장하고 있는 청대(淸代) 문집으로 『유당집(酉堂集)』(尤侗), 『서피집(西陂集)』(宋犖), 『잠미집(蠶尾集)』(王士禛), 『포경재집(抱經齋集)』(徐嘉炎), 『이학전서(理學全書)』에 들어 있는 『우재집(愚齋集)』(熊賜履), 『가서집(稼書集)』(陸隴其) 등을 소장하고 있었다.295) 명대 문인의 저술은 뒤에 따로 거론하겠다. 이 외에 드물게 그는 강희 14년에 편찬된 거질의 『전당시(全唐詩)』296)와 주이존(朱彛尊)의 『명시종(明詩綜)』 등을 소장하고 있었으며, 명대의 시집으로는 전겸익(錢謙益)의 『열조시집(列朝詩集)』 그리고 종성(鍾惺)·담원춘(譚元春)의 『명시귀(明詩歸)』, 진자룡(陳子龍)이 편한 『명시선(明詩選)』을 소장하고 있었던 것이다.

　이런 서적을 통해 그는 명말청초 중국문학의 변화에 정확한 정보를 가질 수 있었던 것으로 보인다. 예컨대 그는 강희 신해년(1671)에 오지진(吳之振)이 엮은 송대 시집을 통해 중국의 의고파가 폄하하였던 송시에 대한 재평가가 이루어지고, 의고적 작풍이 사라진 중국 문단의 상황을 정확히 파악하고 있었던 것이다.297)

　이제 이의현의 공안파에 대한 언급을 검토해 보자. 먼저 「운양만록」이다.

　　명(明)나라의 시는 비록 여러 가지 체(體)가 번갈아 나왔으나, 요컨대 그 격률(格律)은 그리 뛰어나지는 않다. 대가(大家)라고 일컫는 사람이 넷인데, 신양(信陽)은 얌전하고 아름답고 고와서 고야산(姑射山) 선인(仙人)의 자태가 있으나, 기(氣)가 짧고 신(神)이 약하여 우뚝 선 건장한 격(格)이 없다. 북지(北地)는 침착하고 웅대하며

---

294) 李宜顯, 「陶峽叢說」, 앞의 책, 447~448면.
295) 위의 책, 452면. 『이학전서』는 청나라 강희 때의 中丞을 지낸 張伯行이 편한 편서. 漢唐 이후 청인에 이르기까지 조금이라도 도학에 가까운 저술을 모은 것, 1백 34권. 송대의 유력한 학자들의 문집이 많다.
296) 위의 책, 448면.
297) 위의 책, 449면. 여기서 오지진이 엮은 송시집의 自序를 그대로 인용하고 있다.

빼어나 산서(山西) 노장(老將)의 기풍이 있으니, 마음이 거칠고 재주가 바잡하여 화평(和平)한 풍치가 부족하다. 태창(太倉)은 극히 풍부하고 넓으나, 많은 것을 걱정하는 병통이 있고, 역하(歷下)는 극히 높고 시원하지만 기세를 부리는 누(累)가 있다. 이것이 한번 변하여 서위(徐渭)·원굉도(袁宏道)가 되고, 재차 변하여 종성(鍾惺)·담원춘(譚元春)이 되었다. 그리고는 다시 쥐구멍과 지렁이움으로 들어갔고 나라의 운수가 그것을 따랐으니, 더 논할 것이 없다.298)

다른 언급은 없고, 전칠자의 하경명(何景明, 信陽)·이몽양(李夢陽, 北地), 후칠자의 왕세정(王世貞, 太倉)·이반룡(李攀龍, 曆下) 등 전후칠자의 의고파의 시풍이 서위(徐渭)·원굉도(袁宏道)로 바뀌고, 다시 종성(鍾惺)·담원춘(譚元春)으로 바뀌었다는 사실을 적시하고 있다. 의고파→공안파→경릉파의 변화 과정을 지적하고 있는 것이다. 김창협에게서도 이런 논리를 본 바 있는데, 김창협은 다분히 의도적으로 서위와 원굉도를 생략했었다.299) 그러나 이의현의 경우 그 전개 과정을 가감 없이 밝히고 있다. 물론 이의현은 이런 시풍의 출현이 명의 멸망과 관계되었음을 말하고 있는데, 이 논법의 유래에 대해서는 뒤에 다시 따지기로 하자.

다시 공안파에 대해 언급하고 있는 자료는 「도협총설」이다.

명나라의 문집으로 세상에 돌아다니는 것이 거의 한우충동이어서 이루 다 기록할 수 없으나, 대체로 4개의 유파가 있다. 내가 집에 소장하고 있는 것으로만 말해 본다. ① 방손지(方遜志)·유성의(劉誠意)·송잠계(宋潛溪)는 의리와 학술로 문사(文詞)를 지으신 분이니, 이 분들이 한 파가 된다. 손지(遜志)는 더욱 방패(滂沛) 호한(浩瀚)하여 명나라 3백 년 문장 중에는 절대 이 분의 경지에 이를 사람이 없다. 잠계

---

298) 李宜顯, 「雲陽漫錄」, 위의 책, 429면. "明詩雖衆體迭出, 要其格律, 無甚逈絶. 稱大家者有四. 信陽溫雅美好, 有姑射仙人之姿, 而氣短神弱, 無聳健之格. 北地沈鷙雄拔, 有山西老將之風. 而心麤材駁, 欠平和之致. 太倉極富博而有患多之病. 歷下極軒爽而有使氣之累. 一變而徐·袁, 再變而爲鍾·譚, 轉入於鼠穴蚓竅而國運隨之, 無可論矣."
299) 김창협이 의도적으로 서위와 원굉도를 삭제한 것인지, 아니면 그 문학사적 전개 과정을 알지 못했는지는 알 수 없지만, 그의 원굉도에 대한 혐오를 생각한다면, 의도적일 가능성이 높다.

(潛溪)는 그에 버금가고 성의(誠意)는 또 잠계의 짝이다.

②　양명(陽明)·백사(白沙)는 이학(異學)으로 문장을 지었다. 그런데 양명의 문장은 더욱 상신(爽新)하다. 학문은 마땅히 배척해야 하겠지만, 문장은 취할 만하다. 이탁오(李卓吾)의 궤괴(詭怪)함에 이르면, 양명을 거쳐 위로 뛰어올라 더욱 방자하게 군 자이다. 이 세 문집이 당연히 한 파를 이룬다.

③　공동(空同)·대복(大復)·엄주(弇州)·창명(滄溟)은　선진제자(先秦諸子)를　배워 새로운 격을 창출한 자이다. 이들도 마땅히　한 파가 된다.

④　녹문(鹿門)·형천(荊川)·승암(升菴)·진천(震川)·목재(牧齋)는 옛 문장을 배웠으되, 말이 자못 순(馴)하여 그리 심하게 옛 문장에 빠진 경우는 아니다. 그 중 승암의 아름답고 고움과 목재의 거침없이 흘러넘치는 것은 조금 본색(本色)을 벗어났으나, 그래도 마땅히 여기에 소속시켜야 할 것이고, 왕·이의 파는 될 수가 없는 것이다. 서문장(徐文長)·원중랑(袁中郎)이 또 옆으로 나와서 혜리(慧利)를 장기로 삼았으니, 이 두 사람은 또한 왕·이의 파가 될 수 없다. 마땅히 이 파에 부쳐야 할 것이다.

⑤　이서애(李西涯)·장태악(張太岳)·섭창하(葉蒼夏)는 낭묘(廊廟)에서 경세(經世)하는 문장이니, 또 마땅히 한 파가 될 것이고, 이서애는 풍부하고 넓어 사인(詞人)의 종장(宗匠)이 될 만하다. 그 외의 허문목(許文穆) 국(國), 근양성(靳兩城) 학안(學顏), 왕구산(王緱山) 형(衡)은 자질구레하여 말할 것이 없다.300)

이의현이 말하고 있듯, ①에서　④까지가 거론할 만한 인물들이다. ①은 송렴(宋濂, 潛溪, 1310~1381), 방효유(方孝孺, 遜志, 1357~1402), 유기(劉基, 誠意, 1311~1375) 등 명대 초기 작가, ②는 왕양명·진헌장(陳獻章, 1428~1500)에서 이탁

---

300) 李宜顯,「陶峽叢說」, 앞의 책, 451면. "明文集行世者, 幾乎充棟汗牛, 不可殫記, 而大約有四派. 姑就余家藏而言之. ①方遜志·劉誠意·宋潛溪以義理學術發爲文詞者也, 此爲一派. 遜志尤滂沛浩瀚有明三百年文章絶無及此者. 潛溪其亞而誠意又潛溪之匹也. ②陽明·白沙以異學爲文, 而陽明之文尤爽新, 學則當斥而, 文則可取. 以至李卓吾之詭怪, 由陽明而騰上益肆者也. 此三集當爲一派. ③空同·大復·弇州·滄溟學先秦諸子而創爲新格者也. 此當爲一派. ④鹿門·荊川·升菴·震川·牧齋學古而語頗馴不爲已甚者也. 就中升菴之麗縟牧齋之蕩溢稍離本色而故當屬之於此, 不可爲王·李之派. 徐文長·袁中郎又旁出而以慧利爲長, 此二人亦不可爲王·李派, 當附入於此派. ⑤李西涯·張太岳·葉蒼夏爲廊廟經世之文, 又當爲一派, 而西涯之富博亦可爲詞人之宗矣. 他如許文穆國·靳兩城學顏·王緱山衡, 瑣瑣不足言."

오(李卓吾)로 이어지는 양명학자이서나 정통 유가에서 약간의 이단으로 치는 축이다. ③은 당연히 이몽양(空同)·하경명(大復)·왕세정(弇州)·이반룡(滄溟) 등 전후칠자, 곧 의고문파다.

문제가 있는 것은 ④다. 모곤(茅坤, 鹿門)·당순지(唐順之, 荊川)·양신(楊愼, 升庵)·귀유광(歸有光, 震川)·전겸익(錢謙益, 牧齋)을 한 파로 친다는 것인데, 이 중 모곤·당순지·귀유광이 당송파라는 것은 두말할 필요가 없다. 왕신중(王愼中)에 대한 언급이 없는 것은, 위의 자료가 자신이 소장하고 있는 저작에 한정한 것이기 때문일 것이다.[301] 아마 ④를 설정한 것은 이들의 창작 경향이 반의고적이라는 데 있을 것이다. 다만 서위(徐渭, 徐文長)와 원굉도(袁宏道, 袁中郎)를 이 일파에 소속시킨 것은 공안파가 반의고적이고 또 당송파에 대해 우호적이었기 때문이다. 하지만 서위와 원굉도의 창작과 비평은 양명학적 논리 위에서 구축되고 있으니, ②의 이탁오를 잇는 것으로 볼 수도 있다.

위의 자료에서 특별히 중요한 것은 그가 자신이 소장하고 있는 책만을 가지고 이 유파를 분류해 내고 있다는 것이다. 그의 유파 분류가 재래의 것, 예컨대 『황명십대가(皇明十大家)』 등과 다른 것은 바로 자신 나름의 독서 경험에 의한 분류이기 때문이다. 이 점에서 이의현의 위 자료는 확실히 다른 자료에 비해 강점이 있다. 그러나 그가 분명히 읽었을 이탁오·서위·원굉도가 그의 문학과 비평에 미친 영향, 즉 이탁오와 공안파의 논리가 이의현의 사유 속에 설령 변형된 형태라 할지라도 그 흔적을 드러내고 있는가 하는 데 대해서는 회의적이다.

무엇보다 위의 인용에서 ②의 이탁오 이후의 문학 유파들은 고립적 분산적으로 존재했던 것이 아니라, 명대 문학의 특징인 문학 써클을 형성했으며, 서로를 비평적 타자로 설정하고 자신의 비평을 전개했기 때문이다. 따라서 우리는 그들의 비평론에서 타자를 읽어낼 수가 있는 것이다. 문제는 이의현

---

301) 다른 자료에서는 왕신중을 언급하고 있다.

의 논리가 과연 이탁오와 공안파를 포함하고 있느냐는 것이다.

　공안파는 의고파를 비판함으로써 그 위에 자신의 논리를 세웠다. 이의현 역시 의고파 비판을 통해 자신의 논리를 성립시킨다.

　　명나라가 일어나자, 송잠계(宋潛溪)·방손지(方遜志) 등 여러분이 경술(經術)로 문장을 지었으니, 그 문장은 각각 장단점은 있으나, 그대로 선진(先進)의 전형(典刑)을 세울 수 있었다. 손지(遜志)는 더욱 호박(浩博)하고 순정(純正)하였다.

　　그러다 이공동(李空同)에 이르러 비로소 선진제자(先秦諸子)를 준칙(準則)으로 삼아 애써 모방(摹倣)하기 시작하였다. 그 재력(才力)은 본디 웅무(雄鷔)하였으나, 그 성취는 자못 아순(雅馴)한 경지에는 어긋났다. 왕엄주(王弇州)·이창명(李滄溟)·왕태함(王太函) 등이 융경(隆慶) 만력(萬曆) 연간에 일어나, 한결같이 학고(學古)를 자신들의 임무로 삼았다. 창명(滄溟)은 더욱 들쑥날쑥 험벽함을 위주로 하여, 그의 작품을 읽어보면, 아무런 의미가 없다. 태함(太函) 역시 그러하다. 엄주는 견해가 비록 같았으나, 그 재주는 알차고 컸으니, 여러 사람들 중 으뜸이었다. 그러므로 그의 문장에는 또한 자못 한두 군데 기뻐할 만한 곳이 있다고들 하지만, 한유·구양수의 정맥(正脈)은 아니고, 본디 별류(別流)다. 대저 이 몇 분들의 문장은 선진제자(先秦諸子)와 『좌전(左傳)』·『국어(國語)』·『사기(史記)』에 전적으로 힘을 쏟았고, 육경(六經)에 근본하지 않아 그 식견이 취할 것이 없다. 그 서(序)·기(記)의 문자는 신기함이 없지는 않으나, 끝내 화려하기만 하고 알맹이가 없는 데로 귀착됨을 면하지 못한다.

　　모녹문(茅鹿門)·당형천(唐荊川)·왕준암(王遵巖)·귀진천(歸震川)과 같은 사람들은 전적으로 구양수·증공 등 대가에 귀숙(歸宿)하였기 때문에 이런 병이 그리 없고, 자못 이아(爾雅)한 듯하고, 그 중에서 형천은 더욱 아름답다. 왕양명(王陽明)은 학술은 비록 그릇된 것이나, 그 문장이 빼어나고 시원하며 지혜로워 남의 문장을 따내고 훔치는 데 비할 바가 아니고 모두 흉중(胸中)에서 자득(自得)한 데서 나온 것이다.

　　명나라 말의 전목재(錢牧齋)의 문장은 얽매이는 바 없이 자유분방하여 붓을 도도히 휘둘러 말하고 싶은 것을 다 말하고 그쳤다. 비록 격력(格力)은 높지 않으나, 요컨대 왕(王)·이(李)의 여파로서 그림자나 메아리를 쫓는 그런 부류는 아니니 또한 본디 쉽지 않은 것이다.302)

명대 산문사에 대한 비평적 개괄이다. 명대 초기의 송렴·방효유 등의 초기 작가, 전후칠자, 당송파, 전겸익이 나란히 언급되고 있다. 부정적 비판의 대상이 된 것은 전후칠자다. 전후칠자의 문장이 복고적 창작론의 산물이라는 것, 그리고 그들의 작품이 언어의 화려함에 비해 내용성·사상성이 부실하다는 점을 들어 비판하고 있다.303) 그는 한유·유종원의 정맥이라는 표현을 썼을 때 이미 당송파를 중심에 놓고 있었던 것이다. 요컨대 이의현은 김창협 라인을 그대로 추수한 당송파인 것이다.

의고파에 대한 비판의 갈래는 여럿이다. 농암 김창협의 경우에서 보았듯 김창협 역시 문장의 구성이란 방법적 원리를 채택하여 의고문파의 작문법을 비판한다. 의고문파는 조선에 수용되면서, '간(簡)'의 추구와 허자(虛字)의 사용을 제한하는 작문법을 실천 강령으로 내세웠던바, 그는 이 이론을 통렬하게 비판하고 있는 것이다.304) 그렇다면 그가 더 나아간 것은 무엇인가?

302) 李宜顯,「雲陽漫錄」, 앞의 책, 428면. "明興, 宋潛溪·方遜志諸公, 以經術爲文章, 其文雖各有長短, 猶可建先進典刑, 遜志尤浩博純正. 至李空同, 始以先秦諸子爲準則, 刻意摹倣, 其才力固雄鷔, 而所就頗乖雅馴. 及夫王弇州·李滄溟·王太函輩起於隆萬間, 一以學古自命. 滄溟尤以槎牙險崛爲主, 讀之, 絶無意味, 太函亦然. 弇州所見雖同, 其才具實大, 比諸子爲最. 故其文亦稱頗有一二可喜處, 然非韓·歐正脈, 自是別流也. 大抵此數公文章, 專力於先秦諸子左·國·史記, 而不本於六經, 故識見無可取. 其序記文字非不新奇, 而終不免爲華而不實之歸. 如茅鹿門·唐荊川·王遵巖·歸震川諸人, 專歸宿於歐曾諸大家, 故不甚有此病, 頗似爾雅, 荊川尤佳. 王陽明學術雖誤, 其文俊爽慧利, 非務爲挦撦割剝之比, 皆出於胸中自得也. 明末錢牧齋之文, 駘蕩恣肆, 下筆滔滔, 極其所欲言而止. 雖格力不高, 要非王·李餘派尋逐影響者之類, 亦自不易."
303) 그는 의고 자체가 불가능하다고 말하기도 한다. 李宜顯,「陶峽叢說」, 위의 책, 439면. "朱子作大學報亡章, 其文純是宋人文體, 不類上古文. 盖文以世降, 雖以朱子之亞聖, 有難力致, 而若欲强孝古文, 則亦非眞實底道理, 故不爲之耳. 據此則後人之强作杈枒鉤棘語, 欲以效古者, 適足爲無病嚬呻之歸, 而非識者之所取, 可知矣."
304) 李宜顯,「雲陽漫錄」, 위의 책, 428~429면. "古文法度甚簡嚴, 絶無浮字賸句. 下至唐宋韓歐蘇曾諸公, 無不皆然. 此韓柳以下八大家, 雖一意法古, 只竊取意致法度而已, 文字則絶不襲用, 非其才不能也, 薄而不爲也. 至皇明李王諸公, 自謂高出韓歐, 直與左馬並驅, 而造語多冗長, 浮賸字句, 不勝指摘. 且雜取諸子左馬文字, 複複相仍, 拾掇韓歐諸公已棄之餘, 而高自稱許, 可謂陋矣. 至詩亦然. 錢牧齋固已議之矣. 또 다음의 자료를 보라.「陶峽叢說」, 같은 책, 453~454면. "文有以平暢爲長者, 亦有以簡奧爲主者. 要之脈絡不紊, 敍致有法, 俱合於文章規度則四已矣. 正不必偏主一格也. 近來稱文者, 輒以簡之一字爲言, 句字務爲短澁. 簡之爲言, 豈但以句字求之哉. 篇法章法無不盖然. 若簡其句而冗其語, 則何貴其簡. 脈

한유·유종원을 중심에 놓은 당송파의 입장에서 의고파를 비판하는 근거는
무엇인가?

　성인의 도리는 육경(六經)에 갖추어져 있으니, 본디 학자들이 같이 마음을 써야
할 바이다. 비록 말단적인 사장(詞章)을 짓는다 하더라도, 육경을 벗어나서 다른 데
서 찾을 수 없는 것이다. 대개 문장에 이(理)가 없으면, 문장이라 부를 수가 없다.
그 사(詞)와 이(理)를 구비하고자 한다면, 성인의 경전을 버리고 어디로 갈 것인가?
이 때문에 위로는 양한(兩漢)의 여러 분들로부터 당송팔대가(唐宋八大家)에 이르기
까지 모두 경술(經術)에 근본을 두어 문장을 지었던 것이다. 소씨(蘇氏) 부자는 비
록 종횡(縱橫)하는 기습을 벗어나지 못했지만, 그 원천은 역시 육경에서 나왔으니,
천고의 문장의 정맥(正脈)이 실로 여기에 있는 것이다.

　황명(皇明)의 왕세정·이반룡 등 여러 사람은 전적으로 선진제자(先秦諸子)를 배
워 한유(韓愈)·구양수(歐陽修)의 경지를 타넘어서 『좌전』 사마천과 나란히 달리고
자 하였지만, 그 문장이 육경에 근본하지 않았기 때문에 말이 아순(雅馴)하지 못하
고 이치는 부끄러웠다. 증공(曾鞏)·왕안석(王安石)에 견주어도 오히려 미치지 못
하는데, 하물며 『좌전』과 사마천이랴.

　나는 일찍이 명(明)나라 사람들이 입만 열면 선진(先秦)을 말하는 것을 괴이하게
여겼다. 육경(六經)은 되레 선진이 아니란 말인가? 술에 비유하자면, 육경(六經)은
진한 술이고 선진제자는 묽은 술이다. 대저 이미 선진(先秦)에 전력한다면, 또 어찌
진한 술을 버리고 묽은 술을 마실 수 있단 말인가. 공부를 헛되이 하는 것이라 말
할 수 있다.305)

絡相戾, 敍致不整, 則何貴其簡. 姑以明人證之. 明人動引先秦, 務欲簡奧其句法, 而敍四則
極其繁蕪, 彼固下視歐曾, 而實則歐曾敍事甚簡, 大勝於明人. 明人才力之雄, 固非後人之
比, 而猶且如此, 況其他乎?" 「陶峽叢說」, 같은 책, 454면. "世俗以罕用而之字爲簡古, 此乃
局滯固陋之見也. 古莫如先秦六經西京之文, 而莊·列·左·國·國策·史記等書, 最多虛
字, 論·孟·禮記亦然. 豈以而之字多少, 定其文之古不古乎? 後來昌黎之文, 固有絶不使
虛字處, 而其用虛字者亦多. 此只在用之如何耳. 譬如作室者用材, 長短各隨其宜, 然後方
成室屋體制, 若一例用其短, 豈復成體制乎? 近見爲文者泥於此, 務爲截短字句, 蹇澁枯颯,
語多不暢, 絶無風神生色之可觀, 可謂不善學古矣."
305) 李宜顯, 위의 책, 428면. "聖人之道具在六經, 固學者所共劑心, 而雖欲爲詞章之末, 外此
亦不可他求. 盖文而無理, 不可謂之文. 欲其詞理俱備, 捨聖經何適矣. 是以上自兩漢諸公,
以至唐宋八大家, 皆本經術爲文. 蘇氏父子雖未能脫縱橫氣習, 其源則亦出六經, 千古文章
正脈實在於此. 皇明王·李諸人, 專學先秦諸子, 意欲跨韓·歐而上之, 與左·馬並驅, 而其

산문을 '사(詞)'와 '이(理)'로 구분한다. 사(詞)는 아마도 형식이란 말에 포괄될 수 있는 표현, 수사로, 이(理)는 내용에 포괄될 수 있는 주제·사상 등이 될 것이다. 이 이분법은 매우 오래된 상식화된 것이다. 일반적으로 말해 이상적인 문장은 형식과 내용, 표현과 주제, 수사와 사상 등의 온전한 결합을 말하는 것일 터이다.

이의현의 사고에서 양자 중 어떤 것이 선행하는가. '이'가 없다면 문장이라 할 수 없다. 물론 어떤 문장에도 '이'가 존재하기 마련이다. 그럼에도 이렇게 말하는 것은 '이'의 우위를 말하고자 하기 때문이고, 또 이 '이'가 내용 주제 사상이란 일반적인 차원에서가 아니라, 어떤 특수한 성격을 띠어야 한다고 생각하기 때문이다. 말할 것도 없이 이 '이'는 정통 유가의 가치관, 세계관을 말한다. "작가는 '이'를 어떻게 확보할 것인가?" "이는 어디에 존재하는가?"라는 물음에 대한 답이 바로 그것이다. '이'는 성인이 밝힌 바이며, 그것은 육경에 존재하고 있다. 육경의 사유를 깊이 이해하고 육경의 사유를 자기 사유화할 것, 그리하여 작문을 할 때 육경의 사유가 '이'로서 작품 내에 자연스럽게 존재하게 만들 것을 요구하고 있는 것이다. 육경의 사유에 근거하지 않는 산문언어는 무가치한 것이 되었다. 이의현의 논리는 앞서 보았던 이하곤의 산문론과 상통하는 바가 있다. 이하곤의 산문론은 고식(高識)과 근학(勤學)으로 정리되는바, 그의 '식'은 바로 육경에 근본을 두는 것이었다. 사실상 근원적인 차원에서 이의현과 이하곤은 동일한 주장을 펴고 있는 것이다. 이것이 바로 당송파의 특징이다.

이상의 논리에 근거해 이의현은 당송파의 입장을 취한다. 양한의 문장가와 당송팔대가는 모두 육경에 근본을 두었다. 그리하여 그들의 문장은 천고의 정맥이 될 수 있었다. 그러나 여기에는 중대한 예외가 있다. 소동파의 노장적(老莊的) 사유를 어떻게 처리할 것인가? 그는 "소씨(蘇氏) 부자는 비록 종

文不本於經, 故語不馴而理則餒, 比之曾·王, 猶不及, 況左馬乎? 嘗怪明人開口, 便說先秦. 六經獨非先秦乎? 譬如酒醴, 六經, 醇也; 先秦諸子, 醨也. 夫旣專力於先秦, 則又何以捨其醇而啜其醨也. 可謂枉費工夫矣."

횡(縱橫)하는 기습(氣習)을 벗어나지는 못했지만, 그 근원은 역시 육경에서 나온 것"이라는 논리를 취하여 이 문제를 미봉한다. 이 비판은 이데올로기적 비판이다. 여기서 그가 당송파의 입장을 취하고 있음을 확인하고자 하는 것은 물론 아니다. 당시 의고파에 대한 비판의 논리는 공안파에서 더 이상 나아갈 수 없을 정도로 완벽하게 구현되었다. 그러나 그는 공안파의 비판 방식을 전면에 내세우지 않는다.

일단 이 점에 대해서는 후술하기로 하고, 시 쪽에서의 의고파 비판을 보자.

① 송나라 사람은 비록 스스로 기축(機軸)을 내었지만, 또한 각자가 자신의 성정(性情)을 잃지 않아 오히려 진의(眞意)가 넘쳐남이 있었다. 그러나 명나라 사람들은 쓸데없이 삼백편(三百篇)과 한(漢)·위(魏)를 사모하고, 당(唐) 이하를 보잘것없이 여겼다. 그들의 성취를 따져 본다면, 중묵(仲默, 何景明)이 이른바 고인의 그림자와 꼭 같아 스스로 흉중의 일을 말할 수가 없기에, 두세 번 음미하면 의미가 사그라져 없어진다. 내 생각에는 송나라 시만 도리어 못한 것 같다. 비유하건대,『시경』과『초사(楚辭)』, 한(漢)·위(魏)에서 성당(盛唐)의 이(李)·두(杜) 등 여러분에 이르기까지 그 재주는 비록 차등이 있지만 모두 옥이다. 옥에도 또한 품질의 고하(高下)가 있기 때문이다. 송나라는 민(珉)이고, 명은 수정·유리 등속이다.306)

② 이에 이(李)·하(何) 등 여러 사람이 일어나 힘껏 진작하였으니, 그 뜻이 아름답지 않은 것은 아니었으되, 모의(摹擬)가 심하여 거의 우인(優人)의 가면(假面)과 같이 다시는 천진(天眞)함을 볼 수 없었다. 종성·담원춘의 무리가 그런 것을 싫어하여 마침내 성령(性靈) 두 글자를 내걸고, 세상을 떠들썩하게 만들면서 무리를 이끌었으나 더욱 괴벽(怪僻)하고 비배(鄙倍)하여 말할 만한 것이 없었다. 전겸익이 천보(天寶)의 입파곡(入破曲)에 비기기까지 하면서 국운(國運)이 여기에서 조짐을 보였다고 하였으니, 지나친 논의가 아니다.307)

---

306) 위의 책, 429면. "宋人雖自出機軸, 亦各不失其性情, 猶有眞意之洋溢者. 至於明人, 浮慕三百篇漢魏, 鄙夷唐以下. 而究其所成就, 正如仲默所謂古人影子, 不能自道出胸中事, 吟咀數三, 素然無意味. 以余揆之, 反不如宋也. 譬之則三百篇·楚辭·漢魏, 以至盛唐李·杜諸公, 其才雖有等差而皆是玉也, 玉亦有品之高下故也. 宋則珉也, 明則水晶琉璃之屬也."
307) 李宜顯,「歷代律選跋」, 위의 책, 403~404면. "於是, 李·何諸子起而力振之 其意非不美矣, 摹擬之甚 殆同優人假面, 無復天眞之可見. 鍾·譚輩厭其然, 遂揭性靈二字以譁世率

①은 의고파가 송시를 낮추어 폄가한 데 대한 반론이다. 이 점은 이미 농암에게서 논의된 바 있다. 문제는 ②다. ②의 비판은 전겸익의 논리를 그대로 차용하고 있기 때문이다. 그런데 앞에서 누차 지적한 바와 같이 반의고적 비평이라면 공안파에게서 이미 충분한 논리를 갖춘 것이 아닌가? 그럼에도 그는 공안파를 직접 인용하는 것이 아니라, 전겸익을 인용하고 있다. 공안파가 빠져 있는 것이 이상하지 않은가? 이것은 농암도 마찬가지였다. 파괴력으로 본다면 반의고론은 공안파의 논리가 훨씬 강력한 것임에도 불구하고, 왜 공안파를 거론하지 아니하는 것인가? 성령설만 해도 공안파가 원조가 아닌가. 물론 경릉파의 성령설이 널리 유행한 것은 사실이다. 그럼에도 경릉파를 집중적으로 거론하는 것은 다분히 전겸익 때문이었다.

이 시기 전겸익의 『열조시집소전』은 희소한 책이었다. 이 책이 들어온 것은 김석주가 필사본을 만들려다가 그 거창한 분량 때문에 실패하고, 이의현 자신도 필사본을 만들려다가 중도 포기했다가 뒤에 북경에서 인쇄본을 구입했다는 것이다.308) 『열조시집소전』에서 전겸익은 공안파의 삼원(三袁)에 대해 장황하게 논하면서 공안파의 성령에 대해서는 거의 언급하지 않았다. 그는 겨우 원굉도 조의 끝에 "나는 중랑(中郞)의 시를 수록하는데, 소수(小修)의 논의를 참고하여 중랑의 시 중에서 성령(性靈)을 그려내되 풍아(風雅)에 어긋나지 않는 것을 취하였으니, 배우는 이들은, 혹시라도 공안(公安)에게 창을 겨누고 왕세정·이반룡의 꺼진 재에 다시 공기를 불어넣지 않아, 사도(斯道)에 든 병이 낫기를 바란다"309)라고 하였다. 즉 원굉도가 성령론을 주창했다는 것은 찾아볼 수 없는 것이다. 이의현의 경릉파에 대한 비판은 바로 『열조시집소전』을 인용한 것이다. 위 인용의 전겸익 부분의 『열조시집소전』의 본

衆, 而尤怪僻鄙倍, 無可言矣. 錢虞山至比天寶入破曲, 以爲國運兆於此, 非過論也."
308) 李宜顯, 「陶峽叢說」, 위의 책, 451면. "列朝詩集傳, 尤係有明三百年人物事蹟, 其嬉笑怒罵之態, 宛然如見, 亦可以憑此考証史傳是非, 此實欲求明遺事者之不可不見者. 余嘗欲抄其小傳, 別作一冊而謄出, 亦費力未求之果, 聞息菴曾爲此而未得見, 後赴燕, 偶見別抄其小傳而入刊者, 亟購以來, 從今無勞別謄矣."
309) 『列朝詩集小傳』, 568면. "余錄中郞詩, 參以小修之論, 取其申寫性靈而不悖于風雅者, 學者無或操戈公安, 而復噓王李之燼, 斯道其有瘳乎!"

문을 살펴보자.

①세상의 논자들은 이렇게 말한다. "종성·담원춘이 나오자 세상에서 비로소 '성령(性靈)'이란 두 글자를 알게 되었다." 그렇다면 종성과 담원춘이 나오기 전에는 세상 사람들이 모두 석인(石人)이나 목장승이었다는 말인가. 칠자(七子)의 재주를 다해도 송의 육방옹(陸放翁)을 넘어서지 못하거늘, 남도(南渡)한 이래 융경·만력에 이르기까지 또한 대개 석인과 목장승이고, 성령이 유독 종성과 담원춘에게서 비롯되었단 말인가?310)

②나는 일찍이 근대의 시에 대해 이렇게 논했다. 숨은 것을 들추어내고 씻고 깎아 처량한 소리와 차가운 혼백으로 풍치를 삼으니, 이것은 귀신의 취향이요, 뾰족하고 산뜻한가 하면 가죽을 벗기고 살을 베어내듯 하여 초쇄(噍殺)한 소리와 급촉한 음절로 능함을 삼으니 이것은 전쟁의 형상이다. 귀신의 기운 같은 어두움과 전쟁의 기운 같은 살벌함[鬼氣幽, 兵氣殺]이 문장에 드러나 보이다가 국운(國運)이 그것을 따랐다. 한두 재주가 작고 학문이 모자란 선비들이 사문(斯文)의 권세를 휘둘러 국가 성쇠(盛衰)의 징조를 나타내었으니, 한탄하지 않을 수 있으랴!311)

이것이 조선 문인들에게 원굉도가 아니라, 경릉파를 강력하게 인식시킨 근거다. 또 경릉파를 부정적으로 판단하게 한 근거였다. 이 시기 경화세족(京華世族)을 중심으로 막 수입되고 있었던 전겸익의 『열조시집소전』은 조선인의 명청대(明淸代) 문학에 관한 인식을 심하게 간섭하고 있었던 것이다. 이럴진대 그는 굳이 공안파를 인용할 필요가 없었을 것이다. 그렇다면 정녕 그는 공안파로부터 어떤 영향도 받지 않은 것인가?

우리나라 사람들은 편방(偏方)에서 생장하여, 그 받은 기(氣)가 본디 좁아터져 매

---

310) 위의 책, 572면. "世之論者曰 : '鍾·譚一出, 海內始知性靈二字.' 然則鍾·譚未出, 海內之文人才士皆石人木偶乎! 曰極七子之才致, 不過爲宋之陸放翁, 自南渡以迄隆·萬, 將五百年, 亦盖石人木偶, 而性靈獨培發于鍾·譚乎?"
311) 위의 책, 571면. "余嘗論近代之詩, 抉摘洗削, 以凄聲寒魄爲致, 此鬼趣也. 尖新割剝, 以噍音促節爲能, 此兵象也. 鬼氣幽, 兵氣殺, 著見于文章, 而國運從之. 以一二輕才寡學之士, 衡操斯文之柄, 而徵兆國家之盛衰, 可勝歎悼哉!"

일 보는 것이 속된 문자라, 비록 뛰어난 재주가 있다 히더리도 하는 말이 본디 예스럽지 아니하니, 그 형편이 원래 그런 것이다. 비유하자면 이렇다. 고문의 가장 높은 경지로는 선진(先秦)보다 높은 것이 없다. 서경(西京)은 선진(先秦)에 미치지 못하고, 동경(東京)은 또 서경에 미치지 못한다. 창려(昌黎)의 문장이 팔대(八代)의 쇠미함을 일으켰으나, 양한(兩漢)에 견주어 보면 도리어 미치지 못한다. 이런 식으로 말하면, 구양수·증공도 또 한유에 미치지 못하니, 또한 형편이 원래 그런 것이다. 하물며 편방의 중국에 대한 관계는 말할 필요조차 없다.

그러나 고인은 식견이 높았기 때문에 한인(漢人)은 육경의 글을 모의(摹擬)한 적이 없으며, 창려는 반(班)·마(馬)의 글을 모의한 적이 없으며, 구(歐)·증(曾)은 창려의 문장을 모의한 적이 없으며, 단지 그 의격(意格)만을 썼을 뿐이었다. 그 한(漢)이 되고, 한(韓)이 되고, 구(歐)가 되고, 증(曾)이 되는 본색(本色)은 자재(自在)했던 것이다. 만약 고문의 자구(字句)를 가져와 애달캐달 모의할 줄만 알고, 감히 스스로 흉중의 한 마디 말을 토하지 못한다면〔自吐出月凶中〕, 도리어 좁고 껄끄럽고 단촐하고 얄팍함을 이루어 마치 우인(優人)이 가면(假面)을 쓴 것처럼 진형(眞形)은 존재하지 않을 것이니, 어찌 높이 평가할 가치가 있겠는가? 문장을 짓는 사람은 마땅히 고인의 체재(體裁)로 나의 문자를 지어 그 문자를 보는 사람으로 하여금 문장을 짓는 사람의 문장임을 알게 해야 할 것이다. 그리고 세속의 용비(庸鄙)한 습관은 통렬하게 제거하는 것이 옳다. 어찌 꼭 하나하나 모의하겠는가?

근래 공가(公家)의 문자 역시 반드시 피하고 쓰지 않을 것은 아니다. 위로는 진(秦)·한(漢)으로부터 아래로는 한유·구양수에 이르기까지 시속(時俗)의 으레 쓰는 문자를 모두 피하지 않았으니, 모두 검간(檢看)할 수 있다. 내가 일찍이 남의 묘문(墓文)을 지으며 '일등(一等)'이란 말을 썼다. 대개 '일등'이란 우리나라 과장(科場)의 등제(等第)를 일컫는 말이다. 근래 옛것을 숭상하는 자가 보고는 크게 놀라며, 그것을 흠으로 잡았다. 내가 창려(昌黎)의 「정군지(鄭群誌)」의 '상등(上等)' 두 글자를 펼쳐 보였더니, 그 사람이 말하기를, "'상등(上等)'은 창려의 문자에 있으니, 쓸 수 있지만, 이 말을 쓸 수 없다" 하였다. 그 잘못된 고집의 가소로움이 이와 같다. 문자의 아(雅)·속(俗)은 애시당초 고(古)·금(今)에 있지 않다. 육경(六經)의 문자라 하더라도 또한 써서 속된 것이 있고, 시속의 문자도 또한 써서 아(雅)하게 되는 경우가 있다. 아·속은 어떻게 쓰는가에 따라 결정되는 것이지, 어찌 고·금의 구별에 국한되겠는가?312)

한인(漢人)이 육경을 모의하지 않았으며, 한유가 반고와 사마천의 문장을 모의하지 않고, 구양수·증공이 한유를 모방하지 않고 단지 그 의격(意格)만을 사용하여 한(漢)이 되고 한유·구양수·증공이 되어 본색을 갖출 수 있었다는 논법은 어디서 많이 본 논법이 아닌가? 이것은 앞서 인용했던 원굉도의 「서소수시(敍小修詩)」에서 인용된 것이다. 편리를 위해 다시 옮겨 쓴다.

> 대개 시문(詩文)은 근대(近代)에 이르러 비루함이 극도에 이르렀다. 문(文)은 반드시 선진양한(先秦兩漢)을 표준으로 삼으려 하고, 시는 반드시 성당(盛唐)을 표준으로 삼으려 하여, 초습(剿襲) 모의(模擬)로 그림자와 메아리, 걸음걸이까지 닮고자 한다. 남의 작품에 한 마디 말이나마 비슷하지 않은 것을 보면, 이구동성으로 야호외도(野狐外道)라고 지적한다. 도무지 알지 못할 일이다. 문(文)은 선진양한을 표준으로 삼는다 하지만, 선진양한 사람들이 어찌 일찍이 글자 글자마다 육경(六經)을 배웠단 말인가. 시는 성당을 표준으로 삼는다 하지만, 성당의 시가 어찌 글자 글자마다 한위(漢魏)의 시를 배웠단 말인가. 선진양한이 육경을 배웠다면 어찌 다시 선진양한의 문(文)이 있을 수 있겠으며, 성당이 한위를 배웠다면 어찌 다시 성당의 시가 있을 수 있겠는가.313)

논리가 동일하지 않은가. 다만 '본색'이란 용어는 약간 설명을 요한다. 이것은 원래 당송파의 당순지가 구사한 개념이다. 하지만 '自吐出胸中'·'優

---

312) 李宜賢, 「陶峽叢說」, 앞의 책, 454면. "我東人生長偏方, 其受氣固局隘, 以日用所見, 皆俗下文字, 雖有高才絶藝, 出語自不能古, 其勢然也. 比之於古文之極高莫尙先秦, 而西京不及先秦, 東京又不及西京. 昌黎文起八代之衰, 而比之兩漢, 猶不及. 以此而言, 歐·曾又不及韓, 亦其勢然爾. 況偏邦之於中國乎. 然古人識高, 故漢人未嘗摹擬六經之文, 昌黎亦未嘗摹擬班·馬之文, 歐·曾未嘗摹擬昌黎之文, 但用其意格而已. 其爲漢爲韓爲歐爲曾, 本色自在矣. 若知就古文字句, 切切摹擬而不敢自吐出胸中一語, 則反成局澁單薄, 有似着優人假面, 眞形不存, 何足尙哉? 作文者當以古人之體裁, 作吾之文字, 使人之觀者知其爲作文人之文, 而俗下庸鄙之習, 則痛去之足矣. 何必一一摹擬哉? 近來公家文亦不必避而不用也. 上自秦·漢, 下至韓·歐, 時俗例用之文字, 皆不避焉, 俱可檢看也. 余曾作人墓文, 用一等語, 盖一等者, 我國科場等第之稱也. 近來尙古者見之, 大驚以爲疵. 余披昌黎鄭羣誌上等二字以示之, 其人曰 : '上等旣有昌黎文字, 可用. 此則不可用.' 其謬固可笑如此. 文字雅俗, 初不在古今, 雖六經文字, 亦有用之而俗者, 時俗文字, 亦有用之而雅者. 其雅其俗都在用之之如何, 豈局於古今之別乎?"
313) 원문은 52면 각주 101)을 보라.

人假面’·‘眞形’ 등은 모두 공안파에서 유래한 것이다. ‘진(眞)’이란 개념도 주로 공안파에서 구사된 것이었다. 위의 인용은 기본적으로 당송파의 입장이지만, 그 내부에는 공안파의 논리가 보인다. 곧 언어의 고금에 의해 예술성이 결정되지 않는다는 것, 현재의 언어를 쓸 수 있다는 것이 그것이다.

이의현의 산문론은 의고파 비판에 입각하고 있었으며, 외형상 당송파의 이론을 받아들이고 있었다. 여기서 여러 차례 던졌던 질문, 곧 그가 명말 청초 중국 문학에 대한 방대한 정보를 갖고 있었음에도 불구하고, 그가 반의고론의 가장 정교하고 대담한 이론인 공안파의 논리를 본격적으로 수용하지 않고, 일부 논리만 부분적으로 흡수한 것은 무엇 때문이었던가.

말할 것도 없이 역시 이데올로기 때문이었다. 이의현은 노론이었고, 김창협의 제자였다. 그가 「운양만록」과 「도협총설」을 쓴 것은 1722년과 1725년이었다. 이 시기는 이미 남인(南人)과 서인(西人) 사이에 격렬한 당쟁이 있었고, 다시 서인이 노론(老論)과 소론(少論)으로 분리되면서 정치권력을 두고 격렬한 투쟁을 벌이고 있었다. 이 과정 속에서 사상의 문제, 곧 주자학의 진리성의 문제가 표면화되었다. 주자의 진리성에 도전한 남인 윤휴(尹鑴)는 서인에 의해 제거되었고, 주자의 『사서집주(四書集註)』에 대한 비판적 학설을 제출한 소론의 박세당(朴世堂) 역시 노론에 의해 제거되었다. 이 일련의 사태에 대한 이의현의 말을 들어보자.

나는 젊어서 최창대(崔昌大)와 한원(翰苑)의 동료였다. 창대가 주자(朱子)의 학문은 취할 것이 없다고 큰 소리를 쳤다. 내가 깜짝 놀라 나무라기를, “그대가 감히 이런 악한 말을 하다니, 저 하늘이 두렵지 않은가?”라고 하였다. 창대가 웃으며 “그대 역시 세속의 말에 빠진 사람이군. 그대는 어디 한번 주자의 『태극문답(太極問答)』을 가져다 보게. 단지 장사치의 말일 뿐이지, 어찌 조금이나마 함양(涵養)하는 사람이 할 바가 있단 말인가?”라고 하였다. 나는 더욱 놀라 그와 다시 말을 하지 않았다. 그 뒤 『사변록(思辨錄)』과 『예기유편(禮記類編)』 사건이 잇달아 터져 나왔다. 대개 평소 주자를 경시하였기 때문에 주자의 주해(註解)를 보고, 망녕되게도 하자를 잡으려는 마음이 생겨 이 지경에 이르게 된 것이니, 한편으로 불쌍하기도 하다. 또 우옹

(尤翁)이 늘 주자를 존숭하는 것을 으뜸으로 삼았기 때문에 우옹을 미워하는 자들이 노여움을 주자로 옮겨 무릇 주자의 말에 관계된 것이면, 반드시 배척하려고 했던 것이다. 주자는 수백 년 전 중국 사람이다. 오늘날의 시비와 무슨 관계가 있길래, 이처럼 엉뚱하게 분노와 미움을 받는단 말인가? 되레 우스꽝스럽다.314)

주자를 비판한 말에 대해 "하늘을 두려워하지 않는가"라는 답변에서 공포감이 물씬 풍겨난다. 『사변록』과 『예기유편』 사건의 발생과, 송시열의 주자 숭배로 인한 다른 당파의 주자 혐오는 사실 그대로이니, 이의현의 말도 이해가 간다. 그럼에도 불구하고 이의현이 주자학을 절대 진리로 인정하고 있다는 것은 부동의 사실이다. 그러나 주자학의 진리독점은 노론의 권력 강화와 함께 진행된 것이니, 이의현의 발언은 당파적 이익을 벗어나지 못하는 것이다. 윤휴의 사서에 대한 독창적 주해와 박세당의 탈주자적 경전 해석에 대한 송시열 등 노론 일파의 탄압은 성리학에 대한 비판적 해석 자체의 존재를 불가능하게 할 정도로 강화되었던 것이고, 이의현은 그 최전선에 서 있던 사람이었다.

뿐만 아니라 이의현은 주자학의 진리성을 믿어 의심치 않는, 아니 그것에 의해 의식화되기로 결심한 인물이었다. 1725년 해배된 뒤 지경연(知經筵)으로 입시했을 때 경연에서 『논어』를 강하다가 장저(長沮)·걸닉(桀溺)의 이단성 여부를 두고 영조와 논란이 있었다. 이의현은 장저·걸닉을 이단이라고 주장하였으나 영조는 아니라 하였고, 어떤 옥당관은 영조의 견해에 찬동하였다. 다른 날 입시했을 때 영조가 주자(朱子) 주석의 오류를 지적하자, 이의현은 아니라고 강력하게 변명하였다. 이의현의 말을 직접 들어보자.

---

314) 李宜顯, 「陶峽叢說」, 앞의 책, 442면. "余少時, 與崔昌大爲翰苑同僚, 昌大肆言朱子學問之無可取. 余極駭責曰 : '君乃敢發此惡口, 獨不畏上天乎?' 昌大笑曰 : '君亦泥於世俗之論矣. 君試取朱子太極問答. 直是賈竪辭氣, 豈粗有涵養之人所可爲乎?' 余益駭, 不復與言. 闞後思辨錄·禮記類編之事相繼而出. 盖素嘗輕視朱子, 故見朱子註解, 妄生疵摘之心, 以至於此, 一則可哀. 又尤翁每以尊崇朱子爲主, 故其惡尤翁者, 移怒於朱子, 凡係朱子之言, 必思排斥. 朱子以累百年前中國人, 何與於今日是非, 而橫被其忿嫉如是哉? 還可笑也."

주자는 『집주(集註)』를 저자할 때 평생의 심력(心力)을 다 쏟았던 것이니, 그 재
도(裁度)와 거취(去就)는 물을 넣어도 세지 않을 정도로 한 글자, 한 글귀가 모두 의
의(意義)가 있는 것이라 바꿀 수가 없는 것입니다.315)

이의현은 그 자신이 완전히 주자학의 화신과 같은 존재였다. 주자에 대해
반대의 의견을 표시한다는 것은 노론 정권이 존재하는 한 불가능한 사실이
되고 말았다. 이의현은 명말 중국 사상계에 대해서도 상당한 지식을 갖고
있었을 것이다. 따라서 양명학의 횡류에 대해 전혀 동의하지 않는다.

대명(大明)의 인물은 대저 부랑(浮浪)하고 경박하여 돈중(敦重) 박후(朴厚)한 기상
이 없다. 때문에 문장을 짓는 것은 전적으로 사화(詞華)에 힘쓰고 본실(本實)을 일삼
지 않았다. 그 학문은 또 선(仙)·불(佛)로 뒤섞어 더욱 볼 만한 것이 없고, 주자(朱子)
에 대해 공공연히 헐뜯고 욕하였다. 선비가 된 사람들은 창가(娼家)나 술집에서 방탕하
게 노닐며, 음욕(淫慾)을 마음대로 풀었으니, 명검(名檢)이 땅을 쓴 듯이 없어졌다. 이
때문에 조정에서의 사업도 볼 만한 것이 없다. 간혹 강직한 선비로서 목숨을 내놓고
도 아까워하지 않는 사람이 있었지만, 거개다 한때의 기운을 믿고 그랬던 것이고, 모
두 평소 학문의 힘으로 그랬던 것은 아니었다.316)

심학(心學)의 유행을 맹렬히 비판하고 있다. 고딕 강조된 부분의 논리는
김창협이 『원중랑집』을 읽고 비판했던 것과 동일한 논법이다. 결국 심학의
횡류가 명의 멸망의 원인이 되었다는 것인데, 이런 논리를 취하고 있는 이
상 양명학을 자기 논리로 수용한다든가 혹은 양명학에 대한 호의를 표방한
다는 것은 불가능한 것이었다. 따라서 양명학에 입각한 문학담론의 해석은
사실상 이루어질 수 없는 일이었다. 또 하나 지적할 것은 양명학에 입각한

---

315) 위의 책, 438면. "且言朱子定著集註, 用盡一生心力, 其裁度去就, 置水不漏, 一字一句,
　　皆有意義, 不可移易."
316) 李宜顯, 「雲陽漫錄」, 위의 책, 430면. "大明人物, 大抵浮浪輕佻, 無敦重朴厚氣象, 故爲
　　文章, 專務詞華, 不事本實. 其學問又雜以仙佛, 尤無可觀. 於朱子公肆詆侮. 爲士者遊蕩於
　　倡樓酒肆, 淫佚縱慾, 名檢殆乎掃地. 以此立朝事業, 亦無可紀. 間有剛直之士殺身無悔者,
　　而率多任一時之氣, 非必皆有平日學力以然也."

문학담론의 재해석은 중국에서도 이탁오와 공안파에 와서 비로소 가능했던 것이니, 이탁오와 공안파를 보지 않고는 문학담론에 대한 어떤 새로운 해석도 불가능하였다.

이의현은 농암의 뒤 세대로서 당대의 어떤 문인보다 명말청초의 문학에 대해 폭넓은 지식을 갖고 있었다. 양명좌파 공안파와 관련짓자면, 그는 허균 이후 처음으로 이탁오(李卓吾)를 언급했고, 중국의 문학사 속에서 공안파의 위상을 파악하기도 하였다. 하지만 그가 공안파의 비평 논리를 대폭 수용한 것은 아니었다. 그는 농암과 마찬가지로 의고파의 의고적 창작 논리를 비판하였던바, 그 기본적인 입각점은 당송파의 이론이었다. 공안파의 논리는 그의 비평의 핵심에 놓이지 못하고, 다만 주변적 논리로서 차용되었을 뿐이다. 이것은 그가 농암과 마찬가지로 주자학의 진리성을 절대 신봉하는 주자주의자인 데서 비롯된 것이었다.

4. 공안파 비평에 대한 균형적 이해와 적극적 수용의 시작

1) 남극관(南克寬)

이상에서 농암·삼연과 양자를 중심으로 삼아 포진하고 있던 노론 일계의 공안파 수용양상에 대해 간단히 언급하였다. 이 유파는 대개 반의고적인 당송파 라인이었다. 이들은 당송파의 이론을 근거로 삼아 의고파의 의고적 창작 논리를 비판하였으며, 비평의 주변부적 논리로 공안파 비평을 부분적으로 선택했던 것으로 보인다.

바로 이 시기, 곧 농암·삼연과 거의 같은 시기에 이들과 당색을 달리하는 소론 남극관(1689~1714)의 필기(筆記)에 공안파에 대한 언급이 있다. 남극관은 남구만(南九萬)의 손자다. 1689년에 나서 1714년 26살로 요절하였지만, 남극관은 방대한 독서의 흔적을 남기고 있다. 남극관의 문집 『몽예집(夢囈集)』은 70판(板)의 얼마 되지 않는 분량이다. 문집의 절반 이상을 차지하는 것은 26판에 달하는 필기류 산문 「사시자(謝施子)」와 1712년(24세)에 쓴 12판의 「단거일기(端居日記)」이다. 시는 15판뿐이다. 이 중 「사시자」가 극히 중요하다. 「사시자」는 문학을 중심으로 한 일종의 문예비평서다. 이 필기는 농암의 「잡지」 하편과 유사한 것이지만, 그 비평적 논리의 입각점은 거의 대척적이라 할 수 있다. 예컨대 그는 농암이 「잡지」에서 행했던 전대 문인에 대한 비평을 거의 전복하고 있다.[317] 이런 입장의 차이는 일차적으로 당색의 차이에서 비롯된 것일 터이다. 남극관의 생애는 남인과 서인의 대립, 그리고 서인이 노론과 소론으로 분리되는 바로 그 현장에 해당하기 때문이다. 그러나 남극관의 김창협에 대한 비판이 근거 없는 당색의 악의에서 비롯된 것이라 단정할 수는 없다.

「사시자」의 문학 비평은 사실 광범위한 독서록이기도 하다. 이 중에서 특히 주목해야 할 것은 명대 문학에 관한 비평적 독서다. 그는 전후칠자·당송파·공안파·경릉파·전겸익은 물론이고, 당시로서는 처음 보이는 김성탄(金聖歎)과 탕현조(湯顯祖)까지 읽고 있다. 그는 이 시기까지 중국에서 전해졌던 명대 문학, 그리고 그의 시대에 막 수용되기 시작한 청초의 문학에 비상하게 주목하고 있었다. 이와 아울러 조선의 비평계와 창작계가 중국에서 수용된 새로운 비평과 창작에 결정적인 영향을 받고 있음을 폭로하였다. 예컨대 그는 의고문파의 도입에 대해서 이렇게 말하고 있다.

> 시는 기(氣)를 주로 하고, 문은 체(體)를 주로 한다. 아조(我朝) 중엽 이전의 문장은 체제(體製)를 알지 못하여 끝내 감히 중국에 견줄 수 없었다. 국초(國初)의 윤청경(尹淸卿)·남경질(南景質)·육신(六臣)·서성(徐成) 제공(諸公)은 비록 굉박(宏博)

---

317) 대표적인 것이 정두경의 시에 대한 평가다. 南克寬, 「端居日記」, 『夢囈集』: 『韓國文集叢刊』 209, 304~305면.

하고 깊은 맛은 모자라지만, 그래도 관각체(館閣體)라 부를 수가 있었다. 김탁영(金濯纓)은 한 시대를 울렸으나, 그의 문집을 보면 표현은 비리하고 기운은 거칠어 산잡(散雜)하고 질서가 없으니, 논할 것이 없다. 윤근수(尹根壽) · 신흠(申欽) 이후 비로소 문장을 아름답게 조탁할 줄 알아 점차 정밀해지고 좋아졌는데, 명가(名家)로서 계곡(谿谷) · 택당(澤堂), 그리고 근일의 이서하(李西河)는 꼭 명을 배운 것이 아니면서도 실로 그렇게 된 근거가 있는 분들이다. 나는 왕세정 · 이반룡의 화(禍)가 중국에서는 컸으나, 우리나라에서는 파천황의 공이 있으니, 시축(尸祝)으로 여겨야 마땅하다고 생각한다.[318]

시는 기를, 산문은 체를 주로 한다는 것인데, 사실 시가 기를 위주로 한다는 말은 어떻게 해석해야 할지 애매모호하다. 그러나 산문의 체는 체제다. 즉 스타일이다. 왕세정과 이반룡, 곧 후칠자가 들어오기 전 조선문단은 산문의 스타일에 관한 비평적 사유가 없었다는 것이다.

왕세정 · 이반룡은 의고적 작풍을 유행시킴으로써 중국산문에 큰 화가 되었지만, 조선에서는 파천황의 공이 있다는 말은 음미할 필요가 있는 부분이다. 말하자면 왕세정과 이반룡의 의고적 창작론은 조선문단에 산문의 작법에 대한 인식의 계기를 제공했다는 것이다. 물론 남극관 자신이 의고파의 의고적 창작론에 대해 찬동을 표한 것은 아니다. 그는 다만 비평사적 맥락에서 왕세정 · 이반룡의 수용이 갖고 온 효과를 예리하게 지적하고 있는 것이다. 그가 김창협과 김창흡 형제가 누강(婁江)과 경릉파의 비평을 차용하면서도 그 근원을 은폐하였다고 한 것은 같은 맥락에 속한다.

이런 시각에서 그는 16세기 후반부터 조선문단의 새로운 창작 경향은 중국의 강서 · 북지 · 경릉파에서 차용한 것임을 밝히고 이것을 은폐하는 것은 예원의 모적(蟊賊)이라고 까발린다.

---

318) 위의 책, 304면. "詩主氣, 文主體, 我朝中葉以上之文, 以不知體製, 終不敢擬中國. 國初尹淸卿 · 南景質 · 六臣 · 徐成諸公, 縱乏宏博深湛之致, 猶可謂館閣體. 金濯纓聲震一世, 觀其集, 辭俚氣麤, 散雜無章, 他無論也. 尹 · 申之後, 始知藻繪琢磨, 浸以精好, 名家如谿 · 澤及近日李西河不必學明而實有所以然者矣. 余嘗謂王李之禍中國大矣, 而在我國則有破荒之功, 宜尸而祝之也."

근일 시를 일컫는 사들은 강서(江西)·북지(北地)·경릉(竟陵) 등 제가(諸家)에게서 실로 은택을 받고 우러러 그들의 학문을 숭상했으니, 망극한 은혜가 있다 하겠다. 그러나 비평하는 자들의 입에서 만족스러워 하지 않는 말이 나오는 것을 보자, 또 밖으로 그들의 단점을 공격하여 자신은 아무런 상관이 없는 것처럼 하니, 정말 예원(藝苑)의 모적(蟊賊)이다.[319]

곧 남극관 당대 즉 17세기 말 18세기 초기의 시론가(詩論家)들이 의고파와 경릉파의 비평과 작품에서 많은 것을 차용하고 있으면서도, 그들에게 비난이 가해지는 것을 보고는, 도리어 그들을 공격하여 자신들의 연원을 은폐한다는 것이다. 그 실례는 이미 김창협 형제에게서 본 바 있다.

이제 공안파 쪽으로 논의를 좁혀 보자.

이지(李贄)가 출현하자 풍속이 크게 변하였다. 창광(猖狂)하여 꺼림이 없는 말은 이 사람으로부터 시작되었으니, 마땅히 죄의 우두머리가 되어야 할 것이다. 그런데 이것은 본디 기기(氣機)의 변쇠허환(變衰虛幻) 때문이고 인력(人力) 때문에 그런 것은 아니다. 그러나 그의 주장은 모두 바깥을 제어하는 데 어두우니, '중(中)을 기른다'는 한 구절은 반드시 발하여 곧바로 이루는 것을 제일의(第一義)로 여긴 것이다. 지금 길거리 가게에 진열된 보배를 움켜쥐고 달아나고 싶지 않은 자는 드물 것이다. 그러나 이 무리들의 주장을 따르자면, 반드시 움켜쥐고 가야만 옳을 것이니, 어찌 이치에 어긋난 일이 아니겠는가. 우계(牛溪, 成渾)가 원황(袁黃)의 편지에 발문을 쓰면서, "세상이 타락하면서 요사스런 일이 일어남이 이 지경에 이르렀다"[320]고 하였으니, 정말 확론(確論)이다.[321]

---

319) 南克寬,「謝施子」, 위의 책, 323면. "近日稱詩者於江西·北地·竟陵諸家, 實沾丐鑽仰有罔極之恩, 而見其不厭於談者之口, 又外攻其短若不與焉者, 眞藝苑之蟊賊也."

320) 袁黃은 명나라 兵部主事로서 임진왜란 때 조선에 贊畫使로 파견된 인물이다. 원황은 양명학자로서 조선에 도착하자 학문 논쟁을 야기했던바, 조정에서 성혼에게 답을 하게 하였다. 성혼의 답에 원황은 입을 다물었다고 한다.『牛溪集』권6에 원황에게 보내는 편지「答皇明兵部主事袁黃書」이 있고『韓國文集叢刊』43, 155면), 또 원황의 편지에 붙인 발문「書皇朝兵部主事袁黃著書卷後」(같은 책, 238면)가 있다. 발문을 인용하면 다음과 같다. "袁黃之才長於論兵論稼, 可爲令長. 或可爲參謀戎幕, 而謾以知道自詫, 安有口誦南無, 手畫眞言, 而有知道者乎. 世衰妖興, 一至於此哉!" 남극관은 이 발문의 끝부분을 인용하고 있다.

321) 南克寬,「謝施子」, 앞의 책, 312면. "李贄之出, 風俗一變. 猖狂無忌憚之言, 皆自此人, 當

허균을 제외하고 이 시기까지 이탁오를 언급한 사람은 이의현이 유일한데, 그는 이탁오의 사상에 대해서는 어떤 비평적 언급도 없었다. 그러나 남극관은 이탁오의 어떤 저작인지는 모르지만, 이탁오를 직접 읽고 그를 평가하고 있다. 물론 그 평가는 공정하지 않다. 남극관은 양명학의 양지준칙론(良知準則論)을 확장한 이탁오의 사유를 극단적인 임정종욕(任情縱欲)으로 왜곡하고 있는 것이다. 욕망의 충동에 따라 절도를 행하는 것이, 왕양명과 이탁오의 원래 의도가 아니었음에도 불구하고, 남극관은 논리의 극단적인 추론을 통해 양명과 양명좌파가 인간이 오로지 욕망의 충동에 따라 행동할 것을 권유한다고 판단한다. 물론 당연히 왜곡이다. 하지만 이 왜곡적 이해야말로 주자학의 진리성을 의심치 않았던 조선의 당대 지식인들의 양명학과 양명좌파에 대한 일반적인 이해 수준이라는 것을 염두에 둘 필요가 있다. 어쨌거나 그는 이탁오에 대해 극도의 부정적인 평가를 내리고 있는 것이다.

이탁오를 인용한 조목 다음에 남극관은 원굉도를 인용한다. 그가 이탁오와 원굉도를 읽었다면, 양자 사이의 관계 역시 인지했을 터이고, 이것이 두 사람을 연속적으로 기술하게 된 계기가 되었을 것이다.

원중랑(袁中郎)의 「내사(內詞)」에

| 朝來剛赴西宮約, | 아침에 서궁(西宮)의 약속에 맞춰가니 |
| 莫遣經筵進講章. | 저녁에 경연관 보내 장구(章句)를 풀어 올리게 하네. |

라 하고, 또 이르기를,

| 皁囊久積言官奏, | 검은 비단 주머니에 언관(言官)의 아룀 오래 쌓이매 |
| 分付金璫取次行. | 금당(金璫)에게 분부하여 차례로 시행하라 하네. |

爲罪首. 是固氣機之變衰虛幻, 非人力也. 然其論皆昧於制乎外, 所以養其中一句, 必以發而直遂爲第一義. 今夫塗之人見列肆之貝, 其不欲攫而歸也者, 鮮矣. 循此輩之論, 必攫而後可也. 豈不悖哉? 牛溪跋袁黃之書曰 : '世衰妖興, 一至於此' 斷之確矣."

라 하였다. 「도화인(桃花引)」에서는

雲裏自然淸格少,　　　　구름 속에는 자연히 맑은 격(格)이 적고
但憑閨艶作僊人.　　　　다만 규방 고운 여인 의지하여 선인(仙人)이 되려네.

라 하고, 또 이르기를,

乍來不識天顔笑,　　　　잠깐 사이 천안(天顔)이 웃는 줄 모르고
只道頻噓列缺光.　　　　자주 숨을 내뱉다 빛 잃은 줄에 끼었다고 말하네.

라 하였다. 만력(萬曆) 중년의 기후를 상상할 수 있다.[322]

　「내사」는 『폐협집(敝篋集)』 권1의 「의작내사(擬作內詞)」 첫 번째 수와 다섯 번째 수의 일부를,[323] 「도화인」은 『소벽당집(瀟碧堂集)』 권7의 「도화유수인(桃花流水引)」 10수 중 2수와 3수를 인용한 것이다.[324] 「내사」는 만력 18년(1590) 공안현에서 지은 것으로 그가 만력 16년 겨울에서 17세기 초 과거 응시를 위해 북경에 갔을 때 당시 조정의 타락에 느낌이 있어서 지은 것이라 한다. 「도화유수인」은 원래 '선가(仙家)의 죽지사(竹枝詞)'로 쓴 것인데[325] 신선을 황제로 비긴 것이다.

　이 두 작품은 모두 명대 황제의 타락과 정치의 퇴폐상을 그린 것으로 짐

---

322) 南克寬, 「謝施子」, 위의 책, 312면. "袁中郎內詞曰 : '朝來剛赴西宮約, 莫遣經筵進講章.' 又曰 : '皂久積言官奏, 分付金瑠取次行.' 桃花引曰 : '雲裏自然淸格少, 但憑閨艶作僊人.' 又曰 : '年來不識天顔笑, 只道頻噓列缺光.' 可想萬曆中年氣候也."
323) 『袁宏道集箋校』 上, 22~24면의 「擬作內詞」 8수다. 이 중에서 1수와 5수를 인용한 것이다. 원문은 다음과 같다. "玉殿蓮籌夜未央, 內人傳旨出昭陽. 朝來剛赴西宮約, 莫遣經筵進講章."(1수) "彩仗龍旌拂曙經, 朝朝東閣坐先生. 皂囊久積言官奏, 分付金瑠取次行."(5수)
324) 『袁宏道集箋校』 中, 1016~1018면. 원문은 다음과 같다. "路逢蕭史不回身, 風裊芙蓉繡領巾. 雲裏自然淸格少, 但憑閨艶作僊人."(2수) "袖却紅雲侍紫皇, 詼諧長是困東方. 乍(年)來不識天顔笑, 只道頻噓列缺光."(5수) 남극관은 5수의 3구 첫 글자를 年으로 쓰고 있는데, 乍의 오자일 것이다.
325) 위의 책, 1016면. "花源棹返, 幽思縈懷, 枕上夢中, 如有所得, 命曰桃花流水引, 亦仙家竹枝詞也."

작된다. 아침에 서궁의 약속에 가고 저녁에 경연관에게 장구를 풀어 올리라는 것이나, 언관의 상주를 환관[金璫]에게 처리하게 하는 것, 미인과 잠자리에 들어 신선이 되는 황제의 생활 등은 모두 정사를 폐기하고 쾌락에 몰두하는 황제의 삶을 비꼰 것이다. 물론 남극관은 원굉도의 시에 대해 비평한 것이 아니고, 원굉도의 시를 통해 명말의 정치적 풍토를 읽어내고 있을 뿐이다. 그러나 김창협이 이런 시풍을 들어 원굉도의 사유를 근저부터 부정했던 것에 비한다면, 남극관은 약간의 여유가 있는 셈이다. 어쨌거나 중요한 것은 『폐협집』과 『소벽당집』에서 시를 인용할 정도로 원굉도를 꼼꼼히 읽고 있다는 것이다.

그는 공안파의 비평이라면서 한 토막글을 인용하는데, 다음과 같다.

공안파는 "시의 기운은 한 시대 한 시대마다 감소하는 법이다. 때문에 옛날에는 기운이 두터웠고 지금은 박하다. 시의 (기이함과 공교함은) 한 시대 한 시대마다 더욱 성(盛)해지는 법이다. 때문에 옛날에는 다 쏟아내지 못한 정(情)이 있었고, 지금은 그려내지 못하는 경(景)이 없다"고 하였으니, 역시 지론(至論)이다. 그의 시는 주로 정(情)을 펼쳐내는 것을 위주로 하면서도 반드시 항어(恒語)를 피하여 그 길이 가정·융경보다 좁았으니 우스꽝스러운 일이다. 그러나 몇 개의 난숙(爛熟)한 고사(故事)를 얻어 몇 개의 자안(字眼)으로 쓰는 것과 견주어 본다면, "허물을 보면 그 사람의 인(仁)을 알 수 있다"고 한 말과 같다.326)

고딕 강조된 부분이 인용인데, 이것의 원출처는 원굉도의 「구장유(丘長孺)」이다. 보다 완전한 인용은 다음과 같다.

시의 기운은 한 시대 한 시대 지날 때마다 감소하는 법이다. 때문에 옛날에는 기운이 두터웠고 지금은 박하다. 시의 기묘함과 공교함은 한 시대 한 시대 지날 때마다 더욱 성(盛)해지는 법이다. 때문에 옛날에는 다 쏟아내지 못한 정(情)이 있었고,

---

326) 南克寬, 「謝施子」, 앞의 책, 321면. "公安謂詩之氣一代減一代, 故古也厚, 今也薄. 詩之無所不極一代盛一代, 故古有不盡之情, 今無不寫之景, 亦是至論. 其詩主發抒而必避恒語, 其途反陋於嘉隆, 可笑. 然視記得幾箇爛熟故事, 用得幾箇見成字眼者, 觀過斯知仁矣."

지금은 그려내지 못하는 경(景)이 없다. 그렇다면 고(古)라고 해서 어찌 반드시 높으며, 금(今)이라 해서 어찌 반드시 낮으랴. 이것을 알지 못하는 자는 결코 구랑(丘郎)의 시를 볼 수 없을 것이다.327)

따라서 과거의 시가 반드시 높은 예술적 성취를 거둔 것이 아니며, 현대의 시가 반드시 예술적 성취가 낮지 않다는 것이다. 상고적 예술관을 부정함으로써 전후칠자의 의고적 창작 방법을 부정한 것이다. 남극관은 이 견해에 찬동한다. 다만 그가 자신의 정서를 펼치는 것 ― 성령을 펼치는 것을 주장하여 이미 이루어진 기성의 상투적 언어를 극력 회피함으로써 도리어 가정·융경의 의고파에 비해 더욱 협소하게 되었다는 것이다. 기성의 일반적인 언어 항어(恒語)를 부정하고 새로운 언어를 추구한 결과 언어 사용의 폭이 더 좁아졌다는 지적은 나름대로 타당성을 갖는다. 이런 부분적 비판을 제외한다면, 그는 원굉도의 의견에 찬동하고 있는 것이다. 사실 「여구장유서」는 원굉도의 비평에 있어서 대단히 중요한 글이다. 나머지 중요한 부분을 인용해 본다.

대저 물(物)이란 참되면 귀한 것이다. 참되면 나의 면목은 당신의 면목과 같을 수가 없다. 하물며 고인(古人)의 면모이랴? 당(唐)에는 본디 당(唐)의 시가 있다. 『문선(文選)』의 체(體)일 필요가 없는 것이다. 초당(初唐)·중당(中唐)·성당(盛唐)·만당(晩唐)에는 본디 초당·중당·성당·만당의 시가 있다. 초당·성당의 시일 필요가 없는 것이다. 이백(李白)·두보(杜甫)·왕유(王維)·잠삼(岑參)·전기(錢起)·유우석(劉禹錫), 그리고 아래로 원진(元稹)·백거이(白居易)·노동(盧仝)·정전(鄭畋)에 이르기까지 각자 자신의 시가 있는 것이다. 이백·두보라야 할 필요가 없는 것이다. 조송(趙宋) 역시 그러하다. 진사도(陳師道)·구양수(歐陽修)·소동파(蘇東坡)·황정견(黃庭堅) 등 여러 사람이 한 글자라도 당나라를 도습(蹈襲)한 것이 있었던가? 또 한 글자라도 서로 도습한 것이 있었던가? 그들이 당시와 같이 될 수 없었던 것은 기운(氣運)이

---

327) 袁宏道, 「丘長孺」, 『袁宏道集箋校』 上, 284~285면. "夫詩之氣, 一代減一代, 故古也厚, 今也薄. 詩之奇之妙之工之無所不極, 一代盛一代, 故古有不盡之情, 今無不寫之景. 然則古何必高? 今何必卑哉? 不知此者, 決不可觀丘郎詩."

그렇게 만든 것이니, 당시가 『문선』이 될 수 없고, 『문선』이 한(漢)·위(魏)가 될 수 없었던 것과 같다. 그런데 지금 군자들은 천하를 모두 싸잡아 당나라를 만들려 하고, 또 당나라와 같지 않다는 이유로 송나라를 병통으로 여기고 있다. 대저 당나라와 같지 않다는 이유로 송나라를 병통으로 여긴다면, 어찌하여 『문선』과 같지 않다 하여 당나라를 병통으로 여기지 않으며, 한(漢)·위(魏)와 같지 않다 하여 『문선』을 병통으로 여기지 않으며, 삼백편(三百篇)과 같지 않다 하여 한나라를 병통으로 여기지 않으며, 결승(結繩) 조적(鳥跡)과 같지 않다 하여 삼백편을 병통으로 여기지 않는단 말이냐. 과연 그렇다면, 도리어 한 장의 백지만도 못할 것이다. 시등(詩燈) 일파(一派)는 땅을 쓴 듯 없을 것이다.[328]

개성론에 입각하여 시대마다 그 시대 고유의 문학적 성취가 존재한다는 것, 문학사는 이런 개성적 성취의 연속이라는 논법으로 과거의 성취를 현재에 복제하고자 하는 의고적 창작 논리가 성립 불가능한 것임을 논증하고 있다. 남극관의 공안파의 비평에 대한 직접적인 언급은 이것뿐이다. 하지만 그가 공안파의 논리를 이해하고 있음은 충분히 추측할 만하다.

김석주를 제외하고는 원굉도의 시에 대한 평가는 없었고, 또 김석주의 평가는 그의 시가 명대 문학사에서의 위치를 염두에 두지 않은 것이었다. 남극관은 재래의 평자, 또는 김석주와는 달리 원굉도의 시에 대한 비평을 시도한다.

서문장(徐文長, 徐渭)의 오언고시는 두시를 본떠 체제를 변화시킨 것인데, 침한(沈悍)한 재주가 또한 절로 그 변화에 잘 맞았다. 칠언은 섬미(纖靡)하여 아름답지 않다. 석공(石公, 袁宏道)의 고시는 모두 일컬을 만한 것이 없다. 칠언절구는 서씨(徐氏)의 성조(聲調)가 있고, 율시는 대략 비등하나, 크게 보아 미치지 못한 것이 많다.[329]

---

328) 위의 책, 284면. "大抵物眞則貴, 眞則我面不能同君面, 而況古人之面貌乎? 唐自有詩也, 不必選體也. 初·中·盛·晚自有詩也, 不必初·盛也. 李·杜·王·岑·錢·劉, 下迨元·白·盧·鄭, 各自有詩也. 不必李·杜也. 趙宋亦然. 陳·歐·蘇·黃諸人, 有一字襲唐者乎? 又有一字相襲者乎? 至其不能爲唐, 殆是氣運使然. 猶唐之不能爲選, 選之不能爲漢·魏耳. 今之君子, 乃欲槪天下而唐之, 且以不唐病宋. 夫旣不唐病宋矣, 何不以不選病唐? 不漢·魏病選? 不三百篇病漢? 不結繩鳥跡病三百篇耶? 果爾, 反不如一張白紙. 詩燈一派, 掃土而盡矣."

원굉도의 시가 서위의 영향을 받고 있으나 내체로 서위에 미치지 못하고 있음을 지적한 것인데, 원굉도의 성취가 서위의 아래라는 것은 긍정하기 어렵지만, 원굉도가 서위의 문학에 열렬히 몰두했음을 상기한다면, 그가 서위의 영향을 받았다는 지적은 합당하다 하겠다.

공안파와 경릉파에 대해서는 이렇게 평하고 있다.

> 공안(公安)과 경릉(竟陵)은 재주가 비슷하다. 그러나 성취한 바를 가지고 논한다면, 종성(鍾惺)이 더 낫다. 탕약사(湯若士, 湯顯祖) 또한 일류인(一流人)인데, 시가 그의 문장보다 낫다. 전겸익(錢謙益)의 평가는 편향됨이 많아 믿을 만한 것이 아니다.330)

공안파와 경릉파의 재능의 동등성은, 아마도 그들의 비평적 입각점이 동일하기 때문일 것이다. 하지만 경릉파 종성의 성취가 공안파보다 우월하다는 평가가 어떻게 해서 가능한 것인지 근거를 밝히지 않고 있다.

남극관의 원굉도 또는 공안파에 대한 평가는 매우 이색적인 것이다. 그의 공안파에 대한 비평은 이전 제가의 평가와는 상당한 편차가 있다. 김창협이 『원굉도집』의 내용에 주목하여 원굉도를 부정했고, 김석주는 원굉도의 시, 임방은 척독에, 신정하는 유기에 각각 주목하여 호평했던 것이다. 그러나 남극관에 이르기까지 원굉도의 문학 비평에 대한 평가는 없었다. 뿐만 아니라, 원굉도의 작품세계―시를 명말 문학사의 맥락에서 서위, 경릉파와 비교한다는 것은 최초의 시도였던 것이다.

물론 남극관이 원굉도의 비평과 문학을 전면적으로 긍정한 것은 아니었다. 그는 좁은 국면에서 원굉도의 비평과 문학을 평가하고 있을 뿐이다. 실제 그는 공안파에 집중하기보다는 경릉파와 전겸익, 그리고 김성탄을 높이

---

329) 南克寬, 「謝施子」, 앞의 책, 321면. "徐文長五言古詩效杜變體, 沈悍之才, 亦自稱之. 七言纖靡不佳. 石公古詩俱可無稱. 七言絶句有徐氏聲調, 律詩略等, 大較不及者多."
330) 위의 책, 322면. "公安·竟陵才具等耳. 然論所就, 鍾殊勝之. 湯若士亦一流人, 詩勝其文. 錢氏扶抑多偏, 不可據也."

평가하였다. 그는 전겸익과 김성탄에 대해 "선시(選詩)는 우산(虞山, 錢謙益), 평문(評文)은 성탄(聖歎, 金人瑞)에 이르러 가위 진선(盡善)하다고 말할 수 있다. 예전에 없던 것이다"331)라고 평가했다. 전겸익의 선시는 『열조시집』을, 김성탄의 평문인 산문 비평은 사대기서에 대한 비평으로 짐작된다. 김성탄에 대한 평가로도 거의 최초의 것으로 짐작된다.332)

그는 명말이란 시기를 특화시키고,333) 명말의 문학에 대한 광범위한 독서를 통해 개별 작가와 유파에 대한 특징을 파악했던 것으로 보인다. 하지만 그는 이것들이 어떻게 연관되어 있는지에 대해서는 침묵하였다. 그가 꼼꼼히 읽었던 『열조시집』에는 원굉도의 이론이 이탁오에게 뿌리를 두고 있음을 밝히고 있으나, 그는 정작 이탁오 사상의 혁명성과 그것과 공안파와의 관련을 거의 인지하지 않았다. 이탁오의 이론, 예컨대 「동심설」이 공안파 이론의 직접적인 근거가 됨을 언급하지 않고 있다. 그는 양명학이 이탁오를 낳았으며, 이탁오가 원굉도로, 원굉도가 종성·담원춘의 경릉파로, 그리고 전겸익이 공안파에 의지하면서 경릉파를 비판하고, 의고파를 공격하였음을 깊이 인식하지 못하였다. 김성탄이 공안파의 적손이라는 것을 인지하지 못하였던 것이다. 그리고 사상의 차원에서 그 중심에 양명학이, 문학의 차원에서는 공안파가 그 중심에 놓임을 인지할 수 없었다.

그에게 공안파는 명말의 중심에 놓이지 않는다. 그는 명말을 수놓았던 여러 작가와 비평을 열거하고 우열을 비교하고 있을 뿐이다. 그에게 있어 공안파는 퍽 중요한 것으로 인지되지 않는다. 오히려 후기의 경릉파와 전겸익·김성탄이 존중될 뿐이다. 그리고 앞으로는 서위보다 못하다고 평가한다. 그러나 그 근거는 밝히지 않고 있다.

---

331) 위의 책, 319면. "選詩至虞山, 評文至聖歎, 可謂盡善矣. 古未嘗有也."

332) 다만 이 평가는 너무나 단편적이다. 그는 김성탄의 비평의 원류가 공안파에 근거하고 있음을 인지하지 못하고 있는 것이다.

333) 앞의 책, 312면. "觀萬曆後人名及字, 亦可識風氣之變也." 같은 책, 319~320면. "文章固隨世理亂, 然其弊未有如明末. 若啓禎間殆是鬼魅, 無復人理, 蓋是夷夏消長之大機, 不比前古中國自相興亡者, 故其文如此. 如聖歎雖謂數百年一人可也. 然從不堪與王唐同編, 非文之罪也."

그가 새로운 이론을 창출한 것은 아니었다. 김창협은 중국의 여러 이론을 절취해 자신의 독창처럼 발표했지만, 그는 그런 절취를 모적이라고 신랄하게 부정했다. 그는 중국의 이론에 대한 평가는 있지만, 자신의 문학이 나아갈 길을 제시하지는 않았다. 그러나 그의 비평에서 공안파 이해는 보다 진전된 형태를 보였다고 말할 수 있다.

2) 조귀명(趙龜命)

농암과 삼연 그리고 그들의 비평적 자장 속에서 다양한 목소리를 내었던 군소 비평가들의 시대를 지나면, 조귀명(1693~1737)이라는 특이하게 돌출한 봉우리를 만난다. 앞으로 검토할 동계의 비평은 조선 후기 비평사에서 매우 특이한 위치에 있지만, 정작 그의 비평이 주목을 받은 것은 최근의 일이다.

동계의 비평은 산문 비평에 집중되어 있으며, 그의 산문 비평은 농암과 삼연 비평의 연장선상에서 이루어진다. 물론 동계는 농암·삼연과 직접 만나지도 교시를 받은 적도 없다. 농암은 동계보다 42년 연장이니, 물리적으로도 만날 수가 없었던 것이다. 굳이 접속되는 인적 맥락을 밝히자면, 그보다 16년 연장인 농암의 제자 담헌(澹軒) 이하곤(李夏坤)과 만나 문학적 의견을 교환했던 적은 있다. 그러나 담헌을 제외한다면, 그가 농·연의 우익들과 직접 접촉한 경우는 없다. 그럼에도 불구하고 그가 농·연 그룹의 영향을 직간접적으로 받고 있음은 무엇보다 그 자신의 언급을 통해 알 수 있다. 그는 농암과 삼연의 문학이 형식과 내용의 두 차원에서 중국과 대등한 위치에 오른 것이라고 평가한다.334) 특히 삼연의 문장은 삼백 년 이래의 부솔(膚率)·단루(單陋)함을 씻어 중국의 문학과 동일한 수준에 오른 유일한 인물이라고 평가한다.335)

---

334) 趙龜命, 「題柳汝範家臧尹孝彦扇譜帖」, 『東谿集』: 『韓國文集叢刊』 215, 130~131면. "我國文藝, 雖盛, 崛強海外, 可耳. 進之中州, 則趙客之玭簪也. 文章自金農巖兄弟, 書畫自尹孝彦, 始探精奧而趨雅道, 然後彬彬, 質有其文, 可與中州人, 揖讓先後矣."

동계가 농암·삼연의 라인을 계승하고 있다는 것은 그의 조선 문학에 대한 그의 평어 부솔(膚率)·단루(單陋)가 실로 농암이 앞서 구사한 것이라는 점에서도 확인할 수 있을 것이다. 농암·삼연의 비평과 동계의 비평은 일정한 연속성이 있는 것이다.336) 다만 동계의 비평이 농암·삼연의 복사는 아니다. 앞으로 검토하겠지만, 그는 농암과 삼연의 성취를 흡수하고, 그 위에서 농·연과 확연히 구분되는 높은 성취의 비평 세계를 구축하였다.

동계의 비평은 동시대의 여러 산문 작가, 비평가들과의 교섭, 논쟁을 통해 형성되었다.337) 그는 임상정(林象鼎)·이정섭(李廷燮)·이천보(李天輔) 등과 같은 시기에 활동하여 산문 비평을 두고 견해를 주고받았다.338) 이 논쟁을 통해 동계는 자신의 특이한 비평적 견해를 고수하고, 정립해 나갔던 것으로 보인다.

여기서 동계 조귀명의 산문 비평을 다루되, 그것을 정합적으로 재구하는 데 그치지 않고, 그 특이성의 형성 과정을 밝힌다. 동계 비평의 형성 과정은 의문의 대상이 된 적도, 답변이 이루어진 적도 없다. 나는 여기서 이 책의 주제와 관련하여, 동계 비평 형성 과정에 깊이 개입한 양명학과 공안파의 흔적을 추적하고자 한다.

조귀명 비평은 어떤 점에서 특이성을 갖는가. 그의 비평은 산문 비평에 집중되어 있는바, 그의 산문 비평의 가장 특이한 점은 최근의 연구에서 지적한 바와 같이 도와 문을 분리하여 사고하는 것이다. 예컨대 다음과 같은 평문을 읽어보자.

---

335) 趙龜命, 「焚香試筆」, 위의 책, 172~175면. "三淵文, 雖不可繩之以門路之定, 而以煒燁之語, 裝深眇之理, 其排布之勢如重岡疊嶂, 節節開幛, 其探索之力如穴山採礦, 沒河斬蛟, 余嘗與仁老叔論文, 以爲毋論正偏高下, 一洗東方膚率單陋之習, 而彷佛中州者, 三百年來三淵一人而已. 仁老叔曰: '汝可謂惑於三淵者, 此特小說批評體耳'."

336) 농암처럼 읍취헌을 높이 평가하는 것도 근거가 될 수 있을 것이다. 趙龜命, 「題得而載一所藏挹翠軒集寫本後」, 위의 책, 132면.

337) 趙龜命, 「答士心書」, 위의 책, 216면. "幼少時所自期者, 惟欲力矯東文之弊而已."

338) 조귀명과 임상정·이정섭·이천보 사이의 논쟁에 대해서는 강민구, 「英祖朝 文學論과 批評에 대한 연구」, 성균관대 박사논문, 1997에서 상세히 검토되었다.

　대저 삼대(三代) 이전은 문(文)과 도(道)가 하나였다. 그러나 진(秦)·한(漢) 이후 곧 두 길이 되었다. 그러므로 정자(程子)·주자(朱子) 등 여러분은 덕(德)이 이윤(伊尹)·주공(周公)·공자·맹자에 짝할 만하면서도 이윤·주공·공자·맹자의 문장을 짓지 못하고, 한유·유종원이 도리어 그들의 적전(嫡傳)이 되었던 것이다. 무릇 지금 학자들은 걸핏하면 문과 도가 하나라고 하지만, 대개 억지로 스스로 힘주어 말하는 것일 뿐이고 어린아이도 속이지 못한다. 그러므로 문은 본디 문이고, 도는 본디 도일 뿐이어서 서로 섞일 수가 없다.[339]

　문과 도의 분리 여부는 여기서 전혀 중요한 문제가 아니다. 재도론에 따르면 문은 독립적 가치를 지닌 존재가 아니라, 오로지 도를 싣는다는, 표현한다는 전제 하에서 유의미한 것이다. 형식 논리로 보아, 재도론은 문과 도의 분리를 전제하고 있다. 문학과 사상은 상이한 차원의 담론이다. 문은 도를 싣는 수단에 불과하다는 발언에서 문과 도가 분리되어 있음을 확인할 수 있다. 그러나 재도론이 성리학의 공식적인 비평 견해이었듯, 재도론의 도는 곧 유가의 이념을 말하는 것이었다. 따라서 재도론은 문과 도의 분리를 강조한 것이 아니라, 도와 문의 결합을 통해 문은 유가의 이념을 표현해야 한다는 당위적 명령이었다. 그것은 사실상 도문일치를 명령했던 것이다.

　동계의 도문분리론에서 중요한 것은 바로 그의 의도다. 굳이 동계가 도와 문의 분리를 주장했던 것은 재도론의 압박으로부터 탈출하려는 의도를 갖고 있다. 도와 문의 분리는 그의 비평에서 중요한 주제다. 그는 조현명(趙顯命)에게 보낸 편지(23세에 씀) 이후 10년 뒤에 조이창(趙爾昌)에게 보내는 편지(33세)[340]에서 동일한 논리를 반복할 정도로 이 주제는 그의 비평에서 중요한 지위를 차지하고 있다. 그는 왜 이 주제에 집착했던가? 사실 도와 문의 분리로 그가 든 예가 적실하다고만은 할 수 없다. 물론 당대 지식인들이 믿

---

339) 趙龜命, 「答稚晦兄書」, 앞의 책, 201~202면. “夫三代以上, 文與道爲一, 而秦·漢以後, 便成二途, 故程·朱諸夫子, 德可配於伊·周·孔·孟, 而不能爲伊·周·孔·孟之文, 韓·柳反與其嫡傳焉. 凡今學者動稱文與道一者, 盖强自壯也, 兒童之不可欺. 故文自文, 道自道, 不可以相混.”
340) 趙龜命, 「答趙盛叔爾昌書」, 위의 책, 212면.

었던 공자 맹자의 언설이 도와 문의 이상적 결합이라고 말할 수는 없다. 또 그가 도와 문의 분리의 증거로 내세운 한유·유종원과 정자·주자의 대비가 도/문 분리의 증거도 될 수 없다. 그것은 아마도 문학과 철학의 세계가 심화되면서 자연스럽게 진행된 분화일 것이다. 이 점을 도와 문의 불행한 분리의 증거로 삼을 수는 없는 것이다.

그가 도와 문의 분리를 주장하는 것은 모종의 의도를 가진 책략으로 보인다. 도문일치란 사실 재도론에 연원을 두고 있으며, 유가 이념의 통제에 있는 문의 존재를 상정하게 된다. 재도론은 근원적으로 인간의 언어와 이념과의 관계를 말하고 있으며, 결국 언어를 유가적 이념으로 통제함으로서 인간을 도덕으로 통제하려는 성리학의 목적을 내장하고 있는 것이었다. 동계의 도문분리론은 바로 유가의 이념의 절대 진리성을 부정하려는 의도를 갖는 것이었다. 그는 문학과 이념을 분리할 수 있다는 의미가 아니라, 문에 가해진 유가적 이념의 족쇄를 모면하기 위한 책략으로 도문분리론을 주장한 것으로 보인다.

조귀명이 비난을 감수하면서 도와 문을 분리시키고자 하는 것은, 이미 그의 사유 자체가 유가의 범위를 넘어서고 있다는 것을 의미한다. 즉 도와 문의 분리는 유가적 세계관의 문학에 대한 압박, 구속을 피하기 위한 것으로 보인다. 도와 문이 분리된 증거로 그는 불교 경전의 예를 든다.

> 또 이렇게 생각합니다. 사마천·반고·한유·유종원은 마치 우맹(優孟)이 손숙오(孫叔敖)를 흉내 낸 것처럼 이윤·주공·공자·맹자의 두각(頭角)을 뒤집어쓰고 이윤·주공·공자·맹자의 웃는 모습을 본떴습니다. 알지 못하겠습니다만, 우맹이 손숙오를 흉내 낸 것이 능히 손숙오의 심성까지 빼앗을 수 있었는지요? 아니면 단지 의관이나 담소하는 것만 흉내 낸 것인지요?
> 심성은 비유하자면 도(道)이고, 의관은 비유하자면 문(文)입니다. 우맹은 본디 손숙오의 심성을 빼앗을 수 없고, 사마천·반고·한유·유종원 또한 공자·맹자의 도를 깨달을 수 없습니다. 또 예컨대 노담(老聃)·장주(莊周)·열어구(列禦寇)의 무리가 어찌 일찍이 이윤·주공·공자·맹자의 두각(頭角)을 뒤집어쓰고 이윤·주공·

공자·맹자의 웃는 모습을 본뜬 적이 있겠습니끼만, 그들의 문장은 박대(博大)하고
괴기(瑰奇)하여 육경(六經)과 아울러 빛나고 있습니다. 불씨(佛氏)는 서방(西方) 이
적(夷狄)의 땅에서 나와 일찍이 중국 성인(聖人)의 가르침과 통한 적이 없어, 그 이
치는 더욱 어그러지고, 그 설은 더욱 괴탄합니다. 하지만 『원각경(圓覺經)』의 간묘
(簡妙)함과 『능엄경(楞嚴經)』의 기변(奇辯)함과 『유마경(維摩經)』의 웅사(雄肆)함은
곧바로 진(秦)과 한(漢)의 경지를 초월하고 있으니, 이것이 이른바 이(理)를 벗어나
도 능히 할 수 있는 경우가 아니겠습니까? 그러므로 사(辭)는 이(理)와 무관하다는
것입니다.341)

겉모습은 베낄 수 있어도 심성을 베낄 수는 없듯이 문장은 베낄 수 있지
만, 도는 베낄 수 없다. 그러므로 사마천·반고·한유·유종원은 공자·맹
자의 도를 베낄 수 없다. 아울러 노자·장자·열어구는 공자·맹자를 베끼
지 않았다. 그러나 그 문장은 탁월 박대 괴기하다.

조귀명의 논리 전개는 대단히 섬세한데, 그가 말하고자 하는 요점은 결국
문과 도의 분리다. 문은 도의 내용적 속성과는 상관없이 탁월할 수 있다. 노
자와 장자와 열어구가 그 예가 아닌가. 이어서 그는 불경을 말한다. 불경은
원출생지가 다르고, 그 사상 내용은 유가에 비추어 어긋나고 괴기하다. 하
지만 『원각경』과 『능엄경』과 『유마경』은 너무 탁월한 산문의 성취를 이루
고 있지 않은가. 따라서 '사' 곧 문학은 '이'와는 무관한 것이다. 동일한 논
리적 수순을 밟아 그는 역으로 '이'가 '사'와 무관하다고 한다.342)

문과 도를 분리한다는 것, 곧 이념의 내용, 성격과는 상관없는 문학의 예
술적 성취가 가능하다는 생각은, 유가적 세계관의 문학에 대한 억압에서 벗

---

341) 趙龜命, 「復答趙盛叔書」, 위의 책, 214면. "且謂遷·固·韓·柳冒伊·周·孔·孟之頭
角, 襲伊·周·孔·孟之笑貌, 如優孟之效孫叔敖. 僕未知孟之效敖, 能奪其心性耶? 抑但
爲其衣冠談笑耶? 心性譬則道也, 衣冠談笑譬則文也. 孟固不能奪敖之心性, 而遷·固·
韓·柳亦不能覺孔·孟之道也. 且如老聃·莊周·列禦寇之徒, 何嘗冒伊·周·孔·孟之
頭角, 襲伊·周·孔·孟之笑貌, 而其文博大瑰奇, 與六經並燿. 佛氏出西方夷狄之地, 未嘗
通中國聖人之敎, 其理尤舛, 其說尤怪, 而圓覺之簡妙, 楞嚴之奇辯, 維摩之雄肆, 直欲超秦
漢之乘, 玆非所謂外是理而能之者耶? 故曰辭無關乎理."
342) 위의 책, 같은 면. "故曰 : '理無關乎辭'."

어난다는 점에서 혁명적이다. 도와 문을 분리해서 사고하는 그에게 비난이 쏟아진 데서 확인할 수 있듯, 그의 도와 문의 분리는 단순히 문학과 사상의 담론적 구분이라는 데 그치지 않는다. 그는 사실상 성리학을 벗어나서 여러 사유를 폭넓게 섭렵하고 있다. 특히 불교와 노장에, 그리고 천주교까지 섭렵한 것으로 보인다. 단지 지식의 확장이란 차원이 아니라, 수용과 비판을 아울러 수행한 것으로 보인다. 어쨌든 도와 문의 분리가 성리학이란 단일한 이데올로기를 이탈하는 징표라는 점은 일단 주목할 필요가 있는 것이다.

도와 문의 분리를 통해 성리학의 진리 독점성으로부터 벗어난다면 문학은 어떻게 정의되는가. 역으로 또 문학에 대한 어떤 정의가 도와 문의 분리를 가능하게 했던가? 이 문제를 검토할 필요가 있다.

그는 산문작가답게 이 문제를 '산문이란 무엇인가?'라는 물음으로 제기한다. 농암의 경우, 이 정의는 필요 없는 것이었다. 그것은 자명한 것이었기 때문이다. 그러나 동계는 '산문'을 다시 묻는다.

> 문장은 왜 존재하는 것인가. 천하의 일은 너무나도 복잡하다. 천하의 이치[理]는 너무나 깊다. 그러나 천하 사람들이 반드시 사람마다 그것을 아는 것은 아니다. 하지만 나는 다행히 그것을 알고 있다. 마음속으로 알고 입으로 말하지 않는다면, 뒤에 깨닫는 사람들을 깨우쳐 줄 수가 없다. 입으로만 말하고 문장으로 적어 놓지 않는다면, 이 넓은 천하에 집집마다 돌아다니며 깨우쳐 줄 수도 없고, 아득한 후세까지 죽지 않고 기다릴 수도 없는 노릇이다. 그러므로 옛날의 성인(聖人)이 부득이 문장이란 것을 두게 되었던 것이다.
>
> 문장에는 대개 두 가지 길이 있다. 성인의 지혜는 본디 사리(事理)를 두루 알지만 사리는 무궁한 것이라 죽을 때까지 말해도 다 말하지 못하는 바가 있다. 그러므로 앞서 빼놓고 말하지 못했던 것을 뒤에 혹 발언하기도 하는 것이다. 이것을 일러 '작(作)'이라 한다.
>
> 말의 치우치고 온전하고는 자질에서 비롯되고 문(文)의 자세하고 간략함은 시대에 기인하는 것이다. 고인이 비록 말했지만, 장황하게 보충하는 일은 뒷시대의 현인에게 달린 것이라, 이것을 일러 '술(述)'이라 한다. 무릇 육경(六經) 이하의 제자의 글로서 입언(立言)하여 세상에 이름을 날린 것이 바로 이런 것들이다. 그 외의

문예를 하는 선비로서 요컨대 또한 조화의 오묘함을 들여다보고 사정외 진실함을
펴내어 그 말이 한 물건의 수라도 갖춘다면, 천하에 폐할 수 없게 될 것이다.[343]

문장─산문이란 언어행위는 왜 필요한 것인가? 답은 의외로 간단하다. 산
문은 세계에 대한 주체의 인식을 드러내는 도구다. 세계의 무한한 다양성과
그에 상응하는 이치의 무한함을 내포한다. 언어는 그 다양성에 대한 나의
인식의 표현이다. 산문은 특권화된 언어인 것이다. 오로지 '나'만이 알아낸,
혹은 알 수 있는, 무한성의 세계의 이치를, 표현하기 위한, 타인에게 전달하
기 위한 언어적 수단이 문장─산문이다. 동계는 그것을 성인의 작(作), 현인
의 술(述), 그리고 문예 셋으로 구분했지만, 세계에 대한 인식이라는 점에서
는 모두 동일한 것이다.

문장은 세계에 대한 인식이다. 그 인식을 조귀명은 '의' 또는 '견식(見識)'
·'오해(悟解)'라고 부른다. 동계는 1730년에 쓴 「답임질언춘상원서(答林姪彦
春象元書)」에서 산문의 구성요소로 의(意)·기(氣)·법(法)을 꼽고 있다.

작문의 요결에 셋이 있다. 의(意)·기(氣)·법(法)이 그것이다. 의(意)로써 문장을
채우며, 기(氣)로 문장을 이끌고 나가며, 법(法)으로 문장을 꾸민다. 의(意)는 문장의
장수다. 의는 기를 태우고 법을 이루는 것이다. 이 때문에 의(意)가 근본으로서 무
거운 것이며, 법은 말단적이고 가벼운 것이다. 그런데 지금 족하가 진정으로 알고
자 하는 것은 법일 따름이다. 그 근본을 버리고 말단적인 것을 쫓으며 가벼운 것을
이끌고 중요한 것을 버리는 것이 아닌가?
대저 견식(見識) 오해(悟解)는 의(意)이고, 승묵(繩墨)과 규확(規矱)은 법(法)이다.

---

343) 趙龜命, 「贈羅生沈序」, 위의 책, 12~13면. "文章何爲而設也? 天下之事有棼而錯者矣. 天
下之理有深而賾者矣. 而天下之人未必人人而知之, 吾則幸而知之矣. 心乎知矣, 而不言之
於口, 則無以覺夫後覺者也. 口乎言矣, 而不筆之於文, 則天下之廣恐無以家喩, 而後世之
遠恐無以不死而竢之也. 故文章者, 古之聖人所不得已而設也. 盖亦有二端焉. 聖人之智固
周乎事理, 而事理無窮, 終身言之, 有不能畢者. 故前之所闕, 後或發焉, 是之謂作. 語之偏
全由乎資質, 而文之詳略因乎時代. 古之人雖言之, 而其補苴張皇, 乃係乎後賢, 是之謂述.
凡六經以下諸子之以立言名世者, 皆是物也. 其它文藝之士要亦窺造化之妙, 發事情之眞,
其言有以備一物之數, 而不可廢於天下."

고인의 문장이 영원히 빛나는 불후(不朽)의 존재가 된 이유는, 보통 사람이 볼 수 없는 깊은 이치를 홀로 보고, 보통 사람이 말하지 못했던 오묘한 이치를 홀로 말하였던 데 있다. 나의 말이 나오기 전에는 천하 사람들이 귀머거리나 장님과 같아 이런 이치가 있는 줄을 알지 못하고 있다가, 나의 말이 나오자 천하 사람 중 귀머거리는 듣고 장님은 볼 수가 있어, 마치 이 이치가 나의 말로 인하여 존재하게 된 것 같아 지난날 같이 귀가 있었건만 남처럼 듣지 못하고, 같이 눈이 있었건만 남처럼 보지 못했던 것을 괴이하게 여기게 된다.

육경(六經) 사서(四書)는 논할 것도 없지만, 저 주(周)나라 진(秦)나라 이후의 제자백가(諸子百家)로서 없어지지 않고 지금까지 전해지는 것은 비록 순수함과 하자, 온전함과 편벽됨의 차이가 있지만, 각기 오해(悟解)를 고집하여 그 의(意)를 발휘함은 한가지인 것이다. 그렇지 않다면, 저 법(法)이란 빈껍데기일 따름이니, 어찌 저 빈껍데기를 쓰겠는가. 비유컨대 수레를 몰고 말을 채찍질 하면서 바퀴 자국을 따라 연(燕)나라로도 가고 월(越)나라로도 가는데, 사람이 있어야 태워가는 법이다. 사람이 없다면, 수레와 말을 아무리 꾸며본들, 수레바퀴 자국이 아무리 선명한들, 무엇을 실어서 간다는 말인가.

제갈무후(諸葛武侯)의 팔진도(八陣圖)를 세상에서 신기하다고 하는데, 지금 그 법이 갖추어져 있어 그 법대로 실천하는 것은 어렵지 않을 것이다. 하지만 그 풍운변화(風雲變化)와 신출귀몰(神出鬼沒)한 응용은 전할 수가 없다. 지금 천군만마를 도법(圖法)에 의해 진을 치고, 직접 적(敵)과 맞닥뜨린다 해도 반드시 이기리라 보장할 수가 없을 것이다. 하물며 방위를 정하고 돌을 쌓아 진을 빈 개펄에 설치하여 오병(吳兵)이 한 번 들어가면 길을 잃고 헤매며 나갈 방법을 모르게 할 수 있겠는가. 그러므로 무후의 신기함은 법(法)에 있는 것이 아니라 술(術)에 있고, 문장의 술은 의(意)에 있을 뿐이다.[344]

---

344) 趙龜命,「答林姪彦春象元書」, 위의 책, 217면. "作文之訣有三, 曰意, 曰氣, 曰法. 意以實之, 氣以行之, 法以餙之. 意者, 文之師也. 駕乎氣而成乎法. 是故意爲之本而重, 法爲之末而輕. 而今足下所欲眞知者, 法耳. 無乃舍其本而趨其末, 挈其輕而忘其重乎? 夫見識悟解, 爲之意; 繩墨規矱, 爲之法. 古人之文所以垂不朽耀無窮者, 以其獨見常人所未見之奧, 獨發常人所未發之妙. 吾言之未出也, 天下之人爲聾爲瞽, 而未始之有此理; 吾言之旣出也, 天下之人聾者聽瞽者視, 若此理由吾言而有, 而怪向之同有耳而不能聽人之聽, 同有眼而不能視人之視也. 六經四書無論已, 彼周·秦以下諸子百家之不廢而至于今者, 雖有醇有疵有全有偏而其各執悟解, 發揮其意也, 則一也. 不然, 彼法者空殼而已矣. 將焉用彼空殼爲哉. 譬諸調車策馬, 循其塗轍, 以之燕以之越者, 有人而爲之乘也. 苟無人也, 車馬雖餙, 塗轍雖明, 將何所載而致之哉? 諸葛武侯八陣圖, 世稱其奇, 今其法具在, 按而行之, 無難矣. 顧其

조귀명은 의(意)·법(法)·기(氣) 셋을 산문 창작의 핵심요소로 꼽고 있지만 '의'를 가장 본질적인 요소로 보고 있으며 '기'에 대해서는 언급을 거의 하지 않는다.[345] 그는 사실상 '의'와 '법'을 대립시키면서 '법'에 대한 '의'의 본질성을 강조하고 있는 것이다.

동계는 '의'를 강조하기 위해 법을 비판한다. "저 고인의 문장이 어찌 일찍이 법에 집착하였던가? 곧 후세에 그 문장이 아름다운 것을 보고 억지로 법이라 이름을 붙였을 따름이다.[346] 작품 이후에 비평이 출현했듯, 법 역시 작품 이후에 추상화된 것일 따름이다. 최초의 창작, 즉 고인의 창작에 법은 의식되지 않았다. 이것이 동계의 주장이다. 물론 동계의 논리가 전면적으로 타당한 것은 아니다. 작가가 법으로 추상화하지 않았을 따름이지, 이미 법은 존재하고 작동하고 있었다고 말할 수 있다. 그럼에도 동계의 주장은 타당하다. 법은 추상화된 표준이다. 표준은 절대적 지위를 갖고 창작의 제일의적 원칙이 되어 창작을 규율하는 권력을 행사한다. 그것은 한편으로 상상력의 자유, 표현의 자유를 구속하는 것이다. 동계의 발언은 이런 맥락에서 타당성을 갖는다.

동계가 법의 존재를 부정한 것은 물론 아니다. 법이 산문의 예술성을 결정하는, 혹은 결정에 제일의적인 요소가 된다는 사고에 반대한 것으로 보인다. 그는 이렇게 말한다. "대저 한유·구양수의 문장은 법이 승하고, 소동파의 문장은 의가 승하다. 법은 규정함이 있으나, 의는 무궁하다. 규정함이 있기 때문에 일정 범위 속에서 같아지고, 무궁하기 때문에 살아 있는 듯하고 새로워지는 것이다."[347] 한유·구양수 문장의 법은 농암의 비평에서 우리가

風雲變化神出鬼沒, 莫得以傳也. 今用千軍萬馬依圖法而陣之, 以親與敵人角, 猶難保其必勝. 況排方疊石, 設之於空浦, 而能使吳兵一入迷亂而不知出哉? 故武候之奇不在法而在術, 文之術則意而已."

345) 기는 산문의 언어를 이끌고 나가는 힘 정도로 이해된다. 기운이란 뜻이다.

346) 趙龜命, 「答林姪彦春象元」, 앞의 책, 217면. "彼古人之文, 亦何嘗鑿鑿於法, 乃後世見其佳而强名之法耳."

347) 趙龜命, 「贈羅生沈序」, 위의 책, 12~13면. "夫韓·歐以法勝, 蘇氏以意勝. 法有定而意無窮, 有定故局而同, 無窮故活而新也."

확인한 바 있다. 확실히 그것은 수사학의 지도하에 쓰이고 있었다. 농암이 이 점을 높이 평가했다면, 동계는 그것에서 부정적 규범성을 읽어낸다. 규범은 법이면서 동시에 행위에 모종의 제한을 가한다. 그것을 두고 동계는 "법은 규정함이 있기 때문에 일정한 범위 속에서 같아진다"는 취지의 말을 했던 것이다. 인간의 상상력을 제한하고, 표현을 제한하는 법의 규율적 속성을 그는 읽어냈던 것으로 보인다.

'의'란 위의 인용에서 조귀명 자신이 밝히고 있듯, 견식이자 오해다. 견식은 이하곤의 식(識)과 다르지 않다. 그것은 곧 세계에 대한 인식[見識]이다. 하지만 이하곤과 다른 것은, 그것이 동시에 '깊은 깨달음[悟解]'이란 점에 주목해야 할 것이다. 그것은 자신의 주체적 깨달음을 은근히 내포하고 있는 것이다.

세계에 대한 인식과 깨달음으로서의 '견식'·'오해'는 그의 산문론 전반을 관통하는 주제다. 산문 언어의 수사학을 지배하는 것은, 실로 법이 아니라 견식이라는 것이 조귀명의 주장이다. 그는 1723년 경대(敬大)에게 답하는 편지(「答敬大書」)에서 이 문제를 다루고 있다. 그는 경대가 보낸 편지의 문장의 문제점을 지적하면서, 그 이유를 이렇게 말하고 있다. "이것은 안배가 미숙한 소치이고, 또한 견식(見識)이 요연하지 못한 데 이유가 있다."348) 즉 그는 문장을 지배하는 제일의의 원리로서 견식을 꼽고 있는 것이다. 견식은 작가의 언어와 수사를 지배하는 것이다. 그는 소동파의 말을 인용하여 견식과 수사의 관계를 말하고 있다.349) "일찍이 소동파의 이런 말을 사랑하였다. '사물의 오묘함을 마치 바람을 끌어매고 그림자를 잡는 것처럼 포착하여, 이 사물이 마음에 명료해지고, 입과 손에 명료해질 수 있게 한다면, 이것을

---

348) 趙龜命, 「答敬大書」, 위의 책, 208면. "此固安排未熟之致, 而亦坐於見識之不能了然也."
349) 조귀명의 인용은 소동파의 원문을 줄인 것이다. 줄이면서 문장의 의미에 약간의 변화가 생겼다. 물론 이 변화가 큰 의미를 갖는 것은 아니다. 소동파의 원문은 다음과 같다. 「與謝民師推官書」, 『蘇軾文集』 3, 中華書局, 1992, 1418면. "求物之妙如繫風捕影, 能使是物了然於心者, 盖千萬人而不一遇也. 而况能使了然於口與手者乎? 是之謂辭達, 辭至於能達, 則文不可勝用矣."

일러 사달(辭達)이라 한다. 말의 표현[辭]이 능히 전달하는 경지에 이르게 되면, 문장을 이루 다 쓸 수가 없을 것이다.'"350)

대상의 본질을 작가가 명료하게 파악하게 되면, 그것은 말[口]과 글[手]에 명료하게 표현된다. 이것이 사달의 경지다. 동계는 덧붙여 작가에게 명료하게 인식되었음에도 불구하고, 말과 글로 명료하게 표현되지 않을 수는 없다고 지적한다.351) 어떤 산문을 읽었을 때 언어가 불분명하고 몽매하며, 착란되어 무질서한 경우가 있다. 그것은 작가가 대상을 확실하게 장악하지 못한 상태에서 억지로 대상을 언어로 표현했기 때문이다.352) 동계가 말하고 싶은 것은 다른 수사학이 존재하는 것이 아니라, 결국 작가의 세계에 대한 정확한 인식이 산문 언어의 수사학을 결정한다는 것이다.

동계는 자신의 주변 문인들과의 논쟁 과정에서 견식 오해를 끊임없이 설파했다. 그런데 이 견식 오해 또는 의(意)는 이미 검토한 바와 같이 작가 사유의 개별성을 전제하는 것이었다. 즉 "보통 사람이 볼 수 없는 깊은 이치를 홀로 보고 보통 사람이 말하지 못했던 오묘한 이치를 홀로 말하였던"이란 말에서 보듯, 견식 오해는 바로 사유의 개별성, 즉 사유의 독창성을 의미하는 것이었다. 이 독창성을 그는 다양하게 구사한다.

① 소씨(蘇氏)는 그 말이 비록 정리(正理)에 어긋나지만 바로 자신의 말이고, 고인의 말이 아니지만, 바로 흉중에서 홀로 얻은 견식[胸中獨得之見識]이라 도청도설(道聽塗說)에 견줄 바가 아닙니다.353)

② 대개 문장의 오묘함이란 샘물의 따뜻함 같고, 불의 차가움 같고, 돌의 결록(結綠) 같고, 쇠의 지남(指南)과 같다. 요컨대 그 홀로 품부받은 기운을 가지고 있고,

---

350) 趙龜命, 「答敬大書」, 앞의 책, 208면. "嘗愛東坡語, 求物之妙如繫風捕影, 能使是物了然於心而了然於口與手, 是之謂辭達. 辭至於能達, 文不可勝用矣."
351) 위의 책, 같은 면. "夫能了然於心而不能了然於口與手, 無是理也."
352) 위의 책, 같은 면. "故讀其文而黯晦蒙冒錯亂而不整者, 必其中無實見, 強張于外也."
353) 趙龜命, 「贈羅生沈序」, 위의 책, 12면. "蘇氏者, 其言雖違正理, 乃其言, 而非古人之言, 乃胸中獨得之見識, 而非道聽塗說之比也."

거기에 반드시 자득한 견해〔自得之見〕로 이루는 것이다. 반드시 이윤·주공·공자·맹자의 일반적인 이치로 하는 것은 아닌 것이다.354)

③저 문장의 도(道) 역시 그러합니다. 기사문(記事文)으로 말하자면 좌씨(左氏)는 『서경』의 호악(灝噩)함을 본받지 않았고, 사마천은 좌씨의 간오(簡奧)함을 본받지 않았습니다. 찬언(纂言)으로 말하자면 역(易)의 상전(象傳)은 단사(彖辭)보다 치밀하고, 십익(十翼)은 또 상전보다 울창합니다. 이것은 모두 풍기(風氣)가 점차 변하여 그때그때의 체제에 맞게 하느라 체(體)가 그러하지 않을 수 없기 때문입니다.

오해(悟解)를 자득(自得)하여 그 의(意)를 밝히면, 좌씨는 『서경』과 같고, 상전은 또한 단사와 같고 십익은 또한 상전과 같습니다. 자득하여 마땅히 커야 하면 크게 하고, 자득하여 마땅히 작아야 하면 작게 하고, 자득하여 마땅히 길어야 하면 길게 하고, 자득하여 마땅히 짧아야 하면 짧게 하고, 자득하여 마땅히 검담(儉淡)해야 하면 검담하게 하고, 자득하여 농화(濃華)해야 하면 농화하게 하고, 자득하여 순박하고 예스러워야 하면 순박하고 예스럽게 하고, 자득하여 기교를 부리고 지금 세상의 것처럼 만들어야 하면 역시 기교를 부리고 지금 세상의 것처럼 만들어야 할 것입니다.

비유하건대 심령(心靈)과 신식(神識)을 갖추면 사람이니, 커도 또한 사람이고, 작아도 또한 사람이고, 길어도 또한 사람이고, 짧아도 또한 사람이며, 옛날도 사람이고 지금도 사람인 것과 같습니다. 그렇지 않다면 목우(木偶)·토우(土偶)일 뿐입니다.355)

④위진(魏晉) 이후로는 문장이 없습니다. 한창려(韓昌黎)가 비로소 당(唐)나라에 와서 고문(古文)을 창도하였는데, 그의 문장은 모의(摹擬)를 하지 않고 오로지 자기에게서 나오는 데 힘썼습니다〔務自己出〕. 「평회비(平淮碑)」는 『서경』 같고, 「모영전(毛穎傳)」 「장중승서(張中丞敍)」는 사마천(司馬遷)과 같고, 「동진행장(董晉行狀)」은

---

354) 趙龜命, 「復答趙盛叔書」, 위의 책, 214면. "盖文章之妙, 如泉之溫, 火之寒, 石之結綠, 金之指南. 要其有獨裒之氣, 而又必濟之以自得之見, 非必伊·周·孔·孟公共之理也."

355) 趙龜命, 「又答林彦春書」, 위의 책, 218면. "彼文章之道, 亦然. 以記事則左氏, 不爲書之灝噩, 而史遷不爲左氏之簡奧; 以纂言則易象已密於彖, 而十翼又圉於象. 此盖風氣之漸變而時措之體不得不爾. 自得乎悟解而明其意也, 則左猶書, 史猶左, 象亦彖, 翼亦象. 自得而宜大則大, 自得而宜小則小, 自得而宜長則長, 自得而宜短則短, 自得而宜儉淡則儉淡, 自得而宜濃華則濃華, 自得而宜樸而古則樸而古, 自得而宜雕而今則雕而今. 譬如具心靈神識則人也, 大亦爲人, 小亦爲人, 長亦爲人, 短亦爲人, 以至古亦人, 今亦人. 不然木偶土偶而已."

『좌전』과 같고, 그 나머지는 『장자』·『전국책(戰國策)』유 향(劉向)과 같습니다. 심지어는 유종원(柳宗元)·번종사(樊宗師)·맹교(孟郊)와 비슷하기도 합니다. 이것은 모두 장난삼아 우연히 그렇게 된 것입니다. 하지만 그 각 편에서 한 구절이나 한 글자라도 거짓으로 훔치고 도습(蹈襲)한 것을 찾는다면, 찾을 수가 없을 것입니다.356)

⑤ 옛날의 문장은 자기의 말[己之言]과 자기의 이치[己之理]를 표현하였고, 천 년 전에 그 말을 수식하여 천 년 뒤에 그 마음을 드러내었습니다. 명(明)의 문장은 투절(偸竊)한 문장으로 차용(借傭)한 말을 꾸며 편벽되고 삐뚤어진 경지를 바란 나머지 그 흉중에 온축한 배[胸中之所蘊]를 형용할 수 없었으니, 그 사람은 있되 그 마음은 죽고 썩어 버린 지 오랩니다.357)

⑥ 언춘(彦春)은 장차 힘써 고문(古文)을 좇고자 합니까? 그 알맹이[實]를 좇고, 그 이름[名]을 좇지 마십시오. 그 뜻[意]을 배우고 그 성음(聲音)이나 웃는 모습을 배우지 마십시오. 그 자득의 참〔自得之眞]을 찾는 데 힘쓰고, 그 모의(模擬)한 가짜[模擬之贋]를 찾는 데 힘쓰지 마십시오. 자득(自得)하면 작은 것도 오히려 귀하게 여길 만합니다. 하물며 그 큰 경지이겠습니까? 낮은 것도 존경할 만한데, 하물며 그 높은 경지이겠습니까?358)

'흉중에서 홀로 얻은 견식[胸中獨得之見識]', '오해(悟解)에 자득(自得)하여 그 의(意)를 밝힘' 등은 모두 세계에 대한 작가 인식의 독자성, 독창성을 의미하는 것이며, 이것은 위의 인용에서 보는 바와 같이 기견(己見)·기언(己言)·기리(己理)·자득(自得) 등으로 나타난다. 동시에 자득은 참이기도 하다[自得之眞].

---

356) 趙龜命,「贈鄭生錫儒序」, 위의 책, 14~15면. "魏晉以後, 無文章. 韓昌黎始以古文倡於唐, 然而其文不爲摹擬, 務自己出. 平淮碑似書, 毛穎傳·張中丞敍似司馬遷, 董晉行狀似左氏, 其餘有似莊周似戰國策似劉向. 至於似柳宗元·樊宗師·孟郊. 此皆游戲偶然. 然就其篇中, 求一句一字之假竊蹈襲, 不可得也."

357) 위의 책, 15면. "古之文章以己之言發己之理, 文其辭於千載之上, 而顯其心於千載之下. 明之文章以偸竊之文, 餙借傭之說, 懸跂辟戾, 不能以形其胸中之所蘊. 其人存而其心之死且朽久矣."

358) 趙龜命,「又答林彦春書」, 위의 책, 218면. "彦春將力追古文乎? 追其實, 毋追其名; 學其意, 毋學其聲音笑貌; 務求其自得之眞, 毋務求其模擬之贋. 自得則小猶可貴, 況爲其大乎? 卑猶可敬, 況爲其高乎?"

문학을 세계에 대한 작가의 인식으로 보는 조귀명에게 있어서 그 인식은 곧 유일성, 곧 독창성인바, 인식 혹은 사유의 유일성 / 독창성은 조귀명 사유의 최종적인 층위에 해당한다. 예컨대 그는 『병학대성(兵學大成)』이란 병법서의 서문에서 이렇게 말한다. "근본을 더듬고 곡절을 캐내는 것을 학(學)이라 하고, 마음을 전적으로 기울여 뜻을 두는 것을 공(工)이라 한다. 초연히 **자득(自得)하는 것을 진(眞)**이라 하고, 써도 다함이 없는 것을 성(成)이라 한다. 심하도다. 우리나라 사람들의 비루함이여! 아주 아무런 하는 일도 없이 살다가 늠름하게 무언가 성취하는 것도 없이 죽는다. 다만 귀와 눈과 코와 입을 가지고 남을 따라 앉았다가 남을 따라 일어나고도 이름하여 사람이라 하니 어찌 크게 애달프지 않은가?"359) 자득이 없는 조선 사람을 한탄한 것이다. 그는 이어 60년 동안 바닷가에 앉아서 조수를 연구한 해서(海西)의 한 인사가 2편의 저서로 자기의 견해[己見]를 밝히자 세상 사람들이 무용한 일에 정신을 쏟았노라고 비난했다는 이야기를 한다.360) 『병학대성』은 의원 집안 출신의 유중림(柳重臨)의 저술이다. 그는 『병학대성』이 자득의 경지에 나아간 것으로 평가한다.361)

이제까지 살핀 바와 같이 그는 법에 대해 '의'의 본질성을 강조하고, 동시에 인식의 독창성을 강조한다. 법에 대한 비판과 인식의 독창성을 그가 강조하는 것은 또 다른 컨텍스트가 있다. 앞에서 자신의 말[己言], 자신의 이치[己理]를 주장한 「증정생석유서(贈鄭生錫儒序)」는 원래 의고파에 대한 비판으로 쓰인 것이었다. 이 글의 서두는 다음과 같은 의고파 비판으로부터 시작한다.

옛날에는 문장에 모의(摹擬)란 것이 있지 않았다. 문장이 쇠퇴하자 모의가 시작되었고, 모의가 시작되자 문장이 더욱 쇠망하게 되었다. 대저 문장을 절충한 사람

---

359) 趙龜命,「兵學大成序」, 위의 책, 19면. "探原窮委之謂學, 專心致志之謂工. 超然自得謂之眞, 用之不竭之謂成. 甚矣! 東國人之陋也. 茫茫乎無所事而生, 凜凜乎無所底而死. 特其有耳目鼻口, 與人坐與人起, 而命之爲人, 豈不大哀乎."

360) 위의 책, 같은 면. "余聞海西有爲潮學者, 朝而往暮而歸, 盖六十年於海岸矣. 然後始著書二編, 明己見, 世咸怪之, 以爲弊精神於無用之地. 而余獨歎息, 謂非東國人也."

361) 위의 책, 같은 면. "由是以進其至於自得."

은 공자가 아니던가? 그럼에도 공지기『주역(周易)』의 문언전(文言傳)을 지을 적에
그 문체는 단사(彖辭)·상전(象傳)과 섞이지 않았고,『춘추(春秋)』를 지을 적에는
그 문체는 전(典)·모(謨)와 같지 않았다. 문장으로 높이 받드는 것은 선진(先秦) 양
한(兩漢)이 아니던가. 자사(子思)·맹자(孟子)·순경(荀卿)·장주(莊周)·좌구명(左
丘明)·사마천(司馬遷)·가의(賈誼)·유향(劉向)·반고(班固)는 가장 뛰어난 사람
임에도 그들의 문장은 일찍이 옛것을 모의한 적이 없다. 오직 왕망(王莽)만이 고
(誥)를 지어『서경』을 의방했을 뿐이고, 왕망의 신하 양웅(楊雄)만이『태현경(太玄
經)』을 지어『주역』에,『법언(法言)』을 지어『논어』에 비기었으나, 후세에서 인정하
지 않았던 것이다.362)

모의는 애당초 존재하지 않았던 것이다. 그렇다면 모의의 시작은 언제부
터인가.

　명나라가 천하를 차지하자 세상은 더욱 말세가 되고 문장의 수준은 더욱 낮아져
서 학사대부(學士大夫)가 떨칠 방도를 생각했으나 그 방법을 찾을 수 없었다. 그래
서『좌전』·『국어(國語)』의 구(句)를 훔쳐 따내고 마사(馬史)와 반서(班書)의 글자
를 도개(塗改)하여 천하에 표적이라 내걸며 "이것이 고문이다" 하였다. 그 근원은
공동(崆峒, 李夢陽)에서 시작되고 엄주(弇州, 王世貞)·창명(滄溟, 李攀龍)에게서
큰 물결을 이루어 천하의 문장을 고무하여 서로 주머니를 더듬고 상자를 뒤지는 습
관을 만들었던 것이다. 아아! 저들은, 분단장과 향기만으로 서시(西施)가 될 수 있
고, 손뼉을 치거나 이야기 하는 것만으로 손숙(孫叔)이 되며, 원숭이에게 관(冠)을
씌우고 옷을 입히는 것만으로 주공(周公)이 될 수 있다고 생각한 것이다.363)

---

362) 趙龜命,「贈鄭生錫儒序」, 위의 책, 14~15면. "古者, 文章無摹擬. 文章衰而摹擬作. 摹擬
作而文章益亡矣. 夫文章之所折衷者, 非孔子乎? 孔子之作易傳也, 其體與象象不混; 作春
秋也, 其體與典謨不同. 文章之所推尊者, 非先秦·兩漢乎? 子思·孟子·荀卿·莊周·左
丘明·司馬遷·賈誼·劉向·班固最其傑然者, 而其文亦未嘗摹擬於古也. 惟王莽作誥而倣
書, 莽之臣楊雄作太玄以準易, 作法言以準論語, 後世未之許也."
363) 위의 책, 15면. "至皇明有天下, 世代益降, 文章益卑, 則學士大夫思有以振之, 而不得其
述也. 於是, 攬掇乎左傳·國語之句, 塗改乎馬史·班書之字, 揭以爲的於天下曰 : '此, 古
文也.' 濬源於崆峒, 揚波於弇州·滄溟, 鼓天下之文章, 而相與爲探囊肤篋之習. 嗚呼! 彼謂
粉飾薌澤之可以爲西施, 抵掌談笑之可以爲孫叔, 猿狙衣冠之可以爲周公也."

그가 의고파를 비판하는 논거는 이미 살핀 바와 같다. 명대 의고파의 문장은 오로지 전범의 자구를 차용하는 것일 뿐이다. 자신의 세계에 대한 독창적 인식이 결여되어 있는 것이다. 조귀명이 여러 글에서 의고파를 반복해서 같은 논리로 비판하는 것은[364] 조귀명의 동시대 산문이 의고적 창작론에 깊이 감염되었기 때문이다.[365]

이제까지 살핀 바와 같이 조귀명의 비평은 도와 문을 분리하여, 유가적 문학관의 압력에서 이탈하는 한편, 산문을 세계에 대한 작가의 독창적 인식의 표현물로 정의함으로써 의고적 창작론으로부터 벗어났다. 물론 의고적 창작론을 비판하고, 그 비판의 논리로 개성과 독창성을 강조하는 논법은 이미 김창협 등에게서 확인한 바 있다. 그러나 '자득'―독창성을 비평의 전면에 내세우고, '자득지진(自得之眞)'에 대한 강조의 쏠림은 조귀명에서 처음 보이는 바이며, 그것이 조귀명 비평의 특이점을 이룬다. 이러한 특징은 어디서 연유한 것인가. 그의 사상 자체의 특이성에서 온 것으로 짐작된다.

조귀명이 문학과 도를 분리했을 때 그것은 단순히 문학과 사상이라는 담론의 상호 구분이 아니라, 도학의 진리성에 대한 거부를 내포하고 있었다. 그에게 불교에 빠졌다는 비난[366]과 불교도이면서 이름을 숨기고 포교를 한다는 황경원의 비난,[367] 『동계집』 중 불교적 분위기를 강렬하게 풍기는 「정체(靜諦)」를 삭제해 줄 것을 요구한 남유용 등의 비판은 모두 그의 사유가 정통 유가의 입장을 벗어나 있는 것을 의미한다. 아마도 그의 가문의 배경

---

364) 趙龜命, 「又答林彦春書」, 위의 책, 219면. "夫世之病王·李之班·馬, 非病其班·馬, 病其以句字爲班·馬, 盖韓·歐·蘇則雖不爲班·馬, 而其意之自得也亦班·馬也. 此其所以接武于班·馬, 今以韓歐蘇治王李, 而吾之爲韓·歐·蘇也, 又其句字而已. 則是驅韓·歐·蘇之奴隷, 以攻班·馬之衙官. 夫韓·歐·蘇之力固宜健乎班·馬之衙官, 而韓·歐·蘇之奴隷之力, 其不適於班·馬之衙官也. 審矣."

365) 趙龜命, 「贈羅生沈序」, 위의 책, 12면. "余怪夫今世之文章, 不作不述, 而罷其身役其力, 裒綴流俗齒牙爛熟之常論, 規畵古人載籍陳腐之遺文, 以充溢於棟宇, 而夸矜於人曰 : '我爲韓也, 我爲歐也, 我爲秦漢也.' 是乃莊周所謂累瓦結繩無用之言, 其亦勞苦而已矣."

366) 林象鼎, 「祭趙錫汝文」, 『自娛錄』. "談者或疑子之泛濫乎佛氏, 其文有未純正之病." 강민구, 앞의 글, 90면에서 재인용.

367) 강민구, 위의 글, 52면.

이 없고 자신이 관세에 들어갔다면, 편안한 죽음을 맞이하기 이려웠을 것이
다. 그의 사유의 이단성은 이미 당대에 지적된 바이니, 그의 종조형(從祖兄)
인 조현명(趙顯命)은 이렇게 지적하고 있다.

> 군은 스스로 말하기를, "『남화경(南華經)』에서 얻은 것이 많고 소장공(蘇長公)을
> 귀숙처로 삼았다"고 하였다. 군은 처음에는 성리학에 뜻을 두었으나, 이내 탄식하
> 기를, "또한 성인이 되는 데 방법이 있음을 알았으나, 문자를 좋아하는 벽을 잊을
> 수가 없다" 하였다. 그리고는 노장과 불교의 설을 널리 섭렵하여 일체의 세상사에
> 대해 담박한 태도로 마음에 담아 두지 않았다. 그러나 그 말과 의론은 평직(平直)하
> 고 온후(溫厚)하며 반드시 윤리에 근거를 두었다.368)

그는 불교에 빠졌다는 비판을 받았지만, 그의 언어는 스스로 불교에 대한
치밀한 비판을 가하고 있다. 다만 그것은 불교를 부정하기 위한 성리학의
언어는 아니다. 그렇다면 그 자신의 말처럼 그는 장자의 사유에서 출발한
것인가. 그의 사유에서 장자적인 것은 상대주의의 형태, 즉 어떤 한 사상의
진리 독점을 인정하지 않는다는 논리로 존재한다. 하지만 그의 사유 전체를
장자에서 유래하는 것으로 한정할 수는 없다. 그의 사유에는 장자에서 유래
한 것으로 파악될 수 있는 상대주의와 강렬한 자아의식이 존재한다. 그는
모든 사유에 대해 비평적 거리를 유지하고 진리를 상대화시킨다. 그리고 진
리는 자득, 곧 자신의 깨우침에 의해서 결정된다고 주장한다.

> 식(識)은 진(眞)만한 것이 없고, 이(理)는 궁구하는 것 만한 것이 없다. 혹자는 '삼
> 대(三代) 이후의 문장 하는 선비들이 어찌 모두 이(理)를 궁구했으며, 식(識)이 진실
> 되었겠는가'라고 말한다. 대저 도학(道學)의 입장에서 판단한다면, 저들 문장 하는
> 선비들의 이(理)에는 궁구하지 못함이 있고, 식(識)에는 진실되지 않음이 있었다. 하
> 지만 그 사람의 입장에서 말한다면, 각각 그 이(理)를 가지고 있었고 일찍이 궁구하

---

368) 趙顯命, 「小傳」; 趙龜命, 앞의 책, 254면. "君自言得之南華經者爲多, 而以蘇長公爲歸云.
　　君始有意性理之學, 旣而歎曰 : '亦知作聖有術, 顧文字癖好難忘也.' 旣又汎濫於老佛二家
　　之說, 於一切世故, 泊然若無所累其心. 然其言議平直溫厚, 必根於倫理."

지 않음이 없었으며, 각각 자기의 식(識)을 가지고 진실되지 않음이 없었다.

한(漢)나라의 동중서(董仲舒)·가의(賈誼)·양웅(楊雄)·유향(劉向), 당나라 송나라의 한유(韓愈)·구양수(歐陽修)·증공(曾鞏)·왕안석(王安石)은 문로가 정대하고, 온축한 것이 심후하여 본디 학식으로 자부했던 것이다. 하지만 태사(太史)·유주(柳州)·소씨(蘇氏) 부자는 그 학식이 정말 주장하는 바가 없다. 그러나 태사의 식견은 원(怨)에 진실하고, 유주의 식견은 궁(窮)에 진실하고, 소씨의 식견은 권변(權變)과 방달(放達)에 진실하였다. 때문에 그 문자로 드러난 것이 대개는 뼛속까지 찌르는 듯 골수에 사무친 듯 영롱하고 투철하였다. 비유하자면, 미식가가 맛을 평하는 듯, 탕자가 사랑을 말하는 듯 그 이(理)는 비록 바르지는 않지만, 경계는 진실되어 족히 사람의 마음을 감동시킨다. 이것을 일러 **자득(自得)**이라 한다. 자득이 깊으면 정(正)·편(偏), 고(高)·하(下)를 막론하고 문장이 모두 좋은 법이다.369)

동중서·가의·한유·구양수 등과 사마천·소동파로 대별한다는 데 주목하자. 전자의 문로가 정대함은 아마도 유가의 정통적 사유를 벗어나지 않았음을 지적한 것이다. 그런데 이 인용문의 자골처는 후반부에 있다. 동계는 진리의 상대성을 말하고 있다. 유가의 정통적 사유와는 상관없이 진실성이 존재할 수 있다는 것이다. 이것은 어떤 점에서 진리성을 보장받는가. 자득이 그것이다. 자득이 진리성을 보장한다. 진리의 주관성을 말하고 있는 것이다. 이 자득의 경지를, 그는 천하 후세로 하여금 유교도 아니고 불교도 아니고 한유도 유종원도 아닌 우뚝 독립한 건천자(乾川子, 조귀명 자신)의 존재를 알게 하고 싶다고 말로 표현한다.370)

상대주의와 함께 진리의 주관성은 어디서 유래하는가. 앞서 「부답조성숙

---

369) 趙龜命, 「答敬大書」, 앞의 책, 208~209면. "識莫如眞, 理莫如窮. 或謂三代之文士豈皆理之窮而識之眞哉. 夫自道學律之, 彼盖理有所不窮而識有所不眞矣. 自其人言之, 則各有其理而未嘗不窮, 各有其識而未嘗不眞. 漢之董·賈·楊·劉, 唐宋之韓·歐·曾·王, 門路正大, 蘊積深厚, 固以學識自命矣. 若如太史·柳州·蘇氏父子, 其學誠無所主. 而太史之識眞於怨, 柳州之識眞於窮, 蘇氏之識眞於權變放達. 故其發於文字者, 類能刺骨洞髓玲瓏透徹. 譬如饞人評味, 浪子說情, 理雖非正, 而境則實眞, 自足以動人心腸也. 是之謂自得. 自得之深, 毋論正偏高下, 而文皆好."

370) 趙龜命, 「與李季和廷燮書」, 위의 책, 215~216면. "使天下後世知有不儒不釋不韓不柳, 嵬嵬獨立之乾川子爾."

서(復答趙盛叔書)」의 논리는 이단적 사유의 진리성을 인정한다는 짐에서 당순지의 본색론(本色論)과 동일한 것이다. 즉 그가 모든 사유에 대한 비평적 거리를 유지하면서, 진리의 상대성, 주관성을 강조하는 것은 당순지가 양명학자였듯, 양명학에서 유래한 것으로 보이는 것이다. 그의 사유에서 양명학은 별반 논의된 적이 없지만, 이단을 인정하면서도 여전히 유학적 사유의 틀에서 이탈하지 않고자 하는 그의 사고방식은 양명학과 사실상 동일한 것이다. 예컨대 그가 장자를 유가의 논리로 해소하는 것이 바로 그 증거다.371) 실제 그는 양명학에 대해 언급하고 있다.

> 양명(陽明)의 치양지(致良知)는 비록 폐단이 있기는 하지만, 폐단은 양지를 이루려고 하지 않거나 양지에 가탁해 사욕을 이루려는 데 있다.
> 걸(桀)과 주(紂) 역시 양지가 있고, 양지가 양지임을 안다. 그런데 양지를 이루려고 들지 않고 달갑게 사욕에 가리어진 것이다. 하루라도 만약 양지를 이루면 앎이 날이 갈수록 더욱 밝아져 바깥에서 빌리지 않더라도 족할 것이다.372)

동계는 기본적으로 양지학에 좌단(左袒)하고 있었던 것이다. 그는 자신의 깨달음을 선(禪)과 노장(老莊)으로 의심하는 데 대해 강력하게 반발하면서 자신은 자신과 주선하는 자[盖我與我周旋久矣]라고 말한다.373) 자신의 내부에서 진리의 깨달음을 추구하는 것, 이것은 그의 사유가 양명학적 기초 위에서

---

371) 그는 노자와 장자를 노장으로 병칭하지만, 그것은 두 사유의 본질적 차이를 알지 못하는 것이라 지적한다. 그에 의하면, 장자는 유자이면서 과격한 경우이고, 노자는 유자와 구별되는 자라는 것이다. 趙龜命, 「讀老子」, 위의 책, 148면. "世之學者常並稱曰老莊, 不知其道本源之不相混. 莊子儒而激者也, 老子則別於儒矣." 요컨대 그는 장자를 유가 속에서 유가의 논리로 해소하고 있는 것이다.

372) 趙龜命, 「靜諦」 '哀樂第三', 위의 책, 161면. "陽明致良知雖誠有弊, 弊生於不肯致良知, 假託良知以濟私欲." "桀紂亦有良知, 亦知良知之爲良知. 有不肯致而甘爲私欲所蔽. 一日苟肯致知, 知日益明, 不外藉而足矣."

373) 趙龜命, 「答羅人伯書」, 위의 책, 221면. "人見其觀心而有省悟, 則疑爲禪也, 而我則非禪也, 見其辨於物之幾而游於有物之始, 則疑爲老莊也, 而我則非老莊也. 盖我與我周旋久矣, 故其發以爲文而承之以筆也. 深者不使疏而淺也, 淺者不使掘而深也. 小者不使引而大也, 大者不使削而小也."

움직이고 있음을 의미한다.

양명학은 공안파 비평의 사상적 원류였다. 그렇다면, 동계의 문학 비평은 양명학에서 직접 전화(轉化)한 것인가, 아니면 공안파 비평의 인지에서 온 것인가. 조귀명 역시 앞에서 거론한 여러 작가들처럼 당시 유행했던 명말 청초의 문집을 읽었던 것이 확인된다. 예컨대 그가 왕세정·이반룡 등 의고파를 비판한 것은 이들 의고파의 문학에 깊은 이해가 있음을 뜻한다. 더욱이 「독전목재집(讀錢牧齋集)」[374]에서 전겸익이 『사기』의 「항우본기」를 오독했음을 신랄하게 비판하고 있는 것을 보면, 그가 명말 청초 중국 문학을 정밀하게 읽고 있었음이 확인된다. 그러나 남극관과는 달리 그는 자신의 사유가 근거하고 있는 원천을 밝히는 데 극히 인색하였다. 이 시기 대다수의 작가와 비평가처럼 그 자신은 독창을 말하면서도 자신의 사유의 원천을 밝히는 것을 꺼렸던 것이다. 전겸익의 경우 역시 전겸익의 문학사적 업적, 비평사적 의의에 대해서는 아무런 말이 없다.

조귀명이 공안파를 읽었던 것도 부동의 사실이다. 그는 조적명(趙迪明)이 소장하고 있는 8폭의 해악도(海嶽圖) 병풍에 붙인 제발에서 이렇게 말하고 있다.

> 이것은 석공(石公)의 기(記)에 나오는 말이다. 이른바 "우레가 내달리고 바다가 일어서듯, 만 길 위 홀로 우뚝 솟아 있다. 홀연 바람이 가로로 끌어당겨, 동쪽으로 찢어지는가 하면 서쪽으로 띠가 되어 날린다[雷奔海立, 孤搴萬仞, 忽焉橫曳, 東披西帶]"라고 표현한 것은, 피부를 얻고 골수를 얻고 취(趣)를 얻은 것이니, 시험 삼아 폭포에 물어보라."[375]

석공(石公)은 원굉도이고, 여기에 인용된 것은 원굉도의 유기 「개선사지황

---

374) 위의 책, 138면.

375) 趙龜命, 「題十二兄迪明所藏海嶽圖屏」, 위의 책, 130면. "此石公記中語耳. 所謂雷奔海立, 孤搴萬仞, 忽焉橫曳, 東披西帶者, 爲得膚得骨得趣, 試問諸瀑." 이 병풍은 모두 8폭이다. 금강산 일대의 경치를 그린 것인데, 위의 인용은 6번 폭인 「佛頂臺觀瀑」에 붙인 것이다.

암사관폭기(開先寺至黃巖寺觀瀑記)」의 일부분이다.376) 원굉도가 1600년 33세에 여산(廬山)을 여행하고 쓴 것이다. 이 유기는 원굉도의 여러 기문 중에서도 극히 탁월한 것으로 평가를 받았다. 조귀명 역시 원굉도 유기의 일부를 따서 쓰면서 '피부를 얻고 골수를 얻었다'면서 고평(高評)하고 있다. 이로 보아 동계는 원굉도를 잘 알고 있었던 것으로 보인다.

실제 동계가 원굉도 유기의 영향을 받았음도 작품으로 확인된다. 「추기동협유상(追記東峽遊賞)」377)은 원굉도의 유기와 꼭 같은 형식을 취하고 있다. 「추기동협유상」은 다음과 같은 작품으로 구성되어 있다. 「수옥정(漱玉亭)」·「풍수혈(風水穴)」·「한벽루(寒碧樓)」·「도화동(桃花洞)」·「귀담(龜潭)」·「단구(丹丘)」·「월악(月嶽)」·「의림지(義林池)」·「금설천(金屑泉)」. 문제가 되는 것은 제목을 붙이는 방식이다. 대개 지명을 취하여 그대로 사용하고 있다. 그리고 짧은 작품 예컨대 「금설천」은 불과 54자밖에 되지 않는다.

이 방식은 원굉도의 유기와 동일한 것이다. 예컨대 『금범집』 권2에는 원굉도가 1596년 전후에 쓴 유기들이 실려 있다.378) 「호구(虎丘)」·「상방(上方)」·「동동정(東洞庭)」·「영암(靈巖)」·「양산(陽山)」……「광복(光福)」·「천지(天池)」·「횡산(橫山)」·「백화주(百花洲)」 등 18편의 유기가 실려 있다. 한 지방의 여러 명승의 지명을 제목으로 쓰고 그것들을 한 세트로 구성하는 방식은 원굉도 유기의 특징이다. 그리고 이 유기 중에는 극히 짧은 것도 있다. 예컨대 「백화주(百花洲)」의 경우 63자에 불과하다. 동계의 「추기동협유상」은 실제로 원굉도 유기의 형식을 그대로 차용하고 있는 것이다.

조귀명이 원굉도의 문집을 본 것은 확실한 사실이다. 한데 약간의 문제는 있다. 그의 「화진기언제사(花陣綺言題詞)」는 『화진기언(花陣奇言)』이란 명대 소설에 붙인 원굉도의 서문에 대해 쓴 글인데, 여기서 그는 원굉도에게 비

---

376) 袁宏道, 「開先寺至黃巖寺觀瀑記」, 『袁宏道集箋校』下, 1145면. "瀑注青壁下, 雷奔海立, 孤搴萬仞, 峽風逆之, 簾捲而上, 忽焉橫曳, 東披西帶." 고딕 강조된 부분이 인용된 것이다.
377) 趙龜命, 「追記東峽遊賞」, 앞의 책, 42~44면. 1729년, 37세 작.
378) 袁宏道, 『袁宏道集箋校』上, 157~180면.

난을 퍼붓고 있다.

　명말의 문사(文士)들은 행검(行檢)을 변모(弁髦)처럼 여기고 음욕(淫慾)을 다반사로 여겼으니, 곧 하나의 타지라세계(咤枳羅世界)였다. 대저 염정서(艶情書)는 으레 편찬자의 이름을 숨겨 그래도 악을 부끄러워하는 천성을 보이거늘, 굉도(宏道)는 어떤 사람이길래, 붓을 날려 서문에 크게 쓰기를 "삼분오전(三墳五典)보다 수만 배나 낫다"고 하였던가? 이것은 거의 하늘을 삼키는 간담이요, 철면피다. 인용하고 있는 왕평보(王平甫)의 말이 어찌 혀끝에 종기를 나게 하지 않겠는가?379)

　『화진기언』 앞에는 과연 원굉도의 서문이 붙어 있다.380) 하지만 이 글은 원굉도의 작이 아니라 원굉도의 이름을 빈 위작이다. 여기서 '굉도하인(宏道何人)'이란 말은 원굉도를 몰랐다는 말이 아니라, "도대체 원굉도는 어떤 속성을 가진 사람이길래", "도대체 원굉도는 무슨 심사로"란 정도로 읽힌다. 그는 원굉도를 인지하고 있었던 것이다. 물론 그의 원굉도에 대한 비판의 논리는 앞에서 언급한 김창협의 것과 다를 바 없다. 김창협이 원굉도를 비난하면서 원굉도 문학 비평의 논리를 접수했듯, 동계 역시 비난과 동시에 그 논리를 수용하고 있음은 물론이다.

　이제 동계와 공안파 사이의 비평 언어의 상관성을 추리해 보자. 상고주의에 대한 비판을 예로 든다. 동계는 이렇게 말한다.

　저의 생각은 이러합니다. 그 시대에 관계되는 성쇠는 어찌할 도리가 없다는 것입니다. 오직 마땅히 내 생각의 쾌함과 나의 마음이 즐거워하는 바를 있는 대로 다해야 할 것입니다. 육경에 근본을 둔다고 하더라도 육경의 장구(章句)에 죽지 않으며, 곁으로 선진(先秦)·한(漢)·당(唐)에서 채집하더라도 선진·한·당에게 속박되지

---

379) 趙龜命,「書花陣綺言袁中郞序後」, 앞의 책, 145면. "明末文士視行檢如弁髦, 以淫慾爲茶飯, 便一咤枳羅世界矣. 夫艶情之書例匿纂編者名, 猶見羞惡之天. 而宏道何人, 奮筆大書于序末. 且曰: '勝三墳五典, 何啻萬萬.' 是殆具包天膽渾鐵面皮矣. 所引王平甫語, 曷不舌頭生疔?" 1726년, 34세 작.

380) 袁宏道,「花陣綺言題詞」, 古本小說集成編輯委員會 編,『花陣綺言』上, 上海古籍出版社, 1995, 1~5면.

아니하여, 적절하게 변통하면서 시의(時義)에 응하는 것입니다.

대개 현주(玄酒, 물)를 숭상하면서도 예주(醴酒, 술)를 사용하고, 난도(鸞刀)를 귀하게 여기면서도 할도(割刀)를 쓰는 것입니다. 성인이 예를 만들 때에도 애시당초 억지로 옛날로 돌아가고자 하지는 않았던 것입니다.[381]

시간은 비가역적(非可逆的)이고 문화와 언어 역시 진보하여 과거로 되돌아갈 수 없다. 당우(唐虞)에는 당우의 사업이 있고, 삼대(三代)에는 삼대의 사업이 있으며, 한(漢)·당(唐)에는 한·당의 사업이 있었듯 한·당은 삼대가 될 수 없고, 삼대가 당우가 될 수 없다는 것이다.[382] 이것은 역사의 퇴보가 아니라, 발전적 역사관을 낳는다. 그는 이렇게 말한다. "오늘날 사람들이 고인보다 나은 것이 많다. 행로가 낫고, 기이한 산수를 보는 것이 낫고, 의식과 몸을 편히 하는 기구가 낫고, 역대 치란의 기궤(奇詭)한 자취를 갖추어 아는 것이 낫다."[383] 문화는 발전하는 것이며, 과거 문화로의 퇴행은 있을 수 없는 것이다.[384]

이처럼 시간의 변화에 따른 문화와 언어의 변화로 인한 퇴행적 복고가 불가능하다는 발언은 전에 없던 것인바, 그것은 공안파의 논리와 완전히 일치한다. 원굉도는 이렇게 말한다.

---

381) 趙龜命,「答趙盛叔爾昌書」, 앞의 책, 213~214면. "若不佞之意, 其盛衰之係乎時代者, 顧無如之何. 惟當騁吾見之所極快, 吾心之所樂, 雖本之六經而不死於六經章句, 旁採先秦·漢·唐而不爲先秦·漢·唐所縛, 推移上下, 以應時義. 盖玄酒之尙而醴酒之用, 鸞刀之貴而割刀之用. 聖人之爲禮也, 亦未始强反乎古耳."

382) 趙龜命,「策經二」'事功', 위의 책, 239면. "天下之事業無窮, 唐虞有唐虞之事業, 三代有三代之事業, 漢·唐有漢·唐之事業. 漢·唐不能翹而爲三代, 猶三代之不能引而爲唐虞也."

383) 趙龜命,「靜諦」, '靜坐 第一', 위의 책, 158면. "今人勝古人者多, 行路勝, 見奇山水勝, 衣食便身之具勝, 備知歷代治亂奇詭之蹟勝."

384) 다음 인용도 같은 내용을 말하고 있다. 趙龜命,「又答林彦春書」, 위의 책, 218면. "僕之爲文, 非能儉淡也, 非能去雕反樸也, 亦非欲以儉淡欲去雕反樸, 而不能純也. 僕季世人也, 已安於廣厦匡牀之居, 不能復就茅屋越席也. 已飫於甘毳麴糵之味, 不能復食大羹玄酒也. 非惟僕如此, 三代聖人亦如此. 何則? 邃古之初, 惟欲便體而爲宮室, 惟欲適口而爲飮食, 則彼非故爲舍華而取儉, 惡甘而喜淡, 自巢居而茅屋越席, 體已便矣. 自木實食而大羹玄酒, 口已適矣. 降而至於三代, 智慮日廣, 制度日備, 於是乎廢茅屋越席, 代之以廣厦匡牀而宮室之, 則立廢大羹玄酒, 代之以甘毳麴糵而飮食之, 分定惟其時而已."

금(今)이 고(古)를 모의할 수 없음은 또한 세(勢)인 것이다. 인사(人事)와 물태(物態)는 시대에 따라 변하고, 향어(鄕語)와 방언(方言)도 시대에 따라 바뀐다. 오늘의 일을 일삼고 있으니, 또한 오늘의 문장을 문장으로 삼을 뿐인 것이다.[385]

문장이 옛 것[古]이 아니라 지금의 것[今]이 될 수밖에 없는 것은, 시대가 그렇게 만드는 것이다. …… 옛날[古]에는 옛날의 때[古之時]가 있고, 지금[今]은 지금의 때[今之時]가 있다. 옛사람이 내뱉은 말의 묵은 자취를 답습해 뒤집어쓰고 예스럽다 하는 것은, 엄동설한에 여름의 베옷을 입는 것과 같은 격이다.[386]

사실상 조귀명은 원굉도의 이 말을 부연하고 있는 것에 지나지 않는다. 이미 언급한 바와 같이 조귀명의 비평에서 등장 하는 진/가의 구분, 곧 자득지진(自得之眞), 식견의 진[識莫如眞], 사정(事情)의 진[事情之眞] 등 중요한 용어로 자주 구사되는 '진(眞)' 역시 농암이나 이하곤의 경우와 마찬가지로 공안파란 유래를 갖는다.

언춘(彦春)은 장차 힘써 고문(古文)을 좇고자 하는 것입니까? 그 알맹이[實]를 따르되 그 이름[名]을 좇지 마시며, 그 뜻[意]을 배우시되 그 성음(聲音)이나 웃는 모습은 배우지 마십시오. 그 자득의 진[自得之眞]을 찾는 데 힘쓰고, 모의한 가짜를 찾는 데 힘쓰지 마십시오. 자득하면 작은 것도 오히려 귀하게 여길 만합니다. 하물며 큰 경지이겠습니까? 낮은 것도 존경할 만한데, 하물며 큰 경지겠습니까? 옥(玉)은 돌보다 진귀한 것이지만 가짜 옥[贋玉]이 되어서는 아니 될 것입니다. 가짜 옥은 진짜 돌의 속이지 아니함만 못한 법입니다. 천리마는 정말로 노마보다 빠른 말이지만, 그림으로 그린 천리마가 되어서는 아니 될 것입니다. 그림으로 그린 준마는 살아 있는 노마를 채찍질 하는 것만 못한 법입니다.[387]

---

385) 袁宏道,「江進之」,『袁宏道集箋校』上, 515~516면. "世道旣變, 文亦因之, 今之不必摹古者也, 亦勢也. …… 人事物態, 有時而更, 鄕語方言, 有時而易, 事今日之事, 則亦文今日之文而已矣."
386) 袁宏道,「雪濤閣集序」,『袁宏道集箋校』中, 709면. "文之不能不古而今也, 時使之也. …… 夫古有古之時, 今有今之時, 襲古人言語之迹, 而冒以爲古, 是處嚴冬而襲夏之葛者也."
387) 趙龜命,「又答林彦春書」, 앞의 책, 217면. "彦春將力追古文乎? 追其實, 毋追其名; 學其意, 毋學其聲音笑貌; 務求其自得之眞, 毋務求其模擬之贋. 自得則小猶可貴, 況爲其大乎?

진과 가의 대립의 컨텍스트는 의고적 창작론 비판이다. 이런 컨텍스트에서의 진가의 대립은 이탁오와 공안파의 논리에서 나온 것임을 여러 차례 지적한 바 있다. 조귀명이 원굉도를 읽었다면, 그 출처는 자연히 공안파의 논리일 수밖에 없다.

다시 조귀명의 비평에 등장하는 기견(己見)을 원굉도 쪽에서 찾아본다.

①옛날 노자(老子)는 성인(聖人)을 죽이고자 하였고, 장자는 공자를 비웃고 헐뜯었다. 하지만 지금까지 그들의 책은 없어지지 않고 있다. 순경(荀卿)은 본성이 악하다 말하였지만, 또한 맹자와 함께 전해진다. 왜냐? 견해가 자기 자신에게서 나왔고[見從己出] 반이라도 고인을 의방하지 않았기 때문이다. 그래서 천지에 우뚝 설 수 있었던 것이다.388)

②내가 시를 논한 것이 세상의 주장과 다른 것이 많기에 세상에 나를 좋아하는 사람이 없다. …… 매자(梅子, 梅蕃祚)가 일찍이 나에게 "시도(詩道)의 더러움이 오늘날 같은 적이 없다. 수준이 높은 자는 격투(格套)에 속박되어[爲格套所縛], 깃촉을 꺾인 새처럼 날고자 해도 날 수가 없고, 수준이 낮은 자는 그림자나 소리를 표절(剽竊)하니 마치 늙은 할미가 분칠을 한 것 같다. 기견(己見)을 홀로 펼쳐 마음대로 말하며 팔에 입을 붙인 자는 내가 본 바로는 거의 없었다"고 하였다.389)

①에서는 노자·장자·순자 등이 모두 자기 견해를 제출하였기에 전해졌다는 관점을 제시한다. 조귀명의 논법도 동일하다. ②의 기견 역시 반의고적 맥락에서 쓰이고 있다.

卑猶可敬, 況爲其故乎? 玉固珍於石而毋爲贗玉, 贗玉不如眞石之不欺. 驥固駿於駑而毋爲畵驥, 畵驥不如生駑之可策."

388) 袁宏道, 「張幼于」, 『袁宏道集箋校』上, 501~502면. "昔老子欲死聖人, 莊生譏毀孔子, 然至今其書不廢. 荀卿言性惡, 亦得與孟子同傳. 何者? 見從己出, 不曾依傍半個古人, 所以他頂天立地." "僕求自得而已, 他則何敢知?"

389) 袁宏道, 「敍梅子馬王程稿」, 『袁宏道集箋校』中, 699면. "余論詩多異時軌, 世未有好之者. …… 梅子嘗語余曰 : '詩道之穢, 未有如今日者. 其高者爲格套所縛, 如殺翮之鳥, 欲飛不得. 而其卑者, 剽竊影響, 若老嫗之傳粉 ; 其能獨抒己見, 信心而言, 寄口於腕者, 余所見蓋無幾也."

이 외에도 조귀명은 개성적 독창적 자기 문학의 구축(構築)을 주장하면서 모의하는 작가를 고인의 '노복'이란 말로 비판하는데, 원굉도 역시 동일하게 모의를 비판하면서 노복이란 말을 구사하고 있다.

> 하늘이 사람을 낼 때 각각에게 귀와 눈을 갖추어 주어 천만 사람의 귀와 눈이 하나도 같지 아니합니다. 각각은 각각의 뜻과 태도를 가져 천만 사람의 뜻과 태도가 하나도 같지 아니합니다. 이것이 천만 사람에게 각각 그 자신의 몸을 가져 다른 사람을 모의(模擬)하지 않고, 각각이 자신의 뜻을 뜻으로 여기고 남에게 관섭(管攝)을 받지 아니하는 까닭입니다. 그러므로 같이 한 가지 물건을 보더라도 나는 일찍이 남의 시각을 빌린 적이 없으며, 동일하게 한 가지 소리를 듣더라도 나는 일찍이 남의 청각을 빌린 적이 없습니다. 그런즉 유독 견식과 해오(解悟)만은 머리를 굽히고 고인(古人)의 노복(奴僕)이 되라는 것은 도대체 어떤 까닭에서입니까?
> 보잘것없는 저의 생각은 이렇습니다. 천고의 학술을 손을 쳐서 앞에 늘어놓되 그 명목에 구애되지 않고, 천고의 문장을 빗질하여 손에 움켜쥐되 그 등급을 헤아리지 아니하며, 단지 나의 견식과 해오로 그 속을 탐색하여 나와 합하는 경우는 취하고 합하지 아니하는 경우는 버려서, 천고의 학술과 문장이 나의 재단(裁斷)을 받게 하고 나를 재단하지 못하게 하며, 나에게 부림을 받게 하고 나를 부리지 못하게 합니다. 만약 모두 나에게 합치되지 않는다면, 차라리 나의 학문을 배우고 나의 문장을 문장으로 써서 따로 기고(旗鼓)를 세우고 이리저리 마구 내달려 천하 후세로 하여금 유자도 불자도, 한유도 유종원도 아닌 우뚝 홀로 선 건천자(乾川子)가 있음을 알게 하고 싶습니다.390)

고인을 모의하는 것을 '고인의 노복'이라 말하고, 스스로 학문과 문장의

---

390) 趙龜命,「與李季和廷燮書」, 앞의 책, 215~216면. "天之生斯人也, 各具耳目而千萬人之耳目, 無一同焉. 各有意態而千萬人之意態, 無一同焉. 是使千萬人者各身其身, 而不與人模擬, 各意其意而不爲人管攝者也. 故同視一物而吾未嘗借人之視, 同聽一聲而吾未嘗借人之聽, 則獨於見識解悟屈首爲古人之奴僕, 抑何爲哉. 區區妄意竊欲搏千古之學術, 列之於前, 而不拘其名目, 櫛千古之文章, 攬之於手, 而不計其等級, 但以吾之見識解悟, 探索乎其中, 合者取之, 不合者舍之, 要使千古學術文章爲吾之裁, 而不能裁吾, 爲吾之役, 而不能役吾, 其皆不合于吾, 則寧學吾學文吾文, 別建旗鼓, 橫馳旁騖, 使天下後世知有不儒不釋不韓不柳, 嵬嵬獨立之乾川子爾."

주체가 되어 독창성과 개성을 추구할 것을 선언한다. 이 의고 비판과 관련하여 '노복'·'종'은 원굉도를 출처로 갖는다.

> 지금 시대에 시를 아는 사람을 말하자면, 서위(徐渭)는 조금 고인에 부끄럽지 않고, 공동(空同)은 재주가 비록 높지만, 공부(工部)의 노복(奴僕)이 됨을 면하지 못한다. 북지(北地) 이후로는 모두 중대(重儓, 종)가 되어 공연히 큰 소리를 치면서 한 사람이 노래를 부르면 백 사람이 장단을 맞추며 도무지 부끄러워할 줄을 모른다.391)

> 한(漢)나라의 배우노릇이나 하면서 그것을 문(文)이라고 한다면 문장이 아니고, 당(唐)나라의 종노릇이나 하면서 그것을 시(詩)라고 한다면 시가 아니다.392)

조귀명 비평의 근거는 이제까지 살핀 바와 같이 원굉도에 뿌리를 두고 있다. 그가 만약 양명학을 인지하지 못했고, 또 원굉도의 존재를 몰랐다면 모를까, 그가 양명학과 원굉도를 알고 있는 이상, 그리고 그 자신이 반의고주의(反擬古主義)에 입각하여 작가 개인의 인식의 독창성과 개성을 추구하였다면, 그가 취하고 있는 비평어들의 출처는 자연히 원굉도 쪽일 수밖에 없다. 그 자신 독창성과 개성을 추구한다고 선언하고 다시 자기 비평의 출처가 원굉도임을 밝히기 싫어서였던가. 어쨌든 그는 공안파 수용사에서 농암 이래 노론 일계의 공안파에 대한 거부감을 표시하면서도 일부 그 논리를 수용한 것과는 달리, 공안파의 개성과 독창성을 본격적으로 수용하고 있다. 이 점에서 조귀명의 비평은 공안파 비평의 수용사에서 전환점을 이룬다.

---

391) 袁宏道, 「答梅客生開府」, 『袁宏道集箋校』 中, 734면. "今代知詩者, 徐渭稍不愧古人, 空同才雖高, 然未免爲工部奴僕, 北地而後, 皆重儓也, 公然侈爲大言, 一唱百和, 恬不知愧."
392) 袁宏道, 「諸大家時文序」, 『袁宏道集箋校』 上, 184~185면. "優于漢謂之文, 不文矣; 奴于唐謂之詩, 不詩矣."

3) 김이만(金履萬)

조귀명(1693~1737)과 같은 시대에 김이만(1683~1758)이 드물게 공안파에 대한 비평을 남기고 있다. 남극관이 남구만의 손자로서 소론 명문이며, 또 조귀명 역시 소론 명문이었음을 상기한다면, 김이만은 전혀 당색이 다르다. 그는 소북 출신이고 한편으로 남인과 통혼하였던 것이다.[393) 그는 1713년 과거에 합격한 이래 사간·집의·정언·장령 등 언관직(言官職)과 무안(務安)·서산(瑞山)·양산(梁山)의 군수를 지냈다. 그는 관료로서 출세를 한 편은 아니었고, 숙종·영조 연간의 정치적 중심에 서 있었던 것도 아니었다.

문학에 있어서도 그는 18세기 전반 창작과 비평계의 중심에 있었던 것은 아니었던 것으로 보인다. 그의 문집 『학고선생문집(鶴皐先生文集)』를 검토해 보면, 그와 교류한 사람으로서 이름이 알려진 인물은 거의 보이지 않는다. 그는 대개 숙종·영조 연간의 창작과 비평계의 중심으로부터 일정한 거리를 두고 있었던 것으로 보인다. 이것은 아마도 그의 당색이 소북이라는 사실 때문인 것으로 보인다.

여기서 김이만을 다루는 것은, 그의 문집 『학고선생문집(鶴皐先生文集)』에 「제원중랑집후(題袁中郞集後)」란 글이 있기 때문이다. 여기서 그는 공안파에 대한 비평을 시도한다.

나는 소시에 원석공(袁石公)의 「병화록(瓶花錄)」을 보고 사랑하였다. 중년에 『명산기(名山記)』을 읽는데 그 중간에 석공의 작품이 많이 있어 자못 마음에 맞았다. 늘 전집을 보고 싶었지만 불가능하였다. 만년이 되어서야 북경에 가는 사람에게 부탁해 북경 책방에서 사오게 하였는데, 늘 좌우에 두고 짬이 나면 펼쳐 보곤하였다. 이로부터 7, 8년 동안 나는 원중랑(袁中郞)을 눈에서 뗀 적이 없었다. 중랑에게 신

---

393) 김이만의 본관은 醴泉이다. 아버지는 金海一인데 좌승지 경주부윤을 지냈고, 어머니는 鄭楗의 딸이다. 그의 아내는 오씨로서, 그 조부는 吳挺緯, 아버지는 吳始萬이다. 오정위는 남인이다. 그리고 성호 이익이 그와 교분이 있어 묘갈명을 쓰고 있는 것을 상기한다면, 그의 당색은 남인에 가깝다. 2남 4녀를 낳았으나, 그 중 1남 1녀가 요절했다. 아들은 相錫이다. 맏딸은 烟客 許佖에게 시집갔다.

령한 생각이 있다면, 또한 나를 아침저녁 만난다고 생각했을 것이다.394)

김이만은 원굉도의 「병화록(甁花錄)」을 보고 중년에 『명산기』에 실린 작품을 읽었다고 하고 있는바, 「병화록」이란 『병화사(甁花史)』이고, 『명산기』에 실린 작품이란 앞서 김창협 부분의 서술에서 언급한 바 있는 명대의 유기집(遊記集) 『명산승개기(名山勝槪記)』의 원굉도의 유기를 가리키는 것이다. 그는 원굉도의 작품을 따로 따로 읽고 만년에 와서야 비로소 북경에 가는 사람 편에 부탁해 원굉도의 전집을 구한 뒤 7~8년 동안 원굉도에 몰입해 있었던 것이다. 원굉도의 저작에 몰입한 사실을 밝히고 있는 것은 아마도 김이만이 최초일 것이고, 그는 문집에 그 몰입의 정도에 걸맞게 원굉도의 시에 차운한 시를 상당수 남기고 있다.395) 그는 과연 원굉도를 어떻게 인식했던가.

① 경력(慶曆) 연간에 백설루(白雪樓, 李攀龍) 일파가 힘써 큰 소리를 쳤으나 그 폐단으로 말하자면 모의(摹擬) 뇌동(雷同)하여 천편일률(千篇一律)이 될 뿐이었다. 그런데 그 사람[원굉도]은 독창(獨創)과 오묘한 식견으로 힘써 퇴패한 풍조를 바로 세워, 붓에 마음을 내맡기며 남의 근각(根脚)을 따르지 않았으며, 팔에 입을 맡겨 남이 이미 한 말을 줍지 않았다. 그리하여 홀로 우뚝이 스스로 문호를 열었고, 일찍이 황금과 자기(紫氣)로 생활하지 않았으니 또한 기이하다 하겠다.

---

394) 金履萬, 「題袁中郎集後」, 『鶴臯先生文集』 권8. "余少時見袁石公甁花錄而愛之. 中年讀名山記, 間多石公所作, 頗適於心. 每欲得見全集而未果. 晚乃托人遠購於燕肆, 恒置座右, 暇則閱之. 自是七八年之間, 吾眼未嘗無袁中郎. 中郎有靈想, 亦以余爲朝暮遇也."

395) 『鶴臯先生文集』 권1의 「蓮堂十二韻次袁中郎城西看荷花」, 권2의 「雪屋次袁中郎韻」, 권3의 「和袁中郎和東坡梅花詩韻」, 「和袁中郎看梅」, 권4의 「坐看林梢掛月, 忽憶袁中郎賦風林纖月落, 遂效其體 二首」, 「雷雨次袁中郎韻」, 권5의 「次袁中郎法華菴八韻」, 권6의 「燈下對茶梅兩盆用袁中郎韻」가 그 예다. 그리고 권4의 「白松」이란 시의 끝에 "中國密縣天仙廟有白松. 李于鱗・袁中郎皆有題詠"란 말이 있다. 또 권4의 「將軍柏」이란 작품 앞에는 서문이 있는데, 원굉도의 「嵩山記」의 내용을 인용하고 있다. "余讀嵩山記, 嵩陽宮廢址有古柏, 其大六人圍, 傍有石刻云, 漢武封大將軍, 在漢時亦必以巨木受封, 前乎漢者不知其幾百年, 後乎漢者殆近二千年矣. 闕里有夫子手植檜, 而今則枯矣. 泰山五大夫亦後人改植云. 然則天下壽木當以此柏爲第一, 而唐宋詞人之詠不少槪見何哉, 豈有之而吾未之見耶. 聊以短律記之."

②그러나 그 잘못을 고치는 것이 지나쳐[矯枉之過], 결찬(結撰)은 진솔(眞率)함을 숭상했으나 전칙(典則, 法)을 놓쳐 버렸고, 의론(議論)은 날카롭게 노출되는 것이 많았고, 혼후(渾厚)함이 적었다. 그리고 연화좌(蓮花座) 위를 안신입명(安身立命)하는 곳으로 삼으려 하였으니, 나는 그것을 몹시 애석하게 생각한다.

③그 말류의 폐단은 우산독로(虞山禿老, 錢兼益)가 미친 듯 눈을 부릅뜨고 시가(詩家)의 근원을 발로 차서 뒤집는 데까지 이르렀으니, 온 중국을 오랑캐로 만드는 것에 가깝지 않겠는가.

④요컨대 우린(于鱗, 李攀龍)의 고고함과 원미(元美, 王世貞)의 박대(博大)함은 없앨 수가 없는 것이고, 중랑(中郎)의 진절(眞切) 통쾌(痛快)함 역시 명(明)의 명가(名家)인 것이다.396)

김이만은 정확하게 원굉도의 비평이 의고파의 대척적 지점에서 성립하고 있음을 정확하게 지적하고 있다. ①의 '모의'·'뇌동'·'천편일률' 등은 의고파의 의고적 창작론을 비판하기 위해 원굉도가 구사한 말이다. 그는 나아가 원굉도를 '독창'·'현식(玄識)'으로 요약하고 있는바, 김이만에 와서 비로소 원굉도 비평의 위상이 정확하게 인지되고 표현된 것이다.

한편 김이만은 원굉도의 비평이 의고파에 대한 비판으로 진솔을 주장한 것이 지나쳐 '법'에 대한 고려를 배제하고, 또 주장이 너무 날카로운 나머지 여유를 상실했다고 판단한다. 상당히 균형잡힌 견해인데, 이것은 이 판단은 아마도 김이만의 독창이라기보다는 전겸익(錢謙益)의 『열조시집소전(列朝詩集小傳)』의 「원계훈굉도(袁稽勳宏道)」에 근거를 두고 있는 것일 터이다. 왜냐하면 원굉도 비평의 한계를 지적하는 '교왕지과(矯枉之過)'란 말 자체가 앞서 말한 바와 같이 「원계훈굉도」에 나오고 있기 때문이다.397) 다만 그의 전겸

---

396) 金履萬, 「題袁中郎集後」, 위의 책 권8. "當慶曆之際, 白雪樓一派務爲大聲壯語, 其弊也摹擬雷同千篇一律. 夫夫也獨創玄識力幹頹風, 信心於筆而未嘗隨人脚跟. 寄口於腕而未嘗拾人咳唾. 卓然自闢門戶而未嘗以黃金紫氣爲生活, 亦奇矣. 然矯枉之過, 結撰則尙眞率而遺典則, 議論則多刻露而少渾厚. 且欲以蓮花座上爲安身立命之所, 余甚惜之. 其流之弊甚至虞山禿老猖狂恣睢踢倒詩家之根源, 不幾於擧中國而夷之乎. 要之, 于鱗之高元美之博不可廢, 而中郎之眞切痛快亦有明之名家也."

397) 『列朝詩集小傳』, 567면. "萬曆中年, 王·李之學盛行, 黃茅白葦, 彌望皆是. 文長·義仍,

익에 대한 인식은 ③에서 전겸익의 비평을 신랄하게 비난하고 있는 것처럼 좋지 않다.398)

어쨌든 김이만의 원굉도 비평에 대한 인식은, ④에서 보는 바와 같이 사뭇 중립적이다. 그는 의고파의 이반룡·왕세정과 원굉도 문학의 특징적 성취를 모두 인정하고 있기 때문이다. 하지만 김이만의 원굉도에 대한 비평은, 여기서 그친다. 그의 문집에는 원굉도의 시를 차운한 작품들의 존재를 제외하면, 더 이상 원굉도의 이름을 거론하지 않는다. 다만 희미한 흔적은 찾을 수 있으나, 이것 역시 희미한 것 이상의 의미를 갖지는 않는다. 예컨대 다음 말을 들어보자.

> 나는 문장에 대해 만년에야 그 오묘한 경지를 깨달았으나 공력(工力)이 미치지 못했고, 시는 중년 이전에는 천솔(淺率)한 것이 많아 볼 것이 없다. 노년에 한가로이 지내면서 자못 힘을 쏟을 수가 있어, 산수(山水) 누관(樓觀) 풍화설월(風花雪月)과 세상의 기뻐하고 놀라고 근심하고 슬퍼할 만한 일들을 한결같이 시에 드러내어, 말하고자 하는 것을 말할 수 있어 왕왕 미묘한 경지에 나아갔다. 하지만 안목을 갖춘 사람이 어떻게 생각할지는 모르겠다.399)

그가 죽기 6년 전에 쓴 글인데,400) 스스로 만년에 문장에 대한 어떤 오묘한 경지를 깨달았으나 이미 공부와 노력을 기울일 수가 없었고, 시는 만년에 말하고 싶은 것을 말하는, 미묘한 경지에 도달했다고 한다.401) 만년의 시

嶄然有異, 沈痼滋蔓, 未克芟薙. 中郎以通明之資, 學禪于李龍湖, 讀書論詩, 橫說竪說, 心眼明而膽力放, 於是乃昌言擊排, 大放厥辭. 中郎之論出, 王·李之雲霧一掃, 天下之文人才士始知疏瀹心靈, 搜剔慧性, 以蕩滌摹擬塗澤之病, 其功偉矣. 機鋒側出, 矯枉過正, 於是狂瞽交扇, 鄙俚公行, 雅故滅裂, 風華掃地. 竟陵代起, 以凄清幽獨矯之, 而海內之風氣復大變."

398) 전겸익에 대한 부정적 인식이 어디서 유래하였는가 하는 것은 앞으로 따져야 할 문제다.
399) 金履萬, 「家訓」, 앞의 책 권10. "吾於文晚覺其妙而工力不至, 詩則中年以上多淺率不足觀. 老來閑居頗得肆力, 山水樓觀風花雪月及世間可喜可愕可憂可悲之事, 一於詩而發之, 能言所欲言, 往往造微, 未知具眼者定以爲何如."
400) 위의 책, 같은 곳. "鶴皐老人病不能自書, 使長孫維筆之, 藏于家, 時崇禎後再壬申(1752) 孟冬丁酉也." 그는 1758에 사망했으니, 1752년이면 6년 전이다.

창작에서의 오묘한 경지의 깨달음은 그가 만년에 몰입했던 원굉도의 이론과 관계가 있을 것이라고 추정할 수 있다. 하지만 지금으로는 그 관계의 양상이 어떤 것인지 구체적으로 말할 만한 정보는 없다.

이처럼 시는 그 영향의 관계를 유추할 수 있지만, 산문은 그런 유추도 불가능하다. 그는 만년에 자신이 답파했던 산수를 제재로 삼아 유기를 써서 『산사(山史)』로 묶는다.[402] 그는 중년에 이미 『명산승개기』에 실린 원굉도의 유기에 매혹된 적이 있었고, 또 원굉도의 문집을 직접 읽었으니, 『산사』의 저작에는 원굉도의 영향이 있음은 쉽게 추리할 수 있다. 하지만 『산사』의 문체는 원굉도의 유기와는 판이하다. 원굉도의 유기는 독창적이고 발랄한 언어의 구사가 특징인데, 그의 『산사』는 이와 달리 지극히 평범한 언어로 일관하고 있기 때문이다.

가장 중요한 것은 비평일 터인데, 김이만 자신은 비평의 특징적 면모를 재구할 만한 자료를 거의 남기지 않고 있다. 거론할 수 있는 것은 겨우 한두 비평문에 지나지 않는다. 예컨대 그는 자신이 편한 『율범(律範)』이란 책의 서문에서, 성당시를 시의 최고 경지로 꼽고, 성당시의 성취를 의도적으로 재현하고자 했던 의고파의 철습(掇拾)과 모의(摹擬)를 비판하면서 성당시의 '자연스러움'을 그 특징으로 높이 평가하였다.[403] 이 자연스러움을 다른 평문에서 그는 "천기가 저절로 움직이고 천뢰가 저절로 울리는 경지"를 이상적인 경우로 꼽는다. 즉 비인위적 자연스러움의 표출을 시의 최고의 경지

---

401) 권6의 말미에 다음과 같은 말이 있다. "不佞自羈貫學爲詩, 今已七十有六歲矣. 平生所著述已過萬餘篇, 往在丁卯年(1747)中, 乃始以編次初中晩而三之, 爲五卷. 到今見之, 未堪擊節, 徒令撫掌, 遂更自抄擇, 初則所存不過十之一, 中不滿十之三, 晩則乃十六七耳. **大率初多淺率, 中多平易, 晩則蓋自謂庶幾焉.** 未審國工謂爲然否." 고딕 강조된 부분을 보라. 대개 만년의 시에 만족감을 표시하고 있다.

402) 金履萬, 「山史」, 위의 책 권9. "余業嗜佳山水, 所經矚者亦非一二, 而獨嶺南及丹山之遊有記, 餘無記." "偶閱天下名山記, 有觸于中, 追憶疇昔之遊 ……"

403) 金履萬, 「律範序」, 위의 책 권8. "夫詩莫盛於唐, 而律詩又肇於唐. 唐以前無論已, 緜唐歷宋迄于皇明, 作者何限, 選者匪一. 噫, **盛唐之詩咸能神解天得融然自化, 非後世掇拾摹擬者所可幾及.** 中則稍降, 晩乃潰然. 有宋諸賢, 文辭非不博矣, 理致非不深矣, 才具非不贍矣, 乃聲調色澤, 复然與唐詩不侔. 具眼者當自辨之."

로 상정하고 있었던 것인데, 이것은 김창협에서 보이는 천기의 개념과 동일한 것이고, 한편으로 반의고적인 성격을 갖는다. 다만 이것이 과연 원굉도의 영향에서 비롯되었는가는 확언할 수 없는 상태다.404)

김이만은 당시로서는 드물게 공안파의 문학과 비평에 대해 긍정적이었고, 또 의고파에 대해서도 비판으로 일관하지 않아, 균형적인 입장을 취했다고 말할 수 있지만, 그것은 사실상 무책임한 절충일 수 있다. 그는 이 절충의 논리가 어떤 것인지를 설득력 있게 제시하지 않았던 것이다. 이것은 개인적인 성격과도 관계가 있을 수도 있다. 김창협은 원굉도의 양명좌파와 불교에 대한 경사를 두고 격렬히 비판했지만, 김이만은 앞서의 인용에서 원굉도가 "연화좌(蓮花座) 위를 안신입명(安身立命)하는 곳으로 삼으려 한 것"에 대해 몹시 애석하게 생각한다고 했을 뿐이다. 원굉도의 문집에 대해 몰입했다면, 양명학과 양명좌파, 불교에 대한 격렬한 비판이 나올 법도 한데, 그는 침묵으로 일관했던 것이다. 아마도 그는 김창협처럼 공격적인 성품이 아니었을 것이다.

---

404) 『鶴臯先生文集』 권8의 「吳澤南集序」는 그의 벗이었던 吳幼淸의 문집인데 이 글에서 그는 조선시대의 시에 대해 다음과 같이 말하고 있다. "率多左祖於豫章之派, 間有學爲唐詩者, 聲調略能髣髴, 而至於體格興象則瞠乎三舍, 酒若天機自動, 天籟自鳴, 不矜持不雕琢, 發一語而雅麗淸便, 若自唐人口吻中出者, 求之三百年, 蓋廖廖焉." 즉 천기가 저절로 움직이고 천뢰가 저절로 울리는 경지를 최고의 경지로 보았던 것이다. 그리고 그는 오유청의 문장에 대해 이렇게 평가한다. "其文則奇而不棘, 瞻而不蔓, 華而不靡, 往往操獨見而創妙識, 能道人所不能道, 非學究家瑣瑣語也." 즉 독창적인 견해와 인식을 높이 평가한 것인데, 이것은 독창성을 강조하는 원굉도와도 연결될 수 있다. 다만 그의 독창성에 대한 평가가 의고파에 대한 철저한 비판에서 흘러나오고 있지 않다는 것이다. 따라서 그의 이 독창성이 원굉도와 어떤 관계를 갖는지 지금으로서는 확언할 수가 없다.

제4장 공안파 비평에 대한 이해의 심화와 비평의 실천

1. 공안파 비평에 대한 인지의 확산

1) 공안파 비평에 대한 인지의 확산과 유행

이제까지는 대개 18세기 전반기에 있어서 공안파의 수용 양상에 대해 고찰하였다. 이탁오와 공안파는 허균 이래 조선 문단에 수용되었던바, 그 양상은 매우 복잡하였다. 긍정적으로 수용된 것은 대체로 원굉도의 유기와 척독이었고, 또 공안파 문학의 창의적이고 신선한 언어는 충격적인 것으로 받아들여졌다. 하지만 공안파는 농암의 비판에서 볼 수 있는 바와 같이 자신의 사상적 저류인 양명좌파, 양명학의 이단성으로 말미암아 비판의 대상이었던 것이니, 17세기 이래 주자학의 진리성을 두고 격한 이론적 투쟁을 벌인 조선 학계가 긍정적으로 수용할 리 없었다. 그렇다고 해서 공안파의 비평이 수용되지 않은 것은 아니었다. 농암 이래 농암의 비평적 자장 속에 있딘 비평가들은 주로 대체로 당송파의 입장을 견지하면서 자신들의 비평의 주변부에 부분적으로 공안파 비평을 수용하고 있었던 것이다.

18세기 후반에 오면 공안파는 보다 널리 수용되고 이해된 것으로 보인다. 즉 공안파는 이제 은폐되지 않고 노골적으로 문인비평가들에게 수용된 것이다. 앞서 다루었던 조귀명과 김이만의 비평은 그 전환점인 셈이다. 18세기에 와서 공안파의 비평이 널리 유행했음을 증거하는 자료가 여럿 전하는 바, 이 자리에서 검토해 보자. 서형수(徐瀅修)와 남공철(南公轍)의 말이다.

①근래 일종의 속학은, 더욱 갈수록 수준이 떨어지고 있다. 총서에서 주워 모으고 잡가에서 꾸어오니, 그 교활함은 마치 난장이가 뽐내는 것 같고, 그 요염함은 마치 나무인형이 의관을 차려 입은 것 같으며, 그 분화장한 것은 마치 뚜쟁이의 언행과 같고, 큰 소리를 치는 것은 마치 무당이 귀신을 떠벌리는 것 같다. 그 단서는 이탁오(李卓吾)·원중랑(袁中郎)의 무리에게서 시작되었는데, 우리나라의 경우 오늘에야 비로소 성행하고 있다.1)

②이때에 서울의 시가 점차 수준이 떨어지자 단 위에 올라가서 문호를 세운 자들이 중랑(中郎)과 경릉(竟陵)을 배울 것을 외치며 시조(時調)라 일컬었으니, 비유컨대 오추(吳趨)의 소년이 경삼(輕衫)을 입고 가는 침을 뱉으며, 우인(優人)과 재자(才子)가 거짓으로 웃고 거짓으로 곡하는 것 같았다. 여러 귀한 집의 자제들이 정신없이 그것을 따르매 시도(詩道)가 거의 황폐하게 되었다.2)

위 두 자료를 통해 이탁오·원굉도·경릉파의 유행을 짐작할 만하다. 특히 서형수의 발언, 이탁오와 원중랑의 무리에게서 근래 유행하는 속학이 시

---

1) 徐瀅修, 「答李學士明淵」, 『明皐全書』:『韓國文集叢刊』 261, 101면. "近日一種俗學, 則尤每下焉. 綴拾叢書, 丐貸雜家, 其桀黠也, 如侏儒之矜張; 其艷冶也, 如桃梗之衣冠; 其粉飾也, 如媒妁之行言; 其誇誕也, 如巫祝之談神. 其端起於李卓吾·袁中郎輩, 而我國則至今日而始盛行也."
2) 南公轍, 「從氏象靈居士墓誌銘」, 『金陵集』:『韓國文集叢刊』 272, 329면. "當是時, 京師之詩漸降, 登壇立門戶者, 倡爲中郎竟陵之學, 號稱時調. 譬如吳趨少年輕衫細唾, 優人才子僞笑假泣, 諸貴游子弟靡然從之, 而詩道幾廢."

작되었다는 발언은 매우 중요한 것이다. 즉 이탁오와 원굉도의 연속성과, 명말청초의 문학혁명의 진원지를 정확히 인지하고 있기 때문이다. 이충익(李忠翊, 1744~1816)이 남긴 자료 한 편을 더 보자.

> 교화(教化)가 순정하지 못하고 학술이 괴리되매, 문장의 삐뚤어진 참언(讒言)이 이지(李贄)에게 이르고, 음탕함이 전겸익(錢謙益)에 이르며, 추하고 패리(悖理)함이 김인서(金人瑞)에게 이르자 떨어진 수준을 다시 진작시킬 수 없게 되었다. 그러나 저 몇 사람은 모두 만권서(萬卷書)를 읽고, 천편의 문장을 지으며 수십 년을 정밀히 생각하고 홀로 관찰한 뒤에야 비로소 그 비뚤어진 참언과 음탕하고 추하고 패리한 경지를 궁구해 혼란한 세상에 스스로 이름을 낸 것이다. 지금 사람들이 배우는 바로 말하자면 이지와 전겸익과 김인서이지만, 힘을 쓰는 바로 말하자면 미치지 못할 뿐만이 아니니, 그들이 짓는 문장이 어떠하겠는가.[3]

이충익의 생몰 연대로 보아 대체로 18세기 후반의 자료다. 이탁오와 전겸익·김성탄이 인지되고 있으며, '지금 사람들이 배우는 바는 이탁오와 김인서'라는 말에서 18세기 후반에 와서 비로소 이탁오의 사상과 김성탄의 비평이 문단에서 본격적으로 이해되고 있었음을 짐작하게 한다. 18세기 후반의 새로운 문학은 이탁오와 원굉도의 이론에 최종적 근거를 두고 있는 것이며, 중국의 양명좌파·공안파의 유행으로부터 거의 2백 년이 지난 뒤였던 것이다.

18세기 후반의 여러 자료들은 공안파 원굉도의 작품과 비평이 널리 읽히고 있었음을 입증한다. 그 몇 실례를 들어보자. 심재(沈鋅, 1722~1784)는 『송천필담(松泉筆譚)』에서 진미공(陳眉公)의 글을 인용했는데, 그 속에 원굉도의 『병사(瓶史)』가 거론되고 있다.[4] 물론 이것만으로는 원굉도를 읽었는지 여부를

---

3) 李忠翊, 「答韓生書」, 『椒園遺藁』: 『韓國文集叢刊』 255, 508면. "敎化不醇, 學術壞裂, 文之傾讒至於李贄, 淫靡至於錢謙益, 醜悖至於金人瑞, 而凌遲不可復振矣. 然之三數人者, 皆能讀萬卷書, 作千篇文, 精思獨觀數十年而後, 始能究傾讒淫靡醜悖之致, 以自名於昏亂之世. 今所學則贄·謙益·人瑞也, 所用力則不啻不及也, 則其爲文何如也.

4) 沈鋅, 『松泉筆談』 下, 民昌文化社, 1994, 815~816면. "陳眉公曰 : '先秦兩漢詩文俱備, 晉人淸談, 六朝人四六, 唐人詩·小說, 宋人詩餘, 元人畵與南北劇, 皆獨立一代. 石公甁史,

확정할 수 없으나, 같은 책에서 「광장(廣莊)」의 '제물론(齊物論)'을 직접 인용하고 있으니, 그가 원굉도를 읽었음은 확실하다.[5] 다만 그는 원굉도의 문학과 비평에 대한 어떤 언급도 남기지 않고 있다.

심재와 같은 시기를 살았던 이규상(李奎象, 1727~1799)에게도 원굉도에 대한 언급이 보인다. 그는 문장의 '기(奇)'란 미학 용어의 역사에 대해 두루 고찰하면서 명대 문장의 기(奇)에 대해 왕세정의 '억지로 뼈김[强爲矜持]'과 원소수(袁小修, 袁中道)의 '따로 새롭고 날카로움을 창조해 낸 것[別創新峭]'을, 시에서는 이우린(李于鱗, 李攀龍)의 '반은 옛스럽고 반은 생삽함[半古半生]'과 원굉도의 연의(鍊意)·연구(鍊句)·연자(鍊字)·연편(鍊篇)을 꼽았다.[6] 이규상이 구사하고 있는 제가(諸家)의 문학적 특성들의 구체적 함의가 무엇인지는 확실히 알 수 없고, 따라서 그 중 공안파의 이론이 이규상의 비평에 미친 영향력을 측정할 수는 없지만, 이런 평가들이 이규상의 독서 경험에서 나온 것임은 분명하다.

이와 아울러 최근 발굴되어 연구가 이루어진 해암(海巖) 유경종(柳慶種, 1714~1784)[7]의 경우도 원굉도를 읽고 비판적으로 수용한 흔적이 보이고,[8]

嵇康之鍛, 武子之馬陸, 羽之茶, 米顚之石, 倪雲林之潔, 皆以癖而寄其磊塊儁逸之氣者.' 余觀世上言語無味面目, 可憎之, 人皆無癖之人耳." 『송천필담』은 1782~1784년의 편집물임.

5) 위의 책, 905~906면. "袁中郎宏道廣莊云 : '天地之間, 無一無是非者. 天地, 是非之城也; 身心, 是非之舍也; 知愚賢不肖, 是非之果也. 古往今來, 是非之戰場壚壘也. 天下之人, 頭出頭沒, 于是是非非之中, 倚枯附朽, 如木末虫之見物則緣, 而狂犬之聞聲, 則吠. 是故寄心于習, 寄口于群, 人嗔則嗔, 人譽則譽者, 凡人之是非也. 授古證今, 勘聖較愚, 叱凡譽雅者, 文士之是非也. 投身幽谷, 趍淸避濁, 潔士之是非也. 課名實, 黜浮譽, 上督責, 罪虛誕, 法家之是非也. 祖述仁義, 分別堯桀, 規思矩孟, 馨王醜覇, 儒生之是非也. 惡盈善退, 絶智棄聖, 家道之是非也. 趍寂滅, 樂悲捨, 贊歡戒律, 呵斥貪嗔, 釋氏之是非也. 異道分門, 爭道並出, 海墨爲書, 不可盡載.'"

6) 李奎象, 「散言」, 『一夢先生文集』 2, 경인문화사, 1993, 95면. "入皇明文之奇者, 王元美之强爲矜持也, 袁小修之別創新峭也, 陳仲醇之務尋穿鑿也. 奇於詩者, 李于鱗之半古半生也, 中郎之鍊意·鍊句·鍊字·鍊篇也."

7) 유경종은 畿湖 南人의 三大家門을 대표하던 晉州 柳門 柳命賢(1643~1708)의 손자다. 안산에는 柳命天의 淸聞堂과 柳命賢의 竟成堂이 있었는데, 이곳은 조선시대 四大藏書家의 두 곳으로 예부터 전하는 서적이 많았다고 한다. 朴用萬, 「李用休의 詩文學」, 한국정신문화연구원 한국학대학원 박사학위논문, 2000, 29면. 유경종에 대해서는 金東俊, 「海巖 柳慶種의 詩文學 硏究」, 서울대 박사논문, 2003을 참조할 것.

유경종과 가까웠던 강세황(姜世晃, 1712~1791)에게도 원굉도를 인지한 자취가 보인다.9) 이런 흔적들은 이 시기 공안파가 서울의 문인지식인들 사이에 광범위하게 읽히고 있었음을 증거하는 것이다. 후술하겠지만, 정조(正祖)의 문체반정(文體反正) 역시 공안파 이론의 유행이 그 중요한 원인의 하나였던 것이다.

2) 공안파에 대한 인지의 실례-유만주(兪晚柱)

위에서 언급한 것은 모두 공안파의 광범위한 유행을 증거하는 자료들이었다. 당대인들의 원굉도에 대한 독서를 좀 더 구체적으로 확인할 필요가 있는데, 적절한 자료가 있다. 18세기 후반의 인물인 유만주(1755~1788)는 1775년부터 1787년까지 13년에 걸친 방대한 분량의 일기 『흠영(欽英)』을 남기고 있는데, 대체로 문체반정이 진행되었던 바로 그 시기에 해당한다. 유만주의 아버지는 18세기 산문작가로 저명한 유한준(兪漢雋)이고, 유한준의 기계(杞溪) 유씨 집안은 경화세족으로 이름 높은 집안이었다. 이 시기 경화세족들은 앞서 검토한 바와 같이 대개 장서가이기도 했는데, 유만주는 관력(官歷)이 없던 터라 가장(家藏)의 풍부한 장서를 읽는 것이 그의 유일한 소업이었고, 『흠영』에다 자신이 읽은 책에 대해 꼼꼼히 기록해 두었다. 이에 대해서는 별고로 다룬 바 있으니,10) 재론할 필요가 없고, 여기서는 다만 유만

---

8) 「述懷」 제2수(『海巖稿』 권8)는 "縱意寫卽事, 興止筆亦止. 往者袁·錢氏, 所論良如是"라고 하여, 격식에 얽매이지 않는 시작의 자유를 원굉도와 전겸익의 전례를 들어 합리화하고 있으며, 「有感七首」 제3수(『海巖稿』 권8)에서는 "從古文章正一途, 宋蘇唐白亦規模. 明人只是虛華甚, 矯枉袁·錢過直耳"라고 하여, 명대 의고파의 잘못을 원굉도와 전겸익이 교정하려 하였으나, 그것이 너무 지나친 데로 귀결되었음을 밝히고 있다.

9) 강세황, 「送夕可齋李稚大泰吉遊金剛山序」, 『豹菴遺稿』, 한국정신문화연구원, 1979, 233~234면을 보면, 강세황과 그의 친구 李泰吉이 원굉도의 유기를 화제로 삼고 있음이 확인된다. 물론 『표암유고』에서 원굉도의 문학과 비평에 대한 다른 언급을 찾을 수는 없다.

10) 강명관, 「한 지식인의 독서체험과 조선 후기 문학-『欽英』에 대하여」, 『대동한문학』 13집, 대동한문학회, 2000.

주가 읽었던 공안파 및 경릉파·양명학에 대해 간단히 고찰하고자 한다.
『흠영』 1777년 4월 11일조에 다음과 같은 기록이 있다.

> 만력(萬曆) 연간에 왕세정·이반룡의 학문이 성행하자, 온 천하가 그것을 따라 모의(模擬)하고 도택(塗澤)하였던 바, 공안파가 나와 그 풍조를 뒤집었다. 하지만 ① 굽은 것을 바로잡으려다 정도를 지나쳐 비리(鄙俚)한 말이 버젓이 사용되었다. 경릉파가 대신 일어나 처량하고 고독한 것으로 그것을 바로잡고자 하니, 온 천하의 풍기가 다시 크게 변하였다. 목재(牧齋, 錢謙益)가 이에 대해 훌륭한 비유를 하였다. 그가 말하기를, "② 비유하건대, 여기에 병든 사람이 있다 하자. 사기(邪氣)가 꽉 뭉쳐져 대승탕(大承湯)을 써서 쏟아낼 수밖에 없으나, 너무 크게 쏟아내면 원기(元氣)가 손상을 입어 다른 병증(病症)이 생기게 되는 법이다. 북지(北地, 李夢陽)와 제남(濟南, 李攀龍)이 꽉 뭉쳐진 사기(邪氣)라 한다면, 공안(公安)은 쏟아내기 위한 겁약(劫藥)이고, 경릉은 전염(傳染)된 다른 병증인 것이다" 하였다. 이 논의는 융경·만력 이후 시도(詩道)의 변화를 잘 해명하고 있다 하겠다.[11]

의고문파·공안파·경릉파의 관계를 비유적으로 해명한 전겸익의 위 발언은 그의 『열조시집소전』의 원굉도에 관한 서술에서 인용된 것이다.[12] 유만주는 ②만을 전겸익의 말로 직접 인용하고 있지만, ① 역시 같은 곳에서 인용된 것이다.[13]

이 시기까지 어떤 형태로든 원굉도에 대한 인지가 있었을 것이다. 그러나 실제 원굉도에 대한 독서는 몇 년 뒤에 흔적을 찾을 수 있다. 1778년 4월 28일조 일기에 원굉도의 「숭유(嵩遊)」·「우혈(禹穴)」·「오설(五泄)」 등 세 편의 유기(遊記)[14]가 인용되어 있는데, 「우혈」은 전문이 그대로이고, 나머지 「숭

---

11) 俞晚柱, 『欽英』, 1777년 4월 11일. "萬曆中年, 王·李之學盛行, 海內沿襲摹擬塗澤, 公安出而反之, 然矯枉過正, 鄙俚公行. 竟陵代起, 以凄淸幽獨矯之, 而海內之風氣復大變. 牧齋於此有善喩矣. 其言曰：'有譬之, 有病于此, 邪氣結轖, 不得不用大承湯, 下之, 然輸瀉大利, 元氣受傷, 則別症生焉. 北地濟南, 結轖之邪氣也; 公安, 瀉下之劫藥也; 竟陵, 傳染之別症也.' 此論可謂道盡慶曆以後詩道之變也."

12) 「袁稽勳宏道」, 『列朝詩集小傳』, 567~568면.

13) "機鋒側出, 矯枉過正, 於是狂瞽交扇, 鄙俚公行, 雅故減裂, 風華掃地. 竟陵代起, 以凄淸幽獨矯之, 而海內之風氣復大變." 고딕 강조된 부분은 생략된 부분이다.

유」와 「오설」은 부분 인용이다. 이 세 편의 유기는 문장 자체에 대한 비평적 견해를 제출하기 위해서가 아니라, 유만주 자신의 유람을 추억하는 과정에서 인용된 것이다. 예컨대 「숭유」에서의 인용을 보자.

> 지금 숭산을 유람하는 사람들은 소림사에서 하루를 자고 가마를 타고 태실(太室)의 앞을 지나 숭묘(嵩廟)의 천중각(天中閣)에 이르러 난간에 기대어 한 번 관람한 뒤 돌아와 "나는 이미 숭산을 다 보았다"고 말하는데, 이것은 아직도 숭산의 살갗조차 다 보지 못한 것이다.[15]

「숭유 4」 후반부의 일부를 인용한 것인데, 그 끝에 "우리들의 지난날 유람도 이에 가깝지 않겠는가?"라고 말하고 있으니, 대개 자신의 유람을 반추하는 과정에서 원굉도의 유기를 떠올린 것이다.

「오설」의 인용 역시 「오설 1」과 「오설 2」의 일부를 줄이고 인용한 것이다. 인용된 주요한 내용인즉, 원굉도가 '오설'이 승경(勝景)이라는 도주망(陶周望) 형제의 말을 듣고 같이 유람을 하였는데, 처음에는 아주 실망했다가 뒤에 그 기경에 감탄했다는 것인바, 유만주 자신이 지난날 배를 타고 멀리서 북벽(北壁)이란 곳을 보고 그 평범한 경치에 아주 실망하여 배를 돌려 돌아오려고 했으나 가까이 가서 그 참모습을 보고 너무나 흡족하여 감격했다는 것이다.[16] 원굉도 유기에 대한 독서는 1780년 6월 24일에도 보이는데, 원굉도의 유기 「하화탕(荷花蕩)」의 인파와 사치스런 복색에 대한 묘사를 부분 인용하고, "이 날의 나들이는 무슨 고사(古事)가 있길래 그 성대함이 이와 같단 말인가?"[17]라고 하고 있다.

---

14) 「禹穴」과 「五泄」은 1597년 원굉도가 山陰에 있을 때 지은 것이다. 「禹穴」, 『袁中郞集箋校』 上, 441면. 「五泄」은 원굉도가 諸曁에 있을 때 지은 것으로 모두 3편이다. 같은 책, 447~451면. 「嵩遊」는 1609년 嵩山을 유람하고 지은 것이다. 모두 5편이다. 『袁中郞集箋校』 下, 1474~1483면.

15) 袁宏道, 「嵩遊 4」, 『袁中郞集箋校』 下, 1481면. "今之遊者, 一宿少林, 興而過太室之前, 至嵩廟天中閣, 倚欄一觀, 歸而向人曰 : '吾已盡嵩山矣.' 是尚未觀其膚也."

16) "因記尋境略似北壁而位置則遠勝, 向者舟入北壁時, 舟中人指遠遠處, 謂是北壁, 而頑岩峽山, 望之平凡, 直欲迴棹而返矣. 及見眞形, 滿心叫奇, 亦似中郎五泄之行也. 故漫錄之."

  2년 뒤인 1779년 6월 26일에 다시 원굉도의 「독도화원기(讀桃花源記)」를 인용하고 그 뒤에 자신의 평을 붙이고 있다. 원굉도는 이 글에서 도화원(桃花源)이 실재 하는 곳이 아니고, 도화원을 알려 주었던 어부가 실제 세외(世外)의 고인이라는 것을 주장하고 있는데, 여기에 대해 유만주는 이렇게 말하고 있다.

> 나는 도연명의 「도화원기」를 읽고 이런 곳이 정말 있는 것이 아니라 어떤 의도가 있어 만든 것이라고 생각하였다. 지금 원굉도의 문장을 보니 내 생각과 부합된다. 대개 도원만 그런 것이 아니라, 고인이 문자로 형용한 기적(奇蹟)·이경(異境)이 반드시 진짜로 있지는 않을 것이다. 황량몽(黃粱夢)이니 남가일몽(南柯一夢)이니 하는 이야기들은 대개 허구적인 비유로서 말한 것이니, 읽는 사람은 진정(眞正)한 것으로 여기거나 영이(靈異)한 것을 상상해서는 안 될 것이다.[18]

  요컨대 「도화원기」는 허구일 뿐이며, 과거의 작품 중에는 허구적인 작품이 많다는 것이다. 이 외에 원굉도의 글을 읽은 기록은 더러 나오는데, 1782년 4월 6일 원굉도의 『장자』 해석인 「광장(廣莊)」의 「덕충부(德充符)」를 일부 직접 인용하고 있다.[19]

  원굉도의 문집에 대한 독서가 오랫동안 이루어지고 있음을 알 수 있는데, 그는 과연 원굉도의 사유에 대해 어떻게 생각했던 것인가. 위의 원굉도의 「독도화원기」에 대한 자신의 감상을 밝히고 난 뒤 "원굉도가 말하기를, '문장의 가처(佳處)는 바로 고인(古人)과 같지 않은 데 있다. 만약 고인과 같은데 또 이 문장을 짓는다면 어디에 쓸 것인가' 하였는데, 정말 그렇다"[20]

---

17) 兪晩柱, 『欽英』, 1780년 6월 24일. "未知是日之遊有何古事而其盛如是?"
18) 위의 책, 1779년 6월 26일. "余嘗讀淵明記, 疑非眞有是境, 特有意而爲之耳. 今覽袁文亦符余意, 盖非徒桃源爲然. 古人之以文字形道奇蹟異境者, 並未必眞有是也. 如枕熟黃粱夢遊南柯, 皆鑿空而喻其意, 讀之者不可認作眞正想像靈異也."
19) 위의 책, 1782년 4월 6일. "石公廣莊云 : '空俄而有氣, 氣俄而有根, 根俄而有識. 根者諸濕之偶聚, 如濕熱之蒸成菌也; 識者六緣之虛影, 如芭蕉之卷而成心也. 蕉落心空, 緣去識亡; 熱謝菌枯, 濕盡形壞. 向非覺明眞常, 客於其中, 一具百骨, 立見僵仆, 辟則無柱之字, 無根之樹, 其能一日立於天地間哉?'"

라고 하여, 원굉도의 반의고직 칭직론에 찬동하고 있는데, 여기서 인용된 원굉도의 말은 「독도화원기」의 것이고, 「독도화원기」는 사실상 반의고적 창작론을 펼치고 있는 비평문이다.[21]

유만주는 원굉도의 반의고적 창작론을 긍정하고 있는 것인데, 1782년 4월 6일 「광장」을 읽었을 때 같이 남긴 자료를 보면 더욱 확증이 간다. 그는 "『원중랑문초(袁中郎文抄)』를 읽었는데, 뇌사패(雷思霈)란 사람이 이렇게 서문을 썼다[閱袁中郎文抄, 有雷思霈者序之云]" 하고, 뇌사패의 서문을 인용한다. 이 서문은 『소벽당집(瀟碧堂集)』의 서문 「소벽당집서(瀟碧堂集序)」[22]인데, 유만주가 인용하고 있는 것은 서두다.

> 육경(六經) 외에 따로 세계가 있다. 장주(莊周)는 역(易)과 같고, 순황(荀況)은 서(書)와 예(禮)와 같고, 좌씨(左氏)는 춘추(春秋)와 같고, 이소(離騷)는 풍아(風雅)와 같은데, 모두 초인(楚人)이다. 그러므로 고인(古人)들은 육경을 벗어나 우뚝 솟아 스스로 문장이 되었던 것이다. 그런데 지금은 도리어 일자반구(一字半句) 사이에서 양한(兩漢)과 성당(盛唐)을 찾아대니, 어찌 그리 옹졸한가? (…중략…①) 석공(石公, 袁宏道)은 완세(玩世)·섭세(涉世)하고 출세(出世)·경세(經世)하면서 아름다운 절조와 높은 풍모로 세상을 초월하였다. 그는 경위(涇渭)가 분명했고, 일을 당해서는 침착하여 향산(香山, 白居易)과 미산(眉山, 蘇東坡)의 기풍이 있었다. 그가 지은 여러 작품으로 말하자면, 고인에게 있는 것이 석공에게 꼭 있지는 않았고, 고인에게 없는 것이 석공에게 꼭 없는 것은 아니었다. (…중략…②) 공(公)은 초인(楚人)이다.

---

20) 위의 책, 1779년 6월 26일. "袁曰 : '文章佳處政在不同古人, 若同古人, 又作此文, 何用?' 誠然."

21) 『明代文學批評資料彙編』下, 669면. "文固遞相屬也. 聖人不再生, 文明之氣橫宇內, 屬之豪者·幽者·奇者·慧者不可勝窮. 有一等人, 氣浮意薄, 之乎者也, 穿挿得來, 遂謂秦漢後無文字, 膩臉向人前, 調嘴弄舌, 優古劣今, 可恨也. 秦漢後無文字之說, 原非至論, 然彼或激於一時濫習, 爲此言亦可. 今竟執此一語, 將秦漢後文字一味訾議, 置之高閣, 如何使得? 總之, 胸中原無特見, 不過拾他人唾餘爲自己見識. 把秦漢文字定爲程式, 後來文字眉目稍不似處便爲不佳, 藏其懶惰, 肆其誇張, 不知其佳處政在不同古人. 若同古人, 又作此文何用? 竟不成文." 보다시피 의고파의 의고적 창작론을 철저하게 부정, 비판하고 있다. 이 글은 원래 世界書局本 『袁中郎全集』에 실린 것이라 한다. 『袁宏道集箋校』에는 이 글이 없다.

22) 雷思霈, 「瀟碧堂集序」, 袁宏道, 『袁宏道集箋校』下, 1695~1696면. 『소벽당집』은 1600~1606년까지의 시문을 모은 것이다.

(…중략…)③ 공은 이른바 장주·순황·좌씨·굴원 이외에 또 별도로 세계를 세운
사람인 것인가?[23]

전반적으로 원굉도 문학의 존재 의의를 논하면서, 공안파 특유의 반의고
적 비평을 전개하고 있다. 특히 ①②③의 생략된 부분을 주목할 만하다. ①
에 생략된 부분은 '진(眞)'을 논하고 있다. "진(眞)이란 정(精)과 성(誠)의 지극
한 경지다. 정(精)하지도 않고 성(誠)하지도 않는다면, 사람을 감동시킬 수 없
다. 억지로 웃는 사람은 기쁘지 않고, 억지로 붙은 사람은 친하지 않는 법이
다. 대저 참된[眞] 사람이 있고 난 뒤에야 참된 말[眞言]이 있는 것이다."[24]
대체로 공안파의 주장에 동조하고 있는 것이다.[25]

원굉도 외에 공안파의 우익으로 서위(徐渭)의 서화론(書畵論)을 읽고 인용
하고 있으며,[26] 경릉파에 대한 독서도 있다. 1778년 5월 17일에는 종성·담
원춘 편집의 『명시귀(明詩歸)』를 읽고, 종성의 말을 인용하고 있다.[27] 그러나
공안파와 관련하여 가장 중요한 인물은 역시 이탁오다. 이탁오에 대한 독서

---

23) 兪萬柱, 앞의 책, 1782년 4월 6일. "六經之外, 別有世界. 莊周似易, 荀況似書與禮, 左氏
   似春秋, 離騷似風雅, 皆楚人也. 古之人能於六經之外, 崛起而自爲文章. 今乃求兩漢盛唐
   於一字半句之間, 何其陋也. (…중략…) 石公以玩世涉世, 以出世經世, 姱節高標, 超然物外.
   涇渭分明, 當機棧沈, 有香山·眉山之風, 諸所著作, 或古人所有, 石公不必有, 或古人所無,
   石公不必無. (…중략…) 公, 楚人也, (…중략…) 倘所謂莊荀左屈之外, 又別立世界者耶." '當
   機棧沈'의 '棧沈'은 『袁宏道集箋校』에는 '沈定'으로 되어 있다. 오자인지, 판본이 달랐던 것
   인지 알 수 없다. 번역은 '沈定' 쪽을 따랐다.
24) 雷思霈, 「瀟碧堂集序」, 袁宏道, 『袁宏道集箋校』 下, 1695면. "眞者, 精誠之至. 不精不誠,
   不能動人. 强笑者不歡, 强合者不親. 夫惟有眞人, 而後有眞言."
25) 兪晚柱, 앞의 책, 1782년 4월 6일조의 "金瓶梅從何得來, 伏枕累觀, 雲霞滿紙, 勝於枚生七
   發多矣"라는 부분은 원굉도가 1596년 吳縣에서 董其昌에게 보낸 편지 「與董思白書」, 『袁宏
   道集箋校』 上, 289면에는 「董思白」으로 되어 있다)에서 인용된 것인데, 『금병매』에 대해 언
   급하고 있는 자료로 유명하다. 이 편지를 인용하고 유만주는 "觀此, 則董玄宰·袁中郎之世,
   已有此書矣"라 하고 있다.
26) 위의 책, 1779년 11월 16일. "徐渭……" 이하 서위와 그림에 대한 언급 몇 차례 있다.
27) 위의 책, 1778년 5월 17일. "閱明詩歸, 凡四冊. 鍾譚所選定詩, 凡一千三百有奇, 取眞性眞
   情結作纏錦, 散爲幽悄, 無不令人感歎低回興觀懲創云." "鍾伯敬云：'唐詩有初中盛晚之別,
   盖唐人以詩應試, 未免於風氣之中'." "鍾伯敬謂今之詩人動便長篇或律詩數十首, 自矜高才,
   不知意皆人人已道之意, 詞皆人人共用之詞, 特東補西湊矯强成篇耳, 了無半語一字發人情
   靈生人感歎, 雖多亦奚以爲."

는 17세기 전반까지 허균·이의현·남극관을 제외하고는 흔적을 찾기 어려운데, 유만주의 경우는 여러 차례 이탁오를 언급하고 있다. 1781년 11월 28일에는 밤에 『이온릉전집(李溫陵全集)』61책을 보았다는 일기가 있는데, "본국인이 엮은 것 같다"고 하고 있으니,[28] 아마도 조선 사람들이 필사하여 묶은 것이 아닌가 한다. 출판 내력을 알 수 없어 유감이지만, 이탁오의 전집을 본 기록은 이것이 최초의 것이다. 1779년 6월 26일에 다음과 같은 두 문장을 인용하고 있다.

> ① 이탁오가 말하기를, "『주례(周禮)』의 6몽(夢)은 '정몽(正夢)'·'악몽(噩夢)'·'사몽(思夢)'·'오몽(寤夢)'·'희몽(喜夢)'·'구몽(懼夢)'이다. ……" 하였다. …… ② 또 말하기를, "시은(時隱)이란 당시에 마땅히 은거해야 하면 은거하는 것이니, 이른바 나라에 도(道)가 없으면 숨는 경우가 바로 그런 경우다. ……" 하였다.[29]

아마도 『장서(藏書)』에서 인용된 것으로 여겨지는데, 그는 이탁오의 재래의 평가를 전복하는 사평(史評)에 대해 방사(恣肆)한 입언(立言)이라며 극도의 불쾌감을 드러내고 있다.[30] 3년 뒤에도 같은 언급이 보이는데, 이탁오가 시황제를 성제(聖帝)로, 측천무후를 성후(聖后)로, 풍도(馮道)를 성상(聖相)으로 판단한 『장서(藏書)』의 평가를 인용하고, 사설(邪說)을 마구 늘어놓으며 법도를 능멸하다가 자신을 죽인 것이라고 말하고 있다.[31] 워낙 파격적인 이탁오의 사유를 조선의 지식인이 받아들이기란 실로 어려웠을 것이다.

---

28) 위의 책, 1781년 11월 28일. "夜閱李溫陵全集(六十一冊) 忘其書名, 考其彙粹, 似是本國人所編."

29) 위의 책, 1779년 6월 26일. ①"李卓吾曰 : '周禮六夢, 曰正夢, 曰噩夢, 曰思夢, 曰寤夢, 曰喜夢, 曰懼夢. ……' ② 又曰 : '時隱者時當隱而隱, 所謂邦亡道則隱是也. ……'" 다만 이 인용의 출처는 『藏書』로 추측되지만, 단언할 수는 없다. 유만주가 보았다는 『李溫陵全集』 61책에 실린 것인 듯한데, 필자가 본 최근의 『李贄文集』 7책(張建業 主編, 社會科學文獻出版社, 2000.5)에는 실려 있지 않았다. 앞으로 이 문제는 고찰을 요한다.

30) 위의 책, 같은 곳. "嗚呼, 卓吾其眞以可道爲勝於陶·邵諸公乎. 拔取萬世鄙夫之最惡者, 表爲眞隱, 苟立言而恣肆如此, 則亦何所不至哉. 古人謂王何之罪浮於桀紂者, 非激論也."

31) 위의 책, 1782년 3월 14일. "李卓吾以始皇爲聖帝, 則天爲聖后, 馮道爲聖相, 反賊林道乾爲二十分膽, 二十分識, 邪說橫議, 凌滅準繩, 殺其身."

그 외에 왕양명에 대한 독서가 보이는 것은 물론이고,32) 양명좌파의 글도 읽고 있다. 『도덕경원익(道德經元翼)』의 초횡의 서문을 직접 전사하고,33) 또 조선 문인들에게 더러 읽혔던 「양웅시말변(揚雄始末辨)」,34) 「여우인논문(與友人論文)」,35) 「오종선자기(吳從先自紀)」의 초횡 서문 등을 읽고 전사해 두고 있다.36) 이 외에 양명좌파로 추수익(鄒守益)·왕간(王艮) 등의 어록과 행적 등을 소개하고 있다.37)

유만주 외에 공안파의 영향을 받은 몇몇 중요한 작가들을 열거할 수 있는바, 홍신유·박지원·이덕무 등 이른바 연암 그룹, 이용휴·이언진의 남인 그룹, 유만주·이옥 등을 들 수 있다. 이들은 상호간 영향력 없이 공안파를 수용하고 있었던 것이니, 공안파의 유행을 짐작할 수 있을 것이다. 이제 이들에 대해 고찰하겠다.

---

32) 위의 책, 1776년 5월 17일조에는 왕양명이 『좌전』의 '微子面縛輿櫬'에 대해 辨析한 말을 직접 인용하고, 그 설이 천고의 잘못을 씻을 수 있으므로 역사를 편찬하면 마땅히 이것을 벼리로 삼아야 할 것이라고 말하고 있다. 같은 책, 1779년 11월 3일의 "心齋謁陽明, 居然客位, 及問眞人無夢, 孔子何以夢周公, 陽明曰這正是夢眞, 心齋聞而愕然, 遂下拜執北面禮."와 1780년 3월 22일 「王陽明論學」의 "陽明曰覇者之徒, 竊取先王之近似者, 假之於外, 以內濟其私己之欲……."(「答顧東橋書」의 일부)도 모두 양명에 대한 독서와 인지가 있었음을 입증하고 있다.
33) 위의 책, 1777년 5월 13일. "閱道德經元翼, 焦弱侯序云……." 3줄의 짧은 인용이다.
34) 위의 책, 1778년 윤6월 6일. "焦弱侯有揚雄始末辨." 이하는 상당히 긴 직접 인용이다.
35) 위의 책, 1779년 6월 23일. "君子之學, 凡以致道也……." 焦竑의 「與友人論文」을 끝의 약간만 남기고 전문 인용한 것.
36) 위의 책, 1779년 12월 17일. "閱吳從先自紀四冊, 萬曆甲寅(立秋日)焦弱侯序之."
37) 위의 책, 1779년 7월 15일에 湛若水·呂柟·鄒守益·王艮 등의 언행과 학문, 인물됨에 대한 글들을 베끼고 있다. 이 중에서 추수익과 왕간은 양명좌파이다. 양명좌파의 추수익, 왕간에 대해 소개하고 있는 문헌은 드문 편이다.

2. 공안파 비평에 대한 심화된 이해와 실천

1) 이용휴(李用休) · 이언진(李彦瑱)

(1) 이용휴

앞서 살핀 바와 같이 18세기 중반 이후 서울의 경화세족들을 중심으로 이탁오와 공안파의 논리는 다양하게 해석되면서 적극적으로 수용된다. 그 다양한 양상의 첫 번째 사례로 이용휴와 이언진을 다룬다.

이용휴(1708~1782)는 "몸이 포의의 위치에 있으면서 30년 동안 문원의 권세를 손수 쥐었던 것은 자고로 있지 않았던 일"[38]이라는 정약용의 지적처럼 18세기 시단을 이끌었던 인물이었다. 물론 정약용은 남인이고 그 영향력은 남인 문단에 행사된 것이겠지만. 그러나 이것이 다만 정약용의 당파적 편견만은 아닐 것이다. 당색이 전혀 달랐던 심노숭(沈魯崇, 1762~1827)은 이용휴의 영향력에 대해 이렇게 말하고 있다.

> 서류(庶流) 이덕무와 박제가는 당시에 이름이 있었다. 선군(先君, 沈樂洙)께서 그들이 지은 시를 보시고 탄식하며, "영조 말년에 이런 일종의 삿된 짓을 하는 이용휴(李用休)·이봉환(李鳳煥) 같은 무리들이 있었는데, 이들이 그들을 본받아 마침내 이 지경에 이르렀으니 여기서 풍기를 볼 수 있다. 이들은 입에 올릴 가치조차 없지만, 사대부 자제들이 이들을 본받고 있으니, 세도를 생각건대 작은 걱정거리가 아니다"라고 하셨다.[39]

보다시피 공정하지 않은 부정적 판단이지만, 이덕무·박제가의 시풍의

---

38) 丁若鏞, 「貞軒墓誌銘」, 『與猶堂全書』: 『韓國文集叢刊』 281, 325면. "身居布衣之列, 手操文苑之權者三十餘年, 自古以來, 未之有也."

39) 沈魯崇, 「先父君言行記」, 『積善世家』 권5. "庶類李德懋·朴齊家有時名. 先君見其所爲, 歎曰: '英廟末, 有爲此一種一邪誕如李用休·李鳳煥之徒也. 此輩祖之, 遂至於此, 可以見風氣. 此輩無足言, 士大夫子弟效之, 非世道小憂也.'"

원류가 이용휴·이봉환에게 있음을 말하고 있다. 훨씬 뒤인 한말의 김택영
(金澤榮)은 영조 이후 문학의 두 유파를 이용휴 부자와 이덕무 일파로 대별
하고 있다.

> 영조 이후 풍기가 일변하여 이혜환(李惠寰) 금대(錦帶) 부자, 이형암(李炯菴)·유
> 영재(柳泠齋)·박초정(朴楚亭)·이강산(李薑山)의 무리들이 혹은 기궤(奇詭)를 혹
> 은 첨신(尖新)을 주로 하였으니, 그 한 시대의 승강(升降)의 자취를 옛날에 견주자
> 면, 성당·만당과 같았다.[40]

김택영은 개성 출신이니 당색을 따질 수 없는 인물이다. 아마도 객관적인
지적으로 보아야 할 것이다. 이런 자료에 근거하여 이용휴가 사실상 18세기
시단의 변화―현재 우리가 주목하는 시인들의 출현―를 이끌어내었던 선
도자였음을 짐작할 수 있을 것이다. 그런데 여기서 주목할 것은 이용휴와
이덕무를 위시한 이른바 연암그룹의 시풍을 압축한 기궤(奇詭) 첨신(尖新)의
유래다. 이용휴는 알다시피 남인이고, 이덕무 등은 노론이며 서파(庶派)가 주
축이다. 이들은 당색이 판이하게 달라 인적인 교류가 없었다. 이들에게 동
일성을 부여한 것은 무엇인가? 필자는 이들 내부에는 창작 이론의 동일성이
내재하고 있으며, 그 동일성은 양명학과 공안파의 이론이라고 생각한다.[41]
먼저 이덕무의 이용휴에 대한 평가를 읽어보자.

> 상사(上舍) 이용휴는 호가 혜환거사(惠寰居士)다. 그의 시는 중국 시를 극력 추중
> 하여 압록강 동쪽의 말을 짓는 것을 부끄럽게 여겼다. 격률(格律)이 엄격하고, 문장
> 이 화려하여 따로 새로운 경지를 열어 홀로 우뚝 솟은 나머지 견줄 이가 없었다.
> 분전(墳典)을 널리 읽어 자구(字句)에 근거가 있었다.[42]

---

40) 金澤榮,「申紫霞詩集序」,『韶濩堂文集』권2. "自英廟以下, 風氣一變, 如李惠寰·錦帶父
　　子, 李炯菴·柳泠齋·朴楚亭·李薑山之倫, 或主奇詭, 或主尖新, 其一代升降之跡, 方之
　　古, 則猶盛晩唐焉."
41) 朴齊家의 다음 시도 역시 그런 사정을 증거하는 것이라 여겨진다. 朴齊家,「戲倣王漁洋
　　歲暮懷人六十首」,『貞蕤閣全集』, 驪江出版社, 1989, 107면. "惠寰超妙出淸新, 譬似蓮花不
　　染塵. 一自詞家開法眼, 東方無箇讀書人."

중국의 품격을 따르기를 힘쓴나는 것은 무슨 말인가? "우리나라 선배들의 문자의 흠을 지나치게 지적했기 때문에 속류들이 그를 원망하였다"[43]는 정약용의 말처럼 그는 조선의 문단, 혹은 조선의 시 전통에 대해 극도로 비판적이었다. 그가 중국의 시를 따랐다는 것은 별도로 중국의 시가 존재한다는 것이 아니라, 조선의 기성의 시 창작과는 다른 차별성을 추구했다는 말로 여겨진다.

이용휴가 명대문학에 대한 전체적 조망을 하고 있었음은 그의 전겸익에 대한 언급으로도 충분히 짐작이 된다. 이용휴는 전겸익에 관한 6조의 글을 남기고 있는데, 이 글에서 그는 전겸익의 인간과 문학을 부정적으로 평가한다.[44] 물론 여기서 전겸익에 대한 그의 호오(好惡)는 고찰의 대상이 아니다. 전겸익에 대한 평가에서 그의 명대 문학에 대한 인식의 정도를 알 수 있는 것이다.

> 전목재(錢牧齋)는 문장(文章)과 의기(氣義)가 한 세상을 압도하였다. 그는 독보적인 존재가 되고자 하였으나 다만 앞에 엄주(弇州)가 있어 태산(泰山)이 누르는 듯 바다가 삼키는 듯하는지라 도무지 대적할 방법이 없자, 이에 그 무리 몇 사람과 경박하고 들뜬 탕현조(湯顯祖) 무리의 여론(餘論)을 주워 모아, 티와 흠을 찾아내어 힘을 남기지 않고 공격하였다. 그러나 죽고 나서 얼마 되지 않아 정전(正錢)이 나왔다. 또 왕세정과 전겸익의 두 문집은 모두 웅장하고 높고 넓고 크니, 과연 누가 더 나은 것인가? 그 문인이 그를 칭송하여 "우리 선생님은 만년에 성명(聲名)이 거의 엄주(弇州, 王世貞)와 같아졌다" 하였으니, 공의(公議)를 가릴 수 없음이 이와 같다.[45]

---

42) 李德懋,「惠寰」,「淸脾錄 4」,『靑莊館全書』2 :『韓國文集叢刊』258, 66면. "李上舍用休, 號惠寰居士. 詩力追中國, 恥作鴨江以東語. 格律嚴苦, 藻采煥曄, 別闢洞天, 峭絶無隣. 博極墳典, 字句有根."

43) 丁若鏞,「貞軒墓誌銘」, 앞의 책, 325면. "然抉剔邦人先輩文字之瑕太甚, 以故俗流怨之."

44) 전겸익이 抗淸을 외치다 죽지 못하고 淸에 항복한 사실이 아마도 그 근거가 되었을 것이다. 그는 6조에서 전겸익이 평소 격렬한 항청을 부르짖다가 청에 항복한 일을 꼽고 있다.

45) 李用休,「記錢牧齋事六則」,『惠寰雜著』권6. "錢牧齋文章氣義顚倒一世, 意欲爲獨而第前有弇州, 是泰山之壓溟渤之呑, 計無以敵之, 則乃與其徒數人掇拾輕俊浮薄湯顯祖輩餘論, 尋瑕索瘢, 攻之不遺力. 然身沒未幾, 正錢出焉, 且王・錢兩集, 俱在雄高博大, 果孰勝也. 其門人稱之曰 : '吾師晩年聲名幾如弇州.' 公議之不可掩如此."

전겸익을 왕세정과 대립시키고, 전겸익 이론의 근거가 탕현조 등의 이론을 차용했다고 말하고 있다. 탕현조는 전겸익에게 직접적인 영향력을 행사한 인물인데, 이 점을 지적한 것은 이 평문이 최초의 것으로 여겨진다. 이용휴가 전겸익을 매우 정밀하게 읽고 있음을 알 만하다. 두 번째 조목에서 그는 『열조시집』에 대해 비평한다.

> 목재는 자신의 재력(才力)을 자부하여 천하의 으뜸이라고 여겼으나, 경술년 전시(殿試)의 장원이 한경(韓敬)에게 돌아가자 이에 한경을 원수처럼 질시하여 없는 사건을 조작하고 그를 배제하여 조정에 편안히 있을 수 없게 하였던 것이니, 여파는 한경의 사우(師友)에까지 미쳤다. 신해년 경찰(京察, 인사이동) 때에 탕빈이(湯賓伊) 등 여러 사람을 깡그리 내쫓아 명나라의 당고(黨錮)의 화(禍)를 이루었던 것이니, 아! 심하도다. 한경이 장원을 한 것은 자신의 재능으로 한 것이요, 애당초 탕빈이에게서 힘을 빌지 않았으니, 당시 제현(諸賢)의 문집에서 그것을 증명할 수 있다. 목재는 천하 사람들이 눈이 없다고 생각했던 것인가?[46]

요컨대 전겸익은 사감(私憾)으로 명나라 3백 년 동안 짝을 찾을 수가 없는 탕빈이의 시와 한경의 시를 수록하지 않았다는 것이다.[47] 사감의 이유는 이러하다. 전겸익은 1610년 전시 3등으로 합격하는데, 원래 그는 장원으로 내정되어 있었으나, 한경이 그의 스승 탕빈이와 결탁하여 손을 써서 장원을 가로챘다고 한다.[48] 장원을 빼앗긴 전겸익의 앙심으로 동림당(東林黨)과 절(浙)·선(宣)·곤당(崑黨)의 대립이 격화되고, 『열조시집』에서 의도적으로 탕빈이와 한경의 시를 수록하지 않았다고 하는 것이 이용휴의 해석이지만, 여

---

46) 위의 책, 같은 곳. "牧齋負其才力, 擬魁天下. 而庚戌殿元乃屬韓敬, 於是嫉韓如仇, 搆捏擠排, 使不得安於朝, 餘波延及韓之師友. 辛亥, 京察盡逐湯賓伊諸人, 以成明季黨錮之禍. 噫! 甚矣. 韓之魁元, 自以才得, 初不借力於湯. 當時諸賢之集, 可以爲證. 牧齋以天下之人爲皆無目耶."

47) 위의 책, 같은 곳. "此其所撰列朝詩集, 博選廣收, 內侍外夷, 傭書靑依, 無不竄名而獨遺湯·韓. 夫湯詩之高奇, 有明三百年, 鮮有其對, 而乃以私廢. 若使此安作史, 其與奪之不公, 必亂後世之心目. 然則絳雲一炬, 非不幸也, 幸也."

48) 姜正禹, 「錢謙益 文學論 硏究」, 성균관대 박사논문, 1995, 22~23면.

기서는 사실 여부를 가릴 수도 없고, 기릴 필요도 없다. 다만 그가 『열조시집』의 정보가 아니라, 『열조시집』의 선별 원칙을 문제 삼을 정도로 컨텍스트를 넓게 읽고 있다는 것이 중요하다. '당시 제현의 문집에서 증명할 수 있다'고 할 정도로 명청대의 문인들의 문집에 대한 폭넓은 독서를 하고 있었던 것이다. 계속해서 그의 전겸익에 대한 평가를 읽어보면, 전겸익이 귀유광을 자기 이론의 근거로 삼고 있으며, 아울러 정가수(程嘉燧)·이유방(李流芳)과 전겸익과의 관계를 정확하게 포착하고 있었음을 알 수가 있다.49)

　　전겸익에 대한 비평에서 확인되듯, 이용휴는 당시 조선에 들어와 있던 명대 여러 유파와 비평가의 이론을 숙지하고 있었던 것이 분명하다. 그는 어디서 명대 문학에 관한 정보를 얻었던가? 먼저 가장 서적. 혜환의 숙부 이익(李瀷)의 학문은 당시로서는 최신서인 서양서적까지 탐독한 방대한 독서를 기초로 하고 있는바, 그 독서는 부친인 이하진(李夏鎭)이 중국에서 수입했던 수천 권의 서적에 근거를 두었던 것이다. 이용휴 역시 이 장서에 계발 받은 바 있을 것이다. 그의 장서 중 상당한 양의 명인(明人) 문집 목록이 『혜환시집(惠寰詩集)』(국립중앙도서관본) 권7에 남아 있다. 그는 명대의 문학에 굉박(宏博)한 지식을 갖고 있었던 것이 틀림없다.50)

二酉三蒼古蹟遺,	이유(二酉)와 삼창(三蒼)의 옛 자취를
懸金十載苦求之.	돈 걸고 십 년을 애써 찾아모았네.
燕人若問收書意,	북경 사람들 책 모으는 뜻을 묻거든
爲說梅南性嗜奇.	말해 주게, 매남(梅南, 李用休)은 기(奇)를 즐긴다고.
矻矻書帷古典稽,	서재에서 부지런히 고전(古典)을 파고들매

---

49) 李用休, 「記錢牧齋事六則」, 앞의 책, 같은 곳. "牧齋列朝詩集中, 最與程嘉燧, 次則李流芳王志堅諸人. 此皆其阿好朋比者. 今觀其詩, 酸寒寡陋, 比之於湯霍林, 則齊晋之於邾莒. 然黜湯而登程, 此心何心. 明詩綜已辨之. 古人亦有同我意者, 可喜且嘉. 燧嘗爲其父搏顙, 乞傳於弇州, 而反附牧齋助功弇州, 其人可知."

50) 金榮鎭, 「朝鮮後期의 明淸小品 수용과 小品文의 전개 양상」, 고려대 박사논문, 2003, 28~29면.

靈心況不限東西.　　　영심(靈心)은 애당초 동쪽 서쪽 가리지 않는구려.
中原文學今何似,　　　한스럽다, 중국 문학 지금 어떠한지
恨未同堂共品題.　　　한 방에 같이 앉아 품평하지 못함이.

太和司馬郭靑螺,　　　태화사마 곽청라(郭靑螺)는
文比諸公變化多.　　　문장이 제공(諸公)보다 변화가 많은데도
可惜華人猶失鑑,　　　아깝게도 중국 사람들 감식안 잃은 탓에
十家同選獨遺他.51)　　　『십가동선(十家同選)』에서 그만 홀로 빠졌네.

첫 번째 시에서 그가 북경에서 방대한 서적을 구입하고 있음을 알 수 있다. 두 번째, 세 번째 시에서 모두 중국의 당대 문학에 대한 소상한 정보를 그가 갖고 있었음이 확인된다. 그렇다면 방대한 명청대 문학에서 혜환은 무엇을 취사선택했던가? 이것이 우리가 밝히고자 하는 바이다. 이미 알려진 바와 같이 양명학으로부터 시작해 보자.

이용휴의 문학과 양명학은 일찍이 정우봉 교수가 지적한 바 있으며, 최근의 업적도 이 연구의 틀에서 크게 벗어난 것은 아니다. 다만 정우봉 교수의 연구52)는 양명학과 이용휴의 문학을 직접 연관시키고 있는바, 중간에 존재했던 이탁오·공안파란 문학적 전이의 과정을 충분히 밝히고 있지 않다. 여기서는 이 점을 약간 더 상론하겠다. 먼저 이용휴와 양명학과의 관계에 대해 간단히 요약한다.

이용휴의 양명학 수용은 성호학파 내부에서 이미 배태되고 있었다. 원래 성호학파의 기원인 이익 자신이 양명학에 대해 상당히 탄력적인 태도를 가지고 있었다. 그는 양명학에 대해 비판적인 입장을 견지하면서도 여느 비판자처럼 양명학의 모든 것을 부정하지는 않았던 것이다. 그는 다분히 취사선택의 유연한 입장을 취하고 있었던 것이다.

---

51) 李用休, 「送趙院正徽緖謝恩使赴燕」, 『惠寰雜著』 권11. 모두 7수인데, 인용한 것은 첫머리 3수다.

52) 鄭雨峰, 「李用休 文學論의 일고찰―그의 양명학적 사고와 관련하여」, 『韓國漢文學研究』 9·10합집, 韓國漢文學研究會, 1987.

성호학파 내부의 양명학 수용이 가장 뚜렷한 사람은 이용휴의 동생인 이병휴(李秉休, 1710~1777)이고, 이병휴의 제자인 이기양·권철신으로 이어지면서 양명학은 본격적으로 수용된다.[53] 특히 이병휴는 「논학술지폐(論學術之弊)」에서 당대의 성리학에 의한 이념의 독재를 말하고 있다.[54] 이용휴 역시 양명학을 암암리에 수용하는 이런 분위기와 전혀 관련이 없을 수 없는 것이다. 그는 「수려기(隨廬記)」에서 이렇게 말하고 있다.

> 그렇다면 오로지 뭇사람들을 따라야 하겠는가? 마땅히 이(理)를 따라야 할 것이다. 이는 어디에 있는가? 마음에 있다. 범사를 반드시 마음에 물어보고, 마음이 편안하면 이가 허락하는 바이니 행할 것이고, 불안하면 이가 허락하지 않는 바이니 그만두어야 할 것이다.[55]

뭇 사람의 견해를 따라야 할 것인가, 이(理)를 따라야 할 것인가? '이'를 따라야 할 것이다. '이'는 인간의 보편적 준칙이기 때문이다. 여기까지는 성리학의 논리다. 그러나 바로 이 지점에서 이용휴의 논리는 양명학으로 뻗어나간다. 그에게 '이'는 인간 외부의 외재적, 초월적 존재가 아니라, 인간의 내부—마음에 존재하는 것이다. 이것은 바로 양명학의 기본테제 '심즉리(心卽理)'에서 연유한 것이다. 이용휴는 양명학의 기본테제를 자신의 사유의 근거로 받아들이고 있었던 것이다. 이것이 과연 사실인가? 다음 자료의 양지양능이란 말을 보자.

> 그대의 자는 성능(聖能)이다. 자신이 성능으로 일컫고 남들이 성능으로 부른 지 이미 오래다. 그런데 지금 갑자기 계능(季能)으로 바꾸며, "성(聖)은 공자께서도 자처하지 않으시는 바였는데, 내가 감히 자처하랴?" 한다. 아! 이것은 곧 양지(良知)와

---

53) 이들과는 달리 尹東奎(1695~1773)·안정복은 1748년 경부터 양명학에 대해 비판적이었다는 것은 이미 널리 알려진 이야기다.

54) 李秉休, 「論學術之弊」, 『貞山雜著』 권10.

55) 李用休, 「隨廬記」, 앞의 책 권8. "然則惟從衆歟否? 當從理. 理何在? 在心. 凡事必問之心, 心安則理所許也. 爲之, 不安則所不許也."

양능(良能)이 갖추어진 것이니, 성인이 되는 기틀인 것이다. 편안하면 행하고 불안하면 버려 환하고 곧으니, 어찌 상량 계교하여 제이념(第二念)의 발동을 따를 수 있으랴.56)

성능에서 계능으로 바꾼 것을 두고 양지와 양능이 갖추어진 것이라고 말한다. 상량 계교, 곧 어떤 의도를 갖고 생각하고 헤아리는 것은 제이념이다. 이에 반해 양지는 어떤 의도가 개재하지 않는 인간 본연의 순수한 의식이다. 그것을 따르는 것이 참이라는 것은 바로 양명학의 논리다.

마음을 윤리적 준칙으로 설정한다는 점에서 양명학은 성리학의 경전 중심주의를 해체한다. 이(理)는 외재적 초월적인 것이며, 이것은 성인에 의해 언어화되고, 경전에 의해 문자화되어 있다고 믿는 성리학은 이 지점에서 양명학과 판연히 갈라진다. 경전을 이용휴는 어떻게 인식하는가? 「포경재기(抱經齋記)」에서 이 논리를 반복한다.

생명으로서 혈기를 머금고 있는 것들이 많은데, 유독 우리 인간 한 종류만이 가장 귀한 것은 어째서인가? 인의(仁義) 윤상(倫常)이 있기 때문이다. 인의 윤상은 누구의 말인가? 하늘의 말이다. 하늘이 스스로 말한 것인가? 하늘이 스스로 말한 것이 아니다. 마치 하늘이 말하는 것처럼 말한 자가 있어 말한 것이다. 하늘처럼 말하는 자는 누구인가? 성인이다. 성인은 어디에 있는가? 성인은 이미 죽었고, 그의 말이 경전에 있다. 어떻게 그의 말이 경전에 있다는 것을 아는가? 그의 말은 경전에 있지만, 그 이치는 마음에 있으니, 마음으로 경전을 증험해 알 수가 있다. 대개 마음에 있는 이치를 다하여 경전과 합치된 사람은 성인이 되고, 합치된 것이 많고 합치되지 않은 것이 적은 사람은 현인이 되며, 합치되지 않은 것이 많고 합치되는 것이 적은 자는 우매한 인간이 된다. 그리고 전적으로 합치되지 않으면 우리 인간 부류에서 쫓겨나 금수의 길로 들어간다.57)

---

56) 李用休, 「趙聖能改字季能說」, 위의 책 권6. "子之字, 聖能. 己以是稱之, 人以是呼之, 久矣. 今忽改以季能. 曰聖, 孔子不居, 吾敢居之. 噫! 此卽良知而良能該焉, 入聖之機也. 安則行之, 不安則去之. 光明直截, 豈容商度較量從第二念發邪?"
57) 李用休, 「抱經齋記」, 위의 책 권7. "含生有血氣者衆, 獨我人一類爲最貴者, 何? 以有仁義倫常也. 仁義倫常者, 誰之語也? 天之語也. 天自語之耶? 天不自語, 有天若曰者語之. 天

경전과 성인의 진리성을 발하는 순간 이용휴의 논리는 성리학자의 그것과 다름이 없다. 그러나 마음 운운하면서 그는 성리학과 갈라진다. 경전의 진리 독점성은 보장될 수 없다. 경전은 말을 담은 것일 뿐이다. 경전의 진리성 여부는 나의 마음속에 내재한 '이'로서 증험되어야 한다. 그는 경전을 짐짓 높여 놓았지만, 사실 경전의 진리성을 보증하는 것은 나의 마음이다. 경전은 진리의 이차적 담지자가 된 것이다. 이렇게 하여 이용휴는 자신이 양명학의 논리를 수용하고 있음을 은근하지만 남김없이 드러내었다.

이러한 인간 내부에 이미 진리가 정초하고 있다는 사유는 필연적으로 경전을 진리의 이차적 담지자로 보았던 것처럼 진리의 외재성을 인정하지 않고, 오로지 인간 주체를 강조하게 된다. 즉 타자의 언어에 실려 있는 진리가 아니라, 주체 내면의 깨우침, 인간이 본래 구유하고 있던 양지의 자각이 중요한 것이다. 주체 내면의 깨우침, 곧 주체의 정립과 확인을 「아암기(我菴記)」에서 확인해 보자.

> 나와 남의 대립에서 나는 친하고 남은 소원하다. 나와 물(物)의 관계에서 나는 귀하고 물은 천하다. 그런데 세상에서는 도리어 친한 것이 소원한 것의 명령을 듣게 하고, 귀한 것이 천한 자에게 사역을 받게 한다. 왜냐? 욕심이 그 밝음을 가리고, 습기(習氣)가 그 참[眞]을 어지럽히기 때문이다. 이에 좋아하고 싫어하며 기뻐하고 노여워하고 가고 멈추고 굽어보고 우러러보는 것들을 모두 남을 따라하고 능히 자신이 주관할 수 없는 자가 있다. 심지어 말하고 웃고 하는 얼굴까지 모두 저들의 완희(玩戲)에 이바지 하고, 정신·의사·털구멍·뼈마디까지 나에게 속한 것은 하나도 없으니, 부끄러운 일이다.[58]

이 발상은 어디서 온 것인가? 당연히 양명학에서 온 것이다. 그런데 보다

若曰者, 誰? 聖. 聖安在? 聖已往, 其語在經, 何以知其語在經? 其語在經, 其理在心, 以心驗經而知之. 盖盡在心之理與經合者爲聖, 合多不合少者爲賢, 不合多合少者爲愚, 全不合則黜於我人類, 入禽獸畜道."

58) 李用休, 「我菴記」, 위의 책 권6. "我對人, 我親而人疎; 我對物, 我貴而物賤. 世反以親者聽於疎者, 貴者役於賤者. 何? 欲蔽其明, 習汨其眞也. 於是有好惡喜怒行止俯仰皆有所隨而不能自主者. 甚或言笑面貌, 以供彼之玩戲, 而精神意思毛孔骨節, 無一屬我者, 可恥也已."

정밀하게 고찰을 가하자면, 보다 명징한 유래가 있다. 그의 사유는 이탁오에게서 결정적인 영향을 받고 있는 것으로 여겨진다. 「아암기」와 동일한 주제를 다룬 「환아잠」을 보자.

옛날 내 처음 태어났을 때
순수한 천리(天理) 그대로였지.
그러나 '지각'이 생기고부터
천리를 해치는 것 분분히 일어났지.

견식이 해치기도 하고
재능이 해치기도 하고
마음에 젖고 일에 젖어
갈수록 풀 길이 없네.

다시 남을 떠받들어
아무개, 아무개라
그들을 끌어대고 핑계대어
뭇 어리석은 이들 놀라게 했지.

그러기에 나를 벌써 잃고
참다운 나는 또 숨어버려
용사(用事)하는 자
나를 타고 떠나 돌아오지 않고 있네.

오랫동안 떠나 있어 돌아가자 생각하고
꿈을 깨자 해가 떴네.
번연히 몸을 돌려
나의 집으로 돌아오니

광경은 전과 같고

내 몸도 맑고 편인하네.
자물쇠 풀고 굴레 벗자
오늘 다시 새로 난 듯

눈은 더 이상 밝을 수가 없고
귀는 더 이상 밝을 수가 없네.
하늘이 주신 총(聰)과 명(明)이
예전과 꼭 같으네.

수많은 성인은 지나는 그림자일 뿐
나는 나를 찾아 나에게로 돌아가리.
적자(赤子)와 대인(大人)은
그 마음이 한 가지인걸.

돌아와도 신기한 것이 없으면
딴 생각이 내달리겠지만,
만약 다시 떠난다면
영원히 돌아올 기약 없으리라.

향 사르고 머리 조아리며
하늘에 맹세하노니
"모쪼록 죽을 때까지
나 자신과 함께 살고지고."[59]

「환아잠」은 잃어버린 나를 다시 찾는다는 서술 내용을 갖고 있다. 이 서

---

59) 李用休, 「還我箴」, 위의 책 권7. "昔我之初, 純然天理. 逮其有知, 害者紛起. 見識爲害, 才能爲害. 習心習事, 輾轉難解. 復奉別人, 某公某氏. 援引藉重, 以驚群蒙. 故我旣失, 眞我又隱. 有用事者, 乘我未返. 久離思歸, 夢覺日出. 翻然轉身, 已還于室. 光景依舊, 體氣淸平. 發鋼脫機, 今日如生. 目不加明, 耳不加聰. 天明天聰, 只與故同. 千聖過影, 我求還我. 赤子大人, 其心一也. 還無新奇, 別念易馳. 若復離次, 永無還期. 焚香稽首, 盟神誓天. 庶幾終身, 與我周旋."

술을 따라가 보자. 원래 태어났을 때 인간은 순연한 천리를 갖는다. 자아—
천리는 동일한 것이다. 그런데 인간이 장성하면서 이 천리는 훼손된다. 지
각이 생기면서부터 재능과 식견이 천리를 훼손(망실)한다.

　망실된 자아—천리의 자리를 대신하는 것은, 별인(別人)—외부자 모씨(某氏)
와 모공(某公)으로 대치된다. 망실된 자아의 자리에 타자가 들어와 주체가 된
다. 타자가 발언하고, 타자의 권위로 다른 사람들에게 권력을 행사한다. "다
시 남[別人]을 떠받들어 / 아무개[某氏], 아무개[某公]라 / 그들을 끌어대고 핑계
대어 / 뭇 어리석은 이들 놀라게 했지"라는 말은 바로 이것에 대한 지적이다.
「환아잠」은 망실된 자아, 은폐된 참나[眞我]의 자리에 타자가 주체가 되는 현
상을 지적했다. 타인을 끌어들인다는 말은 곧 권위 있는 타인의 권력에 굴복
하고 그 권력을 이용하여 다시 타인에게 권력을 행사한다는 말이다. 이로 인
해 자아는 완전히 사라지고, 참다운 주체[眞我]는 은폐된다. 이제 주체는 사
라졌고, 진아는 은폐되었다. 타자가 모든 판단을 주관하고 나를 끌고 떠나버
린 것이다. 나는 이 사실을 깨닫고 다시 나를 주체의 자리에 돌아오게 한다.

　타인에게 내주었던 주체를 되찾자는 「환아잠」의 논리는 전에 볼 수 없던
것이다. 주체의 회복은 이용휴의 독특한 사유이나, 이것은 이미 원본이 있
는 것이다. 「환아잠」은 이탁오(李卓吾)의 「동심설(童心說)」의 번역이다. 이탁
오는 말한다.

　　대저 동심(童心)이란 진심(眞心)이다. 만약 동심을 불가한 것이라고 한다면, 이는
　　진심을 불가한 것이라고 하는 것이 된다. 대저 동심은 거짓[假]을 끊어버린 순수한
　　참[眞]으로서 최초 일념(一念)의 본심이다. 만약 동심을 잃어버리면, 곧 진심을 잃
　　어버리는 것이고, 진심을 잃어버리면 곧 참된 사람[眞人]을 잃어버리는 것과 같다.
　　사람으로서 참[眞]되지 않으면 다시는 완전히 그 처음[初]이 없게 되는 것이다.
　　동자(童子)란 사람의 처음이고, 동심은 마음의 처음이다. 대저 마음의 처음을 어
　　떻게 잃어버릴 수가 있겠는가. 그렇다면 동심은 어떻게 갑자기 상실되는 것인가.
　　대개 그 처음에는 문견(聞見)이 귀를 통해 들어와 그 마음의 주인노릇을 하면서 동
　　심이 상실된다. 자라면서 도리(道理)가 문견을 통해 들어와 마음의 주인노릇을 하

면서 농심이 상실된다. 세월이 오래되어 도리와 문견이 더욱더 많아지면 아는 바와 깨닫는 바가 더욱더 넓어지는데, 이에 또 아름다운 이름이 좋은 것인 줄을 알게 되어 이름을 날리려고 애쓰는 바람에 동심이 상실되고, 아름답지 못한 이름이 추한 줄을 알아 그 이름을 덮으려고 애쓰는 바람에 동심이 상실된다.[60]

「환아잠」의 논리와 완전히 동일하다. 인간의 처음은 순수한 동심이다. 이것은 참된 것이다. 그러나 동심은 인간의 성장과 함께 윤리―도리와 지식―견문으로 인해 오염된다.

이용휴는 「환아잠」에서 동심은 천리로, 아이는 적자(赤子)로, 도리와 문견은 견식과 재능으로 치환하고 있다. 그는 동심을 찾으라는 이탁오의 「동심설」을 '나'를 찾으라는 「환아잠」으로 다시 쓰고 있는 것이다. 그가 「동심설」은 직접 인용하지 못한 것, 혹은 언급하지 않은 것은 당시의 조선 지식인이 도저히 공개적으로 언급할 수 없는 이탁오의 이단성 때문일 것이다.

「환아잠」의 잃어버린 주체를 되찾는다는 말은 원본인 「동심설」이 그렇듯 사실 엄청나게 혁명적이다. 이용휴는 "모든 성인[千聖]은 지나가는 그림자"라고 말한다. 이탁오에 의하면 "도리와 문견은 모두 독서를 많이 하고 의리(義理)를 아는 데서 유래한다."[61] 이 독서가 곧 성인의 언어, 이탁오 식으로 말하자면, 육경과 『논어』・『맹자』다. 이용휴는 숨겼지만, 나를 잃게 하는 것은 유가의 경전이다. 그는 이어서 말한다. 자물쇠를 풀고 굴레를 벗어라, 다시 태어날 것이다. 눈은 더 이상 밝아질 수 없고, 귀는 더 이상 밝아질 수 없을 것이다. 이 논리는 양명학의 양지를 해석한 것이며, 아울러 동심을 되풀이 쓴 것이다. 「환아잠」이 양명학과 「동심설」을 기초로 하고 있음은 동자(童

---

60) 李贄, 「童心說」, 『焚書・續焚書』, 98면. "夫童心者, 眞心也. 若以童心爲不可, 是以眞心爲不可. 夫童心者, 絶假純眞, 最初一念之本心也. 若失却童心, 便失却眞心; 失却眞心, 便失却眞人. 人而非眞, 全不夏有初矣. 童子者, 人之初也; 童心者, 心之初也. 夫心之初曷可失也! 然童心胡然而遽失也? 蓋方其始也, 有聞見從耳目而入, 而以爲主于其內而童心失. 其長也, 有道理從聞見而入, 而以爲主于其內而童心失. 其久也, 道理聞見日以益多, 則所知所覺日以益廣, 於是焉又知美名之可好也, 而務欲以揚之而童心失, 知不美之名之可醜也, 而務欲以掩之而童心失."
61) 위의 책, 같은 면. "夫道理聞見, 皆自多讀書識義理而來."

子)의 모티브를 그가 차용하고 있는 데서도 발견된다. 그의 "대인과 적자가 한 마음"이라는 말에서의 적자는 동심의 동일어다.62) 요컨대 이용휴는 양명 학과 이탁오를 수용하면서 타자의 사유에 감염된 사유를 벗어나 행위의 주 체로서의 자아의 존재를 신념했다.63) 이것이 그의 사유의 기저를 이룬다.

자기 사유의 근거에 양명학을 정초한 이상 이용휴의 문학 역시 양명학과 불가분의 관계에 놓인다. 다만 그의 문학과 비평의 출발점이 양명학이었던 것은 아니다. 그의 습작 과정을 따라가 보자. 이용휴 역시 젊은 시절 "선진 (先秦) 양한(兩漢)과 아래로는 황명(皇明)에 이르기까지 고문(古文)으로 이름난 사람들을 구하여 조석으로 살피고 캐고" 하는 과정을 겪었다.64) 이 과정에 그 역시 의고파를 접촉하는바, 그의 비평은 의고적 창작론 비판에서 자신만 의 비평적 입지를 구축한다. 예컨대 다음 평문을 보자.

> 시로 말하자면, 당시(唐詩)를 시로 여기지 않음이 없는 것이, 오늘날의 폐단이다. 당시의 체(體)를 본뜨고 당시의 말을 배우니, 거의 하나의 피리를 부는 격이다. 이 것은 때까치가 하루 종일 재잘대어도 자기의 목소리가 없는 것과 같으니, 내가 몹 시 싫어한다.65)

오로지 당시만 시로 여기는 것은 의고파의 '시필성당'이란 창작 모토에서

---

62) 이용휴가 말하는 어린아이의 이미지는 우연한 것이 아니라, 18세기 후반에 유행했던 양명 좌파에서 유래한 것이다. 자세한 것은 이덕무와 박지원에 대해 서술할 때 언급하겠다.

63) 李用休, 「送洪秀才讀書山房序」, 앞의 책 권6. "以一悟則成, 儒佛卽弗殊也." 깨달음을 강 조하고, 깨닫게 되면 유·불이 다름이 없다는 생각도 양명학적 사유다.

64) 李用休, 「題吉甫文稿」, 위의 책 권11. "而叔年十八時, 爲文嗜對儷, 稍長看之, 面栚然不 能終篇去之. 師宋元諸子, 人頗賞之, 亦自多也. 已復取看, 則曼脆小骨, 不足以言作家, 又 去. 而求先秦兩漢, 下逮皇明之季, 以古文著者, 朝夕諦繹, 則稍解其排按闛張, 汰字鍊句之 法, 年盖已三十年. 今時出而讀焉, 間似有當人意者, 故曰: '學文如登山, 消盡無限, 仄路廻 徑, 然後方出山頂.'"

65) 李用休, 「李國華遺草序」, 위의 책 권6. "詩無不詩唐詩者, 近日之弊也. 效其體, 學其語, 幾乎一管之吹. 是猶百舌終日嚶嚶, 無自己聲, 余甚厭之." 모의를 새가 사람의 말을 배운 것에 비한 것은 徐渭가 이미 말한 바 있다. 徐渭, 「葉子肅詩序」, 『徐渭集』 2, 中華書局, 1983, 519면. "人有學爲鳥言者, 其音則鳥也, 而其性則人也. 鳥有學爲人言者, 其音則人也, 而性則鳥也. 此可以定人與鳥之衡哉? 今之爲詩者, 可以異於是."

온 것이다. 당시를 유일한 전범으로 삼는 것에 대한 비판은 공안파의 전유물이다. 그런가 하면 "모의로 시를 지으면 어찌 시가 되리. 원기(圓機)·활법(活法)에 모두 심사(心師)가 있는 것을"66)이라고 했을 때의 모의 역시 의고파를 비판한 것이다.

이용휴는 원굉도를 읽고 깊이 이해하고 있었던 것으로 보인다. 그는 "공안파(公安派)의 묘결(妙訣)을 이해하는 사람이 없으니, 빽빽한 곳은 성글게, 익숙한 곳은 생경하게 한다네[公安妙訣無人解, 密處還疎熟處生]"67)란 구절을 남기고 있다. "빽빽한 곳……"은 다른 컨텍스트가 없으니, 그 의미를 확정하기란 어렵다. 다만 이 시의 구기로 보아 이용휴가 공안파 이론을 깊이 통찰하고 있었음은 두말할 나위가 없다. 또 앞에서 언급한 그가 소장했던 명인 문집 목록에 원굉도의 『소벽당집(瀟碧堂集)』과 원중도(袁中道)의 『가설재집(珂雪齋集)』이 있으니, 그가 원굉도와 원중도를 읽었음은 두 말할 나위가 없는 것이다.

그의 의고파 비판과 공안파로부터의 차용은 그의 시 도처에서 나타난다.

唐不爲高漢不深,	당나라는 높지 않고 한나라는 깊지 않으니
自家性情自家吟.	자신의 성정을 자신이 읊을 뿐
迷時步武皆成梗,	길 잃었을 때 발걸음 모두 뻣뻣하지만
悟後泥沙盡是金.	깨닫고 나면 모래도 모두 황금이리라.
漸漸入佳從蔗尾,	사탕수수는 꽁지부터 먹어야 점점 맛이 나고
層層解裏到蔗心.	층층히 속을 벗겨내면 고갱이에 이르리라.
猛然思洗油釘耳,	갑자기 귀에 박힌 기름못을 씻으려 생각하니
黃鳥林間送好音.68)	꾀꼬리 숲에서 곱게 지저귀네.

人人原有自家粮,　　사람마다 자신의 양식이 있으니

---

66) 李用休, 「聞德順與幼選談詩, 老人動觀獵之喜, 作近體詩, 寄德順兼示幼選」 제2수, 『惠寰詩鈔』. "模擬爲詩豈是詩, 圓機活法有心師."

67) 李用休, 「復疊前韻寄白門詩社」, 『惠圜居士詩集』 제4수.

68) 李用休, 「聞德順與幼選談詩, 老人動觀獵之喜, 作近體詩, 寄德順兼示幼選」 제1수, 『惠寰詩鈔』.

塗飯何須乞漢唐.　　　흙으로 지은 밥을 어찌 한나라 당나라에서 구할소냐.
老我程文心秤在,　　　나는 늙어도 글 보는 마음은 공평하니,
安能爲子作低昂.(69)　　어찌 그대 때문에 낮추고 높일소냐.

한나라 당나라가 높거나 깊지 않다는 것, 한나라 당나라에서 양식을 구하지 않는다는 것은 의고파를 비판하는 말이다. 의고파 비판이 공안파에서 나온 것이며, 당시만을 숭상하는 풍조를 비판하고 송시와 원시의 가치를 복권하는 논법70) 역시 공안파가 그 출처임은 두 말 할 나위가 없다.

이상에서 살핀 바대로 이용휴의 문학론은 반의고론의 지평 위에서 제출된 것이었다. 의고적 창작에 대한 비판은 주지하다시피 다양한 루트가 있으며, 대안 역시 다양하다. 이용휴의 반의고론은 무엇을 지향했던가? 그의 대안은 무엇인가? 그가 남긴 문자를 재료로 재구성한다면 '진(眞)'과 '기(奇)'를 찾아낼 수 있다.

진(眞)은 그가 추구하던 바였다.

周鼎商彝多僞物,　　　주나라 정(鼎) 상나라 이(彝)에 가짜가 많으니
春歌耕曲儘眞情.(71)　　방아노래 김매기노래는 죄다 진정(眞情)이라오.

주나라 정(鼎) 상나라 이(彝)에 가짜가 많다는 것은 후칠자의 우두머리였던 이반룡의 의고적 작품이 가짜라는 것을 말한다.72) 이에 반해 방아노래 김매기노래—민요는 진정의 발로다. 민요의 시적 진실성은, 의고적 작품과 대립하고 있다. 의고적 작품과 대립되는 민요의 진실성이란 논법은 바로 공안파 원굉도에서 온 것이다. 누차 지적한 바와 같이 원굉도는 「서소수시(敍

---

69) 李用休,「論文有感作」,『惠寰詩鈔』.
70) 李用休,「題宋元詩鈔」,『惠寰雜著』권6. "唐宋詩, 譬如一星, 朝見曰啓明, 夕見曰長庚. 若元詩則星之流灼者, 世人不知, 妄生分別, 加伸抑焉, 可笑."
71) 李用休,「聞德順與幼選談詩, 老人動觀獵之喜, 作近體詩, 寄德順兼示幼選」 제3수. "周鼎商彝多僞物, 春歌耕曲儘眞情."
72) 왕세정이 이반룡의 시문을 "商나라의 彝, 周나라의 鼎과 같아 海外의 瓌寶"라고 추켜세운 것을 비꼬고 있는 것이다. 91면의 주 71)을 참조할 것.

小修詩)」 등의 글에서 당시 「타초간」 등 당대 민간 가요의 진실성을 주장하
지 않았던가?

민요에서 의고적 작품에서 찾을 수 없는 정서의 진실성—진정(眞情)을 말
했듯, 그의 시론은 도처에서 '진(眞)'을 말한다.

　①시문에는 남의 생각에 근거해 견해를 일으키는 경우도 있고, 자신만의 생각에
근거해 견해를 일으키는 경우도 있다. 남의 생각에 근거해 견해를 일으키는 자는
비루해서 논할 것도 없지만, 자기만의 생각에 근거해 견해를 일으키는 사람이라 해
도 고집과 편견을 섞지 않아야 비로소 참다운 견해[眞見]가 될 것이다. 그리고 또
반드시 참다운 재능[眞才]으로 그것을 보완한 연후에야 비로소 성취가 있게 되는
것이다. 나는 그런 사람을 몇 년을 찾아 헤맨 끝에 송목관주인(松穆館主人) 이군(李
君) 우상(虞裳)을 얻었다.73)

　②지금 이 원고를 보니, 대개 자신을 운용하고 자신을 귀하게 여긴 것으로 옛날
의 대가(大家)를 모의(模擬)하거나 의지해 빌붙지 않아, 진실된 소리[眞聲] 진실된
색조[眞色] 진실된 맛[眞味]이 있다. 좋은 차에 비유하자면 용연향 사향을 섞지 않
아도 본디 진실된 향기가 있는 것과 같다."74)

독창성을 말하면서 동시에 진을 말하고 있다. 이것은 누차 언급하였듯 공
안파 비평의 중심 개념이었다.

'진'과 아울러 '기(奇)' 역시 이용휴 비평의 골자다.

　시는 본디 '기(奇)'를 으뜸으로 여기는 것이다. 그러나 만약 한결같이 기(奇)에만
힘쓴다면, 그 폐단은 두묵(杜默)75)이 되고 말 것이다. 두묵이 지은 가행(歌行)은 왕

---

73) 李用休, 「松穆館集序」, 『松穆館集』: 『閭巷文學叢書』 1, 驪江出版社, 1986, 677면. "詩文
　　有從人起見者, 有從己起見者. 從人起見者鄙無論, 卽從己起見者毋或雜之固與偏, 乃爲眞
　　見. 又必須眞才而輔之, 然後乃有成焉. 予求之有年, 得松穆館主人李君虞裳."
74) 李用休, 「壯窩集序」, 『惠寰雜著』 권9. "今閱此稿, 盖欲自運自貴者, 不模擬依附于古昔
　　大家, 而有眞聲·眞色·眞味. 譬如好茶, 不雜龍麝, 自有眞香也."
75) 杜默은 宋나라의 시인. 그가 지은 시는 거의가 律이 맞지 않았다. 杜撰이란 말은 두묵의
　　잘못된 작사에서 나온 말이다.

왕 영원(伶諢, 배우의 익살) 범주(梵呪, 불교의 呪文)와 같아 독자들이 구두를 떼기 어려우니, 어찌 옳은 것이랴? 오로지 그 격이 높고 기운이 빼어나며, 뜻이 원만하고 말이 새로운 것이, 곧 시가(詩家)의 사조수(射鵰手)[76]인 것이다.[77]

'기'는 이용휴 시론을 관철하는 명사다. 그는 연객(煙客) 허필(許佖)의 만사에서 허필의 시를 평가하여, "진(眞)이 지극할 때 기(奇)를 드러내었다[眞極時露奇]"고 하였다.[78] "탕빈이의 시는 고기(高奇)하다"고 평가했으며, 스스로 자신이 본성이 기이한 것을 좋아하는 사람이라고 밝힌 바 있다.[79] 김택영의 '기궤(奇詭) 첨신(尖新)'이란 평가를 생각해 보자.

기란 무엇인가? 일반적으로 기이함, 신기함으로 번역되는 이 말은, 범상한 상상력을 벗어난 새로운 상상력에 의한 언어와 인식을 말한다. 즉 그것은 예상되는 혹은 상투적 언어표현과 누적된 장르적 관습, 그리고 인식에서 벗어남을 말하는 것이다. 따라서 '기'는 필연적으로 타인 혹은 기성의 작품과의 변별성을 추구한다. 이 변별성은 작가 개인의 독창성과 결합하는 것은 필연적이며, 그것은 곧 개성이라고 말할 수 있다. 그가 평와(萍窩) 김숙(金潚)의 시를 평하면서 속된 즙을 씻었기에 세상과 합치되는 것이 적다라고 한 것과 현사(玄思) 기어(奇語)가 남의 입을 거치지 않은 것이 많다고 한 것[80]은 바로 기의 속성으로 내린 비평이다. 다만 그는 용의주도하게 기가 언어의 제일의성, 즉 언어의 의사소통성을 파괴하는 경지까지 추구되어서는 곤란한 것이라고 미리 못을 박고 있다.

---

76) 射雕手는 독수리를 맞히는 사람. 곧 名弓을 말한다.
77) 李用休, 「題家姪詩稿」, 『惠寰雜著』 單卷. "詩固以奇爲勝. 然若壹於務奇, 則其弊爲杜默. 默之所爲歌行, 往往如伶諢梵呪, 讀者難句, 惡可哉? 惟其格高氣逸, 意圓語新者, 乃詩家射鵰手耳."
78) 李用休, 「許烟客挽」, 『歟歟集』. "其詩似其人, 眞極時露奇. 其書與其畵, 又皆似其詩."
79) 李用休, 「送趙院正徽緖謝恩使赴燕」 1수, 『惠寰雜著』 권11. "燕人若問收書意, 爲說梅南性嗜奇."
80) 李用休, 「萍窩集序」, 위의 책 권7. "其詩襟步不凡, 務湔俗瀋, 故與世寡合, 而玄思奇語, 往往有不經人道者. …… 今余之序士澄者, 非惟伸士澄一人, 將以倂伸諸如士澄者, 此亦士澄之志也."

이용휴가 설정한 기는 원굉노의 문학론의 범위를 벗어나지 못한다. 그는 아마도 원굉도에서 기의 내용을 차용했을 것이다. 원굉도는 이렇게 말한다.

> 문장의 신기함은 정해진 격식이 없다. 단지 사람들이 발하지 못하는 것을 발하려 할 뿐이다. 구법(句法)·자법(字法)·조법(調法)이 하나하나 자기의 흉중에서 유출되면, 이것이 진정 신기한 것이다. 오늘날 일종의 신기한 투자(套子)가 있으니, 신기한 것 같으면서도 실은 부패한 것인즉, 더욱 몹시 미워할 만하다.[81]

타인이 말하지 못하는 것을 말하는 것이 기의 정의다. 기이함은 자기의 흉중에서 흘러나온 것이어야 한다는 독창성의 문제와 결합하고 있는 것이다. 이용휴의 기(奇)를 유만주(兪晩柱)는 구체적으로 평가하고 있다.

> 이 사람의 문장은 지극히 괴이하다. 산문에서는 '지(之)'·'이(而)' 자를 전혀 쓰지 않고, 시에서는 '지'·'이' 자를 피하지 않으니, 일반 사람과 극력 다르게 하려 한 것이다. 이것은 병통이지만, 또한 기이한 것이기도 하다."[82]

다산은 이용휴에 대해서 이렇게 평가하고 있다. "용휴는 진사가 되고는 다시는 과장(科場)에 들어가지 않고, 마음을 다해 문사(文詞)에 골몰하여 우리나라의 비리(鄙俚)한 문체를 씻어내고 힘써 중국의 경지를 따르고자 하였다. 그의 문체는 기이하고 우뚝하니, 요컨대 전우산(錢虞山, 錢謙益)이나 원석공(袁石公, 袁宏道)에 못지않았다."[83] 다산이 이렇게 말하고 있는 것은 이용휴가 실제 전겸익이나 원굉도를 연상시키는 부분이 있었기 때문일 것이다.

---

81) 袁宏道,「答李元善」,『袁宏道集箋校』中, 786면. "文章新奇, 無定格式, 只要發人所不能發. 句法字法調法, 一一從自己胸中流出, 此眞新奇也. 近日有一種新奇套子, 似新實腐. 恐一落此套, 則尤可厭惡之甚."

82) 兪晩柱,『欽英』, 1784년 1월 13일. "혜환의 시 백여 편은 살펴볼 만하다"고 언급한 뒤 다음과 같이 말하고 있다. "此人文章極怪. 於文則全不使之·而字, 而於詩則全不避之·而字. 決要殊異於衆. 此固一病而亦一奇也."

83) 丁若鏞,「貞軒墓誌銘」, 앞의 책, 325면. "旣爲進士, 不復入科場, 專心攻文詞, 淘洗東俚, 力追華夏. 其爲文奇崛新巧, 要不在錢虞山·袁石公之下."

(2) 이언진(李彦瑱)

이언진(1740~1766)은 18세기 후반 서울의 문단에 혜성처럼 출현했던 천재다. 그의 천재성은 '독창성'과 통한다. 스승이었던 이용휴(李用休)가 그런 평가를 내렸거니와 그에 관련된 어떤 문인도 파천황에 가까운 그의 시어(詩語)를 보고 충격을 받지 않을 수 없었다. 과연 그가 남긴 157수의 「동호거실(衕衚居室)」은, 기발한 상상력, 어록체(語錄體)까지 거침없이 구사하는 파격적 시어 구사, 자의식의 거침없는 분출 등으로 유래 없는 독창의 세계를 구축하고 있다. 천재란 평가가 부당하지 않음을 새삼 느낀다.

그렇다면, 이언진의 독창은 시대를 초월한 독창인가? 그것은 시대적 컨텍스트와 아무런 관련이 없는가? 이언진 문학에 대한 후대의 평가자인 장지완(張之琓)은 참고할 만한 증언을 남기고 있다. "송목자(松穆子)는 강양군(江陽君) 개(開)의 후손이고, 통덕랑(通德郎) 덕방(德芳)의 아들인데, 대부(大父) 세급(世伋)이 재자관(賚咨官)으로 연경(燕京)에 갔다가 기이한 책을 많이 사와서 그에게 주었다."[84] 중국에서 수입된 기이한 서적이란 과연 어떤 것들이었을까? 구체적 서명이야 알 수 없지만, 이 서적들의 사유가 흘러들어가 그의 독창을 만들어낸 것은 아닐까? 이 부분을 조심스럽게 검토해 보자.

이언진 사유 안에서 공안파와 양명학적 사유를 찾으려 했지만, 문제는 간단치 않다. 「엄원(弇園)」에서 이언진은 이렇게 말하고 있다. "엄원의 기세는 참 문종(文宗)이리. 풍수설로 치자면, 큰 간룡(幹龍)이지. 눈 아래 석공(石公) 같은 수많은 무리들, 그에 견주면 자손(子孫) 같은 봉우리라"[85]라고 하여 왕세정의 문학을 '진정한 문종'으로 추켜세우고 있다. 여기서 비상하게 흥미를 끄는 것은 석공(石公), 즉 원굉도(袁宏道)의 존재이다. 그는 원굉도와 왕세정(王世貞, 弇園)을 대립적 존재로 인식하고, 왕세정을 원굉도에 비해 우월한

---

84) 張之琓, 「題松穆館稿後」, 李彦瑱, 『松穆館集』: 『閭巷文學叢書』 1, 驪江出版社, 1986, 703면. "松穆子, 江陽君開之後, 通德郎德芳子. 大父世伋以賚咨赴燕, 多貿奇書, 子之."

85) 李彦瑱, 「弇園」, 위의 책, 689면. "弇園氣勢眞文宗, 譬似形家大幹龍. 眼底石公千百輩, 與他都做子孫峰."

존재로 인식하고 있다는 것이다. 즉 그가 의고파(擬古派, 왕세정)와 공안파(公安派, 원굉도)의 문학적 대립을 정확하게 인지하고 있었음은 두말할 필요가 없다. 이래서 문제가 복잡해진다. 원굉도 왕세정의 대립을 인지한 지평에서 왕세정을 고평(高評)했다면, 그의 문학의 지향은 의고적(擬古的)인 것으로 파악해도 무방한가? 그의 왕세정 평가를 어떻게 이해해야 할 것인가? 왕세정을 고평한 것이 왕세정의 의고적 창작론을 수용한 것으로 볼 수 있는가? 이 가정이 사실이라면, 그의 문학은 자연 의고적 작풍이라는 관점에서 평가받아야 마땅했을 것이다.

강동엽 교수가 소개한 유유한(劉維翰)[86]의 『동사여담(東槎餘談)』[87]의 자료 역시 「엄원」의 내용을 지지한다. 이언진은 1763년 통신사행에 압물판사(押物判事)로 수행했던바, 이때 일본인 유유한은 이언진을 찾아 대화를 나눈다. 『동사여담』의 유유한·이언진의 대화에서도 이언진은 왕세정을 고평한다. 강동엽 교수가 인용한 자료에 한정할 때 이언진이 의고파 왕세정을 높이 평가한 것은 명백한 사실로 생각된다. 하지만 『동사여담』의 이언진·유유한의 대화 전체를 통독해 보면,[88] 이언진은 과연 왕세정을 고평하고는 있지만, 그 고평은 의고적 창작론의 추종과는 다른 차원이라는 점을 확인할 수 있다. 그 차원은 대개 이런 것으로 추측된다. 예컨대 왕세정의 작품세계는 실로 굉박(宏博), 호한하다. 이언진은 시와 산문, 역사, 문학 비평, 서화, 금석, 연극 등 중세인이 상상할 수 있는 거의 모든 인문예술 분야에 걸친 왕세정의 굉박한 지식과 호한한 업적에 공감한 것이 아닐까 한다. 또 이언진은 자신의 스승인 이용휴의 지도로 초기에 추종했던 의고적 창작론에서 빠져나

---

86) 일본명은 宮瀬維翰. 자는 文翼, 호는 龍門. 1719~1771.
87) 이 자료를 소개한 논문은 姜東燁, 「'虞裳傳'에 투영된 李彦瑱과 그의 世界認識」; 김현룡·박용식 편저, 『고전문학 새 조명』, 박이정, 1996이다.
88) 필자는 강동엽 교수가 소개한 『동사여담』의 자료를 보고 퍽 당혹스러웠다. 왜냐하면 이언진이 왕세정과 이반룡을 고평하였다는 자료는 『송목관집』의 「엄원」의 발언을 강화시키는 것이었기 때문이었다. 이 때문에 『동사여담』 전체를 읽어야만 하였다. 『동사여담』의 소재처를 찾다가 한양대학교 국문학과 정민 교수의 호의로 복사본을 한 부 얻어 읽을 수 있었고, 궁금했던 바를 풀 수 있었다.

왔음을 스스로 밝히고 있기도 하다. 즉 그의 왕세정에 대한 고평은, 의고적 창작론과는 다른 차원에서 이루어지고 있으며, 또 이용휴를 만난 뒤 스스로 의고적 창작론에서 빠져나왔던 것으로 여겨지는 것이다.

이 점을 입증하기 위해 이언진을 지도하고 그의 문학에 대한 최선의 이해자였던 이용휴의 「송목관집서(松穆館集序)」를 다시 읽어 보자.

> 시문에는 남의 생각에 근거해 견해를 일으키는 경우도 있고, 자신만의 생각에 근거해 견해를 일으키는 경우도 있다. 남의 생각에 근거해 견해를 일으키는 자는 비루해서 논할 것도 없지만, 자기만의 생각에 근거해 견해를 일으키는 사람이라 해도 고집과 편견을 섞지 않아야 비로소 참다운 견해[眞見]가 될 것이다. 그리고 또 반드시 참다운 재능[眞才]으로 그것을 보완한 연후에야 비로소 성취가 있게 되는 것이다. 나는 그런 사람을 몇 년을 찾아 헤맨 끝에 송목관주인(松穆館主人) 이군(李君) 우상(虞裳)을 얻었다.[89]

남의 생각에 근거해 견해를 일으키는 경우, 자기만의 생각에 근거해 견해를 일으키는 경우는 상호 대립한다. 압축하면 이 대립은 16세기 이래 중국과 조선 문단의 비평적 화두였던, 의고(擬古)와 창신(創新)의 대립이며, 문학 유파로는 의고파(擬古派)와 공안파(公安派)의 대립이다. 이용휴는 물론 창신 쪽이다. 다만 그는 창신이 흔히 빠지는 위험, 즉 고집과 편견에서 탈피할 것을 말하고 있다. 이 대립에서 이용휴는 이언진을 반의고적 창신이라고 명쾌하게 판단하고 있는 것이다.

김숙(金潚)이 남긴 또 다른 발문을 보자.

> ① 문장은 한(漢)나라, 시는 당(唐)나라 이후 비로소 아무개는 아무를 배웠다는 말이 있게 되었다. 예컨대 자후(子厚)가 좌구명을, 무관(務觀)이 두보를 배웠다는 것이 그것이다. 그러나 이것은 다만 후세인으로서 그 신채(神采)가 방불한 경우에 한

---

89) 李用休, 「松穆館集序」, 李彦瑱, 앞의 책, 677면. "詩文有從人起見者, 有從己起見者. 從人起見者鄙無論, 卽從己起見者毋或雜之固與偏, 乃爲眞見. 又必須眞才而輔之, 然後乃有成焉. 予求之有年, 得松穆館主人李君虞裳."

해서만 논한 것일 뿐이다.

② 자후(子厚)가 어찌 좌구명을 기준으로 삼았으며, 무관(務觀)이 어찌 자미(子美)를 사모했겠는가? 도리어 스스로 자후가 되고 무관이 되었을 뿐이다.

③ 후세에 반드시 한(漢)·당(唐)·송(宋)·명(明)을 일컬으며 센텐스와 글자를 닮고자 하는 것은 또한 비루하지 아니한가?

④ 시문(詩文)이 전인(前人)을 도습(蹈襲)하지 않고 전적으로 자기 자신에게서 나온 경우를, 나는 이군(李君) 우상(虞裳)에게서 보았다. 말은 간략하면서도 뜻은 깊고, 식견은 넓으면서도 가락은 기이하니, 비록 세상의 노숙(老宿)이라 할지라도 문장은 쉽게 구두를 뗄 수 없을 것이요, 시는 쉽게 이해할 수 없을 것이다. 읽는 자들이 곧 이것은 누구를 배운 것이라고 하지만, 만약 누구를 배운 것이라고 한다면, 우상(虞裳)의 뜻이 아닌 것이다. 그를 칭찬해도 기뻐하지 않으며, 헐뜯어도 노하지 않으니, 그 뜻은 바로 여기에 있을 것이다.90)

①의 한(漢) 이후의 산문, 당(唐) 이후의 시 운운은 문필진한(文必秦漢) 시필성당(詩必盛唐)이라는 의고파의 창작모토를 비판적으로 의식해서 한 말이다. 일반적으로 전대의 탁월한 예술적 성취가 후대의 학습의 대상이 되듯, 진(秦)·한(漢)의 산문과 성당의 한시는 중국문학사상 워낙 탁월한 성취이기에 후대의 작가 시인의 학습의 대상이 되었던 것은 두말할 나위가 없다. 하지만 김숙은 이런 일반적인 상황을 언급하는 것이 아니다.

김숙은 학습의 층위를 문제 삼고 있다. 고전(古典)─전범(典範)이 학습의 대상이라면, 무엇을 학습할 것인가? 곧 학습의 층위는 어디에 있어야 하는가를 묻고 있는 것이다. 성공적인 학습자는 신채(神采)─대상의 정기(精氣)를 배웠다. 즉 고전이 고전일 수 있게 하는 요체를 배웠다는 말이다. 여기서의 요체란 확정할 수 없는 애매한 것이지만, 적어도 ③에서 말하는 센텐스와 글자의

---

90) 金潚, 「松穆館集跋」, 李彦瑱, 앞의 책, 703면. "文後於漢, 詩後於唐, 始有某學某之稱. 若子厚學左, 務觀學杜, 是也. 然此特後之人就其神采彷佛者而論之耳. 子厚豈準丘明, 務觀豈摹子美哉? 顧自爲子厚·務觀而已. 世之必曰漢·唐·宋·明, 而欲句類而字肖之者, 不其陋乎? 詩文之不蹈襲前人, 而專出於已者, 吾見李君虞裳. 言簡而旨深, 識博而調奇, 雖世之老宿, 文未易句, 詩未易解. 讀之者乃曰是學誰也, 如可謂之學誰, 則非虞裳之志也. 譽之而不喜, 毁之而不怒, 其志必有在矣."

충위는 아니다. 김숙이 비판하는 ③의 센텐스와 글자를 닮고자 하는 경우란 전범으로부터 센텐스와 어휘를 차용하여 작품을 구성하는 것, 곧 왕세정·이반룡(특히 이반룡)의 의고적 창작론의 핵심이었다.

김숙은 이언진 문학의 성취가 절대적 전범을 설정하고 전범과의 언어적 근사성(近似性)을 추구하는 의고적 창작론과 대척적인 지점, 즉 "전인(前人)을 도습(蹈襲)하지 않고 전적으로 자기 자신에게서 나오는" 다시 말해 자신의 언어를 구사하는 창신적(創新的) 창작론을 대립시키고 있다. 이 창신적 창작론이란 것의 유래는 공안파일 수밖에 없다. 무엇보다 김숙 자신이 공안파의 논리를 끌어들이고 있다는 점에 주의할 필요가 있다. 예컨대 위의 ③과 ④는 다름 아닌 공안파의 논리를 차용한 것이다. 거듭 인용해 본다.

②자후(子厚)가 어찌 좌구명을 기준으로 삼았으며, 무관(務觀)이 어찌 자미(子美)를 사모했겠는가? 도리어 스스로 자후가 되고 무관이 되었을 뿐이다.
③후세에 반드시 한(漢)·당(唐)·송(宋)·명(明)을 일컬으며 센텐스와 글자를 닮고자 하는 것은 또한 비루하지 아니한가?

이것은 다음과 같은 공안파의 논리와 통한다.

①당(唐)에는 당(唐)의 시가 있다. 『문선(文選)』의 체(體)일 필요가 없는 것이다. 초당(初唐)·중당(中唐)·성당(盛唐)·만당(晚唐)에는 초당·중당·성당·만당의 시가 있다. 반드시 초당·성당일 필요가 없는 것이다. 이백(李白)·두보(杜甫)·왕유(王維)·잠삼(岑參)·전기(錢起)·유우석(劉禹錫), 그리고 아래로 원진(元稹)·백거이(白居易)·노동(盧仝)·정전(鄭畋)까지 각자 자신의 시가 있는 것이니 이백과 두보라야 할 필요가 없는 것이다. 조송(趙宋) 역시 그러하다. 진사도(陳師道)·구양수(歐陽修)·소동파(蘇東坡)·황정견(黃庭堅) 등 여러 사람이 한 글자라도 당나라를 도습(蹈襲)한 것이 있었던가? 한 글자라도 서로 도습한 것이 있었던가?[91]

---

91) 袁宏道,「丘長孺」,『袁宏道集箋校』上, 284면. "唐自有詩也, 不必選體也. 初·盛·中·晚自有詩也, 不必初·盛也. 李·杜·王·岑·錢·劉, 下迨元·白·盧·鄭, 各自有詩也, 不必李·杜也. 趙宋亦然. 陳·歐·蘇·黃諸人, 有一字襲唐者乎? 又有一字相襲者乎?"

② 도무지 알지 못하겠다. 산문은 진(秦)·한(漢)을 표준으로 해야 한다고 하지만, 진(秦)나라 한(漢)나라 사람이 어찌 글자마다 육경(六經)을 배웠단 말인가? 시는 성당(盛唐)을 표준으로 해야 한다고 하지만, 성당 사람이 어찌 글자마다 한(漢)·위(魏)를 배웠단 말인가? 진(秦)나라 한(漢)나라 사람으로 육경을 배웠다면, 어찌 다시 진(秦)나라 한(漢)나라의 문장이 있으랴. 성당(盛唐) 사람으로 한(漢)·위(魏)를 배웠다면 어찌 다시 성당(盛唐)의 시가 있으랴.92)

김숙의 이언진에 대한 평가의 논리와 다르지 않다. 김숙 역시 의고파와 공안파의 대립을 인지하고, 공안파의 관점에서 이언진에게서 공안파적 논리를 찾아내었던 것이다.

과연 이언진은 공안파와 양명학을 수용하고 있었던 것인가? 우회하는 길이 되겠지만, 먼저 「우상전(虞裳傳)」을 써서 이언진의 천재를 기념했던 연암(燕巖)의 말을 들어보자.

나는 우상(虞裳)과 서로 모르는 사이였다. 그러나 우상은 자주 사람을 시켜 나에게 자신의 시를 보냈다. "이 사람만은 아마 나를 알 수 있을 거야." 내가 농담으로 "이건 오농(吳儂)의 가는 침[細唾]이야. 자질구레하여 귀하게 여길 것이 없어"라고 했더니, 우상은 노하여 "창부(傖夫)가 남의 기를 돋구네" 하였다. 그리고는 한참 있다가 "내가 이 세상에 오래 있을 수가 있겠어?" 하며 탄식하더니, 몇 줄기 눈물을 흘렸다. 나 역시 듣고 슬퍼하였다.93)

연암의 혹평 '오농(吳儂)의 가는 침[吳儂細唾]'란 말에 주목하자. '세타(細唾)' 곧 '가는 침'은 보잘것없는 말이란 뜻이니, 별반 따질 것이 없다. 그런데 '오농(吳儂)'이란 말은 검토가 필요하다. 오농은 '오인(吳人)' 곧 오(吳) 지방 사람

---

92) 袁宏道, 「敍小修詩」, 위의 책, 188면. "曾不知文準秦漢矣, 秦漢人曷嘗字字學六經歟? 詩準盛唐矣, 盛唐人曷嘗字字學漢魏歟? 秦漢而學六經, 豈夏有秦漢之文? 盛唐而學漢魏, 豈夏有盛唐之詩?"

93) 朴趾源, 「虞裳傳」, 『燕巖集』: 『韓國文集叢刊』 252, 125~126면. "余與虞裳生不相識. 然虞裳數使示其詩曰: '獨此子庶能知吾.' 余戲謂其人曰: '此吳儂細唾. 瑣瑣不足珍也.' 虞裳怒曰: '傖夫氣人.' 久之歎曰: '吾其久於世哉.' 因泣數行下. 余亦聞而悲之."

을 가리킨다. '농(儂)'은 오(吳) 지방 사람들의 자칭이니,94) 'I'에 해당하는 오의 방언인 것이다. '오농세타(吳儂細唾)'란 '오 지방 놈의 하잘것없는 말'이란 뜻이다. 문제는 '농'이 문언문에는 거의 쓰이지 않는 문자인데, 연암은 왜 이 희한한 문자로 이언진을 꼬집고 있는 것인가.

연암의 오농세타란 혹평에 대해 이언진은 연암을 '창부(傖夫)'라 부르고 있는데, 이 말 역시 따져볼 만한 가치가 있다. '창(傖)'은 원래 비천한 사람을 일컫는 말로, 흔히 쓰이는 말은 아니다. 왜 이 두 사람 사이에 오농(吳儂)이니 창부(傖夫)니 하는 문자가 오간 것인가? 이 두 말은 어떤 맥락에서 쓰이고 있는가. 연암은 만년에 모인(某人)에게 보낸 편지글에서 이런 말을 하고 있다.

> 평소 문학에 있어서 비평(批評)과 소품(小品) 보기를 좋아해, 찾는 것은 오직 묘혜(妙慧)한 견해이고, 깊이 맛들인 것은 첨산(尖酸)한 말이 아님이 없습니다. 이것은 비록 젊어서 한때 좋아할 것이나, 노실(老實)해지면 자연히 깎여 없어지는 법이니, 깊이 말할 필요는 없을 것입니다.
>
> 대저 이런 문체(文體)는 전혀 전형(典刑)이 없고, 그리 이아(爾雅)하지도 않습니다. 명말(明末)의 문식(文飾)이 승하고 실질이 피폐한 시기에 오(吳)·초(楚) 지방의 잔재주의 박덕한 자들이 조궤(弔詭)한 말을 짓기에 힘써 일단의 풍치(風致)나 척자(隻字)의 신어(新語)가 없는 것은 아니지만, 마르고 여위며 파쇄(破碎)하여 원기(元氣)가 사그라져 없으니, 고래(古來)로부터의 오창(吳傖)·초농(楚儂)의 궁박한 자취와 거칠고 음란한 말을 어찌 본받을 것이 있겠습니까?95)

연암은 편지의 수신자에게 비평과 소품의 문체를 사용하지 말 것을 권하고 있다. 여기서 비평 소품의 성격과 발생처가 문제다. 연암에 의하면, 비평 소품은 묘혜(妙慧)한 견해와 첨산(尖酸)한 말을 특징으로 한다. 곧 세계에 대

---

94) 『中文大辭典』. "吳儂, 猶言吳人. 按吳人自稱曰儂."

95) 朴趾源, 「與人」, 앞의 책, 75면. "平日於文學, 好看批評小品, 探索者惟是妙慧之解, 深味者無非尖酸之語. 此等雖年少一時之嗜好, 漸到老實則自然刊落, 不必深言. 而大低此等文體全無典刑, 不甚爾雅. 明末文勝質弊之時, 吳·楚間所小才薄德之士務爲弔詭, 非無一段風致, 隻字新語, 而瘦貧破碎, 元氣消削, 則古來吳傖·楚儂之畸蹤窮跡, 齷唾迕咳, 何足步武哉."

한 비범하고 독특한 견해와 새로운 언어란 의미로 이해된다. 이 비평과 소품은 명말이란 특정 시기와 오(吳)·초(楚)란 특정 지방의 문인에게서 발생, 발전한 것이다. 연암은 일반적인 의미에서 '경박한 사람'이란 의미로 오농세타란 말을 쓰고 있는 것이 아니다. 다시 말해 명말(明末)의 오(吳)·초(楚) 지방에서 묘혜(妙慧)한 견해와 첨산(尖酸)한 언어로 비평과 소품(小品)을 창작했던 문인그룹을 '오창(吳傖)·초농(楚儂)'(吳儂·楚傖과 같음)이란 말로 표현하고 있는 것이다.

명말 오(吳)·초(楚) 지방의 독특한 비평과 소품이라면, 원굉도 외에 다른 인물이 될 가능성은 없다. 또 원굉도는 실제 오현(吳縣) 현령(縣令)을 지냈고 자신의 평문에서도 오농(吳儂)이란 말을 쓰고 있다.

　　근래 학문이 자못 진보하였는지요. '오농(吳儂)' 중에 더불어 학문을 말할 만한 사람은 서참의(徐參議) 원정(園亭)과 서소경(徐少卿)이 있을 뿐입니다. 어떤 영이(靈異)로 이 세 사람이 생겼는지요 기이하고 기이한 일입니다.96)

　　지난해 여러 명사(名士)들이 모였는데, 한 마디도 선(禪)에 대해서는 언급이 없었습니다. 때문에 오령(吳令)으로 있을 때 '오농'이 말을 이해하지 못하는 것을 유감으로 여겼습니다. 한데 백곡(百穀)이 선에 뜻을 두고 계실 줄은 정말 몰랐습니다.97)

　　제가 말한 '오농은 말을 이해하지 못 한다'는 것은, 더욱 유우(幼于)와는 상관이 없습니다. 가형(家兄) 백수(伯修)와 왕이명(王以明)은 모두 진정으로 부처를 배운 사람입니다. 백수의 편지는 본디 학문을 물은 것입니다. 무슨 이유로 원정(園亭)과 가아(家兒)를 끌어대겠습니까. 만약 오 지방에 선어(禪語)를 이해하는 사람이 오직 이 사람들뿐이라고 한다면, 원정은 본디 지식이 있는 사람이 아니니, 어떻게 말을 이해한다고 말할 수 있겠습니까?98)

---

96) 袁宏道,「伯修」,『袁宏道集箋校』上, 232~233면. "近日學問頗覺長進否? 吳儂可與語者, 徐參議園亭, 徐少卿歌兒耳. 何物靈異, 出此三物, 奇哉奇哉!"

97) 袁宏道,「王百穀」, 위의 책, 496면. "往歲會諸名士, 都無一字及禪, 以故吳令時, 每以吳儂不解語爲恨, 不知百穀之有意乎禪也."

98) 袁宏道,「張幼于」, 위의 책, 503면. "至于所說'吳儂不解語' 則尤與幼于無交涉. 夫家伯修

세 번째 글 장유우에게 보낸 편지는 의고적 창작에 대한 비판을 포함하고 있는 원굉도의 대표적인 비평문이기도 하다. 연암이 원굉도의 비평문을 읽고 그의 비평을 광범위하게 수용한 사실이 이미 밝혀진 이상,99) 오농(吳儂)·초창(楚傖)이란 문자가 원굉도 일파, 즉 공안파를 가리키고 있음은 두말할 나위가 없는 것이다.

즉 「우상전」에서 연암이 이언진을 두고 '오농(吳儂)의 가는 침'이라고 한 것은 원굉도, 즉 공안파에 근거를 둔 경박한 가치 없는 작품이라는 의미로 읽힌다. 이에 대해 이언진은 '초창(楚傖)'이란 말로 되받아 쳤으니, 너 역시 같은 성격의 문학을 하지 않느냐는 말이다. 요컨대 연암은 이언진의 작품에서 공안파의 기미를 읽어냈고, 그래서 너의 작품은 공안파에서 나온 것이 아니냐라고 했던바, 이언진은 이 말에 대해 너 역시 공안파에 기대고 있지 않느냐고 답했던 것이다. 연암과 이언진은 서로의 문학에 내재하고 있는 공안파를 읽어내고 있었던 것이다.

이제 「동호거실(衕衚居室)」을 통해 이언진의 문학과 공안파와의 관련성에 대해 탐색해 보자.100)

食經夜便嫌敗,	밥 먹고 하루를 지나면 썩은 것이 싫고
衣經歲便嫌古.	옷도 한 해를 지나면 낡은 것이 싫네.
文士家爛口氣,	문사들의 썩은 입 냄새
漢唐來那不腐.(88)	한(漢)나라 당(唐)나라가 어찌 부패하지 않았으리.

詩不套畵不格,	시는 투식을 버리고 그림은 격식(格式)을 떠나며
翻窠臼脫蹊徑.	과구(窠臼)를 뒤집고 혜경(蹊徑)을 벗어나야 하리.

與王以明皆眞切學佛人. 伯修書本問學問, 何故系之以園亭·歌兒? 若曰吳中解禪語者, 惟此輩爾. 夫園亭非有知之物, 安得謂之解語?"

99) 연암과 공안파와의 관계는 뒤에 따로 다룬다. 본서의 367~399면을 볼 것.

100) 「동호거실」은 李彦瑱, 『松穆舘集』:『閭巷文學叢書』1, 691~699면에 모두 157편의 6언시다. 앞으로 이 시에서 인용할 경우 따로 책의 면수를 밝히지 않고 작품 끝에 일련번호만을 붙인다.

不行前聖行處,　　　　전성(前聖)이 가던 길을 가지 않아야
方做後來眞聖.(54)　　　비로소 후세에 참 성인이 되리.

　　하루를 지나면 먹은 밥은 오물이 되고, 한 해를 넘기면 입었던 옷은 헌옷이 되듯, 과거의 문학은 시간의 풍화를 거치며 창조의 생기를 상실한다. 이언진은 어떤 예술적 성취라 할지라도 시간의 단련을 견디어 내는 초시대적 가치를 지닐 수는 없다고 말한다. 의고주의자(擬古主義者)들이 영원한 전범으로 삼았던 서한(西漢)의 산문과 성당(盛唐)의 시 역시 이제 악취를 풍기는 부패한 작품에 불과하다. 이제 대안으로서의 실천 방법을 어떻게 확보할 것인가. 상투화된 투식, 격식을 버릴 것, 그리고 상투적인 형식[窠臼]을 뒤집어엎고, 이미 이루어진 좁은 길[蹊徑]을 벗어나라고 한다. 곧 전범(典範)은 창조의 원천이 아니라, 도리어 과구와 혜경이 되어 예술 창조의 생동력(生動力)을 압살하는 도구에 불과하다. 전 시대 성인의 길을 따르지 않아야 비로소 미래에 성인이 될 수 있듯, 예술이 과거 전범의 족쇄로부터 해방되는 것이 예술 창조의 첫걸음임을 힘주어 말하고 있는 것이다. 요컨대 그의 비평적 문제 설정은 철저히 반의고적(反擬古的)인 것이다.

　　의고와 창신, 의고파와 공안파의 대립은, 문학의 언어를 전범의 언어로 제한할 것인가, 아니면 전범의 언어로부터 해방되어 새로운 언어를 창출할 것인가, 언어를 통제하는 과거의 규율―법의 존재를 인정하고 추수할 것인가, 아니면 그 규율로부터 해방되어 새로운 언어의 규율을 만들어낼 것인가 하는 복잡한 문제에 대한 대척적 의견의 각립(角立)이었다. 반의고적 창작론을 주장한 이언진은 이 문제에 어떻게 답하고 있는가.

語有新有陳腐,　　　　말에는 새로운 것도, 진부한 것도 있고,
法有活有印板.　　　　법에는 산 것도 있고, 인쇄판 같은 것도 있지.
萬山包藏眞穴,　　　　만산(萬山)에 감춰진 진혈(眞穴)을
覘者除是神眼.(22)　　엿보는 자 신안(神眼)이겠지.

진부한 말과 인쇄판(印刷版) 같은 창작의 규율을 벗어나서 새로운 언어와 새로운 언어의 규율을 창출하라는 것이다. 그리하여 문학 창작의 비밀―진혈(眞穴)을 찾으라는 말이다. 이언진의 사유는 정확하게 공안파의 반의고적 창작론에 상응한다.

이 도저한 반의고주의는 과연 이언진의 독창적 사유의 결과물인가? 그는 홀로 이런 사유에 도달했던 것인가? 이언진 자신이 비판한 의고적 창작론이 16세기 이후 동아시아 문학계의 담론이었듯, 그 자신도 그 맥락을 벗어날 수는 없었다. 당연히 그의 사유 역시 동일한 비평사적 맥락에서 차용된 것이다. 그의 반의고주의(反擬古主義)는 원굉도에서 인용된 것으로 여겨진다. 이제 원굉도의 육성(肉聲)을 들어보자. 원굉도는 「서매자마왕고(敍梅子馬王稿)」에서 이렇게 말하고 있다.

> 내가 시를 논한 것이 세상의 주장과 다른 것이 많기에 세상에 나를 좋아하는 사람이 없다. …… 매자(梅子, 梅蕃祚)가 일찍이 나에게 "시도(詩道)의 더러움이 오늘날 같은 적이 없다. 수준이 높은 자는 격투(格套)에 속박되어[爲格套所縛], 깃촉을 꺾인 새처럼 날고자 해도 날 수가 없고, 수준이 낮은 자는 그림자나 소리를 표절(剽竊)하니 마치 늙은 할미가 분칠을 한 것 같다"고 하였다.101)

격투에 속박당한다는 것은 의고문파가 창작 원리로 주장한 격률(格律)에 지배받는다는 것이다. 위의 인용문에 이어지는 부분은 이렇다. "능히 자신의 견해를 펼쳐내되 마음대로 말하고, 팔에 입을 붙인 사람은, 내가 본 바로는 거의 없다."102) 격투에서 벗어난 창작의 자유를 말한다. 격투에서 벗어나 창작의 자유를 획득하는 것이야말로 탈의고의 핵심 강령이다. 앞서 「동호거실」(54)은 이와 같은 공안파의 사유를 받아들인 것으로 보인다.

---

101) 袁宏道, 「敍梅子馬王程稿」, 『袁宏道集箋校』 中, 699면. "余論詩多異時軌, 世未有好之者. …… 梅子嘗語余曰 : '詩道之穢, 未有如今日者. 其高者爲格套所縛, 如殺翮之鳥, 欲飛不得. 而其卑者, 剽竊影響, 若老嫗之傳粉."
102) 위의 책, 같은 면. "其能獨抒其見, 信心而言, 寄口於腕者, 余所見蓋無幾也."

과구(窠臼)를 뒤집고 혜경(蹊徑)을 벗어난나는 표현 역시 원굉도가 즐겨 구사하던 것이다. 즉 의고주의 비판, 독창성 강조란 맥락에서 원굉도는 '과구(窠臼)를 뒤집는다', '혜경(蹊徑)을 벗어난다'라는 표현을 자주 구사하였다. 원굉도를 읽어보자.

저는 근대에서 한 사람의 시인을 얻었는데, 서위(徐渭)라고 합니다. 그의 시는 **과구(窠臼)를 깡그리 뒤집고〔盡翻窠臼〕** 스스로 수안(手眼)을 내었습니다. 장길(長吉)의 기이함이 있되 그 말을 통창하게 만들었고, 두공부의 뼈를 빼앗는가 하면 그 살거죽을 벗기고, 소자첨의 능변을 갖추고 그 기를 빼어나게 만들었으니, 칠자(七子)는 말할 것도 없고, 하(何)·이(李)는 마땅히 그 아래에 있을 것입니다.103)

여러 작품들을 꼼꼼히 읽어보니, 정말 당인(唐人)의 풍격(風格)이었습니다. 전(錢)·유(劉)와 견주어도 누가 나은지를 알 수가 없었습니다. 근래에 학사대부(學士大夫)들이 자못 시를 말하는 것을 꺼리고, 또 시를 말하는 자도 또 당송(唐宋)사람의 시를 찬찬히 완상하려 하지 않으며 억지로 떠벌리기만 하니, 천편일률입니다. 한두 현자(賢者)가 극력 만회하여, 이제 비로소 이 소굴을 뒤집을 수 있게 되었습니다〔**翻此巢窟**〕."104)

전에 탕해약(湯海若)이 「이우계상낙화시인자(二虞溪上落花詩引子)」를 지은 것을 보았는데, 아주 묘하였습니다. 금일 문사들의 **혜경(蹊徑)**을 완전히 벗어났더군요."105)

가집(佳集)을 읽어보니, 청신(淸新)하고 웅려(雄麗)하여, 한 마디 말도 **근대(近代)의 혜경(蹊徑)**에 들어간 것이 없었습니다. 형께서 남의 근각(根脚)을 절대로 따르지

---

103) 袁宏道,「答馮侍郎座主」, 위의 책, 769~770면. "宏於近代得一詩人曰徐渭, 其詩盡翻窠臼, 自出手眼, 有長吉之奇, 而暢其語; 奪工部之骨, 而脫其膚; 挾子瞻之辨, 而逸其氣. 無論七子, 卽何·李當在下風."
104) 袁宏道,「又答張東阿」, 위의 책, 736면. "細讀諸作, 眞是唐人風格. 方之錢·劉, 未知孰爲優劣. 近時學士大夫, 頗諱言詩, 有言詩者, 又不肯細玩唐宋人詩, 强爲大聲壯語, 千篇一律, 須一二賢者, 極力挽回, 始能翻此巢窟."
105) 袁宏道,「江進之」,『袁宏道集箋校』上, 511면. "前見湯海若作二虞溪上落花詩引子, 妙甚, 脫盡今日文士蹊徑."

않는 분이라는 것을 알았습니다.106)

　　하기야 혜경과 과굴을 뒤집는다는 표현이 여기서 나온 것이라고는 단정
할 수 없다. 하지만 그가 원굉도를 인지하고 있었고, 또 왕세정과 원굉도를
대립시키고 있었던 것을 생각한다면, 혜경과 과구 등은 원굉도로부터의 차
용이라 보는 것이 타당할 것이다. 또 이런 과감한 반의고적 발언은 원굉도가
아니면 그 전례가 없다. 이언진의 문학사유가 의고주의가 아니라, 독창성을
추구하는 원굉도의 비평에서 출발하고 있음을 이제 확신해도 좋을 것이다.
　　이 결과를 바탕으로 하여, 이언진이 말한 문예의 독창성의 기원을 다시
생각해 보자. 공안파의 독창성이 개아(個我)의 주체성을 전제하듯, 이언진 역
시 동일한 논리를 취하고 있다. 다음 시를 보자.

<blockquote>

猛可裡想起來,　　　　문득 생각해 보니
我有眼寄在人.　　　　나의 눈이 남에게 가 있네.
眼有神必叫冤,　　　　눈에 정신이 있다면 반드시 억울하다 외치리니
尋我眼還我身.(66)　　내 눈을 찾아 나의 몸에 가져오리.

</blockquote>

　　나의 눈―주체는 남에게 가 있다. 나는 나의 눈으로 세계를 보는 것이 아
니라, 남의 눈―타자의 세계관으로 세계를 본다. 당연히 나의 눈을 찾아, 즉
타자의 세계관이 아닌 나의 세계관으로 세계를 보아야 할 것이다. 문학으로
말하자면, 그것은 전범을 추종하는 의고적 창작론이 아닌, 나의 언어를 구
축하는 창신적 창작론을 뜻한다. 새로운 언어를 창출하라는 그의 주문은 타
자가 아닌 주체의 언어적 표현을 말하는 것이다.

<blockquote>

眞普陀活觀音,　　　　참 보살, 활관음(活觀音)이 열 걸음 안에 있어도
在十步吾不往.　　　　나는 그 쪽으로 가지 않으리,

</blockquote>

---

106) 袁宏道,「答張東阿」,『袁宏道集箋校』中, 735면. "讀佳集, 淸新雄麗, 無一語入近代蹊徑,
　　知兄大非隨人根脚者."

吾有母眞佛母,　　　　나에게 진정한 불모(佛母)가 계시니,
吾在家好供養.(100)　　나는 집에서 그 분을 좋이 공양하리.

　참 보살, 진보타 활관음―진리가 나와 아무리 근접해 있어도 그것은 남의 진리이지 나의 진리가 아니다. 자신의 집에 있는 불모(佛母, 佛法)가 나의 진리다. 진리는 오로지 개아의 주체적 자각을 통해 이루어짐을 말하고 있는 것이다.

　「동호거실」에서 이 개아의 주체성을 극한까지 밀어붙인다. 그리하여 "나는 나를 벗 할 뿐, 남을 벗하지 않는다"[107]며 타자와의 관계 자체를 부정하는 포즈를 취한다. 이 극단의 형태는 다양하게 변주된다.

造物寵我爲人,　　　　조물주 나를 사랑해 사람으로 내시었으니
再拜謝天謝地.　　　　거듭 절하며 하늘과 땅에 감사하노라.
出萬象媚吾目,　　　　만상을 내어 나의 눈을 즐겁게 하고,
有萬聲樂吾耳.(84)　　만가지 소리로 나의 귀를 즐겁게 해 주네.

　세계는 오직 개아(個我)를 위해 존재한다는 것이다. 요컨대 이언진의 주체성을 향한 사유는 타자와의 관계를 부정하고, 유아론(唯我論)이라 할 수 있을 정도의 극단적인 경지로까지 확장되고 있다. 이 "나를 벗할 뿐, 남을 벗하지 않는다"는 도저한 주체의식이 타인이 수립한 전범, 예술적 성취에 의지하는 의고적 문학론을 부정하는 근저가 되고 있음은 두말할 필요가 없다. 이제 새로운 문제가 제기된다. 그렇다면, 이 주체성의 극단적 추구는 어디서 연유한 것이란 말인가.

　공안파 문학의 주체성은 말할 것도 없이 양명학을 그 논리적 근원으로 삼고 있다. 즉 양명학이 주자학의 정리(定理)를 비판했던 논리를 차용하여 공안파는 문학에서의 절대적 전범과 격률(格律)―법(法)의 존재를 부정했던 것이다. 이언진이 공안파의 논리를 차용하고 있다면, 동일하게 그에게서 양

---

107) "一虞裳一蟹蕩, 我友我不友人. 詞客供奉同姓, 畵師摩詰後身."(2)

명학의 논리가 발견되어야 할 것이다. 이언진에게서 양명학의 논리를 모색해 보자.

　다음 작품은 이언진과 양명학과의 관계를 입증하는 데 퍽 중요한 것으로 생각된다.

滿街路皆聖賢,　　　　길거리 가득한 사람 모두 성인(聖人)이어니
但驅使饑寒苦.　　　　다만 기한(飢寒)에 몰려 괴로울 뿐.
有良知有良能,　　　　양지(良知)와 양능(良能)이 있으니
孟氏取吾亦取.(30)　　맹씨(孟氏)가 취한 것 나도 취하리라.

　인간은 생래적으로 양지(良知)와 양능(良能)을 가지고 태어난다. 『맹자(孟子)』에 기원을 두고 있는 '양지'·'양능'은 양명학의 근거 개념이다. 이언진이 맹자가 말한 양지와 양능을 자신도 취한다고 말한 데서 그가 양명학의 논리를 수용했음을 간취할 수 있다. 하지만 이것만으로는 무언가 부족하다. 즉 그가 『맹자』란 오리지널 텍스트에서 양지와 양능을 취하고 있는 것인가, 아니면 양명학이란 컨텍스트에서 취하고 있는가 하는 것은 반드시 짚고 넘어가야 할 문제다. "길거리 가득한 사람 모두 성인"이라는 부분이 해결의 실마리다. 이 구절은 왕양명의 『전습록(傳習錄)』에서 인용된 것이다. 『전습록』의 해당 부분을 보자.

> 선생께서 사람을 단련(鍛鍊)시키실 때는 한 마디 말로 사람을 깊이 감동시키셨다. 하루는 왕여지(王汝止, 王艮)가 외출했다가 돌아왔다. 선생께서 "외출하여 무엇을 보았으냐?"고 물으시자, "길거리 가득한 사람이 모두 성인(聖人)임을 보았습니다[見滿街人都是聖人]" 하였다. 선생께서 "네가 길거리 가득한 모든 사람이 성인임을 보았다면, 길거리 가득한 사람들이 네가 성인임을 보았을 것이다" 하셨다.
>
> 또 하루는 동라석(董羅石)이 외출했다가 돌아와 선생을 뵙고 말하기를, "오늘 한 가지 특이한 일이 있었습니다." 선생이 "무슨 특이한 일이냐?"고 하시자, 대답하기를, "길거리 가득한 사람이 모두 성인임을 보았습니다[見滿街人都是聖人]" 하였다. 선생께서는 "이것은 예삿일이다. 이상하게 여길 것이 없다" 하셨다. 대개 여지(汝

止)는 규각(圭角)이 아직 깎이지 않았고, 나석(蘿石)은 어렴풋이 깨달은 것이 있었기 때문에 같은 물음에 대답이 달랐던 것이니, 모두 그 말에 반대되는 대답으로 일깨워 주신 것이다.108)

"온 거리의 사람들이 모두 성인"이라는 '만인성인설(萬人聖人說)'이라는 테제는 양명학 특유의 것이면서, 양명학에서 매우 중요한 개념이다. 양명은 "사람들은 마음속에 각각 성인(聖人)을 모시고 있지만, 다만 스스로 믿음이 부족한 까닭에 (성인을) 매몰해 버리고 있다"109)고 말했던바, 그것은 바로 '양지(良知)'를 모든 인간이 갖고 있음을 의식해서 한 말이다. 인간 내부의 양지를 자각하면, 성인이 된다는 것이 양명의 주장이었던 것이다. 이 주장은 인간의 외부에 객관적 초월적 정리(定理)가 존재하며, 인간은 심성(心性)과 행위를 그 정리에 끊임없이 맞추어가야만 한다는 성리학과는 대척적인 문제 설정이었다.

『전습록』의 이 자료는 "온 거리의 사람들이 모두 성인"이란 제자들의 말에 대한 양명(陽明)의 답이 다르다는 데 의미가 있는 것이지만, 여기서 따져야 할 문제는 아니다. 다만 이언진의 '모든 사람이 성인'이라는 말이 그의 『전습록』 독서에서 나왔고, 또 그가 양명학의 문제 설정을 자기 문제로 수용하고 있음을 확인하면 그만이다.110)

「동호거실」의 시편들은 양명학의 이언진적인 수용이며, 변주(變奏)다. 예컨대 '성인(聖人)'의 변주를 보자.

---

108) 王守仁, 『傳習錄』, 『王陽明全集』上, 上海古籍出版社, 1997, 116면. "先生鍛鍊人處, 一言之下, 感人最深. 一日, 王汝止出遊歸, 先生問曰: '遊何見?' 對曰: '見滿街人都是聖人.' 先生曰: '你看滿街人是聖人, 滿街人到看你是聖人在.' 又一日, 董蘿石出遊而歸, 見先生曰: '今日見一異事.' 先生曰: '何異?' 對曰: '見滿家人都是聖人.' 先生曰: '此亦常事耳, 何足爲異.' 蓋汝止圭角未融, 蘿石恍見有悟, 故問同答異, 皆反其言而進之."

109) 위의 책, 95면. "人胸中各有個聖人, 只自信不及, 都自埋倒了."

110) 그가 양명학의 논리를 자기 논리로 받아들였음은 「동호거실」 곳곳에 보인다. 다음 시의 고딕 강조된 부분은 양지와 양능을 말한 것으로 생각된다. "兒墮地便啼哭, 阿爸悶阿婆惱. 鷄生啄不待乳, 犢生走不待抱."(63) 「寓言」, 『松穆館集』: 『閭巷文學叢書』1, 687면. "**鷄母伏鳧雛, 哺啄認己子. 天性不俟敎, 見水卽赴水.** 雛卵長爲鷄, 鴨卵長爲鴨. 獸僧要做佛, 修行三千劫."

歷穢巷入淨室,　　　　더러운 골목 거쳐 청정한 방에 들어와
燒淸香掛繡佛.　　　　맑은 향 사르고 수불(繡佛)을 걸면
疥痔者癰膿者,　　　　옴쟁이, 치질쟁이, 고름쟁이
亦皆作菩薩想.(16)　　모두다 보살의 생각을 하리라.

天愈轉地愈凝,　　　　하늘이 돌면 돌수록 땅은 더욱 엉기지.
坐通衢如深室.　　　　네 거리에 앉았으나 깊은 방과 같구나.
一箇人一箇心,　　　　한 사람에게 한 사람 마음 있으니
大聖賢眞菩薩.(38)　　대성현(大聖賢)이오, 참 보살이로다.

　　모든 인간은 인간의 어떤 외적 조건, 예컨대 옴과 치질, 고름처럼 불결하다고 생각하는 신체적 질병, 곧 신분이나 부와 같은 외적 조건에 무관하게 내부에 모두 보살의 생각—진리, 성인을 갖는다(16). (38)의 대성현, 참 보살은 바로 이 성인, 진리의 존재를 말하는 것이며, 모든 인간 개아의 내부에 존재한다.

　　이 짤막한 시편들의 사유는 조선 후기 18세기의 지식계의 상황 속에서 참으로 혁명적으로 읽힌다. 그의 사유는 인간 개체가 진리의 담지자란 사실, 즉 진리가 외재(外在)하는 것이 아니라, 인간 개체가 진리를 생래적으로 가지고 있으며, 또 진리의 주체이자 실천자라는 것은, 진리의 외재성, 초월성을 근거로 하여 정리를 강요했던 성리학의 사유를 해체하고 있기 때문이다. 물론 이 사유의 기원은 두말할 것도 없이 양명학이다. 한 걸음 더 나아가 조금 성급하게 말한다면, 대성현 참 보살이 현존함을 강조하는 이언진의 사유는 양명좌파의 현성론(現成論)에 가깝다.

　　「동호거실」은 이언진 자신이 사유의 근거지로 삼았던 양명학적 논리의 끊임없는 변주다. 마음이 곧 보살—진리라고 말했을 때, 그것은 바로 심즉리(心卽理)란 테제의 변형이다. 따라서 「동호거실」에 적지 않게 나타나는 '심(心)'은 내부의 '심(心)'을 다시 사유의 대상으로 삼았을 때 포착되는 '심(心)'의 성격이다.

逢鄕人問家鄕,	시골 사람 만나 고향을 물어보면
其人端的指示.	그 사람 분명하게 가르쳐 주리.
雖有聰明才識,	아무리 총명하고 재주가 있어도
莫知心在那裏.(36)	마음이 어디 있는지 아는 사람 없다오.

家裡鷄鴨幾箇,	집안에 닭, 오리 몇 마리
箇箇知其肥瘦.	한 놈 한 놈 살쪘는지 마른지 알건만,
此心如野猴子,	이 마음은 들판의 원숭이와 같아서
任他東跳西走.(37)	제멋대로 동쪽으로 뛰고 서쪽으로 내달리네.

‘심’에 집중해서 ‘심’을 대상으로 사유하여 이런 시편이 나왔다. 이 시편의 의미는 이러하다. 시골 출신에게 고향을 물으면 단박에 대답한다. 하지만 아무리 총명한 인간이라도 자신의 마음의 소재처는 알지 못한다(36). 인간은 자신의 외부에 존재하는 사물을 수량(數量)이나 성질로, 즉 (37)처럼 닭, 오리의 수와 비척(肥瘠)으로 정확하게 인지한다. 하지만 인간은 자신의 내부―심은 정확하게 인지할 수 없다. 그것은 들판의 원숭이처럼 동으로 서로 내달리는 무방향적이며 유동적인 것(37)이기 때문이다.

(36)과 (37)에서 이언진은 심(마음)은 어디에 존재하는가라고 묻고 있다. 당연히 이 물음은 심의 물리적 존재처를 묻는 것이 아니라, 자신의 내부를 깊이 성찰하라는 의미로 이해된다. 진리가 인간의 외부에 존재한다고 생각했기에 망각했던 인간의 내부―마음을 성찰하여 진리―양지를 자각하라는 물음이다.

「동호거실」에는 양지의 자각 과정을 표현한 것으로 보이는 시편들이 있어 무척 흥미롭다. 예컨대 수레소리가 울리고 부녀자들이 조잘대는 번잡한 공간에서 일생 ‘연신(煉神)’을 한다거나, 가부좌를 틀고 참선을 한다는 것들이 바로 그것이다.111) 예컨대 다음과 같은 작품.

---

111) “車馬丁丁當當, 婦女叨叨絮絮. 我則如面墻僧, 一生煉神鬧處.”(8) “快呼來泥水匠, 爲我造一間房. 上頭置跏趺所, 安茶竈安書牀.”(76) “晝裡參夜裡參, 拈一瓣心頭香. 窓間玉虹百

鹿養精鶴養神,	사슴은 정(精)을, 학은 신(神)을 기르니
那箇先生敎他.	어떤 선생이 그들을 가르쳤을까?
自心裏有靈丹,	본래 마음속에 영단(靈丹)이 있으니
不煉時做甚麽.(41)	연단(煉丹)하지 않을 때 무엇을 하지?

靈心一線微通,	한 줄기 신령한 마음 은밀히 통하니
突爾興精作怪.	돌연 정(精)을 일으키고 괴이한 모습 짓네.[112]
如電滾如潮漲,	번개가 몰아치듯, 조수가 몰려들 듯 하여
來來拍案叫快.(42)	안상을 치며 통쾌하다 소리치네.

(41)의 영단(靈丹)을 굽는 '연단(煉丹)'은 원래 도가(道家)의 수련 과정을 말한다. 그런데 영단이 마음속에 존재하는 것이며, '연단'을 언급한 (41) 바로 뒤에 (42)가 쓰임에 각별히 주목할 필요가 있다. 그것은 내관적(內觀的) 명상 중 양명(陽明)의 용장대오(龍場大悟)처럼, 양지를 돈오(頓悟)하는 상태에 도달한 것으로 여겨진다.

그렇다면, 이런 시편들을 과연 양명학과 유관하다고 말할 수 있는 것인가? 그럴 만한 구체적 증거가 있는가? 이 문제와 관련하여 (41)의 '영단(靈丹)'과 '연단(煉丹)'에 주목하고 싶다. 『전습록』을 보자.

선생께서 말씀하시기를, "사람들이 만약 이 양지의 비결을 안다면, 다소간의 사악한 생각이 생겨난다 해도 한 번 양지(良知)를 깨달으매 모두 절로 녹아 없어질 것이다. 양지는 정말 한 알의 영단(靈丹)이요, 쇠덩이를 금덩이로 만드는 방법이다"라고 하셨다.[113]

道, 不辨燈光佛光."

112) 이 부분은 '興精作怪'를 번역한 것인데, 사실 의미 파악이 어렵다. 현대 중국어에 '興妖作怪'란 유사한 표현이 있는데, '못된 짓을 하여 혼란을 일으킨다'는 뜻이라고 한다. 어떤 연관성이 있는지 알 수가 없다. 다만 시 전체의 뜻을 돌연 깨달음을 얻는다는 것으로 보아도 무방할 것이다.

113) 王守仁, 『傳習錄』, 앞의 책, 93면. "先生曰 : '人若知這良知訣竅, 隨他多少邪念枉思, 這裏一覺, 都自消融. 眞箇是靈丹一粒, 點鐵成金.'"

'영단(靈丹) 한 알이 쇠덩이를 금덩이로 만든다[靈丹一粒, 點鐵成金]' 성어(成語)는 문학 비평의 맥락에서 인유(引喩)의 성공을 말하는 것이지만, 양명은 영단을 양지의 자각이란 의미로 사용하고 있다. 영단을 양지의 자각으로 비유한 것은 양명 특유의 것이다. 따라서 이언진의 '영단'과 '연단'이 『전습록』에서 차용된 것으로 보인다. 즉 그의 영단과 연단은 양명학적 맥락을 갖는 것이다.

이제까지 확인했듯 「동호거실」의 뼈대를 이루는 사유들은 기본적으로 양명학적 사유에 뿌리를 두고 있으며, 나아가 양명좌파(陽明左派)까지 섭취하고 있는 것으로 여겨진다. 양명좌파 쪽과의 연관성을 탐색해 보자.

天下本自無事,　　　　천하에는 본디 아무 일도 없는데
文人弄出事來.　　　　문인(文人)들이 농간을 쳐 일을 꾸몄지.
焚詩書大眼力,　　　　시서(詩書)를 태운 대안력(大眼力)
罪之首功之魁.(125)　　죄의 으뜸이요, 공의 으뜸이라네.

'시서(詩書)를 태운 대안력(大眼力)'이란 진시황(秦始皇)의 분서갱유(焚書坑儒)를 말한다. 유가(儒家)의 역사관에 의하면, 진시황은 둘도 없는 폭군이다. 분서갱유는 지식인, 곧 유가에 대한 더할 수 없는 야만적 탄압이었기 때문이다. 그런 점에서 이 시는 희한하다. 시서(詩書)는 성인(聖人)의 말씀이고, 그래서 경전(經典)이고, 진리(眞理)라는 것이 유가의 신념이지만, 이언진은 불경스럽게 시서(詩書)를 문인들의 농간으로 만들어진 것으로 말하고 있다. 시(詩)와 서(書)는 문인―지식인이 언어를 수단으로 사건을 자신의 세계관과 이익에 부합하도록 의미화한 것이라는 시니컬한 비판이다. 이에 반해 그는 진시황의 분서(焚書)야말로 탁월한 안목이고, 최고의 공적이라 뒤집는다. 24자의 짧막한 시에서 유가의 정통적 역사관을 전복하고 있는 것이다.

분서(焚書)에 최고의 가치를 부여하는 이 전복적 발상의 기원은 무엇인가. 이탁오(李卓吾)가 아니면 달리 근거가 없다. 이탁오는 『장서(藏書)』에서 시황제를 '천하를 하나로 통일[混一天下]'한 사람으로 '천고(千古)의 일제(一帝)'[114]로 평가했던 것이다. 진시황에 대한 이 전복적 발언은 이탁오 자신의 반유가적(反儒家的) 역사관에 근거한다. 이탁오는 『장서』의 「장서세기열전총목전론(藏書世紀列傳總目前論)」에서 "삼대(三代) 전에는 내가 논할 것이 없다. 삼대 뒤는 한(漢)·당(唐)·송(宋)인데, 중간의 천백여 년 동안 유독 시비(是非)가 없었던 것은, 어찌 그 사람이 시비가 없었겠는가. 모두 공자(孔子)의 시비로 시비를 삼았기 때문에 일찍이 시비가 있지 않았던 것이다"[115]라고 말한다. 공자의 시비, 곧 유가적 역사관의 기원을 비판하고, 그 역사관의 독재에서 벗어날 것을 말했던 것이다. 요컨대 이언진의 진시황 평가에는 다분히 이탁오의 영향이 엿보이는 것이다.

　물론 이것만으로 이언진과 이탁오의 관계를 강변하기는 어렵다. 하지만 이언진과 이탁오의 유관성을 일단 가정한다면, 다음과 같은 작품도 예사롭게 보이지 않는다.

安所得文墨匠,　　　　어디서 문묵장(文墨匠)을 얻어
記罪過人面上.　　　　사람들 얼굴에 죄과(罪過)를 새길까.
以爲假文僞學,　　　　가문(假文) 위학(僞學)으로
欺世盜名榜樣.(134)　　세상을 속이고 이름을 훔쳤다고.

　가문(假文) 위학(僞學) 비판은 「동심설(童心說)」의 '가인(假人)'·'가문(假文)'에 대한 격렬한 비판을 자연스레 떠올리게 한다.[116]
　이언진이 「동심설」을 읽었다는 문자적 증거를 『송목관집(松穆館集)』에서

---

114) 李贄, 『藏書』 1, 中華書局, 1974, 20면. "始皇帝, 自是千古一帝也."
115) 위의 책, 17~18면. "前三代, 吾無論矣. 後三代, 漢唐宋是也. 中間千百餘年, 而獨無是非者, 豈其人無是非哉. 咸以孔子之是非爲是非, 故未嘗有是非耳."
116) 李贄, 「童心說」, 『焚書·續焚書』, 99면. "夫旣以聞見道理爲心矣, 則所言者皆聞見道理之言, 非童心自出之言也. 言雖工, 於我何與, 豈非以假人言假言, 而事假事文假文乎? 蓋其人旣假, 則無所不假矣. 由是而以假言與假人言, 則假人喜; 以假事與假人道, 則假人喜; 以假文與假人談; 則假人喜. 無所不假, 則無所不喜. 滿場是假, 矮人何辯也?"

찾을 수 없지만, 그의 사유를 검토해 보면, 「동심설」 또는 「동심설」의 기원이었던 양명좌파와의 연관을 쉽게 부정할 수 없다. 예컨대 이탁오는 「동심설」에서 견문(聞見)을 통해서 들어온 도리(道理)가 마음의 주인이 됨으로써 동심을 상실하게 되고, 또 도리와 문견은 책을 많이 읽고 의리(義理)를 알게 됨으로써 생기는 것[117]이라고 말하면서, 지식에 의한 인간 본래의 도덕적 진실성의 오염을 말한 바 있는데, 인간의 진실성을 독서인이 아니라 무식한 종에게서 찾는 「동호거실」의 시편은 이에 정확하게 대응한다.[118]

사실 「동심설」의 동심은 이탁오가 최초로 논한 것은 아니다. 어린아이의 마음을 사상적 키워드로 삼는 것은 왕용계(王龍溪)·나근계(羅近溪)·양복소(楊復所) 등 양명좌파적 사유의 한 특징이다.[119] 특히 이탁오의 선배인 좌파 나근계의 적자지심(赤子之心)을 자기 사상의 핵심적 근거로 삼았다.[120] 물론 「동심설」은 나근계 등의 적자지심과는 구분되는 단절과 비약이 있지만, 그 계보학적 뿌리가 양명좌파임은 두말할 필요가 없는 것이다.[121] 이런 양명좌파, 혹은 「동심설」의 어린아이가 갖는 기성의 지식 혹은 도덕에 오염되지 않는 진실성이란 이미지는, 조선에서도 18세기에 일시 유행하게 되는바, 이덕무와 박지원이 이덕무의 「영처고(嬰處稿)」를 두고 했던 어린아이와 처녀에 대한 언급, 그리고 박지원의 산문에 자주 등장하는 어린아이의 메타포는 좌파사상의 조선적 전개라고 생각된다.

---

117) 위의 책, 98면. "其長也, 有道理從聞見而入, 而以爲主于其內耳童心失. …… 夫道理聞見, 皆自多讀書識義理而來也."

118) "怒厮打喜說謊, 性地實實眞眞. 讀書人無此輩, 張獸醫是好人."(77)

119) 溝口雄三에 의하면, 『맹자』에 나오는 적자지심이 무게 있는 주제로 다루어지게 되는 것은 양지학, 곧 양명학 이후의 일이라 한다. 溝口雄三 저, 김용천 역, 『중국 전근대 사상의 굴절과 전개』, 동과서, 1999, 254면. 미조구찌는 같은 책, 244~263면에서 王龍溪·羅近溪·楊復所 등의 赤子之心이 이탁오의 「동심설」로 발전하는 과정을 서술하고 있다.

120) 裵永東, 『明末淸初思想』, 민음사, 1992, 95~100면.

121) 적자지심, 동심은 문학 방면에서는 공안파의 논리를 형성한다. 趣는 童子일 때가 가장 풍부하다거나 "聞見이 없고 智識이 없는 眞人이 지은 「擘破玉」 「打草竿」 같은 민간의 노래가 眞聲이 많다"는 袁宏道의 발언은 이 사상에서 나온 것이다. 이것은 이덕무 박지원의 문학사상과도 관련이 있다.

이런 사례들을 통해 볼 때 「동호거실」의 시편이 좌파사상을 수용하고 있었던 것임은 두말할 필요가 없다. 예컨대 다음 시에서 좌파사상적 '어린아이'를 찾을 수 있을 것이다.

市街頭賣炊餠,　　　저잣거리에서 구운 떡 파니,
小孩兒知時價.　　　어린애 그 값을 알건만
只一件好東西,　　　좋은 물건 있어도
吾不辨眞和假.(69)　　나는 진짜 가짜를 분변하지 못하네.

길거리의 어린 아이는 노점의 구운 떡값을 안다. 하지만 나는 좋은 물건이 있어도 진(眞) / 가(假)를 분변하지 못한다. 쉽게 읽히는 이 시 역시 속내는 간단치 않다. 어린아이는 하나의 메타포다. 어린아이의 마음은 사물의 진정한 가치를 안다. 어린아이의 눈에는 사물의 가치가 은폐되지 않는다. 어린아이를 상실한 어른은 좋은 물건 앞에서도 그것의 진 / 가를 구분할 수가 없다. 어린아이는 실제하는 '어린 아이'가 아니다. 그것은 진리 / 진실과 관계된 메타포인 것이다. 다음 작품도 동일한 의미로 읽힌다.

小兒啼眞天籟,　　　어린아이 울음소리 정말 천뢰(天籟)라,
勝他吹的彈的.　　　그 아이의 피리, 거문고 소리보다 낫지.
簷溜亦愛閑聽,　　　처마 끝 낙숫물 듣기에 정말 좋아
枕頭一滴兩滴.(39)　배게 머리에서 한 방울 두 방울 떨어지누나.

어린아이의 울음을 천뢰라고 생각하는 것, 그리하여 피리나 거문고와 같은 인공의 소리보다 낫다고 생각하는 것, 즉 어린아이에게서 진실성을 찾는 사고 방식은 이제까지 논한 양명좌파의 적자지심, 동심 등을 차용한 사유라고 보아도 무방할 것이다.

　「동호거실」의 마지막 시에서 이언진은 「동호거실」을 두고, "부란(腐爛)하기는 어록(語錄)과 같고, 번쇄(煩)하기는 주각(註脚)과 같네. 그 비유는 아래

로 길수록 디욱 기이하고, 문장온 전기(傳奇)나 사곡(詞曲) 같네"122)라고 하였
다. 이 시에서 보듯, 이언진 시의 언어표현과 발상은 조선 한시사(漢詩史)에
서 너무나도 이질적이고 돌출적이다. 「동호거실」의 157수의 시는 마치 암호
문처럼 난해하기까지 하다. 도대체 이런 유래 없는 상상력과 언어를 구사할
수 있었던 사상적 근거는 무엇이었던가? 이 글에서 밝힌 바와 같이 그것은
공안파의 창신론(創新論)과 양명학적 사유로 보인다. 한 걸음 더 나아가자면,
그의 사상의 밑바닥에는 양명좌파의 사상이 깔려 있는 것으로도 보인다.

2) 홍신유(洪愼猷)

홍신유(1724~1784)123)는 역관 계통의 여항시인이다. 그의 가문은 고조(高祖)
대인 홍서구(洪敍九)·홍서주(洪敍疇) 때부터 주과 중인(籌科中人)으로 진출한
다. 이후 이 일파는 조선 후기의 유력한 주과 중인 가문을 이룬다. 다만 홍
신유의 가계만은 여기서 약간 벗어난다. 그의 아버지 성구(聖龜)는 외조부
방진설(方震說)의 권고에 따라 일본어를 배워 일본어 역관이 된다. 홍성귀는
영조 당대에 꽤나 출세한 유명한 역관이었다.124) 그러나 홍신유는 잡과 출
신이 아니라, 영조 44년(1768) 정시문과(庭試文科)에 병과로 합격한 문과 출신
이다. 중인은 원래 과거 응시가 금지된 것도 아니었고, 영조대에 오면 역관
무역의 위축과 함께 역관으로의 진출로가 좁아지자 중인들이 과거로 진출
하는 현상이 나타난다. 홍신유의 문과 합격도 이런 사회적 배경에서 이루어
진 것으로 보인다.

---

122) "腐爛譬如語錄, 煩　譬如註脚. 其譬愈下愈奇, 文如傳奇詞曲."(157)
123) 字는 徽之, 號는 白華子, 본관은 南陽.『風謠續選』에 시 5수가 전한다.『里鄕見聞錄』에 그의
　　傳記가 있으나,『풍요속선』을 그대로 옮기다시피 한 것이라 자료적 가치가 없다.
124) 聖龜의 외조부 方震說의 외조부는 金謹行인데 일본어 역관으로 유명한 인물이었고, 당대
　　제일의 富豪였다. 方震說은 성귀에게 "나의 外助 金公은 일본어를 배워 입신했다. 그러니
　　너도 그랬으면 한다"고 권하였던바, 김공이란 金謹行을 말한다. 洪愼猷,「先考正憲大夫行同
　　知中樞府事府君家狀」,『白華稿』참조.

하지만 과거합격이 출세를 보장하는 것은 물론 아니었다. 상식적으로 생각하는 것과는 달리, 과거에 합격한 뒤 출세를 보장하는 것은 문벌이었다. 중인 가문 출신으로는 출셋길이 아주 막힌 것과 다름없었다. 그는 봉상시(奉常寺)·통례원(通禮院)의 말직과 찰방(察訪), 성균관 전적(典籍) 등의 기술직 중인에게 허락되는 벼슬을 전전했을 뿐이었다. 그에게 관력은 별다른 의미를 갖지 않는다. 그에게는 별달리 재구성할 만한 이력도 없다.

홍신유의 교유 관계는 약간 고찰의 대상이 된다. 그는 양반가의 인물로 원인손(元仁孫, 1721~1774) 원계손(元繼孫) 형제와 특별히 가까웠던 것으로 보인다. 원인손은 원경하(元景夏)의 아들로 영조의 총애를 받아 우의정까지 오른 당대의 벌열이다. 원계손(1733~1770)은 원인손의 아우다. 홍신유가 어떤 이유로 이들과 가까이 지내게 되었는지는 알 수 없으나, 원인손이 죽자 제문125)을 써서 원인손이 자신을 후대했음을 기념하고 있고, 또 "자신이 젊어서 원승상에게서 지우를 입었고, 원승상이 죽자 세상에 뜻이 없었다"126)고 토로하고 있는 것으로 보아, 범상한 관계는 아니었던 것으로 보인다. 아마도 원인손을 중심으로 하는 문학 써클 같은 것이 형성되어 있지 않았나 한다. 사실 이것 때문에 원인손과의 관계에 약간 주목할 필요가 있는 것이다.

예컨대 그는 원계손을 회상하는 시에서 "적적하게 남창에 기대어 앉아, 원자재(元子才)를 생각하네. 자재는 시에 능하여 우리들 중 으뜸이었지"127)라고 한 것이나, 원인손이 개성 유수가 되었을 때 여러 시인들을 불러 모아 거창한 시회를 연 것을 회상하는 시에서 그런 흔적을 찾을 수가 있다.128) 하지만 원인손과 원계손의 시문집이 전하지 않아 자세한 내용은 알 수가 없다.

---

125) 「祭右議政元公文」, 『白華稿』; 「元參判義孫祭文」, 『白華稿』.
126) 洪愼猷, 『白華詩選』: 『閭巷文學叢書』 6, 驪江出版社, 1991, 101면. "愼猷少受知於留閒元丞相, 及丞棄世, 愼猷無意於世."
127) 洪愼猷, 「懷換凡齋元子乘繼孫」, 위의 책, 45면. "寂寂倚南牖, 坐想元子才. 子才工於詩, 袞然吾輩魁."
128) 洪愼猷, 「西京雅集」, 위의 책, 37면. "元參判仁孫爲留守, 與諸客共賦." "諸客無非有詩名, 公皆羅致保釐營. 追遊閱歲風流盛, 歌笑連宵禮數輕. 已把尊卑平等見, 豈無肝膽大都傾. 餘生幾許須行樂, 滿月臺荒亦種耕."

그와 친밀했던 것은 역시 처지가 비슷했던 인물들이다. 박경행(朴敬行, 中人, 1710~1770 이후)·남옥(南玉, 庶派, 1722~1770)·이봉환(李鳳煥, 庶派, ?~1770)·정충빈(鄭忠彬) 등 중인·서얼 출신이 바로 그들이다.129) 이들은 비교적 고찰할 만한 가치가 있다. 그러나 정충빈은 홍신유가 18세에 만난 이후 시 창작을 함께 고민한 인물인데, 『백화자집』 등에 그와의 관계를 알리는 시가 더러 있기는 하지만130) 구체적인 내력은 전혀 미상이다.

박경행과 남옥은 모두 문과 출신으로 1748년과 1764년 통신사행(通信使行) 때 제술관(製述官)으로 일본에 파견되었고, 이봉환은 1748년 서기(書記)로 수행했던 인물이다. 이들은 당시 서얼·중인 출신으로 시명(詩名)을 날린 인물들이었으며, 일종의 문학 써클을 형성하고 있었던 것으로 여겨진다. 박경행은 기술직 중인 가문인 무안 박씨(務安朴氏) 출신인데, 1742년 정시문과(庭試文科)에 병과(丙科)로 합격했고, 남옥은 양반 서파계(庶派系)의 인물로 1753년 알성시(謁聖試) 병과로 합격했다. 이봉환 역시 양반 서파계 인물이다.131)

박경행은 통신사행의 제술관이었던 사실을 미루어 탁월한 시재가 있었음을 알 만하다. 홍신유의 「애박구헌(哀朴矩軒)」은 그의 독특한 시의식과 탁월한 시재를 추억한 것이다. 이 시는 뒤에 따로 검토하겠다. 그는 1744년 3월 문관(文官) 통정(通政) 이하에 실시된 정시(庭試)에서 수석을 차지해 승륙(陞六)하였다.132) 남옥 역시 제술관으로 1764년 통신사행 때 시명을 날렸다. 이때의 사행시집으로 『일관창수(日觀唱酬)』·『일관시초(日觀詩艸)』 등을 남겼다. 이봉환은 1765년 성대중·남옥과 함께 서류(庶流) 중에서 조용(調用)해야 할 대상이 될 정도로 빼어난 인물이었다.133) 1748년 통신사행에는 상방서기(上房書記)로 수행했으며, 시문집으로는 『우념재시초(雨念齋詩艸)』를 남기고 있다.

---

129) 洪愼猷, 「次杜工部詠懷百韻, 贈李聖章鳳煥」, 위의 책, 33면; 「贈製術官南時韞玉入日本」, 같은 책, 36면.
130) 洪愼猷, 「和百迂鄭德均忠彬」, 위의 책, 33면; 「鄭上舍德均第除夕」, 같은 책, 46면.
131) 이봉환에 대해서는 이 책에서 따로 다룬다.
132) 『英祖實錄』 20년 3월 17일.
133) 『英祖實錄』 41년 6월 18일.

이들은 대개 당시 중인 서류 중에서 문학으로 빼어난 인재들이었던 것이다.

하지만 이들은 영조 46년(1770)에 일어난 최익남(崔益男) 옥사로 인해 앞날이 완전히 꺾이게 된다. 최익남이 영조에게 세손[正祖]의 사도세자 사당 참배를 청하여 영조의 분노를 촉발시켰는데, 그 근거를 대라는 영조의 추궁으로 최익남과 가까웠던 남옥·이봉환·박경행 등이 걸려들었다. 결국 옥사 처리 과정에서 남옥과 이봉환은 고문으로 사망하고, 박경행은 단천(端川)으로 유배되었다.

이들은 이봉환을 제외하고는 자신의 정리된 저작을 남기지 않았다. 박경행의 시는 통신사행 때의 작품이 일본에 조금 남아 있고, 남옥은 위에서 말한 바와 같이『일관창수』등의 사행시집이 있을 뿐이다. 사실 이들에 대해 조금 상세히 언급하는 것은 정충빈과 박경행이 홍신유 시세계의 성립에 긴밀한 관계가 있다고 여겨지기 때문이다.[134]

홍신유는 관료로서가 아니라, 그가 남긴 시 때문에 조명을 받는다. 그는『백화자집(白華子集)』(규장각 소장)·『백화시선(白華詩選)』(장서각 소장)·『홍백화고(洪白華稿)』(부산대학교 소장) 등 3종의 시집과, 산문집으로『백화고(白華稿)』(日本 嘉靜堂文庫)를 남기고 있다. 시집 3종은 필사자가 각각 다르며, 수록 작품수가 다르고, 또 작품에도 약간의 이동이 있다. 하지만 서로 크게 어긋나는 것은 아니다.『백화고』는 유일하게 산문을 포함하고 있다.

그가 남긴 시집 시문집은 외견상 초라한 것이지만, 내용까지 심상한 것은 아니다. 그의 작품은 이제 꽤나 알려진 편이다. 무엇보다 서사한시에 빼어난 솜씨를 보였던바, 「유거사(柳居士)」·「달문가(達文歌)」·「추월가(秋月歌)」 등의 민간의 설화를 시로 옮긴 작품 「유거사」, 18세기 서울 시정인의 삶과 예술, 유흥상 등을 묘사한 「달문가」·「추월가」 등이 그 대표적인 작품이다. 이 외에 금강산의 아름다움을 묘사한 「금강산」과 청어를 소재로 한 「청어탄(靑魚

---

134) 홍신유는 박경행이 일본 통신사로 갈 때 다음과 같은 시를 증정했다. 「贈別朴矩軒敬行日本之行」, 앞의 책, 33면; 「送矩軒令公出宰興海」, 같은 책, 42면; 「和矩軒郵亭八景」, 같은 책, 42면.

歎)」 등의 작품이 있다. 장편 고시의 형식으로 현실적 제재를 형상회하는 것
이 홍신유 시의 성과이자 특징이기도 한 것이다. 이 외에도 절구시의 모음인
「잡시(雜詩)」와 「효우통외국죽지사(效尤侗外國竹枝詞)」[135] 역시 조선의 설화와
풍습을 제재로 삼은 작품이다.

이 전례가 없는 사뭇 새로운 분위기의 작품들이 홍신유의 시에 집중적으
로 나타나는 이유는 무엇인가? 미리 말하자면, 이 역시 공안파의 이론과 관
련이 없을 수 없기 때문이다. 이제 이 문제를 집중적으로 검토해 보자.

홍신유는 「백우 정덕균(百迂鄭德均) ……」[136]에서 자신과 정덕균이 원래
과거에 몰두하다가 본격적인 문학 창작의 길을 걸었던 역사를 다음과 같이
회고한다.

> 그 옛날 그대와 나
> 신유년(1741)에 서로 사귀어
> 문자를 비록 조금 이해는 했지만,
> 모두 과구(科臼)에 빠져 있었다.
> 저 높을손 사장학(詞章學)에는
> 나는 더욱 까막눈이었지.
> 남의 고문사(古文辭)를 보면
> 내 마음 부끄러웠지.[137]

그는 당대 시의 명가로 이름난 사람들을 찾아다니면서 창작의 올바른 길
―정경로(正經路)를 묻기 시작한다.[138] 이후 이어지는 부분은 창작의 다기한
경로다.

---

135) 洪愼猷, 「雜詩」・「效尤侗外國竹枝詞」, 위의 책, 65~66면. 14수.

136) 洪愼猷, 「百迂鄭德均贐五言長篇, 欲和其韻, 而偶失之, 用其韻」, 위의 책, 70~71면. 이하
이어지는 서술에서 이 시를 인용할 경우 출처를 생략한다.

137) "今昔君與我, 結交在辛酉. 文字雖稍解, 俱是困科臼. 倬彼詞章學, 而我尤鹵莽. 見人古
文辭, 怛然心含忸."

138) "當代詩名家, 林立姓名某, 遍問正經路. 如鐘大小扣. 如懸如意珠, 窮露四方走. 有人珠
指示, 其言頓頭受."

어떤 이는 가르치기를, "『문선(文選)』을 읽으면
문리(文理)가 세밀해 분석될 것이네
『문선』의 이치에 정통한 사람
옛날 두공부(杜工部)가 있었나니" 하고,
어떤 이는 말하기를, "시를 배우려거든
동인(東人)의 기습에서 때를 씻어버리게나
허나 동인은 아주 버리기 어렵다면
동고수(東皐叟, 崔岦)를 기준으로 삼아보게" 하고
어떤 이는 말하기를, "시를 배우려거든
육경(六經)의 지취(旨趣)를 탐구해야 하네.
이치를 주로 하는 것이 우선이고
문사(文辭)를 꾸미는 것은 뒤에 할 일이라네" 하네.139)

타인의 권유는 아마도 자신이 밟아나갔던 홍신유 자신의 습작 과정일 것이다. 그는 과연 그 타인의 처방대로 반고(班固)·장형(張衡)·좌사(左思)·육기(陸機)의 작품을 통째 외며, 당·송·명·청의 시를 언덕처럼 쌓아두고 기가 소진하여 심장과 간을 토할 지경에 이르도록 가열한 습작의 과정을 거친다.140) 이 과정은 사실상 선진양한과 위진남북조를 전범으로 삼는 의고파로부터 시작되는 명·청의 여러 문학유파들의 이론에 대한 탐구와 실천을 압축한 것으로 보아도 무관할 것이다. 그의 시집에는 물론 그 이론에 대한 접촉을 확인할 만한 근거가 부족하지만, 그는 적어도 경릉파를 읽고,141) 전겸익의 문집과 『열조시집소전』을 읽었던 것은 확인된다.142)

---

139) "或教讀文選, 文理細析剖. 熟精文選理, 古有杜工部. 或言欲學詩, 東習滌瑕垢. 東人難全廢, 準的東皐叟. 或言欲學詩, 六經探旨趣. 理致主爲先, 文辭修在後."

140) "自從聞此言, 憧憧心自守. 班張左陸文, 口讀列左右. 唐宋明淸詩, 手披峙如阜. 意思苦營度, 精神極抖擻. 出口聲鳴悲, 氣盡心肝嘔. 操筆下復止, 如鼠穴御藪."

141) 洪愼猷, 「閒中效鍾伯敬江行俳體」, 앞의 책, 61면. 이 시는 鍾惺의 시에 차운한 작품이다.

142) 예컨대 다음과 같은 시를 볼 것. 「送人赴燕」, 위의 책, 42면. "錢叟雄才誇雪樓, 文場千古盡終頭. 如何白首成推髻, 小傳多歉鄭夢周." 「雜詩 7」, 같은 책, 64면. "丹忠鄭達可, 錢叟筆如椽. 理學東方祖, 文章天下傳." 그가 전겸익[錢叟]과 이반룡[雪樓]과의 대립을 인지하고 있었고, 『列朝詩集小傳』을 읽고 있었다는 증거다. '小傳'은 『列朝詩集小傳』을 가리킨다.

이 기열한 습작의 과정은 이렇게 결론이 나게 되었던가? "옛 명가를 따르려고 하나 언제나 모방의 부끄러움을 확인하는 반성"으로 귀착된다.[143] 물론 이 시의 결말은 자신의 시적 노력이 결국은 정충빈에게 부족한 것이었다는 것으로 끝나지만, 그의 창작에 대한 분투는 새삼 부인할 필요가 없을 것이다.

그렇다면 그가 나아간 정경로는 어디였던가? 이미 확인했듯, 그는 명말 청초 비평의 대립적 상황을 의식하고 있었던 것으로 보인다. 자신의 창작은 어디에 기초를 둘 것인가? 그는 자신의 시우(詩友) 박경행이 죽자 장편의 애도시 「애박구헌(哀朴矩軒)」[144]을 창작하는데, 여기서 자신과 그의 그룹이 추구했던 시의식을 표백(表白)하고 있다.

시가(詩家)는 시대를 따라 변하는 법
옛날과 지금 체재가 다르다오.
한(漢)나라는 풍아(風雅)를 기준으로 삼지 않았고,
당(唐)나라 역시 한(漢)나라와 같지 않았지.
어찌 일찍이 구(句)마다 따라했으며
어찌 일찍이 글자마다 답습했으랴.
명나라 시절 모의를 일삼아
성당(盛唐)의 경지에 억지로 이르고자 했지.
썩어 냄새 나는 것이 어찌 새롭게 변하리오?
남의 것 표절해 가짜를 만들었을 뿐.
죽은 법[死法]을 종이 위에서 줍고
눈앞에 있는 활경(活景)을 버렸다네.
지혜롭다 하는 자 습속에 얽매이고
어리석은 자 그 하기 쉬움을 편히 여기네.
누런 안개 뭉게뭉게 천리를 뒤덮으니.

---

143) "欲追古名家, 每似效嚬醜."
144) 洪愼猷, 「哀朴矩軒」, 위의 책, 48~49면. 앞으로 이 작품을 인용할 경우 따로 면수를 밝히지 않는다.

너나없이 그 속에 빠져 버렸지.145)

의고주의에 대한 비판이다. 즉 「백우 정덕균……」에서 "옛 명가를 따르려고 하나 언제나 모방의 부끄러움을 확인하는 반성"의 보다 구체화시킨 언표인 것이다. 그런데 이 시에 동원된 언어에 유의하라. 어디서 많이 본 구절들이 아닌가?

"시가(詩家)는 시대를 따라 변하는 법, 옛날과 지금 체재가 다르다오"라고 한 것은 시간상대론에 입각한 공안파 이론의 출발점이다. 이 시는 기본적으로 공안파의 주장을 수용하고 있는 것이다. 이어지는 구절 "한(漢)나라는 풍아(風雅)를 기준으로 삼지 않았고, 당(唐)나라 역시 한(漢)나라와 같지 않았지. 어찌 일찍이 구(句)마다 따라했으며, 어찌 일찍이 글자마다 답습했으랴[漢不風雅準, 唐亦漢不類. 豈曾沿句句, 何曾襲字字]"는 「서소수시(敍小修詩)」와 「설도각집서(雪濤閣集序)」의 다음 부분을 압축해서 인용한 것으로 여겨진다.

대개 시문(詩文)은 근대(近代)에 이르러 비루함이 극도에 이르렀다. 문(文)은 반드시 선진양한(先秦兩漢)을 표준으로 삼으려 하고, 시는 반드시 성당(盛唐)을 표준으로 삼으려 하여, 초습(剿襲) 모의(模擬)로 그림자와 메아리, 걸음걸이까지 닮고자 한다. 남의 작품에 한 마디 말이나마 비슷하지 않은 것을 보면, 이구동성으로 야호외도(野狐外道)라고 지적한다. 도무지 알지 못할 일이다. 문(文)이 선진양한을 표준으로 삼았지만, 선진양한 사람들이 어찌 일찍이 글자 글자마다 육경(六經)을 배웠단 말인가. 시가 성당을 표준으로 삼는다 하지만, 성당의 시가 어찌 글자 글자마다 한위(漢魏)의 시를 배웠단 말인가. 선진양한이 육경을 배웠다면 어찌 다시 선진양한의 문(文)이 있을 수 있겠으며, 성당이 한위를 배웠다면 어찌 다시 성당의 시가 있을 수 있겠는가.146)

---

145) 위의 책, 같은 곳. "詩家隨時變, 古今體裁異. 漢不風雅準, 唐亦漢不類. 豈曾沿句句, 何曾襲字字. 明季事摸擬, 盛唐强欲至. 腐臭寧化新, 葫蘆務畵僞. 死法紙相拾, 活景眼前棄. 智事牽於習, 愚者樂其易. 黃霧彌千里, 滔滔人多墜." 고딕 강조된 부분은 원굉도를 인용한 것이다.

146) 袁宏道, 「敍小修詩」, 『袁宏道集箋校』 上, 188면. "蓋詩文至近代而卑極矣, 文則必欲準于秦漢, 詩則必欲準于盛唐, 剿襲模擬, 影響步趨, 見人有一語不相肯者, 則共指以爲野狐

대저 복고란 옳은 것이다. 하지만 초습(剿襲)을 복고로 생각해 구절과 글자를 따내어 끌어다 맞추는 것을 힘쓰노라 눈앞의 경치를 버리고, 부람(腐濫)한 말을 줍는다. 재능이 있는 사람은 법에 복종하여 그 재능을 펴지 못하고, 재능이 없는 자는 한두 부범(浮泛)한 말을 주워 모아서 시를 이루니, 지혜로운 자는 습속에 견제되고 어리석은 자는 그것이 손쉬운 것임을 즐긴다. 한 사람이 부르짖으면 억만 사람이 화답을 하니, 광대와 말구종이 함께 아도(雅道)를 말하는 격이다. 아아! 시가 이 지경에 이르렀으니, 또한 부끄러울 따름이로다.[147)

이로 보아 홍신유가 원굉도의 이론을 수용하고 있음은 두말할 필요가 없다.[148) 그는 당시 중국에서 유래한 전후칠자의 의고적 창작론의 유행을 다시 공안파의 논리로 되받아치고 있는 것이다.

홍신유의 이런 공안파 수용은 전사를 가지며, 그는 그 전사를 인식하고 있었다.

> 목은(牧隱)과 소재(蘇齋), 간이(簡易)와 동악(東岳)이
> 굳세게 지위를 차지하였는데
> 삼연(三淵)이 따로 문호를 열어
> 우리나라가 새롭게 고취되었네.
> (…중략…)
> 근일에 사숙(私淑)하는 이 있고
> 한두 사람 창수(唱酬)하는데
> 그 중에서도 박구헌(朴矩軒)이
> 재기(才氣)가 무리 중에 가장 뛰어났었지.[149)

外道. 曾不知文準秦漢矣, 秦漢人曷嘗字字學六經歟? 詩準盛唐矣, 盛唐人曷嘗字字學漢魏歟? 秦漢而學六經, 豈夏有秦漢之文? 盛唐而學漢魏, 豈夏有盛唐之詩?”

147) 袁宏道,「雪濤閣集序」,『袁宏道集箋校』中, 710면. “夫復古是已, 然至以剿襲爲復古, 句比字擬, 務爲牽合, 棄眼前之景, 撫腐濫之辭, 有才者詘於法, 不敢自伸其才, 無之者, 拾一二浮泛之語, 幫湊成詩, 智者牽於習, 而愚者樂其易, 一唱億和, 優人騶從, 共談雅道, 吁, 詩至此抑可羞哉.”

148) “東人學盛唐, 又豈明人廁. 剛柔旣異性, 燥濕亦殊地. 孤陋仍浮泛, 粉飾欲嫵媚. 秪可肖皮毛, 何敢窺情思.”의 고딕 강조한 부분 역시 「敍小修詩」의 끝부분 “且燥濕異地, 剛柔理性. 若夫勁質而多懟, 峭急而多露, 謂之楚風. 又何疑焉.”에서 인용된 것이다.

앞에서 검토한 바와 같이 삼연 김창흡은 공안파적 논리로 당대에 유행하던 의고파의 논리를 해체하였다. 이것이 홍신유에게 인식되고 있는 것이다.

시는 박경행의 탁월한 시재가 통신사행에서 발휘되었음을 말한 뒤 박경행의 귀국 뒤의 창작을 이렇게 말한다. "돌아와서는 담량이 커져, 속투(俗套)를 원수 피하듯 했네. 오로지 '진부한 말을 제거하는 데 힘쓰는 것[務去陳言]'을 실천하여, 기서(機抒)가 자신으로부터 나왔네. 차라리 험벽(險癖)하다는 비난을 받을지언정, 연숙(軟熟)하다는 기휘는 범하지 않으리. 옛날 작품에 대해서는 효빈(效顰)을 싫어하고, 휼괴(譎怪)를 천백이나 갖추었네."150) 이러한 철저한 반성적 실천의 원리를 이렇게 말한다.

> 한때의 지금[今]이 여기 있다면
> 한때의 옛날[古]이 저기에 있네.
> 저것이 한 가지 의의를 갖는다면,
> 이것도 또한 한 가지 의의를 갖는다네.
> 여기서 실제의 말을 쓴다면,
> 저기서 진경(眞境)의 일을 그려내리.
> 피차 그 본성을 논하자면
> 회(膾)와 구운 고기 기호가 다르고
> 피차 품등(品等)을 따지자면
> 기린과 용은 각각 서수(瑞獸)라네.
> 문(文)과 질(質)은 서로 높힌 바 있으니
> 시대가 그렇게 만든 것이라네.
> 다만 자기의 견해를 행할 뿐
> 어찌 다른 사람의 비평을 돌아보랴.151)

---

149) 洪愼猷,「哀朴矩軒」, 앞의 책. "牧蘇與簡岳, 雄强占地位. 三淵別門戶, 左海新鼓吹. (…중략…) 近日有私淑, 唱酬人一二. 就中朴矩軒, 才氣拔凡萃."

150) 위의 책, 같은 곳. "歸來膽量大, 俗套如讎避. 陳腐惟務去, 機抒要自出. 寧受險癖疵, 不犯軟熟忌. 於古厭效顰, 譎怪千百備."

151) 위의 책, 같은 곳. "一時今在此, 一時古在彼. 彼亦一意義, 此亦一意義. 此書實際語, 彼寫眞境事. 彼此若論性, 膾炙異所嗜. 彼此若題品, 麟龍各爲瑞. 文質互有尙, 時代所由致. 但行己知見, 何恤人議刺."

철저한 상대주의적 관점을 취하고 있다. 고와 금, 회와 구운 고기, 기린과 용, 문과 질은 각각 상대적 가치가 있다. 절대적 전범을 설정하는 복고의 논리는 이렇게 무너진다.

「애박구헌」은 박경행에 대한 조사(弔辭)로 쓰인 것이다. 현재 박경행의 시편은 1748년 통신사행에서 남긴 시가 일본에 전해지고 있다. 그 외의 작품은 없다.[152] 일본에서 지은 시는 특수한 상황을 전제한 것이라 별의미가 없다. 흥미로운 쪽은 이 시를 남긴 홍신유다. 「애박구헌」은 박경행을 기념하는 형식으로 되어 있지만, 사실상 홍신유 자신의 시와 같다. 그는 공안파의 이론을 받아들였다. 보다 풍부한 사유가 있었을 것이나, 현재 그것을 확인할 길은 없다. 현재로서는 위의 「백우 정덕균……」과 「애박구헌」을 넘어선 다른 자료는 없는 셈이다.

그렇다면 그가 이해한 공안파는 그의 창작에서 어떻게 실천되었는가? "한편 실제의 말을 쓰고, 한편 진경(眞境)의 일을 그려낸다"고 말한 바 있다. 실제의 말이란 무엇인가? 그는 한편 홍신유는 명대의 의고파를 비판하면서 "죽은 법을 종이 위에 줍고, 눈앞의 활경을 버린다"고 말한 바 있다. 이것은 이미 지적한 바와 같이 「설도각집서(雪濤閣集序)」의 "목전의 경치를 버리고 부람(腐濫)한 말을 줍는다[棄目前之景, 摭腐濫之辭]"에서 따온 것이다. '목전의 경'이란 홍신유의 활경이다. 실제의 말은 당연히 '부람한 언어'와 관련된다. 그의 죽은 법이란 전범을 인습적으로 차용하는 낡은 수사학적 창작법을 의미하는 것으로, 이에 대척적인 실제어란 현실의 때 묻지 않은 새로운 언어를 의미할 터이다.

활경과 진경은 같은 의미로 생각된다. 그것은 살아 있는 것이기에 진실된 것이다. '진(眞)'이 양명학과 공안파로 인해 새롭게 부각한 비평담론이라는 것은 누차 언급한 바 있다. 왜 하필 '진'과 '활'의 경인가. 의고적 창작론은

---

152) 이규상, 민족문학사연구소 한문분과 역, 『18세기 조선 인물지(幷世才彦錄)』, 창작과비평사, 1997, 104면에 박경행이 '京城 閭巷人'이며, 朴道郁의 아들로서 문장에 능했다 하고, 한시 4구를 간단히 소개하고 있다. 이 외에 그에 관한 기록은 없다.

시의 예술적 성취가 작가가 대면한 세계와의 관련에서 이루어지는 것으로 보지 않고, 전범과의 관계, 즉 전범과의 유사성 여하에 있다고 믿는다. 홍신유가 말한 활경, 곧 진경은 실제로 존재하는 시인이 대면한 객관현실이다. 그는 곧 시의 예술적 성취를 전범과의 관계에서 찾지 말고 작자가 당면한 구체적 현실을 생동감 있는 새로운 언어로 형상화하라고 주장하고 있는 것이다.

3) 서파(庶派) 문인들—이봉환(李鳳煥)·이진(李璡)·이광석(李光錫)·이덕무(李德懋)

(1) 서파 문인 그룹의 존재

일반적으로 박지원(朴趾源)과 이덕무·박제가(朴齊家)·유득공(柳得恭)·이서구(李書九) 등을 싸잡아 '연암(燕巖)그룹'이라 한다. 연암그룹에서 박지원의 위치란 거의 절대적인 것이어서, 우리는 거의 무의식적으로 연암그룹의 이론과 실천이 연암으로부터 흘러나온 것으로 생각한다. 예컨대 이덕무·박제가·유득공 등은 연암의 에피고낸으로서, 연암이란 항성의 찬란한 빛을 받아야만 반사광을 되비치는 혹성쯤으로 여기는 것이다. 하지만 이 점은 약간의 반성을 요한다. 예컨대 이덕무 경우, 소품체의 전형으로 인식되는 그의 독특한 산문을 들어 보자. 현전하는 『청장관전서』의 맨 앞부분에는 『영처시고(嬰處詩稿)』 『영처문고(嬰處文稿)』 『영처잡고(嬰處雜稿)』가 실려 있는바, 이것들은 이덕무가 20살에 정리한 『영처고』에 20대 중반의 작품을 첨가하여 다시 엮은 것으로 여겨진다.[153] 조금 더 구체적으로 밝히자면, 『영처문고』에는 1760년에서 1764년까지의 작품들이 실려 있다. 『영처잡고』는 「무인

---

153) 물론 이것이 원래 이덕무가 엮었던 『영처고』는 아닐 것이다. 이덕무의 「영처고자서」는 1760년 이덕무의 나이 20살에 쓰이는데, 그렇다면 『영처고』는 그의 20살 이전의 작품을 모은 것이 된다. 하지만 이 「영처고자서」가 실려 있는 『영처문고』에는 그 이후에 쓰인 작품들이 수록되어 있다. 따라서 이 『영처시고』·『영처문고』·『영처잡고』는 그의 초기작이기는 하지만, 『영처고』 자체는 아니다. 기존의 『영처고』를 해체하고, 거기에 20대 중반의 작품을 첨가하여 다시 엮은 것으로 보인다.

편(戊寅篇)」(1758, 18세), 「세정석담(歲精惜譚)」(1763, 23세), 「쇄아(瑣雅)」(1764, 24세), 「관독일기(觀讀日記)」(1764, 24세)로 구성되어 있는데, 그 창작연대를 보면, 18세(1758)부터 24세(1764)까지다. 대체로 '영처' 시리즈는 18세에서 24세까지의 산물인 것이다.

이덕무 문학, 좁게는 그의 소품적 산문의 특징을 이해하는 데 있어 불가결한 작품들도 역시 20대의 산물이다. 「이목구심서(耳目口心書)」는 1764~1766년(24세~26세)에 쓰인 것이니, 역시 20대 중반의 산물인 것이다. 「서해여언(西海旅言)」은 약간 늦게 1768년(28세)에 쓰인 것이다. 그 외 문학 관계의 저술로 『선귤당농소(蟬橘堂濃笑)』 『한죽당섭필(寒竹堂涉筆)』 『앙엽기(盎葉記)』 『청비록(淸脾錄)』이 있으나, 이덕무 산문의 소품적 성격이 약여한 것은 역시 위의 20대에 쓰인 것들이 중심을 차지한다. 물론 여기에 『선귤당농소』도 포함될 것이다.

김명호 교수는 연암의 연보를 작성하면서 1768년(영조 44세, 32세)에 "백탑 부근으로 이사했고, 선생의 집 주변에 이덕무·이서구·서상수·유금·유득공 등이 모여 살았으며, 이 무렵부터 그들과 두터운 교분을 맺게 되었다고 말하고 있다.154) 1768년이면 이덕무의 나이 28세이다. 이덕무와 연암이 어떻게 만나게 되었는지를 정확히 따지는 것은 필자로서는 현재 불가능하지만, 그의 초기작을 모은 『영처시고』·『영처문고』·『영처잡고』를 보면, 다른 사람의 이름은 허다히 나오지만, 연암에 대한 언급은 전혀 없다. 김명호 교수의 말처럼 1768년에 비로소 만나게 되었다고 보는 것이 타당할 것이다. 이덕무의 독특한 소품문의 세계는 연암그룹에 합류하기 전에 이미 완성되었던 것이다.

이규상의 『병세재언록』에 이덕무가 간단히 소개되어 있다.155) 흥미로운

---

154) 김명호, 『박지원 문학 연구』, 성균관대 대동문화연구원, 2001, 275면.
155) 이규상, 민족문학사연구소 한문분과 역, 『18세기 조선 인물지(幷世才彦錄)』, 창작과비평사, 1997, 108~110면. 앞으로 이 책은 서지사항을 일체 생략하고 『18세기 조선 인물지』란 이름으로 인용한다. 필요한 경우에만 원문을 인용하겠다.

것은 이덕무가 윤가기(尹可基, ?~1801)·박제가와 한 그룹으로 묶여 있다는 것이다. 이덕무가 박제가와 병칭되는 것은 우리의 상식에 비추어 하등 이상할 것이 없지만, 연암이나 유득공과의 언급이 없이 윤가기를 포함시키고 있는 것은 약간은 의외다. 윤가기는 『청장관전서』에 자주 등장하는 인물이고, 또 이 글에서도 뒤에 소상히 다루겠지만, 18세기 한문학사의 연구에 있어서 거의 주목하지 않았던 인물이다.156) 『병세재언록』에서는 윤가기에 대해 "자가 증약(曾若)으로 이산(尼山) 윤씨 가문의 서파(庶派)이며 음직으로 벼슬을 지냈다"157)라고 소개하고 있다. 아마도 이규상은 이들 사이에 존재하는 모종의 공통성, 즉 이들이 모두 서파(庶派) 중의 인재라는 점을 염두에 두었을 것이다. 그러나 정작 주목해야 할 것은 이규상이 세 사람의 인적 사항을 간단히 소개하고 난 뒤에 덧붙인 말이다.

> 이들은 함께 시문과 글씨로 지금[正祖] 조정에 내각(內閣, 奎章閣) 검서관으로 뽑힌 바 있으며 모두 현감을 지냈다. 모두 이진(李璡)의 시법(詩法)을 본받았다.158)

윤가기·박제가·이덕무의 시는 모두 이진(李璡)의 시법(詩法)에서 온 것[俱來李璡法]이라고 했으니, 이진의 이덕무·박제가에 대한 영향력은 절대적이다. 이 이진이란 인물이 대단히 흥미롭게 여겨진다.

이진이란 인물의 문집은 전해지지 않는다. 또 과문한 탓에 다른 문헌에서도 찾아보지 못하였다. 이 인물에 대한 정보는 사실 『병세재언록』과 이덕무의 『청장관전서』의 것이 거의 유일한 것이라 해도 과언은 아니다. 다시 『병세재언록』을 들추어 보자.

> 이진(1736~?)은 자가 진옥으로 벼슬은 현감을 지냈다. 그의 시는 신고(辛苦)·각박(刻薄)하기를 힘써 말과 소리가 모두 초쇄(噍殺)하며 뒤틀리고 어긋났지만[拗乖],

---

156) 그의 작품집—문집이 전해지지 않은 것도 큰 이유가 될 것이다.
157) 『18세기 조선 인물지』, 108면. "有尹可基, 字曾若, 尼山尹氏家庶派, 官蔭."
158) 위의 책, 109면 "俱以詩文與筆, 選當宁朝內閣檢書官, 皆縣監. 俱來李璡法."

음미해 보면 매우 공교한 바가 있었다. …… 그의 시는 또 일반적인 시체와 달리 허장성세를 주로 하여 사람들이 처음에는 놀라 눈이 휘둥그레지지만 끝내는 점차 빠져 들어갔다.[159)

이진 역시 서파(庶派)다. 재능 있는 서파, 그리고 장애인(그는 귀머거리였다) 이란 조건을 가진 인간의 운명이란 뻔한 것이 아닌가? 현감이란 미관말직이 그의 최고의 출세였다. 실제 그가 이름을 세상에 알린 것은 그의 탁월한 문필력이었으나, 그 문필력은 당시 요인들의 대필자 노릇을 하는 것에 그치고 말았다.[160) 문제는 그의 시풍이다. 그의 시에 대한 이규상의 비평어 — 신고(辛苦)·각박(刻薄)·초쇄(噍殺)·요괴(拗乖) — 는 상당히 부정적인 의미로 읽혀진다. 이 비평어에 대해서는 뒤에 다시 언급하겠지만, 그 부정적인 뉘앙스에도 불구하고 기성의 낡은 언어가 아닌 새로운 독창적인 언어를 찾기 위한 각고의 노력을 느낄 수 있다. 이 점을 일단 염두에 두자.

이규상은 계속해서 이진의 시풍에 대해 말한다. 원래 이러한 시풍 자체가 이진에게서 형성된 것은 아니고, 이봉환(李鳳煥, ?~1770)[161)이 창시한 것이며, 이진의 아버지 이명계(李命啓)가 옆에서 거들었는데, 이진 등에 이르러 모두 동조하여 큰 조류를 이루게 되었다는 것이다.[162) 이것을 이봉환·이명계 → 이진 → 이덕무·박제가·윤가기란 계보로 간단히 정리할 수 있다. 이덕무를 중심에 놓는다면, 그는 20대 중반까지 자신과 출신 성분이 같은 서파 문인의 인적 맥락 속에 놓여 있었던 것이고, 그 맥락 속에서 문학적 단련을 했던 것으로 여겨진다. 우리가 주목하는 이덕무의 문학의 성취가 어떤 영향을 받았다면 그것은 연암이 아니라, 바로 서파 그룹으로부터 받았던 것으로

---

159) 앞의 책, 107면. "李瑱, 字進玉, 官縣監. 詩務辛苦刻削, 語響皆焦殺拗乖, 然味之, 甚有工緻. …… 其詩又異於凡常, 專門於恫疑虛喝, 故人, 初則瞠, 末乃駸駸焉入."

160) 위의 책, 107면. 그는 귀머거리였지만, 당시 한쪽 要人들이 세상에서 소용되는 글들을 모두 그의 손을 빌려서, 이 때문에 조정의 인사들과 통하여 명성을 떨쳤다고 한다.

161) 이봉환은 李春元의 庶派 후손이다.

162) 『18세기 조선 인물지』, 107면. "蓋李鳳煥創是體, 瑱父命啓羽翼之, 至瑱輩, 無不推波助瀾."

보는 것이 자연스럽다.

이상에서 이덕무가 박지원과 조우하기 전에 이미 그의 독특한 창작의 세계를 구축하였음을 언급하였는데, 사실 여기서 이덕무만을 언급하고자 하는 것은 아니다. 즉 이덕무의 젊은 날의 문학적 성취는 박지원과는 상관없이 구축되었으며, 그 구축은 이 글의 주제인 공안파와 관련이 있음을 밝히고자 하는 것이다. 나아가 초기 이덕무 문학은, 이덕무가 어울렸던 서파 문인들과의 관계 속에서 형성되며, 이 서파 문인들 역시 공안파와 밀접한 관계가 있는 것으로 여겨진다. 이제 이 서파 문인들과 공안파와의 관계에 대해 서술하고 이덕무를 따로 논하기로 한다. 먼저 박지원을 만나기 전 젊은 이덕무에게 강한 영향력을 행사했던 서파 그룹의 원류인 이봉환부터 살펴보자.

(2) 이봉환(李鳳煥)

이봉환(?~1770)은 자신의 문집 『우념재시문초(雨念齋詩文鈔)』의 「차기(箚記)」에서 전·후칠자의 의고파를 위시해서 당송파·공안파·전겸익 등 당대까지 조선에 전해진 명말 청초의 비평가와 작가, 유파에 대해 나름대로의 비평을 전개한다. 예컨대 다음 자료를 보자.

> 명문(明文)에는 다섯 정맥(正脈)이 있으니, 손지(遜志, 方孝孺)·양명(陽明, 王陽明)·준암(遵巖, 王愼中)·형천(荊川, 唐順之)·진천(震川, 歸有光)이 그들이고, 다섯 사로(邪路)가 있으니, 창명(滄溟, 李攀龍)·공동(空同, 李夢陽)·엄주(弇州, 王世貞)·중랑(中郎, 袁宏道)·목재(牧齋, 錢謙益)가 그들인바, 아주 신중하게 보아야 할 것이다.[163]

이봉환은 명대 문학은 방효유·왕양명, 그리고 모곤(茅坤)을 제외한 당송파 세 사람 왕신중·당순지·귀유광을 정맥으로, 이반룡·이몽양·왕세정

---

163) 李鳳煥,「箚記」,『雨念齋詩文鈔』권10. "明文有五正脈, 遜志·陽明·遵巖·荊川·震川; 有五邪路, 滄溟·空同·弇州·中郎·牧齋, 切須愼看."

등 의고파와, 원굉도·전겸익을 사로(邪路)로 판단한다. 이 책의 주제와 관련하여 공안파에 주목해 보자. 그는 의고파와 의고파를 비판했던 공안파와 전겸익에 대한 조심스러운 독서를 주문하고 있는 것이다. 하지만 그가 사로(邪路)라고 말한 공안파를 극력 부정했던 것은 아니다. 다음 평문을 읽어보면 상당히 균형 잡힌 평가를 내리고 있음을 알 것이다.

> 명(明)의 문집 중에서 방정학(方正學, 方孝孺)·왕신건(王新建, 王陽明)은 정말로 많이 읽어야 하는 것이고, 비릉(毗陵, 唐順之)·진강(晉江, 王愼中)·진천(震川, 歸有光) 세 사람은 구양수(歐陽修)와 증공(曾鞏)과 직접 닿아 있으니, 여러 차례 숙람(熟覽)하여야 마땅하다. 헌길(獻吉, 李夢陽)의 노건(老健)함과 원미(元美, 王世貞)의 괴박(瑰博)함과 우린(于鱗, 李攀龍)의 간오(簡奧)함은 너무 지나치게 모의(模擬)한 오류를 범하고 있다. 하지만 요컨대 문장(文章)하는 사람 중 정통은 아니지만 한쪽으로 치우쳐 특별히 뛰어난 경우니, 참고삼아 보지 않을 수 없다. 중랑(中郞, 袁宏道)의 유산기(遊山記)와 척독(尺牘)은 괴석(怪石)·기화(奇花) 같은 것이라 또한 없을 수 없는 것이다. 목재(牧齋, 錢謙益)의 넓고 크며 찬란하고 춤추는 듯함은 본디 헌길(獻吉) 이하의 여러 사람이 견줄 바가 아니다. 장차 한 권의 책으로 뽑아내어 그 좋은 곳을 배워야 할 것이다. 그러나 동파(東坡)가 노직(魯直, 黃庭堅)의 시가 강요주(江瑤柱)와 같아 많이 먹으면 풍비(風痺)를 앓는다고 평가한 것처럼 목재의 문장 역시 그러하다.164)

그는 방효유·왕양명과 당송파의 당순지·왕신중·귀유광만 이의 없이 고평(高評)하고 있으며, 나머지 이몽양·왕세정·이반룡 등의 의고파에 대해서는 일정한 부분만을 제한적으로 평가한다. 그리고 원굉도의 경우는 다른 유보사항 없이 원굉도 문학의 가장 탁월한 성취인 유기와 척독을 불가무의 것으로 평가한다. 전겸익 역시 일부 제한을 두어 고평하고 있다. 요컨대 이

---

164) 위의 책, 같은 곳. "明文集中, 若方正學·王新建, 固多可讀者; 若毗陵·晉江·震川三家直接歐·曾正脈, 宜熟覽屢遍; 若獻吉之老健·元美之瑰博·于鱗之簡奧, 失之模擬太過, 然要是文章家偏閏傑特, 不可不旁搜; 若中郞之遊山記及尺牘如怪石奇花, 亦不可無者; 若牧齋之宏肆昌大爛燁鼓舞, 固非獻吉以下諸人可得比. 將必須抄作一冊, 學其好處. 然東坡評魯直詩如江瑤柱, 多食則病風痺, 牧齋文亦然."

봉환은 그 당시까지 자신이 접할 수 있었던 명대의 문학 유파를 섭렵하고 있었고, 그 위에서 당송파와 원굉도를 고평했던 것이다. 그렇다면 그는 어느 쪽인가. 그는 당송파 중에서 모곤(茅坤)의 성취에 대해서는 부정적이지만, 그가 편집했던 『당송팔대가문초(唐宋八大家文鈔)』는 늘 손에 두고 창작의 테크닉을 익혀야 하는 절대적 전범으로 생각하고 있다.165) 그는 한유·소동파·구양수·증공 등 당송의 작가와 명대의 의고파와 당송파, 전겸익 등에 대해 균형 잡힌 비평을 가하고 있으나, 그의 산문창작의 궁극적 귀의처는 당송의 팔대가와 당송파의 창작이론이었던 것으로 생각된다.

하지만 그렇다고 해서 그의 비평이 오로지 당송파로 귀속되는 것은 아니다. 그는 앞서 모곤의 성취에 대해 비판한 뒤 양신(楊愼)·왕도곤(汪道昆)·유봉(劉鳳)·탕현조(湯顯祖)·서위(徐渭)에 대해 잇달아 비평하는데, 양신·왕도곤·유봉에 대해서는 부정적이거나 유보적이고, 오로지 공안파의 우익이었던 탕현조와 서위에 대해서만 긍정적이다.166) 물론 이것으로 그의 공안파에 대한 정확한 입장을 측정해낼 수는 없지만, 그가 원굉도의 유기와 척독을 없어서는 안 될 것으로 평가한 것을 생각한다면, 공안파와 그 우익들의 비평과 실천에 사뭇 동조적이었음은 두말할 나위가 없다. 이것은 그의 소설에 대한 태도에서도 어느 정도 짐작할 수 있다. 그는 『금병매』 등의 소설에 대해 이렇게 말한다.

> 『금병매』는 음서(淫書)이고, 『서유기(西遊記)』는 요서(妖書)이며, 『수호지(水滸志)』는 도서(盜書)다. 하지만 그 문장은 지극히 기이하니, 세상의 부범(浮汎)한 시문(詩文)이 견줄 바 아니다. 젊은 시절 탐독하여 문자에 병이 많이 들게 되었다. 그러나 『금병매』는 법률이란 차원으로 바꾸어서 읽고, 『서유기』는 선불(仙佛)이란 차원으로 바꾸어서 읽고, 『수호지』는 병법(兵法)이란 차원으로 바꾸어 읽어보라는 것이 작

---

165) 위의 책, 같은 곳. "八大家, 作文者之繩尺. 此非一時讀過者, 必朝夕在手, 令其鋪敍·關鎖·曲折·機軸枝枝葉葉臚列眼中, 厭於心內, 然後作文方有伸縮變化."
166) 위의 책, 같은 곳. "升庵特一本小說耳; 太函全襲字句, 行數多則止, 無自家機軸; 劉子威(號羅陽, 名鳳)險而晦, 使人細看, 終不知其意脈所歸, 然此亦一遍看過, 不害爲取材; 湯臨川·徐文長差優."

자의 본래 의도일 것이다.[167]

요컨대 그는 젊은 날 읽었던 『금병매』 등의 문체에 깊은 영향을 받았던 것이다. 그가 소설과 같은 신흥문예로부터 받은 영향을 고백하고 있는 것을 본다면, 그의 당송파 창작론으로의 경사만이 그의 산문 창작을 지배하는 것이 아님을 짐작할 수 있을 것이다. 그의 산문은 당송파와 함께 공안파나 신흥문예인 소설이 함께 영향력을 행사하고 있을 것이라는 점을 짐작할 수 있을 것이다.

다만 이봉환 자신이 산문작가로 이름을 낸 사람이 아니기에 그의 산문 창작에 대해 더 이상 말하는 것은 군색한 일이다. 하지만 시라면 사정이 다르다. 『병세재언록』은 이렇게 말한다.

> 그의 칠언율시는 정밀하고 엄하여 돌아가는 글자 하나라도 구차하게 놓여진 것이 없으니 근세의 절조라고 하겠다. 그러나 기미(氣味)가 초쇄(噍殺)하고 풍운(風韻)이 번거롭고 촉급하여[繁促], 교묘한 생각[巧思]의 예봉(銳鋒)이 수단은 비록 뛰어나지만 기교가 각박 첨예[刻銳]한 대로 흘러 한번 바뀌어 입에 급히 올리면 산초 열매가 혀를 얼얼하게 하는 것 같고, 눈을 가리게 되면 시큼한 바람이 눈동자를 쏘는 듯하니, 결코 중화(中和)에 맞는 성정의 표출은 아니다.[168]

초림(椒林)의 유파—서파 문인으로 봉환체(鳳煥體)를 따르지 않은 사람이 없었다고 하니,[169] 이봉환이 창출한 새로운 시풍은 서파 문단에서 대단한 기세로 퍼져나갔던 것이다. 그리고 이덕무 역시 그런 창작 경향의 영향 아래에 있었던 것이다.

그렇다면, 이봉환이 창시했다는 시풍은 어떻게 형성된 것인가? 그의 시에

---

167) 위의 책, 같은 곳. "金甁梅, 淫書; 西遊記, 妖書; 水滸志, 盜書. 但其文章極奇, 非世間浮汎詩文之比. 少時甚耽看, 文字多受病. 然作法律看, 作仙佛看, 作韜鈐看, 作者本意."

168) 『18세기 조선 인물지』, 97면. "詩之七律精刻, 入裏一語不苟措, 近世絶調. 然氣味焦殺, 風韻繁促, 巧思銳鋒, 手段則高强, 而巧流於刻銳, 轉爲急口, 則椒粒竦舌, 遮眼則酸風射眸, 決非中和之陶寫."

169) 위의 책, 97면. "所謂椒林一隊, 莫不景從於鳳煥體."

대한 비평어 초쇄(噍殺)·번촉(繁促)·각예(刻銳) 등은 이진(李璡)의 신고(辛苦)·각박(刻薄)·초쇄(噍殺)·요괴(拗乖) 등과 조금도 다를 것이 없다. 그런데 이 비평어들은 어디서 많이 보던 것이 아닌가? 정조는 문체반정 때 개혁해야 할 문체의 부정적 속성으로 이런 요소들을 지적하였다. 그렇다면 다시 물을 수 있다. 이 부정적 속성은 어디서 유래한 것인가? 정조는 명말청초 문집을 이런 속성들의 기원으로 지목했다.170) 그리고 앞에서 지적한 바와 같이 명말청초의 문집 중에서도 공안파의 이론가 원굉도의 문집 『원중랑집』을 기원 중의 기원으로 지적한다. "명청의 글은 초쇄(噍殺)·기궤(奇詭)하여 실로 치세(治世)의 글이 아니며, 그중에서도 『원중랑집(袁中郎集)』이 가장 심하다."171) 사실 이런 초쇄·각박 등의 문체적 속성의 기원은 명대의 공안파로 거슬러 올라가는 것이며, 정조는 그러한 사정을 정확하게 파악하고 있었던 것이다.172)

이규상에 의하면, 이봉환이 창시한 이 시체(詩體)는 오직 그 자신만이 잘하고 다른 사람들은 "그저 호랑이를 그리려다 개를 만들어 놓은 꼴이 되고 말 뿐이었다"고 한다. 즉 서파 시인들이 이봉환의 시를 추종했지만, "재질이 넉넉한 사람은 졸(拙)함을 알아서 감출 정도가 되고, 힘이 모자라는 사람은 비쩍 마르고 비틀거려 말이 조리에 닿지 않고, 괴벽(怪僻) 기괴하여 마치 귀신이 울고 도깨비가 웃는 듯하다"173)고 평가하고 있다. 이봉환의 기이한 언어를 본받으려 하다가 실패한 사람의 경우, 기괴한 언어를 만들고 말았다는 것이다.

왜 이런 현상이 나타나게 되었던가? 이것은 근원적으로 공안파의 출현과

---

170) 이봉환과 이진의 문학에 대한 비평어의 함의와 문체반정에 관한 것은 다음의 논문을 참조할 것. 김성진, 「사고전서가 문체반정에 미친 영향에 대하여」, 『부산한문학연구』 9, 부산한문학회, 1995; 강명관, 「문체와 국가장치」, 『안쪽과 바깥쪽』, 소명출판, 2007, 209~210면 참조.
171) 『正祖實錄』, 15년 11월 7일. "大體明淸之文, 噍殺奇詭, 實非治世之文, 袁中郎集爲其最矣."
172) 공안파와 이런 문체 사이의 연관에 대해서는 앞으로 깊은 연구가 필요하다. 그 개략은 강명관, 「문체와 국가장치」, 앞의 책, 204~205면을 참조할 것.
173) 『18세기 조선 인물지』, 97~98면. "鳳煥創是體, 惟己能之, 他人則畵虎不成. 所謂椒林一隊, 莫不景從於鳳煥體, 材富者, 僅藏拙, 力弱者, 枯槁彳丁, 語不成理, 幽怪孤詭, 如鬼哭魅笑."

유관한 현상이다. 원굉도의 창작론은 의고파를 대타적 존재로 하여 성립한 것이었다. 원굉도는 의고파의 전범 설정 자체를 비판하고 전범의 족쇄로부터 해방되어 자신만의 고유한 창조적·개성적 언어를 구사할 것을 요구했던 것이다. 개인적 재능이 부족한 사람에게 이것은 성취 불가능한 지난한 요구였다. 봉환체가 이봉환 자신과 이진에게만 가능하고 타인에게 불가능했던 것도 이 때문이다. 전범으로부터 해방되었을 때 주어진 창조의 자유는 도리어 작가로 하여금 창작의 미로를 헤매게 만들었던 것이다. 요컨대 우리는 희미하게나마 이봉환의 시 창작에서 공안파의 영향력을 감지할 수 있는 것이다. 이쯤에서 이봉환 이래 서파 문인들 사이에서 유행한 새로운 시풍은 원굉도와 불가분의 관계에 있을 것이라는 점을 먼저 지적해 두자.

(3) 이진(李璡)

『병세재언록』에 기록된 이덕무 등의 시가 이진(李璡, 1736~?)의 시법(詩法)에서 온 것[俱來李璡法]이라는 짤막한 기록의 구체적인 양상은 어떤 것인가? 아니 이에 앞서 이진과 이덕무는 과연 어떤 관계에 있었던 것인가? 앞서 언급한 바와 같이 이진에 대한 유일한 자료는 오직 『청장관전서』에만 전한다. 이덕무의 기록을 통해 이진에 대해 알아보자.

『청장관전서』의 『아정유고』 권1에 「몽답정(夢踏亭)에서 이진옥(李進玉) 진(璡), 서여오(徐汝五) 상수(常修), 변자흠(邊子欽) 일휴(日休), 윤증약(尹曾若) 가기(可基), 유혜풍(柳惠甫) 득공(得恭)과 활쏘는 것을 보다」[174]라는 시가 있다. 이 시로 미루어 이진·서상수·윤가기·변일휴·유득공·이덕무 등은 젊은 시절 동인을 이루었던 것으로 보인다.[175]

---

174) 李德懋, 「夢踏亭, 李進玉璡·徐汝五常修·邊子欽日休·尹曾若可基·柳惠甫得恭觀射侯」, 『青莊館全書』 1 : 『韓國文集叢刊』 257, 153면.
175) 이덕무의 초기 시를 모은 『영처시고』에는 이들과의 교유를 증거하는 시들이 많이 수록되어 있다. 이 중 서상수·유득공은 기존 연구를 통해 널리 알려진 사람이니 구태여 언급할 필요가 없을 것이다. 나머지 변일휴·윤가기·이진이 고찰을 요하는 인물이다.

이진의 이름은 「이목구심서」의 관아재 조영석의 속화와 관련된 언급에서 또 한 번 나온다. 관아재 조영석의 속화 70첩에 허필(許佖)·유득공과 함께 화제(畵題)를 쓰고 있는 것이다.176) 이 외에 앞으로 다룰 이덕무가 윤가기에게 보낸 편지 「윤증약 가기에게」에서 이덕무가 이진의 창작과 비평에 대해 장황하게 언급한 것을 제외하면 이진에 대한 언급은 전혀 남아 있는 것이 없다. 이상한 일이 아닌가? 자신의 문학에 결정적인 영향력을 행사한 사람에 대한 언급이 이토록 적다니 납득하기 어렵다. 윤가기와 변일휴(邊日休)에 대한 언급이 주로 많은 것을 생각한다면 더더욱 그렇다. 물론 연암을 만난 뒤로 이서구, 박제가와 만나게 되고 이들을 주축으로 활동하기 시작한 것을 이진과의 관계가 소원해졌던 이유로 볼 수도 있다.177) 그러나 보다 본질적으로는 이진과 이덕무 사이에 발생한 비평적 입장의 차이가 둘을 갈라놓은 것이 아닌가 한다.178)

이덕무는 이진에 대한 자못 긴 자료를 남기고 있는데, 이것은 윤가기에게 보낸 편지 「윤증약가기(尹曾若可基)」179)다. 이 편지는 모두 3통으로 『청장관전서』 제16권, 『아정유고』 권8에 실려 있다. 「윤증약 가기에게」는 모두 18통의 편지인데, 그 중 2번째, 13번째, 14번째가 이진에 대해 언급하고 있는 것이다. 이제 이 편지들을 차례대로 「윤가기 A」·「윤가기 B」·「윤가기 C」라고 표기한다. 또 이 편지를 쓴 연대는 뒤에 언급하겠지만 논의에 퍽 중요한 것인데, 「윤가기 B」의 서두 부분에 "을유년(1765)이 뒤도 돌아보지 않고 가버렸다[乙酉年望望然去]"는 말이 있으니, 「윤가기 A」와 「윤가기 B」는 1765년에 쓰인 것이고, 특히 「윤가기 B」는 세밑에 쓰인 것으로 생각된다. 「윤가기 C」

---

176) 李德懋, 「耳目口心書 5」, 『青莊館全書』 2 : 『韓國文集叢刊』 258, 443면. 『耳目口心書』는 1764년 11월에서 1766년 사이에 쓰인 것이다.
177) 다른 사람은 이후에도 물론 보인다. 정조 2년(1778)에 이덕무가 입연할 때 전송을 나온 사람 중에 윤가기가 보인다.
178) 물론 이진에 대한 언급이 있었으나, 그 기록이 사라졌을 수도 있다. 현존하는 『청장관전서』에는 빠진 부분이 있기 때문이다.
179) 李德懋, 『青莊館全書』 1 : 『韓國文集叢刊』 257, 240~247면. 이진에게 보내는 편지는 현재 남아 있지 않다. 원래 쓰지 않은 것인지, 아니면 있었는데 망실된 것인지는 모른다.

는 1766년 초두에 쓰인 것으로 짐작된다.[180) 그리고 내용의 연속성으로 보아, 「윤가기 A」와 「윤가기 B」는 1765년의 세밑에 쓰인 것으로 여겨진다. 곧 이 세 통의 편지는 대체로 1765년과 1766년 초두에 이르는 거의 같은 시기에 쓰인 것이다.

이 세 통의 편지는 이덕무가 이진과 자신과의 비평적 입장의 차이를 윤가기에게 전달하는 내용이다. 어떤 구체적인 계기가 있었던 것인가? 정확하게는 알 수가 없지만, 다음과 같은 것을 예로 들 수 있다.

①저의 우상(虞裳)에 대한 평은 아주 꼭 들어맞는 것이라고 할 만한데도 불구하고, 진옥(進玉, 李璡)은 그래도 내심 불만스러워 하면서 구질스럽게 사족(蛇足)을 붙이고 표미(豹尾)를 잇고자 옛사람의 이름을 이곳저곳에서 주워와 이러니저러니 중얼거리니, 월조평(月朝評)이 아니면 점귀부(點鬼簿)입니다. '옛사람 아무개가 옛사람 아무보다 낫다'는 식의 말은 모두 썩은 곡식입니다. 진옥조차 이 따위 상투적인 말을 하는 것입니까?

진옥이 족하의 시를 논한 것은 비록 길은 다르지만 각각 안목을 갖춘 것입니다. 그러니 또한 서로 구애하지 말고 자유롭게 놓아두면 되겠습니다. 어찌 족하에게 손해날 것이 있겠습니까? 옛 사람 중에 달을 눈썹에 비긴 사람도 있고, 낫에 비긴 사람도 있습니다. 크고 작음은 비록 다를지라도, 달의 모습을 형용한 것이니, 달은 또 그저 그대로 있을 뿐입니다.[181)

②증약은, 반드시 진옥이야말로 이 시를 깊이 알아보았다고 생각하지 말고, 또 저를 두고 이 시를 얕게 알아보았다고 생각하지도 말아야 할 것입니다. 함께 놓고 번갈아 꼼꼼히 살펴보면 또한 마땅히 각자에게 소견이 있을 것입니다. 진옥은 저더러 장적(張籍)이라고까지 하면서 나무라는데, 비록 제가 장님이라 할지라도 증약이 그 시를 상고해 보면 '교(巧)' 자를 면할 수가 없을 것입니다. 왜냐면 장적은 비록

---

180) 왜냐하면 15째 편지에 봄이 이미 2분쯤 왔다는 말이 있기 때문이다.

181) 李德懋, 「與尹曾若可基」, 『靑莊館全書』 1 : 『韓國文集叢刊』 257, 242면. "我評虞裳可謂金稱定量, 黃種眞黍 進玉心猶不滿, 陋蛇足續豹尾, 掇拾古人名字而云云. 非月朝評, 則點鬼簿, 凡曰, 如古人某勝於古人某者, 皆紅朽之粟也. 進玉猶作套語耶. 其論足下詩, 雖曰殊軌 各具眼孔, 亦不相碍而任它自在. 何損於足下? 古人有擬月以眉者. 又有以鎌擬者. 大小雖殊, 模寫月形月, 又自如也."

두 눈은 사물을 보지 못하지만, 그 마음은 멀지 않았기 때문입니다. 진옥의 눈멂은,
마음속에 문아(文雅)한 기운이 없으니, 단지 지금 세상의 산통을 흔드는 장님과 같
습니다. 제가 지적해 낸 '교(巧)' 자를 어찌하여 지워버렸습니까? 이 종이를 전해 보
여서 금비(金篦)의 괄목(刮目)으로 삼고자 합니다.[182]

①은 이언진과 윤가기의 시에 대한 평가를 두고 이덕무와 이진이 첨예하
게 대립하고 있음을 드러내고 있다. ②는 이진이 어떤 사람(누구인지는 미상)
시에 대한 이덕무의 평가를 무시한 데 대해 이덕무가 분노하고 있는 장면이
다. 작품의 실제 비평에서 이진이 이덕무의 비평을 혹평한 탓에 서로 불화
가 있었고, 이덕무가 윤가기에게 편지를 보내어 저간의 사정을 하소연한 것
으로 생각된다. 『병세재언록』은 이덕무가 이진의 시법을 본받았다고 했는
데, 나이가 약간 많은[183] 이진의 비평적 영향력에 이덕무가 반기를 든 것은
아닐까?

물론 중요한 것은 이들의 비평적 관점의 차이가 아니다. 이들이 같은 범
위 내에서 창작을 하고 비평을 하는 그룹이었던 것이 중요한 것이다. 그렇다
면 이들의 비평적 화두는 무엇이었던가. 이덕무의 말을 들어보자.

진옥(進玉)은 입에 감로(甘露)를 머금었다가 병든 나무에 뿜어 넘치듯 피어나는
꽃을 보기를 기다리는 것입니까? 대저 칭찬의 병통이란 속이는 것입니다. 난데없이
나를 두고 원굉도(袁宏道)와 종성(鍾惺)에 비유하니, 어찌 그리도 지나친 것입니까?
설령 중랑(中郎, 원굉도)이 다시 태어나고 백경(伯敬, 종성)이 다시 나타난다 해도
명의 문선(文選)에는 끼어들 작은 틈조차 하나 없는 것을 어찌 한단 말입니까?(A)[184]

---

182) 위의 책, 245면. "曾若不必以進玉爲知此詩之深, 以不侫爲知此詩之淺也. 並置而交審之,
其當各有所見耳. 進玉至罵不侫以張籍, 縱曰 余盲, 曾若試按其詩, 巧字不可免也. 以其籍
也, 雖兩目不見物, 其心則不盲故耳. 進玉之盲, 心中元無文雅氣, 只如今世搖籌筒之俗盲也.
不侫摘出巧字, 何乃塗之乎? 此紙傳覽, 以爲金篦之刮."
183) 이진은 1736년 생, 이덕무는 1741년 생이다.
184) 李德懋, 「與尹曾若可基」, 앞의 책, 241면. "進玉口會甘露, 噀沾病樹, 待觀其溢現之花耶?
夫譽之病, 巫也. 居然喩我, 曰袁曰鍾, 何其濫也? 縱令中郎更生, 伯敬復出, 奈明文選無一
隙地何."

이진은 이덕무를 원굉도와 종성(鍾惺)에 비유했고, 이덕무는 지나친 칭찬이라면서 거부하고 있다. 이진은 이덕무의 문학에서 원굉도와 종성과의 유사성을 발견해 지적했던 것이나, 이덕무는 이 지적을 약간 냉소적 어조로 부정하고 있다. 그러나 구기로 보아 완전히 부정하는 것도 아니다. 여기서 이덕무의 주장과 이진의 주장의 시시비비는 따질 수도,[185] 필요도 없다. 정작 중요한 것은 이진과 이덕무가 원굉도와 종성을 화두로 삼고 있다는 사실 그 자체다. 곧 이진과 이덕무 사이에 원굉도와 종성의 문학은 이미 숙지의 사실이 되어 있으며,[186] 아울러 원굉도와 종성이 우월한 비평의 준거가 되어 있다는 것은 주목을 요한다. 두 사람은 공히 원굉도와 종성의 영향을 받았다고 보아야 할 것이다.

이제 이덕무의 평가를 통해 이진 문학과 공안파와의 관련성을 추리해 보자. 이덕무는 이진의 언어와 자신의 언어를 이렇게 구분한다. "진옥(進玉)은 눈빛이 번개처럼 번쩍이고, 문체가 힘이 넘치고 난만(爛熳)한 것이 '혜식(慧識)'이 아닌 것이 없습니다. 제가 군사를 다스리는 일에 비유해 본다면, 진옥의 평은 이광(李廣)의 진법(陣法)과 같아 명곡(名曲)도 기기(紀旗)도 없어 기고(旗鼓)가 삐뚤어지고 마음 내키는 대로라, 끝내 절제(節制)하는 장수가 아닙니다. 저는 보잘 것이 없습니다만, 비유하자면 정불식(程不識)과 같아서 보행은 곧은 줄과 같고, 그치는 것은 가지런한 눈썹 같고, 깃발은 당당하고 진(陣)은 정연하므로 아는 자들은 탄복합니다."[187]

이덕무는 이진의 언어는 정제된 언어가 아니며, 자신의 언어는 정제된 언

---

185) 정보가 거의 없기 때문이다.

186) 이덕무의 경우 23세(1763)에 쓴 「歲精惜譚」에 이미 종성의 이름이 보인다. 24(1764)세 때 「瑣雅」에서는 종성 담원춘에 대한 평가가 나온다. 「瑣雅」, 『靑莊館全書』 1 : 『韓國文集叢刊』 257, 101면. "鍾伯敬・譚元春所緝古詩・唐詩二歸, 頗費精力, 選家鮮能及焉. 其評隲者或 非煙火口業, 但圈處或有過當, 抹處公嚴, 令人氣短."

187) 李德懋, 「與尹曾若可基」, 위의 책, 245면. "進玉眼光閃閃, 如巖下電, 淋漓爛漫者, 無非 慧識. 不佞竊以譬如治軍. 進玉之評如李廣陳, 或無名部, 或無紀旗, 旗鼓之欹斜放縱, 終非 節制之帥. 不佞雖無狀, 譬如程不識, 步如排絶, 止如列眉, 旗則堂堂, 陣則井井, 知者之歎 服耳."

어라는 것이다. 즉 이진의 언어는 말하자면, 좋게 말해 독창적 개성적이다. 하지만 부정적 입장에서 보면, 변칙적인, 상궤를 벗어나는 것이다. 물론 이덕무는 이진의 비평에 대해 자신의 비평이 우월함을 말하고 있다. 하지만 이진의 비평이 현전하지 않는 이상 이덕무의 발언에 무조건 찬동하기도 어렵다. 이 지점에서 중요한 것은 이덕무의 비평이 아니라, 이진 비평의 성격과 그 성격의 유래처다. 이진의 비평을 말하면서 이덕무가 '혜식(慧識)'을 이진 비평의 한 근거로 들고 있다는 데 유의할 필요가 있다. 여기서 '혜식'이란 문자의 '혜(慧)'에 주목해 보자. '혜'는 공안파에서 즐겨 구사하는 용어다.[188] '혜'는 사려 작용 이전의 천재적 직관으로 이해된다. 그것은 작가의 고유의 것이므로 개성적인 것이기도 하다. '혜'는 기성의 룰을 벗어난 것이다. 즉 이덕무가 말하는 이진 작품의 정제되지 못한 언어는, 공안파의 독창과 개성의 추구에 근거한 것으로 여겨진다. 이어지는 좀 더 구체적인 인용을 보자.

그 누가 천지 사이에 한 사람 진옥이 나와 문묵(文墨)의 혜경(蹊逕)을 시원스레 벗어나 기기괴괴하고 넘치는 힘을 분방하게 펼쳐 손으로 교관(鮫館)을 더듬고, 혀로는 신루(蜃樓)를 솟아나게 할 줄 알았겠습니까? 나는 본래부터 날마다 조계(曹溪)의 봉(棒)과 운문(雲門)의 할(喝)로써 윽박지른다 해도 그가 고치지 않을 것을 알고 있습니다. 그런데 어떤 사람이 그것은 육지의 평탄한 길이 아니고 까마득한 봉우리이자 깎아지른 듯한 산꼭대기라고 비꼬며 말하기를, "위험을 따르는 것이 편안한 데

---

188) 특히 袁中道가 즐겨 구사했다. 袁中道,「中郎先生集序」,『珂雪齋集』中, 521면. "然先生立言, 雖不逐世之響笑, 而逸趣仙才, 自非世匠所及. 卽少年所作, 或快爽之極, 浮而不沈, 情景太眞, 近而不遠, 而出自靈竅, 吐于慧舌, 寫于銛穎." 「四牡歌序」. "學古詩者, 以離而合爲妙, 李・杜・元・白, 各有其神, 非慧眼不能見, 非慧心不能寫, 直以膚色皮毛而已, 以之悅俗眼可也." 이 서문은『원중랑집』에 실려 있으니,『원중랑집』을 본 사람들이 읽었던 것은 두말할 필요가 없다. 그리고 앞에서 검토한 바와 같이『가설재집』도 이미 수입되어 읽히고 있었다.『가설재집』에서 '慧'는 아주 자주 쓰인다. 다음 자료를 보라.「劉玄度集句詩序」,『珂雪齋集』上, 456면. "余退而心服玄度之慧也. 凡慧則流, 流極而趣生, 天下之趣, 未有不自慧生也." 「阮集之詩序」, 같은 책, 463면. "集之才甚高, 學甚博, 下筆爲詩, 本之以慧心, 出之以深心, 而尤不肯以輕心慢心掉之." 「馬遠之碧雲篇序」, 같은 책, 482면. "惟得冶城舊社馬遠之文, 讀之靈潮汨汨自生, 始知天地之名理, 與人心之靈慧, 搜而愈出, 取之不旣."

로 나아가는 것만 못하다” 하고, 또 “콩과 조는 긴 시간 배가 부르지만, 용안(龍眼)이나 여지(荔支)는 사람의 기력을 지탱하지 못한다” 합니다. 아! 사람들만이 그것을 아는 것이 아닙니다. 저 역시 압니다. 하지만 이제 어떤 사람이 평지에 서서 태화산(太華山)과 소화산(少華山)이 하늘에 꽂혀 수려한 빛이 서려 있음을 보고는, 눈을 가리며 지나면서 “위험하구나, 위험하구나!” 하거나, 선주(仙廚)에 진품(珍品)을 앞에 나열하고 그 사이에 탈속반(脫粟飯)을 섞어 놓았을 경우, 진품에 도리질을 치고 끼니때마다 밥이나 먹는다면, 그것이 어찌 사람의 본마음이겠습니까?189)

이덕무는 이진의 문체적 특징에 대해 말하고 있다. 그 문체적 특징이란 무엇인가. 이덕무는 육로의 평탄한 길 / 까마득한 산봉우리, 콩과 조 / 용안과 여지 등의 대립은 곧 범상한 것 내지는 익숙한 것과 비범한 것의 대립이다. 이 대립이 언어의 문제를 비유하고 있음은 두말할 필요가 없다. 한쪽은 누구나 인지하고 있는 낡은 언어, 상투어, 전범의 언어를 말하며, 다른 한쪽은 미견(未見)의 언어, 새로운 언어를 말한다. 이덕무는 이진이 추구했던 새로운 언어의 세계를 이해한다. 선주(仙廚)의 진품(珍品)과 탈속반 사이에서 탈속반을 취하는 것 자체가 인간의 상정이 아니듯 낡은 언어가 아닌 새로운 언어를 찾는 것, 결국 새로운 언어가 인간에게 새로운 인식을 가져다준다는 것은 상식이기 때문이라는 것이다. 이 새로운 언어의 추구가 전범으로부터의 언어 차용을 부정, 비판한 원굉도에 뿌리를 두고 있음은 새삼 말할 필요조차 없을 것이다.190)

이진의 경우 그의 문적이 전혀 남아 있지 않기 때문에 공안파에 대한 그의 태도가 구체적으로 어떠했는가를 살필 방법은 현재 없다. 다만 조심스럽게 추리할 수는 있다. 이덕무는 자신과 이진의 문학이 다름을 말하기 위해,

---

189) 李德懋, 「與尹曾若可基」, 앞의 책, 241~242면. “誰知天壤之間, 有一進玉生出來, 快脫文墨蹊逕, 奇奇怪怪, 淋漓縱橫, 手探鮫館, 舌湧蜃樓. 吾固知雖日脅之以曹溪之棒雲門之喝, 不少改也. 或譏其非平陸垣途而遙峰絶巓也. 曰: ‘循危不如就安.’ 又以爲菽粟可長, 龍眼·荔支不扶人氣. 意! 不惟人知之, 吾亦知之. 雖然, 今有人平地立見二華揷天, 秀色橫蟠, 掩目而過曰, 危哉危哉. 仙廚珍品羅列於前, 間之以脫粟飯, 棹頭珍品而頓頓喫飯, 豈仁情哉?”
190) 그 증거로 위 인용 서두의 ‘文墨의 蹊逕’이란 말에 유의하라. 앞에서 검토했듯, 낡은 언어에 대한 비판의 의미를 갖는 ‘혜경’은 공안파에서 유래하였다.

이진의 말을 인용하고 있는데, 이렇다. '초어(楚語)·제어(齊語)·오어(吳語)·월어(越語)·민어(閩語)·촉어(蜀語)의 향담(鄕譚)과 토음(土音)이 현재 각기 다르다.'[191] 물론 이덕무는 이 말에 근거하여 지방에 따라 방언의 차이가 존재하듯 문학이란 개인에 따라 다르기 때문에 한 방향, 곧 이진이 요구하는 방향만이 정당한 것은 아니라는 점을 상기시키고 있지만, 이진이 했다는 이 말은 원래 의고파를 비판하기 위한 공안파 비평의 논리에서 나온 것이다. 지방에 따라 언어가 달라진다는 것, 즉 지역에 따른 문학의 구별은, 시간에 따라 언어가 변화하듯 문학도 변화한다는 논리와 함께 공안파 비평을 구성하는 기본 토대이다. 이진이 공안파의 존재를 알고 있었다면, 이 논리 역시 공안파 비평에서 유래한 것으로 보는 것이 타당할 것이다.

이진을 공안파와 연결시키는 것에 대해 그 근거가 박약하다고 지적할 수도 있다. 하지만 이진과 이덕무 사이의 비평적 입장이 갈라지고 있던 그 즈음 두 사람과 어울렸던 인물들에게서 공안파 수용의 흔적이 발견되는 것을 고려한다면, 이진과 공안파를 연결시키는 것이 결코 무리는 아닐 것이다. 예컨대 변일휴(邊日休)란 사람에 주목해 보자. 앞서 들었던 『아정유고』 권1의 몽답정의 모임에 변일휴가 끼어 있었다. 변일휴 역시 젊은 이덕무 그룹의 동인이었던 것이다.[192] 변일휴는 『청장관전서』에 자주 등장하는 인물인데, 몽답정의 모임에 참여했던 사람들 중 이진이 빠지고 박제가가 더 참석해 서상수의 집에서 존덕성(尊德性)과 도문학(道問學) 두 가지를 화제로 삼아, 심계 이광석은 도문학을, 변일휴는 존덕성을 내세워 일대의 논란을 벌인 적이 있었다.[193] 변일휴는 경학에도 상당한 조예가 있었던 것인데, 이 변일휴가 바로 공안파에 경도한 인물이었던 것이다. 이덕무의 말을 들어보자.

---

191) 李德懋, 「與尹曾若可基」, 앞의 책, 241면. "進玉之言曰 : '楚語·齊語·吳語·越語·閩語·蜀語·鄕譚·土音見在各殊.' 此至言也."
192) 변일휴는 이덕무와 어렸을 때부터 벗이었던 것 같다. 李德懋, 「仍呵呵生聞柳金肝於宋子堂中癖漢魏叢書戲寄要和」, 위의 책, 154면. 「三笑軒會汝五·子欽·惠甫」, 같은 책, 같은 면 등을 보라. 『18세기 조선 인물지』(80~81면)에 의하면, 변일휴는 한미한 집안에서 태어나 불우하여 진사에 올랐다가 젊은 나이에 통영에서 객사했다고 한다.
193) 李光葵, 「先考府君遺事」, 『刊本雅正遺稿』 권8 : 『국역청장관전서』 4, 226면.

변일휴는 자가 일민(逸民)이고 원성인(原城人)이다. 자호는 성유리관가가생(聖琉璃館呵呵生)이다. 경신년(1760) 생으로 나보다 한 살이 많다. 노불(老佛)에 출입하였는데, 도인술(導引術)을 닦는가 하면, 가부좌를 하고 범패를 하기도 하였다. 시는 범속하고 비루함을 벗어났고, 서위(徐渭)와 원굉도(袁宏道)를 매우 좋아하였다. 서천지(徐天池)의 사람됨을 더욱 흠모하였다.[194]

변일휴가 서위와 원굉도를 매우 좋아했다는 사실이 범상하게 들리지 않는다. 변일휴가 노불(老佛)에 출입했다는 것[195]도 공안파와 양명학을 연상시키는 면이 있다. 양명학의 사유가 불교와 혹사하다는 의심을 받고, 좌파에 가서는 불교의 논리와 구별을 무화하는 방향으로 나아간 것, 그리고 원굉도가 선종(禪宗)과 장자(莊子)에 깊이 경도하였던 것을 연상시키는 것이다.

이덕무는 「이목구심서(耳目口心書) 5」에서 변자흠이 "시를 지으면 상투적인 말을 쓰는 것을 부끄럽게 생각하였고, 스스로 한 문호를 만들어내어 말이 모두 명랑하고 영오하였다. 사람들이 혹 비웃었지만, 동요되지 않았다"[196]고 평가하고 있다. "상투적인 말 쓰는 것을 부끄럽게 여겼다"는 말은 개성적 독창적 언어 창출을 주제로 삼는 원굉도 비평에 뿌리를 두고 있는 것이다. 과연 위의 글에 이어 원굉도에 관한 언급이 나온다.

봄날 자흠(子欽, 邊日休)을 만났더니, 자흠은 자신의 연구(聯句)를 몇을 외었다. "노란 싹 푸른 꼬투리 아이처럼 움직이고 / 주름진 물에 어린 남기 비단 같이 고와라 / 물 따뜻하니 오리새끼 물거품에 노닐고 / 절은 비어 암여우 부처님께 참배하네." 나는 "정말 원중랑(袁中郎)이군. 근래에 듣자니 치천(稚川)이 중랑집을 본다 하더군" 하였다. 이어 자흠과 몇 편을 지었는데 갑자기 한 격(格) 나아간 것 같았다. 지

---

194) 李德懋, 「邊逸民」, 『淸脾錄 3』, 『靑莊館全書』 2 : 『韓國文集叢刊』 258, 50면. "邊日休, 字逸民, 原城人, 自號聖琉璃館呵呵生. 庚申長於余一歲. 出入佛, 或胎息導引, 或趺坐梵唄. 詩脫去凡陋, 酷嗜徐袁. 尤慕徐天池之爲人."

195) 李德懋, 「與尹曾若可基」, 『靑莊館全書』 1 : 『韓國文集叢刊』 257, 246면. "子欽從北漢歸 讀佛典, 欣然契心云. 兄亦聞消息否, 如逢斯人, 當打破其窟, 兄亦圖之."

196) 李德懋, 「耳目口心書 5」, 『靑莊館全書』 2 : 『韓國文集叢刊』 258, 442면. "邊子欽若淳爲 詩, 恥作套語, 自創一門, 語皆朗悟, 人或嗤之, 不以爲動."

은 시에 "봄은 자신을 모두 나타내기 싫어 먼저 버들에 스며들고 / 구름은 의지할
데 없는 것 슬퍼 삼나무를 지나가네" 하였다. 자흠은 존신(存神)의 변화가 없지 않
다. 자흠이 웃으며 "중랑서원(中郞書院)을 지어 나를 배향하겠는가? 한 사람의 중
랑은 없을 수 없지만 근래에 이곳저곳에서 백 명의 중랑을 만든 것은 너무 지나친
일이 아니겠는가?" 하였다.197)

변일휴의 시를 두고 이덕무가 내린 '정말 원중랑'이라는 평가, 그리고 변
일휴의 "나를 중랑서원에 배향하겠는가?"라는 말에서 변일휴가 원굉도를
추종하고 있음을 알 만하다. 즉 변일휴의 상투어의 거부, 개성적 독창적 언
어의 추구는 원굉도에서 비롯되었음을 짐작할 수 있다. 더욱이 "한 사람의
중랑은 없을 수 없지만, 근래에 이곳저곳에서 백 명의 중랑을 만들었다"는
발언에서 이들 사이에 원중랑의 작품과 비평이 대대적으로 유행하고 있었
음이 충분히 짐작이 간다. 특히 위의 인용문에서 근자에 『원중랑집』을 보고
있다는 치천(稚川)은 다름 아닌 이덕무의 외사촌 동생 박상홍(朴相洪)이다. 이
덕무는 박상홍에게 보내는 편지에서 "문장은 깨달은 곳이 있고 난 뒤에야
근거를 세울 수 있는 법이네. 중랑(中郞)을 말세의 괴품(怪品)이라 업신여기지
말고 마음을 모으고 고요히 생각한다면, 반드시 전일하게 가져 고요히 생각
을 모은다면, 반드시 마음속이 영롱하게 뚫릴 것이고, 한 번 눈을 굴리면 만
물이 모두 나의 문장이 될 것이네"198)라고 하면서 원굉도를 배울 것을 권하
고 있기도 하다.199) 요컨대 이진과 이덕무·변일휴·박상홍 등의 서파 그룹
들 사이에 공안파의 수용과 해석을 두고 비평적 논란이 한창 벌어지고 있었
던 것이다.

---

197) 위의 책, 443면. "春日逢子欽, 子欽誦其數聯曰 : '黃芽綠莢如孩動, 縐水紋嵐似縠纖, 水暖
　　鳧雛泡影嬾, 寺空狐女佛光參.' 余曰 : '故是袁中郞, 近聞稚川觀中郞集.' 仍與子欽作數篇,
　　頓進一格. 有曰 : '春嫌全露先侵柳, 雲愴無依竟度杉.' 子欽笑曰 : '立中郞書院, 以吾爲祀享
　　耶. 一中郞雖不可無, 近者散作白中郞, 無乃太耶.'"
198) 李德懋, 「內弟朴稚川宗山」, 『靑莊館全書』 1 : 『韓國文集叢刊』 258, 240면. "文章有悟處,
　　然後立脚, 勿以中郞爲末季怪品侮之, 齋心靜會, 必透得玲瓏竇, 一轉眼則萬物皆吾文章也."
199) 이덕무는 박상홍의 재능이 너무 질박한 데 치우쳐 있다 하여 원굉도를 배워 균형을 잡으라
　　고 조언한 것이다. 원굉도를 전폭적으로 지지하는 것이 아니라고 위의 글에서 밝히고 있다.

이진의 작품은 현재 전하지 않는다. 따라서 그의 작품에서 공안파가 어떤 양상으로 수용되었는지 밝히는 것은 불가능하다. 다만 『병세재언록』은 이런 평가를 내리고 있다.

그러나 재주가 약한 사람들은 늘 입술을 우물거리며 슬피 읊조리지만 말이 어근 버근하여 글을 이루지 못하고 마침내는 그저 묵지(墨池)에 붓방아를 찧기만 할 뿐이었다. 이진은 재주가 자못 넉넉하여 능히 성취할 수 있었던 것이다.[200]

이규상의 이 평을 통해 이진이 탁월한 재능으로 상투적 언어를 벗어난 개성적 작품 세계를 구축하였음을 짐작할 수 있다.

(4) 이광석(李光錫)

젊은 이덕무가 소속되어 있던 써클에서 공안파의 비평에 대한 토론이 있었음은 이미 언급한 바 있다. 다만 그 써클의 인물들은 이덕무를 제외하고는 거의 문적(文蹟)을 남기고 있지 않기 때문에 무어라 더 이상 말할 것이 없다. 단 한 사람 이덕무와 젊은 날 교류했던 사람 중 그의 조카 심계(心溪) 이광석(李光錫)이 공안파에 대한 중요한 비평문을 남기고 있다. 뒤에 박지원(朴趾源)과 공안파에 대해 언급하면서 거론할 『공작관집(孔雀館集)』(天理大學 소장, 모두 3책)의 2책 맨 끝에 이광석이 쓴 공안파에 대한 평문 「서원유랑문후(書袁柳浪文後)」가 실려 있는 것이다. 『공작관집』은 원굉도를 비롯한 공안파 인물들의 산문을 베껴 놓은 필사본이다. 어떻게 해서 「서원유랑문후」가 이 책에 들어갔는지는 알 길이 없다. 이제 이 비평문을 검토해 보자.

먼저 이광석에 대해서 간단히 언급한다. 이광석은 이덕무의 족질(族姪)이다. 그의 이름은 오로지 『청장관전서』에만 보일 뿐이다. 작품은 전혀 남아 있지 않다. 따라서 이광석의 생애와 문학에 관한 정보도 오로지 『청장관전서』

---

200) 『18세기 조선 인물지』, 107면. "然才弱之人, 恒囁吻悲吟, 語戛戛不成篇, 竟止於搗筆墨池 而已."

의 자료에 의해 재구성될 뿐이다. 『청장관전서』에는 이덕무가 이광석에게 보낸 상당히 많은 분량의 편지가 남아 있다. 『아정유고(雅亭遺稿)』 권7의 「족질(族姪) 복초(復初) 광석(光錫)에게」201)와 권8의 「족질(族姪) 복초(復初)」202)가 그 것인데, 전자는 1764년 11월부터 1767년 초반까지의 편지의 모음이다.203) 전자는 『아정유고』 권7 전체다. 후자는 내용을 검토해 보면, 대개 1769년에서 1780년 사이에 보낸 것이다. 그 이후는 편지가 없다. 또 3년 뒤인 1783년에는 이광석이 사망한다.

이 편지 모음에서 보듯, 대체로 1764년에서 1780년 사이에 이광석과의 교유 관계를 살필 수 있다. 간단히 정리한다. 1764년 11월 이광석이 상처(喪妻)한 데 대한 위로의 편지를 보낸 것이 최초의 기록이라 했는데, 이때 이광석은 20살, 이덕무는 24살이었다. 두 사람은 이 시기 자주 어울렸던바, 1764년 9월에서 12월까지 쓴 에세이 「갑신제석기(甲申除夕記)」에서 이덕무는 이런 말을 하고 있다.

> 나는 언젠가 "뭇 성현의 경적(經籍)과 좌우의 신사(信史)에 푹 젖어 노닐며 그 오묘한 뜻을 알아내고야 말 것이다. 그 밖의 패관야승(稗官野乘)과 잡가(雜家)의 말은 대략 섭렵만 한다면, 천지간에 가득 찬 책을 거의 다 볼 수 있을 것이다" 하였다. 이 말을 나의 벗 다계자(茶溪子) 이정부(李正夫, 李亨祥)와 종인(宗人) 심계(心溪) 여범(汝範, 李光錫)에게 물었더니, 모두 옳은 말이라 하였다.204)

이형상과 이광석 등과 어울린 자리에서 이덕무가 의견을 제시하고 의견을 물었던 것이다. 대체로 이 시기에 이들은 토론이 잦았다.

1765년 11월 28일 『이목구심서』 권1이 쓰인다. 그리고 뒤에 다시 언급하

---

201) 李德懋, 「族姪復初光錫」, 『靑莊館全書』 1 : 『韓國文集叢刊』 267, 216~231면.
202) 李德懋, 「族姪復初」, 위의 책, 233~238면.
203) 이광석은 1764년 10월 17일 喪妻했는데, 이덕무는 다음 달에 위로하는 편지를 보내고 있다. 이것이 최초의 편지다. 따라서 이 편지 모음이 1764년 11월부터 시작되었음을 알 수 있다.
204) 李德懋, 「甲申除夕記」, 앞의 책, 68면. "余嘗有言曰 : '群聖賢之籍及左右信史, 可游泳上下, 得其蘊奧而後已也. 其他稗官野乘雜家言涉獵之, 則庶幾驅除盈天地之書矣.' 質諸我執友茶溪子李正夫·心溪宗人汝範, 俱曰 : '可矣.'"

겠지만, 이 날부터 12월 9일 사이에 이덕무는 공안파와 의고파에 대한 중요한 비평을 남기고 있다.205) 앞서 언급했듯, 1765년과 1766년 첫머리에 이덕무는 윤가기에게 편지를 보내어 이진과의 의견 차이에 대해 이런 저런 말을 전했던바, 그 말에는 공안파 비평이 포함되어 있었다. 곧 이 시기 이덕무 써클을 확실히 공안파를 위시한 새로운 문학 비평에 대한 사고와 토론을 벌이고 있었던 것이다. 같은 해 12월 9일 이형상(李亨祥)이 이덕무를 찾아왔다. 두 사람은 황종희(黃宗羲)의 산문선집인 『명문해(明文海)』와 왕양명(王陽明)의 사상, 그리고 주자의 경전 해석에 대한 명대 사상가의 비판 등을 화제로 삼고 있다. "양명의 제자들은 양명의 가르침을 듣고 왕왕 감격하여 울기도 하였다. 왜인가?"라는 이덕무의 질문에 이형상은 "성의(誠意)가 독실하기 때문에 사람을 감동시켰던 것이다. 사람들은 이런 일을 두고서 부처와 같다고 비방하지만, 이것은 양명의 마음을 알지 못하기 때문이다. 비록 불씨(佛氏)라 하더라도 만약 성의가 사람을 감동시키면 이것은 좋은 일이다. 무슨 죄가 있으리오, 또 어찌 학문에 방해가 되겠는가?"라고 대답한다. 이에 이덕무는 자신이 원(元)과 명(明)의 저술에 주자의 경전 해석을 논박하는 경우를 많이 보았다면서 그것은 미혹해서이기 때문이겠지만, "그 경서를 인용하고 의리에 의거한 것이 자못 믿을 만한 곳이 있는 것은 어찌된 일인가?"라고 반문한다.206) 양명학·불교 등 이단에 대해 긍정적인 평가를 내리고, 주자의 경전 해석에 대한 비판에 대해 굳이 반론을 제기하지 않는 등, 비교적 자유로운 토론이 오갔던 것이다.

　1765년 12월 17일에는 이광석이 와서 하루를 묵고 간다. 이광석은 "우리 자친의 몸이 항상 건강치 않아 자식된 마음이 늘 초조해서 글 공부를 할 겨

---

205) 이 비평문은 이덕무 쪽에서 따로 다룬다.

206) 李德懋, 「耳目口心書 1」, 『靑莊館全書』 2 : 『韓國文集叢刊』 258, 358면. "余曰 : '陽明弟子聞其訓戒, 則往往感泣, 何也?' 曰 : '誠意篤實, 故使人感動, 人或以此等處譏其似佛, 此不知陽明之心也. 雖佛氏, 若誠意動人, 是可愛, 何罪之有, 而亦何妨於學問哉?' 余曰 : '近者稍稍見元人□明人所著述, 好出奇談, 駁朱子解經者多, 無乃此輩之惑耶? 然其引經據義, 頗有可信處, 何也?'" □는 원래 빠진 글자다.

를이 없습니다. 또 책이라고는 한 권도 없어 평생을 이리저리 방황하다가 마침내 들은 것도 없고 식견도 없는 사람이 되고 말 것 같아 걱정입니다"207)라고 말을 꺼냈고, 이 말에 이어 불교에 대한 이야기, 이덕무와 이광석의 문학 작품에 대한 평가 등의 복잡한 대화가 이어졌다.

이덕무의 연보에 의하면, 1766년 1월 23일 이덕무는 이광석에게 사례 편지를 보낸다. 원래 이광석이 학업을 그만두려 하자 이덕무가 편지를 보내 만류했고, 이에 이광석은 마음에 깨닫는 바가 있어 성리서(性理書)에 뜻을 두어 직재(直齋) 김종후(金鍾厚)에게 배우기 시작했던 것이다. 이광석이 자신이 학문을 계속하게 된 것이 이덕무의 공이라면서 감사 편지를 보내자, 다시 이덕무가 사양하는 편지를 보냈던 것이다. 같은 해 3월 29일 이언진(李彦瑱)이 사망한 소식을 이광석에게 말하자 이광석은 눈물을 흘리며 슬퍼하기도 하였다.

1766년 5월 단오 전날 이광석은 문제의 평문인 「서원유랑문후(書袁柳浪文後)」를 쓴다. 앞서 간단히 언급한 바와 같이 이덕무가 공안파와 의고파에 대한 비평문을 남긴 것은, 1765년 11월 28일에서 12월 9일 사이였다. 이로부터 약 5달 남짓 뒤에 이광석은 원굉도의 문학에 대한 비평을 남긴 것이다. 이것은 이 두 사람을 위시한 주변의 서파 문인들이 의고파·공안파·경릉파 등의 문학과 비평에 집중하고 있었음을 의미한다.

이덕무는 1765년 이광석에게 보낸 편지에서 두 사람 사이의 책의 차람(借覽)에 대해 말하고 있는바, '자신이 아끼고 사랑하는' 이몽양(李夢陽)의 『헌길집(獻吉集)』을 더 볼 수 있게 해준 데 대해 고마움을 표시하고, 이반룡의 『창명집(滄溟集)』을 빌려줄 것을 청하고 있다. 이몽양과 이반룡은 의고파다. 그런가 하면 이 무렵에 지어진 시 「시를 평론함」에서는 이규승(李奎昇)·이광석·박상홍(朴相洪) 등의 시에 대해서 비평하고, 이어 이몽양과 이반룡에 대해서도 비평하고 있다.208) 그런가 하면, 1766년 가을 이덕무는 박제가와 이

---

207) 위의 책, 360면. "心溪曰 : '我慈親體中, 每有不安節, 子心常焦煞, 於文字上工夫, 末由也. 且無一卷書籍, 但恐一生如此栖栖, 終爲無聞無識之人而歸矣."

광석와 어울렸다가 헤어지면서 지은 시에 대해 비평하고 끝으로 이광석이 외어 전한 시에 대해서 "정자·주자의 문하에 종성·담원춘이 생겨났다"고 농담을 걸었다.209) 종성과 담원춘, 즉 경릉파에 대한 정보의 공유 위에서 농담을 걸었던 것이다. 이때 지은 시가 「조촌(潮村) 사는 일가 사람 화중(和仲) 광섭(光燮)의 집에서 심계(心溪)와 초정(楚亭)을 만나 같이 읊다 6수」인데, 여기서 이덕무는 이광석이 도를 깊이 깨달은 사람이며, 시에 진언을 제거하려 하고 백경(伯敬), 곧 종성(鍾惺)의 작품을 아주 좋아한다고 말하고 있다.210) 즉 새로운 언어를 추구하는 이광석의 시를 종성의 추종으로 판단했던 것이다. 이것은 당시 조선문단에 전해져 열렬히 읽히고 있던 『고시귀(古詩歸)』·『당시귀(唐詩歸)』를 의식한 것으로 보인다.

1766년 5월 27일 이후 같은 해 9월 사이에 보낸 편지에서 이덕무는 이런 말을 하고 있다.

모성산(毛聲山, 聲山은 淸나라 毛德音의 호) 역시 김성탄(金聖嘆)의 무리로서, 그의 구업(口業)으로 말하자면 재주는 재주지만, 왕왕 추태를 드러내고 있더군. 내가 언젠가 어느 자리에서 『삼국연의(三國演義)』를 보았는데, 칠종칠금(七縱七擒)과 축융부인(祝融夫人)의 일에 이르자 평한 글이 아주 추하길래 나는 곧 욕을 하고 책을 던져버렸다네. 심계는 절도를 취하셔야 할 걸세.211)

모덕음은 『비파기(琵琶記)』를 산정(刪定)한 인물이다. 아마도 이광석은 모덕음에 대해 물어보면서 긍정적인 태도를 취했으나, 이덕무는 모덕음을 김성탄

---

208) 李德懋, 「論詩」, 『靑莊館全書』 1 : 『韓國文集叢刊』 257, 36~37면. "明五頗尙幽奇, 汝範專務硬澁. 安於醞籍稈川, 可燐三子詩法." "雙李獻吉于鱗, 大明文章先輩. 態態古氣孰追, 泱泱逸聲難配" 明五는 李奎昇, 汝範은 李光錫, 稈川은 朴相洪의 字다.

209) 李德懋, 「心溪」, 『淸脾錄』 2, 『靑莊館全書』 2 : 『韓國文集叢刊』 258, 30면. "余戱之曰 : '程朱門中, 生出鍾·譚, 豈非異事?'"

210) 李德懋, 「潮村宗人和仲光燮舍, 遇心溪·楚亭同詠」, 『靑莊館全書』 1 : 『韓國文集叢刊』 257, 187면. "娟娟秋月子, 於道覺精深. …… 頗務陳言去, 詩耽伯敬音."

211) 李德懋, 「族姪復初光錫」, 위의 책, 227면. "毛聲山亦聖嘆者流, 其口業才則才矣, 往往露醜. 余嘗於人座隅, 見三國演義, 至七縱七擒·祝融夫人事, 評筆大醜, 我則罵而擲云. 心溪其取節焉."

에 비하면서 낮게 평가하고 있다. 이어지는 『삼국연의』의 칠종칠금과 축융부인에 대한 비평은 아마도 김성탄의 『삼국지연의』에 대한 비평일 것이다.

이상에서 불필요할 정도로 이광석과 이덕무의 관계를 장황하게 언급했는데, 이것은 곧 이들이 1765년~1766년 어림에 명청대의 문학과 그들의 문학적 지향점에 대해 상당한 담토(談討)가 있었음을 보이기 위해서이다. 이런 분위기 속에서 이광석 역시 원굉도의 문학에 대한 평문을 쓸 수 있었던 것으로 보인다. 다만 이러한 문학에 대한 담토는 1764년 11월부터 1767년 초반까지 보낸 편지에 주로 실려 있고, 1769년에서 1780년 사이에 쓴 편지에는 실려 있지 않다. 물론 두 사람은 여전히 만나서 연구(聯句)를 짓기도 하고212) 1778년 3월 26일 이덕무가 연경으로 출발하기 전날 찾아와 송별하는 등 계속 어울리지만, 문학에 대한 견해를 찾을 수는 없다. 이날은 박지원·이서구(李書九)도 같이 참석했다. 이것은 이광석이 아마도 성리학으로 전환을 한 것과 관련이 있지 않나 한다. 물론 이광석의 문자가 남아 있지 않기 때문에 무어라 말할 수는 없지만, 한창 1766년 가을에는 유언집(兪彦鏶)을 스승으로 삼는 것을 축하하는 이덕무의 언급이 있는 것을 보면, 그는 이 이후에는 문학 창작에서 관심을 상당히 성리학으로 옮겼던 것이 분명하다. 따라서 이광석의 문학에 대한 비평은 그의 20세 초반까지의 것으로 한정될 수밖에 없다. 이제 그의 「서원유랑문후(書袁柳浪文後)」를 검토해 보자.

원굉도는 영묘(靈妙)하고 뛰어난 혜식(慧識)을 발휘하여 아득히 우주를 보면서 붓을 휘둘렀고 그 아래에 어떤 사람도 없는 것을 웃은 뒤에야 붓을 던지고 소리쳤다. 그의 문장은 우뚝 치솟아 오르는 것 같아서 마멸시키거나 마르게 할 수 없는 기운이 있고, 만물을 쥐고 빙빙 돌고 둥둥 떠 노니는 듯하여, 사람들이 그것을 보면 눈으로 가리키고 마음으로 가렵게 하는 것 같아 무어라 말로 비유할 수 없는 것이 있다.

---

212) 李德懋, 「出崇禮門渡漢江聯句」, 위의 책, 172면. 서문이 있는데 다음과 같다. "辛卯季秋二十四日, 與心溪步自白塔之北, 渡漢江, 日將晡, 抵九龍山下秋月軒, 聯句凡二十四句." 신묘년은 영조 47년 1771년이다.

「광장(廣莊)」은 히증(虛症)에 병들어 스스로를 내친 것이다. 그의 산수기(山水記)는 물줄기 하나, 돌 하나의 면목을 씻어내려 한 것인바, 그가 능수능란한 솜씨로 부리는 말을 듣노라면 자유자재로 소요하고 노닐게 된다. 그의 재모(才貌)는 그림자를 드리운 것 같아 서쪽을 보고 동쪽에서 놀라는 격이다. 그러나 그의 낮은 곳은 범속하고 비리한 곳을 드나들어 왕세정(王世貞)·이반룡(李攀龍)이라면 말하지 않을 것을 말하곤 하니, 이것은 고인(古人)을 쓸모없는 것으로 여겨 스스로 그렇게 한 것이다. 그러니 법도를 어찌 다 없앨 수 있겠는가. 이 점에 대해서는 왕세정·이반룡도 할 말이 있을 것이다.213)

원굉도의 문학과 비평을 의고파와 대립시켜 이해하고 있다. 그리고 원굉도의 문학이 개인의 천재성에 기반을 둔 인식[慧識]과 평범성을 넘어서는 초월적 깨달음[超悟]의 소산물이라는 점을 정확히 지적하고 있다.214) 한편 원굉도의 천재성에 기반을 둔 새로운 언어의 창조가 때로는 과거 전범의 언어를 지나치게 벗어나고자 하여, 도리어 범속하고 비리한 것으로 나아갔다는 주장 역시 원굉도 문학의 단처(短處)를 지적한 것이다. 즉 의고파의 전범에 대한 집착을 비판하기 위해 원굉도는 의고파가 주장했던 전범에 내재하는 예술적 성취의 기본원리에 해당하는 법으로부터의 해방을 주장했던 것인데, 이것은 필연적으로 예술성을 구성하는 핵심적 요소의 부정으로 귀결될 것이었다. 승묵, 곧 법의 과도한 부정이 논리적으로 가능했던 것이었다. 이 점에 대해서 전겸익은 이미 '교왕과정(矯枉過正)'이라 지적한 바 있다. 이광석 역시 바로 동일한 논조로, 원굉도의 개인적 천재성에 기반을 둔 비일상적 인식과 표현의 성취를 높이 평가하지만, 역시 법의 존재를 완전히 부정할 수 없다고 지적하고 있다.

---

213) 李光錫, 「書袁柳浪文後」, 『孔雀館集』 2책 끝. "而乃叩其靈絶之慧, 茫然視宇宙而搖觚, 笑其下無人焉, 然後投筆而叫. 其文勃躍然有不可磨渴氣, 操萬物回旋而浮遊, 使人觀而目指而心癢, 有不可而言喩矣. 廣莊厄虛自放. 其山水記欲洗一水一石面目, 而聽其言柄化櫩而逍遙浪戲. 其才貌垂虛影子, 見西而駭東, 然往往有下處出入易俚, 爲王·李輩所不道, 是弁髦古人而自爲之也. 故繩墨何可盡廢哉! 於斯也, 王·李亦有辭夫."
214) 위의 책, 같은 곳. "柳浪以超悟爲文, 以一代步驟古人爲麒麟楦, 不啻若拂六銖而自飄, 盖非常之奇士也."

이광석은 그렇다면 절충적인가. 그것은 아니리라 생각한다. 이어지는 글에서 그는 이렇게 말하고 있다.

비유컨대 이런 식이다. 어린아이가 자신의 '천(天)'을 가지고 그 자연스러움을 보존하여, 어디를 가든지 무엇을 즐기든지, 무슨 일에 웃고 뛰고 춤추든 그것이 그런 이유를 알지 못하고, 고인(古人)과 어른이 있는 줄을 알지 못하여, 오랫동안 지내다 보면 어리석은 기운이 터져 나오지 않을 수가 없는 것이다. 그런데 저 약관의 나이가 된 사람이 조금 자랐다 하여 그 천(天)을 외면하고 고인의 법도를 보고는 촌촌척척(寸寸尺尺) 본받으려 하면, 그의 천(天)은 이미 어린아이의 진실됨[眞]과 같지 않고, 그 행동거지는 엄연히 어른의 모습인 것이다. 그리고는 아이의 발랄함을 보고 "너는 어찌 그리 어리석게 구느냐?"고 한다. 어린아이가 어른의 나무람을 듣고, 그 말대로 하면, 어른은 반드시 흔연한 모습으로 궤(几)에 기대어 누워 있을 것이다.[215]

어린아이가 이탁오의 「동심설」과 원굉도의 글에서 비롯되었음은 이미 언급한 바 있다. 이광석은 원굉도의 문학을 '천(天)'과 '자연'을 보존한 동심의 산물로 인식하고 있으며, 어른의 꾸짖음을 들어 어른이 되는 동심의 망실을 말하고 있다. 이것은 「동심설」에서 이탁오가 도리와 견문이 들어와 동심이 망실되는 것을 지적한 그 논법 그대로다. 이광석은 「동심설」을 거듭 쓰고 있는 것이다. 따라서 이광석은 공안파와 의고파의 절충을 말한 것처럼 보이지만, 사실상 그는 공안파의 창신을 추구했던 것으로 보인다.

이광석의 사상적 경향도 이와 상당히 부합하는 면이 있다. 이광석은 원굉도의 「광장(廣莊)」에 대해 '허증(虛症)에 병들어 스스로를 내친 것이다'이라 평가했지만, 정작 자신도 『장자』에 깊이 빠져 들어간 것으로 보인다. 1766년 5월 27일 이덕무가 이사를 하기 직전 두 사람은 편지를 주고받았는데, 이덕무는 이광석의 『장자』에 대한 몰입을 문제 삼고 있다.

---

215) 위의 책, 같은 곳. "猶之好兒有其天, 全自然, 何之何樂, 而何笑跳舞而不知然, 不知有古人長者, 久而周還, 不能無騃氣綻. 彼勝冠者, 稍長而外其天, 見古人規規而寸寸尺尺之, 其天已不若兒之眞, 而其動止儼然長者儀也. 見兒有騃氣, 乃聲曰 : '兒奚騃?' 兒已受長者之責矣, 兒猶理其說, 則長者必款然隱几而臥矣."

님화진인(南華眞人, 莊子)은 호걸(豪傑)의 무리이니, 지금 심계가 이 사람을 비평한다면, 백아(伯牙)의 종자기(鍾子期)가 되는 데에 해롭지 않을 것이네. 소요유(逍遙遊) 1편은 이 세상의 큰 공안(公案)이 되지만, 지극히 오활(迂闊)한 가운데 지극히 정세(精細)한 것이 있다오 나로 말하자면, 대호(大瓠)의 설(說)에 대해서 높이 평가하지 않은 적이 없다네.

제물론(齊物論)은 끝내 이단(異端)으로 귀착되어 닿는 곳마다 콱 막혀서 도달하고 싶어도 끝내 도달하지 못할 것이니, 심계는 이 말을 삼가시게. 양생주(養生主)는 지극한 문장(文章)으로 높은 안목(眼目)을 열어 둔 것이니, 유가(儒家) 쪽 사람들이 한갓 팔뚝을 뽐내며 욕만 해댈 것이 아니네. 단지 완상은 할 수 있되, 가까이 할 것은 아니라고 생각하네.216)

이 편지의 내용으로 보아 이광석은 이 시기 『장자』의 세계에 깊이 빠져 들어갔던 것으로 보인다. 『장자』는 공안파 사유의 근거를 이루는 것으로, 그는 원굉도를 읽을 그 무렵 원굉도와 마찬가지로 『장자』의 사유에 깊이 공감했던 것으로 보인다. 그리고 이덕무는 이에 대해 경고성 충고를 했던 것이다. 특히 이덕무는 이 시기 이광석의 사상 경향을 이렇게 말하고 있다. "심계의 종질(宗姪) 광석(光錫)은 마음이 툭 트이고, 말이 허무한 경지에 들어가, 하마터면 불씨(佛氏)나 노자(老子)의 학설에 빠질 뻔하였다."217) 곧 이광석의 이 시기 사상 경향은 유가와는 대척적인 방향으로 몰입했던 것이고, 그것이 「서원유랑문후(書袁柳浪文後)」에서 이탁오와 원굉도의 '동심'에 찬동한 배경이 되었던 것으로 보인다.

그렇다면 이광석의 창작이 과연 공안파의 창작론을 수용하였던 것인가. 이광석은 이덕무에게 어떤 글을 보냈는데, 여기에 대해 이덕무는 이렇게 답하고 있다.

---

216) 李德懋, 「族姪復初光錫」, 『靑莊館全書』 1 : 『韓國文集叢刊』 257, 226면. "南華眞人, 豪傑之倫, 今心溪之月朝此君, 不害爲牙之期也. 逍遙遊一篇爲此世界大公案, 然至迂闊中有至精細, 愚於大瓠之說, 未嘗不多之也. 齊物論終歸異端, 觸處窒塞, 是欲達而終不能達. 心溪愼斯言也. 養生主以至文章開著高眼目, 儒家路陌人不可徒攘臂大罵, 只可翫而不可與親也."

217) 李德懋, 「耳目口心書 5」, 『靑莊館全書』 2 : 『韓國文集叢刊』 258, 442면. "心溪宗姪光錫, 衷襟炯然, 言入虛無, 幾陷佛老之學."

> 보내온 글을 6, 7차나 거듭 읽었지만, 여전히 그 단서를 엿보지 못하고 있네. 정말 아득한 태곳적의 고물(古物)이구만. 옛날 수양제(隋煬帝)가 큰 누각을 지었는데 단청과 색채의 성대함을 극진히 해서 너무나 아름답고 기이하고 빼어나 귀신과 같은지라, 수양제가 "정말 신선이라 해도 또한 넋이 나갈 것이다" 하고, 그 누각을 '미루(迷樓)'라 하였다고 하네. 심계의 문장이 어찌 '미루'와 다르리오? 천하에 아무리 참문장[眞文章]이 있다 해도 마땅히 넋이 나갈 걸세.218)

이덕무는 이광석의 산문이 비상투적 언어로 이루어져 있는 데 감탄하고 있다. 이광석의 문장은 "마치 회오리바람과 같고 잔잔한 물결과도 같으며, 교묘하고도 치밀한 것이 소라 속이 꼬불꼬불한 것과 같아서"219) 그 글을 파악하고자 한다면, 개미허리에 가는 실을 묶어 그 속을 통과하는 섬세함이 있어야 할 것인데 자신은 그럴 능력이 없어 그 깊은 소라 속을 모른다고 고백하고 있다.220)

이덕무의 이 비평은 이광석이 작품을 비상투적·비일상적 언어로 구축하고 있음을 의미한다.

> 심계가 문장을 공부할 때면, 그 흉중이 트이고 빼어난 생각이 가득 차 있기 때문에 글 한 줄을 써도 오직 영이(靈異)하지 못할까 두려워할 걸세. 하지만 내심 이렇게 생각할 것이네. "나의 문장이 아무리 기이하다[奇] 할지라도 그 이치는 본디 곧게 줄을 친 것처럼 분명히 드러날 것이니, 나의 문장을 보고 알아보지 못하는 것은 나의 죄가 아니다." 이 생각은 심계가 자신은 관대하게 용서하고 남을 이해하지 못하는 것이네. 하지만 심계는 그 기이함[奇]을 보존하면서도 올바름[正]을 잃지 않고, 자기 자신[己]에게서 나오지만 옛것[古]를 잃지 않아, 칼날이 서려 있듯 구슬이

---

218) 李德懋, 「族姪復初光錫」, 『青莊館全書』 1 : 『韓國文集叢刊』 257, 216면. "敬讀來書, 反覆者六七, 猶不能窺其涯倪, 眞鴻荒之古物哉. 昔隋煬帝建大樓, 窮其丹雘藻繪之盛, 瓌奇傑特, 類鬼神然. 煬帝曰 : '雖眞仙亦迷哉!' 仍呼曰迷樓. 心溪之文章, 其詎不類迷樓乎. 天下雖有眞文章, 當迷哉."

219) 위의 책, 216면. "心溪之文若旋風焉, 若輪漪焉, 巧且密焉者, 螺室之回旋也."

220) 위의 책, 같은 면. "有欲貫螺室之回旋若羊角者, 纖綸之緖, 接之以蜜, 迺膠夫蟻子之腰, 送之螺穴而吹焉. 蟻子尋其路而出, 絲於是貫其中矣. …… 不佞之雙眸, 雖耽耽如虎, 其纖悉非蜜蟻絲也, 安知螺室之邃哉?"

튀듯 해도 문맥의 이치만은 손상이 없구만.221)

이광석의 문장이 '영이(靈異)'함과 '기(奇)'를 추구한다는 것이다. 결과 이덕무 자신은 물론 독자가 문장을 이해하지 못하는 경우가 생긴다는 것이다. 이덕무는 이광석의 언어를 훌륭하기는 하지만, 남이 해독하지 못하는 왕희지의 행초(行草)에 비유하고 있다.222) '기'가 인용문에서 말하고 있듯, '정(正)'과 대립적인 것이다. 그런데 주목할 만한 것은, 이덕무가 '기'와 '정'을 대립시키면서, 동시에 '기(己)'와 '고(古)'를 대립시키고 있다는 것이다. 물론 이덕무는 이광석의 문장이 '기(奇)'와 '기(己)'를 추구하면서도 동시에 '정(正)'과 '고(古)'를 잃지 않고 있다고 말하고 있지만, 이것은 다분히 수사적인 언사일 뿐이다. 사실상 이덕무는 이광석의 문장이 '정(正)'이 아닌 '기(奇)'와 '고(古)'가 아닌 기(己)에 주력한다는 편향성을 지적하고 있는 것이다. '기(奇)'와 '기(己)'의 유래는 공안파일 수밖에 없다. 특히 '기(己)'는 여러 차례 언급한 바와 같이 과거의 전범이 아닌 자신의 흉중으로부터 유출되는 언어, 개성적 언어의 창조를 주장하는 공안파의 비평은 압축한 것임은 췌언을 요하지 않는다.

이광석의 작품은 시 몇 수가 『이목구심서』에 남아 있다. 이광석이 이덕무의 필기(筆記)를 읽고 "자득(自得)한 곳이 많으니 결코 속인이 아닙니다" 하자, 이덕무는 자신의 시는 진정(眞情)을 그려내는 데 힘써 자신의 흉억(胸臆)의 일이 아님이 없다고 답한다. 그리고 이광석의 문장에 대해 하자가 없지는 않지만, 진정이 유출된 것을 좋아한다고 말한다. 이에 이광석이 자신이 달을 보고 지은 시 구절 '산골짝 하늘 밤이 이슥한데, 별과 달 정신을 움직인다[峽天

---

221) 위의 책, 216~217면. "心溪之攻文章也, 其胸中歷落奇偉, 故吐一辭, 惟恐其不靈異. 然其心以爲 : '吾之文章縱奇矣, 其理則固了然若畫井, 見吾文章而迷之者, 非吾罪也.' 是心溪之恕己而不恕人哉. 顧心溪存夫奇而不忘乎正, 夫出己而不失乎古, 雖劍蟠珠騰, 而惟脈理則不陷損也."

222) 위의 책, 같은 면. "昔有人善行草者, 學羲之氏帖焉. 朝飢而洒尺牘, 乞米於朋, 朋竟夕而不能會其爲何語也. 米不之給也. 廚仍又付生烟矣. 先行草書, 非不奇也, 而奈人或不知何哉."

遙夜邃 星月動精神'란 시구를 외자, 이덕무는 "이것이 어찌 진정이 아니겠는가, 기이하고 기이하다!"라고 답한다.223) 여기서 쓰이는 비평어들, 곧 누차 언급한 바와 같이 '자득' '진정유출' 등은 모두 공안파란 출처를 갖는다. 요컨대 이광석의 창작은 공안파의 비평에 경도하고 있었다고 판단해도 과언은 아닐 것이다. 다만 이광석의 작품이 현전하지 않기에 보다 명징하게 입증할 근거가 없을 뿐이다.

하지만 문제는 여전히 남는다. 이광석은 이덕무가 증언한 바와 같이 1765년 경 김종후를 찾아가 성리학으로 방향을 전환한다. 그리고 1765년 12월 17일 이덕무를 찾아와 하루를 묵으며 자신의 고민을 토로한 그 날 이광석은 이덕무와 불교에 대해 토론하고, "불씨(佛氏)의 천당(天堂)·지옥(地獄)의 설(說)은 따로 의심할 것도 없습니다. 사마온공(司馬溫公)이 '불법(佛法)이 중국에 들어오기 전에도 죽었다 살아난 사람이 있을 터인데, 어찌 한 사람도 잘못 지옥에 들어가 이른바 시왕(十王)이라는 자를 본 사람이 없단 말인가?'라고 하였으니, 이 말이 매우 정확하고 명백하여 족히 단안(斷案)이 될 수 있습니다"224)라고 말한다. 불교에 대한 비판이다. 그리고 이덕무는 이광석의 사상 변화에 대해 원래 불교와 노장(老莊)에 빠질 뻔했지만, 근자에 성인의 학문을 공부하여 부모에 대해 효도하고 어른에 대해 공손하여 법도를 지키는 사람이 되었다고 말하고 있으니,225) 이광석이 김종후를 찾아가서 성리학을 배운

---

223) 李德懋,「耳目口心書 1」,『靑莊館全書』2 :『韓國文集叢刊』258, 361~362면. "心溪燈下讀余諸筆記雜說曰 : '自得處甚多, 決非俗人也.' 余笑曰 : '心溪知我勝我自知. 余以寫出眞情爲務, 無非胸臆間事耳. 夫文章沁入骨髓可好耳. 古人云 : 「可與知者道, 不可與俗人語」. 余每疑此語甚薄而無忠厚意. 近日漸覺此語不得已也. 君之文章不無疵處, 余愛其眞情流出, 每多之也.' 心溪曰 : '近日玩月而吟曰 : 「峽天遙夜邃, 星月動精神」.' 余曰 : '此豈非眞情乎? 奇哉, 奇哉!'"

224) 위의 책, 362면. "心溪曰 : '佛氏天堂地獄之說, 別無可疑. 司馬溫公曰 : 「佛法未入中國之前, 人固有死而復生者, 何故都無一人誤入地獄, 見所謂十王者耶?」 此語甚堅確明白, 足爲斷案耳.'"

225) 李德懋,「耳目口心書 5」,『靑莊館全書』2 :『韓國文集叢刊』258, 442면. "心溪宗姪光錫, 衷襟烱然, 言入虛無, 幾陷佛老之學, 余甚憂之. 近者猛下工夫, 爲聖賢之學, 入孝出恭, 越有規矩, 眞可敬也. 然其所唸呀者, 逈出尋常, 多有悟解, 人皆不知, 余獨知其頭頭皆道, 時箴其太僻者, 而嘗笑曰 : '君詩讀楞嚴經者口中語, 非讀大學人口中語.' 遂斂手而對曰 : '心

것도 이런 사상적 변화와 유관한 것이 틀림없을 것이다. 시상적 변화에 따리 그의 문학적 지향도 상당한 변화를 겪었던 것으로 보아야 할 것이다. 요컨대 이광석은 젊은 날 공안파의 비평에 깊이 경도하였고, 이내 방향을 전환하였던 것으로 보인다. 다만 그 구체적 전환을 작품으로 확인할 수 없을 뿐이다.

(5) 이덕무(李德懋)

이덕무(1741~1793)의 공안파에 대한 평가 역시 호의적이었다. 윤가기에게 편지 A와 B를 보냈을 즈음인 을유년 12월 24일에 그는 이런 말을 하고 있다. "만일 인품이 맑은 선비가 소리를 높이지 않고 낭랑하고 잔잔하고 급하지도 느리지도 않게, 채우(蔡羽)의 「동정기(洞庭記)」, 원중랑(袁中郎)의 「서호(西湖)」·「숭산(嵩山)」 등과 같은 청신 쇄락한 여러 기문(記文)을 가을 매미 소리처럼 길게 뽑아 읽을 때 내가 베개에 기대어 눈을 감고 듣는다면, 조금이나마 내 마음에 흡족하리라."226) 원굉도의 기문을 읽는 장면을 상상하고 있다. 원굉도의 「서호」·「숭산」은 『원중랑집』에 실린 원굉도의 대표적인 유기 작품이다.227) 그는 이 시기에 이미 원굉도의 문학에 대해 익히 알고 있었던 것이다.

허균과 관련하여 이덕무가 서위·원굉도의 비평을 언급하는 부분도 주목할 만하다.

> 우리나라 사람들은 나려(羅麗) 이래로 견문에 제한을 받아 아무리 뛰어난 재주를 가진 인물이라 해도 단지 한 가지 투식만을 답습하여 스스로 문장이라 일컬을 만한 사람을 결코 볼 수 없다. 오직 허단보(許端甫, 許筠)가 서위(徐渭)·원굉도(袁宏道)처럼 새 의견을 내 놓았으니, 기이하도다.228)

無所累, 語或灑脫, 何害吾道.'"
226) 李德懋, 「耳目口心書 1」, 위의 책, 363~364면. "但若有瀟洒名流, 不大其聲, 朗朗纖纖. 不急不緩, 讀淸新洒落之文, 或蔡羽洞庭記·袁中郎西湖嵩山諸記, 如秋蟬曳緖, 則我其倚枕闔眼而耳視, 稍可意耳."
227) 「서호 1·2·3」은 1597년에 쓴 것으로 『원중랑집』의 『解脫集』에, 「숭산 1·2·3·4·5」는 1609년에 쓴 것으로 『華嵩遊草』에 실려 있다.

허균의 비평에 대한 호의적 판단인데, 이면에 서위·원굉도의 비평에 대한 긍정적 판단이 전제되어 있음은 물론이다.[229] 또 앞에서 검토한 이덕무가 윤가기에게 보낸 편지에서의 이런 저런 논란은 공안파의 이론을 해석, 실천하는 과정의 견해 차이로 인해 발생한 것으로 보인다. 윤가기에게 보낸 편지를 다시 검토하여 이덕무의 공안파에 대한 견해를 측정해 보자.

> 나는 취(趣)를 위주로 해서 영이(靈異)하게 하려 하고, 진옥(進玉)은 기(氣)를 위주로 해서 이미 변환(變幻)한 것입니다. 나는 전적으로 평이한 것은 원하지 않고, 전적으로 기이(奇異)한 것은 할 수가 없습니다. 따라서 4분은 평이하고, 6분은 기이합니다. 때로는 평탄한 길을 걷기도 하고 때로는 깊은 산으로 들어가기도 합니다. 그런데 진옥은 분심(憤心)을 내어 비루하고 인색한 싹을 뽑아버리고 고민을 거듭하면서 더러운 생각을 씻어버립니다. 형곽산(衡霍山)과 아미산(蛾眉山)을 개미뚝이나 탄환처럼 여기고 갈수록 더욱더 과격해지고 더욱더 기이함을 탐해 마지않아 멀고 험한 길에 다리를 놓고 굴을 뚫듯 이르지 못하는 곳이 없으니, 그 마음이 또한 슬픕니다.[230]

요지는 '기(奇)'다. 상투적, 일상적 언어를 벗어난 언어를 창조하기 위해 이진(李璡)은 아마도 극단적인 언어실험을 했던 것으로 보인다. 물론 '취(趣)를 위주로 한 영이(靈異)'와 '기(氣)를 위주로 한 변환(變幻)'이 지시하는 바의 구체성을 확언하기는 불가능하다. 하지만 양자는 모두 '기'의 실천과 관련된 것으로 이덕무와 이진은 창작에 있어서 모종의 새로운 언어를 탐색하려는 의도를 공유하되, 그 방법적 차원에서 견해를 달리했던 것으로 보인다.

---

228) 李德懋, 「耳目口心書 4」, 위의 책, 429면. "我國自羅麗以來, 局於見聞, 雖有逸才, 只蹈襲一套耳, 自謂文章絶不可見. 惟許端甫創出新論, 若徐·袁輩, 奇哉!"

229) 李德懋, 「耳目口心書 2」, 위의 책, 381면. "袁石公豈非異人乎?"라 하여 원굉도를 '기이한 사람'으로 평가하고, 그의 시를 2수 인용하고 있다. 또 종성과 원굉도를 나란히 비유하고 있다. 같은 책, 같은 글, 398면. "文章喩以閨人, 鍾伯敬淑女也, 袁中郎才女也."

230) 李德懋, 「與尹曾若可基」, 『靑莊館全書』 1 : 『韓國文集叢刊』 257, 242면. "某主趣而欲靈, 進玉主氣而已幻. 某全平不欲也, 全奇不能也. 故四分平, 六分奇, 時行坦途, 時入深山. 進玉憤而拔鄙吝萌, 悶而滌塵垢囊. 以衡霍峨眉爲蟻封彈丸, 愈矯激而愈探奇之不已, 懸度鑿通, 無所不至, 其心亦悲."

다만 이진의 경우 극단적으로 새로운 언어를 추구했던 것이 분명하다. 즉 앞서 인용한 바 있는 『병세재언록』의 증언처럼 그는 보통 사람들의 상상력을 초월한, 고전이나 기성의 작품에서 유례를 찾을 수 없는 참신한 언어의 창조를 추구한 것으로 보이는데, 이것이 대단히 과격한 형태로 진행되고, 또 그런 창작 경향에 대한 자신의 주장 역시 매우 과격했던 것으로 짐작되는 것이다. 이에 반해 이덕무는 4분의 평이함과 6분의 기이함을 추구한다고 말하고 있다. 요컨대 이덕무는 이진과 함께 모두 기(奇)를 추구했지만, 자신은 보다 온건한 방식의 실천을 역설했던 것이다.

아마도 이진은 이덕무에게 자신의 창작론을 고집했을 것이고, 이덕무는 이에 대해 간접적으로 윤가기에게 이진을 직접 대면해서 말할 수 없는 자신의 입장을 밝힌 것으로 보인다. 두 사람은 의고파와 공안파처럼 대척적인 문학을 추구했던 것이 아니라 기본적으로 동일한 방향을 설정하고 실천 방법에 있어서 견해를 노정했던 것이 아닌가 한다. 이덕무는 이렇게 말한다.

> 나와 진옥은 각자 뜻을 세운 것이 이와 같을 뿐입니다. 어찌 꼭 시기하고 공격해 싸우겠습니까? 또 고개를 숙이고 명을 받들며 달가운 마음으로 신하가 될 수도 없습니다. 진옥에게 말을 해 본다면, '오직 나만이 아마도 진옥을 알 것이고, 진옥이 나를 알아주는 것 역시 이와 같을 것이오. 어찌 영광스럽지 않겠소'라고 하겠습니다.[231]

이덕무는 이진의 입장에 결코 동의할 수 없다는 것이다. 이덕무는 그답지 않게 제법 단호하게 이진과의 관계를 끊는다. "나는 보잘것없지만, 뜻을 세운 것이 진옥과 아주 다르고 또한 서로 관섭(關涉)함도 없습니다. 저는 산북(山北)에 살고 나는 성서(城西)에 사니, 저는 저, 나는 나, 서로 무관하게 지내는 것도 해로울 것이 없습니다."[232] 이런 과격한 단절은 아마도 공안파의

---

231) 위의 책, 같은 면. "某與進玉其各立意, 如斯而已, 何必猜疑攻戰? 又不可俯首聽命, 甘心臣妾, 試語進玉, 惟我其知進玉也. 進玉之知我, 亦如此, 不亦榮歟."
232) 위의 책, 241면. "某雖無狀, 其所立意與進玉大殊異, 而亦無相關涉. 彼住山北, 吾住城西,

비평을 둘러싼 해석의 상이함으로 인한 것이 아닌가 한다. 이것이 이유가 되었는지는 모르지만, 이후 『청장관전서』에서 이진의 이름을 찾을 수 없다.

공안파 비평의 실천에 관한 견해 차이 때문에 이진과 이덕무가 갈라졌다는 판단이 지나칠 수도 있다. 하지만 이 시기 이덕무와 그의 동료들이 골몰했던 문제를 생각한다면 결코 근거 없는 판단이 아니다. 이덕무는 윤가기에게 편지를 보낸 그 무렵에 『이목구심서』를 쓰기 시작한다. 『이목구심서』는 한꺼번에 쓰인 것이 아니다. 『이목구심서』는 모두 6권인데, 권1의 처음은 '한서 이불', '논어 병풍' 운운하는 그 유명한 이야기로 시작된다. 이 첫 대목이 쓰인 것은 1765년 11월 28일이다. 이하 대체로 글을 쓴 간지가 기록되어 있다. 이 이야기 뒤에 다시 간지가 나오는 것은 1765년 12월 9일 이형상(李亨祥)이 찾아와서 황종희(黃宗羲)의 저작에 대해 소개하는 부분이 나온다. 15번째 대목이다. 그런데 이 사이 즉 11월 28일과 12월 9일 사이의 11번째 대목에 의고파와 공안파에 관한 평론이 나온다. 즉 이 글은 11월 28일에서 12월 9일 사이에 쓰인 것이다. 이 시기는 매우 미묘하고 중요하다. 왜냐하면, 이덕무가 윤가기에게 편지를 보낼 그 즈음에 바로 이 평론을 쓰고 있기 때문이다. 이 편지를 쓰던 그 당시 이덕무의 머릿속은 의고파와 공안파, 특히 공안파에 대한 평가 문제로 가득 차 있었던 것으로 보아도 무방할 것이다.

이 비평문은 자문자답의 형식으로 되어 있다. 두 문제를 스스로 출제하고 자신이 답을 쓴 것이다. 첫 번째 문제와 답을 보자.

> Ⓐ 혹자가 말하기를, "지금 만약 이설루(李雪樓)가 왼쪽에 왕원미(王元美)를 끼고 오른쪽에 장초보(張肖甫)를 데리고 사무진(謝茂秦)·서자여(徐子與) 무리를 몰고 그대를 찾아와 '문(文)은 마땅히 『좌전(左傳)』『전국책(戰國策)』『사기(史記)』『한서(漢書)』를 모의(摸擬)해야 하고, 한퇴지(韓退之)·유자후(柳子厚) 이하는 논할 것이 없다. 시는 건안(建安)·황초(黃初)·개원(開元)·천보(天寶)를 모의해야 하고, 원진(元稹)·백거이(白居易) 이하는 논할 것이 없다. 만약 감히 이 법률을 벗어나

不害爲彼爲彼吾爲吾."

다른 말을 한다면, 이것은 모두 내가 말하는 바 문장이 아니다'라고 한다면, 그대는 무어라 답하겠는가?" 하였다.233)

이설루는 이반룡(李攀龍), 왕원미는 왕세정(王世貞)으로, 후칠자(後七子)의 영수이고, 사진(謝秦, 謝茂秦), 서중행(徐中行, 徐子與)은 그 구성원이다. 장가윤(張佳胤, 張肖甫)은 후칠자에는 들지 않지만, 역시 왕세정 등 의고파와 함께 문학활동을 한 인물이다. 후칠자의 창작모토 역시 문필진한(文必秦漢), 시필성당(詩必盛唐)으로 요약된다. 후칠자·전칠자와 같이 산문은 선진양한 산문을 전범으로 삼을 것을 요구했던바, 『좌전』·『전국책』·『사기』·『한서』가 바로 그 전범적 텍스트들이었다. 시는 성당시를 최고의 전범으로 삼자고 주장했는데, 이것은 주로 율시에 해당되는 것이고, 고시(古詩)는 건안(建安, 漢 獻帝의 연호)·황초(黃初, 魏 文帝의 연호) 등 한위(漢魏)의 고시를 전범으로 삼아야 한다고 주장했던 것이다.

위의 인용문은 후칠자의 의고적 창작론을 압축한 것이다. 이 경직된 의고적 창작론을 어떻게 생각하는가? 주지하다시피 의고주의적 창작론은 전후칠자에 의해 제기된 것으로, 16세기 말 경 윤근수가 수입한 이래 조선문단에도 의고적 작풍을 유행하게 하였던 것이다. 중국 문단에서 의고문파는 이내 당송파와 공안파, 그리고 이어지는 경릉파와 전겸익(錢謙益)에게 신랄한 비판을 받는다. 조선에서는 김창협에 의해 신랄한 비판을 받은 이후 의고적 창작론은 일단 고개를 숙이지만, 그것이 선진양한 산문의 전범성을 부정하는 것은 결코 아니었다. 여전히 황경원(黃景源) 같은 부류의 의고주의자들은 존재했던 것이다. 18세기 후반에 이르러서도 조선문단은 확고하게 의고주의를 청산하지 못하고 있었던 것이다.

---

233) 李德懋, 「耳目口心書 1」, 『青莊館全書』 2 : 『韓國文集叢刊』 258, 356면. "或曰 : '今若有李雪樓左擁王元美, 右携張肖甫, 馳謝茂秦·徐子與輩, 來問於子曰 :「文當擬左傳·國策·史記·漢書, 而韓·柳以下不論. 詩當擬建安·黃初·開元·天寶, 而元·白以下不論. 或敢脫此法律而出它語, 皆非吾所謂文章也.」 子當何答?'" 이 비평문은 356~357면에 실려 있다. 앞으로 출처는 생략한다.

이덕무의 이 글은 그런 상황에서 제출된 것이다. 이 문제에 대한 이덕무의 답은 이렇다.

ⓑ 나는 당연히 이렇게 말할 것이다. "그것은 구속이다. 만약 그대의 재주로 할 수가 있는데다가 거기에 또 천하의 선비들 중 그대 같은 재주를 가져 모의(摹擬)를 잘하는 사람을 선택하여 이 법으로 몰아넣는다면, 또한 가능한 일일 것이다. 하지만 ① 극히 빼어나고 괴이하며 특별한 무리가 있다면, 어떻게 고개를 숙이고 그대가 하는 바를 그대로 따르며 고인의 근각(根脚) 아래에서 사는 것을 스스로 달갑게 여기겠는가? 설령 그 말을 듣고 모의(摹擬)의 법에 푹 빠진다고 해도 도리어 ② 그 자신이 자신만의 문장을 갖는 것만 아주 못할 것이다. 저와 같은 사람은 비록 우맹(優孟)이 손숙오(孫叔敖)를 핍진하게 흉내 낸 것과 같은 수단은 없지만, 도리어 '자연스러움[天]'은 많고 인위[人]는 적을 것이다. 하지만 ③ 그대의 경우 인위는 많고 자연스러움은 적을 것이다. 문장은 하나의 조화(造化)다. 조화를 어떻게 속박하여 모의로 꼭 같이 만들 수 있단 말인가? 대저 사람이란 모두 ④ 하나의 문장을 흉중에 간직하고 있나니, 마치 그 얼굴이 서로 닮지 않은 것과 같은 것이다. 만약 꼭 같아야 한다고 요구한다면, 판에 새겨 찍어내는 그림과 거자(擧子)의 시권(試券)일 뿐이니, 무슨 기이한 것이 있겠는가? 하지만 ⑤ 내가 또한 어찌 옛사람의 법을 다 버리라고 말하겠는가? 법이란 그대가 법에 속박되어 마음대로 하지 못하는 것과는 다른 것이다. ⑥ 법은 법이 아닌 가운데에 갖추어져 있으니, 어떻게 버리라고 말할 수 있겠는가. 그대가 비록 세상천지를 오만한 눈길로 보면서 스스로 잘난 체하면서 큰 소리를 치더라도 나는 그 말류의 흐름이 진부(陳腐)함을 견뎌내지 못하고 곧은 기운을 해칠까 두렵다. 그러나 천지 사이에는 없는 것이 없으니, 그대가 고인(古人)을 잘 모방하는 것 또한 없을 수 없는 일이다. 내가 다행히 그대의 문집을 읽는다면, 기관(奇觀)이라 자랑하리라"234)

---

234) "曰 : '我當曰 : 「拘也. 若以子之才則可. 且擇天下之士如子之才而善於摹擬者, 駈之以此律, 亦可然也. 或有奇逸俊邁幽脩詭特之倫, 那能屈首聽君之爲, 而自甘古人脚下活乎? 假令聽之, 雖三昧于摹擬之法, 反大不如渠自有渠之文章也. 如彼者, 雖無優孟逼摸孫叔敖手段, 然猶天多而人少也. 如子則人多而天少也. 文章一造化也. 造化豈可拘縛而齊之於摹擬乎? 夫人人, 俱有一具文章, 蟠鬱胸中, 如其面不相肖. 如責其同也. 則板刻之畫, 擧子之券也, 何奇之有? 亦余豈曰'盡棄古人之法也? 非子之所以縛於法而不能自恣也. 法自具於不法之中, 豈曰棄也? 子雖傲視海內, 自大其壯語碻談, 而吾恐其流不勝腐陳而洒劉直氣耳. 然天地間無所不有, 子之善擬古人, 亦不可無也. 吾幸讀子集而詫以爲奇觀.」'"

전후칠자는 문학적 전범(典範), 곧 선진양한(先秦兩漢)의 산문, 성당의 시에는 그 작품의 예술성을 결정하는 근거—특정한 법(法)이 존재한다고 믿고, 그것을 학습함으로써 명대 전기의 문학이 상실했던 문학의 진정한 예술성을 회복할 수 있다고 믿었지만, 실제 그들은 실천 방법은 전범으로부터 언어—어휘와 센텐스를 차용해 오는 것, 곧 모의(摸擬)일 뿐이었다. 모의는 의도와는 달리 표절로 낙착되기 일쑤였다. 이것이 후대 공안파 등에 의해 전후칠자가 공격을 받는 결정적인 요인이 되었다. 전후칠자의 창작론을 주장하는 근거는 위 인용문의 ②③④⑤에 나타나 있다. 작품 창작에서의 오로지 작가 개인에게 귀속되는 개성적인 언어 구축(②, ④), 인위와 자연스러움에 대한 자연스러움의 우위(③), 율법화한 법의 부정(⑤) 등이 그것이다. 의고적 창작론에 대한 이 비판은, 다름 아닌 앞서 여러 차례 검토한 바와 같이 공안파의 비평을 관류하는 논리다. 이덕무는 공안파의 논리로 의고파를 비판하고 있는 것이다.

그렇다면 공안파의 논리는 정당한 것인가.

인용문 ⑧의 의고파에 동조하지 않는 '극히 빼어나고 괴이하며 특별한 무리'를 설정하고 있는데, 그들의 견해는 이렇다.

ⓒ 혹자가 말하기를, "또 만일 원유랑(袁柳浪, 袁宏道)이 있어 왼쪽에 서문장(徐文長, 徐渭)을 끼고 오른쪽에 강진지(江進之, 江盈科)를 데리고 증퇴여(曾退如, 曾可前) 도주망(陶周望, 陶望齡)의 무리를 몰고 와서 그대를 찾아와 묻기를, '① 문장에 어찌 정해진 법이 있겠는가? ② 이치가 어찌 반드시 선민(先民)이 항상 가르친 바여야 하며, ③ 말이 어찌 전현(前賢)이 늘 말씀하신 것이어야 하겠는가. 마땅히 달라 붙듯 속박하는 것을 시원스레 벗어던지고, 곧바로 걸어 나간다면, 문호(門戶)는 우뚝 설 것이고, 동천(洞天)은 따로 열릴 것이다. 혹시라도 고인(古人)의 자구(字句)를 철습한다면 어찌 문장으로 세상에 이름을 낼 수 있겠는가?'라고 한다면 그대는 마땅히 어떻게 대답하겠는가?" 하였다.[235]

---

235) "或曰 : '又若有袁柳浪左擁徐文長, 右携江進之, 駈曾退如·陶周望輩, 來問於子曰 : 「文章安有定法哉? 理何必先民所恒訓, 語何必前賢所恒道? 當快脫粘縛, 直叚步武, 門戶則特立,

원유랑은 원굉도(袁宏道)이고, 서문장은 서위(徐渭)다. 수차 말한 바와 같이 이탁오와 함께 원굉도의 문학 비평에 결정적인 영향력을 행사했던 사람이다. 강영과와 증가전·도주망은 역시 모두 공안파의 구성원이다.236) 위 인용문에서 ①은 의고파가 주장했던 바의 전범과 법을 부정하는 논리이고, ②는 전범의 사유를, ③은 전범의 언어를 부정하는 논리다. 이 논리적 거점으로부터 전범과 고전의 구속으로부터의 탈출이 시작된 것이었다.

위의 인용문은 공안파의 비평적 논지를 이덕무가 정확하게 파악하고 있음을 보여준다. 공안파의 논리를 어떻게 평가하고 수용할 것인가?

⑩ 나는 당연히 이렇게 말할 것이다. "그것은 구속이다. 만약 그대의 재주로 할 수가 있는데다가 또 ① 천하의 선비들 중 그대 같은 재주를 가져 초탈(超脫)에 능한 사람을 선택하여 이 방법을 전한다면 또한 가능한 일일 것이다. 하지만 천하의 재주가 초탈만 있는 것이 아니다. 전아(典雅)한 경우도 있고, 평이한 경우도 있는데, ② 한결같이 모두 신기(新奇)한 것만을 따로 창출해 내는 것[別創新奇]만을 요구한다면, 혹 도리어 그 본연(本然)을 상실하고 날마다 너무나 높고 텅 비어 세상과 관계가 아주 없는 영역으로 달려갈 것이니, 또한 도리를 그르치는 것이 아니겠는가? 많은 선비의 문장을 진작시키는 방법이 어찌 한 가지 법에 그치겠는가? 그것은 아마도 국한하는 것은 아닐까? 그리고 재주의 기이함과 올바름에는 본디 볼 만한 것이 있다. 억양(抑揚)·여탈(與奪)·정규(正規)·암풍(暗諷)·순도(順導)·반설(反說) 등 그 변화가 한이 없는 것이다. 다만 ③ 저들의 본연(本然)과 천진(天眞)을 너무 깎아내지 않게 하고 배어든 찌꺼기와 썩고 더러운 것을 제거하게 할 뿐인 것이다. 또 ④ 고인(古人)의 법[軌轍]에 구속될 수도 없지만, 법을 모조리 팽개칠 수도 없다. 본디 오묘하게 이해하고 투철하게 깨닫는 법이 있으니, 사람마다 각각 그것을 어떻게 잘 얻는가에 달려 있을 뿐인 것이다.

그대가 수선을 떨며 화를 내고 욕을 하면서 천하 사람들이 일제히 그대의 명을

而洞天則別開也. 或掇拾古人字句, 豈曰文章名世哉?」 子當何答?'"

236) 강영과는 원굉도와 가장 가까운 비평적 동지였다. 원굉도가 그의 시집에 써준 「雪濤閣集序」는 공안파 이론의 선언문이다. 강영과와 도망령에 대해서는 袁震宇·劉明今, 『明代文學批評史』, 上海古籍出版社, 1991, 481~484면, 474~479면 참조. 曾可前에 대해서는 南德鉉, 「公安派之文學理論硏究」, 외국어대 박사논문, 1995, 21면을 볼 것.

따르지 않는 것을 큰 근심거리로 여긴다면, 나는 마지막에 가서는 문장으로 인해 도리를 해치고, 근거 없는 망령된 말을 지껄이며 미친 듯 제멋대로 날뛰다가 용서받을 수 없는 죄에 빠지게 될까 두렵다. 또한 슬프지 아니한가? 그러나 천지 사이에는 없는 것이 없으니, 그대가 새로운 말[新語]를 잘 만들어내는 것 또한 없을 수 없다. 내가 다행히 그대의 문집을 읽는다면, 기관(奇觀)이라 자랑하리라" 하였다.[237]

공안파와 공안파의 후예들은 아무도 사용하지 않았던 표현, 오로지 자신에게만 귀속되는 언어를 찾는 데 골몰했다. 그러나 고전으로부터 해방된 이상 의지할 길이 없었다. 원굉도와 같은 탁월한 능력의 소유자는 자신의 언어를 창출할 수 있었으나, 그 외의 재능이 부족하거나 재능의 성격이 다른 작가는 창신(創新) 자체가 불가능하였다. 이것은 공안파 이후 발생한 실제 현상이었다. 이것은 당연히 공안파에 대한 비판의 논거로 작용하였다. ①은 바로 그 논리를 끌어온 것이다.

한편 공안파의 논리는 고전의 족쇄에서 해방된다는 점에서는 유의미한 것이었으나, 극단적으로 창신(創新), 또는 기(奇)를 추구할 경우 생경한 언어의 남발과 지나치게 비현실적인 사상 경향을 띨 가능성이 있었다. 이것은 의고파가 고전의 언어에 매몰되어 개성을 상실했던 것과 다를 바 없는 또 하나의 극단적 오류였다. ②는 바로 이 점을 지적한 것이다. ③④가 이덕무의 견해다. 의고파의 논리가 본연(本然)과 천진(天眞)을 훼손하는 것을 경계할 것, 고인의 법에 매몰되지도 말고 버리지도 말 것을 요구하고 있는 것이다.

이상에서 고찰한 바와 같이 이덕무는 의고파와 공안파의 성취와 한계를 각각 인정한다.[238] 그는 양자 중 어느 쪽을 선택하겠느냐는 물음에 대해 "두

---

237) "曰: '我當曰:「拘也. 若以子之才則可. 且擇天下之士如子之才, 而善於超脫者, 傳之以此方亦可. 然天下之才, 非超脫而止也. 有典雅者, 有平易者, 壹皆責之, 以別創新奇, 或恐反喪其本然而日趨于高曠超絶之域, 不亦敗道乎? 振作多士之文章, 豈一律而已哉? 無乃局乎? 仍才奇正, 自有可觀, 抑揚與奪, 正規暗諷, 順導反說, 其變化也無涯. 但不使之太剝削其渠之本然與天眞, 去其滲滓腐穢而已矣. 且古人軌轍, 不可拘束, 亦不可專然抛棄也. 自有玅解透悟法, 在人人各自善得之如何耳. 子紛紛怒罵, 以天下人之不一齊從吾命爲大憂也, 則吾懼其末流仍文害道, 誣言妄談, 猖狂自恣, 至陷於不可赦之罪, 不亦悲乎? 然天地間, 無所不有, 子之善創新語, 亦不可無也. 吾幸讀子集, 而詫以爲奇觀.」'"

사람의 것을 모으되, 각각 그 지나친 것을 버리면 될 것"239)이라고 답한다. 이 절충론은 너무나 범상한 것이 아닌가? 아마도 추측컨대 이것은 당시 이진과의 대립을 의식했기 때문이 아닌가 한다. 이진은 아마도 의고파를 맹렬히 비난하고, 공안파의 논리를 과도하게 실천했을 것으로 여겨진다. 이덕무는 이진의 논리를 변파하기 위해서는 의고파의 성취에 대한 배려가 있어야 했고, 공안파의 과도한 실천에 대해서는 공안파의 약점을 비판했어야만 했을 것이다.

어쨌든 위의 ⒶⒷⒸⒹ의 인용문에서 이덕무는 명대 중기 이후 당대까지 중국 비평사를 의고파와 공안파로 대범하게 요약한 것이다. 그는 물론 박학한 독서가답게 그 외의 작가들에 대해서도 이미 충분히 인지하고 있었다. 예컨대 위의 인용문의 말미에서 "방손지(方遜之)·왕양명(王陽明)·당형천(唐荊川)·귀진천(歸震川)의 무리는 또한 문장의 별파이니, 어찌 이 두 사람에게 절제를 받으려 들겠는가?"240)라고 하여 명대 전기의 대가인 방효유(方孝孺, 方遜之)·왕양명과 당송파 당순지(唐順之, 唐荊川)·귀유광(歸有光, 歸震川)의 존재를 충분히 인지하고 있었다. 그럼에도 불구하고, 그는 여러 유파를 생략하고 명대 문학의 전개를 의고파와 공안파로 요약했던 것이다. 이것은 조선 후기 문학비평사에서 처음 있는 일이었다.

이덕무는 의고파와 공안파를 논리적으로 어정쩡하게 절충할 수밖에 없었다. 그러나 실제 그의 문학이 기울어진 쪽은 정조가 그를 소품체로 지목했듯, 역시 공안파 쪽이었다. 이덕무의 말이 아닌 당대 타인의 말을 들어보자.

문장을 지을 때면, 심안(心眼)은 슬기롭고[慧] 성령(性靈)은 공교로와, 집착하거나 속박(束縛)된 주장을 하지 않았고, 또 비루하고 상스러운 말을 만들지 않았다. 그는 이렇게 말했다. "양한(兩漢)에는 본디 양한의 문장이 있어 꼭 가의(賈誼)·동중서(董

---

238) 다음 문장을 보라. "蓋于鱗輩雄健, 中郎輩退步矣; 中郎輩超悟, 于鱗輩退步矣. 各自背馳, 俱有病敗. 然絶世異才, 振古俊物."
239) "或曰:'子奚取焉?' 曰:'集二子而各棄其酷焉, 可也'."
240) "然方遜之·王陽明·唐荊川·歸震川輩, 亦文章別派也, 豈肯受節制於此二子哉?"

仲舒)・사마천(司馬遷)・반고(班固)일 것은 없고, 당・송에는 본디 당・송대의 시가
있어 꼭 이백(李白)・두보(杜甫)・황산곡(黃山谷)・진사도(陳師道)일 것은 없다. 남
이 웃으면 나도 웃고 남이 화를 내면 나도 화를 낸다. 하지만 나는 세상사에 있어서
는 모방하는 것이 아무 것도 없다. 하물며 필묵(筆墨)으로 즐겨 고인(古人)의 종노릇
을 하고자 한단 말인가." 그러므로 그는 평생 저술한 것이 아주 많지만, 그 중에서
한 글자 한 구절이나마 진부한 말[陳言]이나 죽은 법[死法]과 비슷한 것을 찾아보아
도 찾아낼 수가 없다. 논하는 자들은, "무관(懋官)이 나오고부터 비속한 학문은 없어
졌지만, 고문(古文) 또한 일변(一變)했다"고 한다. 뒤에 반드시 분변할 사람이 있을
것이다.[241]

남공철의 말이다. 남공철은 이미 언급한 바와 같이 이 시기 공안파의 유
행에 대해 누구보다 잘 알고 있는 사람이었다. 남공철은 이덕무의 글이 진부
한 언어[陳言]와 죽은 법[死法]을 벗어난 성취를 거두었다고 평가하고, 그 문
장은 슬기로운[慧] 심안과 공교로운 성령(性靈)에서 나온 것이라 평가한다. 남
공철이 구사하는 언어에 주목해 보라. 이 언어들은 모두 공안파에서 흘러나
온 것이다. 남공철은 이덕무의 창작에서 공안파를 읽어낸 것이다. 이덕무는
공안파와 의고파에 각각 의미를 부여하고, 양자를 절충하는 논리를 정립하
고자 했지만, 사실상 그의 창작적 실천은 공안파에 근거하고 있었던 것이다.
　이덕무가 자신의 초기작을 묶은 『영처고』에 붙인 자서 「영처고자서(嬰處
稿自序)」[242]는 이덕무와 공안파, 이탁오의 사상적 관계를 입증하는 결정적인
자료다.

　대저 어린아이[嬰兒]가 장난을 하며 노는 것은 있는 그대로의 천진(天眞)이다. 처
녀가 부끄러워하며 숨는 것은, 순수한 진정(眞正)이다. 이것이 어찌 어거지로 하는

---

241) 南公轍, 「雅亭集序」, 『金陵集』: 『韓國文集叢刊』 272면, 204면. "爲文章, 心眼慧而性靈
　　巧, 不爲執縛之論, 亦不爲鄙俚之詞. 曰: '兩漢自有文, 不必賈・董・馬・班也; 唐・宋自有
　　詩, 不必李・杜・黃・陳也. 人笑, 我笑; 人怒, 我怒. 吾於世莫之效, 況肯以筆墨爲古人之
　　奴僕・儓隷也.' 故其平生所著書至多, 而求一字一句之彷彿陳言死法, 不可得焉, 論者以爲
　　自懋官出, 俗學雖廢, 而古文亦一變. 後必辨之者."
242) 「嬰處稿自序」는 1760년(20세)에 쓰인 것이다.

것이겠는가. …… 천연으로 자득(自得)하였을 때는 깔깔 웃기도 하고, 덩실덩실 춤을 추기도 하고, 엉엉 울기도 하고 목소리를 곱게 굴려 노래를 부르기도 하고, 어떤 때는 그냥 훌쩍이기도 하고, 뜬금없이 소리를 지르기도 하고, 이유도 없이 슬픔에 젖기도 한다. 하루에도 수백 수천 가지 모양을 짓지만, 어인 연유로 그렇게 하는지 알 수가 없다. …… 아아! 어린아이여, 처녀여, 그 누가 시켜 그렇게 하는 것인가? 그 장난을 하면서 노는 것이 과연 인위적(人爲的)인 것이겠는가? 그 부끄러워 숨는 것이 과연 거짓[假]이겠는가. …… 다시 스스로를 위로하여 "노는 것의 지극한 경지는 어린아이만 한 것이 없다. 때문에 그 장난하는 것은 있는 그대로의 천진이다. 부끄러워함의 지극한 경지는 처녀만한 것이 없다. 때문에 그 숨는 것은 순수한 진정이다" 하였다.[243]

인위와 가면에 대립하는 영아(嬰兒)와 처녀의 천진(天眞), 천연자득(天然自得)이 양명좌파와 원굉도의 적자지심(赤子之心), 동심(童心) 등에서 온 것임은 두말할 나위가 없다.[244] 이덕무가 "그러면 영아와 처녀는 장부가 되고 부인이 될 날이 없겠느냐?"라는 물음에 "비록 장부가 되고 부인이 된다 하여도 천진 그대로의 애연(藹然)함과 진실 그대로의 순연(純然)함은 백발이 되어도 변함이 없으리라"[245]라고 한 것은, 나이가 듦에 따라 증가하는 문견과 도리로 인해 동심을 상실한다는 이탁오(李卓吾)의 「동심설(童心說)」의 논리에서 차용한 것으로 보인다. 이덕무의 절충론은 박지원의 법고창신론(法古創新論)을 연상시킨다. 아니, 동일한 논리이다. 연암의 법고창신론이 제출되는 것은 1773년에 쓰인 「초정집서(楚亭集序)」인데, 이덕무는 1765년에 이미 동일한 논

---

243) 李德懋, 「嬰處稿自序」, 『靑莊館全書』 1 : 『韓國文集叢刊』 257, 59~60면. "夫嬰兒之娛弄, 藹然天也; 處女之羞藏, 純然眞也. 茲豈勉强而爲之哉? …… 方其天然自得也, 幡然笑, 翩然舞, 鳴鳴然宛喉而歌, 時乎而悠然啼, 忽然咷, 作無故悲, 變化日百千狀, 莫知其爲而爲也. …… 噫! 嬰兒乎, 處女乎, 孰使之然乎? 其娛弄, 果人乎? 其羞藏, 果假乎? …… 復自慰曰 : '娛之至者, 莫如乎嬰兒. 故其弄也, 藹然天也; 羞之至者, 莫如乎處女. 故其藏也, 純然眞也'."
244) 이덕무와 양명좌파와의 관계에 대해서는 강명관, 「연암 시대의 양명좌파 수용」, 『안쪽과 바깥쪽』, 소명출판, 2007, 253·257면을 볼 것.
245) 李德懋, 「嬰處稿自序」, 앞의 책, 60면. "'然則嬰與處, 無爲丈夫爲婦人之日乎?' 遂哂曰 : '遂爲丈夫爲婦人, 其天之藹然, 眞之純然, 至白頭固自若也'."

리에 도달하고 있었던 것이다.246)

이덕무 문학의 성취로 꼽히는 소품문들은 20대 중반까지 집중적으로 쓰인 것이다. 그것은 일상적 세계에 대한 미세한 관찰에서 얻은 참신한 인식과 유례가 없는 신선한 비유의 언어로 이루어져 있다. 그것은 아무리 보아도 그가 일부분 의의가 있다고 했던 의고파의 문체는 결코 아니다. 그의 창작적 실천은 공안파의 논리를 따르고 있었던 것이다.

4) 박지원(朴趾源)

종래의 박지원(1737~1805) 문학의 해독은 실학의 지평, 곧 내재적 발전론의 지평에서 '자생적 근대'가 돌출되도록 연암의 사유와 문학을 정합적으로 재구성하는 것이었다. 나는 자생적 근대를 근원적으로 부정한다. 따라서 자생적 근대의 지평에서 해독한 연암을 부정한다. 필자는 연암의 사유가 독립적으로 구성된 것이 아니라, 타자와의 연관을 통해 구성된 것이라 생각한다. 여기서는 그 타자와의 관련 양상을 밝히고자 하는 것이다. 물론 이 점과 관련하여 김명호 교수는 연암과 중국 공안파 이론 사이의 유사성에 주목한 바 있다.247) 하지만 나는 연암과 공안파를 유사성이란 맥락에서 읽기보다는, 연암의 비평이 공안파의 비평 위에 구축되고 있음을 밝히고자 한다.

연구자들은 연암문학의 난해성을 종종 토로하는데, 난해성은 연암 문학

---

246) 1765년까지 이덕무는 연암을 만난 적이 없었다. 앞서 지적한 것처럼 연암과 이덕무가 만나서 문학적 담토를 시작한 것이 김명호 교수의 지적대로 1768년이라면 이덕무는 연암과 상관없이 법고창신의 논리에 스스로 도달하고 있었던 것이다.

247) 김명호, 『열하일기 연구』, 창작과비평사, 1990, 56~63면; 『박지원 문학 연구』, 성균관대 대동문화연구원, 2001, 154~157면. 그러나 김명호 교수가 연암의 이론을 원굉도에 비해 '진일보한 것'으로 평가한 것처럼, 한국한문학의 중국문학과의 모든 비교는 양자의 동일성보다는 차별성을 강조하고, 차별성을 근거로 마침내 연암의 우월성을 확인하는 것으로 귀결된다. 내재적 발전론의 근거를 이루는 민족주의는 필연적으로 그 결론을 강제할 것이다. 이제 내발론의 구속에서 보다 자유로워질 필요가 있지 않을까?

자체에 있는 것인가, 아니면 연암에 대한 해석의 복잡성에 있는 것인가? 아마도 후자일 가능성이 많을 것이다. 연암의 난해성은 우리가 그것을 해독할 코드를 알지 못한 것 때문이지 연암 자체에 있는 것은 아니다. 연암에 관한 난해성의 신화를 거부한다면, 문제는 간단해진다. 선입견을 배제하고, 상식적인 데서 출발해 보자.

연암이 한 사람의 문사, 특히 산문을 전공하는 작가였음과 산문창작 방법을 고민했던 산문비평가였음에서 출발하자. 산문작가로서 연암의 화두는 어디에 있었던 것인가? 그는 「공작관문고자서(孔雀館文稿自序)」에서 "문장이란 '진(眞)'을 추구하는 것일 뿐이다[爲文者, 惟其眞而已矣]"[248)라고 말한 바 있다. 문학창작에서의 '진'은 그의 사유를 관통하는 중심 언어다. '진'이 공안파, 양명좌파의 비평적 사상적 화두였음은 이미 여러 차례 언급한 바 있는데, 연암에게 와서 '진'은 비평적 사고의 핵심 사안으로 부상한다. 연암에게 '진'과 관련된 문제는 둘로 요약된다. 첫째 대상/세계와 관련하여 '진'을 어떻게 인지할 것인가, 둘째 '진'을 어떻게 언어화할 것인가. 전자의 구체적 예로 「낭환집서(蜋丸集序)」[249)의 '진정지견(眞正之見)'을 들 수 있다. 또 「답경지(答京之)」[250)에서 사마천의 마음을 아이의 나비 잡기에 비유한 것 역시 동일한 문제로 생각된다. 나비를 잡았다고 생각한 순간 날아가 버렸을 때란 대상으로서의 역사의 리얼리티[眞]를 포착했다고 하는 순간 그 리얼리티가 미끄러져 나가는 경우로 여겨지는 것이다.

후자의 경우, '진(眞)'은 사(似, 또는 肖)와 대립되어 연암 산문에 흔히 등장한다. "비슷함[似]을 바라는 것은 참[眞]이 아니다"[251)라고 한다든지, "비슷하다 하면 이미 참[眞]이 아니다. 한(漢)나라 당(唐)나라가 어찌 다시 있으랴?"[252)에서 그 용례를 볼 수가 있다. 약간 확장하면, 「영처고서(嬰處稿序)」의 "대저

---

248) 朴趾源, 「孔雀館文稿自序」, 『燕巖集』: 『韓國文集叢刊』 252, 60면.
249) 朴趾源, 「蜋丸集序」, 위의 책, 107면.
250) 朴趾源, 「答京之」, 위의 책, 95면.
251) 朴趾源, 「綠天館集序」, 위의 책, 111면. "求似者, 非眞也."
252) 朴趾源, 「贈左蘇山人」, 위의 책, 89면. "曰似已非眞, 漢唐豈有且."

비슷하냐는 것은 비슷한 것일 뿐이고, 저것은 저것일 뿐이다. 비교해 보면 저것이 아닌 것이니, 나는 그것이 저것이 됨을 보지 못하겠다. 종이는 흰색이다. 먹은 종이를 따라 흰색이 될 수 없다. 초상화는 비슷하기는 하지만, 초상화가 말을 할 수는 없다"253)라고 말한 것 등이 대표적인 예다. 이것은 언어의 문제, 좀 더 구체적으로는 의고적(擬古的) 창작론 비판과 관련된 것이다.254) 대체로 '사(似)'와 관련된 '진'의 의미는 의고적 창작론을 비판하는 차원에서 의고적 창작품(의고적 언어)이 원본(典範의 언어)과 결코 동일할 수 없다는 의미로 쓰인다.

요컨대 연암이 구사하는 '진(眞)'은 인식론적 차원에서의 '진'과 언어화 / 형상화의 차원에서의 '진'이란 양 방면에서 구사되고 있다. 이것을 좀 더 추상화한다면, 연암의 비평은 '인식'과 '언어'의 두 차원에서 구축되고 있다고 말할 수 있다. 그렇다면, 이런 질문이 가능하다. 왜 '진'인가? '진'이 비평에서 사용되면서 한국 비평사의 핵심어가 된 것은 앞서 살핀 바와 같이 농암 김창협부터다. 연암의 비평은 실로 농암 이래의 비평사적 맥락에 있는 것이다. 어쨌거나 연암의 사유는 '진'을 초점으로 삼아 인식과 언어 두 지평에서 이루어진다. 연암은 왜 이 문제에 집중하게 되었던가. 연암의 '진'의 의미가 아니라, 그것의 유래처는 어디인가.

'진(眞)'을 어떻게 인지할 것인가? 주체—세계의 관계에서 주체는 세계의 리얼리티, 진실을 어떻게 인지할 것인가? 연암이 남긴 문자를 아무리 조합하고 해석한다 하더라도 '진'을 인지하는 명쾌한 방법적 근거를 찾을 수 없다. 아마 그것을 발견했다면, 연구자가 길고 복잡한 논리적 조작(조합)을 가한 뒤일 것이다. 왜냐하면 연암의 '진'에 관한 언명은 어떠어떠한 것이 '진'의 획득 방법이라는 긍정적인 명제라기보다 무엇 무엇을 배제하는 것이 '진'을 인지하는 방법이라는 부정적 명제의 형태를 띠고 있기 때문이다. 이

---

253) 朴趾源, 「嬰處稿序」, 위의 책, 110면. "夫云似也似也, 彼則彼也. 方則非彼也. 吾未見其爲彼也. 紙旣白矣, 墨不可以從白, 像雖肖矣, 畵不可以爲語."
254) 의고적 창작론은 근원적으로 언어의 문제다.

점을 검토해 보자.

널리 알려진 「능양시집서(菱洋詩集序)」의 까마귀 이야기에서 두 가지 주장을 이끌어낼 수 있다.

① 아아! 저 까마귀를 바라보건대, 그 깃털보다 검은 것이 없지만, 홀연 유금(乳金) 빛이 어른거리다가 다시 석록(石綠) 빛이 비친다. 햇빛이 비추면 갑자기 보랏빛이 번득이다가 눈이 아물아물해지면서 비취빛으로 바뀐다. 그렇다면 내가 푸른 까마귀라 해도 괜찮고, 붉은 까마귀라 해도 괜찮을 것이다. 저에게 본디 정해진 색이 없음에도 내가 눈으로 먼저 색을 정하는 것이다. 어찌 눈으로만 정하리오? 보지도 않고 마음으로 미리 정하는 것이다.255)

② 대저 통달한 사람이라고 어찌 모든 사물을 눈으로 다 볼 수 있단 말인가? 하나를 들으면 눈에 열 가지가 그려지고, 열을 보면 마음에 백 가지가 베풀어져, 천 가지 괴상한 것, 만 가지 기이한 것을 도로 사물에 귀속시켜[還寄於物] 자신은 그것과 관계하지 않는다. 그러므로 마음은 한가롭고 여유가 있어 무궁하게 응수할 수 있다. 하지만 본 것이 적은 사람은 해오라기를 가지고 까마귀를 비웃고, 오리를 가지고 학을 위태롭게 여긴다. 사물은 본디 괴이한 것이 없는데도, 자기 혼자 되레 성을 내고 한 가지 일이라도 같지 않으면, 만물을 부정하려 한다.256)

까마귀를 검다고 말하는 것은 '나'이지만, 그것은 사실 내가 아니라 '말(언어)'이며, 말 속에 담긴 기성의 지식이다. 즉 ①은 대상 / 세계와는 상관없는 기성의 지식이 대상 / 세계를 판단하는 것이고, ②는 단일한 지식이 대상 / 세계를 판단하는 것이다. 약간 거칠기는 하지만, 종합하면 대상 / 세계에 대한 기성의 일리적(一理的) 해석의 모순을 비판하는 것이다. 이것은 이탁오가 말

---

255) 朴趾源, 「菱洋詩集序」, 위의 책, 108면. "噫! 瞻彼烏矣, 莫黑其羽. 忽暈乳金, 復耀石綠, 日映之而騰紫, 目閃閃而轉翠. 然則烏雖謂之蒼烏, 可也, 復謂之赤烏, 亦可也. 彼其本無定色, 而我乃以目先定. 奚特定於其目? 不覩而先定於其心."

256) 朴趾源, 위의 책, 같은 면. "夫豈達士者逐物而目覩哉? 聞一則形十於目, 見十則設百於心, 千怪萬奇, 還寄於物, 而己無與焉. 故心閒有餘, 酬應無窮. 所見少者以鷺嗤烏, 以鳧危鶴. 物自無怪, 已迺生嗔, 一事不同, 都誣萬物."

하는 노리와 견문이다.

기성의 일리적(一理的) 해석에 대한 비판은 연암의 거의 모든 문장에 빈출한다. 「상기(象記)」의 코끼리의 다양한 모습, 그리고 대/소의 상대적 관계에서 끌어낸 뒤 내린 결론부를 보라. "대저 맷돌의 공능은 도는 것일 뿐이다. 애당초 어찌 (가루가) 곱거나 거친 데에 뜻을 두었겠는가?" 맷돌은 하늘이다. 하늘의 이치 즉 천리(天理)의 전일적 지배를 부정한다. 곧 세계의 모든 존재를 설명할 일리(一理)는 존재하지 않는다는 주장이다.

일리적 세계관과 대립하는 것이 상대주의다. 연암의 상대주의는 여러 논자들이 지적해 왔다. 상대주의는 연암 인식론의 기저를 이룬다. 『열하일기』의 해와 달과 지구의 상대화된 관계라든지, 「낭환집서」의 '임백호의 신발', '까마귀의 빛깔', '말똥구리의 말똥' 등은 모두 그 예이다. 이런 상대주의를 시간과 공간 두 방면으로 요약할 수 있다. 예컨대 「영처고서(嬰處稿序)」에서 그는 이렇게 말한다.

> 고(古)의 입장에서 금(今)을 보면 금(今)은 정말 낮다. 하지만 고인(古人)이 자신을 보면, 반드시 스스로를 고(古)라고 여기지는 않았을 것이다. 당시의 보던 자들에게도 또한 하나의 금(今)일 뿐이었을 것이다. …… 그렇다면 '금(今)'이란 '고(古)'와 대비하여 이르는 것일 뿐이고, 비슷하다는 것은 저것과 비교해서 하는 말일 뿐이다.[257]

고와 금에 동등한 가치를 부여하는 시간상대주의다.[258] "지금 무관(懋官, 이덕무)은 조선 사람이다. 산천의 풍기(風氣)로 말하자면, 그 땅은 중국과 다르고, 말과 노래와 풍속으로 말하자면, 그 시대는 한(漢)나라나 당(唐)나라 때가 아닌 것이다"[259]라는 생각은 공간적 상대주의다.

상대주의는 가치의 영역까지 포괄한다. 이제까지 무의미했던 것들이 의미

---

257) 朴趾源, 「嬰處稿序」, 위의 책, 110면. "由古視今, 今誠卑矣. 古人自視, 未必自古. 當時觀者, 亦一今耳. …… 然則今者對古之謂也, 似者方彼之辭也."
258) 법고창신 역시 고와 금에 동시에 가치를 부여하는 상대주의의 연장이다.
259) 위의 책, 같은 면. "今懋官, 朝鮮人也. 山川風氣, 地異中華; 言語謠俗, 世非漢·唐."

있는 것이 된다. 「순패서(旬稗序)」에서 연암이 풍요, 민이(民彝, 민속), 방언, 속기(俗技), 지연의 계보, 아이들 수수께끼, 시정의 모습을 실은 『순패(旬稗)』를 높이 평가하면서 "그렇기는 하지만, 묵은 장도 그릇을 바꾸면 다시 입맛이 돌고, 무덤덤하던 것들도 환경이 달라지면 눈과 마음이 그쪽으로 쏠리게 된다"260)라고 말하는 것은, 가치란 절대적인 것이 아니라, 배치에 따라 달라지는 상대적인 것이라는 주장이다. "말할 만한 것이면, 기와조각, 자갈인들 어찌 버리랴?"261)라는 가치 인식으로 그는 기와조각에서 조선이 배워야 할 청(淸)의 문화를 보았던 것이 아닌가? 그의 실학, 북학론은 바로 여기에 근거하고 있는 것이다.

연암의 상대주의는 과잉일 정도로 자주 지적되었다. 대표적으로 임형택 교수는 「박지원의 인식론과 미의식」262)의 '인식 방법의 현실성 상대성'이란 항에서 "사물을 상대적으로 보고 각각의 존재 의미를 균등하게 인정한다"라고 지적하였다. 물론 나는 여기서 상대주의를 다시 장황하게 되풀이하려는 것은 아니다. 문제는 기성의 일리적(一理的) 해석을 반대하는 것이 상대주의로 나아갔다면, 상대주의의 내적 방법은 무엇인가라는 점이다. 사실 연암이 상대주의를 은밀히 말한 것은 일리적 세계관의 폭력에서 벗어나기 위한 전략적 선택이라는 느낌이 있다. 곧 상대주의가 '진(眞)'을 인지하는 구체적 방법이란 무엇인가? 다시 연암의 이야기를 들어보자.

연암은 「일야구도하기(一夜九渡河記)」에서 진지(眞知)를 방해하는 두 가지 요소를 들고 있다. 마음에 미리 설정한 뜻(선입견)과 감각기관이 그것이다.263) 「능양시집서」의 까마귀의 색을 오로지 검은 것으로 단정하는 눈(감각기관)과 선입견(心)과 동일한 의미다.264) 연암은 동일한 이야기를 변주하고

---

260) 朴趾源, 「旬稗序」, 위의 책, 111면. "雖然, 宿醬換器, 口齒生新, 恒情殊境, 心目俱遷."
261) 朴趾源, 「孔雀館文稿自序」, 위의 책, 60면. "所可道也, 瓦礫何棄?"
262) 임형택, 『실사구시의 한국학』, 창작과비평사, 2000.
263) 朴趾源, 「一夜九渡河記」, 앞의 책, 272~273면. "皆聽不得其正, 特胸中所意設, 而耳爲之聲焉爾." '意'와 '耳'는 선입견과 감각기관을 말한다. 사실 '意'는 기성의 지식이라 해도 상관없다.
264) 朴趾源, 「菱洋詩集序」, 위의 책, 108면. "彼旣本無色, 而我乃以目先定. 奚特定於其目,

있는 것이다. 연암은 기성의 지식과 감각기관의 오류를 넘어 진정한 인식에 도달하기 위해 '명심(冥心)'을 제시한다. 하지만 명심의 명쾌한 정의는 없다. '명심'의 의미는 오리무중인 것이다. 「일야구도하기」에서 '명심'을 둘러싸고 있는 말 덩어리의 최종적인 메시지는 결국 '명심을 해야 진지(眞知)를 얻을 수 있다'는 것으로 동어반복으로 회귀한다. 이 문장을 아무리 분석해도 명심의 의미는 나오지 않는다. 명심에 대한 이런 저런, 또는 과도한 해석이 내려졌던 것은 바로 이 때문이다. 명심이란 무엇인가? 상식 수준에서 말할 수밖에 없다. 이제까지 진지(眞知)의 근거가 된다고 믿어 왔던 기성의 지식과 감각기관의 신뢰성을 비판하라는 것이다.

「일야구도하기」가 「능양시집서」와 동일한 메시지를 갖고 있듯, 명심 역시 그의 다른 비평문과의 관련에서 의미를 보다 명확히 할 수 있을 듯하다. 명심은 사실상 적자지심(赤子之心), 영아지심(嬰兒之心)과 동일한 것으로 보인다. 「영처고서」의 '관운장 사당' 장면에서 어른들이 무서워하는 관운장상을 어린 아이들이 무서워하지 않는다는 것265)은 무엇을 말하는 것인가? 가짜는 어린아이의 진솔(眞率)함을 속일 수 없기 때문이다.

어린아이는 연암의 사유에서 '진(眞)'의 인식과 관련된 중요한 메타포다. 그것은 여러 형태로 변형된다. 그는 「원사(原士)」에서도 독서와 관련하여 이렇게 말하고 있다.

> 내가 말하는 바 올바른 선비는 뜻이 영아(嬰兒)와 같고 모습은 처녀(處女)와 같아, 평생 문을 닫고 독서를 하는 사람이다.
>
> 영아(嬰兒)는 비록 약하지만 그 사모하는 것이 전일하고, 처녀는 비록 서투르지만, 그 지키는 것이 확고하다. 우러러 하늘에 부끄럽지 않고 굽어 사람에게 부끄럽지 않는 사람은 오로지 문을 닫고 독서하는 사람일 것이다.266)

不觀而先定於其心."

265) 朴趾源, 「嬰處稿序」, 위의 책, 110면. "假像衣冠, 不足以欺孺子之眞率矣."

266) 朴趾源, 「原士」, 위의 책, 143~144면. "吾所謂雅士者, 志如嬰兒貌若處子, 終年閉其戶而讀書也. 嬰兒雖弱, 其慕專也; 處子雖拙, 其守確也. 仰不愧天, 俯不怍人, 其惟閉戶而讀書乎."

올바른 선비의 참모습을 영아 처녀로 비유하고 있는 것이다.267) 『열하일기』 '호곡장(好哭場)'의 '적자(赤子)' 역시 영아(嬰兒)의 변주다. 연암은 이렇게 말한다. "아이가 캄캄하고 막히고 비좁은 태내에서 꼼짝도 못하고 있다가 어느 날 아침 툭 트인 곳으로 나와 팔을 펴고 다리를 뻗게 되면 마음도 따라 시원해질 것이니, 어찌 한번 마음을 다해 참된 소리[眞聲]를 내지르지 않을 수 있으리오. 그러므로 마땅히 영아(嬰兒)를 본받으면 소리에 거짓이 없게 될 것이오."268) 영아(嬰兒)의 소리는 '진성(眞聲)'이다. 영아를 본받으면, 소리에 거짓이 없다는 것이다. 「일야구도하기」의 명심(冥心)이 적자지심(赤子之心)과 다를 바가 없음을 알 수 있을 것이다. 그의 글에서 중요하게 인용되는 복희씨, 창힐도 인류의 영아적 상태라는 점에서 사실 영아의 변주인 것이다.

연암의 주장은 이러하다. 어린아이의 마음이 되어라, 그러면 진지(眞知)를 얻으리라. 이제 구체적인 예를 보자. 연암은 유한준(兪漢雋)에게 보내는 편지에서 이렇게 말하고 있다. "마을의 어린애[里中孺子]에게 천자문을 가르치는데, 읽기에 싫증을 내는 것을 꾸짖으니, 하는 말인즉 '저 하늘을 보면 푸르기 짝이 없는데, 천(天) 자는 푸르지가 않잖아요. 그래서 읽기가 싫어요.' 이 아이의 총명이 창힐을 굶겨 죽입니다."269) '천(天)'이란 말은 하늘의 무한한 구체성을 없앰으로서(추상화함으로써) 기호가 된다. 이 기호는 역으로 대상에 대한 일리적(一理的) 인식을 강요한다. 언어와 대상 사이에 놓인 일리적 해석의 폭력성은 「능양시집서」의 까마귀의 빛깔을 검은 색으로 단정하는 폭력과 같다. 하늘의 푸른색을 인식하기 위해서는, 곧 하늘의 리얼리티를 인지하기 위해서는 어린아이의 오염되지 않은 눈이 필요하다.

연암의 '영아(嬰兒)'·'적자(赤子)'·'유자(孺子)'는 연암이 홀로 터득한 것인

<hr>

267) 영아, 처녀에 관한 것은 「蟬橘堂記」에 한 번 더 나온다.
268) 朴趾源, 『熱河日記』, 앞의 책, 160면. "兒胞居胎處, 蒙冥沌塞, 纏糾逼窄, 一朝迸出廖廓, 展手伸脚, 心意空闊, 如何不發出眞聲盡情一洩哉? 故當法嬰兒, 聲無假做."
269) 朴趾源, 「答蒼厓之三」, 위의 책, 96면. "里中孺子, 爲授千字文, 呵其厭讀, 曰 : '視天蒼蒼, 天字不碧, 是以厭耳.' 此兒聰明, 餒煞蒼頡."

가? 연암은 이덕무의 『영처고』에 서문을 쓰고 있다. 이덕무 역시 영아·처녀의 메타포를 사용하고 있지 않은가? 이덕무는 연암과 만나기 전에 이미 영아와 처녀를 말하고 있었다. 이것은 연암과 이덕무가 서로 영향 없이 독자적인 사유로 동일한 결론에 도달했던 것이 아니라, 어떤 동일한 외부적 근거를 갖고 있었음을 의미한다. 그 동일한 외부적 근거는 당연히 원굉도(袁宏道)이고 더 거슬러 올라가면 이탁오(李卓吾)다.

우선 연암의 상대주의부터 언급하자. 연암의 문장에 나오는 상대주의의 근거로 흔히 『장자(莊子)』를 지목해 왔다. 틀린 것은 아니지만, 정확한 것도 아니다. 연암의 상대주의는 원굉도(袁宏道)에 의해 해석된 『장자』다. 먼저 「상기(象記)」를 원문과 함께 보자.

이것은 정량(情量)이 미치는 바가 오로지 말과 소와 닭과 개에만 있고, 용과 봉, 거북과 기린에는 미치지 못하기 때문이다. 코끼리가 범을 만나면 코로 때려죽이니, 그 코는 천하무적이다. 하지만 쥐를 만나면 코를 둘 데가 없어 하늘을 쳐다보고 서 있을 뿐이다. 한데 쥐가 코끼리보다 무섭다고 한다면 앞서 말한 이치가 아니다. 대저 코끼리는 그래도 눈으로 볼 수가 있지만, 그 이치를 알 수 없는 것이 이와 같은데, 천하의 사물로 말하자면 코끼리보다 만 배나 더 하니 말해 무엇하랴?[270]

절대적인 것은 없다. 「상기」의 상대주의가 겨냥하는 바는 일리적 세계관, 일리적 원리에 의한 세계 해석의 부당성이다.

그러므로 『주역』에 이르기를, "하늘이 초매(草昧)를 만들었다"고 하였다. 초매란 그 색이 검고, 그 형체는 흙비와 같은 것이다. 비유하자면, 장차 날이 밝을락 말락 어슴푸레 할 즈음 사람과 사물을 분변하지 못하는 것과 같으니, 나는 모르겠다, 하늘이 컴컴하고 흙비가 내리는 중에 만들었던 것이 과연 무슨 물건인지. 국수집에서 밀을 갈면, 가늘고 굵고 곱고 거친 가루가 뒤섞여 땅에 뿌려진다. 대저 맷돌의 작용

---

270) 朴趾源, 「象記」, 앞의 책, 276면. "是情量所及, 惟在乎馬牛鷄犬, 而不及於龍鳳龜麟也. 象遇虎, 則鼻擊而斃之, 其鼻也, 天下無敵也. 遇鼠, 則置鼻無地, 仰天而立. 將謂鼠嚴於虎, 則非向所謂理也. 夫象猶目見, 而其理之不可知者如此, 則又況天下之物, 萬倍於象者乎?"

은 도는 것일 뿐이다. 애당초 어찌 가루가 곱거나 거친 데에 뜻을 두었겠는가?[271]

「상기」의 메시지는 이러하다. 모든 것은 하늘[天]의 안배로 만들어진 것이 아니다. 존재는 인간이 말하는바 '하늘의 이치'로 빈틈없이 설계된 것이 아니다. 따라서 세계 내의 무한히 다양한 존재물은 이른바 일리(一理)로 모순 없이 일관되게 해명할 수 있는 것은 아니다.

일리의 세계관은 하나의 절대적인 진리가 만유에 동일하게 구현되어 작동한다는 사고방식이다. 상대주의는 당연히 일리(一理)의 세계를 부정한다. 예컨대 성리학의 이일분수(理一分殊)가 바로 그것이다.

연암의 이 사유는 과연 『장자』란 아무나 끌어올 수 있는 고전적 텍스트에 근거를 둔 것인가? 원굉도는 「광장(廣莊)」의 '소요유(逍遙遊)'에서 이렇게 말한다.

① 수유(竪儒)가 말하는 대(大) / 소(小)란 모두 그들의 정량(情量)이 미치는 한계 내에서 말하는 것뿐이다. 자신[我]보다 크면 곧 크다고 말한다. 이 때문에 큰 산을 말하면 믿고, 큰 바다를 말하면 믿는다. 하지만 새가 산보다 크다고 하거나 물고기가 바다보다 크다고 말하면 믿지 않는다. 왜냐? 그들의 정량이 미치지 못하는 바이기 때문이다. 자신[我]보다 작은 것을 작다고 한다. 이 때문에 땅강아지와 개미를 말하면 믿고, 초명(蟭螟)을 말하면 믿는다. 하지만, 개미에게 나라가 있고, 그 나라에 군신(君臣)·소장(小長)·시비(是非)·쟁양(爭讓)의 일이 있고, 초명의 눈썹 위에 무량(無量)한 벌레가 있고, 벌레에 무량한 군읍(郡邑)과 도비(都鄙)가 있다고 하면 곧 믿지 않는다. 왜냐, 그들의 정량(情量)이 미치지 못하는 바이기 때문이다.[272]

---

271) 위의 책, 같은 면. "故易曰 : '天造草昧' 草昧者其色皂而其形也霾, 譬如將曉未曉之時, 人物莫辨, 吾未知天於皂霾之中所造者, 果何物也. 麵家磨麥, 細大精粗, 雜然撒之. 夫磨之功, 轉而已, 初何嘗有意於精粗哉?"

272) 袁宏道, 『袁宏道集箋校』中, 795면. "竪儒所謂大小, 皆就情量所及言之耳. 大於我者, 卽謂之大. 是故言大山則信, 大海則信; 言鳥大於山, 魚大於海, 卽不信也. 何也? 以非情量所及故也. 小於我者, 卽謂之小. 是故言螻蟻則信, 蟭螟則信; 言蟻有國, 國有君臣小長是非爭讓之事, 蟭螟睫上, 有無量蟲, 蟲有無量郡邑都鄙, 卽不信也. 何耶? 以非情量所及故也."

② 이로써 미루어 보건대 정량(情量)의 광협(廣狹)을 끝까지 미루어 나가도 세간의 대소를 다 파악할 수 없음이 명백하다. 그럼에도 구유(拘儒) 소사(小士)는 도리어 자신의 평소 보고 들은 것으로 천지의 일찍이 본 적도 들은 적도 없는 것을 열어젖혀 정법(定法)으로 자신을 속박하고 또 정법으로 천하 후세 사람들을 속박하여, 억지로 책을 짓고 꾸며서 이치를 만든다. 이래서 천하 후세 사람들은 오척(五尺) 가운데 빠지고 미혹되어 더우나 추우나 조금도 머리를 내밀 틈이 없는 것이다.273)

③ 하루살이는 저녁에 죽는 것을 장수(長壽)로 여긴다. 때문에 요사(夭死)가 애당초 장수(長壽)가 아님이 없다. 소는 돼지보다 크지만, 코끼리보다는 작다. 때문에 크다는 것은 애당초 작은 것이 아님이 없다.274)

①②③ 모두 상대주의를 설파하고 있다. 굳이 재언할 필요가 없을 것이다. 특히 ②의 정법(定法)은 기성의 일리적 세계관과 동일한 것이다. 「상기」가 「광장」 '소요유'의 영향을 받고 있음은 두말할 나위가 없는 것이다.

이 중에서 정량이란 요어(要語)에 주목해 보자. 연암은 「상기」에서 "이것은 정량(情量)이 미치는 바가 오로지 말과 소와 닭과 개에만 있고, 용과 봉, 거북과 기린에는 미치지 못하기 때문이다"라고 말하고 있는데, '정량(情量)이 미치는 바'의 원문은 "情量所及"이다. 이것은 위에 인용한 「광장」에 나온다. 해당 부분을 적시하면 다음과 같다.

> 竪儒所謂大小, 皆就情量所及言之耳.
> 由此觀之, 極情量之廣狹, 不足以盡世間之大小明矣.
> 以不以一己之情量與大小爭

---

273) 위의 책, 796면. "由推觀之, 極情量之廣狹, 不足以盡世間之大小明矣. 拘儒小士, 乃欲以所常見常聞, 闢天地之未曾見未曾聞者, 以定法縛己, 又以定法縛天下後世之人. 勒而爲書, 文而成理, 天下後世沈魅於五尺之中, 炎炎寒寒, 略無半罅可出頭處."
274) 위의 책, 같은 면. "蜉蝣以暮死爲長年, 故殤未始不壽也. 牛大於豕, 小於象, 故巨未始不細也."

'정량(情量)'이란 말은 사전에 나오지 않는다.275) 흔한 말이 아니라, 원굉도 특유의 말이다. 연암은 「광장」을 읽고, 원굉도의 사유와 용어를 그대로 차용하고 있는 것이다. 연암의 상대주의가 공안파에서 유래하였음은 이제 다시 말할 필요가 없는 것이다. 다시 그의 말을 「광장」과 비교해 보자.

연암이 「일야구도하기」에서 명심에 대해 이렇게 말하고 있다. "나는 이제 도(道)를 깨달았다. 명심(冥心)하는 자는 이목(耳目)이 누가 되지 않고 이목을 믿는 자는 듣고 보는 것이 깐깐해지면 질수록 더욱 더 병이 되는 법이다."276) 감각기관을 믿을 수 없다는 이 말 역시 연암의 독창적 사유의 결과가 아니다. 「광장」의 '제물론(齊物論)'을 보자. 원굉도는 육식(六識)의 근원이 되는 여섯 가지 감각기관[六根]과 기타 감각기관의 불신성에 대해 말하고 있다.

지금 연화식(烟火食)을 하지 아니하는 자는 눈으로 십리를 보지만, 근시는 한 자만 넘으면 보지 못한다. 부엉이는 밤에 모기를 살펴보지만, 낮이면 구악(丘嶽)을 분변하지 못한다. 그런즉 눈이 과연 변함없이 일정한 것[常]이 될 수 있는가?

발난타용은 귀 없이 듣고, 규룡은 손바닥으로, 소는 뿔로서 들으니, 귀가 과연 변함없이 일정한 것[常]이 될 수 있는가?

입은 말을 주관한다. 그러나 해외에는 형어(形語, 몸짓 언어)의 나라가 있고, 말은 서로 코로서 말을 하니, 입이 과연 변함없이 일정한 것[常]이 될 수 있는가?

발은 땅에 붙이고 걷는 것이다. 기울어지면 넘어지니, 이것이 발의 직분이다. 하지만 개미는 거꾸로 갈 수 있고, 파리는 거꾸로 매달려 사니, 발은 과연 변함없이 일정한 것[常]이 될 수 있는가?

색은 일월에서, 초에서, 청황(靑黃)에서, 눈에서 빌려오니, 색은 변함없이 일정한 것[常]이 없다.

소리는 종고(鐘鼓)에서, 썩은 대나무 구멍에서, 쇠몽둥이에서, 폐 속의 바람에서, 혀와 잇몸에서 빌려오니, 소리는 변함없이 일정한 것[常]이 없다.

상(想)은 진연(塵緣)에서, 과거·미래·현재에서, 사람에게서, 서책에서 빌려오니,

---

275) 예컨대 『中文大辭典』에도 나오지 않는다.
276) 朴趾源, 「一夜九渡河記」, 앞의 책, 273면. "吾乃今知夫道矣. 冥心者, 耳目不爲之累矣. 信耳目者, 視聽彌審而彌爲之病矣."

상(想)은 변함없이 일정한 것[常]이 없다.

대저 변함없이 일정한 것[常]이 될 수 없기 때문에, 애당초 판단의 준거[衡]가 있을 수 없고, 애당초 판단의 준거[衡]가 있을 수 없기에 이것에 의지하여 시/비의 판단을 내릴 수 없음이 명백한 것이다.[277]

소연하지 않은 부분이 있기는 하지만, 원굉도의 메시지는 뚜렷하다. 그역시 우리의 인식의 근원을 이루는 여러 조건(주로 감각기관)의 불신성을 말하고 있지 아니한가? 연암은 아마도 「광장」에서 자신의 사유의 근거를 차용했을 것으로 여겨진다.

이제 한 걸음 더 나아가 어린아이의 메타포를 살펴보자. 어린아이는 연암이 '진(眞)'의 인식 전제로 동원했던 핵심 언어다. 원굉도는 「서진정보회심집서(敍陳正甫會心集)」에서 문학의 '취(趣)'를 주장하면서 이렇게 말한다. "대저 취(趣)는 자연(自然)에서 얻은 것이 깊고 학문(學問)에서 얻은 것은 얕다. 어린아이[童子]였을 적에 취가 있는 줄을 알지 못하지만 그 무엇도 취가 아닌 것이 없다. 얼굴에는 단정한 용모가 없고 눈은 눈동자를 움직이지 않을 때가 없고, 입은 조잘대며 무언가 말을 하려하고, 발은 깡충깡충 뛰니, 인생의 지극한 낙이 정말 이때보다 더한 때가 없다. 맹자(孟子)가 이른바, 적자(赤子)의 마음을 잃지 않는다고 한 것이나, 노자(老子)가 이른바 영아(嬰兒)와 같아져야 한다는 것이 바로 이런 경지를 가리킨 것이다."[278] 문학예술은 취(趣)를 가져야 한다. 취는 자연에서 얻은 것이 깊은 경지이고, 학문에서 얻는다면 그것은

---

277) 袁宏道, 「廣莊」, 『袁宏道集箋校』 中, 798면. "今夫不食烟火者, 目見十里, 短視隔尺; 訓狐之鳥, 夜察蚊蝱, 晝不辨丘嶽, 目果可常乎哉? 趺難陀龍, 無耳而聞; 虯聽以掌, 牛以角, 耳果可常乎哉? 口司言也, 而海外有形語之國, 馬相謂以鼻, 口果可常乎哉? 足附地則行, 欹則蹶, 此其職也; 而蟻能倒行, 蠅能仰棲, 足果可常乎哉? 色借日月, 借燭, 借青黃, 借眼, 色無常. 聲借鐘鼓, 借枯竹竅, 借鎚, 借肺中風, 借舌齶, 聲無常. 想借塵緣, 借去來今, 借人, 借書冊, 想無常. 夫不可常, 卽是未始有衡, 未始有衡, 卽不可憑之爲是非明矣."

278) 袁宏道, 「敍陳正甫會心集」, 『袁宏道集箋校』 上, 463면. "夫趣得之自然者深, 得之學問者淺. 當其爲童子時, 不知有趣, 然無往而非趣也, 面無端容, 目無定睛, 口喃喃而欲語, 足跳躍而不定, 人生之至樂, 眞無踰於此時者. 孟子所謂不失赤子, 老子所謂能嬰兒, 蓋指此也."

얕은 경지다. 동자일 때 취가 가장 진실하다. 취(趣)는 원굉도 비평의 핵심어다. 그는 또 앞서 누차 인용한 바와 같이 「서소수시(敍小修詩)」에서는 "혹 지금 여염의 부녀자와 아이[婦人孺子]들이 부르는 「벽파옥(擘破玉)」·「타초간(打草竿)」 등의 부류가 오히려 '무식한 진인(眞人)'이 지은 것이기 때문에 진성(眞聲)이 많다"279)고 한다. 「서진정보회심집」에서 학문의 가치를 부정하고, 「서소수시」에서 지식이 없는 사람이 '진인(眞人)'이며, 그들의 동요가 진정성[眞聲]을 갖는다는 것은 공안파 특유의 논법이다. 『열하일기』 '호곡장'의 어린아이의 울음이 진성이라는 발언과 동일한 것이 아닌가?

영아의 기원은 원굉도의 지적처럼 『맹자』의 '적자지심(赤子之心)', 『노자』의 '능여영아(能如嬰兒)'까지 올라가겠지만, 한국 비평사의 중요 개념으로 돌출한 것은 18세기 후반이다. 즉 앞서 검토한 바와 같이 이용휴와 이언진, 그리고 이덕무와 박지원에게 와서이다. 왜 이들에게 갑자기 영아와 적자, 유자가 갑자기 진정성과 관련하여 나타나는가는 공안파와의 관련성을 생각하지 않고는 풀릴 수 없을 것이다.

그렇다면, 원굉도의 동자 유자는 그대로 원굉도에 귀속되는 것인가? 물론 아니다. 원굉도의 문학사상은 실로 이탁오에게서 유래한 것이다. 1590년 공안현(公安縣) 작림(柞林)에서 이탁오를 만난 원씨 삼형제는 큰 감화를 받는바, 이탁오의 사유를 문학의 창작과 비평 쪽으로 심화시킨 것이 공안파다. 이탁오에 대해서 여기서 자세히 말할 계제는 아니지만, 「동심설」이 공안파의 유자 동자의 기원을 이루고 있음은 두말할 필요가 없다.

이미 여러 차례 언급한 바 있지만, 연암과 관련하여 「동심설」에 대해서 본격적으로 살펴보자. 「동심설」의 내용은 이러하다. 동심(童心)은 진심(眞心)이다[夫童心者, 眞心也]. 알려진 바와 같이 동심은 견문(見聞)·도리(道理)와 대립적이다. 동심=진심은 처음에는 견문이 귀와 눈을 통해 들어와 마음의 주인이 됨으로써 상실되고, 장성하면서는 도리가 문견을 통해 들어와 마음의

---

279) 袁宏道, 「敍小修詩」, 위의 책, 189면. "今閭閻婦人孺子所唱擘破玉·打草竿之類, 猶是無聞無識眞人所作, 故多眞聲."

주인이 됨으로써 상실된다.280) 도리와 문견의 팽창은 동심의 상실에 비례한
다. 도리와 문견은 "모두 독서(讀書)를 많이 하여 의리(義理)를 아는 것으로부
터 오는 것"281)이다. 이때 독서가 유가의 경전을 겨냥하고 있음은 두말할
필요가 없다. 동심(眞心)을 상실케 하는 문견과 도리는 당연히 부정적이다.

> 대저 문견(聞見)과 도리(道理)로 마음을 삼으면, 말하는 것들이 모두 문견과 도리
> 의 말이지, 동심이 스스로 한 말이 아니다. 말은 비록 공교하겠지만, 나에게 무슨
> 관계가 있으랴. 어찌 거짓 사람이 거짓말을 지어, 거짓 일을 일삼아 거짓 글을 짓는
> 것이 아니랴. 대개 그 사람이 이미 거짓 사람이니, 거짓이 아닌 것이 없다. 이로 말
> 미암아 거짓말로 거짓 사람과 이야기를 하니, 거짓 사람이 기뻐하고, 거짓 일로 거
> 짓 사람과 말을 하니, 거짓 사람이 기뻐하며, 거짓 문장으로 거짓 사람과 이야기하
> 니, 거짓 사람이 기뻐한다. 거짓이 아닌 것이 없으니, 기뻐하지 않는 것이 없다.282)

간단히 요약하자면, 이탁오는 문견과 도리의 오염으로부터 벗어날 것을
요구하고 있는 것이다.

이상의 소론으로 우리는 연암의 사유가 이탁오의 그것과 불가분의 관계에
있음을 짐작할 수 있을 것이다. 예컨대 명심설(冥心說)의 이목과 '마음속에 미
리 설정한 뜻[胸中所意設]', 「능양시집서」의 '마음으로 미리 정해버리는 것'이
도리와 견문의 변주임을 알 수 있을 것이다. 「소완정기」에서 연암이 책－문
자의 세계로부터 나오라. 문자의 세계를 객관화해서 바라보라는 발언 역시
「동심설」의 변주인 것이다. 또 독서로부터 문견과 도리가 온다는 이탁오의
말을 뒤집어 본다면, 사물과 마주 대하라는 연암의 메시지를 비로소 이해할
수 있게 된다. 연암의 동자, 영아는 보다 직접적으로 그 영향 관계를 드러내

---

280) 李贄, 「童心說」, 『焚書·續焚書』, 98면. "有聞見從耳目而入, 而以爲主于其內而童心失.
　　其長也, 有道理從聞見而入, 而以爲主又其內而童心失."
281) 위의 책, 같은 면. "夫道理聞見, 皆自多讀書識義理而來也."
282) 위의 책, 99면. "夫旣以聞見道理爲心矣, 則所言者皆聞見道理之言, 非童心自出之言也.
　　言雖工, 於我何與, 豈非以假人言假言, 而事假事文假文乎? 蓋其人旣假, 則無所不假矣. 由
　　是而以假言與假人言, 則假人喜; 以假事與假人道, 則假人喜; 而假文與假人談, 則假人喜.
　　無所不假, 則無所不喜."

고 있는 국면이라고 말할 수 있다. 요컨대 연암의 사유의 기저는 공안파와 이탁오를 차용하여 성립하고 있음을 이해할 수 있을 것이다.

이제 모든 문제는 끝났는가? 여기서 한 걸음 더 나아가 연암의 사유가 결국 양명학과 연관되어 있음을 간단히 언급하고자 한다. 중국사상사에서 적자지심이 상당히 무게 있는 주제로 다루어지게 된 것은 역시 양지학(良知學) 이후의 일이다.283) 여기서 자세히 말할 수는 없지만, 이탁오에 바로 선행하거나 혹은 동시에 양명좌파의 왕용계(王龍谿)와 나근계(羅近溪), 양복소(楊復所) 등에 의해 적자지심은 현성양지(現成良知)의 메타포로 이해되고 있었던 것이다. 물론 이탁오의 「동심설」은 여전히 윤리강상의 틀 속에 제한되어 있는 적자지심의 한계를 돌파하려 한 것으로 해석되지만, 그 자신 양명학의 적자지심의 새로운 이해에서 출발하고 있음은 두말할 필요가 없는 것이다. 요컨대 연암의 사유는 멀리 양명학과 연관되어 있는 것이다.

양명학은 원래 인간에게 생득적으로 내재하고 있다는 윤리적 주체의 자각을 주장하였던바, 이것은 인간 외부에 진리가 존재한다는 성리학적 진리관을 부정하였다. 양명학의 객관적 리(理)를 부정하고 리를 인간의 내부에 정초했다. 이것은 윤리학적 문제에서 출발한 것이지만, 실로 거대한 전환이었다. 객관적 절대적 진리의 존재에 대한 부인은, 진리의 상대성이 탄생할 공간을 마련하였다. 상대주의적 인식은 양명학의 탄생 초기에 이미 내재해 있던 것이며, 이것을 극단적으로 밀고 나간 것이 이탁오였고, 이탁오의 논리를 문학의 영역에서 정합화한 것이 공안파인 것이다. 이제 연암의 사유 내부에 양명학의 사유가 작동하고 있는 것이 확인되었다.

위에서 연암 사유가 공안파—양명좌파—양명학으로 이어지는 중국 사상사와 긴밀한 관련이 있음을 언급하였다. 이 관련은 그의 문학 비평, 곧 의고주의 비판과는 어떻게 연관되는가? 공안파는 양명학·양명좌파의 문학적 전화(轉化)이니, 양명학과 의고파의 사유는 모종의 적대적인 관계에 있는 것

---

283) 溝口雄三 저, 김용천 역, 『중국 전근대 사상의 굴절과 전개』, 254면.

이다. 즉 주자학이 '이(理)'의 외재성과 절대성을 신념한 것처럼 의고주의는 전범(典範)의 절대성, 그리고 전범에 내재하는 법(法)의 절대성을 신념했던 것이다. 따라서 양명학의 주자학 비판의 논리는 공안파의 의고파의 비판논리와 상통한다. 연암의 사유가 양명학-양명좌파-공안파를 절취하고 있다면, 비평의 영역에서 의고파 비판과 불가분의 관계가 있음은 자명한 일이다. 이 점을 검토해 보자.

연암 문학 비평은 복잡하고 다양하게 보이지만, 사실 그의 모든 문학 비평은 의고파 비판을 기초로 하여 정립된 것이다. 그러나 그 역시 의고파의 영향이 없지는 않았다. 그의 초기작인 「방경각외전(放璥閣外傳)」이 기본적으로 『사기(史記)』의 열전(列傳)을 전범으로 하고 있다는 것은, 특히 『사기』를 산문창작의 전범적 텍스트로 선택했던 의고파(擬古派)와 관련이 없을 수 없을 것이다. 그러나 앞서 지적한 것처럼 이덕무를 만날 그 즈음 1768년 경(32세)부터 그의 비평이 변화하기 시작한다. 이후 그의 비평과 문자는 반의고를 테마로 다양하게 전개된다.

여러 차례 언급한 바와 같이 중국 명대 전후칠자의 의고적(擬古的) 창작 논리는 16세기 후반에 수입되어, 진한고문파(秦漢古文派)를 성립시켰고, 동조 여부를 막론하고 산문 창작에 거대한 영향력을 행사했다. 의고적 논리에 대한 비판적 검토는 유몽인(柳夢寅)・김석주(金錫胄)에 의해 부분적으로 이루어지다가 농암(農巖)과 삼연(三淵)에 의해 본격적으로 이루어진다. 하지만 연암 당대의 황경원(黃景源)과 유한준(兪漢雋)의 예에서 보듯 의고파의 영향력은 여전했다.

누차 말한 바와 같이 의고주의는 명대(明代) 문학사에서 맥 빠진 대각체(臺閣體 : 우리나라의 館閣體)를 비판하면서 출현했고, 나름대로 문학의 진정성(眞情性)을 주장했지만, 그것의 원래 출발점인 전범과의 유사성 추구는 치명적인 약점이었다. 그럼에도 불구하고 의고주의는 상고주의적(尙古主義的) 예술론, 한문학의 문언문학적(文言文學的) 속성 때문에 쉽게 사그라지지 않았던 것이다. 또 복고주의는 자기 언어를 구축할 능력이 없는 작가들의 편리한 창작 방법이 될 수 있었던 것이다.

연암은 그의 문학론에서 의고주의를 여러 차원에서 거론, 비판하고 있다. 먼저 앞서 인용했던 문장을 다시 인용해 본다.

> 마을의 어린애[里中孺子]에게 천자문을 가르치는데, 읽기에 싫증을 내는 것을 꾸짖으니, 하는 말인즉 '저 하늘을 보면 푸르기 짝이 없는데, 천(天) 자는 푸르지가 않잖아요. 그래서 읽기가 싫어요.' 이 아이의 총명이 창힐을 굶겨 죽입니다.[284]

이 간단한 이야기는 전술한 바와 같이 기호와 대상 사이에 존재하는 폭력성에 대해 언급하고 있다. '천(天)' 자에는 하늘의 무한히 다양한 푸른색이 존재하지 않는다. 기호 '천(天)'은 세계의 구체성과 다양성을 폭력적으로 사상한 결과 탄생한 것이다. 연암이 「능양시집서」에서 든 까마귀의 색을 '흑(黑)' 자만으로 묘사하는 것이 오류임을 지적한 것과 동일한 이야기다. '흑' 자는 실재하는 까마귀의 다양한 색채와 일치하지 않는다. 연암에게 있어서 언어와 대상이 맺는 속성은 어떠한 것인가? 까마귀의 색이 검은 색이 아니라는 것은, 곧 세계가 단일한 언어로 설명/재현될 수 없는 복합적 속성을 가지고 있음을 말한다. 그는 「공작관기(孔雀館記)」에서 공작의 빛을 두고 "푸른 새라고 해도, 붉은 새라고 해도 틀린다"[285]라고 말한다. 세계는 까마귀나 공작새의 빛깔처럼 다양성/복합성을 갖는 실체로 규정된다. 대상은 단일한 또는 소수의 언어로 재현되지 않는 무수하고도 미묘한 입체를 갖는 다원체라는 것이다. 대상―언어의 관계는 단일성의 관계가 아니다.

연암은 무엇을 말하고자 한 것인가? 지금 연암이 말하고 있는 것은 언어 기호와 세계 사이의 본질적인 모순 관계다. 즉 리얼리티의 다양성과 추상으로서의 기호 사이의 본질적 불화 관계에 있다. 언어 기호는 대상과 일치하지 않는다는 이 전제를 밀고 나가면, 대상은 그 무엇으로도(물론 언어로도) 대

---

284) 朴趾源, 「答蒼厓之三」, 앞의 책, 96면. "里中孺子爲授千字文, 呵其厭讀, 曰 : '視天蒼蒼, 天字不碧, 是以厭耳.' 此兒聰明餒煞蒼頡."
285) 朴趾源, 「孔雀館記」, 위의 책, 21면. "謂之翠鳥者非也, 謂之朱雀者亦非也."

상을 재현할 수 없다는 극단론에 빠진다. 연암이 이 극단론을 말하고자 한 것인가?

연암의 동자의 '천' 자 이야기가 의고적 창작론을 고수했던 유한준에게 보내는 척독이라는 점에 주의할 필요가 있다. 이 발언은 의고적 창작론에 대한 토론 과정에서 나온 것이다. 그는 인간의 언어가 인간의 사유와 표현을 제한할 수 있다는 점을 말하기보다는 의고주의가 전범으로 내세운, 그래서 작가가 준수해야 할(模擬해야 할) 고전의 언어가 인간의 사유와 표현을 제한한다는 말을 하고 싶었던 것이다. 고전에 없는 언어는 쓰지 말아야 한다는 의고적 창작관은 실제 언어를 제한하는 것이 아니라, 인간의 인식과 표현을 제한한다고 말하고 있는 것이다. 연암에 의하면, 의고란 단순히 고전적 전범으로 복귀한다는 의미가 아니라, 기성의 지식·인식·상식을 묵수하는 것이 된다. 언어는 단순한 기호가 아니라, 수많은 가치관과 인식의 용해물이기 때문이다.

그렇다면 어떻게 의고적 논리에서 벗어날 것인가? 연암이 선택하는 길은 무엇인가? 의고주의는 동양적 시간관—역사관과 깊은 연관을 가진다. 역사는 삼대에 완성되었고, 이후 끊임없는 쇠퇴가 계속되었기에 인간의 이상은 삼대로 회복하는 길이 있을 뿐이라는 상고주의가 의고주의의 원형이다. 이것은 과거에 절대적인 의미／가치를 부여하고, 현재를 고쳐져야 할 불구의 것으로 보는 절대적 상고주의라 말할 수 있다.

의고주의의 타파는 의고주의의 핵심, 곧 과거에 절대적인 의미／가치를 부여하는 상고주의적 시간관을 비판하는 데서 시작된다. 「영처고서」를 다시 읽어보자.

고(古)의 입장에서 금(今)을 보면 금(今)은 정말 낮다. 하지만 고인(古人)이 자신을 보면, 반드시 스스로를 고(古)라고 여기지는 않았을 것이다. 당시의 보던 자들에게도 또한 하나의 금(今)일 뿐이었을 것이다. …… 그렇다면 '금(今)'이란 '고(古)'와 대비하여 이르는 것일 뿐이고, 비슷하다는 것은 저것과 비교해서 하는 말일 뿐이다.

대저 비슷하다는 것은 비슷한 것일 뿐이고, 저것은 저것일 뿐이다. 비교해 보면 저것이 아닌 것이니, 나는 그것이 저것이 됨을 보지 못하겠다. 종이는 흰색이다. 먹은 종이를 따라 흰색이 될 수 없다. 초상화는 비슷하기는 하지만, 초상화가 말을 할 수는 없다.286)

시간을 고/금으로 이분하고, 고에 절대적 가치를 부여했던 사고를 원천적으로 부정하고 있다. 이건 상고주의적 예술관을 뿌리 채 부정하는 거대한 전환이다. 이 전환으로 과거[古]와 현재[今]는 상대적으로 동등한 가치를 갖게 되었다. 이것은 앞에서 보았던 상대주의다. 시간에 따라 존재의 양상이 변화한다는 것, 공간에 따라 언어와 풍속이 필연적으로 달라진다는 것, 그리고 그것들은 각각 고유한 가치를 지닌다는, 시간상대론, 공간상대론으로 명명할 수 있는 이 논리는 중국과 조선을 막론하고 의고파 비판에서 가장 핵심적인 논리가 된다.

고/금에 동일한 가치를 부여하는 이 간단하지만 거대한 인식의 전환은 필연적으로 의고주의의 핵심적 문제인 고전의 언어를 건드리게 된다. 연암은 이렇게 말한다. "은고(殷誥)와 주아(周雅)는 삼대(三代)의 시문(時文)이고, 승상(丞相, 李斯)과 우군(右軍, 王羲之)도 진(秦)나라 진(晋)나라의 속필(俗筆)이었다."287) 산문과 시에 있어서 최고(最古)의 텍스트인『서경』과『시경』의 언어는 고전의 신성한 언어가 아니라, 일상의 언어로 지위가 하락하였다. 언어에 부여된 가치를 박탈하자, 모든 언어는 평등한 기호의 모습을 드러내었다.

그의 비평 중 우리가 주목했던 부분의 상당수는 바로 이 문제와 관련된 것이다. 연암은 유한준(兪漢雋)에게 보내는 다른 편지에서 "관명과 지명은 빌려 쓸 수 없다"288)라면서 "황제의 도읍을 모두 장안(長安)이라 부르고 역

---

286) 朴趾源,「嬰處稿序」, 앞의 책, 110면. "由古視今, 今誠卑矣. 古人自視, 未必自古. 當時觀者, 亦一今耳. …… 然則今者對古之謂也, 似者方彼之辭也. 夫云似也似也, 彼則彼也. 方則非彼也. 吾未見其爲彼也. 紙旣白矣, 墨不可以從白, 像雖肖矣, 畵不可以爲語."
287) 朴趾源,「綠天館集序」, 위의 책, 111면. "殷誥·周雅, 三代之時文, 丞相·右軍, 秦·晋之俗筆."
288) 朴趾源,「答蒼厓之一」, 위의 책, 96면. "官號·地名, 不可相借."

대 삼공(三公)을 모두 승상(丞相)이라 한다면, 명(名)과 실(實)이 뒤섞여 되레 비루하게 됩니다"289)라고 한 데서 이미 고전/전범의 언어는 신성성 혹은 전범성을 상실하고, 단지 대상을 지시하는 기호일 따름이라는 점을 말하고 있지 않은가? 이제 절대적 전범의 자리에 있던 텍스트들은 이제 상대적인 과거의 단순한 텍스트로 전락한다. 따라서 이 과거의 텍스트와 유사하기를 갈구하는, 또는 과거의 전범적 텍스트와의 근사성 정도에 따라 창작의 성취도를 판정했던 의고적 비평론은 의미를 잃게 되었다. 그는 이렇게 말한다. "어찌하여 비슷하게 되기[似]를 바라는가? 비슷함을 바라는 것은 참이 아니다.290) 고전과의 근사성을 추구하는 의고주의의 근거가 완전히 박탈되었다.

이제 언어가 주체가 아니라, 이제 작가가 언어의 주체가 된다. 「소단적치인(騷壇赤幟引)」에서 "문장을 잘 짓는 사람은 선택하지 못할 글자가 없다"291)라고 한 것이라든지, "만약 그 이치를 얻는다면, 집안사람의 예삿말로 학관(學官)에 들 수 있으며, 동요나 속담도 『이아(爾雅)』에 속할 수 있다"292)라고 한 것은 귀고천금적(貴古賤今的) 언어관에 반대하는 탈의고적(脫擬古的) 언어관에서 연역된 것이다. 그가 『열하일기』에서 『수호지』의 언어를 빌어 쓴 것은 이 탈의고적 언어관의 실천이다.

전범이 사라졌을 때 창작은 어디를 향할 것인가? 그는 오로지 "남의 작품을 답습하지 말고 (말을) 빌려오지 말며, 차분히 현재를 관찰하고, 삼라만상을 대할 것"293)을 주문한다.294) 대상을 직접 대하라는 말이다. 「답경지이(答

---

289) 위의 책, 같은 면. "苟使皇居帝都, 皆稱長安, 歷代三公, 盡呼丞相, 名實混淆, 還爲俚穢."
290) 朴趾源, 「綠天館集序」, 위의 책, 111면. "夫何求乎似也? 求似者, 非眞也."
291) 朴趾源, 「騷壇赤幟引」, 위의 책, 27면. "善爲文者, 無可擇之字."
292) 위의 책, 같은 면. "苟得其理, 則家人常談, 猶列學官, 而童謳里彦, 亦屬爾雅矣."
293) 朴趾源, 「嬰處稿序」, 위의 책, 110면. "不事沿襲, 無相假貸, 從容現在, 卽事森羅."
294) 참고로 말하자면, 연암이 주장한 것은 민족문학론이 아니다. 그는 反擬古의 맥락에서 현재와 현실에 입각한 창작을 요구했던 것이다. 예컨대, 그가 「嬰處稿序」에서 이덕무가 조선 사람이라고 전제하고 산천의 풍기가 중국과 다르고 언어와 노래와 풍속이 漢나라 唐나라가 아니라면서 한나라 당나라의 체재를 답습할 경우 거짓이 된다거나, 방언을 문자로 표현하고 민요를 노래한다면 저절로 문장이 되고 참된 마음이 드러날 것이라고 주장한 것은, 반의고적 창작론의 실천을 말한 것이지, 민족을 주어로 내세운 민족문학론이 아니다.

京之二)」를 보자.

　글을 꼼꼼하고 부지런히 읽은 이로 포희씨만한 사람이 있을까? 그의 정신과 의태(意態)는 육합(六合)을 망라하고 만물에 흩어져 있으니, 이것은 단지 문자로 쓰지 않고 글로 표현되지 않는 문장일 뿐이다. 후세의 글을 부지런히 읽는다고 소문난 자들은 거친 마음과 얕은 식견으로 말라붙은 먹과 썩은 종이 사이에서 눈을 지치게 만들고, 좀벌레의 오줌과 쥐의 똥 같은 말을 따지고 엮어내고 있으니, 이것은 이른바 술지게미와 멀건 술을 먹고 취해 죽겠다는 꼴이라, 어찌 슬프지 않으리오.
　저 허공을 날며 우는 새야말로 얼마나 생생한가? 그런데 적막하게도 새 '조(鳥)' 한 글자로 짓뭉개어 빛깔도 없애버리고, 모습과 소리까지 빼먹었으니, 마실 가는 촌늙은이의 지팡이에 새긴 새와 무엇이 다르랴? 어떤 사람은 또 범상하게 말하는 것을 싫어하여 산뜻하게 고친다며 '금(禽)' 자로 바꾼다. 이것은 책 읽고 글 짓는 사람의 잘못이다.
　아침에 일어나니 푸른 숲의 그늘이 진 마당에 새들이 지저귀고 있다. 부채를 들어 안상을 치며 크게 소리쳤다. "이것은 나의 날아가고 날아오는 글자고, 서로 지저귀고 서로 화답하는 글이로다" 하였다. 다섯 채색을 문장이라 한다면, 이보다 나은 문장은 없으리라. 오늘 나는 책을 읽었도다.[295]

　연암은 언어 문자에 매달리는 독서를 부정한다. 이 논리는 「동심설」의 문견, 도리를 부정하는 논리와 사실상 동일하다. 앞서 지적한 바와 같이 도리와 문견, 독서가 사라진 바로 그 자리에서 그는 대상과 마주하라고 말한다. 세계─대상은 얼마나 활발하며 생생한가?
　연암은 세계가 기호로 바뀌는 순간 세계의 생동성이 사라짐을 지적한다. 그러나 이것이 언어─기호의 일반적 속성 때문인가? 기호는 냉랭하다. 하지만 기호 없이는 인간은 세계를 인식 / 재현할 수 없다. 연암이 지적하고자 하

---

295) 朴趾源, 「答京之之二」, 앞의 책, 95면. "讀書精勤, 孰與庖犧? 其精神意態, 佈羅六合, 散在萬物, 是特不字不書之文耳. 後世號勤讀書者, 以麤心淺識, 蒿目於枯墨爛楮之間, 討掇其蟫溺鼠渤, 是所謂哺糟醨而醉欲死, 豈不哀哉! 彼空裡飛鳴, 何等生意? 而寂寞以一鳥字抹殺, 沒却色彩, 遺落容聲, 奚異乎赴社邨翁杖頭之物耶? 或復嫌其道常, 思變輕淸, 換箇禽字, 此讀書作文者之過也. 朝起, 綠樹蔭庭, 時鳥鳴嚶. 擧扇拍案胡叫曰 : '是吾飛去飛來之字, 相鳴相和之書. 五采之謂文章, 則文章莫過於此, 今日僕讀書矣.'"

는 것은 냉랭한 기호 일반의 속성이 아니라, 낡은 언어와 인습적 사유의 한계다. 낡은 언어는 대상과의 접촉을 차단하거나 방해하고, 리얼리티를 왜곡한다. 이 차단과 방해를 제거하기 위해 낡은 언어와 인습적 사유의 한계와 모순을 철두철미하게 인지할 것, 이것이 연암의 주장이다. 그리고 대상을 아이와 같은 심정으로 마주 대하라. 그가 복희씨와 창힐의 마음이 되라는 것은 바로 이 점을 말한 것이다. 기호의 최초의 발명자 두 사람에게는 어떤 독서도 불가능하다.[296] 이들은 어떤 기성의 도리와 견문의 오염도 없는 창조의 주체였던 것이다. 요컨대 그의 창작론은 일관되게 의고적 창작론을 부정하고 현실을 기성의 도리와 문견에 오염되지 않는 태도로 대할 것을 주장하고 있는 것이다.

이상에서 연암의 반의고적 창작론을 간단히 정리하였다. 이 반의고론은 과연 연암의 독창인가? 먼저 그의 시간상대론을 검토해 보자. 이것은 원굉도가 「강진지(江進之)」에서 "고(古)가 금(今)이 될 수 없는 것은 세(勢)다"[297]고 한 것이나, "금(今)이 고(古)를 모의(模擬)할 수 없음 역시 세(勢)다"[298]라고 말한 것과 완전히 동일한 것이다. 실제 공안파의 의고파 비판의 기저는 오로지 시간상대론에서 구축되고 있다.

> ① 대저 후대에서 오늘[今]을 본다면, 오늘 또한 옛날[古]이다. …… 이것이 이른바 고문(古文)이란 것이 오늘날 폐단이 극도에 달한 까닭이다. 왜냐? 한(漢)나라의 배우노릇이나 하면서 그것을 문(文)이라고 한다면, 문장이 아니고, 당(唐)나라의 종노릇이나 하면서 그것을 시(詩)라고 한다면 시가 아니다. 송(宋)·원(元) 제공(諸公)의 찌꺼기나 취하여 윤색하면서 그것을 사곡가(詞曲家)라고 한다면 사곡가가 아닌 것이다. 대저 예스러우면 예스러울수록 근대의 것이 되고, 비슷하면 할수록 더욱더 가짜가 된다. 그래서 천지간의 참 문장은 거의 사라지게 되었다.[299]

---

296) 朴趾源, 「綠天館集序」, 위의 책, 111면. "蒼頡造字, 倣於何古."

297) 袁宏道, 「江進之」, 『袁宏道集箋校』上, 515면. "古之不能爲今者也, 勢也."

298) 위의 책, 같은 면. "今之不必摹古者也, 亦勢也."

299) 袁宏道, 「諸大家時文序」, 위의 책, 184~185면. "夫以後視今, 今猶古也. …… 此所謂古文者, 至今日而弊極矣. 何也? 優于漢謂之文, 不文矣; 奴于唐謂之詩, 不詩矣. 取宋·元諸公

② 문장이 옛 것[古]이 아니라 지금의 것[今]이 될 수밖에 없는 것은, 시대가 그렇게 만드는 것이다. …… 옛날[古]에는 옛날의 때[古之時]가 있고, 지금[今]은 지금의 때[今之時]가 있다. 옛사람이 내뱉은 말의 묵은 자취를 답습해 뒤집어쓰고 예스럽다 하는 것은, 엄동설한에 여름의 베옷을 입는 것과 같은 격이다.300)

③ 대저 사물은 처음에 번잡한 것은 끝에 가면 반드시 간단해지고, 처음에 어둡던 것은 끝에 가면 반드시 밝아지고, 처음에 어지럽던 것은 끝에 가면 반드시 정리되고, 처음에 어렵던 것은 끝에 가면 반드시 유려하고 통쾌하게 된다. 그 번잡함, 어두움, 어지러움, 어려움은 문(文)의 시작이다. 예컨대 의복의 번잡함, 예(禮)의 복잡한 곡절, 악(樂)의 예스럽고 질박함, 봉건(封建) 정전(井田)의 분분하고 시끄러움이 그것이다. 고(古)가 금(今)이 될 수 없음은 필연적이다. 그 간단하고, 밝고, 정리되고, 유려하고 통쾌하게 되는 것은 문(文)의 변화다. 대저 어찌 번잡하고 어지럽고 어렵고 어둡게 만들 수가 없겠는가? 하지만 이미 간단해졌으니, 어찌 번잡함을 쓸 것이며, 이미 정리되었으니 어찌 어지러움을 쓸 것이며, 이미 밝아졌으니, 어찌 어두움을 쓸 것이며, 이미 유려하고 통쾌해졌으니 어찌 오아(聱牙)한 말과 간심(艱深)한 말을 쓰겠는가? 비유컨대, 주서(周書)의 「대고(大誥)」·「다방(多方)」 등의 글은 옛날의 고시(告示)하는 문장인데, 지금도 여전히 고시문으로 쓸 수 있겠는가? 『모시』의 정풍·위풍 등 국풍은 옛날의 음사(淫詞) 설어(媟語)다. 지금 사람들이 부르는 「은류사(銀柳絲)」·「괘침아(掛鍼兒)」 등의 부류가 한 글자라도 도습한 것이 있는가? 세도(世道)가 이미 변하매, 문(文) 또한 따라 변한 것이다. 지금이 옛날을 모의할 수 없음 역시 필연적인 것이다. 인사(人事)와 물태(物態)는 시대에 따라 변하고, 향어(鄕語)와 방언(方言)도 시대에 따라 바뀐다. 오늘의 일을 일삼고 있으니, 또한 오늘의 문장을 문장으로 삼을 뿐인 것이다.301)

之餘沫而潤色之, 謂之詞曲諸家, 不詞曲家矣. **大約愈古愈近, 愈似愈贗, 天地間眞文漸減殆盡.”**

300) 袁宏道,「雪濤閣集序」,『袁宏道集箋校』中, 709면. “文之不能不古而今也, 時使之也. …… 夫古有古之時, 今有今之時, 襲古人言語之迹, 而冒以爲古, 是處嚴冬而襲夏之葛者也.”

301) 袁宏道,「江進之」,『袁宏道集箋校』上, 515~516면. “夫物始繁者終必簡, 始晦者終必明, 始亂者終必整, 始艱者終必流麗痛快. 其繁也, 晦也, 亂也, 艱也, 文之始也. 如衣之繁複, 禮之周折, 樂之古質, 封建井田之紛紛擾擾是也. 古之不能爲今者也, 勢也. 其簡也, 明也, 整也, 流麗痛快也, 文之變也. 夫豈不能爲繁, 爲亂, 爲艱, 爲晦, 然已簡安用繁? 已整安用亂? 已明安用晦? 已流麗痛快, 安用聱牙之語·艱深之辭? 辟如周書·大誥·多方等篇, 古之告示也, 今尙可作告示不? 毛詩鄭·衛等風. 古之淫詞媟語也, 今人所唱銀柳絲·掛鍼兒之類,

　이상의 증거로 보아, 연암의 시간상대론이 원굉도에게 근거하고 있음은 두말할 필요가 없다. 연암의 시간상대론에 의한 반의고론을, 상호 영향성 없는 동일성(예컨대 새와 박쥐의 날개처럼)으로 판단하는 것은 실로 아전인수적인 논리다.

　원굉도, 곧 공안파의 시간상대론의 원류는 이탁오에 있다. 앞서 인용한 바 있는 이탁오를 다시 인용하면 이렇다.

> '시문(時文)'이란 지금의 선비를 선발하는 글로 옛글이 아니다. 그러나 지금의 입장에서 옛날을 본다면, 옛날은 정말 지금이 아니겠지만, 후대의 입장에서 지금을 본다면, 지금도 다시 옛날이 되는 것이다. …… 그러므로 오언시(五言詩)가 일어나자 사언시(四言詩)는 옛것이 되었고, 당(唐)의 율시(律詩)가 일어나자 오언시는 또 옛것이 되었다. 지금의 근체(近體)는 이미 당(唐)을 옛것이라 여기니, 만세 뒤에 다시 우리를 당(唐)이라 여길 것은 의심할 나위가 없다.302)

　이탁오의 시간 상대론이 공안파 이론의 근거를 이루고 있음은 재론할 여지가 없다. 공안파는 이 논리에 근거해 의고파의 이론을 비판했던 것이다.

　연암의 비평이 공안파와 이탁오 논리의 변주임은 곳곳에서 확인된다. 예컨대 「녹천관집서」는 의고적 창작론을 비판하고 있는 중요한 비평문인데, 이 비평문은 구조와 내용이 공안파의 것과 완전히 동일하다. 이 비평문에 의하면 이서구는 『녹천고』를 가지고 와서, 이렇게 말한다.

> 아아! 제가 글을 지은 것이 이제 겨우 몇 년째이지만, 남의 노여움을 범한 적이 많습니다. 편언 척자가 새롭고 기이하면, '옛날에도 이런 말이 있었느냐'고 묻습니다. 아니라고 하면, 화를 발끈 내며 '어떻게 이런 짓을 하는 거야'라고 합니다. 아아! 옛날에 이미 있었다면, 제가 다시 해 무엇하겠습니까? 원컨대 선생님께서 판정해

可一字相襲不? 世道旣變, 文亦因之, 今之不必摹古者也, 亦勢也. 人事物態, 有時而更, 鄕語方言, 有時而易, 事今日之事, 則亦文今日之文而已矣."

302) 李贄, 「時文後序」, 『焚書·續焚書』, 117면. "時文者, 今時取士之文也, 非古也. **然以今視古, 古固非今**; 由後觀今, 今復爲古. …… 故五言興, 則四言爲古; 唐律興, 則五言又爲古. 今之近體旣以唐爲古, 則知萬世而下當復以我爲唐無疑也."

이 말에 연암은 "은고(殷誥)와 주아(周雅)는 삼대(三代)의 시문(時文)이고, 승상(丞相, 李斯)과 우군(右軍, 王羲之)도 진(秦)나라 진(晉)나라의 속필(俗筆)이었다고 말해 주어라"고 답한다. 이 예화의 메시지는 원굉도의 「서강륙이공동적고(敍姜陸二公同適稿)」와 완전히 동일한 것이다. "한 사람이 한 마디 격(格)을 벗어나는 말을 하거나 혹 구법(句法)과 사실(事實)이 일찍이 본 것이 아니라면, 야로시(野路詩)라고 마구 헐뜯는다."304) 이서구의 말과 꼭 같다. 연암은 이것을 구체적인 정황으로 형상화하고 있을 뿐이다. 이 비평문의 키워드에 해당하는 "은고와 주아는……"은 다음 원종도(袁宗道) 비평의 변형이다. "시간에는 고(古)와 금(今)이 있고, 언어에도 고(古)와 금(今)이 있다. 오늘날 사람이 말하는바 기이한 글자와 어려운 글귀[奇字奧句]란 것이 어찌 옛날 길거리에서 그냥 예사로 하던 말[街談巷語]이 아닌 줄 어찌 알겠는가?"305)

연암 비평이 공안파의 논리를 절취(切取)하고 있음은 비밀이 아니다. 「답창애지일(答蒼厓之一)」의 "벼슬이름과 땅이름만은 서로 빌려 써서는 안 됩니다"는 발언은 의고파를 공격하는 긴요한 근거인데, 원종도(袁宗道)의 글에서 완전히 동일한 내용을 볼 수 있다. 원종도는 이렇게 말하고 있다. "공동(空同, 李夢陽)의 여러 문장은 그래도 자신의 뜻이 많고, 사건을 기록하고 자기의 감정을 드러낸 것이 왕왕 핍진하다. 더 취할 만한 것은 지명(地名)과 관함(官銜)을 모두 시제(時制)를 사용했다는 것이다. 그런데 지금은 시제(時制)가 문장에 맞지 않다고 싫어하여 진한(秦漢)의 지명과 관함을 취하여 문장에 쓰니, 독자들이 만약 『일통지(一統志)』를 챙겨보지 않으면 거의 어떤 향관(鄕貫)

---

303) 朴趾源, 「綠天館集序」, 앞의 책, 111면. "嗟乎! 余之爲文, 纔數歲矣. 其犯人之怒多矣. 片言稍新, 隻字涉奇, 則輒問 : '古有是否?' 否則怫然牛色曰 : '安敢乃爾?' 噫! 於古有之, 我何更爲? 願夫子有以定之也."

304) 袁宏道, 「敍姜陸二公同適稿」, 『袁宏道集箋校』 中, 695면. "見人有一語出格, 或句法事實非所曾見者, 則極詆之爲野路詩."

305) 袁宗道, 「論文上」, 『白蘇齋類集』, 283면. "夫時有古今, 語言亦有古今, 今人所詫謂奇字奧句, 安知非古之街談巷語耶?"

인지를 알지 못하게 되어 있다. 또 분장의 가(佳)와 악(惡)은 지명과 관함에 있는 것이 아니다."306)

이처럼 연암의 공안파 차용은 두루 발견된다. 연암은 「증좌소산인(贈左蘇山人)」에서 "눈앞의 일 속에 참된 취(趣)가 있다"307)라고 하였다. 이 말은 작가는 자신의 언어와 전범과의 근사성을 추구할 것이 아니라, 작가가 마주 대한 대상과 자신의 언어와의 관계를 고민하라는 요구인바, 이것은 원굉도의 공안파 비평의 선언문이라 할 「설도각집서(雪濤閣集序)」의 "활경"과 동일한 것이다. 원문을 보자. "대저 복고는 옳다. 하지만 초습(剿襲)을 복고로 알아, 구절이며 글자를 따오고 모의해 억지로 끌어 맞추는 데 힘쓰고, 목전의 활경(活景)을 버리고 부람(腐濫)한 말을 주워섬긴다."308) "즉사유진취(卽事有眞趣)"의 '즉사(卽事)'는 "목전지활경(目前之活景)"의 '활경(活景)'과 동일한 것이다('眞趣'라는 것도 원굉도의 언어다). 현재의 대상에 주목하라는 원굉도의 주장은 여러 차례 거듭된 바 있다. 앞서 인용했던 「강진지(江進之)」에서 원굉도는 이렇게 말하고 있다. "인사(人事)와 물태(物態)는 시대에 따라 변하고, 향어(鄕語)와 방언(方言)도 시대에 따라 바뀐다. 오늘의 일을 일삼고 있으니, 또한 오늘의 문장을 문장으로 삼을 뿐인 것이다."309) 과거의 언어를 재현하는 데 골몰하지 말고, 지금의 현실로 돌아가라는 것이다.

흥미로운 것은 연암이 원굉도의 논리에서 사소한 예화까지 인용하고 있다는 것이다. 연암은 반의고론을 펼치면서 자기 논리의 타당성을 입증하는 실례로 「초정집서(楚亭集序)」310)와 「증좌소산인(贈左蘇山人)」311)에서 감조(減

---

306) 위의 책, 284면. "空同諸文尙多己意, 記事述情, 往往逼眞, 其尤可取者, 地名官銜, 俱用時制, 今却嫌時制不文, 取秦漢名銜以文之, 觀者若不檢一統志, 幾不識爲何鄕貫矣. 且文之佳惡, 不在地名官銜也."
307) 朴趾源, 「贈左蘇山人」, 앞의 책, 89면. "卽事有眞趣."
308) 袁宏道, 「雪濤閣集序」, 『袁宏道集箋校』中, 710면. "夫復古是已, 然至以剿襲爲復古, 句比字擬, 務爲牽合, 棄目前之活景, 摭腐濫之辭……."
309) 袁宏道, 「江進之」, 『袁宏道集箋校』上, 515~516면. "人事物態, 有時而更, 鄕語方言, 有時而易. 事今日之事, 則亦文今日之文而已矣."
310) 朴趾源, 「楚亭集序」, 앞의 책, 14면. "背水置陣不見於法, 諸將之不服固也. 乃淮陰侯則曰 : '此在兵法, 顧諸君不察. 兵法不曰置之死地而後生乎.' 故不學以爲善學, 魯男子之獨居也;

竈)·배수(背水)의 고사를 인용하고 있는데, 이 역시 원굉도에서 차용한 것이다. 원굉도는 「서죽림집(敍竹林集)」에서 이렇게 말하고 있다.

그림을 잘 그리는 자는 사물을 스승으로 삼지 사람을 스승으로 삼지 않는다. 잘 배우는 자는 마음을 스승으로 삼지 도(道)를 스승으로 삼지 않는다. 시를 잘 짓는 사람은 삼라만상을 스승으로 삼지 선배를 스승으로 삼지 않는다. 이당(李唐)을 본받는 것이 어찌 기격(機格)과 자구(字句)를 두고 말한 것이랴? 그 한(漢)도 아니 되고 위(魏)도 아니 되고 육조(六朝)도 아니 된 그 마음을 본받을 뿐인 것이다. 이것이 참으로 본받는 것이다. 이 때문에 감조(減竈)·배수(背水)의 법은 그대로 따라하다가는 패배하니, 차라리 반대로 하여 이기는 것이 낫다. 대저 그 예전의 방법을 반대로 하여 실천하는 것이다.312)

보다시피 「서죽림집」은 대표적인 반의론적 비평이다. 글의 마지막에 있는 감조 배수지법은 바로 연암이 즐겨 원용하던 것이 아닌가? 연암은 원굉도를 절취하고 있는 것이다.

이제까지 연암과 양명좌파, 공안파와의 관계를 그 논리적 동일성을 근거로 유추해 왔다. 하지만, 여전히 반론은 가능하다. 내발론을 신념하는 연암 숭배자라면 상호 영향성 없는 유사성 혹은 동일성이라고 강변할 것이다. 따라서 논지를 보완하기 위해 연암에게 공안파에 대한 깊은 독서가 있었음을 실증적으로 입증할 필요가 있다. 먼저 공안파 비평의 근거인 이탁오부터 살피겠다.

연암은 과연 이탁오의 저술을 보았던가? 연암이 원굉도의 글을 보았던 것은 확인된다. 그렇다면 이탁오는? 「동심설」은 『분서』에 실려 있다. 『분서』는 사실상 금서였다. 이탁오의 저서는 허균이 『분서』와 『장서』를 읽고 수입한

增竈述於減竈, 虞升卿之知變也."
311) 朴趾源, 「贈左蘇山人」, 위의 책, 89면. "孫吳人皆讀, 背水知者寡."
312) 袁宏道, 「敍竹林集」, 『袁宏道集箋校』中, 700면. "故善畫者, 師物不師人; 善學者, 師心不師道; 善爲詩者, 師森羅萬象, 不師先輩. 法李唐者, 豈謂其機格與字句哉? 法其不爲漢, 不爲魏, 不爲六朝之心而已. 是眞法者也. 是故減竈背水之法, 迹而敗, 未若反而勝也. 夫反所以迹也."

이래 종적이 사라졌다가, 이의현에게서 슬쩍 나타난다. 이후 이탁오에 관한 언급은 찾기 어렵고, 위에서 언급한 바와 같이 이덕무와 박지원의 시대, 즉 18세기 후반이면 이탁오는 (부정적으로) 유행하기 시작한다. 예컨대 이덕무는 「예기억(禮記臆)」에서 이탁오를 안산농(顏山農)·하심은(何心隱)·등활거(鄧豁渠) 등 양명좌파와 함께 언급하고 있는데, 물론 부정적인 논조다. 「이목심구심서(耳目口心書)」·「천애지기서(天涯知己書)」 등에서도 이탁오를 언급하고 있는데, 이 자료를 근거로 하여 이덕무가 이탁오를 읽었음을 확인할 수 있다.

박지원은 『열하일기』에서 이탁오에 관해 언급한다. 중국인들의 변발을 언급하면서 이탁오가 머리를 박박 깎은 것을 전례로 들고 있다.

> 이탁오가 머리가 가려운 것이 번거롭다 하여 공공연히 삭발을 했더니, 중국 사람들은 그를 흉성(凶性)이라고 하였다.[313]

이탁오가 머리를 깎은 것은 그의 나이 62세 지불원에 있을 때이다. 삭발에 관한 기록은 『분서』의 「여증계천(與曾繼泉)」[314]·「예약(豫約)」[315]과 원중도(袁中道)의 「이온릉전(李溫陵傳)」[316]에 실려 있다. "머리가 가려워 ……"는 「이온릉전(李溫陵傳)」의 "하루는 머리가 가려운 것이 싫고 빗질하는 것이 귀찮아 마침내 수염만 남기고 머리를 깎아버렸다[一日惡頭癢, 倦于梳櫛, 遂去其髮, 獨存鬚髯]"에 근거를 두고 있는 것인데, 그 뒤의 문장 "凶性 ……"이란 부분이 어떤 자료에 근거한 것인지는 분명하지 않다. 하지만 이탁오를 누구나 다 아는 사람처럼 말하고 있는 구기로 보아, 연암에게 이탁오는 매우 익숙한 사람처럼 보인다. 곧 연암이 이탁오를 읽었을 것으로 추정할 수 있다. 그 증거로 이미 검토한 바 있는 서형수(徐瀅修)의 전언에서 확인한 바 있다. 하지만 이 증

---

313) 朴趾源, 『熱河日記』, 앞의 책, 323면. "李卓吾以其煩癢, 公然削髮, 中國人謂其凶性."
314) 李贄, 『焚書·續焚書』, 53면. "其所以落髮者, 則因家中閒雜人等時時望我歸去, 又時時不遠千里來迫我, 以俗事强我, 故我剃髮以示不歸, 俗事亦決然不肯與理也."
315) 위의 책, 181면. "自我遣家屬回鄕, 獨自在此落髮爲僧時, 卽是死人了也."
316) 위의 책, 4면.

거만으로는 아직 부족하다.

　국립중앙도서관에 『공작관고(孔雀館稿)』라는 책이 소장되어 있다. 그 세부
목차를 보면 다음과 같다.

　　『孔雀館稿』 제1책 金人瑞 外書(표지)
　　西廂記序
　　吳門 金仁瑞聖歎 外書
　　一曰慟哭古人, 二曰留贈後人, 西廂記讀法, 西廂記篇題抄, 續西廂記評抄, 舊本
序(施耐菴)

　　『孔雀館稿』 제2책 袁宏道, 廣莊, 觴政, 甁史(표지)

　　＊廣莊
　　公安 袁宏道 中郎 著
　　逍遙遊, 齊物論, 養生主, 人間世, 德充符, 大宗師, 應帝王

　　＊甁史
　　公安 袁宏道 中郎 著
　　(서문) 一花目, 二品第, 三器具, 四擇水, 五宜稱, 六屛俗, 七花祟, 八洗沐, 九使
令, 十好事, 十一淸賞, 十一監戒
　　附答李子髥書, 題甁史

　　＊觴政
　　公安 袁宏道 中郎 著
　　(서문) 一之吏, 二之徒, 三之客, 四之宜, 五之遇, 六之候, 七之載, 八之祭, 九之
典刑, 十之掌故, 十一之刑書, 十二之品第, 十三之杯酌, 十四之飮儲, 十五之飮餙,
十六之歡具, 附酒評
　　書袁柳浪文後 …… 丙戌 五月 前 端午 心溪子 識.

　　『孔雀館稿』 제3책

　　*袁石公集序
　　瓶花齋集序 …… 曾可前
　　瀟碧堂集序 …… 雷思霈
　　敝篋集序 …… 江盈科

　　*袁石公文
　　公安 袁宏道 中郎 著
　　敍小修詩, 敍陳正甫會心集, 雪濤閣集序, 敍竹林集, 壽洪太母七十序, 徐文長傳,
拙效傳, 公安儒學梁公生詞記, 余大家祔葬墓石記, 禹穴, 鑑湖, 六陵, 五泄, 齊雲,
高梁橋遊記, 抱甕亭記, 文漪堂記, 由天池蹣含嶓嶺至三峽澗記, 開先寺至黃巖寺
觀瀑記, 華山記, 遊蘇門山百泉記.
　　平嶺南碑(이인좌의 난에 관계된 것임) …… 藝文館檢閱 李宜哲 撰.

　　이 책이 박지원과 유관한 것이라는 점을 밝혀 보자. 책 표지에는 '孔雀館
稿'라고 쓰여 있다. 하지만 연암의 자작 시문은 아니고, 보다시피 김성탄(金
聖嘆)과 원굉도의 비평문을 주로 모은 것이다.

　　이 책은 목판으로 찍은 오사란(烏絲欄)에 쓴 것인데, 판심에 '연암산방(燕岩
山房)' 넉 자가 인쇄되어 있다. 연암은 1771년 백동수와 함께 황해도 금천군
연암협을 답사하여 이곳에서 은거할 뜻을 굳혔다. 자호를 연암이라 한 것도
이 시기에 와서이다. 이 책은 적어도 이 시기 이후에 만든 연암의 개인용
원고지를 사용한 것이다. '공작관고'란 이름도 흥밋거리다. 공작관고란 이름
은 1793년 안의현감으로 있을 때 공작관이란 정자를 지은 데서 나온 것이다
(『燕巖集』 권3이 '孔雀館文稿'다). '연암산방'과 '공작관고'란 말은 연암이 아니
면 쓸 수가 없는 문자다. 이로 보아 이 책은 연암이 자신이 읽을 목적으로
자신이 필사한(혹은 타인에게 代寫시킨) 것이다. 다만 그 필사 연대는 적어도
1793년 이후일 것이다. 물론 연암의 김성탄과 원굉도에 대한 독서연대가 이
이후라는 것은 아니다. 그 이전에 읽었던 책에서 자신의 구미에 맞는 것들
을 추려서 필사한 것으로 보는 것이 타당할 것이다.

이 책은 과연 연암과 어떤 관계에 있는 것인가? 연암과 산송문제로 대립하였던, 사실은 문체에 관한 문제로 대립하였던 유한준의 아들 유만주(兪晚柱)의 일기 『흠영(欽英)』에 다음과 같은 기록이 있다.

> 그[燕巖]는 스스로 문장을 이렇게 자부하였다.
> "나의 문장은 좌구명·공양고를 따른 것이 있으며, 사마천·반고를 따른 것이 있으며, 한유·유종원을 따른 것이 있으며, 원굉도(袁宏道)·김성탄(金聖嘆)을 따른 것이 있다. 사람들은 사마천이나 한유를 본뜬 글을 보면 눈꺼풀이 무거워져 잠을 청하려 하지만, 원굉도·김성탄을 본뜬 글에 대해서는 눈이 밝아지고 마음이 시원하여 전파해 마지않는다. 이에 나의 글을 원굉도·김성탄 소품으로 일컬으니, 이것은 사실 세상 사람들이 그렇게 만든 것이다."
> 그는 『공양전』·『곡량전』을 본 따 쓴 『음청권수(陰晴卷首)』의 서문을 보여주며 "이것은 고문이다" 하였다.
> 평가하건대, 『공양전』·『곡량전』을 본뜬 것은 아름답지 않고, 김성탄·원굉도를 본뜬 것은 아름다우니, 이것은 그의 재주가 김성탄의 문장에는 빼어나지만, 순고(純古)하고 정대(正大)한 문자에는 부족함이 있기 때문이다.[317]

연암 자신이 자기 문체의 근거를 원굉도와 김성탄으로 꼽고 있지 않은가? 앞서의 추측과 불확실한 증거들은 연암 자신의 발언으로 정확성을 얻게 되었다. 더욱이 위의 『공작관고』에는 연암이 차용했으리라 생각되는 「광장(廣莊)」과 「서소수시(敍小修詩)」·「서진정보회심집(敍陳正甫會心集)」·「설도각집서(雪濤閣集序)」·「서죽림집(敍竹林集)」 등이 실려 있지 않은가.

연암의 비평은 주체적으로 형성된 것이 아니라, 타자의 비평을 절취하여 성립하고 있는 것이다. 곧 연암의 사유는 공안파에, 그리고 나아가 양명좌파에, 좀 더 기원을 올라가면 양명학에 그 근거를 두고 있음을 확인하였다.

---

317) 兪晚柱, 『欽英』, 1786년 11월 26일. "其自許文章也, 則云: '吾之文有撫左·公者焉, 有撫馬·班者焉, 有撫韓·柳者焉, 有撫袁·金者焉. 人見其學馬學韓, 則便爾睫重思睡, 而特于其學袁·金者眼明心快, 傳道不置. 于是吾之文以袁·金小品稱焉. 此固世人之爲也.' 仍示其所序陰晴卷首效公·穀者, 曰: '是古文也.' 議效公·穀則不佳, 效袁·金則佳, 是其才長於貫華之文章, 而短於純古正大文字也."

연암의 사유는 대체로 양명학—이탁오—공안파로 이어지는 사유의 흐름에서 어떤 부분을 절취하고, 그 위에서 자신의 사유를 작동시키고 있는 것이다. 연암은 공안파를 가장 적극적으로 해석한 사람이다. 연암에게 와서 공안파의 논리가 비로소 거의 완벽하게 이해되었다고 말할 수 있다. 그는 공안파의 사유 위에 자기의 사유와 비평을 정립하였던 것이다. 물론 이렇게 말한다면, 연암의 사유를 오직 공안파의 것으로 한정하는 오류를 범할 수 있다. 그것은 물론 아니다. 다만 공안파의 사유와 비평이 연암의 사유와 비평의 주류를 이루고 있음을 말하는 것이다.

연암은 공안파의 사유와 비평으로부터 출발하여 자신의 사유와 비평을 정립하고, 그것을 실천에 옮겼다. 이제까지 학계에서 주목해 온 연암의 다양한 문체는 바로 그 사유와 비평의 실천인 것이다. 연암에 와서 공안파의 이해와 실천은 절정에 이르렀다고 평가할 수 있다.

5) 이옥(李鈺)

연암에게서 하나의 극점을 이룬 공안파 해석은 동시대의 다른 작가에게서 또 다른 차원의 극적 해석에 도달하게 된다. 이옥(1760~1813)은 연암보다 23년 늦게 태어났지만, 그 본격적인 활동 시기는 박지원과 크게 다르지 않다. 박지원이 정조에게 문체반정의 주된 원인으로 인식되었듯, 이옥 역시 정조의 문체반정에 걸려들었던 것이다. 두 사람은 모두 문체로 인한 파동을 겪었던 것이다. 물론 두 사람의 교섭은 없었다. 연암이 삼한갑족의 일원이라면, 이옥은 그야말로 몰락한 양반으로 별 볼일 없는 성균관 유생에 지나지 않았던 것이다. 문체반정으로 인해 귀양을 가고 정거(停擧)를 당하는 등 실제 치명적인 피해를 본 것은 이옥이었으니, 그의 보잘것없는 문지(門地) 역시 일조를 했을 것이다. 동일하게 문체반정의 대상이 되었지만, 두 사람이 일군 문학의 성취는 동일한 성격의 것이 아니다. 그럼에도 불구하고, 두 사람에게는 공안파라는 공통분모가 존재한다. 이옥은 연암과는 전혀 다른 차원에서, 또는 연암에게서 미진하게 남았던 특정한 부분을 남김없이 해석하게 된다.

이옥은 이가원(李家源)이 소개한 이래 그의 독특한 문학적 성취로 인해 많은 연구자들의 관심을 끌었다. 그의 작품이 다 공개되지 않았음에도 불구하고, 이옥 연구가 유행을 이루었고, 최근에는 그의 저작을 망라한 전집이 번역 간행되기에 이르렀다. 다만 이옥에 대한 접근의 방법은 일정한 범위 안에 있는 것이었다. 즉 이옥의 문학이 성리학의 이념적 지배에 얼마나 반발하고 있는가, 또는 이옥의 문학이 어느 정도 민족적인 성격을 띠고 있는가를 밝히는 것이었다. 이것은 결국 내재적 발전론의 시각에서 읽어낸 이옥이었다. 따라서 이옥에 대한 논고는 쏟아졌지만, 이옥 연구의 결론은 동일하였다. 아니, 동일한 것이 원칙이었다. 이제 초점을 달리해 이옥의 문학과 비평의 형성 근거를 살피고자 한다.

이옥의 비평은 어떻게 형성되었던가? 그의 문학적 습작 과정을 안다면 매우 유용할 것이나, 그가 남긴 문자 속에서 그것을 추적한다는 것은 사실 어렵게 되어 있다. 다만 몇 가지 자료를 통해 희미한 자취를 그려볼 수는 있다.

1784년 25세에 쓴 「제문신문(祭文神文)」[318]에 자신의 독서 이력을 간단히 밝히고 있다. 『서경』 4백 회, 『시경』 1백 회, 아송은 그 중 갑절. 『주역』 30회, 공자·맹자·증자·자사의 책은 『주역』보다 20회 많은 정도. 『이소』를 가장 사랑하였으나, 1천 회를 채우지 못하였다 하고, 이 외에 섭렵한 것으로 주자의 『강목』, 축목(祝穆)의 『사문유취』, 유종원의 산문 약간 편에 힘을 쏟았다고 밝히고 있다. 조선의 사인들이 보편적으로 읽는 책이라 달리 의미를 부여할 수가 없다. 「제문신문」에서 정작 주목할 것은 다음과 같은 부분이다.

<hr>

318) 李鈺, 「祭文神文」, 실시학사 고전문학연구회 역주, 『이옥전집』 2, 소명출판, 2001, 183~187면. 번역은 특별한 일이 없는 한 『이옥전집』의 번역을 그대로 사용한다. 원문은 『이옥전집』 3의 것을 인용한다. 원문의 면수는 밝히지 않는다.

그는 자신의 창작에 대해 이렇게 말한다.

> 그러나 당(唐)의 시도 아니고 명(明)의 문도 아니요, 두보의 시도 아니고 소동파
> 의 문장도 아니다. 간혹 두세 사람의 지기(知己)가 있어 과도하게 장려하여 '평가할
> 만하다'고 말한다.[319]

당의 시, 명의 문 운운하는 것은 의고적 창작론이다. 분명 명대의 의고파
를 의식하고 있는 것이다. 그는 사실 명대 문학을 폭넓게 섭취한 것으로 보
인다. 앞으로 긴요하게 다룰 「희제원중랑시집후(戲題袁中郎詩集後)」[320]는 원
굉도의 시집에 붙인 것인데, 원굉도의 비평이 왕세정(王世貞)·이반룡(李攀龍)
과 대립하고 있으며, 종성(鍾惺)·담원춘(譚元春)을 낳았다는 전겸익(錢謙益)의
이론을 인용하고 있다. 이어 그는 원굉도를 풍몽룡(馮夢龍)에 견주고 있다.
요컨대 이 글을 통해, 이옥이 원굉도는 물론, 의고파(왕세정·이반룡), 경릉파
(종성·담원춘), 풍몽룡, 전겸익을 이미 인지하고 있었음을 알 수 있다.

조금 더 구체적으로 들어가면, 그는 명대 작가에 대해 매우 소상한 정보
를 갖고 있었던 것으로 보인다. 예컨대 그는 조선의 문인으로는 드물게 사
(詞)에 관심을 보이기도 했는데, 중국 사(詞)의 작가를 꼽으면서 특히 명대 작
가로, 유기(劉基, 1311~1375)·양기(楊基, 1326~1378)·이반룡·왕세정·양신(楊
愼)·문징명(文徵明)·진계유(陳繼儒)를 들고 있다.[321] 이반룡 이하는 16세기
이후 조선 문학에 지속적인 영향력을 행사한 작가들이다. 이뿐 아니라, 그가
문체반정에 걸려든 데에서 확인되듯, 그는 정통 문학이 아니라, 소품 소설과
같은 비정통 문학에 경도했던 것이다. 그 증거로 당시 조선 문단에 크게 소
개되지 않았던 이어(李漁, 1611~?)를 읽고 있으며,[322] 자신과 동시대 중국 작

---

319) 위의 책, 185면.
320) 李鈺, 『이옥전집』 1, 208~210면.
321) 李鈺, 「桃花流水館問答」, 위의 책, 323~333면.
322) 李鈺, 「三游紅寶洞記」, 위의 책, 241면에서 "李十娘 집의 늙은 매화" 운운하고 있는데, 이
　　십랑은 李漁(1611~?)의 별칭이다. 이것으로 보아 그는 李漁를 읽었던 것으로 보인다.

가 나빙(羅聘, 1733~1799)의 시집 『학륙집(學陸集)』을 읽고 있다.323)

  이런 증거로 보아, 그는 명청대의 작가에 대해 꽤나 풍부한 독서력이 있었음을 짐작할 수 있는데, 그 중에서도 소설의 탐닉이 가장 주목할 만하다. 앞서 든 「희제원중랑시집후」에서 이옥은 풍몽룡을 언급하고 있는데, 「심생전」에서는 풍몽룡의 애정소설집인 『정사(情史)』를 읽었음을 밝히고 있다.324) 「이언인(俚言引)」에서 『금병매』와 이어의 작으로 알려진 『육포단(肉蒲團)』에 대해 언급하고 있으며, 「언패(諺稗)」325)에서는 『소대성전(蘇大成傳)』을 언급하면서, 『충의수호전』과 청대의 소설인 『여선외사(女仙外史)』의 내용 일부를 인용하고 있다.

  그가 어떤 루트를 통해 중국에서 수입된 방대한 서적을 볼 수 있었는지는 의문이지만, 조년에 이미 명청대 문학에 관한 폭넓은 독서가 있었던 것으로 보인다. 그가 진사시에 합격한 것은 1790년(31세)이고, 그가 문체반정에서 최초로 언급된 것은 1792년이다. 이해에 정조는 유생 이옥이 응제구어에 오로지 소설체[純用小說]를 썼다고 지적하였던 것이다.326)

  이제 이옥과 명청대 문학, 그리고 이 책의 주제인 공안파와의 관련성을 검토해보자. 「희제원중랑시집후(戲題袁中郎詩集後)」를 전문 그대로 인용한다.

  ① 전우산(錢虞山)이 명나라 시가 변한 유래를 논하며 석공(石公)이 반드시 그 한 원인에 속한다고 하면서 대승기탕(大承氣湯)에 비유하기에 이르렀다. 대개 석공이 왕세정(王世貞)·이반룡(李攀龍)의 잘못을 바로 잡았으나, 종성(鍾惺)·담원춘(譚元春)의 길을 열어 주었으니, 공과 죄가 서로 반반인 까닭이라고 하였다.
  ② 내가 석공을 보건대 그는 한 사람의 평범한 문인에 불과하다. 덕과 지위가 드러남이 있는 것도 아니요, 그가 지은 문장 또한 고(古)를 본받기를 좋아하지 않았다. 다만 석공이 혀를 잘 놀리는 필치로써 석공의 마음으로부터 우러나오는 말을 기록하였으니 진실로 일대의 변풍(變風)이라고 하겠다. 돌아보건대 그것 또한 자잘하고

---

323) 李鈺, 「戲題劍南詩鈔後」, 위의 책, 207면.
324) 원제는 『情史類略』 또는 『情天寶鑑』이다. 전체 작품 수는 860편.
325) 李鈺, 「諺稗」, 『이옥전집』 2, 85~86면.
326) 『正祖實錄』 16년 10월 19일.

연약하여 대가라고 칭할 만하지 못하였다.

③ 석공으로 하여금 지금에 처하게 했다면 남산 아래 두어 칸 초가집에 한 이랑 시든 꽃을 심고, 날마다 용자유(龍子猶, 馮夢龍)의 무리들과 더불어 제 멋에 겨워 스스로 읊조리는 자에 지나지 않을 것이다. 이웃 사람들로 하여금 그의 시를 보고 지목하여 배척하게 하지 않으면 다행이다. 그가 어찌 문단에 올라 사맹(詞盟)을 주도하며 깃발을 날리고 북을 울려 천하가 휩쓸리듯 그를 따르게 할 수 있겠는가?

④ 석공이 살던 시기에는 천하의 시도(詩道)가 지금에 미치지 못하여 석공으로 하여금 도리어 종장(宗匠)이 되게 했던가? 석공의 말이 인정에 핍근하여 백설루(白雪樓, 이반룡)에서 공연히 고함지르기를 일삼는 것과는 같지 않았기 때문에 천하가 그의 그러함을 알고 그를 따랐던 것인가? 석공으로서는 나름대로 인물이라고 할 만하다. 아! 이도 한때요, 저도 한때인데, 그때는 그렇게 되기 쉬웠으리라.327)

이옥이 원굉도의 구체적으로 어떤 시집을 읽었는지는 미상이다. 그러나 ②와 ③에서 원굉도에 대한 자신의 견해를 당당히 밝히고 있는 것으로 보아, 그는 원굉도의 문학과 비평에 대해 소상히 알고 있었던 것으로 보인다. 우선 ①부터 검토해 보자. 전겸익이 원굉도를 대승기탕에 비유했다는 것은 앞서 유만주를 검토하면서 언급한 바 있는 『열조시집소전(列朝詩集小傳)』의 다음 부분이다.

① 만력(萬曆) 연간 왕세정 · 이반룡의 학문이 성행하자, 너 나 할 것 없이 모든 사람이 그들을 따랐다. 문장(文長, 徐渭)과 의잉(義仍, 湯顯祖)이 우뚝 솟아 이견을 내놓았으나, 묵은 병이 무성한 풀처럼 자라나 있어 베어낼 수가 없었다. 중랑(中郞) 은 툭 트이고 밝은 자질로 이용호(李龍湖, 李卓吾)에게 선(禪)을 배웠는데, 글을 읽

---

327) 李鈺, 「戲題袁中郎詩集後」, 『이옥전집』 1, 208~210면. "錢虞山論明詩之所由變, 石公必居其一, 至以比大承氣湯. 盖石公矯王 · 李而啓鍾 · 譚, 功罪相半故也. 以余觀於石公, 不過一尋常文人也, 非有德位之著也. 而其爲辭又不肯師古, 只以石公有舌之筆, 記錄石公有情之語, 固一代之變風也. 顧又細　頓弱, 不可以大家稱. 使石公處于今, 不過爲南山下數間茆屋, 種一畝殘花, 日與龍子猶輩沾沾自鳴者也. 使隣人不見其詩而指斥之, 則幸矣. 安得登文壇主詞盟麾旌鳴鼓而天下靡然乎從之耶? 豈石公之時, 天下詩道不及乎今, 故以石公而猶宗之耶. 抑石公之道近乎人情, 不似白雪樓之空事咆哮, 故天下知其然而從之耶. 在石公固雄矣. 噫! 此一時也, 彼一時也. 其時則易然."

고 시를 논하며 횡설수설하자 심안(心眼)이 밝아지고 담력이 커졌다. 이에 큰 소리로 배격하며, 그들의 말을 크게 물리쳤다.

②중랑의 주장이 나오자, 왕세정·이반룡의 운무(雲霧)가 일제히 제거되고, 천하의 문인재사(文人才士)들은 비로소 심령(心靈)을 시원히 씻어내고, 지혜로운 본성을 예리하게 표출시켜 모의(摹擬)하고 도택(塗澤)하던 병통을 깨끗이 씻어내었으니, 그 공이 위대하였다. 하지만 날카로운 칼날이 삐어져 나오듯 굽은 것을 바로잡으려다 정도를 지나친 나머지, 멍청한 표현을 쓰라고 선동하는가 하면 비리(鄙俚)한 말이 버젓이 사용되어, 올바른 표현은 찢겨져 없어지고, 빼어난 말은 땅을 쓴 듯 사라졌다. 경릉파(竟陵派)가 대신 일어나 처량하고 고독한 경지로 그것을 바로 잡고자 하니, 해내(海內)의 풍기가 다시 크게 변하였다.

③이것을 병으로 비유하자면, 사기(邪氣)가 맺혀 부득불 대승탕(大承湯)을 써서 쏟아내릴 수밖에 없으나, 너무 크게 쏟아내면 원기가 손상을 입어 다른 병증(病症)이 생기게 되는 것과 같다. 북지(北地, 李夢陽)·제남(濟南, 李攀龍)이 꽉 뭉쳐진 사기(邪氣)라 한다면 공안(公安)은 그것을 쏟아내기 위한 겁약(劫藥)이고, 경릉(竟陵)은 전염된 다른 병증인 것이다.328)

이옥은 원굉도와 전겸익의 『열조시집소전』을 통해 명대 문학비평사에 대해 정확한 정보를 알고 있었으리라 생각된다.

그렇다면 그의 원굉도에 대한 낮은 평가는 도대체 무슨 의미인가? 일종의 책략이라고 생각된다. 사실 이제까지 검토한 바에서 볼 수 있듯, 어떤 작가나 비평가도 원굉도에 대한 노골적으로 긍정적인 평가를 내린 적은 없었다. 연암도 자신의 문자에 원굉도에 대한 언급을 남기지 않았고, 이언진 역시 원굉도를 높이 평가하지 않았다. 이옥의 경우 역시 자신의 비평이 원굉도에서 온 것을 은폐하려 한 것이 아닐까. 일례로 그는 주자(朱子)의 문장을

---

328) 『列朝詩集小傳』, 567면. "萬曆中年, 王·李之學盛行, 黃茅白葦, 彌望皆是. 文長·義仍, 嶄然有異, 沈痼滋蔓, 未克芟薙. 中郎以通明之資, 學禪于李龍湖, 讀書論詩, 橫說竪說, 心眼明而膽力放, 於是乃昌言擊排, 大放厥辭. 中郎之論出, 王·李之雲霧一掃, 天下之文人才士始知疏瀹心靈, 搜剔慧性, 以蕩滌摹擬塗澤之病, 其功偉矣. 機鋒側出, 矯枉過正, 於是狂瞽交扇, 鄙俚公行, 雅故滅裂, 風華掃地. 竟陵代起, 以凄清幽獨矯之, 而海內之風氣復大變. 譬之有病于此, 邪氣結轖, 不得不用大承湯下之, 然輸寫太利, 元氣受傷, 則別症生焉. 北地·濟南, 結轖之邪氣也; 公安, 瀉下之劫藥也; 竟陵, 傳染之別症也."

높이 평가하면서, 「독주문(讀朱文)」이란 그 문장 자체를 완전히 소품체로 구성하고 있는 것을 볼 수 있다.[329] 즉 주자에 대한 자신의 비판의식을 은폐하고 있는 것이다. 원굉도에 대한 낮은 평가 역시 그의 독특한 책략으로 이해할 수 있을 것이다.

이옥의 문학은 당시 이른바 정통 문학이 아니며, 그는 자신의 말처럼 선진양한파는 물론 당송파의 이론도 부정했던 것이 사실이다. 이옥 문학의 특이점은 소품체 산문, 혹은 「이언」에서 보이는 일탈성에 있다. 소품체의 원류, 혹은 소품체 존립의 이론적 비평적 근거를 제공했던 것은 원굉도였고, 정조는 이 점을 지적하여 원굉도를 소품체의 원류라고 했던 것이다. 상식적으로 생각할 때 이옥의 문학은 원굉도와 불가분의 관계에 있는 것이다. 그럼에도 불구하고 그는 원굉도 비평의 세목에 대해서는 아무런 언급을 남기지 않았다. 그는 원굉도를 매우 낮추어 평가하고 있다. 이옥 비평의 내용은 과연 원굉도 비평과 무관한 것인가? 이 점을 확인해 보자. 그의 비평문은 「이언」 앞에 붙인 「이언인」이 거의 유일한 것이다. 「이언인」은 「일난(一難)」 「이난(二難)」 「삼난(三難)」으로 구성되어 있는바, 차례로 살펴보자.

사실 「일난」의 메시지는 쉽게 알아차리기 어렵다.

정리하자면 이렇다. 「일난」은 「이언(俚諺)」과 같은 기성의 언어적 관습을 파괴한 새로운 시의 실험적 창작에 관한 변명이다. 이 변명은 과연 어떤 당대의 주류적 인식을 대타적 존재로 하여 성립하고 있는가? 이 문제를 검토하면 이 글의 주제인 공안파와 이옥과의 관련 양상이 자연스럽게 드러날 것이다.

"그대의 이언은 무엇 하려고 지었는가? 그대는 어째서 국풍이나 악부 사곡(詞曲)을 짓지 아니하고 하필 이 이언을 지었는가?"[330] 이 질문의 의미는 과연 무엇인가? 이 질문은 '이제까지의 장르적 관습을 따르지 않는 창작행

---

329) 李鈺, 「讀朱文」, 앞의 책, 214~216면.
330) 李鈺, 「一難」, 『이옥전집』 2, 289면. "或問曰 : '子之俚諺何爲而作也? 子何不爲國風・樂府・詞曲而必是爲俚諺也歟?'"

위를 감행하는가'라는 의미다. 그렇다. 한문학은 전례를 따르는 관습적 문학이다. 그러나 「이언」은 한문학이지만, 전례가 없는 것이다. 여성의 세계를 다루는 것은 아주 희귀한 것은 아니지만, 한시의 주류적 관습은 아니다. 만약 한문학의 전통 속에서 여성의 세계를 찾는다면, 이옥의 말처럼 국풍과 악부와 사곡이 있다. 그러나 그것은 남성의 입장에서 본 여성이다. 굳이 여성을 제재로 삼고 싶다면, 국풍과 악부와 사곡이란 장르를 따르라는 것이 객의 요구다. 악부를 예로 들자면 의고악부(擬古樂府)가 있지 않는가? 기성의 장르를 따른다는 것은 의고악부처럼 바로 기성 장르의 관습, 곧 언어를 따르는 것이다.

그러나 「이언」은 알다시피 국풍과 악부와 사곡의 전례를 따르지 않았다. 그것은 조선의 현재의 여인을 제재로 삼았다는 점에서 악부와 구분되며, 사언시의 전통을 벗어났다는 점에서 국풍과 구분되며, 중국의 사곡의 형식을 따르지 않았다는 점에서 사곡과 구분된다. 「이언」은 현재 조선의 여성의 삶을 시의 제재로 삼으면서 속어를 대량으로 구사하고 있는 것이다.

객의 요구는 기본적으로 의고적 창작론을 함축한다. 이 주류적 창작 관행을 어떻게 돌파할 것인가? 이옥은 「이언」을 지은 것은 나란 작자가 아니라, 천지만물, 자연이라고 한다. 「이언」은 천지만물의 언어적 현상이다. 인간—작가를 배제하고, 천지만물을 작가로 삼는 것은 다분히 전략적이다. 이 전략은 의고적 창작론을 대타적 존재로 삼고 있다. 창작을 작가를 배제하고 천지만물의 드러남이라고 했을 때, 그것은 이미 기성의 장르적 언어적 관습을 배제함을 뜻한다. 진정한 창작은 과거의 전범이나, 과거의 장르적 관습, 언어적 관습을 따르는 것이 아니라, 천지만물과의 접촉을 통해서 이루어진다. 다음의 언급은 바로 그것을 암시하는 것이다.

한 부의 『시경』이 자연 가운데에서 책으로 나왔는데, 이는 이미 팔괘를 긋고 서계(書契)를 만들기 전에 갖추어진 것이다. 이것이 국풍 악부 사곡을 지은 사람이 감히 스스로 한 일이라고 말하지 못하고, 또한 감히 서로 도습하여 사용하지 못하는

까닭이다. 곧 천지만물이 그것을 짓는 자의 꿈에 가탁하여 그 상(相)을 드러내고,
기(箕)에 나아가 정을 통하는 데에 지나지 않는다.331)

팔괘가 그어지고 서계가 만들어지기 전은 언어 기호 이전의 세계다. 『시
경』의 시는 이미 언어·문자 이전에 존재한 것이 언어와 문자로 표현된 것
에 지나지 않는다. 그렇다면 작가는 무엇이란 말인가? 작가인간은 천지만
물이 자신을 드러내기 위한 통로, 수단에 지나지 않는다. 비유컨대 인간은
통역일 뿐이다. 통역이 통역하는 말을 왜곡시킬 수 없듯, 화가가 대상을 왜
곡할 수 없듯, 작가는 그 천지만물의 자연스러운 발로를 왜곡시켜서는 안
된다. 그가 굳이 작가를 통역에 비유하는 것은 과거의 장르적 언어적 관습
에 의한 자연의 왜곡을 의식하고 있기 때문이다. 이런 점에서 이옥은 실천
적 방향은 다르지만, 연암과 동일한 문제를 고민하고 있었음을 알 수 있다.
「이언」은 의고성으로부터의 탈피를 함축하고 있는 것이다. 그러나 아직
「이언」을 지어야할 필연성은 드러나지 않았다. 왜 「이언」이란 말인가? 「이
언」의 창작은 어디에 근거할 것인가? 과거의 장르적 관습에서 벗어나는 것
은 어떤 근원적인 성찰로부터 출발한 것인가? 이옥은 이 문제를 해결하기
위해 천지만물의 속성을 다시 검토한다.

천지만물은 천지만물의 성(性)이 있고, 천지만물의 상(象)이 있고, 천지만물의 색
(色)이 있고, 천지만물의 성(聲)이 있다. 총괄하여 살펴보면 천지만물은 하나의 천지
만물이고, 나누어 말하면 천지만물은 각각의 천지만물이다. 바람 부는 숲에 떨어진
꽃은 비 오는 모양처럼 어지럽게 흐트러져 쌓여 있는데, 이를 변별하여 살펴보면
붉은 꽃은 붉고 흰 꽃은 희다. 그리고 균천광악(鈞天廣樂)이 우레처럼 웅장하게 울
리지만 자세히 들어보면 현악(絃樂)은 현악이고, 관악(管樂)은 관악이다. 각각 자기
의 색을 그 색으로 하고 각각 자기의 음을 그 음으로 한다.332)

---

331) 위의 책, 290~291면. “一部全詩出稿於自然之中而已, 具於劃八卦, 造書契之前矣. 此固
國風·樂府·詞曲者之所不敢自任, 亦不敢自襲者也. 天地萬物之於作之者, 不過託夢而現
相, 赴箕而通情也.”
332) 위의 책, 290면. “天地萬物有天地萬物之性, 有天地萬物之象, 有天地萬物之色, 有天地萬

천지만물은 '천지만물'이란 이름으로 총괄할 수 있지만, 그것은 동시에 무수한 개별자의 집합이다. 나누어 말하면 각각의 천지만물인 것이다. 전체는 꽃이란 기호일 뿐이다. 존재하는 것은 붉고 푸른 꽃이다. 천지만물은 일리로 설명될 것이 아니라, 무수한 개별자의 대등한 집합이다. 이옥의 생각은 일리화(一理化)되어 있지 않은 개별적 존재를 부각시킨다.

이옥의 논리는 이미 박지원에게서 본 바 있다. 그것은 대상—세계의 다양성을 관통하는 하나의 이치, 즉 일리를 찾고 거기에 포인트를 두려는 성리학적 발상이 아니라, 역으로 일리의 폭력을 파괴하고 대상—세계의 다양성을 인정하려는 의식의 산물인 것이다. 대상—세계의 개별성에 주목하는 것은 문학창작과 어떻게 관련될 것인가? 그는 이렇게 말한다.

> 대체로 논하여 보건대 만물이란 만 가지 물건이니 진실로 하나로 할 수 없거니와, 하나의 하늘이라 해도 하루도 서로 같은 하늘이 없고, 하나의 땅이라 해도 한 곳도 서로 같은 땅이 없다. 마치 천만 사람이 각자 천만 가지의 성명을 가졌고, 삼백 일에는 또한 스스로 삼백 가지의 하늘이 있음과 같다. 오직 그와 같을 뿐이다.
>
> 그러므로 역대로 하(夏)·은(殷)·주(周)·한(漢)·진(晉)·송(宋)·제(齊)·양(梁)·진(陳)·수(隋)·당(唐)·송(宋)·원(元) 등이 한 시대도 다른 한 시대와 같지 않아 각각 한 시대의 시가 있었고, 열국(列國)으로 주(周)·소(召)·패(邶)·용(鄘)·위(衛)·정(鄭)·제(齊)·위(魏)·당(唐)·진(秦)·진(陳) 등이 한 나라도 다른 한 나라와 같지 않아서 각각 한 나라의 시가 있었다.
>
> 삼십 년이 지나면 세대가 변하고 백 리를 가면 풍속이 같지 않다. 어찌하여 대청(大淸) 건륭(乾隆) 연간에 태어나 조선 땅 한양성에 살면서 이에 감히 짧은 목을 길게 빼고 가는 눈을 억지로 크게 뜨고서 망령되이 국풍 악부 사곡을 짓는 것을 말하고자 하는가?333)

物之形. 摠而察之, 天地萬物一天地萬物也; 分而言之, 天地萬物各天地萬物也. 風林落花, 雨撲紛堆, 而辨而視之, 則紅之紅, 白之白也. 勻天廣樂, 雷聲輒同, 而審而聽之, 則絲也絲, 竹也竹也. 各色其色, 各音其音."

333) 위의 책, 292~293면. "盖嘗論之, 萬物者, 萬物也. 固不可以一之, 而一天之天, 亦無一日相同之天焉; 一地之地, 亦無一處相似之地焉. 如千萬人各自有千萬件姓名, 三百日自有三百條事爲. 惟其如是也. 故歷代而夏·殷·周也漢也秦也宋·齊·梁·陳·隋也唐也宋也元

"만물이란 만 가지 물건이니 진실로 하나로 할 수 없다"는 데서 이옥은 드디어 자신의 사유 근거를 드러낸다. 그것은 적어도 성리학적 사유를 파괴하고 있는 것이다. 여기에 근거하여 그는 '어떤 공간도 동일한 공간이 아니다'라는 모든 공간은 개별적 독자성을 가진다는 공간상대론과, 모든 시대는 동일한 시대가 아니라는 시간상대론을 구축한다.

이 공간상대론과 시간상대론의 근거는 물론 시간상대론에 있다.

> 나비가 날아서 학령(鶴翎, 국화의 한 종류)을 지나치다가 그 차갑고 야윈 것을 보고 묻기를, '너는 어째서 매화의 흰색, 모란의 붉은 색, 도리(桃李)의 반홍반백색(半紅半白色)과 같은 빛깔을 띠지 않고 하필 노란색이 되었는가?' 하니, 학령이 말했다. '어찌 내가 그렇게 했겠는가? 시(時)가 곧 그렇게 만든 것이다. 내가 시(時)에 대해서 어떻게 하겠는가?' 그대 또한 어찌 나에게 나비와 같이 묻고 있는가?"334)

'시(時)'는 원굉도의 모든 문학이론이 서 있는 근거였다. 시대는 변한다. 이것에 근거하여 상대론이 성립했던 것이다. 이 논리에 입각해 그는 조선이란 공간과 건륭 연간이란 현재의 개별적 독자성을 주장한다. 문학 역시 시대에 따라 달라지며, 지역에 따라 달라질 뿐이다. 기성의 장르적 관습을 초월한 「이언」은 바로 지금 이 시대, 이 장소의 개별성에서 연유한 것이다. 따라서 문학은 현재의 조선이란 공간에 근거해야 한다는 말이다. 「이언」의 창작 이유는 바로 여기에 있는 것이다.

이옥의 개별주의／상대주의는 절대의 세계, 절대적 진리를 인정하지 않는다. 성리학과 같은 일리적 세계관과 의고적 창작론의 전범을 근저에서 부정

也, 一代不如一代, 各自有一代之詩焉; 列國而周‧召也邶‧鄘‧衛也鄭也齊也魏也唐也秦也陳也, 一國不如一國, 另自有一國之詩焉. 三十年而世變矣, 百里而風不同矣. 奈之何生於大淸乾隆之年, 居於朝鮮漢陽之城, 而乃敢伸長短頸, 瞋大細目, 妄欲談國風‧樂府‧詞曲之作者乎?"

334) 위의 책, 293~294면. "蝴蝶飛而過乎鶴翎, 見其寒且瘦, 問之曰 : '子胡不爲梅花之白‧牧丹之紅‧桃李之半紅半白, 必爲是黃歟?' 鶴翎曰 : 是豈我也? 時則然矣. 我於時何哉? 子亦豈我之蝴蝶也哉?"

하는 것은 두말할 나위가 없다. 이 개별주의에 입각한 시간상대론과 공간상대론은 공안파에서 유추된 것임을 굳이 확인할 필요가 없을 것이다. 그리고 시대별로 각 시대의 문학이 존재한다는 것 역시 공안파의 논리다.

이옥의 산문에서 두드러지게 나타나는 것은 전체가 삼키고 있던 개별자의 세계다. 개별성, 개별자의 존중은 어떤 것과도 치환될 수 없는 사물의 고유성에 가치를 부여하는 것이다. 이 점에서 이옥은 박지원과 동일한 이야기를 하고 있다. 즉 박지원이 말똥구리가 용의 여의주를 부러워하지 않는다고 말했음을 상기하면, 이옥과 박지원이 동일한 이야기를 하고 있음을 알 수 있을 것이다. 이옥의 문학이 끊임없는 개별자의 나열처럼 느껴지는 것은 바로 개별자에 대한 의미 부여 때문이다.

「이언」은 여성의 생활과 정감을 다룬 것이다. 「아조(雅調)」·「염조(艶調)」·「탕조(宕調)」·「배조(俳調)」는 여염의 일반 부녀자들로부터 웃음을 파는 창기(娼妓)에 이르기까지, 모든 여인의 삶과 정감을 제재로 채택하고 있다. 이 것은 하나의 파격일 수밖에 없다. 여성의 삶과 정감(의식)을 선택하되, 현실 속의 여성의 목소리, 즉 여성 화자를 통해 현실(일상) 속의 여성의 정서를 표현한다는 것은 한문학 기성의 장르적 관습을 파괴하는 것이었다. 당혹스런 일이 아닐 수 없었다.

이 파괴를 합리화시키는 논리란 과연 무엇인가? 너무나 잘 알려져 있듯, 그는 여성 화자의 여성의 삶과 정감에 대한 선례를 『시경』에서 찾는다. 『시경』과 「이언」의 동일성을 입증하면, 『시경』이 문학적으로 인정된 것처럼 「이언」 역시 인정될 것이기 때문이다. 그가 특히 공자와 주자를 끌어낸 것은 자신의 말에 부동의 권위를 확보하고자 해서이다. 경전과 성인의 권위를 차용한 전략인 것이다. 따라서 『시경』의 전례를 인용한 것은 전략적 선택이지, 그의 시론의 핵심은 아니다.

이옥 시론의 핵심은 이 전략에 기반을 두어서 여성의 정감이야말로 진실되다는 주장에 있다. 너무나 유명한 부분이지만, 다음과 같은 부분을 다시 인용해 보자.

대저 천지만물에 대한 관찰은 사람을 관찰하는 것보다 더 큰 것이 없고, 사람에 대한 관찰은 정(情)을 살펴보는 것보다 더 묘한 것이 없고, 정에 대한 관찰은 남녀의 정을 살피는 것보다 더 진실된 것이 없다. 이 세상이 있으매 이 몸이 있고, 이 몸이 있으매 이 일이 있고, 이 일이 있으매 곧 이 정이 있다. 그러므로 이것을 관찰하여 그 마음의 사정(邪正)을 알 수 있고, 그 사람의 현부(賢否)를 알 수 있고, 그 일의 득실을 알 수 있고, 그 풍속의 사검(奢儉)을 알 수 있고, 그 땅의 후박(厚薄)을 알 수 있고, 그 집안의 흥쇠(興衰)를 알 수 있고, 그 나라의 치란을 알 수 있고, 그 시대의 오륭(汚隆)을 알 수 있다.

대개 사람의 정이란 혹 기뻐할 것이 아닌데도 거짓으로 기뻐하기도 하며, 혹 성낼 것이 아닌데도 성내기도 하며, 혹 슬퍼할 것이 아닌데도 거짓으로 슬퍼하기도 하며, 또 즐겁지도 사랑하지도 미워하지도 않고 하고자 하는 것이 아니면서 혹 거짓으로 즐거워하고 슬퍼하고 미워하기도 하고자 하는 것이 있다. 어느 것이 진실이고 어느 것이 거짓인지 모두 그 정의 진실됨을 살펴볼 수가 없다. 그런데 유독 남녀의 정에 있어서만은 곧 인생의 본연적인 일이고, 또한 천도의 자연적인 이치인 것이다.

그러므로 혼례를 올리고 화촉을 밝힘에 서로 문빙(問聘)하고 교배(交拜)하는 일도 진정(眞情)이며, 내실 경대 앞에서 사납게 다투고 성내어 꾸짖는 것도 진정이며, 주렴 아래나 난간에서 눈물로 기다리고 꿈속에서 그리워하는 것도 진정이며, 청루(靑樓) 거리에서 황금과 주옥으로 웃음과 노래를 파는 것도 진정이며, 원앙침 비취금, 홍안 취수를 가까이하는 것도 진정이며, 서리 내리는 밤의 다듬이질이나 비오는 밤 등잔 아래에서 한탄을 되씹고 원망을 삭이는 것도 진정이며, 꽃그늘 아래에서 옥패를 주고 투향하는 것도 진정이다.

오직 이러한 종류의 진정은 어느 경우에도 진실된 것이 아님이 없다. 가령 그것이 단정하고 정일하여 다행히 그 정도를 얻었다고 하면 이 또한 '참[眞]' 그대로의 정(情)이고, 그것이 방자 편벽되고 나태 오만하여 불행하게도 그 정도를 잃었다고 해도 이 또한 '참' 그대로의 정이다. 오직 그 진실된 것이기 때문에 그 정도를 잃었을 때는 또한 경계할 수 있는 것이다. 오직 그 진실된 것이라 본받을 수 있고, 그것이 진실된 것이라 경계할 수 있는 것이다.

그러므로 그 마음, 그 사람, 그 일, 그 풍속, 그 땅, 그 집안, 그 나라, 그 시대의 정을 또한 이로부터 살펴볼 수가 있다. 천지만물에 대한 관찰도 이 남녀의 정에서 살펴보는 것보다 더 진실된 것이 없다.335)

이옥의 주장은 인간을 통해서 천지만물을 관찰한다는 것, 그리고 인간의 정을 관찰하는 것이 인간을 아는 유일한 통로라는 것이다. 이것이 공안파를 따르고 있음은 두말할 필요가 없으며, 동시에 탈성리학적 논리, 곧 양명학의 논리를 배후에 두고 있음도 물론이다. 성리학의 논리에 의하면, 가장 중요한 기준은 '이(理)'이며, '이'의 발현과 '이'의 내재야말로 인간과 세계를 측정하는 구체적 방법이었다.

이옥은 시는 결국 전범을 추종하거나 장르적 관습을 따르는 것이 아니라 정감의 진실성을 어떻게 시로 드러낼 것인가가 중요하다고 생각한 것이었다. 그에게는 정의 진실성을 드러내기 위한 수단적 존재가 여성이다. 여성의 정감이야말로 진실성을 담보하고 있기 때문이다. 이 지점에서 그의 사유가 공안파와 접속하고 있다는 것을 직감하게 된다. 사실 여성의 시가 진실성을 갖고 있다는 발상은 민요와 관련되어 발생한 것이다. 이 논리는 시적 수사의 과잉이 초래하는 인간 정서의 진실성의 상실을 공격할 때 흔히 동원되는 것이었다. 민요의 작자는 지식인이 아니라는 것을 전제로 하고, 동시에 남/여의 대립에서는 여성, 어른/아이의 대립에서는 아이라는 결론을 선호했다. 부녀자와 아이가 오염되지 않은 인간이라는 발상은 앞서 검토한 바와 같이 그 유래가 오래된 것이다. 이옥이 「도화유수관문답(桃花流水館問答)」에서 이렇게 말하고 있는 것은 그런 전통에 근거한 것이다

---

335) 李鈺, 「二難」, 위의 책, 295~297면. "夫天地萬物之觀, 莫大乎觀於人; 人之觀, 莫妙乎觀於情; 情之觀, 莫眞乎觀於男女之情. 有是世, 有是身; 有是身, 有是事; 有是事, 便有是情. 是故, 觀於此, 而其心之邪正可知, 其人之賢否可知, 其事之得失可知, 其俗之奢儉可知, 其土之厚薄可知, 其家之興衰可知, 其國之治亂可知, 其俗之汚隆可知矣. 盖人之於情也, 或非所喜而假喜焉, 或非所怒而假怒焉, 或非所哀而假哀焉. 非樂非愛非惡非欲, 而或有假而樂而哀而惡而欲者焉. 孰眞孰假, 皆不得有以觀乎其情之眞. 而獨於男女也, 則卽人生固然之事也, 亦天道自然之理也. 故綠씁紅燭, 問騁交拜者, 亦眞情也; 香閨繡盒, 狼鬪忿詈者, 亦眞情也; 湘簾玉欄, 淚望夢思者, 亦眞情也; 靑樓柳市, 笑金歌玉者, 亦眞情也; 鴛寢翡衾, 偎紅倚翠者, 亦眞情也; 霜砧雨燈, 飮恨埋怨者, 亦眞情也; 花底月下, 贈藥偸香者, 亦眞情也. 惟此一種眞情, 無處不眞 使其端莊貞一, 幸而得其正焉, 此亦眞個情也; 使其放僻怠敖, 不幸失其正焉, 此亦眞個情也. 惟其眞也, 故其得正者, 足可以法焉; 惟其眞也, 故其失正者, 亦可以戒焉; 惟其眞, 可以法, 眞可以戒也. 故其心其人, 其事其俗, 其土其家, 其國其世之情, 亦從此可觀, 而天地萬物之觀, 於是乎莫眞乎觀男女之情矣."

시라는 것은 장차 사람의 정감을 이야기하려는 것인데, 사람의 정감 중에 말할 만한 것이 부녀(婦女)들의 그것만큼 절박함이 없다. 그러니 이것이 국풍(國風)에 부녀들에 관한 말이 많은 까닭이요, 또한 시여(詩餘)도 그러한 것이다.336)

여성은 어린아이와 함께 이 시적 정감의 진실성의 메타포라 말할 수 있다. 이것은 이미 이덕무와 박지원에게서 본 바 있다. 이덕무의 「영처고자서」와 박지원의 「영처고서」, 그리고 그의 여타의 글은 처녀의 이미지를 순수한 인간의 메타포로 사용하고 있지 않은가? 이옥은 『시경』이란 전략적 거점을 선택하면서, 거기에서 여성만을 강조하고 있는 것이다.

여성과 어린아이의 감정이 가장 진실하다는 발상은 이미 공안파에서 유래한 것이다. 다시 원굉도의 발언을 들어보자.

그러므로 나는 이렇게 오늘날 시문(詩文)은 전해지지 않을 것이라 생각한다. 만에 하나 전해지는 것이 있다면, 지금의 여염집 부녀자 어린아이들이 부르는 「벽파옥(擘破玉)」·「타초간(打草竿)」 부류일 것이다. 이것들은 오히려 견문도 식견도 없는[無聞無識] 진인(眞人)이 지은 것이라 진성(眞聲)이 많고, 한위(漢魏)를 효빈(效顰)하지 않고 성당(盛唐)을 학보(學步)하지 않아, **본성에 따라 절로 나온 것〔任性而發〕**이라 오히려 사람의 희노애락(喜怒哀樂)과 기호(嗜好) 정욕(情欲)을 펼쳐낼 수 있으니, 이것이야말로 즐길 만한 것이다.337)

여성의 감정이 가장 진실하다는 것은, 이탁오의 발상과 같은 것이다. 이옥이 과연 이탁오를 알았을까 하는 것은 의문이 없지 않다. 하지만 서형수의 발언을 들어본다면, 18세기 후반 이탁오는 거의 일반화된 지식으로 보이며, 아울러 전겸익의 『열조시집소전』에서 원굉도가 이탁오의 제자라는 것을 밝히고 있지 않은가?

---

336) 李鈺, 「桃花流水館問答」, 『이옥전집』 1, 329면. "詩者, 將以道人之情, 而人情之可道者, 莫婦女切焉, 則此國風之所以多婦人語也, 亦詩餘之所以然也."

337) 袁宏道, 「敍小修詩」, 『袁宏道集箋校』 上, 188면. "故吾謂今之詩文不傳矣. 其萬一傳者, 或今閭閻婦人孺子所唱擘破玉·打草竿之類, 猶是無聞無識眞人所作, 故多眞聲, 不效顰於漢·魏, 不學步於漢唐, 任性而發, 尚能通于人之喜怒哀樂嗜好情欲, 是可喜也."

요컨대 여성에 관한 시적 옹호는 원굉도의 민요 옹호를 확장한 것이다. 논리적 상동성에서 출발하여 그 의미를 확장, 심화하고 있다. 물론 여성 정감의 진정성을 두고, 곧바로 그가 남성중심주의를 탈피한 것이라 보아서는 안 될 것이다. 그가 남긴 일련의 효부전·열녀전은 그의 여성에 대한 왜곡된 유가의 전통적 의식을 그대로 보여주고 있기 때문이다.

「삼난」에서 이옥이 제출한 문학창작에서의 속어 문제는 비평사적으로 매우 유의미한 것이다. 알려진 바와 같이 이옥은 문학 창작에서 속어—한국어 도입의 정당성을 논리적으로 주장하고 있을 뿐만 아니라, 실제 창작에서 과감하게 실천했던 것이다. 속어의 도입을 이처럼 노골적으로 그리고 논리적으로 설파한 사람은 없었다.

한문학 창작에 속어—한국어를 도입하는 것은 가장 예민한 문학의 차원에서 보편주의를 이탈하여 민족적인 것의 실천이란 면에서, 말하자면 탈중세적/근대적인 비평으로 인식되어 왔다. 과거 이옥 연구자, 조선 후기 문학사가들은 이옥의 민족문학론에 열광할 수밖에 없었던 것이다. 역으로 비평사적 컨텍스트에서 이옥 비평의 의미, 혹은 그 컨텍스트 자체가 반성될 수가 없었던 것이다. 이옥은 오로지 '민족문학'이란 컨텍스트에 의해 이해된 것이었다. 그의 이론의 결함, 한계는 아예 지적될 수가 없었다.

이옥이 자신의 창작에 속어를 구사한 것은 당시에도 이미 문제가 되었다. 김려의 이야기를 들어보자.

나의 친구 이기상이 문사를 짓는 것을 보면, 매양 붓을 잡고는 즉시 써 내려가 빠르기가 바람과 번개 같아서, 손에서는 팔뚝을 멈춤이 없으며, 마음속에서는 막히는 생각이 없었다. 장편 대문(大文)·단률(短律)·소결(小関)을 막론하고 원만하지 않음이 없었고, 익숙하지 않은 글자가 없었다. 그것을 읽는 자 중에는 혹 그가 때때로 방언과 속어를 사용하는 것을 싫어하여 문장의 한 흠이라고 여기기도 하지만, 그러나 대개는 전혀 생삽하거나 견강부회한 흔적이 없었으니, 진실로 한 시대의 뛰어난 재주라 할 만하다.338)

나는 이기상의 시와 산문을 사랑한다. 그 기묘한 정감과 이상한 생각은 마치 누에가 실을 토하는 것 같고 샘이 구멍에서 솟아나는 것 같다. 이제 이 책을 보니, 곧 그의 잡저외서(雜著外書)이다. 비유하자면 노래 잘하는 사람의 노래를 들을 때 범범(渢渢)한 정시(正始)의 소리이다가 변하여 상성(商聲)의 맑고 밝은 소리가 되고, 우성(羽聲)의 처량하고 괴로운 소리가 되는 것 같다. 이것은 맹상군이 일찍이 옹문(雍門)의 거문고에 눈물을 흘렸던 까닭인 것이다. 독자들은 간혹 그가 때때로 속어를 사용하고 있음을 병통으로 여기지만, 그러나 또한 재주가 지나친 것일 뿐이다. 송분자(誦芬子)가 말하기를, '이기상은 붓끝에 혀가 달렸다'라고 하였는데, 나도 좋은 평이라고 여긴다.[339]

방언과 속어의 구사는 이옥 산문의 특이점이 되는 것이다. 주지하다시피, 한문산문에서 어휘의 문제는 매우 중요한 것이었다. 특히 의고파의 창작론이 등장한 이후, 텍스트에서의 어휘를 고전의 어휘로 제한하고자 했던 것은 이미 누차 검토한 바 있다. 아니, 이뿐만 아니라 문학의 언어가 용법에 의해서 결정되는 것이 아니라, 특유한 범위 내의 어휘로 제한된다고 하는 관념은 아직도 상식 속에 뿌리박힌 생각이다.

이 속어의 문제를 어떻게 돌파할 것인가, 이것을 어떤 비평의 논리로 해명할 것인가? 이옥의 「삼난」은 바로 이 문제를 다룬 것이다. 이 비평문의 서두에서 이옥은, 「이언」의 의복·음식·그릇 등 물명이 본래의 명칭─한자어를 쓰지 않고, 자기 의사로서 토속 이름을 문자로 표현했다는 비난을 받으며, 그는 이에 대해 반론을 펼친다.

---

338) 金鑢, 「題花石子文鈔卷後」; 李鈺, 『이옥전집』 2, 356면. "及見吾友李其相之爲文詞也, 每操筆立書, 疾如風電, 手無停腕, 心無凝思. 毋論長篇大文, 短律小闋, 無不可圓之語, 無不可厭之字. 讀之者, 或嫌其時用方言俚語, 以爲文字之一疵, 然大低了無生澁牽强之態, 眞可謂一時之奇才也."

339) 金鑢, 「題梅花外史卷後」; 위의 책, 355~356면. "余愛李其相詩文, 其奇情異思, 如蠶絲之吐, 如泉覈之湧. 今見此卷, 卽其雜著外書也. 譬若聽善謳者之歌, 其始也, 渢渢乎正始之音, 而變之爲商聲瀏亮, 羽聲凄苦, 此孟嘗所以下淚於雍門之琴者也. 讀者病其時, 或有俚語, 然亦才之過耳. 誦芬嘗言 : '其相筆端有舌.' 余以爲善評云."

저 띠풀로 짜서 까는 것을 옛사람─중국 사람들은 '등경(燈檠)'이라 하는데 나와 그대는 '광명(光明)'이라 한다. 저 털을 묶어서 뾰족하게 한 것을 저들은 '필(筆)'이라 하는데 우리는 '붓[賦詩]'라고 한다. 저 닥나무 껍질을 찧어서 하얗게 만든 것을 저들은 '지(紙)'라 하는데 우리는 '종이[照意]'라 한다. 저들은 저들의 이름하는 바로써 이름을 삼고, 우리는 우리의 이름하는 바로써 이름을 삼는다. 나는 모르겠거니와, 저들이 이름하는 것이 과연 그 물건의 이름이라 할 수 있으며, 우리가 이름하는 것이 과연 그 물건의 이름이라 할 수 있겠는가? 저 사람들이 '석(席)'이라 하고 '등경'이라 한 것은 이미 반고씨(盤古氏)가 즉위한 처음에 칙명으로 내린 이름이 아닐진대 또한 그 본래의 이름이 아니다. 우리가 '붓'이라 하고 '종이'라고 한 것도 또한 닥나무와 털의 적친 부모가 손수 만든 그 당시에 바로 명명한 것이 아니라면 또한 그 본래의 이름이 아니다. 그것이 그 본래의 이름이 아님은 동일한 것이다. 저들은 마땅히 저들의 이름하는 바로 이름하고, 우리는 마땅히 우리의 이름하는 바로 이름하는 것이다. 우리가 어찌하여 반드시 우리의 이름하는 것을 버리고, 저들이 이름하는 것을 따라야 하겠는가? 저들은 어찌하여 그 이름하는 것을 버리고 우리의 이름하는 것을 따르지 않는단 말인가?340)

이옥의 언어 인식은 충격적인 것이다. 등경 / 광명, 필 / 붓, 지 / 종이의 관계는 고인＝중국인 / 아(我)의 관계로 표현된다. 고인은 곧 중국인이다. 중세의 언어 사용에서, 이 관계는 분명히 위계적인 것이었다. 말하자면, 문어 / 속어의 관계 혹은 문어 / 구어의 관계에서 언제나 문어가 우월한 것으로 선택된다. 고인 / 금인의 관계에서는 고인이, 중국인 / 한국인의 관계에서는 중국인이 위계적으로 상위에 있는 것이었다.

이옥이 이 위계적 관계를 실제 동등한 관계로 설정하는 것은 언어─대상

---

340) 李鈺,「三難」, 위의 책, 301~302면. "彼草織而藉者, 古之人中國之人則曰席, 我與子則曰兜單席, 彼架木而安油盞者, 古之人中國之人則曰燈檠, 我與子則曰光明, 彼束毛而尖者, 彼則曰筆, 我卽曰賦詩, 彼搗楮而白者, 彼則曰紙, 我則曰照意. 彼以彼之所名者名之, 我以我之所名者名之, 吾未知彼之所名者, 果其名耶? 我之所名者, 果其名耶? 彼之曰席曰燈檠者, 旣非盤古氏卽位之初年欽差錫名者, 則亦非其名也. 我之曰賦詩曰照意者, 又非楮與毛嫡親爺孃之所唾手命名者, 則亦非其名也. 其爲非其名也, 則均矣. 彼當以彼之所名者名之, 我當以我之所名者名之. 我何必棄我之所名者, 而從彼之所名者乎, 彼則何不棄其所名者, 而從我之所以名者乎?"

의 관계가 자의적이라는 것이다. 그것늘은 '본래의 이름'이 아닌 자의적인 것이다. 그는 언어가 자의적 기호라는 인식에 도달하고 있었던 것이다. 이 인용에 이어지는 원님이 등잔기름을 법유(法油)라고 불러, 아전이 결국 등잔 기름을 사 오지 못했다는 예와 서울 사람이 '청포'라고 부른 물건을 시골 사람이 '묵'으로 알아듣지 못했다는 예화는 언어가 사회적 약속의 산물인 자의적 기호라는 인식임을 보여주는 것이다.

언어가 자의적 기호이며, 사회적 약속이라는 관점은 한문에 주어진 특권을 당연히 박탈한다. 접동새—두견, 철작—비취의 관계에 있어서 후자가 시어로 선택되어야 할 필연성은 없어진다.341) 이런 관점에 서면, 한국어의 물명을 굳이 한문으로 번역할 필요가 없어지는 것이다.342) 이 한문 / 향언의 대립은 보편문언이 문어가 되고, 속어가 구어의 역할을 담당한다는 전형적인 중세의 언어관행의 산물이다. 동시에 한문 / 향언의 대립은 고귀함 / 천박함의 가치적 대립을 전제하고 있는 것이다. 이옥의 발언은 이러한 가치적 대립에 대한 도전이다. 과연 그는 "토속 이름(향명)이라고 하는 것은 토속에서 쓰는 이름이다. 우리가 그것을 다만 입으로만 부를 수 있고 붓으로는 적을 수 없다"는 중세의 언어관에 대해 도전한다. 신라의 예가 있지 않은가? 신라는 '경(京)'이 아니라 '서라벌'을, '왕'이 아니라 '이사금'이라 하였다. 접동새—두견, 철작—비취의 관계에서 향명 전자, 곧 향명을 썼던 것이다. 이것이 이옥이 향어를 시어로 사용할 수 있는 결정적 근거가 된다.

---

341) 위의 책, 302~303면. "시냇가에 새가 있는데 푸른 깃이 매우 고우니 그 이름을 '鐵雀'(303면)이라 한다. 그런데 우리나라 옛 시에 곧 '대나무 우거진 촌가에 비취새 우네'라고 하니, 월상의 공물이 조선의 촌가에 무슨 관계가 있는가? 산 속에 새가 있는데 밤이 되면 반드시 슬피 우니 그 이름을 '접동'이라 한다. 그런데 또 옛 시에 곧 '이 지방의 두견새 우는 소리 차마 듣지 못하겠네'라고 하니, 파촉의 혼백이 조선 땅에 무슨 관계가 있는가? 이러한 종류들은 다 책할 수 없을 정도이다."

342) 위의 책, 303면. "그러므로 우리나라 사람들이 의복·음식·그릇 등 무릇 물건에 대해 그 부르고 있는 명칭으로 이름을 지으면 세 살 먹은 어린아이조차 오히려 환히 알고도 남을 터인데, 저 붓을 잡고 종이를 대하여 두어 자의 件記를 작성하려 할 때면 곧 좌우로 보며 옆 사람에게 묻게 되지만 그 물건이 어떤 중국의 명칭에 해당하는 것인지는 알지 못한다. 어찌 이런 일이 있게 된 것일까? 아, 나는 그 뜻을 알 것 같다."

이옥의 발언으로 해서 속어 / 민족어가 한문학의 언어로(물론 제한적이지만)
사용될 수 있는 이론적 근거가 마련되었다. 이옥의 발언은 민족적인 색채가
대단히 농후한 것으로 해석될 수 있다. 이제까지 문학사가들은 한문학에서
의 조선적 요소의 도입을 민족적, 근대적인 것으로 판단했던바, 이옥처럼
문학사가들의 욕망을 채워준 작가는 없었다. 연암과 다산, 그리고 기타 작
가들에 의해 한문학에 한국어가 도입되었지만, 그것을 이토록 선명한 논리
로 주장한 사람은 없었던 것이다.

이옥의 발언을 민족문학론의 시발로 본다면, 그의 발언은 결국 한문학을
부정, 붕괴하는 논리를 갖추고 있어야 할 것이다. 과거의 논자들은 바로 여
기에 주목하여 이옥 문학에서 근대성을 읽어내었던 것이다. 하지만 이옥의
논리 구성에는 어떤 모순이 내재하는지, 그것의 한계는 무엇인지가 엄격히
검토되지 않았다.

무엇보다 이옥의 이론은 어휘의 층위에 머무르고 있다는 것이다. 그는 고
인 / 금인, 중국인 / 한국인의 대립을 전제하고 있으나, 이것은 어휘의 차원에
서 이루어지고 있을 뿐이다.

> 아! 가령 그 물건을 이름한 것이 모두 석(席) · 등경(燈檠) · 필(筆) · 지(紙)라고 한
> 것처럼 반드시 그 물건에 합당하다면 나도 내 의견을 버리고 남의 의견을 따를 것
> 이며, 반드시 토속 이름을 억지로 맞추어 마치 이기기를 힘쓰는 자처럼 하지는 않
> 을 것이다. 그런데 푸른 깃을 가리켜 비취라 하고, 슬픈 울음소리를 듣고 두견새라
> 하는 데에 이르러서는 내가 비록 솜씨가 둔하고 혀가 어눌하여 언문시를 짓는데 이
> 르더라도 결코 법유를 사고 청포를 먹는 일은 하지 않을 것이다. 그러니 내가 어찌
> 하여 토속이름을 쓰지 않을 수 있겠는가?343)

그가 첫째 한문의 물명이 타당한 경우라면 그것을 따른다, 둘째 한문 물

---

343) 위의 책, 304면. "噫! 使其所以名物者, 皆如席也燈檠也筆也紙也, 之必當其物, 則吾亦當
捨己而從人, 不必强傅鄉名若務勝者然, 而至若指碧羽而爲翠聽哀鳴而爲鵑, 則吾雖手鈍舌
訥, 至作諺文之詩, 必不肯賣法油而喫靑泡矣. 吾如之何其不爲鄉名耶?"

명과 향명이 불일치하는 경우는 향명을 쓴다. 후자는 아마도 한문 물명으로 대체할 수 없는 향명의 경우가 전형적인 예가 될 것이다.

이옥의 주장이 충격적임에도 불구하고, 그 한계는 자명하다. 문학 창작에서의 언어의 문제는 의고파의 의고적 창작론이 수용된 이후 줄곧 논란이 되어 왔다. 이 논란의 정점이 이옥의 발언이다. 이옥은 이 문제의 최후의 단계에 도달한 것이다. 이옥의 주장을 다시 음미한다면, 그의 향명의 도입은 극히 부분적인 현상으로 존재하는 것이지, 전면적인 민족어의 사용과는 거리가 먼 것이다. 즉 그가 내세웠던 언어적 대립이란 어휘의 층에서 이루어지고 있는 것이지, 통사의 차원은 아니다. 그것은 말하자면, 중국어 / 한국어의 모순적 대립이나, 중세의 문어 / 구어의 완전한 분리라는 모순을 지적한 것은 아니었던 것이다. 그의 주장은 요컨대 한문학의 창작에서 속어의 사용에 대한 금기를 풀라는 것이었다. 한국인에게 그것은 한자로 표기할 수 있는 한국어의 사용을 가능케 하라는 것이었다.

사실 이옥에게 중국어와 대립하는 한국어의 존재는 매우 애매한 형태로 인지되고 있을 뿐이다.

> 유감스러운 것은 창힐이나 주황이 이미 일찍이 우리를 위하여 따로 문자를 만들지 않았고, 단군이나 기자도 일찍이 글로써 우리를 가르친 적이 없는 것이다. 그런즉 많은 여러 가지 토속 말[刺刺鄕音] 중에 혹 문자로서 이름하지 않은 것이 있는데 그 이름할 수 있는 것은 내가 무엇이 두려워 이름을 만들어 쓰지 않겠는가? 이것이 내가 반드시 토속 명칭을 사용하게 된 까닭이다.[344]

이옥에 의하면, 한국어는 문자를 갖지 않는다. 그에게 문자란 오로지 한자와 같은 표의문자일 뿐이다. 그는 한글이란 표음문자는 문자로 생각하지 않는다. 문자는 오로지 한자일 뿐이다. 그는 한국어의 어휘를 한자로 표기

---

344) 위의 책, 같은 면. "所可嘆者, 蒼帝、朱皇旣不曾爲我而別造書焉, 檀仙、箕王亦未嘗以書而早敎焉, 則刺刺鄕音, 或有文字之所未名者, 而如其可以名者, 則吾何畏而不以爲是哉? 此吾之所以必以鄕名者也."

하고(음차하고), 그것을 한문학에 도입하고자 했던 것이다. 그가 방언에서 사투리를 한자로 옮겨 적으며 어딘가 의미의 상동성을 추구한 것도 이와 같은 맥락이다.

한문이란 언어를 그대로 차용하면서—즉 이것은 한문이란 언어를 이미 기정사실화한다는 것이다—통사구조는 그대로 두면서 일부의 어휘를 대체한다는 것으로 요약된다. 즉 이것은 영어의 통사구조를 빌리면서 어휘를 한국어의 어휘를 쓴다는 것과 동일한 것이다. 이것은 명백한 모순이다. 만약 한자어로 대체할 수 없을 경우(고유명사), 향명의 구사는 불가피한 것이다. 동시에 그것이 시어로의 기능 때문에 대체 불가능한 경우, 향명의 구사는 불가피하다. 그러나 이옥은 언어의 통사구조를 그대로 수용하면서, 일부의 어휘를 대체한다고 하는 것은 분명히 모순이 아닐 수 없는 것이다. 이옥이 한문이란 언어 자체를 포기하고 있지 않으며, 국문으로 문학을 하자는 생각을 하지 않고 있는 것을 보면, 그가 중세적 문학 양식을 포기할 생각은 전혀 없었던 것이다. 이 점을 넘어서면 한문학을 폐기하게 될 것이다. 하지만 이후 이 문제를 연속적으로 다루어 국문문학으로 넘어간 사례는 존재하지 않았다.

우리는 이옥에 대해 너무 열광한 나머지 그의 이론적 모순을 간과했던 것이다. 이런 점에서 객의 논조는 이 점을 짚어 내지를 못하고 있다. 이 한계, 모순은 어디서 기인하였는가. 분명히 이것은 그가 원래 기초하고 있던 이론의 한계와 모순에서 온 것으로 짐작된다.

이옥의 이론은 공안파 이론의 연장이다. 「희제원중랑시집후」에서 확인할 수 있듯, 이옥의 자신감 있는 말투는 그가 공안파를 너무나 잘 인지하고 있었다는 것을 반증한다. 그러나 그는 원굉도의 이론에 대해 구체적으로 언급하기를 꺼렸다. 아니, 그는 긍정하면서도 동시에 원굉도를 폄하하고 있지 않은가? 원굉도의 문학에 대해 드물게도 따로 언급을 남기고, 무언가 망설이는 듯한 논조의 평가는 내면적으로 그의 이론이 원굉도의 이론과 밀접한 관계가 있음을 암시한다.

사실 이옥의 속어를 도입하자는 주장은 원굉도 이론의 틀 속에서 배태된 것이었다. 김려의 이옥에 대한 증언을 들어보자.

> 기상(其相)의 말에 "나는 요즘 세상의 사람[今世人]이다. 내 스스로 나의 시, 나의 문장을 짓는데 선진양한(先秦兩漢)에 무슨 관계가 있으며 위진삼당(魏晋三唐)에 무어 얽매일 필요가 있는가?" 하였다.[345]

고인과 중국인이 동시에 저[彼]로 존재한다는 것이다. 원래 원굉도의 이론은 시간을 축으로 하여 고와 금을 대립시키는 것이었다. 이것은 언제나 공간으로 확장될 수 있었다. 현재의 언어를 쓴다는 것은 여기의 언어, 곧 공간을 미리 내포하고 있는 것이었다. 이옥은 그 가능성을 구체화했던 것이다. 그는 원굉도의 이론에서 근거하여, 출발하고 있는 것이다.

> 세도(世道)가 변하자 문장도 그에 따라 변했습니다. 그러니 지금 세상에서 옛날 문장을 모의(摹擬)할 수 없는 것은 자연스런 형세입니다. 장형(張衡)·좌사(左思)의 부(賦)는 양웅(揚雄)·사마상여(司馬相如)와 조금 다르지만, 강엄(江淹)·유신(庾信) 등 여러 사람에 오면, 또 달라집니다. 당(唐)의 부(賦)는 가장 명백하고 쉽지만, 소자첨(蘇子瞻)에게 오면 단지 문장일 뿐입니다. 그러나 부(賦)의 체제가 날이 갈수록 변하고, 부의 마음은 날이 갈수록 공교해져 옛날 부라 해도 나을 것도 없고, 뒷날의 부라 해도 못할 것도 없습니다. 만약 오늘날 붓을 쥔다면 기축(機軸)이 더욱 같지 않을 것입니다. 왜이겠습니까? 인사(人事)와 물태(物態)는 시간이 흐르면 바뀌고 향어(鄕語) 방언(方言)은 때가 지나면 변하므로, 오늘의 일을 일삼는다면, 또한 오늘의 문(文)을 문(文)으로 여길 뿐인 것이다. 여남(廬楠) 등 여러 사람은 부가 무슨 물건인지도 모르고 경사(經史)의 바다 같은 책들의 자안(字眼)을 죄다 베껴내고는 그릇되게도 복고(復古)라 하니 또한 아주 가소롭지 않습니까![346]

---

345) 金鑢, 「題墨吐香草本卷後」, 李鈺, 『이옥전집』 2, 소명출판, 353~354면. "吾今世人也. 吾自爲吾詩吾文, 何關乎先秦兩漢, 何繫乎魏晋三唐."

346) 袁宏道, 「江進之」, 『袁宏道集箋校』 上, 515~516면. "世道旣變, 文亦因之, 今之不必摹古者也, 亦勢也. 張·左之賦, 稍異揚·馬, 至江淹·庾信諸人, 抑又異矣. 唐賦最明白簡易, 至蘇子瞻直文耳, 然賦體日變, 賦心益工, 古不可優, 後不可劣. 若使今日執筆, 機軸尤爲不同. 何也? 人事物態, 有時而更, 鄕語方言, 有時而易, 事今日之事, 則亦文今日之文而已矣. 廬楠諸君不知賦爲何物, 乃將經史海篇字眼, 盡意抄謄, 謬謂復古, 不亦大可笑哉!"

이옥의 주장은 한문학에서의 속어의 도입일 뿐이다. 그것은 말하자면, 한문이란 언어의 부정이 아닌 것이다.

주의할 것은 이 어휘의 도입으로 한문학이 부정되거나 붕괴되는 것은 아니라는 점이다. 그것은 한문학의 영역의 확대인 것이다. 즉 외부의 언어를 자기의 언어로 흡수하여 한문학의 영역을 확대한다는 것이다. 이옥이 한문학을 부정하지 않았다는 것은 중요한 것이다. 이것은 원굉도가 한문학을 부정하지 않았다는 것과 동일한 것이다.

위에서 검토한 바와 같이 이옥의 비평 역시 공안파의 논리 위에 구축되고 있다. 다만 그 역시 자신의 공안파 위에 구축된 자신의 창작론을 그대로 실천하였다. 우리가 이제까지 주목해 왔던 그의 소품 산문과 「이언」과 같은 여성의 일상과 현실적 정감을 제재로 한 시(詩) 등이 그 실천의 산물인 것이다.

제 5 장

공안파 비평의 실천에 대한 비판과 탄압

허균 이래 중국에서 수입된 공안파는 18세기 후반에 와서 적극적인 해석과 실천을 낳으면서 문인층에 크게 유행하기 시작하였다. 그런데 공안파 그리고 그 내부에 장치된 양명좌파의 논리가 문인지식인들 사이에 전파된다는 것은, 결과적으로 국가이데올로기인 성리학의 존립 근거를 뒤흔드는 극히 위험한 것이었다. 특히 체제의 핵심이었던 경화세족들 사이에서의 공안파와 양명좌파의 유행은 체제 핵심부에 이단적 사유가 양성되고 있음을 의미하였다.

이러한 이단적 사유의 유행을 감지하고 비판을 제기한 사람은, 사대부가 아닌 국왕 정조였다. 정조의 비판 과정이 바로 알려진 바의 문체반정(文體反正)이다. 문체반정이 시작된 것은 1791년이다. 하지만 정조는 훨씬 이전부터 사대부들의 문체에 대해 우려를 표명하고 있었다. 다만 1791년 진산사건(珍山事件)이 일어나자, 서학 등 여러 이단적 사유의 확산에 제동을 걸기 시작했던 것이다. 문체반정의 경과의 의미에 대해서는 이미 여러 논고가 있으므로 여기서 재론할 것은 아니다. 다만 여기서는 문체반정과 공안파와의 관련성만을 언급하기로 한다. 정조는 1791년 11월에 이렇게 말하고 있다.

> 대체로 명청(明淸)의 문장은 초쇄(噍殺) 기궤(奇詭)하여 실로 치세(治世)의 문장이 아닌데, 원중랑집(袁中郎集)이 그 중에서 가장 심하다.[1]

문체반정의 모두에서 공안파(公安派) 원굉도(袁宏道)의 문집이 소품의 전형이자 기원으로 인식된 것이었다. 사실 명말청초의 문체변혁의 이론적 근거와 실천은 원굉도로부터 시작된 것이다.[2]

같은 해에 정조는 초계문신(抄啓文臣)의 친시(親試)와 성균관 유생의 응제(應製)에 「속학(俗學)」이란 문제를 출제한다. 이 글은 대단히 흥미로운 것으로 당시 정조가 생각했던 이단적인 성격의 명말청초 문집이 망라되어 있다. 먼저 정조의 출제 의도를 살펴보자.

> 왕은 말하노라. 심하도다. 속학(俗學)의 폐단이여. 명말청초(明末淸初) 제가(諸家)의 초쇄(噍殺)하고 간사한 문체가 나오자, 번잡한 문장, 군더더기 글이 찬란하게 꽃을 피우고, 우스갯소리나 농담은 엿이나 꿀보다 달게 여긴다. 송유(宋儒)를 지목하여 진부(陳腐)하다 하고, 팔대가(八大家)를 의양(依樣)한다고 비웃은 지 또 백 년이 되었다. 서로 기궤(奇詭)함을 다투면서 날이 가고 달이 갈수록 더욱 심하고 번성하여, 세상을 떠들썩하게 하고 놀라게 하는 소리를 내는 데 부지런하여, 뜬생각은 안에서 삐어져 나오고, 그 버릇은 바깥에서 고질이 되어 간다.[3]

즉 새로운 문체가 송대 성리학을 진부한 것으로 여기고, 당송팔대가를 의양하는 것으로 여긴다는 것이다. 성리학과 당송팔대가는 정통 국가 이데올

---

1) 『正祖實錄』, 15년 11월 7일, 56면. "大體明淸之文, 噍殺奇詭, 實非治世之文, 袁中郎集爲其最矣."
2) 공안파와 문체반정에 대한 개괄적인 이해는 강명관, 「문체와 국가장치」, 『안쪽과 바깥쪽』, 소명출판, 2007, 204~206면 참조.
3) 正祖, 「俗學」, 『弘齋全書』 2 : 『韓國文集叢刊』 263, 282면. "王若曰, 甚矣, 俗學之弊也. 自明末淸初諸家, 噍殺詖淫之體出, 而繁文剩簡, 燦然菁華, 詼諧劇談, 甘於飴蜜, 目宋儒爲陳腐, 嗤八家爲衣樣者, 且百餘年矣. 競相奇詭, 日甚月盛, 以孜孜於譁世炫俗之音, 浮念側出于內, 流習交痼于外."

로기이자 정통 문체가 아니었던가. 새로운 사유와 문학은 이른바 지식인들이 근거해야 할 정통적 이념과 문학을 해체하고 있었던 것이다. 그렇다면 과연 그것은 어떤 것인가.

경의학(經義學)으로 말하자면, 짝을 지어 나열한 말이라고 우서(虞書)를 비난하고, 중복된 말이라고 하여 아송(雅頌)을 헐뜯고, 석경(石經)을 가규(賈逵)의 작이라 하고, 시전(詩傳)을 자공(子貢)의 이름을 빈 것이라 한다. 성인을 그르게 여기고, 경전을 속이는 풍조는 풍방(豊坊)·손광(孫鑛)의 무리가 창도한 것이다.

엄박학(淹博學)으로 말하자면, 명물(名物)을 까다롭게 따지고 고증(考證)에 빠져 잡서(雜書) 곡설(曲說)에 탐닉한다. 그 미친 듯 날뛰며 천착하는 풍조는 양신(楊愼)·계본(季本)의 무리가 창도한 것이다.

문장학(文章學)으로 말하자면, 전책(典冊)의 금궤(金匱) 속의 아름다운 옥 같은 글을 읽고는 반드시 흉을 보고 업신여기고, 장부의 기록과 『토원책(兎園冊)』의 무의미한 말은 늘 입이 바쁘다. 그들이 자랑하는 것은 충각(蟲刻)이고, 비교하는 바는 계거(鷄距)다. 그 비판(裨販)에 표절하는 풍조를 칠자(七子)·오자(五子)의 무리가 창도한 것이다.[4]

경의학은 곧 경학을 말한다. 풍방과 손광의 경학이 정통 경학, 특히 송학의 해석을 부정했다는 것이다. 엄박학은 박학을 말하는 것으로 양신과 계본을 들고 있는데, 이쪽은 고증학으로 인해 말한 것이어서, 경의학과 거의 구분되지 않는다. 마지막이 문장학이다. 이 세 부분에서 일어난 학문상의 변화가 정통을 위협한다는 것인데, 정조가 드는 실례로서의 책들은 사뭇 다른 성격을 띤다. 그가 들고 있는 이 세 가지에 해당하는 저작들을 정리하면 다음과 같다.

---

4) 위의 책, 같은 면. "經義之學也則以排偶訶虞書, 以重複訾雅頌, 石經託之賈逵, 詩傳假諸子貢, 而非聖誣經之風。豊坊·孫鑛輩爲之倡焉. 淹博之學也則察於名物, 泥於考證, 耽舐雜書曲說, 而猖恣穿鑿之風。楊愼·季本輩爲之倡焉. 文章之學也則典冊之金匱琬琰, 讀之必訛謯, 簿錄之兎園飣餖, 見之輒嘈囋, 所矜者蟲刻, 所較者鷄距, 而裨販票賊之風。七子·五子輩爲之倡焉."

　　① 풍방(豐坊)·손광(孫鑛)의 파—왕기(王畿)의 『용계어록(龍溪語錄)』, 왕간(王艮)의 『심재어록(心齋語錄)』, 나홍선(羅洪先)의 『동유기(冬遊記)』, 주득지(朱得之)의 『소련갑(宵練匣)』, 호직중(胡直中)의 『호자형제(胡子衡齊)』, 나여방(羅汝芳)의 『회어록(會語錄)』, 주여등(周汝登)의 『왕문종지(王門宗旨)』, 모원순(毛元淳)의 『심락편(尋樂篇)』, 첨재반(詹在泮)의 『미언(微言)』, 모기령(毛奇齡)의 『경설(經說)』

　　② 양신(楊愼)·계본(季本)의 파—장수지(張燧之)의 『천백년안(千百年眼)』, 서백령(徐伯齡)의 『담정준지(蟬精雋支)』, 윤견(允堅)의 『매화도이림(梅花渡異林)』, 곽자장(郭子章)의 『육어(六語)』, 조신(曹臣)의 『설화록(舌華錄)』, 유수(鈕琇)의 『고잉(觚賸)』, 주량공(周亮工)의 『인수옥서영(因樹屋書影)』, 장조(張潮)의 『단궤총서(檀几叢書)』, 육훤(陸烜)의 『기진재총서(奇晉齋叢書)』

　　③ 칠자(七子)·오자(五子)의 파—이지(李贄)의 『대아당집(大雅堂集)』, 우순희(虞淳熙)의 『덕원집(德園集)』, 서위(徐渭)의 『문장집(文長集)』, 삼원(三袁)의 『백소(白蘇)』·『중랑(中郎)』·『가설집(珂雪集)』, 종성(鍾惺)의 『백경집(伯敬集)』, 담원춘(譚元春)의 『우하집(友夏集)』, 문상봉(文翔鳳)의 『태청집(太靑集)』, 이불(李紱)의 『목당고(穆堂稿)』, 모선서(毛先舒)의 『사고당집(思古堂集)』, 심덕잠(沈德潛)의 『귀우집(歸愚集)』[5]

　　이 책들은 아마도 그가 왕이라는 이유로 볼 수 있었던 것일 터이다. 하지만 이 시기 중국의 장서로 거대한 개인 장서를 구축한 경화세족들의 문화—예컨대 직접 유만주에게서 확인되는 것처럼—를 생각한다면, 이런 책들이 들어와 유행처럼 읽혔으리라 추정해도 지나친 것은 아닐 것이다.

　　그런데 사실상 이 문제에 있어서 주류가 된 것은 무엇인가. ②는 이른바 다양한 지식을 모아 놓은 편서류이니, 일단 제외하자. 그렇다면 ①과 ③의

---

5) 위의 책, 282~283면. “豐坊·孫鑛之派, 有若王畿之龍溪語錄, 王艮之心齋語錄, 羅洪先之冬遊記, 朱得之之宵練匣, 胡直中之胡子衡齊, 羅汝芳之會語錄, 周汝登之王門宗旨, 毛元淳之尋樂篇, 詹在泮之微言, 毛奇齡之經說之屬是已. 楊愼·季本之派, 有若張燧之千百年眼, 徐伯齡之蟬精雋支, 允堅之梅花渡異林, 郭子章之六語, 曹臣之舌華錄, 鈕琇之觚賸, 周亮工之因樹屋書影, 張潮之檀几叢書, 陸烜之奇晉齋叢書之屬是已. 七子·五子之派, 有若李贄之大雅堂集, 虞淳熙之德園集, 徐渭之文長集, 三袁之白蘇·中郎·珂雪集, 鍾惺之伯敬集, 譚元春之友夏集, 文翔鳳之太靑集, 李紱之穆堂稿, 毛先舒之思古堂集, 沈德潛之歸愚集之屬是已.”

특징은 무엇인가. ①은 풍방·손광의 유파라고 하지만 사실상 양명좌파의 서적들이 아닌가. 정조가 제시하고 있는 이 흐름은 매우 흥미로운 것이다. 모기령을 양명좌파의 끝에 둔 것은 사실상 양명학이 경전을 상대화함으로써 경전을 텍스트로 보기 시작한 것의 끝 지점이다.

③은 오자·칠자 파라고 하지만, 사실상 이탁오로부터 서위, 원종도·원굉도·원중도, 종성·담원춘으로 이어지는 이탁오와 서위, 공안파, 경릉파 라인임을 알 수가 있다. 정조의 문체반정은 실로 서학을 제외한다면, 양명좌파와 공안파, 고증학을 문제 삼고 있음을 알 수 있을 것이다. 그가 명말청초의 문집들 중에서 초쇄, 기궤함이 가장 심한 경우로 『원중랑집』을 지적했던 것은, 그 원굉도가 초쇄, 기궤한 작품을 산출하는 가장 날카로운 비평적 근거를 말한 것이고, 사실은 그 배후에 이탁오를 비롯한 서위, 경릉파 등을 한꺼번에 염두에 둔 것이었다. 문체반정은 공안파와 양명좌파를 겨냥하고 있었던 것이다.

문체반정에 걸려든 인물 역시 공안파 비평의 실천과 관련이 있는 인물이었다. 이옥이 첫 번째 처벌 케이스에 걸려 정거, 유배를 당한 것은 너무나 유명한 사실이다. 이덕무의 경우를 보자. 정조는 성대중·오정근(吳正根)·박제가·이덕무 등의 문체를 거론하여 성대중과 오정근의 문체가 법도를 따르기에 높이 평가하는 반면, 박제가·이덕무에 대해서는 큰 단점을 버리고 조그만 장점을 취해 쓰는 것이라고 혹평하였다. 정조는 이들에 대해 '배우(俳優)'라고 하였다. 1792년 가을 정조는 이덕무에게 문장이 패관잡설에 가깝다 하여 자송문(自訟文)을 지어 바치라 명했다. 문체반정이 일어난 것은 1791년 11월이었으니, 그로부터 약 1년 뒤였다. 사건이 잦아들 무렵인데, 이덕무가 걸려든 것은 의외의 일이 아닐 수 없다. 소심한 이덕무는 자송문을 짓지 못하고 고민하다가 죽는다. 앞에서 검토한 바와 같이 이덕무야말로 젊은 시절 공안파 비평에 골몰했던 사람이 아닌가.

공안파의 비평을 근거로 하여 글을 썼다는 박지원 역시 걸려들었다. 남공철은 정조의 말을 이렇게 전하고 있다.

오늘날 문풍이 이와 같은 것은 그 근본을 캐어보건대, 박모(朴某)의 죄가 아님이 없다. 『열하일기』는 내가 이미 숙람하였으니, 어찌 감히 속일 수 있으랴? 이 사람은 그물을 빠져나간 가장 큰 사람이다. 『열하일기』가 세상에 돌아다닌 뒤로부터 문체가 이 모양이 되었으니, 마땅히 결자(結者)가 해지(解之)해야 할 것이다.[6]

『열하일기』는 새로운 문체의 시험장이었다. 그것은 공안파의 소품체와 김성탄의 소설체가 어울린 새로운 마당이었던 것이다. 정조는 박지원에게 『열하일기』와 같은 규모의 아정(雅正)한 작품을 지어 올릴 것을 명했다. 그럴 경우 '남행(南行)의 문임(文任)'을 주겠노라고 약속을 했던바, 청화직인 문임은 문과에 급제하지 않은 사람에게는 파격의 은전이었다. 박지원은 물론 거부했다.

국왕이 주도하는 신사고(新思考), 신문학에 대한 탄압은 즉각 효과를 보았다. 제왕의 전제정치 하에서 제왕이 주도하는 사상전에서 버틸 수 있는 사람은 거의 없었다. 정조의 문체반정에 굴복한 문인들의 대응도 한결같이 원굉도를 꼽는 데 주저하지 않았다. 성대중(成大中, 1732~1812)은 정조의 문체반정에 동의하여 출세한 사람인데, 그 역시 서위·원굉도·종성·담원춘을 그 문체 오염의 괴수로 꼽고 있다.[7]

신하들은 국왕의 명령에 따라 신사고, 신문학에 대한 비판의 포문을 열었다. '고동서화(古董書畵)'란 네 글자를 썼다가 정조로부터 소품체라고 질책을 당한 남공철(南公轍)은 이렇게 말하고 있다.

명나라에 이르러 왕세정(王世貞)·이반룡(李攀龍) 등이 대가라 칭하였으나, 육경

---

6) 朴趾源, 『燕巖集』: 『韓國文集叢刊』 252, 35면에 실린 「答南直閣公轍書」에 부기된 남공철의 원래 편지에서 인용된 것이다. "近日文風之如此, 原其本則莫非朴某之罪也. 熱河日記, 予旣熟覽焉, 敢欺隱此? 是漏網之大者. 熱河記行于世後, 文體如此. 自當使結者解之."
7) 成大中, 「感恩詩敍」, 『靑城集』, 驪江出版社, 1985, 115면. "至於徐·袁·鍾·譚, 尤其劣者也. 尤末之氣, 噍殺之音, 適足爲泯夏之祟, 而莫之救也. 曾謂曲慧小知, 亦足禍天下耶? 若稗官小說盛於元世, 而其實則莊列之誕開其源, 瞿曇之幻揚其波, 眉山之妙悟亦不無濫觴, 而明末尖巧之才, 幷褰裳而趨之, 以才誤身, 以身誤世, 惜乎! 時無孔朱, 不得麾而返之正也."

(六經)의 근저가 있는 곳을 깊이 알지는 못해, 섣불리 서로 서경(西京) 대력(大曆) 사이에 표절하여 경계를 망령되이 나누고, 사마천·반고를 긁어내어 그 피부를 얻고, 청련(青蓮, 李白)과 소릉(少陵, 杜甫)을 표절하여 그 껍질을 얻어내니, 천하가 그들에게 쏠렸다. 이에 서위(徐渭)·원굉도(袁宏道)·목재(牧齋, 錢謙益)의 무리가 나와서 그들의 뒤를 헐뜯어 '가짜 고문'이라 하고, 그 폐단을 해결할 것을 생각하였으나, 육경의 본지(本旨)는 꿰뚫어보기 어렵기에 다만 그 껍데기 자구(字句)만을 바꾸어 두려고 하였으니, 식자들이 또 따라서 비판하기를, '소설로 부연한 것'이라 하였다. 가짜 고문이기에 그 기운이 허하고, 소설로 부연한 것이기에 그 기운은 거칠다. 오로지 손지(遜志, 方孝孺)·형천(荊川, 唐順之)·진천(震川, 歸有光)의 문장이야말로 문로(門路)가 자못 순후(醇厚)한 것이다.[8]

남공철은 의고파 이래의 유파를 셋으로 정리한다. 의고파, 의고파에 대한 비판적 비평자인 서위·원굉도·전겸익, 그리고 방손지·당순지·귀유광 등 당송파다. 그의 당송파에서 비평적 입지를 두고 의고파와 공안파를 모두 비판한다. 의고파는 '가짜 고문'으로, 공안파는 '소설로 부연한 문장'이라고 하지만 그의 비판이 설득력이 있어 보이지는 않는다. 그가 육경을 근거에 두고 있다면, 이것은 이데올로기적 비평이기 때문이다. 남공철의 비평은 다분히 정조에 야합한 듯한 느낌이 강하게 드는 것이다.

문체반정에 걸려들었던 또 한 사람인 이상황(李相璜, 1763~1841) 역시 『힐패(詰稗)』란 글에서 원굉도의 비평을 본격적으로 비판했다.

패자(稗者)─문장(文章)이 옛날과 같게 될 수 없는 것은, 세상이 변해서 그런 것이다. 그 힘이 이 세상을 거꾸로 뒤집어 진(秦)·한(漢)을 거쳐 위로 상(商)·주(周)·우하(虞夏)의 시대로 거슬러 올라갈 수 있는 사람이 있을까? 그렇지 않다면 문장이 거슬러 위로 올라갈 수 없음은 원래 그런 것이다. 지금의 문장이 송(宋)도 당

---

8) 南公轍, 「與金國器載璉論文書」, 『金陵集』; 『韓國文集叢刊』 272, 175면. "至於明, 王·李諸人號稱大家, 而不能深知六經之根柢所在, 徑相剽販於西京·大曆之間, 妄分畦畛, 刮馬遷·班固而得其膚, 掠青蓮·少陵而得其皮, 海內靡然趨之. 於是徐·袁·牧齋輩出, 而詆其後曰贗古文, 思欲捄之, 而顧六經之本旨, 難闖, 徒欲其形模字句之變置, 識者又從而譏之曰, 演小說. 贗古文故其氣虛, 演小說故其氣粗. 惟遜志·荊川·震川之文, 門路頗醇."

(唐)도 될 수 없음은, 송과 당이 주(周)와 상(商)이 될 수 없는 것과 같은 이치다. 한 시대에는 한 시대의 문체가 있으니, 서로 넘을 수 없다는 원석공(袁石公)의 말이 바로 그것을 지적한 것이다.

힐자(詰者)―과연 원중랑(袁中郞)의 말과 같다면, 팔대(八代)의 쇠퇴 뒤에 도리어 한문공(韓文公)이 문풍(文風)을 진작시킨 것은 무엇인가. 도리어 구양자(歐陽子)가 오계(五季)의 폐단을 이어받아 험괴(險怪)함을 내치고 울연히 당대의 한유(韓愈)가 된 것은 무엇 때문인가. 그렇다면 문장이 거슬러 위로 올라갈 수 없다는 것이 어디에 있단 말인가.9)

한 시대마다 한 시대의 문학이 존재한다는 것은, 원굉도 비평의 핵심 논리였다. 즉 이것은 의고파의 의고적 창작 논리를 비판하기 위해 만든 논리였던바, 고전적 전범이란 단지 그 전범이 탄생했던 시대의 요청에 의해서 창작된 것일 뿐이지 그것이 절대적 전범은 아니라는 것, 따라서 그 시대의 컨텍스트가 사라진 현재의 창작이 전범을 재현할 수도 없고, 할 필요도 없다는 것이 원굉도의 논리였다. 시간상대주의가 원굉도의 비평의 가장 강력한 지지 근거였던바, 이것을 이상황이 문제 삼고 있는 것이다.

이상황은 이렇게 말한다. 한유가 변려문을 비판하고 상고의 고문을 전범으로 삼아 거대한 예술적 성취를 이룬 것, 그리고 구양수가 오대의 뒤에 등장해서 역시 전범의 재현을 통해서 예술적 성취를 구가한 것은, 과거 전범, 즉 선진 양한 산문의 전범성과 재현 가능성을 입증한 것이라는 논리로, 원굉도의 시간상대론을 비판한다. 이상황의 논리가 타당한가? 그는 전혀 다른 차원에서 말하고 있다. 즉 한유·구양수의 전범의 재현이 온전한 복제적 재현으로 말하고 있는 것이다. 즉 그는 한유와 구양수의 산문에는 이미 당송의 언어적 사회적 요소가 스며들어 있다는 것을 간과하고 있는 것이다. 아

---

9) 李相璜, 『詰秤』. "秤者曰 : '文章之不古, 若世級然也. 力有能倒挽斯世, 歷秦·漢而上之列之於商·周·虞夏之間者乎? 否則文不可挽而上固也. 今之文之不能爲宋爲唐, 亦猶宋·唐之不能爲周爲商也. 代各有一代之體, 不相踰越, 袁石公之言, 是也.' 詰曰 : '果如中郞者之言, 八代之衰, 獨不有韓文公者出而振起文風乎? 獨不有歐陽子者承五季之弊黜去險怪, 鬱然爲今之韓愈乎? 然則烏在乎文章之不能挽而上也'."

울러 그는 원굉도 이래의 문학이 이미 당송파와는 다른 차원의 문학적 성취를 이루었음을 외면하고 있다. 이상황은 이어 『힐패』의 시에서 명대의 문학은 사(詞)와 리(理)가 어긋난 것으로 말하고 있는바, 이것은 곧 명대문학이 이미 유가적 이데올로기를 벗어나고 있음을 염두에 둔 것이었다. 그리고 원굉도의 지류가 김성탄이 되었다고 하여, 실제 후대 소설 비평의 원류를 원굉도가 제공한 것으로 판단하였다.[10]

성대중·남공철·이상황의 논리는 상당히 옹색해 보인다. 그들이 실제 소설과 소품에 대한 취미와 독서가 없었다면 모르겠거니와 사실 이들은 모두 소설 소품의 열렬한 독자였던 것이다. 이들의 논리는 사실 정조의 강력한 왕권에 의해 개발된 듯한 인상이 짙다. 하지만 이와는 달리 원굉도 류의 비평을 정조와 완전히 동일한 어조로 근저부터 비판하는 사람도 있었다. 예컨대 정약용을 보자.

정약용은 정범조(丁範朝)에게 보낸 편지에서 이반룡의 시에 대해서 이렇게 말하고 있다. "또 백운추색(白雲秋色)이니, 대강석강(大江夕陽)이니 산하일월(山河日月)이니 하는 말을 거의 작품마다 쓰지 아니한 적이 없으니, 즉석에서 써낼 때는 왕왕 놀라워하고 좋아할 만하였겠지만, 모아놓고 보면, 도무지 신기하지 않으니, 서문장(徐文長)과 원굉도(袁宏道) 등에게 그처럼 비난을 받은 것도 당연한 일입니다."[11] 즉 이반룡이 서위와 원굉도에게 비판을 받았다는 것을 인지하고 있었던 것이다. 하기야 이것은 18세기 후반이면 이미 상식이 되었음은 두말할 필요가 없을 것이다.[12] 또 앞서 언급한 바와 같이

---

10) 위의 책 「其八」. "先秦逖矣正聲微, 明世文詞與理違. 辛苦爭成凄澁語, 殊塗諸轍一其歸." 「其九」. "袁氏支流爲聖嘆, 不徒島瘦與郊寒. 汪哇最是文之賊, 何異儒門有異端." 「其十」. "前而徐魏後鍾惺, 其說誕奇恣不經. 自謂文章高一世, 聖人書外別門庭."

11) 丁若鏞, 「上族父海左範祖書」, 『與猶堂全書』 I : 『韓國文集叢刊』 281, 392~393면. "且如白雲秋色, 大江夕陽, 山河日月等語, 殆篇篇不捨, 方其卽席寫出, 往往有可驚可喜, 合而觀之, 了不新奇, 宜乎爲徐文長、袁宏道輩所訾毁如許耳."

12) 丁若鏞, 「老人一快事六首效香山體」, 위의 책, 124면에도 "凌凌李攀龍, 嘲我爲東夷. 袁尤搉雪樓, 海內無異辭." 원굉도는 이반룡[雪樓]를 쳤으나, 천하에 아무도 이견을 제시하는 사람이 없었다고 하여, 원굉도가 의고파를 비판한 이야기를 하고 있다.

전겸익과 원굉도를 들어서 이용휴의 문장을 평가하기도 하였다.13)

하지만 정작 정약용이 원굉도의 문학과 비평에 호의적이었는가 하면 꼭 그렇지는 않다. 그는 1800년 초여름에 처자를 이끌고 초천(苕川)의 농막(農幕)에서 부가(浮家)를 지으려 하다가 정조의 부름을 듣고 다시 상경하는데, 그때 지은 「초상연파조수지가기(苕上煙波釣叟之家記)」에서 이런 말을 하고 있다.

> 원굉도는 천금(千金)으로 배 한 척을 사서, 배 안에 북이며 피리며 세악(細樂)이며 여러 오락에 필요한 물건을 두고서, 하고 싶은 대로 한없이 놀되, 이 일로 망해 버려도 후회하지 않겠다고 하였다. 이건 미치광이나 탕자가 할 일이다. 나의 뜻은 아니다.14)

원굉도의 소원은 1595년 그가 오현에 있을 때 공유장에게 보낸 편지에 나온다. 이 편지에서 원굉도는 다섯 가지 즐거움을 이야기하는데, 정약용이 인용한 것은 네 번째, 다섯 번째 즐거움이다. 즉 배에다 집을 지어[浮家] 악대와 기생·첩·한량 등을 두고 늙음이 오는 것을 잊고서 가산을 모두 날려 버리도록 실컷 놀다가 기생집에서 비럭질을 하더라도 부끄러움을 모르는 것이 네 번째 다섯 번째 즐거움이라는 것이다.15)

원굉도의 발언은 세속의 이목에 얽매이지 않는 호쾌한 자유인으로서의 삶을 빗대 표현한 것이지만, 진지한 성품의 정약용에게는 전혀 구미에 맞지 않았던 것이다. 그 역시 앞서의 농암 김창협과 동일한 선상에서 비판하고 있는 것이다. 하지만 그는 보다 본질적으로 소품·소설 등 신흥문예를 반대하는 입장이었다.

---

13) 丁若鏞, 「貞軒墓誌銘」, 위의 책, 325면. "其爲文奇崛新巧, 要不在錢虞山、袁石公之下."

14) 丁若鏞, 「苕上煙波釣叟之家記」, 위의 책, 301면. "袁宏道欲以千金買一舟, 舟中置鼓吹細樂諸凡玩娛之物, 以窮心志之所欲, 雖由此敗落而不悔, 此狂夫蕩子之所爲, 非余之志也."

15) 袁宏道, 「龔惟長先生」, 『袁宏道集箋校』上, 205~206면. "千金買一舟, 舟中置鼓吹一部, 妓妾數人, 遊閑數人, 泛家浮宅, 不知老之將至, 四快活也. 然人生受用至此, 不及十年, 家資田地蕩盡矣. 然後一身狼狽, 朝不謀夕, 托鉢歌妓之院, 分餐孤老之盤, 往來鄕親, 恬不知恥, 五快活也. 士有此一者, 生可無愧, 死可不朽矣."

지금의 이른바 문장학이란 또 저 네 사람[한유·유종원·구양수·소식]의 글을 순정(淳正)하여 맛이 없다고 여기고는, 나관중(羅貫中)을 시조로, 시내암(施耐菴)을 원조(遠祖)로, 김성탄(金聖歎)을 하늘로, 곽청라(郭青螺)를 땅으로 섬긴다. 우동(尤侗)·전겸익(錢謙益)·원매(袁枚)·모생(毛甡) 등의 유학(儒學) 같기도 하고 불학(佛學) 같기도 하며, 삿되고 음란하고 괴휼(怪譎)스럽기까지 한 사람의 눈을 현혹시키는 모든 것들을 종사(宗師)로 섬긴다.16)

원굉도에 대한 언급은 없지만, 원굉도 류에서 파생되어 나온 전겸익, 김성탄, 그리고 소설가 등을 여지없이 비판하고 있다. 정약용의 비평적 준거는 '경세치용'이며, 이에 관계되지 않은 문학적 언어를 모두 무용한 것으로 보았던바, 그의 이런 주장은 기본적으로 정조의 것과 상통한다.

또 그는 공안파의 이론적 뿌리인 양명학 자체에 대해서도 탐탁하게 생각하지 않았다. 그는 「치양지변(致良知辨)」에서 양명은 자질이 본래 선하여 선하게 된 것이지만, 양명을 제외한 다른 사람은 타고난 자질이 맑지 못해 악하게 된 경우가 많았다고 하여, 양명의 논리 자체에 대해 깊이 회의했다.17) 그에게 있어 양명학의 윤리적 자발성이란 악으로 떨어질 수 있는 매우 위험한 논리였던 것이다.

정조의 우익이 된 마지막 인물은 홍석주(洪奭周, 1774~1842)다. 홍석주는 문체반정 이후 세대이지만, 그는 정조가 생각했던 정통적 코스를 밟은 사람이었다. 그는 정조가 문체반정 때 비판했던 서학과 고증학·소품·소설을 공히 비난하고, 주자학의 정통성과 우월성을 주장하였다. 그는 중국을 모범으로 삼는 사람들이 당송(唐宋) 시대를 표준으로 삼지 않고, 경전을 말하는 자는 고증학을 숭상하고, 문장을 전공하는 사람은 오로지 소품만을 전공하여,

---

16) 丁若鏞, 「五學論三」, 앞의 책, 242면. "今之所謂文章之學, 又以彼四子者爲淳正而無味也, 祖羅貫中, 祧施耐菴, 郊麟金聖歎, 禘螺郭青螺. 而尤侗·錢謙益·袁枚·毛甡之等, 似儒似佛, 邪淫譎怪, 一切以求眩人之目者是宗是師."

17) 丁若鏞, 「致良知辨」, 위의 책, 258~259면. "陽明資質本善, 故以之爲善者多; 他人資質不清, 故以之爲惡者衆. 此陽明之能自託於賢者, 而其徒之爲羣盜也. 故人於其自得而自樂也, 正所以生大患也. 吁, 可畏也."

모기령(毛奇齡)·호위(胡渭)를 정자·주자보다 존숭하고, 원굉도와 전겸익이 한유·구양수의 자리를 빼앗고 있다고 비판했다.[18]

　문체반정을 시작으로 하여 공안파의 영향력은 심히 약화되었다. 19세기 이후 공안파에 대한 발언이 잦아들었고, 공안파에 대한 발언은 대개 부정적 이었던 것이다. 또한 박지원과 이덕무, 이옥 등을 끝으로 공안파의 비평에 입각한 창작도 찾기 어렵다. 지금으로서는 딱히 꼬집어 말할 수 없지만, 국 왕이 주도한 문체반정이 공안파와 그리고 그 배후에 있는 양명좌파의 사유 를 질식시켰던 것으로 보인다.

---

18) 洪奭周,「鶴崗散筆」,『淵泉全書』7, 旿晟社, 1984, 64~65면. "我東人才固不能擬中國, 然 風氣晩開, 醇樸未離, 學術無多岐之惑, 文章無僞體之雜, 庶幾所謂一道德同風俗者. 近世 高才之士, 始或以局守塗轍爲恥, 稍稍慕中國之習, 而其所步趨於中國者, 不能以唐宋盛際 爲準, 譚經者唯尙考證, 攻文者專取小品, 視毛奇齡胡渭尊於程朱, 而袁宏道·錢謙益奪韓 歐之席, 駸駸乎將不知所底止矣."

공안파의 비평은 의고파를 대타적 존재로 해서 성립한 것이었다. 의고파는 선진양한(先秦兩漢)의 산문과 성당(盛唐)의 시라는 전범을 설정했다. 이 절대적 전범은 흡사 성리학의 '이(理)'와 같았다. 이것이 공안파의 비판을 초래했다. 공안파 비평의 배후에 있는 사상적 근거인 양명학, 그리고 양명좌파는 '이'의 객관적 존재를 부정했다. 양명학이 '이'를 부정한 그 논리는 공안파가 전범의 존재를 부정하는 논리와 동일하였다. 양명학의 상대주의는 공안파의 시간과 공간의 상대화로 옮겨졌고, 공안파는 이 상대화 위에서 다시 작가의 독창과 개성을 주장했던 것이다.

조선은 16세기의 끝에 의고파를 수입하였다. 이후 18세기 후반까지 의고적 창작론은 맹위를 떨쳤다. 의고적 창작론을 통해 저 고전의 높은 예술적 성취에 도달할 수 있다는 주장은 작가에게 너무나 매력적인 주문(呪文)이었다. 하지만 그 거창한 목표에도 불구하고, 의고파가 취한 방법은 언어적 모의(模擬)였다. 모의를 통해 고전의 성취에 도달한다는 이 논리는 이내 당송파(唐宋派)에 의해 비판되었고, 당송파의 비평도 의고파와 약간의 시차를 두고 조선에 수입되었다. 당송파 비평을 본격적으로 구사한 최초의 비평가는 김창협(金昌協)이었다. 그는 특히 『당송팔대가문초』의 비평을 원용하여 의고파의 창작 논리를 철저히 분쇄하였다. 이후 산문 비평에서 당송파의 논리는 한말까지 지속된다.

당송파가 수용될 무렵 이미 공안파 역시 수입되어 있었다. 공안파의 이론가 원굉도의 이름은 허균(許筠)의 『한정록(閒情錄)』에 보이지만, 그가 직접 원굉도를 읽었던 것으로 보이지는 않는다. 허균은 1614년 이탁오(李卓吾)의 『장서(藏書)』를, 1615년에는 『분서(焚書)』를 읽었다. 그는 이탁오의 저술로부터 상당한 영향을 받았을 것이지만, 그의 문집 『성소부부고(惺所覆瓿藁)』는 1611년 이전의 작품만을 수록하고 있기 때문에 그의 사상과 문학비평이 양명좌파·공안파와 어떤 관계를 맺었는지 확인할 수는 없다.

허균 이후 주로 17세기 후반에 활동했던 남구만(南九萬)·김석주(金錫胄)·박태보(朴泰輔)·김진규(金鎭圭) 등에게서 공안파의 작품, 특히 원굉도의 작품에 대한 독서의 흔적이 나타난다. 하지만 공안파에 대한 의미 있는 비평은 오직 김석주만 남기고 있는바, 그는 원굉도의 문집을 읽고 원굉도의 시와 척독(尺牘)을 높이 평가하고, 그의 사상적 원류가 장자(莊子)에 있음을 밝혔다. 하지만 의고파의 모의적 창작론에 대해 고민하던 김석주는 원굉도의 비평이 의고적 창작론을 겨냥하고 있다는 사실에 대해서는 침묵하였다.

김석주 이후 서종태(徐宗泰), 김창협·김창흡(金昌翕) 형제와 이들의 비평적 자장 속에 있었던 임방(任埅)·이하곤(李夏坤)·신정하(申靖夏)·이의현(李宜顯)에게서 공안파에 대한 독서의 흔적이 발견된다. 임방·이하곤·신정하는 공안파의 유기와 척독의 예술적 가치를 높이 평가하였으나, 공안파의 비평에 대해서는 침묵하거나 부정적이었다. 특히 이 시기 비평계를 주도하고 있던 김창협은 『원중랑집(袁中郎集)』을 읽고 원굉도의 사유에 내재하고 있는 양명좌파의 사상을 극도의 언사로 비난하였다. 공안파의 논리는, 의고적 창작론을 비판하는 데 있어 타당한 논리를 제공했지만, 그것이 내장하고 있는 양명학과 양명좌파의 사유는 성리학의 근저를 부정하는 대척적인 것이었기 때문이었다. 성리학에 입각한 양명학 양명좌파에 대한 부정과 비판은, 서종태·이하곤 등에게서도 공히 발견되는 논리다.

그럼에도 불구하고, 김창협의 비평에는 이미 공안파의 논리가 들어 있었다. 그는 외형상 당송파의 입장을 취하면서 공안파 비평을 부정했지만, 그가 내밀하게 받아들인 경릉파(竟陵派)와 적극적으로 수용한 전겸익(錢謙益) 비평의 내부에 이미 공안파의 논리가 내장되어 있었던 것이다. 본문에서 밝힌 바와 같이 그가 시도한 비평은 상당 부분 공안파의 논리로 구축되고 있었다. 김창협의 아우 김창흡은 공안파의 논리로 자신이 처음에 설정했던 의고적 목표를 수정하고, 독창과 개성을 주장하였다. 김창협과 김창흡의 경우에서 볼 수 있는 바와 같이, 대체로 17세기 후반에서 18세기 초에 걸치는 작가들은 공안파의 척독과 유기의 독창적이고 개성적 문체에 호감을 표시하거나 반의고적 비평을 펼치는 데 있어 우회적으로 공안파 비평을 섭취하기 시작했던 것이다. 또 이 시기에 와서 전겸익의 『열조시집소전(列朝詩集小傳)』이 수입되어 명대 문학사 속에서 공안파의 위상이 정확하게 파악되기 시작하였다.

17세기 전반이 되자 공안파에 대한 이해의 수준이 달라졌다. 남극관(南克寬)·조귀명(趙龜命)·김이만(金履萬)은 모두 17세기 전반에 활동한 문인들이다. 남극관은 이탁오와 아울러 원굉도를 언급하였던바, 전면적인 긍정은 아니지만, 원굉도의 「여구장유서(與丘長孺書)」를 인용하면서 '시대마다 그 시대 고유의 문학적 성취가 존재한다'는 공안파의 논리에 대해 긍정하였다. 그리고 원굉도의 시를 명말 문학사의 맥락에서 서위(徐渭), 경릉파와 비교하여 그 위상을 읽어내려 하였다. 그는 공안파를 전면적으로 수용한 것은 아니었지만, 공안파의 문학사적 성취를 은폐하지 않고 드러냄으로써 공안파 비평에 대한 이해의 폭을 넓혔던 것이다.

공안파에 대한 보다 공정한 평가는 김이만에 와서 이루어졌다. 그는 『원중랑집』을 읽고 공안파 비평이 의고파를 비판하기 위해 성립한 것이라는 사실을 밝히고, 공안파와 의고파의 성취와 한계를 각각 지적함으로써 공안파에 대한 균형 잡힌 평가를 내릴 수 있었다. 그러나 그의 공안파에 대한 이해는 그것으로 끝이며, 그 이해를 근거로 새로운 비평을 정립하거나 창작으로서의 실천은 없었다. 이런 한계를 일부 돌파하는 작가가 조귀명이다. 조귀명의 비평은 철저한 반의고론 위에서 구축되는바, 그는 무엇보다 작가 개인의 세계에 대한 독창적 인식과 표현을 강조한다. 이것은 사실상 공안파 비평의 연장이다. 이와 관련하여 더욱 주목해야 할 것은, 그의 사유가 성리학의 진리 독점성을 비판하고 있다는 것이다. 그가 성리학의 진리 독점성을 비판하고, 도(道)와 문(文)의 분리를 역설하면서 작가의 독창과 개성을 주장하였다는 것은, 양명학과 공안파로부터 연역된 것으로 여겨진다. 조귀명은 공안파 비평의 논리와 그 배후의 상대주의적 사유를 수용하여 자신의 비평을 정립했지만, 그 역시 실천－창작의 차원에서는 공안파 비평이 적용된 흔적을 찾기 어렵다.

　18세기 후반이 되면 남공철(南公轍)과 서형수(徐瀅修)가 지적했듯, 공안파의 비평과 작품이 유행처럼 번지고 있었다. 공안파는 이제 비밀이 아니었다. 공안파의 유행에 따라 그 비평에 대한 적극적 이해와 실천이 이루어지기 시작하였다. 이용휴(李用休)·이언진(李彦瑱)·홍신유(洪愼猷)·이봉환(李鳳煥)·이진(李璡)·이광석(李光錫)·이덕무(李德懋) 등의 서파문인들과 박지원(朴趾源)·이옥(李鈺) 등은 모두 조선 후기 문학사의 가장 높은 봉우리를 이루는 작가들인데, 이들은 공안파 비평을 자신들의 비평과 창작의 근거로 삼고 있었다. 이들은 공히 의고적 창작론을 비판하고, 공안파의 독창과 개성을 창작에서 실천하였던 것이다. 의고적 창작론을 따라야 할 전범(典範)이 있지만, 독창과 개성은 전범이 없다. 이들의 실천이 각각 다른 양상으로 나타난 것은 이 때문이다. 섬세한 묘사에 풍부한 감성을 교직(交織)한 이덕무의 잡문들, 유래 없는 독창적 문체로 사회 비평을 감행한 박지원의 산문, 백화체 속어까지 동원한 과감한 언어실험으로 자아의 내면을 드러낸 이언진의 한시, 시정인과 여성의 삶을 노래한 이옥 등의 시세계 등은 모두 공안파 비평이 주장한 독창과 개성에 근거한 것이었다. 문학사 연구자들이 흔히 진보적인 것으로 평가하는 성취들은 대개 공안파와 양명좌파에 기댄 것이라 말할 수 있다.

　18세기 후반 공안파와 공안파가 내장하고 있는 양명좌파의 사상은, 성리학의 진리 독점성, 일리주의(一理主義)를 해체하는 데 상당한 작용을 하였다. 예컨대 박지원 사유의 특징으로 이해되어 온 상대주의는 곧 공안파와 공안파의 내부에 있는 양명좌파의 논리를 수용한 결과가 분명하다. 양명학, 양명좌파에 근거한 상대주의는 성리학의 주류성에 도전하게 되었다. 정조는 이 사실에 주목하였다. 정조는 지식인들의 독서와 문체를 검열하는 문체반정(文體反正)을 일으킨다. 문체반정의 계기는 남인(南人)들의 천주교 신봉이란 종교적 사건이었다. 그런데 정조는 명말청초(明末淸初) 문집에 대한 독서를 금하고, 소품체(小品體)를 금지할 것을 명령하였다. 천주교와 같은 이단의 유행은, 성리학에 반하는 사유로부터 시작된 것이라는 것이다. 그는 이단적 사유를 담고 있는 서적을 명말청초 문집과 소품으로 요약했던바, 양자는 사실상 양명좌파와 공안파를 원류로 하고 있었다. 앞서 지적한 것처럼 정조는 “대체로 명청(明淸)의 문장은 초쇄(噍殺) 기궤(奇詭)하여 실로 치세(治世)의 문장이 아닌데, 『원중랑집(袁中郎集)』이 그 중에서 가장 심하다”고 판단하였으니, 사실상 원굉도의 문집을 이단적 사유의 출발점으로 인식했던 것이다.

　정조의 10년 이상에 걸친 독서와 창작에 대한 검열은, 공안파 비평에 입각한 창작을 질식시켜 나갔다. 전제군주의 명령을 거역할 만한 작가는 없었다. 이옥은 정거(停擧) 처분을 받았으며, 이덕무는 정조의 질책으로 안절부절 고민하다가 죽었다. 박지원의 『열하일기』는 ‘호로지고(胡虜之稿)’란 비난을 받아야 했다. 다만 정조의 회유에도 불구하고 반성문을 제출하지 않은 것으로 자신을 지켰을 뿐이었다. 그리고 성대중(成大中)·남공철·이상황(李相璜) 등은 공안파를 비판하는 글을 썼다. 19세기 이후 공안파의 수용에 대한 흔적을 거의 발견할 수 없는 것은, 다름 아닌 정조의 문체반정이 가한 탄압 때문으로 생각된다. 하지만 보다 결정적인 이유는 공안파와 양명좌파의 사유가 문학적 전범의 절대성과 성리학의 ‘이(理)’를 해체하는 데 크게 기여했지만, 그것이 성리학을 대체할 원대한 비전을 제시할 수 없었던 데 있을 것이다.

조선 후기 문학사에서 공안파의 수용과 해석이란 문제 설정은, 18세기 문학에 대한 기존의 평가에 의문을 제기한다. 즉 우리가 그동안 높이 평가해 온 이덕무·박지원·이옥 등에게서 읽어낸 민족문학론은 다름이 아니라, 공안파 비평의 한국적 적용 결과로 생각된다는 것이다. 예컨대 연암의 「영처고서(嬰處稿序)」가 말하는 '조선의 국풍(國風)'은 공안파의 문제 설정에서 출발한 것이었다. 그것은 20세기의 민족주의가 말하는 '민족적 문학'을 내포하는 것이 아니라, 중세적 질서 속에서 자신이 처한 시간의 언어와 자신이 속한 공간의 언어를 채취하자는 것이었다. 이것은 공안파가 내건 상대주의의 시간적 공간적 상대론의 적용이었던 바, 그 공간은 조선이었고, 그 시간은 18세기 현재였을 뿐이다. 이른바 조선 후기 한문학의 민족문학론이 한문학에 조선어의 어휘를 과감히 수용하자, 또는 속담을 과감하게 수용하자고 하면서 끝내 한국어로의 산문문학을 하거나 한시를 포기하자는 선언을 하지 못하게 했던 것은 바로 이 때문이었다. 이들은 여전히 한문학을 보편문학으로 받아들이면서, 그 속에서 시간과 공간의 상대론을 수용하여, 조선의 속어를 한문으로 표현하자는 데 동의했을 뿐이었던 것이다. 이제 이들 작가의 비평과 창작에서 '민족문학적 성격'을 찾는 주장은 철회되어야 할 것이다. 아니라면 그 의미가 재조정되어야 할 것이다.